BASTEI
LÜBBE

JOHN E. STITH

DER TAG, AN DEM MANHATTAN GERAUBT WURDE

Science Fiction Roman

Ins Deutsche übertragen
von Bernhard Kempen

BASTEI LÜBBE

BASTEI-LÜBBE-TASCHENBUCH
Band 23 164

Erste Auflage:
Mai 1995

Deutsche Lizenzausgabe 1995
Bastei-Verlag Gustav H. Lübbe
GmbH & Co., Bergisch Gladbach
Originaltitel: Manhattan Transfer
Lektorat: Christine Schläfer/
Stefan Bauer
Titelbild: Darrell Sweet
Umschlaggestaltung:
Quadro Grafik, Bensberg
Satz: KCS GmbH,
Buchholz/Hamburg
Druck und Verarbeitung:
Brodard & Taupin, La Flèche,
Frankreich
Printed in France

ISBN 3-404-23164-3

Für die Mächte der Wandlung:
Russell Galen, Patrick Nielsen
Hayden und Claire Eddy.

Und für die Freiwilligen,
die sich ohne Entlohnung
durch frühere Entwürfe gekämpft haben:
Joe Constanza, Lou Grinzo,
Heather Pierce, James K. Sabshin,
Bob Taylor und Robert Woodhead.

1
Aufstieg

Manhattan schläft nie. Nicht einmal blinzeln tut es. Gegen drei Uhr morgens ist es verhältnismäßig lethargisch, aber immer noch lebendiger als eine Horde hyperaktiver Kinder mit einer Überdosis Zucker und Koffein.

Manhattan lag in der Dunkelheit wach, als etwas sehr Unheimliches begann.

Kurz hinter der Umlaufbahn des Saturn, mehr als vierzig Grad über der Ebene der Ekliptik, stießen die Ionenpartikel des Sonnenwindes auf eine Unregelmäßigkeit, wo es vorher keine gegeben hatte.

Der Raum krümmte sich. Eine künstliche rotierende Singularität verzerrte die Struktur des Raumes, bis sich ein schwarzes Loch bildete. Geladene Teilchen, die sich normalerweise auf gerader Linie durch diesen Raumsektor bewegt hätten, gerieten auf gekrümmte Bahnen, von denen die meisten an der Singularität endeten. So wie ihre Bahnen sie immer näher an die Gravitationslinse heranführten, wurden sie immer schneller beschleunigt, und während der letzten Nanosekunden ihrer Existenz außerhalb des Ereignishorizonts spuckten sie Röntgenstrahlen wie kleine Notrufe aus.

Der Ereignishorizont blähte sich zu einem Durchmesser von mehreren hundert Kilometern auf, bevor er sich stabilisierte. Während der Sonnenwind in die Zone gesogen wurde, kam ein riesiges schwarzes Raumschiff aus dem Innern des Ereignishorizonts hervor. Das träge rotierende Raumschiff, das fast genauso schwarz war wie der Raumsektor, aus dem es herausglitt, absorbierte die Strahlung des gesamten Spektrums. Als die Singularität in der Nähe abgeschaltet wurde, schrumpfte der Ereignishorizont, bis er ganz verschwand, und das Schiff stellte das einzige Hindernis für den Sonnenwind dar.

Es war gedrungen, achteckig und hatte die Form einer Scheibe. Diese Scheibe besaß einen Durchmesser von über hundert Kilometern und sah aus wie ein kleiner plattgedrückter Mond. Die Rotation des Schiffes wurde langsamer, bis es regungslos im schwachen Sternenlicht schwebte. Dann begann sich das schwarze Schiff in den Sonnenwind zu drehen. Es richtete sich neu aus, bis eine der achteckigen Oberflächen ungefähr auf den fernen Stern vom G-Typ zeigte. Die genaue Ausrichtung bezog sich jedoch auf den kleinen blauen Planeten, den dritten dieser Sonne. Kurz darauf begann das gewaltige Schiff langsam in Richtung Erde zu beschleunigen.

Das Wummern der Rotorblätter steigerte sich in Tonhöhe und Lautstärke, als der Pilot den Steuerknüppel zurückzog und der Hubschrauber sich einen Meter über den Beton am Rand von Manhattan erhob. Die sechs Passagiere saßen sicher auf ihren Plätzen, und über die Kopfhörer des Piloten kamen beruhigende Meldungen. Er ließ die Maschine einen Moment lang über dem Luftkissen am Boden schweben, während er seinen Schultergurt zurechtrückte. Sobald er das Gefühl hatte, alles unter Kontrolle zu haben, ließ er den Hubschrauber weiter aufsteigen. Unter ihm schrumpften die kreisförmigen Markierungen des Landeplatzes an der Sechzigsten Straße. Während des Aufstiegs ließ er den Hubschrauber eine leichte Drehung vollführen und überblickte dabei den Luftraum über den Gebäuden in der Nähe. Als der Hubschrauber in Richtung East River und JFK International zeigte, drückte der Pilot den Steuerknüppel und kippte die Maschine leicht nach vorn. Während sie immer weiter aufstieg, setzte sie sich Richtung Flughafen in Bewegung.

Der Pilot mochte die Strecke zwischen Manhattan und JFK, besonders zu einer Zeit wie dieser, der morgendlichen Rushhour. Hier bot sich eine der seltenen Gelegenheiten, wo man über die Straßen von Queens ›fahren‹ konnte. Es machte ihm Spaß, den zähfließenden Verkehr auf dem Long Island Expressway, auf dem BQE und dem Van Wyck zu überholen und die Staus, Sperrungen und Lastwagen einfach zu überfliegen.

Kurz vor dem East River erreichte er seine vorgegebene Flughöhe. Unter ihm befand sich die Queensboro Bridge, die sich alle Mühe gab, noch mehr Menschen nach Manhattan hineinzuquetschen.

Ein plötzlicher Schatten war das erste Anzeichen, daß etwas nicht stimmte. Seine Reflexe übernahmen die Kontrolle und ließen ihn für alle Fälle ein wenig Flughöhe verlieren. Er konnte nicht sagen, ob die Passagiere sich beschwerten, denn die Kopfhörer und das Dröhnen der Rotoren übertönten alles, was leiser als ein Schrei war.

Der Hubschrauberpilot war gerade zu der Überzeugung gelangt, daß alles in Ordnung war, als ein dünner, rötlicher Lichtstrahl den verrußten Himmel vor der Windschutzscheibe senkrecht durchschnitt. Er riß am Knüppel und versuchte abzudrehen, aber dazu war es bereits zu spät. Das Wummern der Rotoren veränderte abrupt die Tonhöhe, als die Blätter in den Strahl aus Laserlicht gerieten. Der Hubschrauber wurde zu einem Maschinengewehr, als abgetrennte Stücke der Rotoren nach links davonschossen. Innerhalb von Millisekunden hatte das schneidende Licht die Rotoren auf die Hälfte ihrer ursprünglichen Länge gestutzt, dann geriet der Hubschrauber selbst in den Strahl. Der Laser wirkte wie eine Bandsäge, die mit Lichtgeschwindigkeit arbeitete, als er den Hubschrauber in der Mitte durchschnitt. Der obere Motor explodierte, nachdem das Gehäuse mit den schnell rotierenden Bestandteilen zertrennt wurde.

Die Trümmer des explodierenden Motors durchsiebten die Körper des Piloten und der Passagiere, während die zwei Hälften der Maschine zum East River hinabstürzten. Der Pilot hatte nicht einmal mehr die Zeit, das eine Wort zu sprechen, das gewöhnlich am Ende der Aufzeichnung eines Flugschreibers zu hören war.

Matt Sheehan hatte kaum etwas anderes als den Lärm des U-Bahn-Zuges der A-Linie gehört, seit er von der Jay Street Station in Brooklyn abgefahren war und nun unter dem East River dahinschoß. Matt hatte einen kleinen Umweg über Brooklyn gemacht, nachdem er auf dem JFK-Airport gelandet war und die U-Bahn durch Queens genommen hatte.

Als er durch das Fenster hinaussah, huschte in der Dunkelheit nur gelegentlich eine Notlampe vorbei, während der Wagen auf den Gleisen schaukelte. Er hörte Gesprächsfetzen, achtete aber nicht weiter darauf. Die Menschenmenge, die an diesem Morgen unterwegs war, stand so dicht, daß Matt seine kleine Reisetasche in derselben Hand hielt, mit der er sich an die Querstange über seinem Kopf klammerte. Die Frau vor ihm blickte zur Tür und versuchte genauso wie er so zu tun, als würde es ihr nichts ausmachen, daß sie sich so nah wie Intimpartner waren. Die Masse der Körper schaukelte mit den Bewegungen des Wagens. Durch das Fenster der Verbindungstür zum vorderen Wagen konnte Matt sehen, daß der Zug im leichten Zickzackkurs fuhr.

Die Frau drehte sich plötzlich um und sah ihn wütend an. Dann musterte sie die anderen Gesichter in der Nähe, bis sie sich wieder Matt zuwandte. Ihre Augen waren grün, und ihre Haut sah sonnengebräunt aus, aber die samtene Struktur verriet, daß sie ihr Aussehen eher ihren Eltern als der Sonne zu verdanken hatte. »Lassen Sie das bitte bleiben!« sagte sie. Matt sah ihre gleichmäßigen, weißen Zähne aufblitzen.

Es dauerte einen Moment, bis Matt klar wurde, daß jemand aus der Menge sie gekniffen oder auf eine Weise berührt haben mußte, die noch intimer als der ohnehin enge Körperkontakt war. Fast hätte er gesagt: »Sie reden genau wie meine Frau!« Doch statt dessen zuckte er mit einer Schulter und zog seinen freien Arm aus der Menschenmenge hervor. Er zeigte ihr seine Handfläche. »Ich habe Sie nicht berührt«, sagte er ruhig. »Zumindest nicht an einer anderen Stelle als dieser.« Sein Blick senkte sich auf ihre Schulter, wo sie seine Brust berührte.

Die Frau, die glänzend schwarzes Haar hatte, sah ihm einen Moment lang in die Augen. »Tut mir leid«, sagte sie schließlich, bevor sie sich die anderen Gesichter in der Nähe ansah.

Mir auch, dachte er, während die U-Bahn weiter die Fahrgäste durchrüttelte, wie die Hand eines Riesen, die eine Wiege zu energisch schaukelte. Matt fühlte sich müde. Er hatte auf dem Flug von Mexico City zum JFK-Airport nicht sehr gut geschlafen. Er wünschte sich, er hätte mehr Energie für seinen Aufenthalt in Manhattan.

Er ließ seine Augenlider langsam zufallen, riß sie jedoch eine Sekunde später wieder auf, als der Wagen heftig ruckte. Die Deckenbeleuchtung erlosch. Im selben Augenblick gab es irgendwo hinter ihm einen Funkenregen, Menschen begannen zu schreien.

Das Donnern mehrerer Explosionen ertönte, die so schnell aufeinander folgten, daß sie kaum noch zu unterscheiden waren, sondern eher wie ein anhaltendes Rattern klangen. Matt spürte, wie sein Körper gegen den der Frau vor ihm gedrückt wurde, als die Notbremsen den Wagen verlangsamten, dann nahm er hinter sich einen plötzlichen Luftzug war. Der Boden ruckte erneut, und als der U-Bahn-Wagen abrupt zum Stehen kam, schien sich der Boden nach hinten zu neigen.

Die Schreie und Rufe verwandelten sich allmählich in verständliche, wütende und laute Fragen wie: ›Was zum Teufel ist hier los?‹, die jedoch an keine spezielle Person gerichtet waren. Der Wagen ruckte noch ein paarmal und blieb dann in absoluter Finsternis stehen. Eine Frauenstimme gellte durch die Dunkelheit: »Nehmen Sie Ihre verdammte Hand da weg!«

Das Echo hinter ihm hatte sich verändert, es klang nicht mehr so, als würde er sich in einem geschlossenen Wagen befinden. Die Leute verteilten sich, und plötzlich schrie ein Mann auf. Der langgezogene Schrei verstummte jäh, als ein Aufschlag dem Mann die Luft aus den Lungen trieb. Ein paar Streichhölzer und Feuerzeuge glommen in der Dunkelheit auf. Zunächst war alles, was sie sichtbar werden ließen, die vordere Hälfte des Wagens und eine verwirrte Menschenmenge. Matt holte tief Luft, als er erkannte, was *nicht* sichtbar wurde – die hintere Hälfte des Wagens. Er kämpfte sich nach hinten durch, während aufgeregte Schreie von dort zu ihm drangen: »Oh, mein Gott!« – »Harry! Harry! Was ist passiert?«

Als er näher kam, erkannte Matt, daß der hintere Teil des Wagens verschwunden war. Er schluckte. Menschen klammerten sich an den Wänden des Fahrzeugs fest und starrten in die Finsternis hinter dem Wagen. Ein Mann, bei dem es sich offenbar um den handelte, der gerade hinausgefallen war, kam auf dem Boden des Tunnels auf die Beine und blickte sich überrascht um. Matt erreichte die abgetrennte Kante des Wagens, und die Luft, die von den dichtgedrängten Menschen aufgeheizt war, wurde merklich kühler. Er holte tief Luft und versuchte, seine Angst zu unterdrücken.

Der U-Bahn-Wagen war glatt durchschnitten worden. Die metallenen Ränder des Bodens, der Wände und der Decke glühten immer noch rötlich vor Hitze. Matt hatte einmal den Rand eines Lochs gesehen, das von einer Rakete durch eine Panzerwand geschlagen worden war. Das Loch erinnerte ihn an diese Ränder, aber hier gab es keine aufgerollten Zacken wie von einem Dosenöffner, sondern nur einen glatten Schnitt, wie Plastik, das mit einem sehr heißen Messer durchschnitten worden war, oder wie das dreidimensionale Modell aus einem Baumarkt zur Demonstration des Aufbaus einer Wand. Auf dem Boden des Wagens und auf der Kleidung einiger Menschen, die offensichtlich unter Schock standen, waren Spritzer, bei denen es sich nur um Blut handeln konnte. In der Luft hing der muffige Geruch nach Maschinenöl, nach Ozon . . . und nach Angst.

Im Tunnel hinter dem Wagen konnte Matt zunächst nur den schwachen Schimmer der Gleise erkennen. Er zog eine kleine Taschenlampe aus seiner Jacke. Im schwachen Schein der Lampe sprang er auf den Gleisunterbau, wobei er darauf achtete, nicht mit der äußeren Schiene in Berührung zu kommen, auch wenn sie mit Sicherheit nicht mehr unter Strom stand. Ein paar Meter von der Schnittkante des Wagens entfernt fand er einen Mann, der stöhnend auf den Gleisen lag. Um einen direkten Körperkontakt zu vermeiden, packte Matt ihn an der Kleidung und zog, bis das Bein des Mannes die Gleise nicht mehr berührte. Sein Herz klopfte heftig, doch dann begann es sich allmählich zu beruhigen. Der erste Adrenalinstoß ging vorüber.

Die rechte Hand des Mannes war verschwunden – sie war sauber am Handgelenk abgetrennt worden. Hinter sich hörte er einige Leute aufstöhnen. Die Wunde schien bereits teilweise kauterisiert zu sein, doch immer noch sickerte Blut stoßweise durch den Grind. Matt nahm den Gürtel des Mannes, schlang ihn ein paarmal um das bloße Handgelenk und zerrte ihn fest, um weiteren Blutverlust zu vermeiden. Er sprach auf den Verletzten ein, in beruhigendem Tonfall, wie er hoffte, obwohl der Mann ihn vermutlich ohnehin nicht hören konnte: »Alles in

Ordnung. Ich bin bei Ihnen. Wir werden uns um medizinische Versorgung kümmern. Bald geht es Ihnen wieder besser.«

Matt ließ den Lichtstrahl seiner Taschenlampe über den Boden streichen, doch er fand keine Spur der fehlenden Hand des Mannes. Hinter ihm sprangen ein paar Leute aus dem Wagen. Er rief ihnen zu: »Hier ist jemand, der medizinische Versorgung braucht, falls es hier einen Arzt gibt.«

Er ging die Gleise ein Stück weiter entlang. Die nächsten paar Meter sahen aus wie ein Schlachtfeld. Für diese Menschen gab es keine Hilfe mehr. Von einem Mann war nur noch das übrig, was nicht durch einen senkrechten Schnitt knapp rechts von seinem Kopf abgetrennt worden war. Der Rest ließ sich nur als große Teile menschlicher Körper beschreiben.

Matt hatte schon ähnlich schreckliche Verletzungen gesehen, aber bisher hatte er immer den Grund dafür gewußt. Hier aber war er völlig verwirrt. War dies das Resultat eines schrecklichen Unfalls? Ein Erdbeben? Ein Anschlag von Terroristen? Nichts ergab Sinn. Irgendwo hinter ihm geriet ein nervöses Lachen außer Kontrolle und verwandelte sich in ein Jammern, bis es mit dem Geräusch einer Ohrfeige abbrach.

Er ging an den Opfern vorbei und blieb stehen. Statt der hinteren Hälfte des Wagens oder bloß den leeren Gleisen, die sich unter dem Fluß entlangzogen, war plötzlich gar nichts mehr da. Die Gleise selbst waren abgetrennt und stießen nahtlos gegen eine dunkle Wand, die den Tunnelquerschnitt verschloß. Als Matt näher kam, spürte er eine Hitze, ausgehend von der mattschwarzen Oberfläche, die den Weg versperrte. Wasser sammelte sich auf dem Tunnelboden. *Wo zum Teufel war die hintere Hälfte des Zuges?*

Während er die Taschenlampe auf die gesprenkelte Oberfläche richtete, wurden Stimmen hinter ihm laut. »Was ist denn das?« – »Heilige Mutter Gottes!«

Matt blickte sich um und sah einen Schwarm winziger Flämmchen, die die Dunkelheit durchdrangen. Ein Mann im Geschäftsanzug stolperte heran. »Agatha? Agatha! Kannst du mich hören?«

Matt kam dem Mann entgegen und ging dabei an den paar Zuschauern mit flackernden Feuerzeugflammen vorbei. »Es tut mir leid, aber wenn Agatha nicht in dem Wagen ist, aus dem Sie gerade ausgestiegen sind, kann sie Sie vermutlich nicht hören. Kommen Sie! Wir sollten schnellstmöglich von hier verschwinden. Wir befinden uns wahrscheinlich noch unter dem Fluß, und etwas hat den Tunnel durchschnitten. Wir könnten hier jederzeit überflutet werden.«

Der Mann im Anzug zitterte und starrte auf das abgeschottete Ende des Tunnels. Der Mann, der seine Hand verloren hatte, lag immer noch auf dem Boden. Er war von drei Leuten umringt, die ihn mit schreckgeweiteten Augen ansahen, ohne ihm zu helfen. Matt kam näher.

»Helfen Sie mir, ihn nach draußen zu tragen!« sagte er zu den Umstehenden. Er zwang sich, ruhig zu sprechen, obwohl er das Verlangen hatte, schnell wegzulaufen. »Es ist riskant, wenn wir ihn bewegen, weil er vielleicht Knochenbrüche oder eine Gehirnerschütterung durch den Sturz hat, aber er muß medizinisch versorgt werden, und es wird eine Weile dauern, bis wir mit Hilfe von außen rechnen können.«

»Was ist passiert?« fragte eine Frau mit benommenem Blick.

»Ich habe nicht die leiseste Ahnung. Vielleicht ist über uns eine Brücke eingestürzt. Ich denke, wir werden es erfahren, wenn wir hier raus sind.« Er hoffte, die Aussicht, mehr zu erfahren, wenn sie sich auf den Weg machten, würde die Leute motivieren, aber er war selbst nicht sehr von seiner Idee mit der Brücke überzeugt. Das hier war etwas viel Schlimmeres. Wieviel schlimmer, wußte er nicht.

»Ziehen Sie Ihren Mantel aus, damit wir ihn als Trage benutzen können!« sagte Matt schnell zu einem größeren Mann, der einen Regenmantel trug.

Der Mann reagierte nicht.

»Machen Sie schon!« Matt faßte den Mann am Arm.

Er zog seinen Mantel wie in Trance aus. Matt breitete ihn neben dem Verletzten aus.

»Kommen Sie!« sagte er, als er neben dem Mann in die Knie ging. »Helfen Sie mir!«

Wie gehorsame Roboter packten die drei eine Schulter oder ein Bein und hoben den Verletzten auf den Regenmantel. Matt nahm den Zipfel des Mantels, der dem verletzten Arm des

Mannes am nächsten war, damit er aufpassen konnte, daß er damit nirgendwo anstieß. Gemeinsam hoben die vier den Mann auf Hüfthöhe und gingen durch den Tunnel. »Wenn jemand müde wird, soll er es sagen, *bevor* er den Halt verliert! Diese Transportmethode ist schon riskant genug.«

Als sie die abgetrennte Wagenhälfte erreichten und Matt seine Reisetasche herausholte, stellte er fest, daß noch einige Fahrgäste im Wagen waren. »Irgend etwas blockiert den Tunnel hinter uns. Jeder, der gehen kann, sollte sich besser auf den Weg machen. In nächster Zeit dürfte hier keine Hilfe von außen eintreffen, wie es aussieht. Gehen Sie bis zum nächsten Bahnhof. Wer fit genug ist, um zu rennen, sollte das tun und den Notruf wählen. Und halten Sie sich von der Außenschiene fern! Gehen Sie schnell, aber bleiben Sie ruhig!«

In der Dunkelheit sagte jemand: »Ich habe gehört, man kann von Telefonen in den U-Bahn-Tunnels aus um Hilfe rufen.«

»Versuchen Sie es, wenn Sie eins finden. Ansonsten gehen Sie einfach weiter. Aber helfen Sie jedem, der Hilfe braucht. Wer kann es den Leuten im ersten Wagen weitersagen?« Nachdem sich jemand gemeldet hatte, gingen er und die anderen sofort mit dem Verletzten weiter. Kurz darauf stellte Matt fest, daß er vom blinkenden Licht der Aufnahmeanzeige einer kleinen Videokamera verfolgt wurde. Sogar eine kleine Lampe verbreitete schwaches Licht im Tunnel. Er war irritiert, daß er von jemandem gefilmt wurde. »Drehen Sie Ihre Hobbyvideos bitte zu Hause!« sagte er. »Wir müssen jetzt von hier verschwinden.«

Eine Frauenstimme erklang hinter dem Licht. »Ich arbeite für die WNBC. Wie ist Ihr Name, bitte?«

Die Stimme kam ihm bekannt vor. Als ein Mann mit einem Feuerzeug sich der Person mit der Minikamera näherte, sah Matt, daß es die schwarzhaarige Frau war, mit der er während der Fahrt zusammengestoßen war. Matt antwortete nicht.

Sie zwängten sich auf dem Gehsteig an dem durchtrennten sowie am vorderen Wagen vorbei. Matt vergewisserte sich, daß niemand darin zurückgeblieben war. Flackerndes Licht erhellte einen Haufen zurückgelassener Dinge. Ein Kopfhörer lag neben einem dunklen Blutfleck auf einer Sitzbank. Ein einzelner Schuh mit verschnürten Schnürsenkeln stand in einer Ecke. Ein teurer Videorecorder war zurückgelassen worden, dazu ein paar münzgroße Disks, die sicher mit Füßen getreten worden waren. Ein halb gegessenes Sandwich in Plastikfolie lag zermatscht auf dem schmutzigen Fußboden. Während sie am Triebwagen vorbeigingen, verstand Matt, warum der Zugführer nichts unternommen hatte. Er war sofort tot gewesen, nachdem er durch den plötzlichen Halt gegen die Scheibe geschmettert worden war.

Matt und die anderen schafften es, sich so schnell wie möglich die leichte Steigung hinaufzubewegen, ohne dem Verletzten zusätzliche Schmerzen zu bereiten. Aus einem Gitter drang langsam Dampf. Ein paar andere Menschen blieben in ihrer Nähe und hielten abwechselnd Feuerzeuge und Streichhölzer hoch, damit die Gruppe ihre Umgebung wenigstens ansatzweise erkennen konnte. Eine Frau, die eine Ecke des Regenmantels trug, erhielt von mehreren das Angebot, ihren Platz einzunehmen, doch sie lehnte ab. Die anderen Passagiere vor ihnen schienen sich überhaupt keine Sorgen mehr über die Situation zu machen. Wer in New York lebt, muß sich vermutlich schnell anpassen können, dachte Matt.

Er ging weiter und versuchte, den Verletzten so ruhig wie möglich zu halten, während er sich fragte, was sie wohl erwarten würde, wenn sie den Tunnel verließen.

Rudy Sanchez holte sich eine zweite Tasse Kaffee aus dem Automaten im Korridor und kehrte damit in sein Büro zurück. Im Korridor war es dunkel. Noch war Rudy ganz allein, und er genoß das Gefühl, früher als alle anderen in seinem Büro zu sein. Er schaffte doppel soviel Arbeit, wenn das Gebäude ruhig und menschenleer war. Und dieses Gefühl wurde noch durch den Umstand verstärkt, daß er der morgendlichen Rush-hour entronnen war.

Er blickte aus dem Fenster, hinunter auf den Strom der Fahrzeuge, die über die Brooklyn Bridge hereinkamen. Er machte sich wieder an die Arbeit. Es ging um die Planung eines Ersatzes für den alten Generator in der Upper East Side. Er dachte gerade darüber nach, wie er die nächste Phase einleiten sollte, als er das Gefühl bekam, etwas im Klang der Stadt hätte sich verändert. Er ging zum Fenster zurück.

Zunächst sah alles wie gewöhnlich aus. Der Verkehr floß recht langsam, aber das war wirklich nichts Neues. Dann riß Rudy die Augen auf, als er beobachtete, wie hinter dem Wolkenkratzer der Chase Manhattan Bank eine schwarze Form hervorkam. Was war das? Es schien eine Art Luftfahrzeug zu sein, das sich an der Uferlinie entlangbewegte und dabei einen schwachroten Lichtstrahl durch die verdreckte Luft zu Boden schickte. Wo der Strahl Land oder Wasser berührte, hinterließ er eine Spur der Zerstörung.

Fassungslos stellte Rudy seine Kaffeetasse ab und starrte hinaus. Was zum Teufel ging hier vor? Er drückte sein Gesicht dichter an die Fensterscheibe und sah nach links und rechts. Ein zweites Gefährt, identisch mit dem ersten bewegte sich weiter im Norden an der Küste entlang.

Die zwei schwarzen, fensterlosen Fahrzeuge flogen einen gleichmäßigen Kurs, während sie das, was allem Anschein nach Hochleistungslaser waren, auf die Küste Manhattans gerichtet hielten. Rudy sah sich eines der Fahrzeuge an, das ihm am nächsten war. Aus einer Waffenmündung kurz hinter dem Ursprung des Lasers drang so schnelles Geschützfeuer hervor, daß es aussah, als stünde direkt hinter dem Laser ein brauner Lichtstrahl.

Rudy nahm ein tiefes Dröhnen wahr, das den Boden unter seinen Füßen und die Glasscheiben erzittern ließ. Er glaubte, in dem Spalt, der von den Lasern aufgerissen wurde, fanden Tausende kleiner Explosionen statt.

Als Rudy sich umdrehte, um das Radio auf seinem Schreibtisch einzuschalten, gingen die Lichter aus.

Abby Tersa hatte gerade den Grand Central Terminal verlassen und war auf dem Weg zum Vollversammlungsgebäude der Vereinten Nationen, als die Verkehrsampeln erloschen. Normalerweise genoß sie den sechs Blocks langen Fußweg, aber heute stand sie auf dem Bürgersteig vor dem Chrysler Building und wurde gegen die Wand gedrückt, während die Menge tobte und das Hupen der Autos immer lauter wurde, als wollten sie die Lücke ausfüllen, die durch die plötzliche Abwesenheit der U-Bahn-Geräusche und des Lärms der Lastenaufzüge und Klimaanlagen entstanden war.

Seit sie vor drei Jahren in die Bronx gezogen war, hatte Abby noch nie einen Stromausfall erlebt. Deshalb wurde sie nervös.

Sie drängte sich am Gebäude entlang, während sie das dringende Bedürfnis hatte, möglichst schnell an ihren Arbeitsplatz zu kommen. Sie wußte aber, daß es ohne Elektrizität für die Mikrophone, Verstärker, Recorder und Lampen nur wenig Bedarf zum Dolmetschen geben würde und fragte sich, wann der Strom wieder da wäre, als sie plötzlich das schwarze Luftfahrzeug hinter dem hohen Gebäude des Sekretariats der Vereinten Nationen hervorkommen sah. Es hatte seinen Laserstrahl auf die Stelle gerichtet, wo der East River sich mit der Küste von Manhattan traf.

Abby bezwang ihre Panik und rannte in Richtung des UN-Gebäudes los. Vor fünfzehn Jahren hatte sie für Olympia trainiert. Bei einem gestoppten Wettlauf im Sportunterricht auf der Junior High School war sie überraschend die schnellste Läuferin ihres Jahrgangs geworden. Ihre Eltern hatten den Laufsport als guten Ausgleich für all die Stunden gesehen, die Abby in ihrem Zimmer mit Schularbeiten verbrachte, und sie ermutigt, sich der Wettlaufgruppe anzuschließen. Zuerst hatte sie diese Aktivität vor sich selbst damit gerechtfertigt, daß es eine weitere Gelegenheit war, ihre Fremdsprachenkenntnisse zu verbessern, doch irgendwann hatte ihr das Laufen Spaß gemacht. Sie hatte festgestellt, daß sie ihre Sorgen verschwinden lassen konnte, wenn sie lief. Diesmal jedoch schaffte sie es nicht, das Bild des seltsamen Objekts auf diese Weise zu verdrängen.

Arsenio Hecher wechselte schnell auf die rechte Spur und fand eine Stelle in der Autoschlange, wo er nicht direkt hinter einem Lastwagen war. Seine Fahrgäste, ein weißes Ehepaar mit einem Kind, beschwerten sich nicht. Leute, die nicht aus der Stadt kamen, waren im allgemeinen viel ruhiger als die Einheimischen.

Arsenio behielt den Rückspiegel im Auge, während sich das Taxi über die Brooklyn Bridge in nordwestlicher Richtung auf Manhattan zubewegte. Der Verkehr war relativ flüssig für die Rush-hour, aber es ging niemals schnell genug voran. Manchmal dachte Arsenio daran, sich einen Ort zu suchen, der nicht so überbevölkert war, damit er wieder einmal richtig *fahren* konnte, doch eigentlich gefiel es ihm, wie ganz New York in ständiger Bewegung war. Jeder andere Ort würde ihm wie ein verschlafener Nachmittag vorkommen, und er würde sich dort niemals zufrieden fühlen.

Das schwache Sonnenlicht spiegelte sich auf den grauen Wellen im East River. Arsenio erwiderte das Hupen seines Taxikollegen, der sich an ihm vorbeischob. Warum ging es immer auf der *anderen* Spur schneller voran?

Das Taxi kam gerade aus dem Schatten eines der großen Brückenpfeiler in der Nähe des Manhattaner Ufers hervor, als ein schwarzes Gebilde über den Dächern der Autos und Lastwagen auftauchte. Jemand hatte sich eine ziemlich tiefe Einflugschneise nach La Guardia ausgesucht. Arsenio legte den Kopf in den Nacken, um zu sehen, was das für ein Flugzeug war.

Die Frau hinter ihm fragte: »Passiert so etwas hier öfter?«

Er wußte nicht, wovon sie sprach, bis er wieder nach vorn blickte. Ein Schwarm roter Bremslichter strahlte ihm entgegen, und das Hupen wurde sogar noch lauter. Er sah, wie ein Lastwagen vor ihm plötzlich in einen grellroten Lichtstrahl geriet.

Arsenio trat auf die Bremse, als der Lastwagen explodierte. Das Auto hinter ihm rammte seine Stoßstange, und der Mann auf dem Rücksitz schrie auf: »Was zum Teufel . . .?« Gleichzeitig sah Arsenio im Rückspiegel, wie ein Laser sich in das Auto hinter ihm bohrte. Das Kind begann zu weinen.

Aus dem Augenwinkel nahm Arsenio wahr, wie eine Qualmwolke vom Fluß aufstieg, als würde ein dünner Heizdraht kurz unter der Oberfläche verlaufen. Als das Taxi gerade zum Stillstand gekommen war, neigte sich plötzlich die Fahrbahn nach vorne. Die Brücke war auseinandergebrochen! »Mist!«

Die verdammte Brücke verwandelte sich in eine Zugbrücke, die sich allerdings zur falschen Seite neigte. Der Abschnitt, auf dem sich Arsenios Taxi befand, kippte nach unten. Mit wachsender Panik trat er kräftig mit dem Fuß auf die Bremse, um das Antiblockiersystem auszuschalten. Auf der anderen Seite des Brückendurchbruchs sah er Autos, die mit qualmenden Reifen die Steigung hinaufzurasen versuchten. Elektromotoren heulten an der Grenze ihrer Leistungsfähigkeit auf, während Räder durchdrehten und Autos rückwärts hinunterrutschten. Sein Herz raste noch schneller als damals, als er überfallen worden war.

Für einen kurzen Augenblick dachte Arsenio, daß das Taxi sich auf der Neigung halten konnte, doch dann ruckte die Brücke erneut, und der Wagen hinter ihm rammte noch ein letztes Mal seine Stoßstange.

Das Taxi rutschte über die abgebrochene Kante der Brücke. Die Schreie von den Rücksitzen gingen in ein lautes Gebrüll über.

Arsenio fluchte unkontrolliert, hielt das Lenkrad mit den Händen fest und hatte den Fuß immer noch auf dem Bremspedal, als das Fahrzeug ins Wasser stürzte.

Von seinem dunklen Büro aus beobachtete Rudy Sanchez die Zerstörung, die sich am Manhattaner Ufer entlangzog. Die Brooklyn Bridge war durchtrennt worden, zwei Laster dabei halbiert, während die Autos wie Spielzeugmodelle in den Fluß stürzten. Die Schiffe an den Anlegestellen waren durchschnitten worden, während Dampf in der morgendlichen Luft aufwallte. Rudy sah schockiert zu und hielt das tote Telefon immer noch in der Hand.

Er hatte den Drang verspürt, einfach loszurennen, um jemandem zu helfen, irgend jemandem, aber jetzt stand er nur reglos da, von Unentschlossenheit und Angst gelähmt. Er hatte den Eindruck, jeder Rettungsversuch wäre so, als wollte er sich mit einem Teelöffel einer Flutwelle entgegenstellen. Ein paar Feuer waren ausgebrochen, wo Erdgasleitungen unter dem East River nach Brooklyn führten, doch die Abschaltvorrichtungen, die nicht von der Stromversorgung abhängig waren, würden den Brennstoff irgendwann versiegen lassen.

Das schwarze Schiff, das ihm am nächsten war, schaltete das

rote Licht aus, bei dem es sich zweifellos um irgendeinen Hochleistungslaser handelte. Das Gefährt erhob sich langsam, ohne Kondensstreifen in der Luft zu hinterlassen, bis es aus Rudys Sichtfeld verschwand.

Aus der Stadt kamen unheimliche Geräusche. Das gelegentliche Dröhnen eines vorbeifahrenden U-Bahn-Zuges war schon seit mehreren Minuten nicht mehr zu hören gewesen. Dafür wurde das verärgerte Hupen der Autos und Laster, die feststeckten, da die Ampeln nicht funktionierten, immer lauter, ohne daß der Lärm sie darüber hinwegtrösten konnte.

Rudy bemerkte ein schwarzes Etwas im Augenwinkel. Die Luftschiffe kehrten zurück. Er beugte sich vor und sah zwei weitere, die in Formation flogen, während sie gleichzeitig ihren Abstand vergrößerten und tiefer gingen. Doch was sie jetzt taten, war noch seltsamer als vorher. Zwischen den Flugobjekten schien dünnes transparentes Material gespannt zu sein. Es sah aus, als würden sie eine riesige Seifenblase befördern. *Was in Gottes Namen ging hier vor?*

Das nächste schwarze Schiff ging langsam über der Küstenlinie nieder und zog dabei seinen Teil der Seifenblase mit sich. Kurz darauf schwebte es über einer abgeschnittenen Anlegestelle. Der Rand der Seifenblase dehnte sich, dann senkte sie sich selbsttätig auf die Küstenlinie hinunter, während sie sich mit dem Boden zu verbinden schien oder mit irgendeinem Material, das das Schiff zuvor in der Furche, die es gerissen hatte, plaziert haben mochte. Innerhalb weniger Minuten war aus der dünnen Blase eine glatte Versiegelung geworden, die sich so weit erstreckte, wie Rudy sehen konnte. Sie schien groß genug zu sein, um die gesamte Insel Manhattan zu umschließen.

Das schwarze Schiff stieg auf und entfernte sich dabei von Manhattan. Ein zweites kam in Rudys Sichtfeld. Sekunden später stoppten beide und schwebten reglos auf der Stelle.

Doch dann geschah etwas ohne Vorwarnung für Rudi: Eben noch schwebten die Schiffe einfach nur, im nächsten Augenblick aber blitzte ein grelles Licht auf. Rudy konnte während der folgenden Minute nichts mehr sehen außer Funken, die einen großen roten Fleck umschwirrten, dann kehrte allmählich sein Sehvermögen zurück. Er sah, daß die Blase immer noch da war, jetzt aber erschien sie dichter. Sie war nach wie vor durchsichtig, die Spiegelungen jedoch schienen heller zu sein und flimmerten nicht mehr.

Die schwebenden Schiffe waren verschwunden. Während Rudy nach ihnen suchte, kroch ein gigantischer Schatten über Manhattan.

Julie Kravine machte noch ein paar Aufnahmen mit ihrer Minikamera, dann schaltete sie die winzige Lampe aus. Das Bild der stehenden U-Bahn-Wagen schwand von ihrer Netzhaut, und sie drehte sich um, damit sie den Nachzüglern durch den Tunnel folgen konnte.

Vor ihr waren die vier Leute, die den Mann trugen, der seine Hand verloren hatte. Julie zuckte zusammen, als sie nur daran dachte. Sie erinnerte sich an die zerstückelten Leichen, die sie zurückgelassen hatten. Auch davon hatte sie Aufnahmen gemacht, mehr aus dem Grund, daß man ihrem Bericht glaubte, weniger, um sie in der Nachrichtensendung tatsächlich zu verwenden. Sie hatte noch nie so zwiespältige Gefühle gehabt, seit sie Tom verlassen hatte.

Julie fühlte sich unbehaglich. Der Boden erzitterte und gab ein unidentifizierbares Grollen von sich. Wenn der Einsturz dieses Tunnels die einzige Katastrophe wäre, müßte sie das Dröhnen anderer U-Bahnen hören, wenn sie im nächsten Tunnel vorbeifuhren. Doch das einzige Geräusch war nur dieses beständige ferne Grollen.

Dann hörte es auf. Plötzlich war der Boden völlig ruhig, unnatürlich ruhig. Etwas stimmte ganz sicher nicht. Julie hastete weiter und folgte den flackernden Lichtern. Sie stolperte, stand wieder auf und pulte sich die Schotterstückchen aus den Handflächen. Im Tunnel roch es nach Öl.

Sie holte die vier Leute ein. Zwei Männer liefen in ihrer Nähe, hielten Feuerzeuge hoch und waren offenbar bereit, jeden abzulösen, der ermüdete. Julie schaltete ihre Kamera wieder ein und filmte zehn Sekunden lang. Sie war stolz darauf, wie gut die New Yorker mit Problemen umgingen. Ihre Schwester in Columbus beschwerte sich ständig über die Verbrechensrate und die offensichtliche Unfreundlichkeit, aber wenn es hart auf hart ging, kamen die New Yorker mit jeder Situation zurecht.

Julie beeilte sich, die anderen wieder einzuholen. Sie war müde, weil sie in der letzten Nacht über eine Geiselnahme in South Brooklyn berichtet hatte, doch das Gute daran war jetzt, daß sie genau im richtigen Moment ihre gesamte Ausrüstung und eine halbwegs aufgeladene Batterie dabei hatte.

Sie erreichte die anderen und schaltete nur die Tonaufzeichnung der Kamera ein, um die Batterie zu schonen. Der große Mann, der neben ihr im U-Bahn-Wagen gestanden hatte, als alles begann, hielt eine Ecke des Regenmantels, auf dem der Verletzte lag. Er war es gewesen, der die Menge mit Vorschlägen und einer Autorität beruhigt hatte, die nichts von Diktatur besaß. Und er war es gewesen, der ihr vor kurzem jeden Kommentar verweigert hatte. War er ein Polizist?

Dieser Mann würde im Zentrum ihres Berichts stehen, ob es ihm paßte oder nicht, entschied Julie. Sie ging absichtlich zu einem anderen der übrigen drei Leute, die den Verletzten trugen.

»Ich bin Julie Kravine von der WNBC«, sagte sie zu der Frau, die eine Ecke des Regenmantels hielt. »Wie heißen Sie?«

»Bette Waylon.« Die Frau trug eine dunkle Jacke mit den Manschetten, die durch *Way Down and Way Over* populär geworden waren.

»Können Sie mir sagen, was Sie gedacht haben, als die Lichter ausgingen?«

»Nichts, glaube ich. Daß ich zu spät ins Geschäft kommen werde.«

»Haben Sie eine Ahnung, wodurch das hier verursacht wurde?«

»Nein. Aber wir werden es schon aus dem Fernsehen erfahren, wenn wir wieder draußen sind.«

»Hat vielleicht sonst jemand hier eine Idee?« Julie sah den großen Mann an. Er machte den Mund auf, sagte aber nichts.

Julie ging um die Gruppe herum, bis sie neben dem Mann stand. Er warf ihr einen Blick zu, dann sah er wieder nach vorn.

»Und wie ist Ihr Name, bitte?«

Der Mann antwortete, ohne sie anzusehen. »Matt Sheehan.«

Während sie sich ihre nächste Frage überlegte, sprach Matt bereits weiter. »Und ich möchte mich entschuldigen, daß ich vorhin so grob war. Ich dachte, sie wären nur irgendso ein Idiot mit einer Kamera. Ich glaube, ich war etwas nervös.«

»Ich denke, wir sind alle etwas nervös«, sagte Julie, während sie dachte, daß er von allen Anwesenden am wenigsten nervös wirkte. »Sie sind Polizist?«

»Polizist? Nein.«

»Sie haben sehr schnell und angemessen auf die Situation reagiert. Das ist nicht gerade selbstverständlich.«

»Ich war einige Jahre beim Militär.«

»Ach so! Dann haben Sie vielleicht eine Ahnung, was hier passiert sein könnte?«

Der Mann schwieg eine Weile, während das Knirschen der Schuhe auf dem Schotter zu hören war. »Eigentlich nicht.«

»Nicht die leiseste Ahnung?«

»Nein. Aber ich würde wetten, daß nicht nur wir hier unten mit dem Problem zu tun haben.«

»Wie kommen Sie darauf?«

»Weil dieser Tunnelabschnitt unter dem Fluß liegt. Er muß durch festes Grundgestein führen. Eine Kraft, die einen solchen Schaden anrichten kann, wie wir ihn erlebt haben, kann nicht nur auf einen Tunnel beschränkt sein.«

Julie war so sehr damit beschäftigt gewesen, Reaktionen einzufangen, daß sie bisher kaum an etwas anderes gedacht hatte, doch als sie plötzlich ein flaues Gefühl im Magen spürte, wußte sie, der Mann hatte vermutlich recht. Kurz darauf war sie sich gar nicht mehr so sicher, daß diese Reaktion nur auf ihre Nervosität zurückzuführen war.

Der Boden zitterte. Die Leute, die den Verletzten trugen, gerieten ins Stolpern, während sich um sie herum eine Staubwolke erhob.

Julie kauerte sich im dunklen Tunnel hin und hatte dasselbe Gefühl wie in einem Lift, der nach oben anfuhr.

Im Gebäude der Computer-Forschungsabteilung der Columbia University schreckte Dr. Bobby Joe Brewster aus dem Schlaf hoch.

Im ersten Moment fühlte er sich, als wäre er auf See. Der Arbeitstisch, auf dem sein Kopf lag, war in Bewegung geraten, ebenso wie der Stuhl, auf dem er saß. Er riß seinen Kopf hoch.

»Mist!« Bobby Joe sah auf den dunklen Computer-Bildschirm. Die atmosphärische Simulation war beinahe abgeschlossen gewesen, als er eingeschlafen war. Jetzt mußte er ganz von vorne anfangen. Der Strom war ausgefallen, und zwar schon so lange, daß die Ersatzversorgung ihre Kapazität erschöpft hatte. Der Boden hob sich, und ein Kugelschreiber rollte ein paar Zentimeter weit über Bobby Joes Arbeitstisch, bevor er wieder zur Ruhe kam. »Was . . . ?«

Entweder erlaubten sich ein paar der Studenten aus seinem Computerdesign-Seminar einen üblen Scherz mit ihm, oder es lag wirklich ein ernsthaftes Problem vor. Er stand auf und ging ans Fenster.

Bobby Joe mußte feststellen, daß wirklich ein ernsthaftes Problem vorlag.

Er rieb sich den Schlaf aus den Augen und blickte noch einmal über die nächsten Wolkenkratzer. Er sah, wie New Jersey versank.

»Okay, Jungs!« sagte er laut. »Das ist wirklich eine überzeugend echte Simulation!«

Er horchte auf Gelächter oder irgendeine sonstige Reaktion. Nichts. Er sah noch einmal aus dem Fenster, zuerst nach links, dann nach rechts, so weit er blicken konnte. Er hatte genügend Zeit in VirtReal-Simulationen verbracht, um unterscheiden zu können, was real war und was nicht. Das hier war real und dadurch irreal.

Der Verkehr auf allen Straßen war zum völligen Stillstand gekommen. In weiter Entfernung sah er ein Einkaufszentrum, das von hier oben wie ein Flugzeugträger aussah. Schiffe kämpften sich durch schaumgekröntes Wasser. Eine Turbulenz breitete sich über den Hudson aus.

Er sah nach oben, und preßte seine Wange dicht an die

Scheibe. Über ihm war eine feste schwarze Wolke. Oder? Die Ränder sahen ziemlich gerade aus.

Bobby Joe sah wieder auf New Jersey hinunter. Er konnte Straßen erkennen, die er noch nie zuvor gesehen hatte, und die Küste geriet langsam aus seinem Blickfeld, als sie hinter den Dächern der benachbarten Häuser verschwand.

Die Angst machte ihn nervös. Heute würde kein guter Tag werden.

In Queens war Annie Muntz gerade beim Frühstück und sah sich die Morgennachrichten an, als die Lichter flackerten und das Fernsehbild einfror. Eine Bewegung draußen vor dem Fenster erregte ihre Aufmerksamkeit.

Auf dem Tisch neben der Couch stand ein schweres Glas, daumenbreit mit Scotch gefüllt. Sie stand auf und ging näher ans Fenster, wobei sie ihren Drink mitnahm.

Zuerst dachte Annie, daß ihr Wohnhaus irgendwie im Boden versinken würde, denn die Skyline von Manhattan erhob sich langsam, aber sicher in die Luft. Und diese Skyline lag unter einer riesigen durchsichtigen Kuppel, als hätte man alle Gebäude unter eine gigantische Käseglocke gestellt.

Während sie zusah, wurden ihre Knie weich. Die gesamte Insel von Manhattan erhob sich unter der Käseglocke langsam in die Luft. Dann sah sie, was sich unter der Insel befand. Unter dem Straßenviertel hing ein großer Kegel, der noch tiefer nach unten reichte als das Empire State Building nach oben.

Etwa ein Dutzend dunkle Linien verliefen vom Rand der Insel nach oben. Annies Blick folgte den Kabeln, bis sie ein gewaltiges schwarzes Schiff sah, das darüber schwebte und sogar noch größer als der entführte Stadtteil war. Verwirrt runzelte sie die Stirn. Der Alkoholanteil in ihrem Blut war hoch genug, daß sie für eine Weile die Möglichkeit in Betracht zog, Zeugin der Werbeaktion zu sein, an der sie alle zugrunde gehen würden.

Schließlich schrie Annie ihrem Ehemann im Nebenzimmer zu: »Heh, Herb! Komm mal her! Das solltest du dir ansehen!«

Die hintere Hälfte des U-Bahn-Zuges der A-Linie hatte wesentlich größeren Schaden davongetragen als der vordere Teil. Sie war gegen etwas sehr Hartes geprallt.

Als Shirley Hamilburg das Bewußtsein wiedererlangte, hörte sie Stohnen. Ihr erster Gedanke war, daß sei einen äußerst realistischen Traum von ihrem Arbeitsweg gehabt hatte, und dann fragte sie sich, ob sie verschlafen hatte. Schließlich öffnete sie die Augen und überzeugte sich davon, daß sie tatsächlich wach war, obwohl sie nichts sehen konnte. Wo war Frankie, und was war mit ihren Augen los?

Irgendwo links von ihr blitzte Licht auf. Sie drehte den Kopf, um zu sehen, woher es kam, und mußte feststellen, daß sie sich wirklich in einem U-Bahn-Wagen befunden hatte. Wo war sie jetzt? Das Licht blitzte wieder auf. Es war jemand mit einem Feuerzeug oder einem Streichholz. Plötzlich fühlte sie, wie heiß ihr war. Die Luft war stickig. Sie befand sich immer noch im Wagen.

Shirley hob den Kopf und spürte Schmerzen in der Schulter, als sie ihre Lage veränderte. Außerhalb des Wagens flackerten Lichter auf. Sie befand sich inmitten eines Knäuels von Körpern, wie in einer alptraumhaften Orgie.

Aus diesem Haufen versuchte sie sich zu befreien. Als eine Flamme in der Nähe die Dunkelheit erhellte, sah sie, daß der Mann vor ihr offenbar heftig gegen eine Haltestange des Wagens gestoßen war. Aus dem vorderen Teil des Wagens hörte sie, wie sich jemand erbrach, und Shirley zuckte zusammen. Sie wäre lieber tot, als sich erbrechen zu müssen.

Schließlich schaffte Shirley es, sich zu befreien. Sie stieg über ein paar reglose Körper hinweg, wobei sie ihr Gewicht auf die Haltestangen zu verlagern versuchte. Die Tür war bereits gewaltsam geöffnet worden. Draußen waren rechts in der Nähe des vorderen Teils des Wagens Lichter zu sehen. Sie schob sich zwischen dem Wagen und der Tunnelwand hindurch. Der Wagen selbst stand offensichtlich nicht mehr auf den Schienen und hatte sich gegen die andere Tunnelwand geneigt. Sie ging weiter und erreichte den vorderen Wagen, der sich quergestellt hatte.

Shirley stieß zu einer kleinen Gruppe Menschen, die flackernde Feuerzeuge und Streichhölzer hielten.

Im schwachen Licht konnte sie erkennen, daß der vordere Wagen so durchtrennt worden war, als hätte Gott ein riesiges Fleischerbeil benutzt. Die Hälfte des Wagens stand zusammengequetscht vor einem festen Hindernis, das den gesamten Tunnelquerschnitt verschloß. Zwei leblose Gesichter starrten leer durch eins der blutverschmierten Fenster.

Shirley starrte auf das Ende des U-Bahn-Tunnels. Ein Mann neben ihr sagte: »Ich verstehe das nicht. Was geht hier vor?«

Dann setzte ein plötzliches Rumpeln und Knirschen ein. Jemand in der kleinen Menge rief: »Es bewegt sich!«

Es war nun deutlich zu erkennen, daß sich die schwarze Barriere am Ende des Tunnels nach oben schob. Und von ihnen fort. Licht drang in den Tunnel, und Shirley blinzelte, als sich ihre Augen daran zu gewöhnen versuchten.

Die Lücke zwischen der Tunnelöffnung und der sich aufwärts bewegenden Wand wurde größer. Doch es zeigte sich nicht die andere Seite des Tunnels, sondern unter der Tunnelöffnung klaffte ein tiefer Abgrund. Jemand brummte: »Heilige Scheiße!«

Die anderen in der Menge waren genauso sprachlos wie Shirley, der Boden der sich bewegenden Masse erreichte ihre Augenhöhe. Immer mehr Licht drang nach unten, bis das Tageslicht den Grund einer riesigen Mulde erreichte, die wie ein Übertagebergwerk aussah. Und über dem Abgrund schwebte eine unfaßbar riesige, dunkle Masse unaufhaltsam nach oben.

Dann stürzte Wasser an der Tunnelmündung vorbei nach unten. Vorher konnte Shirley noch einen Blick auf weitere Tunnelmündungen in der Wand des langgestreckten Abgrunds werfen. Die zwei Löcher, die sich ziemlich genau gegenüber befanden, mußten zum Holland Tunnel gehören und rechts davon war eine Röhre der PATH-Linie. Im Norden waren zwei weitere durchtrennte Tunnel zu sehen, bei denen es sich um die Amtrak-Eisenbahnlinie handeln mußte. Allmächtiger Gott!

Weiter im Norden waren die drei Röhren des Lincoln-Tunnels zu sehen. Öliger schwarzer Rauch drang aus dem Loch ganz rechts. Wasser stürzte an den anderen Tunnelmündungen vorbei, während Shirleys Verstand allmählich mit dem klarzukommen versuchte, was ziemlich offensichtlich, aber nur schwer zu akzeptieren war. Ganz Manhattan erhob sich in die Luft und hinterließ ein riesiges längliches Loch im Boden, das dieselbe Form wie eine Insel hatte.

Der Wasserfall wurde immer lauter, doch gegenwärtig rauschte das Wasser noch an der Tunnelmündung vorbei, nur wenig drang ein. Inzwischen sah der Rand des Loches überall wie die Niagara-Fälle aus.

Ein Mann, der einen Pullover und eine Weste trug, sagte langsam: »Oh, mein Gott! Ist Ihnen klar, was geschehen wird, wenn das Wasser das Loch ausgefüllt hat und bis zu dieser Höhe angestiegen ist?«

Plötzlich wußte Shirley ganz genau, was geschehen würde. Etwa zum selben Zeitpunkt sagte ein anderer: »Wir sollten schnellstens die Kurve kratzen!«

Ein Jugendlicher in einer schwarzen Jacke meinte: »Wir schaffen es niemals bis zum Tunnelausgang, bevor das Wasser den Tunnel überflutet. Wir sollten lieber nach draußen springen.« Inzwischen war der Wasserfall zu einem donnernden Getöse angeschwollen.

»Na klar«, sagte der Mann im Pullover. »Nur zu! Spring! Da draußen ist es wie in einem Mixer. Und wenn wir darauf warten, bis das Wasser uns erreicht, werden wir einfach in den Tunnel gerissen, wenn es eindringt.«

»Aber wir müssen doch irgend etwas tun!« rief der Jugendliche.

»Richtig. Ich werde rennen.« Der Mann lief zurück in den dunklen Tunnel. Die meisten anderen folgten ihm, Shirley ebenfalls.

Sie rannten durch die alptraumhafte Dunkelheit, bis Shirleys Lungen kurz vor dem Bersten standen. Sie hatten noch nicht einmal die niedrigste Stelle des Tunnels erreicht, als das Wasser eindrang. Als sie das Rauschen hörte, klopfte ihr Herz noch schneller. Ein heftiger Luftzug raste durch den Tunnel, zwei Feuerzeuge gingen aus. Kaltes Wasser umspülte Shirleys Fußknöchel, Sekunden später watete sie durch wadentiefes Wasser.

Plötzlich schien das Wasser schneller zu fließen, es warf Shirley zu Boden. Die Strömung riß sie in absoluter Dunkelheit mit sich. Ihre Füße stießen gegen eine Wand. Ihr Körper wurde in der Strömung umhergewirbelt. Sie wußte nicht mehr, wo oben war, aber sie brauchte Atemluft.

Shirley hatte, so lange sie konnte, den Atem angehalten, als die Strömung ihren Kopf schließlich gegen eine Wartungstür schleuderte.

Rudy Sanchez stand gebannt am Fenster, während das Gebäude der Stadtverwaltung um ihn herum wie im Sturm schwankte und knirschte. Ein riesiges Schiff über der Stadt hob offenbar die gesamte, von einer Kuppel eingehüllte Stadt in die Luft. Ein Wirbel breitete sich im Wasser der Upper Bay aus, als wäre der Stöpsel aus einer gigantischen Badewanne gezogen worden. Die Staten-Island-Fähre war auf dem Weg nach Manhattan gewesen, aber inzwischen hatte sie sich um hundertachtzig Grad gedreht und versuchte sich verzweifelt, aber vergeblich nach Süden vorzukämpfen, um nicht rückwärts in das Loch gesogen zu werden. Rudy konnte eine Menschenmenge am Heck der Fähre erkennen, als die Wirbel das Schiff auseinanderzureißen begannen. Dann mußte er die Augen schließen.

Als er sie wieder öffnete, konnte er die Fähre nicht mehr sehen, doch als er den Hals reckte und nach Südwesten blickte, erkannte er gerade noch, wie die Freiheitsstatue unter dem Horizont verschwand. Es sah aus, als würde sie ihnen zum Abschied zuwinken.

Nach einer knappen Minute war Brooklyn aus seinem Sichtfeld verschwunden, und nach ein paar weiteren Minuten konnte Rudy den Atlantik nicht mehr sehen. Die Atmosphäre wechselte ihre Farbe von Blau zu Schwarz, während das Bild der Freiheitsstatue immer noch vor seinem inneren Auge stand.

Rudy blickte auf die Menschen am Boden hinunter. Kaum jemand rührte sich, fast alle schienen auf die Kuppel zu starren.

Der Himmel außerhalb der Kuppel sah jetzt fast völlig schwarz aus. Rudy sah die ersten Sterne neben dem Umriß des riesigen schwarzen Schiffes über ihm. Unten wirkten die Schatten schärfer als gewöhnlich, die Sonne war heller als sonst.

Dann bemerkte Rudy, daß der dunkle Schatten über ihm plötzlich größer wurde und immer mehr Sterne verdeckte, bis

Rudy nur noch die erkennen konnte, die kurz über dem Horizont standen. Ihm wurde flau, als er zu der Schlußfolgerung gelangte, daß nicht das Schiff, das die Stadt im Schlepptau hatte, näher kam, sondern daß sie sich jetzt unter einem Schiff befanden, das noch viel größer als das sein mußte, das Manhattan entführt hatte. Rudy schluckte.

Das schwarze Schiff verdeckte immer mehr Sterne, als würde ein riesiger schwarzer Zylinder über die Insel gestülpt. Hilflos sah Rudy zu, wie sie in das gigantische Schiff verfrachtet wurden.

Das Licht der Sonne erlosch. Manhattan bewegte sich durch absolute Dunkelheit.

2

Freie Verpflegung

Während das morgendliche Manhattan von einer unnatürlichen Finsternis verschluckt wurde, sah Dorine Unterwood, die Bürgermeisterin von New York City, vom Fenster ihres Büros im westlichen Flügel der City Hall aus zu. Ihr Beruf verlangte von ihr, mit dem Unerwarteten zu rechnen, aber das hier war absurd.

Dorine war schon vor dem offiziellen Dienstbeginn an ihrem Schreibtisch gewesen. Früh aufzustehen war die einzige Möglichkeit, mit dem unaufhörlichen Strom der täglichen Besucher fertig zu werden und trotzdem einen reibungslosen Ablauf der Stadtverwaltung zu garantieren. Schon vor langem hatte sie gelernt, wie wichtig es war, Aufgaben zu delegieren, dennoch mußte sie aber dafür sorgen, daß die Tentakel des Verwaltungsapparats sich nicht gegenseitig behinderten. Ihr Vorgänger hatte nur eine einzige Amtsperiode durchgehalten, was unter anderem auf Fehler wie die Veranstaltung von Führungen durch Tierversuchslabors am Tag der Tierrechte zurückzuführen war.

Die Geräusche der Stadt hatten sich geändert und sie zum Fenster getrieben, wo ihr Körper für eine Weile erstarrte. Sie konnte weder atmen noch schlucken. Sie stand nur wie versteinert da und drohte den Verstand zu verlieren, als Manhattan durch die Luft davonschwebte.

Die Finsternis war nicht undurchdringlich. Die paar Busse, Taxis, Laster und Autos, die auf den Straßen unter ihr angehalten hatten und noch nicht von ihren Fahrern verlassen worden waren, stachen mit doppelten Lichtstrahlen durch die künstliche Nacht.

Dorine hätte sich im Dunkeln wohler gefühlt. In der Dunkelheit hätte sie so tun können, als wäre nichts passiert. Keiner der Scheinwerfer drang durch die Kuppel, die entlang der Küste über der Stadt errichtet worden war. Statt dessen spiegelten sich die Lichter in der Kuppel und erzeugten wie in einem Spiegelkabinett ein verzerrtes Abbild der Stadt in Aufruhr. Es war unmöglich, die jüngsten Vorgänge zu leugnen. Unkontrolliert zitterte sie im warmen Zimmer.

Sie schloß kurz die Augen. Es war ein weiterer vergeblicher Versuch, sich einzubilden, alles wäre normal. In ihrer selbstgeschaffenen Blindheit erkannte Dorine Underwood, daß sich selbst auf diese Weise nicht die Ereignisse der letzten halben Stunde verdrängen ließen. Sie fühlte sich leichter.

Sie öffnete wieder ihre Augen und konzentrierte sich diesmal ganz auf sich selbst, statt auf die draußen herrschende Panik. Sie hob einen Arm. Es fühlte sich an, als wären Fäden an ihrem Handgelenk befestigt, die ihn sanft nach oben zogen. Sie wußte, was das bedeutete – daß Manhattan sich jetzt in einem Gravitationsfeld befand, das schwächer als die Erde war – aber sie hatte dennoch Schwierigkeiten, diese Tatsache zu akzeptieren.

Sie machte ein Experiment und sprang. Zum Glück war die Decke ihres Büros hoch genug, daß sie nicht so heftig mit dem Kopf anstieß, und sich verletzte. Wie in Zeitlupe sank sie dem Boden entgegen. Es dauerte so lange, daß sie unterwegs aus dem Gleichgewicht geriet und schräg auf einem Knöchel landete. Schließlich fiel sie mit weniger Würde auf den Boden, als es für die Bürgermeisterin von Big Apple schicklich war.

Verblüfft, aber unverletzt kam sie wieder auf die Beine und blickte erneut aus dem Fenster. Ihr Atem kam in kurzen Stößen. Im Handbuch des Bürgermeisters gab es kein Kapitel, durch das sie angemessen auf das hier vorbereitet worden wäre.

Julie Kravine hatte das Zittern gespürt, während sie mit den anderen durch den U-Bahn-Tunnel gehastet war, und jetzt bemerkte auch sie, daß sie irgendwie leichter als vorher geworden war. Das Gehen war keine rein instinktive Tätigkeit mehr. Sie mußte sich jetzt darauf konzentrieren, zwischen den Schritten ihr Gleichgewicht beizubehalten, der Boden wirkte rutschig. Die vier, die den Verwundeten trugen, waren alle gestolpert, wobei sie das Opfer zweimal beinahe fallengelassen hätten.

Einer der Männer sagte: »Was geht hier vor? Das ist ja wie in einem von diesen Schwerelosigkeits-Trips in Epcot.«

Die flackernden Flammen der Feuerzeuge schienen etwas länger und dünner als zuvor zu sein. Matt, der große Mann, der mehr oder weniger das Kommando übernommen hatte, sagte: »Ich kann es mir nicht erklären. Wir sollten zunächst einmal diesen Mann in Sicherheit bringen. Dann werden wir schon mehr wissen.«

Julie wollte nicht bloß unbeteiligte Beobachterin sein, sondern an der Diskussion teilnehmen. Sie sagte: »Aber Sie meinen, daß das hier nicht nur der Einsturz eines Tunnels ist, nicht wahr? Ich bin nervös.«

»Auch ich bin nervös«, sagte Matt. »Aber im Augenblick können wir hier nicht viel dagegen tun, oder?«

Julie schüttelte den Kopf. Vermutlich sah niemand die Geste im schwachen Licht.

Nach ein paar weiteren Schritten sagte die Frau in der Vierergruppe plötzlich: »Sehen Sie! Da vorne! Da ist Licht!«

Ein Zug! Julie hatte auf einmal Angst. Gab es genug Platz für den Zug, um sie zu passieren, ohne sie an den Tunnelwänden zu zerquetschen? Würde er mit ihrem aufgehaltenen Zug zusammenstoßen und dabei noch mehr Menschen töten? Die besorgten Gedanken rasten so schnell durch ihr Gehirn, daß sie erst eine Sekunde später feststellte, daß ein fahrender Zug in dieser Situation keinen Sinn mehr machte.

Sie hatte recht. Ein Stück weiter befand sich das erste funktionierende Notlicht, das Julie sah, seit sie den Zug hinter sich gelassen hatten. Sie mußten in der Nähe eines Bahnhofs sein. Endlich würden sie herausfinden, was hier vor sich ging.

Matt und die drei Helfer wuchteten den Mann, der seine Hand verloren hatte, auf den Bahnsteig. Der Mann lag auf dem Rücken, als sie in der verringerten Schwerkraft mühelos hinterherkletterten.

Als Matt seinen Zipfel des Regenmantels wieder aufnahm, flatterten die Augenlider des Verletzten und öffneten sich. »Was?« sagte er benommen. Sein Blick konzentrierte sich auf etwas hinter Matt, während sich seine Stirn vor Verwirrung runzelte. Matt folgte dem Blick des Mannes und sah im Bahnhof ein Plakat der Kirche des Letzten Heilands, auf dem in großen schwarzen Buchstaben BEREUT! stand.

Matt sah wieder den Mann an und sagte: »Wir sind da. Man wird Ihnen helfen. Machen Sie sich keine Sorgen!«

Der Mann verzog schmerzvoll das Gesicht, und Matt wünschte sich, sie hätten irgendein Betäubungsmittel für ihn. Er schien die Vierzig überschritten zu haben, hatte dünne Lippen, schwarze Augen und schräge Augenbrauen. Seine Augen schlossen sich und öffneten sich kurz wieder, um sich erneut zu schließen, wie die Augen eines Kindes, das länger aufbleiben will, es aber nicht mehr schafft.

Noch während sie die dunklen Treppen des Bahnhofs hinaufstiegen, wurde Matt in seinem Verdacht bestätigt, daß etwas ganz und gar Ungewöhnliches geschehen sein mußte. Wenn die Katastrophe auf einen Ort beschränkt gewesen wäre, hätten sie Hilfe im Bahnhof gefunden – oder schon lange vorher. Auf dem Weg nach oben begegneten sie niemandem, und die Geräusche der Stadt kamen sogar ihm unnormal vor.

Das Hupen der Autos, das zu ihnen hinunterdrang, hörte sich nicht wie der gewöhnliche Lärm aus kurzem, abwechselnden Hupen an. Statt dessen waren konstant mehrere Hupen verschiedener Tonlage und Lautstärke zu hören, als wären die Fahrer nach einem Dutzend Unfälle über ihren Lenkrädern zusammengebrochen.

Matt und die anderen erreichten die letzte Treppe, die zur Straße hinaufführte, doch selbst hier war nur die Notbeleuchtung eingeschaltet. Aus der Ferne kamen Schreie und das Gemurmel einer großen Menschenmenge. Die Reporterin hastete vor ihnen die Stufen hoch. Matt setzte bedächtig einen Fuß vor den anderen und achtete ständig auf den Verletzten. Als sie auf Straßenhöhe waren, kamen sie an ein paar Leuten vorbei, die sich gegen die Wand gedrängt hatten, und Matt sah die Reporterin, die reglos dastand und nach oben starrte.

Statt des Tageslichts, das Matt erwartet hatte, war es Nacht. Über Manhattan hing das Spiegelbild einer verdunkelten Stadt, die nur von Scheinwerfern der feststeckenden und verlassenen Fahrzeuge in den Straßen erhellt wurde. Die Gehwege waren mit Gruppen von Menschen überfüllt, die zu den verzerrten

Spiegelungen hinaufblickten. An mehreren Stellen lagen Menschen reglos am Boden. Vielleicht einen halben Block entfernt wimmerte jemand. Matts Magen hob sich. Er konnte die Menschen verstehen, die sich auf die Erde geworfen hatten, denn das Bild über der Stadt in Verbindung mit der verringerten Schwerkraft verursachte auch ihm eine schwindelnde Höhenangst.

Ein Mann aus der Vierergruppe schwankte ein wenig, fing sich aber wieder. Zum Glück wog das Gewicht des Verletzten nun nicht mehr so schwer wie vorher. Matt blickte sich um. Ein Stück entfernt steckte ein Krankenwagen im Verkehrsstau fest.

»Wir wollen den Mann dort hinüber bringen«, sagte Matt und zeigte in die Richtung.

Sie zwängten sich durch die Menschen auf den Gehwegen und der Straße hindurch. Als sie einen freien Platz erreichten und schneller gingen, hätte Matt fast das Gleichgewicht verloren. Das Pflaster wirkte sehr glatt, was zweifellos auf die verringerte Reibung durch die geringere Schwerkraft zurückzuführen war.

Zwei Krankenpfleger standen neben den offenen Wagentüren auf der Straße und blickten zum Himmel hinauf.

»Wir haben hier jemanden, um den Sie sich kümmern sollten«, sagte Matt zum Fahrer.

Es dauerte einen Moment, bis der Fahrer Matt wahrgenommen hatte und er auf das reagieren konnte, was er sagte, doch nach ein paar Sekunden übernahm seine Routine wieder die Kontrolle. Er und sein Kollege legten den Mann ohne Hand auf eine Tragbahre. Matt erklärte, daß sie die Hand des Mannes nicht hatten wiederfinden können.

Die Reporterin trat neben Matt, als die Krankenpfleger begannen, den Arm des Mannes medizinisch zu versorgen. Die Augenlider des Mannes öffneten sich flatternd, und die Reporterin fragte: »Können Sie sich daran erinnern, was mit Ihnen geschehen ist?«

Der Mann starrte auf seinen Arm, an dem sich keine Hand mehr befand. Er befeuchtete seine Lippen und sagte leise: »Ich glaube, Gott versucht mir irgend etwas zu sagen.« Seine Stimme war sanft und dennoch volltönend.

»Was meinen Sie damit?« fragte sie, aber der Mann schloß die Augen, und seine Gesichtszüge entspannten sich, vermutlich weil die Wirkung des Beruhigungsmittels eingesetzt hatte.

Matt trat auf den Bordstein zurück, als ein helles Licht am westlichen Himmel sichtbar wurde. Ein runder Punkt von der Größe der Sonne ließ die Reflexe über der Skyline verblassen und wurde immer heller. Schlagartig verstummten die Menschen auf den Gehwegen und den Straßen.

Diese ›Sonne‹ wurde immer heller, bis es schmerzte, sie anzusehen, und in den Straßen wurde es taghell.

Nachdem sie ihr offensichtliches Helligkeitsmaximum erreicht hatte, verschwanden die Spiegelungen auf der Kuppel. Nach und nach wurde sie völlig durchsichtig. Matt trat ein paar Schritte beiseite, damit er besser nach Osten sehen konnte. Das einzige, was er erkannte, war die Tatsache, daß die Brooklyn Bridge sich nicht mehr dort befand, wo sie seiner Erinnerung nach sein mußte. Statt dessen war nur ein Stumpf der Brücke zu sehen.

Die Kuppel wurde immer transparenter, während Matts Mund sich wie ausgetrocknet anfühlte. Er konnte durch die Kuppel hindurchsehen, doch was er sah, hatte keinerlei Ähnlichkeit mit Brooklyn.

Statt dessen lag Manhattan auf einer scheinbar endlosen grauen Ebene. In der Ferne stand eine weitere Kuppel auf der Ebene, und links davon noch eine. Etwas weiter entfernt als die zwei Kuppeln war wieder eine. Matt veränderte erneut seine Position, während die Menge um ihn wieder in Bewegung geriet. Schreie und laute Rufe wurden hörbar. Er entdeckte noch zwei weitere Kuppeln in der Ferne.

Unter den anderen Kuppeln schienen sich ebenfalls Städte zu befinden. Die eine war ein Gewimmel aus Bögen in allen Farben des Spektrums, die andere sah aus wie ein einziges riesiges Gebäude, eine dritte war wie eine Ansammlung nadeldünner Spitzen mit Heiligenscheinen. Sogar jemand, der nicht so weitgereist wie Matt war, hätte sofort erkannt, daß es solche Städte nie auf der Erde gegeben hatte.

Julie ließ ihre Minikamera weiterlaufen und versuchte angestrengt, Ihre Gedanken auf die Routine ihres Jobs zu konzentrieren. Gott sei Dank waren die Batterien noch nicht leer. Das Objektiv der Minikamera war an ihrem Stirnband befestigt und übermittelte die Bilder auf ihre Brillengläser und in den Recorder, der an ihrem Gürtel hing.

Sie hatte mehrere Schwenks über die Kuppel gemacht und den feststeckenden Verkehr mit den zwischen Fulton und Broadway herumirrenden Fahrern aufgenommen, bevor die künstliche Sonne erschienen war und die Kuppel sich geklärt hatte. Nun benutzte sie ihr Teleobjektiv, um die anderen Städte unter den Kuppeln auf der Ebene heranzuholen. In einer der nächsten Kuppeln, die vielleicht einhundert große blaue Pyramiden mit unregelmäßigen Fenstern enthielt, erkannte sie, wie sich darin etwas, das wie Menschen aussah, bewegte.

Licht glitzerte auf der Kuppel über der blauen Stadt, und in der kurzen Zeit, in der sie die Szene aufzeichnete, war die hellste Spiegelung um Haaresbreite nach rechts weitergewandert. Über dieser Seite der Kuppel war der ›Himmel‹ heller, als wäre eine eigene ›Sonne‹ darauf gerichtet, die jedoch aus dieser Richtung nicht direkt zu beobachten war. Sie wartete einen Moment und stellte dann fest, daß sich der Reflex wieder ein Stück nach rechts verschoben hatte. Im Telemodus konnte sie ein paar weit entfernte Kuppeln erkennen, die dunkel aussahen. Einige Kuppeln waren einfache Halbkugeln, andere waren verzerrt, um hohe Gebäude aufzunehmen, so wie auch die zeltförmige Kuppel über Manhattan.

Julie sah sich noch einmal die Kuppel über Manhattan an. Die Blase berührte fast die Spitze des südlichen Turms des World Trade Centers. Sie ging an ein paar Leuten auf dem Gehweg vorbei und machte noch einige Aufnahmen. Das Hupen schien sich ein wenig beruhigt zu haben, seit sie und die anderen auf die Straße gekommen waren, doch die Menschen blockierten immer noch die Straßen, liefen zwischen stehenden Lastwagen und Bussen hindurch oder starrten reglos nach oben. Ein paar Leute in der Nähe der Kreuzung schrien etwas Unverständliches.

Julie bemerkte, daß die Menschen in der Menge mehr Augenkontakt als gewöhnlich suchten, stumm schienen sie zu fragen: »Siehst du es auch?« Auf der Straße erkannte sie einen Journalistenkollegen, konnte aber nicht erkennen, ob auch er eine Minikamera trug.

»Werden Sie zurechtkommen?« fragte eine Stimme hinter ihrer Schulter.

Sie drehte sich um und sah Matt Sheehan, der mit seiner kleinen Reisetasche dastand. »Es ist wohl noch etwas zu früh, um das beurteilen zu können, meinen Sie nicht auch?«

»Ich meinte, ob Sie hier in der Stadt zurechtkommen?«

»Klar, kein Problem. Haben Sie bemerkt, daß unter den anderen Kuppeln Menschen zu leben scheinen?«

»Nein, aber es freut mich, das zu hören. Das bedeutet vermutlich, daß man vorhat, auch uns am Leben zu lassen.«

Eine Bewegung in der Richtung, wo der Rest der Brooklyn Bridge stand, ließ gleichzeitig ihre Köpfe herumfahren. Etwas, das wie eine riesige durchsichtige Röhre aussah, senkte sich von oben herab, ohne daß das obere Ende sichtbar gewesen wäre. Julie blickte sich um und sah im ›Süden‹ eine zweite Röhre. Sie drehte sich einmal im Kreis herum und zählte vier weitere Röhren, die sich rund um die Insel herabsenkten. Vermutlich gab es auch am nördlichen Rand der Kuppel in der Nähe von Harlem und Washington Heights weitere solcher Röhren.

Das Ende der nächsten Röhre hatte fast die Ebene außerhalb der Kuppel erreicht. Julie aktivierte erneut ihre Minikamera und beobachtete die Szene durch das Teleobjektiv. »Diese Röhre, oder was immer das sein soll, biegt sich«, informierte sie Matt.

Die Röhre krümmte sich weiter, bis sie eine Neunzig-Grad-Wendung vollzogen hatte und auf die Kuppel zeigte. »Sie nähert sich der Kuppel«, sagte Julie.

Als die durchsichtige Röhre näher kam, vergrößerte das Ende seinen Durchmesser. Schließlich berührte es die Wand der Kuppel in einer Höhe von vielleicht fünfzig Metern, etwa so hoch wie der Stützpfeiler der Brooklyn Bridge.

»Dasselbe geschieht mit den anderen Röhren«, sagte Matt, als er sich wieder der nächsten zuwandte.

Wo die Öffnung der Röhre die Kuppel berührte, bildete sich

ein heller Ring. Das Material der Kuppel innerhalb und knapp außerhalb des Kreises leuchtete auf, und dann schmolz der Kreis von der Mitte her weg, bis es aussah, als hätte ein riesenhafter Glasbläser gerade den Ausguß einer gläsernen Teekanne geformt. Julie hörte in der Ferne mehrere Sirenen, während sie beobachtete, wie das Material in der Nähe der Röhre zu leuchten aufhörte. Sekunden später hatten die Kuppel und die Röhre wieder ihre gewohnte Transparenz, als wären sie dauerhaft miteinander verbunden worden.

»Was glauben Sie, wozu das gut sein soll?« fragte sie.

Matt sah sich die Röhren an. »Wenn sie uns am Leben erhalten wollen, brauchen wir bald frische Luft. Ich tippe auf Luftversorgung.«

Dann senkten sich weitere Röhren vom Himmel herab. Während Julie zusah, spürte sie eine leichte Brise, die vorher noch nicht dagewesen war.

»Das mit der Luft scheint zu stimmen«, sagte sie und blickte sich um. »Sagen Sie mal . . . kommt es Ihnen vielleicht so vor, als hätte sich das Licht bewegt, seit es erschienen ist?«

Matt blickte zur ›Sonne‹ hoch. »Vielleicht ein kleines Stück. Nach rechts?«

»Das ist auch meine Vermutung.«

»Ich wollte schon immer mal wissen, wie es ist, auf einer Ameisenfarm zu leben.«

»Sie machen wohl Witze!«

Matt sah sie an. »Ja, ich bin in genau der richtigen Stimmung dazu.«

Eine der Röhren aus dem zweiten Satz hatte sich durch die Kuppel geschmolzen. Sie war kleiner und setzte dichter über dem Boden an. Außerdem hatte sie eine ganz andere Wirkung auf die Kuppel selbst. Es bildete sich nicht nur ein Loch in der Kuppel, sondern ein Teil der Kuppel oder Röhre stülpte sich nach innen vor. Matt und Julie sahen mehrere Sekunden lang fassungslos zu, bis Matt plötzlich auflachte.

»Was ist?« fragte Julie.

»Es ist eine Art Vogeltränke. Die Mulde wird sich mit Wasser füllen, würde ich wetten . . .« Er zögerte. »Falls es noch Sinn macht, sein Geld zu verwetten.«

Julie sah wieder auf die Verbindung und die sich bildende Struktur. Er hatte recht. Es sah genau wie eine Vogeltränke aus. »Ich habe schon viele Sachen gesehen, aber es fällt mir schwer, all das hier als wirklich zu akzeptieren.«

»Mir auch.«

Juli hörte Schreie in der Menge hinter ihr. Sie drehte sich um und sah, wie mehrere Leute nach oben zeigten. Sie folgte ihren ausgestreckten Armen und sah, daß sich auf der Spitze der zeltförmigen Kuppel etwas tat.

Sie und Matt sahen stumm zu, wie sich schriftähnliche Zeichen auf der Kuppel bildeten. Durch ihr Teleobjektiv erkannte Julie, daß die großen schwarzen Formen aus kleinen Formen bestanden, als würden die Textabsätze der Außerirdischen wiederum zweidimensionale Strukturen bilden. Die Zeichen waren ihr völlig fremd. Die meisten waren sehr undeutlich und hatten mehr Ähnlichkeit mit dem Gekritzel eines Kindes als mit einer richtigen Schrift. Vielleicht waren es eher Piktogramme als Schriftzeichen.

»Irgendeine Ahnung, was das bedeutet?« fragte sie.

Matt sah lange nach oben. »Ich vermute, es ist eher eine Art Botschaft für uns als eine Beschriftung für sie selbst. Doch wenn es nur für ihre eigenen Zwecke ist, fürchte ich, daß es so etwas wie ›Manhattan-Zoo‹ oder Schlimmeres bedeutet.«

»Schlimmeres?«

»Ja, vielleicht heißt es auch ›Labor-Versuchstiere‹.«

Wenige Minuten, nachdem die künstliche Nacht eingesetzt hatte, beobachtete Dorine Underwood von ihrem Büro aus den ›Sonnenaufgang‹, und sie faßte neue Hoffnung. Wenn ihre Entführer ihnen Licht gaben, hatten sie nicht die Absicht, sie alle sofort umzubringen. Zumindest hoffte sie das.

Unter der Voraussetzung, daß die Stadt noch lebte, war es jetzt ihre Aufgabe, Hilfe zu organisieren. Ihre Gedanken hetzten von Thema zu Thema – ihre typische Streßreaktion – und sie zwang sich zur Ruhe. Sie mußte einfach die Ruhe bewahren. Ein paarmal atmete sie tief durch und versuchte sich dann auf die guten Seiten der Situation zu konzentrieren. Dazu brauchte sie mehrere Minuten. Schließlich gelangte sie zu der Feststellung, daß der einzige gute Aspekt der war, daß sie während ihres Arbeitstages nicht mehr ständig durch Leute von außerhalb der Stadt unterbrochen würde.

Sie entspannte sich für ein paar Sekunden und hob das Bild von Rafael auf. Er war gerade dabei, ein neues Theater in Cleveland zu entwerfen. Sie hatte keine Ahnung, wie weit das jetzt entfernt sein mochte. Sie packte das Bild so fest, daß das Glas über dem Foto ihres Mannes zersprang. »Lieber Gott!« sagte sie leise. »Gib mir Kraft für das, was getan werden muß! Und gib Rafael Kraft, um mit dem zurechtzukommen ... was immer auch passiert sein mag!«

Sie rieb sich kurz die Augen und trat dann in das Vorzimmer hinaus. Niemand sollte sagen, daß Sherilyn Underwoods kleines Mädchen nicht mit allem zurechtkam, was Gott ihr in den Weg stellte. Und sie sollte verdammt sein, wenn irgend jemand Anlaß zu der Behauptung haben sollte, daß ein weißer Bürgermeister besser mit der Situation umgehen könnte. Sie war nicht Bürgermeisterin von New York geworden, um sich sofort zu verkriechen, wenn einmal etwas Unvorhergesehenes eintrat.

Sie traf Freddy, den Nachtwächter, der immer noch auf Posten war. Er starrte gebannt aus dem Fenster im Vorzimmer.

»Freddy?« sagte sie leise und berührte seinen Arm.

Freddy sprang zurück. »Himmel noch mal! Tun Sie das nie ...« Dann riß Freddy sich wieder zusammen. »Ach, Sie sind's, Frau Bürgermeisterin. Tut mir leid. Sie haben mich nur gerade zu Tode ...«

»Schon gut, es war meine Schuld. Da draußen ist etwas sehr Seltsames passiert.«

»Darauf können Sie Gift ... äh, ich meine, Sie haben völlig recht, Madam.«

»Ich habe eine Aufgabe für Sie. Sind Sie dazu bereit?« Als sie das Zögern des Mannes bemerkte, fügte sie hinzu: »Wir müssen eine Stadt verwalten. Da draußen ist etwas Schlimmes geschehen, und die Bewohner von Manhattan brauchen uns jetzt mehr als je zuvor.«

»Ja, Madam. Sie haben recht. Ich bin bereit.«

»Das ist gut. Ich möchte, daß Sie zu Barnaby Jolliets Büro

hinübergehen. Sagen Sie ihm, ich hätte gesagt, daß ich seinen Rat brauche, wie man die Polizei am besten dafür einsetzt, um die Leute zu beruhigen. Und bitten Sie ihn um drei seiner Walkie-talkies, damit wir in Verbindung bleiben können, bis die Telefone wieder funktionieren. Haben Sie alles verstanden?«

»Jawohl, Madam. Ich soll die drei Walkie-talkies hierherbringen?«

»Richtig. Wenn Sie Ken Rendall sehen, geben Sie ihm eins ab. Und wenn Sie zurückkommen, sagen Sie jedem, den Sie im Gebäude finden können, daß es in zwanzig Minuten ein Treffen im Konferenzzimmer geben wird – um neun Uhr dreißig. Sagen Sie das auch Mr. Jolliet und Miss Phillipe im Gebäude der Stadtverwaltung.«

»Alles klar, Frau Bürgermeisterin.« Freddy wirkte sichtlich erleichtert, als er bemerkte, daß jemand so reagierte, als wäre dies eine Situation, die sich meistern ließ. Dorine hoffte, daß die übrigen Bewohner von Manhattan genauso reagieren würden.

Sie ging zu ihrem Büro zurück und blickte aus dem Fenster. Auf der Straße sprangen zwei Männer in die Luft. Mit den Köpfen erreichten sie etwa die Höhe des ersten Stocks, bevor sie langsam wieder zu Boden sanken.

Sie überblickte die Skyline. Noch etwas Gutes an dieser Situation: Die Luft wirkte so sauber wie schon seit Jahrzehnten nicht mehr.

Julie schaltete ihre Minikamera aus, nachdem sie die Linse über die Botschaft auf der Kuppel geschwenkt hatte. »Ich hoffe, Sie befinden sich im Irrtum über die Bedeutung«, sagte sie. »Ich hoffe, es heißt: ›Wir bringen euch in vierundzwanzig Stunden zurück.‹«

Matt blickte zu einer der Kuppeln auf der Ebene hinüber. »Das erscheint mir nicht sehr wahrscheinlich.«

»Stimmt«, sagte Julie. »Verdammt, ich gebe es ungern zu, aber ich habe Angst.«

»Ich auch«, sagte Matt. »Ich auch.«

Einige der Busse und Autos auf der Straße waren verlassen.

Inzwischen hatten viele Fahrer ihre Wagen möglichst nahe am Straßenrand geparkt.

Matt zögerte. »Ich war auf dem Weg zu einem Bekannten, der im Gebäude der Stadtverwaltung arbeitet. Werden Sie auch keine Schwierigkeiten haben, nach Hause zu kommen oder wohin Sie auch immer wollen?«

»Ich komme schon zurecht. Wer ist dieser Bekannte – falls ich mich mit Ihnen in Verbindung setzen möchte?«

»Rudy Sanchez.«

Julie griff in ihre Tasche. »Hier ist meine Karte, falls Sie mich erreichen wollen.«

»Danke. Passen Sie gut auf sich auf!«

»Sie auch.« Julie drehte sich um und war Sekunden später in der Menge verschwunden.

Matt ging zur Park Row hinüber und am City Hall Park vorbei, der mit Schaulustigen überfüllt war, die zu den Zeichnungen auf der Kuppel hinaufstarrten. Die Menschen auf der Straße gerieten ins Rutschen oder Stolpern, weil sie mit der verminderten Reibung und Schwerkraft nicht zurechtkamen. Ein paar, die sich schneller darauf eingestellt hatten, bewegten sich mit langen, hohen Hüpfern vorwärts oder sprangen so hoch, wie sie konnten, in die Luft. Ein Taxi zwängte sich durch eine Verkehrslücke und legte sich in eine enge Kurve, doch dann geriet es seitwärts ins Rutschen, bis es gegen die Stoßstange eines stehenden Lasters prallte. Ein paar Leute hockten auf den Gehwegen und hatten sich in ihre Jacken gehüllt.

Matt fand das Gebäude der Stadtverwaltung, das die Chambers Street überspannte. Niemand kontrollierte ihn, als er den Bürolageplan studierte und feststellte, daß sich Rudys Büro im neunzehnten Stock befand. Dann machte er sich an den Aufstieg über die Treppe.

Der neunzehnte Stock bestand aus einem langen Korridor, der nur schwach von ein paar Notlampen und dem Licht, das durch die Bürofenster drang, erhellt wurde. Matt erreichte das südliche Ende des Korridors und fand das Namensschild, nach dem er gesucht hatte. Er blieb zögernd im Vorzimmer stehen, als ein Mann, den er nicht kannte, aus dem Büro stürmte.

Matt klopfte an den Türrahmen. »Hallo! Jemand zu Hause?«

Hinter einem großen Aktenschrank kam Rudy Sanchez hervor. Rudy war in East L. A. aufgewachsen und hatte einen Studienabschluß als Maschinenbauingenieur gemacht, bevor er zum Militär ging, wo Matt ihn kennengelernt hatte. Er hatte sich seinen Schnurrbart abrasiert, seit Matt ihn das letzte Mal gesehen hatte, und vielleicht zehn Pfund zugenommen, aber im schwachen Licht sah er topfit aus. »Matt? Du kommst einen Tag zu früh. Mein Gott, es tut gut, dich zu sehen!«

»Mir geht's genauso.« Matt schüttelte ihm die Hand, und trotz der Anspannung lächelte er. Rudys Handgriff hatte nichts von seiner Kraft verloren. Es war ein gutes Gefühl, in dieser Situation ein vertrautes Gesicht zu sehen.

Rudy seufzte. »Wenn du dich einen Tag verspätet hättest, wäre dir all dies erspart geblieben.«

»Wie dem auch sei, ich bin jedenfalls hier.« Matt ging zum Fenster, und Rudy trat neben ihn. Aus dieser Höhe konnte er noch ein paar mehr Kuppeln erkennen, die vom Boden aus betrachtet hinter den nächstgelegenen Kuppeln verborgen gewesen waren.

Matt sagte: »Mein Gott! Ich kann immer noch nicht glauben, daß das alles Wirklichkeit ist.« Sein Gesicht schien zu glühen.

»Ich weiß, was du meinst. Ich komme mir vor, als würde ich träumen.« Rudy zögerte. »Ich habe keinerlei Hemmung, dir zu sagen, daß mir diese Angelegenheit angst macht.«

Matt starrte auf eine der fernen Kuppeln. »Mir auch. Wer jetzt keine Angst hat, muß schon ziemlich einfältig sein.«

»Was glaubst du, was passiert ist?«

»Du meinst abgesehen von der Tatsache, daß wir von ziemlich hochentwickelten Außerirdischen entführt wurden?« sagte Matt mit einem amüsierten Stirnrunzeln.

»Ja, abgesehen von diesem unbedeutenden Detail.« Auf Rudys Gesicht war deutlich seine Anspannung zu erkennen.

»Schwer zu sagen. Sie wollen uns offenbar am Leben lassen. Diese großen Röhren da draußen scheinen uns mit wohltemperierter Luft zu versorgen. Die etwas kleineren dienen offenbar der Wasserversorgung.«

»Klingt vernünftig, aber, verdammt noch mal, zu welchem Zweck?« fragte Rudy.

»Zu diesem Punkt fällt mir genausowenig ein wie dir.«

Rudy schüttelte den Kopf. »Ich muß in fünf Minuten zu einer Sitzung des Krisenstabs. Deine Fähigkeiten könnten uns von großem Nutzen sein. Kommst du mit?«

»Meinetwegen. Ich würde gerne etwas tun. Sonst werde ich nervös.«

Rudy drehte sich zu ihm um. »Wie geht es Nadine? Hattest du nicht gesagt, sie würde dich hier treffen?«

Matt starrte aus dem Fenster. Für einen kurzen Moment blickte er aus dem Fenster eines Chalets in den Schweizer Alpen, und Nadine war bei ihm. »Nadine hat ihre Pläne geändert. Sie ist immer noch in Kairo. Vor ein paar Tagen hatten wir eine Aussprache. Sie will die Scheidung.«

Rudy sah eine Weile stumm zu den anderen Kuppeln hinüber. »Nun, in gewisser Weise könnte man sagen, daß sie jetzt ihren Willen bekommen hat, nicht wahr?«

Obwohl ihm eigentlich nicht danach zumute war, mußte Matt lachen.

Dorine unterband die nervösen Gespräche vor Sitzungsbeginn und eröffnete die Versammlung des Krisenstabs genau zum angesetzten Zeitpunkt. Zum Glück hatte der Raum ein großes Fenster, so daß sie keine künstliche Beleuchtung brauchten. Die Gruppe war kleiner, als sie erwartet hatte. Die Gründe dafür waren sicher die, daß einige Leute sich von stehengebliebenen U-Bahnen aus zu Fuß auf den Weg zur Arbeit gemacht hatten oder nach Hause gegangen waren, um dort zu helfen, oder aber sich außerhalb des Stadtteils aufgehalten hatten, als er entführt wurde. Vielleicht konnten etliche von ihnen auch die Situation einfach nicht verkraften.

Sie musterte die Gesichter in der Gruppe. Gut. Der Polizeipräsident Barnaby Jolliet war anwesend. Sie sah Mitglieder des Stadtrats und des Katastrophendienstes. »Wo ist Michelle Phillipe?« fragte sie. »Weiß es jemand?«

»Heute hat sie noch niemand gesehen«, sagte ein Mann, Ende

Dreißig oder Anfang Vierzig. »Ich glaube, ich bin zur Zeit von allen Anwesenden der Stadtverwaltung der höchste Beamte. Mein Name ist Rudy Sanchez.«

»Okay. Wir wollen mit kurzen Lageberichten der einzelnen Abteilungen beginnen und dann die Organisation in Angriff nehmen. Ich gehe davon aus, daß Sie alle gleich wenig über das wissen, was passiert ist, also müssen wir uns ganz darauf konzentrieren, die Stadt so gut wie möglich in Betrieb zu halten. Zur Zeit befinden sich vermutlich mehrere Millionen Menschen in Manhattan, und sie brauchen Schutz, Nahrung, Wasser, Elektrizität, Abfallentsorgung und medizinische Hilfe.« Dorine sah sich die Gesichter an. »Barnaby, wie steht es mit der Polizei?«

Barnaby Jolliet, ein gesund aussehender Mann, rutschte auf seinem Stuhl hin und her. Trotz seines jähzornigen Charakters und einer gelegentlichen Hemmung, es zuzugeben, wenn er nicht weiterwußte, war Barnaby ein fähiger und hart arbeitender Mann. »Wir sind dabei, alles in den Griff zu bekommen. Alle Reviere bis auf das sechzehnte und vierunddreißigste stehen über Walkie-talkies miteinander in Verbindung. Einige Beamte gehen mit Megaphonen durch die Straßen, stellen die Ordnung wieder her und sagen den Menschen, daß wir alles unter Kontrolle bekommen werden. An mehreren Stellen haben wir Plünderungen unterbunden, aber bislang scheinen die meisten Menschen nicht zu versuchen, die Situation für ihre Zwecke auszunutzen. Die Leute stehen in erster Linie immer noch unter Schock.«

Barnaby hielt sein Funkgerät hoch. »Für diejenigen von Ihnen, die Walkie-talkies haben: Benutzen Sie nicht die Kanäle A bis G, die für die Polizei reserviert sind. Die Kanäle H und I sind Notrufkanäle, und Kanal K ist für die Stadtverwaltung.« Er legte das Funkgerät auf den Tisch und sah Dorine an. »Wir müssen die Leute unter Kontrolle halten, und wir können es schaffen. Schwierig wird es nur, falls es ein Großfeuer geben sollte. Ohne Wasser sitzen wir buchstäblich auf dem Trockenen.«

»Ich weiß. Gute Zusammenfassung. Wie steht es überhaupt mit Wasser?«

»Haben wir im Moment nicht andere Sorgen?« fragte plötzlich ein älterer Mann, in dem Dorine einen langjährigen Mitarbeiter des Arbeitsamtes wiedererkannte. »Sie tun so, als wäre dies ein Notfall wie jeder andere, aber das ist es nicht. Die Situation ist völlig verrückt!«

»Wir müssen das tun, was in unserer Macht steht«, sagte Dorine mit Nachdruck. »Ohne uns würde das Chaos viel schlimmer werden. Es gibt einige Bereiche – so wie Ihrer und das Fremdenverkehrsamt – in denen es nicht so betriebsam wie sonst zugehen wird, aber andere Gruppen werden viel mehr zu tun haben. Jeder, der keine Aufgabe mehr hat, sollte sich für eine andere melden. Nun wieder zu meiner Frage, wie es mit dem Wasser steht.«

Michelles Stellvertreter Rudy sprach. »Es sieht aus, als würden die Außerirdischen uns Wasser zur Verfügung stellen. Einer meiner Leute versucht gerade, einen batteriebetriebenen Computer in Gang zu setzen, damit wir Zugriff auf die Bestandslisten haben. Mit etwas Glück können wir die Wasserversorgung der Außerirdischen in unsere Tanks umleiten. Mit Pumpen können wir fast denselben Wasserdruck wie zuvor erzeugen. Ich habe ein Team von Leuten losgeschickt, um die Leitungen zu schließen, die in abgetrennte Bezirke führen.

Andere Leute haben sich auf den Weg zu den Generatoren gemacht, die eigentlich noch funktionieren müßten, das aber nur tun werden, bis die Reservetanks mit Erdgas und Erdöl leer sind. Vielleicht sollten wir die Ausgabe von Benzin nur auf Notfallzwecke beschränken.«

Dorine nickte. »Gute Idee. Barnaby?«

Barnaby nickte. »Ich werde es weitersagen.«

»Was ist, wenn das Wasser, das sie uns zur Verfügung stellen, Drogen enthält?« fragte eine Frau neben Barnaby.

Rudy antwortete: »Dagegen können wir nichts tun. Wenn wir nicht trinken, werden wir nicht überleben. Der einzige nennenswerte Wasservorrat, den wir mitgenommen haben, befindet sich im Central Park Reservoir, in den Rohren und in den Vorratstanks einiger größerer Gebäude. Doch das und was sich noch im Stadttunnel Nr. 1 befindet, wird ohne Wiederaufbereitung nicht lange reichen. Außerdem könnte das Wasser bereits aus mehreren Tunnels auslaufen. Ich habe jemanden mit der Prüfung beauftragt, ob sich hiesige Chemielabors für die Herstellung von destilliertem Wasser eignen, aber ich bezweifle, daß wir eine Methode finden, auf diese Weise ausreichende Mengen zu erhalten.«

»Noch etwas, das in Ihren Zuständigkeitsbereich fällt?«

»Dampf zum Heizen werden wir nicht brauchen, solange uns die Außerirdischen mit Luft in erträglicher Temperatur versorgen. Die Telefone werden wieder funktionieren, sobald die Notstromversorgung gesichert ist. Die Müllbeseitigung wird sehr bald zu einem Problem werden, aber ich kümmere mich darum. Lebensmittel werden das größte Problem sein. Außerdem kann ich jede Hilfe gebrauchen, die ich bekommen kann.«

»Ist registriert. Was haben wir noch nicht behandelt?«

Im Raum war es für einen Augenblick still, dann sagte der rotblonde Mann neben Rudy: »Kontakt mit den Aliens?«

»Dafür haben wir keine Behörde«, sagte Dorine augenzwinkernd. »Glauben Sie nicht, daß sie mit *uns* Kontakt aufnehmen werden?«

»Vielleicht. Aber wir könnten den Prozeß beschleunigen. Diese Botschaft auf dem ›Dach‹ – wir sollten versuchen, sie zu entziffern. Und wie es aussieht, gibt es nicht nur eine Art von Außerirdischen.«

»Okay, Sie kümmern sich darum, Mr. . . .«

»Matt Sheehan.«

Rudy mischte sich ein. »Er ist . . . äh . . . auf demselben Stockwerk wie ich.«

»Moment mal!« sagte der Mann vom Arbeitsamt. »Wer ist dieser Kerl, und was hat er für Qualifikationen?«

Rudy sagte: »Nun, die eine ist, daß er hier ist.« Nachdem das unterdrückte Lachen im Raum verstummt war, fügte er hinzu: »Matt ist Colonel der Armee, einer der besten Organisatoren und Führungskräfte, unter der ich je das Vergnügen hatte, während meiner Armeezeit zu dienen.«

Matt meldete sich wieder zu Wort. »Wenn ein anderer den Job haben möchte, will ich ihm keinesfalls im Wege stehen. Ich sehe die Sache so, daß wir in der Stadt verschiedene Experten haben, die am besten wissen, wie bestimmte Aspekte des Problems angegangen werden müssen. Doch sie könnten besser genutzt werden, wenn sie genügend Zeit haben, die eigentliche Arbeit zu erledigen. Ich könnte den Rat der Experten anhören, planen und Reserven für die mobilisieren, die sich dem Team noch anschließen werden. Ich glaube, daß ich das ganz gut kann. Und wenn die Bürgermeisterin jemand anderen mit diesem Job beauftragen möchte, bin ich damit völlig einverstanden. Möchte ein anderer diesen Job übernehmen?«

Barnaby trommelte mit den Fingern auf das harte schwarze Etui des Walkie-talkies. »Vor ein paar Jahren war einmal ein Colonel oder Major Sheehan in den Nachrichten. Irgendwas in Paraguay. Ein Alvoranza oder so führte einen erfolgreichen Putsch gegen die neue demokratische Regierung durch. Eine Einheit der Armee wurde losgeschickt und warf ihn raus. Sie kamen so schnell, daß Alvoranza nicht einmal mehr blinzeln konnte. Waren Sie das, Sheehan?«

Rudy machte den Mund auf, bevor Matt Gelegenheit dazu hatte. »Das war er. Innerhalb von sechsunddreißig Stunden herrschte wieder Ordnung. Und die einzigen Opfer waren ein halbes Dutzend Leute von Alvoranzas Truppe.« Barnaby nahm diese Information nickend zur Kenntnis.

Dorine ließ die Stille etwa fünf Sekunden lang anhalten, bevor sie sagte: »Na gut. Noch etwas, das wir nicht berücksichtigt haben?«

Die folgenden Sekunden des Schweigens wurden schließlich von Colonel Sheehan unterbrochen. »Jemand sollte eine Krankenwagenpatrouille organisieren, die die Küste und den Untergrund kontrolliert, also die U-Bahn-, Auto- und Eisenbahntunnel.«

Barnaby sprach kurz in sein Funkgerät, um entsprechende Anweisungen weiterzugeben. Anschließend sah er Dorine an und sagte: »Ich hatte bereits Leute am Ufer postiert, aber wir haben uns noch nicht um die PATH-Tunnel gekümmert.«

Dorine nickte. Wieder wurde die folgende Stille von Colonel Sheehan unterbrochen. »Wenn ein paar Leute sich darum kümmern würden, alle Busse und Taxis zurück in ihre Garagen zu bringen, wären die Straßen für Notfahrzeuge passierbar.«

»Gut.« Als Dorine die Gruppe nach jemandem absuchte, der

für Verkehrsfragen verantwortlich war, fand sie ein Gesicht und sah ein bestätigendes Nicken.

»Sonst noch etwas, Colonel Sheehan?« Dorine mußte trotz der Anspannung lächeln.

»Während die Polizei die Information ausgibt, daß alles unternommen wird, um die Stadt wieder unter Kontrolle zu bringen, sollte sie den Leuten vielleicht auch sagen, daß sie ihre Fernseher und Radios einschalten, wenn Rudy einen der Generatoren wieder in Gang gebracht hat. Für den Fall, daß wir an möglichst viele Leute Informationen ausgeben oder Hilfe von Spezialisten anfordern müssen.«

»Klingt vernünftig«, sagte Barnaby und benutzte erneut sein Funkgerät.

Dorine sah Sheehan noch einmal an. Seine dunklen Augen wirkten ruhig, ganz im Gegensatz zu den meisten anderen Leuten auf dieser Sitzung. Er bemerkte, daß sie ihn ansah, und sagte: »Falls sich irgendwo Feldbetten auftreiben lassen, sollten sie vielleicht in der Eingangshalle des Gebäudes der Stadtverwaltung aufgestellt werden. So kann jeder, der für eine Weile außerhalb seines Büros arbeiten muß, sich etwas ausruhen.«

Dorine nickte und musterte die Gruppe. Eine Frau, die Dorine unbekannt war, hob ihre Hand uns sagte: »Das kann ich übernehmen.«

Dorine ließ die Stille ein paar Sekunden lang anhalten. »Also gut. An die Arbeit! Ach, Barnaby, könnten Sie dafür sorgen, daß Colonel Sheehan ein Walkie-talkie bekommt?«

Barnaby gab seine Zustimmung. Als die Leute aufstanden, fragte eine Frau, die einen hochgeschlossenen Kragen trug: »Aber was geschieht überhaupt mit uns? Wollen Sie es gar nicht wissen?«

Dorine sagte: »Natürlich wollen wir das wissen. Aber wir können jetzt keine Zeit damit verschwenden, darüber zu spekulieren. Sobald die Versorgung gesichert ist, können wir mehr Energie auf die nächsten Schritte verwenden.«

Die Frau war sichtlich unzufrieden über diese Antwort, ließ es jedoch dabei bewenden.

Als Dorine den Raum verließ, strich sie instinktiv mit der Hand über die Wand, um das Licht auszuschalten. Sie fragte sich, mit wie vielen Gewohnheiten sie in Zukunft noch würde brechen müssen.

Rudy Sanchez wartete ungeduldig, als das Fahrzeug mit der Hubarbeitsbühne langsam zum Stehen kam und der Fahrer aus der Kabine stieg. Rudy hätte jemand anderen mit dieser Aufgabe beauftragen können, aber er mußte einfach irgend etwas tun, und Handarbeit hatte ihm schon immer mehr Spaß gemacht als der Verwaltungskram.

»Tut mir leid, daß es so lange gedauert hat«, sagte der Fahrer. »Auf den Straßen herrscht immer noch ein ziemliches Durcheinander.«

»Das bezweifle ich nicht«, sagte Rudy. »Okay, es geht um folgendes. Ich möchte so nahe wie möglich an das Ding da ran.« Er zeigte auf die wannenförmige Ausbuchtung, die sich über dem durchtrennten Beton von Anlagestelle siebzehn in der Kuppelwand befand, genau vor der Stelle, wo der Pavillon am Ende des Piers zurückgelassen worden war, als Manhattan entführt wurde. Wrackteile von zertrennten Booten schwammen in den Wasserlöchern, die von der Kuppel zurückgehalten worden waren.

Während Rudy auf die Arbeitsbühne gewartet hatte, mußte er an die Leute denken, die auf dem Pavillon zurückgeblieben waren. Sie waren so lange auf ihrer kleinen rechteckigen Insel gefangen, bis Hilfe von außen eintraf. Falls die Telefonleitungen von dort aus nicht durch Manhattan führten, konnte er sich die Verblüffung am anderen Ende der Leitung vorstellen, wenn jemand zu erklären versuchte, daß sie von einem Boot abgeholt werden mußten, weil Manhattan verschwunden war.

Nachdem der Fahrer das Gerät in die richtige Position manövriert hatte, packte Rudy das Ende eines großen Schlauchs und befestigte ihn am Korb der Arbeitsbühne. Dann stieg er in den Korb und bediente die Kontrollen. Er blickte zur ›Sonne‹ hoch, die sich in den letzten zwei Stunden vielleicht dreißig Grad nach rechts bewegt hatte.

Während der Korb ihn zu der großen Ausstülpung hinauftrug, die nach seiner Überzeugung Wasser enthalten mußte, trafen zwei weitere Polizeiwagen ein, die einen Laster mit zusätzlichen Rohren und starken Pumpen eskortierten, die er angefordert hatte. Leute aus seiner Abteilung begannen zusammen mit freiwilligen Helfern das Material zu entladen.

Der Korb erreichte die Stelle, zu der Rudy wollte, und er brachte ihn etwa fünfzehn Meter über dem Boden zum Stillstand. Der Korb schaukelte langsamer als gewöhnlich. Aus seiner Tasche holte er zwei Fläschchen hervor und tauchte sie vorsichtig in die Flüssigkeit. Kurz darauf hatte er sich ausreichend davon überzeugt, daß er es mit normalem Wasser zu tun hatte. Er füllte weitere Fläschchen, die zur chemischen Analyse gebracht werden sollten. Man würde das hier nicht eher in die Stadt pumpen, bis die Bestätigung gekommen war, doch Rudys Gefühl sagte ihm, daß das Wasser alle Labortests bestehen würde, vor allem in Anbetracht der Tatsache, daß es das einzige war, das zur Verfügung stand.

Die Ausstülpung war wie eine übergroße Badewanne geformt, die an der Innenseite der Kuppel klebte und ständig von der darüber angebrachten Röhre nachgefüllt wurde. Rudy konnte keinen Mechanismus erkennen, der ein Ventil steuerte und die Wassermenge kontrollierte, aber irgendwo mußte es etwas Derartiges geben.

Er berührte den Rand der Wanne. Das Material fühlte sich kühl an. Er klopfte mit den Knöcheln dagegen, und das entstehende Geräusch klang, als würde es von einem massiven Gegenstand kommen und nicht von einer Struktur, die kaum dicker war als sein Daumen. Er bemerkte überhaupt keine Vibration, sondern nur das Gefühl, als hätte er gegen hartes Felsgestein geklopft. Er zog ein scharfes Taschenmesser hervor und versuchte aus reiner Neugier ein Stück des Materials vom Rand zu schneiden. Genausogut hätte er versuchen können, eine Kristallvase mit einem Stück Pappe anzukratzen. Schließlich erinnerte er sich wieder an die Menschen unter ihm.

Er rief einem Freiwilligen zu, der neben einem tragbaren Generator und einer Pumpe stand: »Werfen Sie das Ding an!«

Der Mann riß am Starterseil, worauf der Generator knatternd ansprang und auf dem Boden vibrierte. Rudy warf das Ende des Schlauchs über den Rand der Wanne. Der Schlauch gab laut gurgelnde Geräusche von sich, als die Luft darin durch Wasser ersetzt wurde. Die Wasseroberfläche in der Wanne geriet in Bewegung, und Rudy schob den Schlauch tiefer hinein. Dann kam das erste Wasser aus dem Schlauch auf der anderen Seite der Pumpe. Rudy ließ es mehrere Sekunden lang laufen, aber der Wasserstand in der Wanne wurde nicht geringer.

»Okay«, brüllte er, »jetzt drücken Sie den roten Hebel bis zur weißen Markierung durch!«

Als der Mann dies tat, wurde das Dröhnen der Pumpe lauter und höher. Die Pumpe vibrierte so heftig, daß sie über das Pflaster wanderte und festgekeilt werden mußte. Das Wasser in der Ausstülpung war jetzt völlig aufgewühlt, aber der Wasserstand blieb konstant. Aus dem Pumpenschlauch schoß das Wasser in einem fünfzig Meter weiten Bogen. Rudy wollte gerade die Geschwindigkeit abschätzen, als er sich erinnerte, daß die verringerte Schwerkraft seine Überschlagsrechnung zunichte machen würde. Dennoch sagte ihm sein Gefühl, daß die Wasserversorgung kein Problem darstellen würde, wenn sie genügend Pumpen und Schläuche hatten, die von den Wannen zu den Feuerhydranten in der Nähe führten. Fast im selben Augenblick als er zu dieser Überzeugung kam, senkten sich außerhalb der Kuppel neue Röhren vom ›Himmel‹ herab.

Matt Sheehan ging auf der First Avenue nach Norden und am Bellevue Medical Center vorbei, dessen weiß emaillierte Ziegel das künstliche Sonnenlicht reflektierten. Er hatte kurz überlegt, ob er ein Fahrzeug nehmen sollte, aber durch die geringe Schwerkraft war es keine besondere Mühe, sich zu Fuß zu bewegen. In seinen Knien stach es ein wenig, was auf die ungewohnte Bewegungsart zurückzuführen war, die an einen Mondspaziergang erinnerte, aber ansonsten hatte er keine körperlichen Schwierigkeiten. An seinem Gürtel hing ein kleines Funkgerät.

Er hatte Chinatown im Norden durchquert. Am Chatham Square hatten sich viele Menschen um das Konfuzius-Denkmal versammelt, die offenbar der Meinung waren, dies sei ein geeigneter Ort, um Antworten auf ihre Fragen zu finden. Niemand hatte die pagodenförmigen Telefonzellen benutzt, aber die Stände mit exotischem Gemüse waren überrannt worden, als die Verkäufer versucht hatten, ihre Waren einzupacken.

Matt sah plötzlich auf die Uhr, um sich zu vergewissern, daß es wirklich noch Vormittag war, vorausgesetzt, eine solche Zeitangabe hätte in dieser Situation noch irgend etwas zu bedeuten. Der Stand der ›Sonne‹ gab einem das Gefühl, es wäre Nachmittag, aber das war nicht der Fall.

Er war vor ein paar Minuten am Bellevue Hospital vorbeigekommen. Die Häufung der Krankenwagen, die wie riesige Roboterbabys heulten, deutete darauf hin, daß man sich um die Leute kümmerte, die sich am Rand der Stadt aufgehalten hatten, als die Trennung begann. Stiller spielten sich dagegen die Probleme der Menschen ab, die schwere psychische Schäden davongetragen hatten, die jedoch genauso ernsthaft waren, auch wenn sie nicht unmittelbar das Leben der Betroffenen bedrohten.

Während seines Spaziergangs hatte er immer wieder Menschenmengen im Osten gesehen, die sich an die Basis der Kuppel drückten, um zu den anderen Städten hinüberzublicken. Aus der Entfernung sahen die Massen einfach nur wie Schaulustige aus, die neugierig irgendein Bauprojekt verfolgten. Er wäre jede Wette eingegangen, daß jeder von ihnen ein Jahresgehalt hergeben würde, um einen Blick auf den dreckigen East River werfen zu können. Gelegentlich sprangen Leute in den hinteren Reihen hoch. Matt wußte nicht genau, ob sie damit einen besseren Blick erhaschen wollten oder einfach nur herumexperimentierten.

Ein paar Kinder fuhren auf ihren Fahrrädern sehr vorsichtig an Matt vorbei. Die niedrige Schwerkraft verringerte die Reibung so sehr, daß Lenken und Bremsen gar nicht so einfach zu sein schien. Die Kinder wirkten beunruhigt. Vielleicht wollten sie nur nicht ihre Fahrräder dort zurücklassen, wo sie gerade gewesen waren. Zu Fuß zu gehen schien im Augenblick die beste Art der Fortbewegung zu sein.

Inzwischen hatte Matt sich einigermaßen an die neuen Bewegungsabläufe beim Gehen gewöhnt, es funktionierte schon fast automatisch. Nun konnte er über das nachdenken, was geschehen war und warum. Doch trotz seiner Bemühungen, sich auf das offensichtlich größere Problem zu konzentrieren, kehrten seine Gedanken immer wieder zu Nadine zurück.

Matt überlegte, daß er sich mehr Sorgen hätte machen sollen, als sie sich nicht gegen die Versetzung nach Kairo gesträubt hatte, während der Argentinien-Auftrag ihnen noch die Möglichkeit gelassen hätte, sich wiederzusehen, wenn es eine Kampfpause gab. Damals war er einfach davon ausgegangen, daß sie genauso wie er von den Drogenkriegen, die niemand gewinnen konnte und für die sich hierzulande kaum jemand interessierte, die Nase voll hatte.

Er war wie betäubt gewesen, seit er vor einigen Tagen den Anruf erhalten hatte. Heute verspürte er bereits eine größere Entschlossenheit, aber selbst das genügte noch nicht, um seinen Geist völlig von diesen Gedanken abzulenken. Er ging weiter nach Norden und durchquerte dabei immer wieder ›Kriegsgebiete‹ mit steckengebliebenem Verkehr und verwirrten Fußgängern. Als er in der Nähe des Queen-Midtown-Tunnels Sirenen hörte, konzentrierte er sich wieder auf die Stadt.

An der Kreuzung der First Avenue und der Vierzigsten Straße wurde er beinahe von einem roten Terra-Sportwagen überfahren, der die First entlangraste, in Schlangenlinien den Bussen und Lastern auswich und in die Vierzigste einbog, während die Reifen ohne zu quietschen über das Pflaster rutschten. Der Wagen hätte sich in der geringen Schwerkraft fast überschlagen. Der Fahrer bedachte Matt mit einer obszönen Geste, als hätte Matt wissen müssen, daß der Wagen unterwegs war und er sich demzufolge nicht auf offener Straße aufhalten durfte.

Als Matt die gewaltige Eingangshalle des UN-Vollversammlungsgebäudes erreichte, war es fast leer. Ein verblüfft aussehender Wachmann beobachtete mißtrauisch, wie Matt näher kam. Matt war überrascht, daß es immer noch so viele Menschen gab, die wie Automaten weiterfunktionierten. Offenbar waren in New York seltener Leute vertreten, die im Notfall zusammenbrachen.

»Ja?« sagte der Wachmann.

»Ich komme gerade vom Büro der Bürgermeisterin. Ich soll verschiedene Dolmetscher auftreiben.«

»Ja?« sagte der Wachmann. Die Knöpfe an seinem Hemd sahen aus, als stünden sie kurz vor dem Platzen. Die Augen des Mannes wirkten glasig.

Matt kam zu dem Entschluß, daß dieser Mann offenbar doch nicht so gut funktionierte, wie er zuerst gedacht hatte. »Ja. Könnten sie mir sagen, wo ich sie vermutlich finden kann?«

»Heute is' hier nich' viel los.«

»Ja.« Matt zögerte. Jetzt war er davon überzeugt, daß der Mann unter Schock stand. Seine Augen blickten starr und blinzelten nur gelegentlich, und seine Gesichtszüge waren zu einem verwirrten Ausdruck gefroren. Er reagierte noch auf äußere Reize, konnte aber keine Initiative mehr ergreifen.

Matt sagte: »Okay, ich werde mal nachsehen, ob ich ein paar Dolmetscher finden kann. Es handelt sich um einen offiziellen Auftrag. Sollten Sie ein Problem . . .« Matt unterbrach sich und formulierte schnell seine Frage um. »Ach, das geht schon in Ordnung, meinen Sie nicht auch?«

»Ja«, sagte der Wachmann.

Matt wollte bereits aufgeben, als eine blonde Frau in einer Windjacke und mit einem Faltregenschirm die Tür zur Hammarskjöld-Bibliothek aufstieß.

»Sind Sie zufällig Dolmetscherin?« fragte er.

Die Frau blickte zur Kuppel hinauf. »Ähm, ja. Aber ich habe keine Erfahrung darin, Außerirdische zu dolmetschen.«

»Tja, dann fürchte ich, daß wir für Sie keine Verwendung haben. Wir brauchen Leute mit mindestens fünfjähriger Berufserfahrung.«

Die Frau war einen Augenblick lang stumm. »Sie kennen mich nicht gut genug, um sich Scherze mit mir zu erlauben.« In ihrer Aussprache lag ein leichter britischer Akzent.

Matt blinzelte, dann lächelte er. »Sie haben natürlich völlig recht. Ich weiß nicht, was in mich gefahren ist.«

Die Frau erwiderte das Lächeln und enthüllte dabei sogar ihre weißen Zähne. In ihren grauen Augen stand ein fragender

Ausdruck, doch sie wirkte klarer bei Verstand als die meisten Leute, die Matt heute getroffen hatte. Sie zögerte, dann fragte sie: »Vielleicht könnte ich Ihnen helfen.«

»Dann sind Sie also wirklich Dolmetscherin?«

»Genügen Ihnen zwölf Sprachen? Eigentlich bin ich nur für fünf qualifiziert, aber die anderen kann ich zumindest lesen.«

»Jetzt erlauben Sie sich einen Scherz mit mir!«

»Nein, das tue ich nicht!«

Matt lächelte. »Mein Name ist Matt Sheehan.«

»Meiner ist Abby Tersa. Aber ich glaube nicht, daß Sie wirklich Dolmetscher brauchen, wenn Sie mit den Außerirdischen reden wollen. Sie brauchen Linguisten oder Ethnologen. Dolmetscher wenden nur das an, was ihnen beigebracht wurde. Sie brauchen jemanden, der mit einer ganz neuen Sprache zurechtkommt, vermute ich.«

»Oh! Aber Sie ...«

»Sie dürfen sich glücklich schätzen. Ich interessiere mich sehr für das Wesen der Sprache, und ich habe Ethnologie studiert. Dabei mußte ich auch ein paar Linguistikkurse mitnehmen. Eigentlich ist Dolmetschen für mich nur ein Nebenberuf.«

»Sehr gut! Sie haben den Job.« Er überlegte. »Ich möchte nicht unhöflich sein, aber wir brauchen so viele Leute wie möglich.«

»Kein Problem. Ich könnte eine Nachricht im Konferenzraum der Dolmetscher anbringen, wo sie von vielen bemerkt werden dürfte, wenn alles etwas ruhiger wird.«

»Hervorragend!«

Abby ging wieder ins Gebäude und war nach ein paar Minuten zurück. »Was jetzt?«

»Ich bin zu Fuß. Schaffen Sie den Weg bis zum Gebäude der Stadtverwaltung?«

»Ich denke schon«, sagte Abby mit einem Lächeln.

Matt und Abby hatten auf ihrem Marsch nach Süden fast die Houston Street erreicht, als jemand ihnen einen großen leeren Karton in den Weg warf.

Durch ihren Zeitlupengang hatte Matt genügend Zeit, um zu

bemerken, was auf sie zukam, aber keine Möglichkeit zu reagieren. Er stieß mit den Füßen gegen den Karton, der weiterrollte und ihn umriß. Aus einem verborgenen Hauseingang kamen vier verwahrloste junge Männer um die Zwanzig. Zwei von ihnen hielten Messer in der Hand.

Matt stürzte langsam und wurde durch seine Trägheit in der geringen Schwerkraft behindert. Er benötigte weniger als eine Sekunde, um zu erkennen, daß das Geld, das er noch in seiner Brieftasche hatte, praktisch wertlos war. Diese Kerle hatten offenbar ein ganz anderes Ziel: Abby. Sie würden versuchen, ihn aus dem Verkehr zu ziehen und sich dann über sie hermachen.

»Laufen Sie weg!« rief er Abby zu. Er krümmte seinen Körper, als er sich dem Gehweg näherte und über eine Schulter auf den Rücken rollte. Kurz darauf hatte er sich auf die Knie gearbeitet, während die Männer sich inzwischen so schnell, wie es der Unterwassergang in der geringen Schwerkraft erlaubte, auf ihn zubewegten. Matt stand auf und setzte sich genauso schnell wieder hin. Alle vier Männer bewegten sich so schnell und unbeholfen, daß sie an ihm vorbeisegelten. Er schaffte es, einem der Männer einen Schlag gegen die Wade zu versetzen, worauf dieser in eine langsame Drehung geriet und schließlich mit dem Gesicht auf das Pflaster aufschlug.

Matt verfluchte sich selbst. Er hätte damit rechnen müssen, daß ein Teil der Bevölkerung eine solche Situation ausnutzen würde, statt nach Hause zu gehen und auf neue Informationen zu warten. Doch im Augenblick brauchte er eine kleinere Arena für diesen Kampf. Er drehte sich um, nahm ein paar Schritte Anlauf und sprang ab, in der Hoffnung, daß sein Instinkt nicht trog. Sein Körper beschrieb eine weite Kurve durch die Luft und wurde ein paar Meter höher hinaufgetragen als das Dach des Busses, den er anvisiert hatte. Als er sich vornüber neigte, ruderte er heftig mit den Armen, um nicht kopfüber zu landen, bis er genau im richtigen Augenblick mit den Füßen das Dach berührte. Er prallte auf, rutschte ein Stück und hielt ein paar Zentimeter vor dem Rand des glatten Daches.

Die Gangster gingen nicht sehr schlau vor. Der erste griff allein an. Der Mann im verschmutzten braunen Sweatshirt sprang genauso unbeholfen ab wie Matt. Matt wich aus und schlug dem Kerl auf die Nase, worauf er in Zeitlupe zum Boden zurücksegelte. Matt riß es kurzzeitig nach hinten, bevor er sein Gleichgewicht wiederfand.

Zwei der Gangster, einer mit einem Messer, sprangen gleichzeitig hoch. Während sie sich vorsichtig näherten, hörte Matt hinter sich, wie ein weiteres Fußpaar bei der Landung das Dach des Busses eindellte.

3

Zeichen

Das Dach des Busses nahm etwa die gleiche Fläche wie ein Boxring ein, nur daß der Kampfplatz hier durch einen tiefen Sturz auf das harte Pflaster begrenzt wurde.

Als er das Geräusch hinter sich hörte, drehte Matt sich um und wollte sich zuerst mit dem einzelnen Angreifer beschäftigen. Doch die Person hinter ihm war nicht der andere Gangster, sondern Abby Tersa. Sie hielt ihren zusammengefalteten Regenschirm als Waffe in der Hand. In der geringen Schwerkraft senkte sich ihr blondes Haar langsam neben ihrem Gesicht herab, und in ihren kühlen grauen Augen stand jetzt Wut.

Matt wandte sich wieder den zwei angreifenden Männern zu. Beide sahen aus, als hätten sie sich das letzte Mal vor vier Tagen und ohne Zuhilfenahme eines Spiegels rasiert. Einer von ihnen hatte ein Messer, doch er hielt es auf der Innenseite – ein weiteres Zeichen, daß Matt es mit Amateuren zu tun hatte. Der Mann konnte damit nicht ausholen, ohne seinen Partner neben sich zu gefährden. Matt konzentrierte sich auf das Messer, um dieses Handicap auszunutzen.

Der Mann mit dem Messer war seinen Kollegen ein Stück voraus. Vermutlich wollte er Matt zuerst mit der Waffe bearbeiten, damit sein Kumpel anschließend keine große Mühe mehr mit ihm hatte. Er bewegte sich auf Matt zu, aber sein Kollege versuchte ihn einzuholen und war fast auf gleicher Höhe.

Matt machte plötzlich einen Ausfallschritt auf den Mann mit dem Messer zu. Überraschung blitzte in den dunklen Augen des Mannes auf, und er täuschte einen Angriff mit dem Messer vor. Matt kalkulierte sein Risiko ein, und als der Mann zum zweiten Mal vorsprang, bückte er sich zur Seite und trat mit dem Fuß nach der Kniescheibe des Mannes.

In der geringen Schwerkraft wurde Matt von seinem Rückstoß umgeworfen, aber der Mann stellte jetzt keine unmittelbare Gefahr mehr da. Matt hatte beim Schlag kein knirschendes Geräusch gehört, so daß der Mann vermutlich nicht sonderlich verletzt war, aber er war aus dem Gleichgewicht geraten und hatte offensichtlich Schmerzen. Er torkelte im Kreis, wie ein Bär, der mit einem Fuß in einer Falle steckte, bis er vom Bus fiel und sein Messer in weitem Bogen davonschwebte. Matt kam wieder auf die Beine, während der zweite Mann immer noch den Zeitlupenflug seines Kollegen beobachtete.

Der unbewaffnete Kollege des Mannes sah so schockiert aus, daß Matt beschloß, ein wenig Psychologie einzusetzen. Matt grinste wie jemand, der absolut von seiner Überlegenheit überzeugt war, ging zuversichtlich auf den Mann zu und griff langsam in die Jackentasche. Das reichte dem zweiten Angreifer. Er drehte sich um und setzte zu einem Sprung an, der ihn vom Dach des Busses auf das Dach eines parkenden Autos brachte, und machte sich davon.

Matt wandte sich Abby zu und war erleichtert, daß ihr nichts geschehen war. Als er einen Schritt auf sie zutrat, sprang der vierte Gangster hervor. Auch er hatte zuviel Kraft in seinen Sprung gelegt, flog dadurch in hohem Bogen mit seinem Messer auf Abby zu. Der Mann war leicht nach vorne geneigt und hatte offenbar genauso wenig Erfahrung mit Sprüngen in verringerter Schwerkraft wie die anderen.

Matt bewegte sich auf die Stelle zu, wo der Mann landen würde, doch Abby war schneller. Als der Mann gerade die Kante des Daches erreicht hatte, versetzte Abby dem Mann einen heftigen Schlag in die Magengegend. Dies trieb ihm die Luft aus den Lungen, und das Messer flog gefahrlos davon.

Der Mann prallte gegen die Kante des Busdaches. Wenn er Zeit zum Einatmen gehabt hätte, wäre ihm erneut die Luft aus den Lungen gedrückt worden. Er verzog schmerzvoll das Gesicht, während er vom Dach rutschte.

Abby hatte durch den Tritt ihr Gleichgewicht verloren. Sie hüpfte rückwärts auf einem Bein, wodurch ihr Sturz lediglich verzögert wurde. »Oh, nein!« schrie sie.

Matt bekam sie zu fassen, kurz bevor sie rückwärts vom Bus gehüpft wäre. Abby schlang fest ihre Arme um ihn und zitterte.

Abbys Haar roch angenehm frisch. Matt strich eine Strähne zurück. Einen Augenblick später ließ Abby ihn los. »Entschuldigen Sie bitte«, sagte sie.

»Es war mir ein Vergnügen.« Matt lächelte. »Machen Sie so etwas des öfteren?«

Abby schüttelte den Kopf, wobei ihr blondes Haar in langsame Wellenbewegungen geriet.

Gemeinsam gingen sie an den Rand des Daches, von wo der Mann abgestürzt war. Er lag am Boden und stöhnte laut. Es war zu erkennen, daß sein Sturz von einem Feuerhydranten aufgehalten worden war. Unter normaler Schwerkraft hätte er sich wahrscheinlich das Rückgrat gebrochen. Doch jetzt spürte er vermutlich nur, daß er noch eins hatte.

Eine kleine Menschenmenge versammelte sich auf dem Gehweg, während Matt sein Funkgerät benutzte, um die Polizei zu rufen. Nachdem er alle Einzelheiten durchgegeben hatte, blickte er Abby an und sagte: »Gehen wir runter?«

Abby nickte, und sie sprangen gleichzeitig ab. Während sie zu Boden schwebten, erinnerte sich Matt an eine Zeitlupenszene aus dem Remake von *Der Sechs Millionen Dollar Mann.*

Stuart Lund erwachte in einem Krankenhausbett und erkannte unmittelbar darauf, daß seine rechte Hand fehlte. Der Armstumpf, der in einem Winkel von etwa dreißig Grad am Handgelenk durchgetrennt worden war, war mit etwas verhüllt, daß wie eine dünne Mullbinde aussah. Er starrte den Stumpf eine Weile an, dann stellte er sich aus Neugier vor, seine Hand wäre noch da, und versuchte, eine Faust zu machen. Sein Handgelenk schmerzte heftig, als er spürte, wie sich ein Muskel in seinem Unterarm zusammenzog und wieder entspannte.

Während er seinen Arm erhoben hielt, blickte er sich um. Im länglichen Saal herrschte ein ständiges Kommen und Gehen des Personals, das zu beschäftigt war, um sich um die Probleme aller Patienten zu kümmern, die in den zwei langen Bettreihen lagen, Stuart aber nahm seine gegenwärtige Umgebung fast überhaupt nicht wahr.

Eine schnelle Bildfolge raste ungerufen durch sein Gehirn. In der U-Bahn hatte er die dichtgedrängte Menschenmenge ausgenutzt, um seine rechte Hand auf den Po einer hübschen Frau zu legen, die sich weiter hinten im Wagen befand. Er konnte noch den Schmerz an der Stelle spüren, wo seine Hand vom Arm abgetrennt worden war.

Er war wieder zu Bewußtsein gekommen, als er auf dem U-Bahnsteig lag, und das erste, was er gesehen hatte, als er die Augen öffnete, war das Plakat mit der Aufschrift BEREUT! zwischen den Werbetafeln.

Stuart war nie ein besonders religiöser Mensch gewesen. Er haßte sogar die Zeit, als seine Tante ihn gezwungen hatte, den Gottesdienst der Kirche der Modernen-Christen-Schüler zu besuchen.

Direkt neben dem BEREUT!-Plakat hatte sich eine Ballett-Werbung befunden, mit der Aufforderung: ERTANZEN SIE ALL IHRE MÖGLICHKEITEN! Doch Stuart war davon überzeugt, daß Gott ihm damit nicht etwa hatte sagen wollen, er solle Tänzer werden.

Aber es war eindeutig, was mit ihm geschehen war. Gott hatte sich auf unmißverständliche Weise eingeschaltet. Gott hatte seine Hand abgetrennt, um ihm zu sagen: »Sündige nicht mehr!« Doch es war auch Gott, der Stuart am Leben gelassen hatte, um ihm aus einem bestimmten Grund das BEREUT!-Plakat zu zeigen. Stuart wußte nicht viel von Gott, aber er wußte von Albert Einstein, daß Gott nicht würfelte. Gott mußte eine bestimmte Aufgabe für Stuart haben.

Aber worin bestand sie?

Rudy Sanchez überblickte zufrieden die Pumpanlage an der Anlegestelle siebzehn. Ein Schlauch führte vom Wasserreservoir in der Kuppelwand zu einer generatorbetriebenen Pumpe, die an einen Feuerhydranten angeschlossen war. Der Schlauch vibrierte unter dem Flüssigkeitsdruck. Die ›Sonne‹ hatte einen Bogen von etwa hundertachtzig Grad um die Stadt herum zurückgelegt, seit sie entflammt war, was etwa sechs Stunden zurück lag. Anders als die echte Sonne produzierte diese keine Strahlungswärme. Wenn man sich vom Schatten ins ›Sonnenlicht‹ bewegte, war keine Temperaturänderung zu spüren. Überall, wo sich die Luft frei bewegen konnte, war es konstant fünfundzwanzig Grad Celsius warm.

»Das ist gut«, sagte Rudy zu Victor Krunkale, einem Angestellten der Wasserwerke, einem großen Mann mit so riesigen Händen, daß Rudy sich vorstellte, welche Schwierigkeiten er beim Zuknöpfen seines Hemdes haben mußte. »Können sie es mit Ihrem Team schaffen, noch mindestens zehn solcher Anlagen zu installieren? Wir werden dann ein paar Messungen durchführen und feststellen, ob die Kapazitäten ausreichen. Außerdem möchte ich, daß alles ständig überwacht wird. Die Proben waren okay, aber wir müssen uns vielleicht um die Wasserreinigung kümmern, wenn sich irgend etwas verändert.«

»Dazu werde ich drei Schichten brauchen«, sagte Victor. »Heute sind viele Mitarbeiter nicht erschienen.«

»Tun sie, was notwendig ist. Vielleicht ist die Brandgefahr jetzt geringer, wo niemand mehr Erdgas benutzt, aber falls es ein Großfeuer gibt, brauchen wir das Wasser noch dringender als jetzt.« Rudy wandte sich an Nicholas Dunte, der die letzten Minuten gewartet hatte. »Gut, wir werden uns jetzt dieses Ding ansehen, von dem Sie gesprochen haben.«

Nicholas zeigte auf die Arbeitsbühne. Sie stiegen ein, und der Fahrer brachte sie an einigen abgeschnittenen Piers vorbei nach Südwesten. Bevor sie sie Stelle erreichten, von der Nicholas erzählt hatte, bat Rudy den Fahrer, kurz anzuhalten. Er stieg aus und näherte sich einer verfärbten Stelle am Fuß der Kuppel. »Einen Augenblick!«

Rudy kniete sich vor den Fleck, der ihm aufgefallen war. Eine Weile blickte er nur durch die klare Kuppel auf die Ebene dahinter. Von hier aus konnte man sonst den Squibb Park in Brooklyn sehen. Außerhalb der eingeschlossenen Stadt wurde die formlose graue Ebene nur von den anderen Kuppeln unterbrochen. Rudy konnte innerhalb der nächstgelegenen Kuppel, einer Ansammlung vielfarbiger Türme, keine Bewegung ausmachen. Die Ebene selbst hatte eine Oberfläche, die wie mit Mattlack gestrichen aussah und auf der es keine Spiegelungen gab, nur eine gleichförmige graue Fläche, die hart wie Diamant, aber auch gummiweich sein konnte. Die Ebene befand sich ungefähr auf gleicher Höhe mit dem Boden der Stadt. Demzufolge mußte der Untergrund von Manhattan in die graue Substanz eingebettet sein.

Rudy sah sich die Basis der Kuppel etwas genauer an. An den meisten Stellen senkte sich die klare Oberfläche direkt in die Spalte zwischen der Stadt und der grauen Ebene. Hier jedoch wurde das Material der Kuppel um so schwärzer, je mehr es sich dem Boden näherte. In Höhe des Betons, auf dem Rudy kniete, war es ganz schwarz. Zwischen dieser Stelle und dem klaren Material befand sich anscheinend eine Grenzschicht, wo zwei verschiedene Substanzen durch eine feste Verbindung ineinander übergingen.

Der Saum erinnerte Rudy an getönte Sonnenbrillen, die unten klar und oben dunkel gefärbt waren, doch als er mit den Fingern über die Oberfläche strich, spürte er, daß sich an der Grenzschicht nicht nur die optischen Eigenschaften änderten. Oben fühlte sich das Material der Kuppel völlig glatt an, wie reinstes Glas. Das Material kurz über dem Boden dagegen war leicht rauh und fühlte sich wie Schmiedeeisen an.

Rudy bemerkte, daß Nicholas sich neben ihm auf ein Stück Pappe gekniet hatte. Nicholas war einer der fähigsten städtischen Angestellten, die Rudy unter sich hatte, und er war vermutlich auch der pingeligste.

Rudy holte sein Messer aus der Tasche und bearbeitete das schwarze Material mit der Klinge. Er drückte fest zu und zog die Klinge über die Oberfläche. Als er genau hinsah, konnte er nicht erkennen, ob das Messer irgendeine Spur hinterlassen hatte.

»Haben Sie eine Theorie?« fragte Rudy.

Nicholas strich mit den Fingern über das durchsichtige, dann über das schwarze Material. Er zog ein Taschentuch aus seiner Hose und wischte sich die Finger ab, während er nachdachte. Schließlich sagte er: »Ich sehr nur zwei Möglichkeiten. Erstens, dieser Abschnitt der Kuppel wurde irgendwie beschädigt. Zweitens, die Kuppel setzt sich unter der Erde nicht fort. Irgendwie mußte der Boden zusammengehalten werden, den sie mit ausgegraben haben, damit die Insel nicht auseinanderfallen konnte, als wir emporgehoben wurden. Vielleicht haben sie das schwarze Material zur Stützung des Untergrunds benutzt, und was wir hier sehen, ist der Bereich, wo es mit dem Kuppelmaterial verbunden wurde.«

Rudy stand auf und sah, daß sie eine kleine Menge Schaulustiger neugierig gemacht hatten. »Okay«, sagte er zu Nicholas. »Wie weit ist diese andere Röhre noch entfernt?«

Nicholas erhob sich und blickte nach Südwesten. »Nicht mehr weit. Wir haben bereits die Hälfte der Strecke zurückgelegt.«

Sie fuhren noch ein oder zwei Minuten mit der Arbeitsbühne weiter, dann hielt der Fahrer an, und sie stiegen aus. Nicholas zeigte ihm einen großen silbrigen Kreis, wo eine kleinere milchige Röhre die Außenseite der Kuppel berührte.

Rudy und Nichola fuhren im Korb zu der Stelle hinauf. Der Korb hing in der Luft und vibrierte leicht, als Rudy sich die Sache genauer ansah. Innerhalb des großen silbrigen Kreises waren vier weitere Kreise, ganz oben zwei mittelgroße direkt nebeneinander, unter denen sich jeweils ein kleinerer Kreise befand. Die größeren Kreis hatten eine dunklere Silberfärbung.

Die zwei kleineren Kreise schienen Kontrollen zu sein. Ringsum waren mehrere Punkte angebracht, die fast wie Minutenmarkierungen auf einer analogen Uhr aussahen. Auf der rechten ›Uhr‹ leuchtete der Punkt an der Zwei-Uhr-Stelle, auf der linken blinkte ein Punkt in der Nähe der Drei-Uhr-Markierung.

Nachdem Rudy die Anordnung der Kreise studiert hatte, sagte er schließlich zu Nicholas: »Denken Sie auch das, was ich denke?«

»Kann sein. Falls Sie an Elektrizität denken.«

Als Rudy nickte, holte Nicholas ein Mehrzweckmeßgerät aus einer der Taschen seines Overalls. Er wischte den Staub vom Anzeigenfeld und gab es Rudy. »Möchten Sie die Ehre haben?«

»Wie wär's, wenn jeder von uns sich einen Anschluß vornimmt?«

Nicholas nahm den roten Anschluß und Rudy den schwarzen. Rudy stellte das Meßgerät auf ›Volt‹ ein, und dann steckten sie beide ihre Sonden in die großen Kreise über den ›Uhren‹.

»Spüren Sie es auch?« fragte Rudy. Er zog die Sonde aus dem silbrigen Kreis, worauf sie von selbst zurücksprang.

»Ja, es fühlt sich an wie ein Magnet. Aber ich glaube eigentlich nicht, daß diese Sonden ferromagnetisch sind.«

Beide Männer ließen die Sonden einfach in den silbrigen Kreisen hängen.

»Zweiundvierzig Volt bei elf Hertz«, sagte Rudy kurz darauf, obwohl Nicholas ohne weiteres selbst die Anzeige ablesen konnte. Ein kleines grünes Lämpchen auf dem Meßgerät leuchtete ruhig und zeigte damit eine klare Sinuswelle an. »Möchten Sie die Kontrollen auf Ihrer Seite überprüfen? Hier, dieser Stift ist ganz gut isoliert.«

»Danke, nicht nötig.« Nicholas zog ein längliches Plastikwerkzeug aus seiner Tasche. Er streckte vorsichtig den Arm aus und drückte die Plastikspitze auf einen Punkt neben dem, der leuchtete. Der leuchtende Punkt verlosch, und der, den Nicholas berührte, ging an. Er leuchtete ein wenig heller als der andere.

Das Meßgerät zeigte etwas mehr als fünfzig Volt an. »Gut!« sagte Rudy. »Machen Sie das noch mal.«

Die nächste Stufe erreichte sechzig Volt. Nicholas testete einen Punkt nach dem anderen, bis sie einhundertundvier Volt, dann einhundertfünfundzwanzig und einhundertfünfzig erhielten. Rudy stellte das Meßgerät auf den Rand des Korbs, und Nicholas testete die weiteren Punkte durch, die immer heller leuchteten, bis die Spannung eine Stärke erreichte, bei der die Isolierung der Anschlüsse des Geräts durchzubrennen drohte, so daß Nicholas auf einhundertfünfundzwanzig Volt zurückging.

»Kann ich das benutzen?« fragte Rudy.

Nicholas reichte ihm das isolierte Werkzeug, und Rudy hielt es auf den Punkt neben dem, der blinkte. Der blinkende Punkt erlosch, während der, den Rudy berührte, schneller als der vorherige zu blinken begann. Das Meßgerät besagt, daß die neue Frequenz dreizehn Komma zwei Hertz betrug. In mehreren Stufen steigerte Rudy die Frequenz auf etwa siebenundfünfzig und dann auf über achtundsechzig Hertz, während die Lämpchen immer schneller blinkten. Ein letzter Probedurchgang erbrachte, daß er bis vierhundertvierzig Hertz hinaufgehen konnte.

»Ich denke, so geht es«, sagte Rudy. »Vom Umspannwerk bis zu den Steckdosen dürfte es keine Probleme geben. Wir werden wohl noch etwas Arbeit haben, mit den zwei statt drei Phasen zurechtzukommen, aber ich denke, das läßt sich überwinden.« Er wollte die Sonden zurückziehen, aber sie rührten sich nicht von der Stelle. Die Anschlüsse schienen mit der Oberfläche des silbrigen Kreises verschmolzen zu sein. Erst als er mehrere Sekunden lang ununterbrochen daran zog, lösten sie sich. Die silbrige Oberfläche sah völlig glatt und unversehrt aus.

Nicholas sah ebenfalls noch einmal genau hin und hob dann die Augenbrauen.

Rudy bediente die Kontrollen, um den Korb nach unten fahren zu lassen, wo sich inzwischen weitere Zuschauer versammelt hatten. Als der Korb den Boden erreichte, ließ Nicholas es zu, daß Rudy ihm die Tür öffnete – zweifellos, damit er sich nicht die Hände schmutzig machte.

Abby Tersa sah aus dem Fenster seines Büros, als Rudy zurückkam. Matt saß auf Rudys Schreibtisch und studierte das Manhattaner Branchenverzeichnis auf dem Bildschirm des tragbaren Computers.

»Hallo!« sagte Abby.

Rudy löste den Gurt mit seiner Ausrüstung und legte ihn auf den Schreibtisch. »Hi!« Er wischte sich den Schweiß von der Stirn. »Diese Treppen bringen mich noch um. Gott sei Dank ist die Schwerkraft niedriger.« Er trat näher an Abby heran. »Und Sie sind . . .?«

»Abby Tersa.« Sie schüttelte Rudy die Hand, als er ihr seinen Namen nannte.

»Abby ist unsere erste Dolmetscherin . . . äh, sagen wir besser: Linguistin«, erklärte Matt. »Wie ist es dir inzwischen ergangen?«

»Bis jetzt ganz gut. Es arbeiten bereits mehrere Teams an der Wasser- und Stromversorgung. Im Stadtzentrum haben wir vielleicht in sechs oder acht Stunden Wasser, in den meisten anderen Bezirken in einem Tag. Ich habe gerade die Leute abgezogen, die am Con-Ed-Generator im Norden arbeiteten, denn jetzt wird uns auch Elektrizität zur Verfügung gestellt. Ich schätze, daß wir schon morgen oder übermorgen die Lichter einschalten können. Das größte Problem wird sein, die Hochspannungsleitungen neu zu verlegen. Wir müssen Kabel aus den Bereichen holen, wo sie nicht mehr gebraucht werden, und sie dorthin bringen, wo sie gebraucht werden.«

»Es gibt noch einige andere Probleme«, sagte Matt. »Kennst du die Methode, wie man nur aus Wasser und Strom Lebensmittel herstellt? Vor jedem Geschäft, das Nahrungsmittel verkauft, habe ich eine lange Schlange gesehen, so daß bald alles ausverkauft sein wird. Und ich schätze, daß die Vorräte in den Kühlschränken der Stadt langsam verderben.«

Abby mischte sich ein. »Was benutzen die Menschen statt Geld?«

Matt schüttelte den Kopf. »Ich denke, verschiedene Dinge. Drogen, Zigaretten, Sex. Einige Leute scheinen wirklich noch richtiges Geld zu benutzen. Ich bin vielleicht zu pessimistisch, aber ich glaube nicht, daß wir bald wieder an einem Ort sein werden, wo Geld noch einen tatsächlichen Wert hat, aber wer weiß?«

Abby sagte: »Wenn sie uns mit Wasser und Strom versorgen, müßten sie uns doch auch alles andere zur Verfügung stellen, meinen Sie nicht auch?«

Matt und Rudy sahen sich an, als wollten sie untereinander ausmachen, wer ihr antworten sollte. Schließlich sagte Matt: »Vermutlich haben Sie recht. Ich mag es nur nicht, wenn ich nicht Bescheid weiß. Und wenn die Menschen zu hungrig werden, wird die Panik noch größer werden.«

Rudy sagte: »Ich bin ganz deiner Meinung. Und ich habe auch Hunger.«

Matt sah auf seine Uhr. »Okay, was hältst du von ›Windows on the World‹? Bei den hundert Stockwerken, die wir zurückgelegt haben, dürfte es dort nicht sehr voll sein.«

Rudy nickte. »Klingt gut. Was ist mit Ihnen, Abby? Haben Sie Hunger?«

Abby musterte die zwei Männer. Beide machten nicht den Eindruck, als hätten sie einen Scherz gemacht. »Nein. Warum gehen Sie nicht ohne mich?«

Matt sagte: »Kommt nicht in Frage. Wie wär's, wenn wir statt dessen zu Hause essen?«

»Also gut«, sagte Rudy, als würde es für ihn ein großes Opfer bedeuten. Er ging zu einem hohen, zweitürigen Schrank und öffnete ihn. »Was darf's denn sein? Cornflakes, Popcorn, Kekse, eine Banane oder eine Orange?«

Abby näherte sich erstaunt dem Schrank. Jedes Fach war überladen mit Lebensmitteln, einschließlich mehrerer Sorten Tee, Knabbergebäck, Gewürzen und eines großen Vorrats an haltbaren Gerichten für die Mikrowelle. »Hat man Sie irgend wie gewarnt, daß das hier passieren würde?«

Rudy schüttelte den Kopf. »Ich verbringe hier viele Stunden. Da habe ich beschlossen, daß ich mich ein wenig einrichten sollte.«

Matt sagte: »Er ist ein Workaholic.«

»Du etwa nicht?« Rudy griff sich eine Banane und begann sie zu schälen.

Abby bekam jetzt plötzlich Hunger und nahm sich eine Orange. »Sie beide sind wohl alte Freunde?«

»Wie lange ist das jetzt her?« überlegte Matt. »Fünfzehn Jahre?«

»So in etwa.« Rudy biß von seiner Banane ab. »Habe ich euch bei einer wichtigen Arbeit gestört, als ich hereinkam?«

Matt blickte auf den Bildschirm. »Wir stellen gerade eine Einkaufsliste zusammen. Mit den meisten Sachen können wir erst etwas anfangen, wenn wir wieder Strom haben. Apropos: Könntest du bei der Bürgermeisterin anfragen, ob wir ein Stockwerk in einem der Türme des World Trade Centers bekommen könnten, möglichst weit oben?«

»Ein ganzes Stockwerk?«

»Zumindest soviel, wie wir kriegen können. Ich bin mir sicher, daß ein großer Teil der Wolkenkratzer nur vorübergehend benutzt wird, und es sieht nicht so aus, als würde im Augenblick viel Welthandel stattfinden, stimmt's?«

»Stimmt. Aber wozu?«

Matt zeigte auf das Fenster und die fernen Kuppeln. »Ich möchte mich als Voyeur betätigen.«

Das Walkie-talkie auf Dorine Underwoods Schreibtisch knackte, dann drang Barnaby Jolliets Stimme fast störungsfrei aus dem Lautsprecher, was auf die Inaktivität der meisten elektrischen Störquellen zurückzuführen war. »Frau Bürgermeisterin?«

Dorine hob das Gerät auf und drückte auf die Sprechtaste. »Ich höre Sie.« Sie schaltete den tragbaren Computer aus, auf dem sie Listen mit den Dingen, die noch erledigt werden mußten, zusammengestellt hatte und blickte aus dem Fenster. Die ›Sonne‹ hatte einen Kreisbogen von fast dreihundertsechzig Grad zurückgelegt, seit sie vor zwölf Stunden aktiviert worden war.

»Das Megaphon-Team ist wieder im Norden angekommen und ist bereit für den nächsten Durchgang. Sie wurden von einigen Plünderern auf der siebenundvierzigsten Straße aufgehalten, aber jetzt scheint alles unter Kontrolle zu sein. Haben Sie irgendwelche Neuigkeiten, die wir bei den Durchsagen berücksichtigen sollten?«

Dorine mußte gar nicht auf ihre Notizen blicken. »Ja. Der Wasserdruck im Stadtzentrum einschließlich Bellevue soll in bescheidenem Rahmen wieder ausreichend sein. Jeder, der unter Wassermangel leidet, kann dort Hilfe anfordern, aber sagen Sie den Leuten, sie sollten möglichst dort bleiben, wo sie sind. Wasser müßte bis morgen nachmittag überall wieder zur Verfügung stehen.

Im Bereich des Civic Center und in der Stadtmitte gibt es vermutlich irgendwann heute nacht wieder Elektrizität. Weitere Bezirke werden im Zeitraum der nächsten Tage angeschlossen. Jeder, der Erfahrung mit Elektrizitätsversorgung hat und sich freiwillig für ein Arbeitsteam melden möchte, sollte sich um Mitternacht oder sechs Uhr morgens am Times Square einfinden. Das wär's fürs erste.«

»Habe alles notiert. Danke.«

Ohne den Blick vom Fenster abzuwenden, legte Dorine das Walkie-talkie hinter sich auf den Schreibtisch. Nach ihrer Armbanduhr hatte die Stadt bereits zwölf Stunden überstanden, und sie sah immer noch heil aus. Natürlich hatte man noch keine Ahnung, wie viele Leute am Stadtrand umgekommen, aus dem Fenster gesprungen waren oder langsam den Verstand verloren.

Während sie erschöpft an ihrem Schreibtisch saß, ging die ›Sonne‹ aus.

Das erste, was Dorine bemerkte, war, daß eine der zwei Notlampen in der Nähe nach dieser langen Zeit ohne Stromversorgung erloschen war. Das zweite war, daß die ›Sonne‹ nicht ganz ausgegangen war. Sie befand sich immer noch dort, wo sie kurz vorher gewesen war, aber sie leuchtete nur noch schwach. Als sich ihre Augen daran gewöhnt hatten, erkannte sie, daß die Lichtstärke ungefähr der einer Vollmondnacht entsprach.

Die ›Sonne‹ war zu hell gewesen, um sie direkt anzusehen, so daß die Illusion recht überzeugend war, wenn man die Kreisbahn außer acht ließ. Aber der ›Mond‹ war ein glatter Betrug. Keine Krater, keine dunklen Mare, nur ein gleichförmiges Mattsilber wie ein fernes Bullauge in einem großen Schiff. Dorine spürte, wie ihr Gesicht wärmer wurde.

Sie stand auf, ging zur Tür ihres Büros und verschloß sie. Dann ging sie zum Schreibtisch zurück, setzte sich und legte ihren Kopf auf Rafaels Bild. Eine Minute später begann sie im großen, einsamen und dunklen Raum unter dem Licht eines künstlichen Mondes zu weinen.

Als Abby Tersa erwachte, war es dunkel. Für einen Moment wußte sie nicht, wo sie war oder wodurch sie geweckt worden war. Dann erkannte sie die dunklen Umrisse eines Schreibtisches, eines Bücherregals und einiger Aktenschränke wieder. Sie befand sich in einem unbenutzten Büro, das am selben Korridor wie das von Rudy Sanchez lag, und lag auf einem Feldbett. Dann erinnerte sie sich an alles weitere und fühlte sich plötzlich einsam und hilflos.

Sie verdrängte diese Empfindungen, schwang ihre Beine über die Kante des Feldbetts und stand auf. Hinter dem Fenster breitete sich der unveränderte Ausblick auf das verdunkelte Finanzzentrum aus, das nur vom Schimmer der riesigen Lampe beleuchtet wurde, die im Kreis um die Stadt wanderte und immer noch auf niedrige Helligkeit heruntergeschaltet war. Eine Bewegung am Boden jedoch erregte ihre Aufmerksamkeit.

Eine Gruppe von acht oder zehn Leuten ging durch die stille Chambers Street. Verblüfft beobachtet Abby, wie sie sich einem der Autos näherten, die mitten auf der Straße abgestellt worden waren. Die Gruppe verteilte sich um das Fahrzeug, eine Person an jeder Ecke und jeder Seite und jeweils einer vor den Stoßstangen.

Wie auf Kommando senkten alle gleichzeitig die Köpfe. Einen Augenblick später bewegte sich das Auto seitwärts auf den Bordstein zu. Sie trugen den Wagen. Autodiebstahl war plötzlich viel leichter als vorher. Aber was hatten diese Leute mit den Autos vor?

Als sie die Taxis und Laster erreichten, die bereits am Straßenrand standen, stellte die Gruppe das Auto ab und ging zum nächsten Fahrzeug, das mitten auf der Straße stand.

In diesem Moment verstand Abby, daß hier keine Autodiebe am Werk waren, sondern daß die Gruppe lediglich die Straßen räumte. Gleichzeitig hörte sie ein rumpelndes Geräusch, das nur eine Sekunde lang anhielt und dann wieder verstummte. Die Neonlampen über ihr begannen zu glühen und gingen wieder aus, bevor sie endgültig aufleuchteten. Das war es, was sie geweckt hatte. Jetzt, nachdem die Klimaanlage nicht mehr lief, wirkte das Gebäude wieder unnatürlich still.

Während sie aus dem Fenster blickte, setzte das Rumpeln erneut ein, und die Lampen gingen an. Auch die Lichter der City Hall und entlang der Chambers und Lafayette Street und der Park Row wurden hell. Ein ganzer Stadtbezirk von Manhattan hatte wieder Strom.

Die Zwillingstürme des World Trade Centers auf der anderen Seite der Insel blieben dagegen dunkel.

Abby sah auf die Uhr. Fast fünf. Sie kehrte zum Feldbett zurück und schlüpfte in ihre Schuhe. Dann öffnete sie die Bürotür. Sie ging in Richtung von Rudys Büro, blieb jedoch stehen, als sie die offene Tür des Zimmers erreichte, das Matt belegt hatte. Abby sah, daß Matt durch das Fenster in die Dunkelheit hinausstarrte, als hätte er gar nicht bemerkt, daß der Strom wieder funktionierte.

Sie war sicht nicht sicher, ob sie sich durch sexuelle oder mütterliche Empfindungen zu ihm hingezogen fühlte. Der Mann war eine ungewöhnliche Mischung aus Kraft und Verletzlichkeit. Er traf seine Entscheidungen schnell und sicher, aber sie wußte, daß ihm irgend etwas, das nichts mit der gegenwärtigen Zwangslage zu tun hatte, große Sorgen bereitete.

Abby klopfte leicht gegen den Türrahmen. Matt reagierte nicht. Sie klopfte fester, und diesmal drehte er sich um.

»Ach, hallo!« sagte er.

»Guten Morgen!«

»Morgen!«

»Alles in Ordnung?« fragte sie.

»Ja, sicher. Alles in Ordnung.« Manche Leute können sehr überzeugend lügen, Matt aber schien nicht die Kraft zu haben, es zu versuchen. Abby glaubte ihm nicht.

»Ich würde sagen, ich sehe eine Röhre, die gestern noch nicht da war«, sagte Rudy. Er starrte auf die Kuppelwand. Er war sich ziemlich sicher, daß die dunkle Röhre neu war. »Ich werde das überprüfen. Können Sie die Stellung halten, bis ich zurück bin?« Schnell griff er nach seinem Werkzeuggurt.

Abby blickte von dem kleinen Foto auf, das die Botschaft auf dem Kuppeldach zeigte. »Klar. Wenn das Telefon klingelt oder weitere Linguisten auftauchen, brauchen wir immer noch jede Hilfe, die wir kriegen können, stimmt's?«

»Stimmt. Und Matt müßte in etwa einer Stunde oder so zurück sein, denke ich.«

»Kein Problem.« Abby zögerte. »Ist mit ihm alles in Ordnung?«

»Matt? Klar. Zumindest geht es ihm nicht schlechter als uns allen. Er hat schon ziemlich harte Zeiten mitgemacht und sie jedesmal gut überstanden. Warum fragen Sie?« Rudy legte den Gurt um.

»Ach, nur so.« Abby wußte selbst nicht, warum sie log.

Rudy machte sich auf den Weg zur Tür. Als er schon fast draußen war, fragte Abby: »Hat er noch irgendwo Familie?«

»Nur seine Frau«, rief er zurück, dachte aber mehr an die neue Röhre als an etwas anderes.

Es war tatsächlich eine neue Röhre. Sie befand sich in der Nähe des East River Parks, ein kleines Stück südlich des Überrestes der Williamsburg Bridge.

Rudy fuhr auf das Gras. Als er nahe genug heran war, um zu erkennen, daß auch diese Röhre mit einer wannenförmigen Ausstülpung ausgestattet war, näherte sich eine Arbeitsbühne, und Nicholas stieg aus dem Fahrersitz. »Sie haben es auch gesehen, was?« sagte Nicholas.

»Ja.«

Sie stiegen in den Korb, und Nicholas bediente die Schalter. Rudy bemerkte Nicholas' blutunterlaufene Augen und sagte: »Haben Sie in der letzten Nacht etwa überhaupt nicht geschlafen?« Rudy hatte sich die vier Stunden gegönnt, die er allen Leuten in den Arbeitsteams empfohlen hatte. Die ›Sonne‹ hatte sich zur gleichen Zeit und an derselben Stelle wie beim ersten Mal wieder eingeschaltet, so daß der Rhythmus nun feststand: eine zwölfstündige Umdrehung als ›Sonne‹ und eine zwölfstündige Umdrehung als ›Mond‹.

»Ich weiß, was Sie empfohlen haben«, sagte Nicholas, »aber ich kann einfach nicht schlafen, solange unsere Probleme noch nicht gelöst sind. Waren Sie noch nie so nervös, daß Sie nicht schlafen konnten?«

»Schon, aber diese Probleme werden länger anhalten, als ich ohne Schlaf auskommen kann.«

Der Korb erreichte die braune Ausstülpung, und Nicholas verlangsamte ihren Aufstieg. Er hielt knapp vor dem Rand der Wanne an. »Warum bringen sie diese Dinge so hoch an?«

»Keine Ahnung. Vielleicht denken sie, wir wären viel größer. Oder sie meinen, daß man auf diese Weise die Massen fernhalten kann, damit sie keinen Schaden anrichten oder sich verletzen, während die Experten sich in Ruhe damit beschäftigen können, sie an die internen Systeme anzuschließen.«

»Welches unserer internen Systeme ist mit Kaninchenfutter kompatibel?«

»Stimmt, so sieht es aus.« Die Mulde enthielt mehrere hundert Liter kleiner gedrungener grüner Zylinder, die nicht größer als Radiergummis am Ende eines Bleistifts waren. Rudy beugte sich vor, um sie sich genauer anzusehen. Die winzigen Zylinder waren gesprenkelt, wie altes grünes Linoleum, und hatten eine spiegelglatte Oberfläche und stumpfe Enden, als würden sie in kleinen Schläuchen in der größeren Röhre hergestellt und zentimeterweise abgeschnitten, während sie sich in der Wanne sammelten.

Rudy fächelte sich mit einer Hand Luft heran, um einen eventuellen Geruch wahrnehmen zu können, ohne dabei eine gefährliche Dosis abzubekommen. Er roch nichts.

Rudy zog ein Stück Papier aus seiner Tasche. Damit fischte er fünf Zylinder aus der Wanne. Dann faltete er das Papier vorsichtig mehrmals zusammen.

Nicholas sagte: »Sie haben uns Luft und Wasser zur Verfügung gestellt. Meinen Sie nicht auch, daß das hier etwas zu essen sein soll?«

»Ja. Aber ich werde mir das Zeug nicht eher in den Mund stecken, bis ich genau weiß, daß es ungefährlich ist.«

»Aber die Menschen leiden bereits unter Nahrungsmittelknappheit. Wollen Sie solange warten, bis die Labortests vorliegen, bevor Sie die Verteilung organisieren?«

»Nein. Ich glaube, Sie haben recht. Ich möchte nur ganz sicher sein. Es geht in Ordnung, wenn wir beides parallel tun. Aber ich möchte trotzdem zuerst anrufen und einen Streifenwagen kommen lassen, der das hier zum Bellevue bringt.«

Nicholas nickte, und Rudy gab seine Bitte über Funkgerät durch.

»Gut«, sagte Rudy anschließend. »Welche Möglichkeiten haben wir?«

»Tja, wir können dieses Zeug nicht wie Wasser abpumpen. Und je nachdem, wie konzentriert es ist, könnte noch eine Menge Arbeit nötig sein, um es abzuschaufeln und zu verteilen. Vielleicht läßt sich irgendeine industrielle Absaugvorrichtung auftreiben, um es abzuschöpfen und weiterzubefördern. Der Transport ist kein Problem. Schade, daß sich gerade keine Flotte von Tanklastzügen in der Stadt aufgehalten hat.«

Eine Polizeisirene näherte sich. Rudy blickte kurz nach Norden und sagte: »Dafür stehen uns eine Menge Zementmischer zur Verfügung.«

Julie Kravine erschrak, als das Telefon klingelte.

Nachdem die Büros der WNBC vor ein paar Stunden wieder Strom erhalten hatten, hatte sie sofort die Telefone ausprobiert.

Tot. Ihre nächste Handlung hatte darin bestanden, die Batterien ihrer Minikamera wieder aufzuladen.

Das Klingeln des Telefons war ein beruhigendes Geräusch, etwas, das es ihr für einen Augenblick erlaubte, die Wirklichkeit hinter den braunen Wänden ihres kleinen Arbeitsraums auszublenden.

»WNBC, Julie Kravine«, sagte sie in die Sprechmuschel.

»Hallo! Hier ist Matt Sheehan. Wir haben uns in der U-Bahn getroffen.«

»Hallo! Wie geht es Ihnen?«

»Gut. Ich helfe im Büro des Oberstadtdirektors aus. Ich wollte Sie um zwei Gefallen bitten. Vielleicht hätte ich mich an den Sendeleiter oder Chefredakteur wenden sollen, aber dieser Weg erschien mir einfacher.«

»Schießen Sie los!«

»Erstens, in allen Bezirken bis auf Heights und Chelsea gibt es wieder Strom, und man glaubt, die übrigen Probleme in den nächsten paar Stunden gelöst zu haben. Vielleicht haben Sie schon davon gehört, aber ein Arbeitsteam hat es gerade geschafft, eine Verbindung von Ihrem Studio zu einer Antenne auf dem World Trade Center einzurichten. Wir möchten, daß Sie die Nachricht verbreiten, daß die Bürgermeisterin um zwanzig Uhr eine Ansprache an die Stadtbevölkerung halten wird, und wir hätten gerne ein Kamerateam, damit sie von ihrem Büro aus sprechen kann.«

»Kein Problem. Ich muß ein wenig umorganisieren, aber wir schaffen es. Wie ist Ihre Nummer?«

Matt sagte sie ihr.

»Okay. Worin besteht der zweite Gefallen?«

»Ich möchte ein paar Videokameras mit Teleobjektiven und diversem Zubehör ausleihen. Ein Streifenwagen mit einem Laster könnte in einer Stunde bei Ihnen sein.«

»Wollen Sie Heimvideos im großen Stil produzieren?«

»So in etwa.«

Dorine Underwood saß ein paar Minuten vor acht Uhr abends an ihrem Schreibtisch. Hinter ihr zeigte eine Leuchttafel die

Audiokanäle an, aus denen sich die Zuhörer eine der fünf Sprachen aussuchen konnten, in die ihre Rede übersetzt werden würde. Die Deckenbeleuchtung des Büros und das Licht, das vom Vorzimmer hereindrang, beruhigten sie mehr, als sie jemals für möglich gehalten hätte. Es waren unmißverständliche Zeichen, daß das Leben weiterging. Sie hoffte, daß ihr Auftritt im Fernsehen eine ähnliche Wirkung auf die Bürger ausüben würde. Das würde jedoch nur funktionieren, wenn sie ruhig und sachlich blieb, also atmete sie ein paarmal tief durch und sah noch einmal auf ihre Stichworte.

»Frau Bürgermeisterin, Sie sind in zehn Sekunden auf Sendung«, sagte jemand aus dem Fernsehteam. Sechs Sendeanstalten waren vertreten. Der Mann zählte an den Fingern ab: drei, zwei, eins. Dann ging das rote Licht an.

»Guten Abend, Bürger von New York!« Dorine blickte in die Linse und sprach ruhig weiter. »Ich muß Ihnen nicht erklären, in welcher seltsamen Situation wir uns befinden. Um ehrlich zu sein, wir haben immer noch keine Ahnung, was eigentlich mit uns geschieht. Ich werde Ihnen die offizielle Sichtweise erläutern, damit Sie sich keine Sorgen mehr machen müssen, ob Sie persönlich verrückt geworden sind. So ging es mir jedenfalls eine Zeitlang. Am Dienstag, den 20. März 2012, um sieben Uhr zehn Eastern Standard Time, wurde Manhattan irgendwie aus seiner Umgebung gelöst und vermutlich von einer sehr hochentwickelten außerirdischen Rasse in ein riesiges Schiff verladen. Wir wissen nicht, ob wir hier als Teil einer Zoo-Ausstellung sind oder ob die Aliens das Äquivalent einer Tumor-Operation durchgeführt haben. Aber ich bin mir sicher, daß wir es herausfinden werden.

Was ich Ihnen heute abend sagen möchte, ist, daß wir die Situation in den Griff bekommen. Wenn Sie diese Worte hören, wissen Sie, daß jeder Bezirk Manhattans jetzt wieder Strom und Wasser hat. Erdgas wird fürs erste aus naheliegenden Gründen nicht zur Verfügung stehen, ebenso Dampf. Einsatzgruppen sind rund um die Uhr tätig gewesen, um Stromanschlüsse zu verlegen, Ventile auf den neuen Wasserdruck einzustellen, Feuer zu löschen und Gasventile zu schließen, um weitere Unglücksfälle zu verhindern. Wir haben keine Möglichkeit, unsere Benzinvorräte zu erneuern, so daß wir die Ausgabe für Notfallzwecke, für Polizeifahrzeuge und gelegentliche offizielle Aufgaben beschränken mußten. Benzin wird nur dann verbraucht, wenn es wirklich keine elektrisch betriebenen Fahrzeuge als Alternative gibt.

Für jeden von uns dürfte die Nahrung ein Problem von höchster Wichtigkeit sein, und ich möchte Ihnen sagen, daß ab sofort Lebensmittel zur Verfügung stehen, und zwar in ausreichender Menge für jeden. Niemand wird hungern. In der nächsten Zeit wird unser größtes Problem die Langeweile sein.

Ich denke, Ihnen allen ist klar, daß uns weder die Einrichtungen noch das Rohmaterial zur Verfügung stehen, um genügend Nahrung für jeden in Manhattan herzustellen. Die Versorgung mit Lebensmitteln, mit Strom und mit Wasser geschieht durch unsere Entführer. Wir haben dazu keine Alternative. Die Nahrung, die uns von den Aliens zur Verfügung gestellt wird, wurde gründlich von den Medizinern im Bellevue untersucht. Sie enthält mehr Kalzium, als die meisten von uns benötigen, aber nicht so viel, daß es ungesund wäre.

Zwanzig Minuten nach dem Ende meiner Rede, und die wird nicht mehr allzu lange dauern, werden städtische Zementmischer damit beginnen, ständig ihre Runden durch die Stadt zu drehen, und an jeder Kreuzung halten. Sie sind mit kleinen Nahrungspillen beladen.« Dorine hielt die Bezeichnung für wesentlich angemessener als ›Kaninchenfutter‹.

»Die Bellevue-Mediziner haben festgestellt, daß ein durchschnittlicher Erwachsener sich von einem halben Liter pro Tag ernähren kann. Jeder kann sich bis zu einem Liter nehmen, wenn ein Transporter vorbeikommt, und wir gehen davon aus, daß die Vorräte praktisch unbegrenzt sind. Wir arbeiten noch an verbesserten Verteilungsmethoden, aber fürs erste haben wir zumindest alle etwas zu essen. Ich bin mir bewußt, daß Sie diese ganze Angelegenheit etwas seltsam finden, von der Nahrung selbst bis zur Verteilungsmethode. Aber wir brauchen unbedingt Nahrung, und sie muß schnell verteilt werden. Wir haben keine andere Wahl.

Darüber hinaus hätte ich noch ein paar Bitten. Ich weiß, daß die natürlichen Lebensmittel, die sich noch in der Stadt befinden, wesentlich schmackhafter sind als das, was wir zur Verfügung stellen, und ich rechne auch damit, daß sie weiterhin verzehrt werden. Ich möchte Sie jedoch darum bitten, daß Sie jede ungeöffnete Packung mit weicher Nahrung den Krankenhäusern in Ihrer Nähe spenden, damit sie für die Kinder, die Kranken und Verletzten verwendet werden kann. Darüber hinaus müssen wir sämtliche Medikamentenvorräte zusammenlegen, damit sie für Notfälle zur Verfügung stehen und fachgerecht auf längst mögliche Haltbarkeit gelagert werden können.«

Dorine legte einen Zettel beiseite und sah auf die nächste Seite. »Außerdem haben wir weitere Probleme, das dürfte jedem von uns klar sein. Eins davon ist die Unterbringung der Menschen, die nicht in Manhattan wohnen. Am Ende dieser Sendung werden einige Telefonnummern eingeblendet. An den Leitungen warten städtische Angestellte darauf, Unterbringungsmöglichkeiten und -bedürfnisse zu koordinieren. Wenn Sie Platz für einen Besucher in Ihrem Haus oder Ihrer Wohnung haben, teilen Sie uns das bitte mit.

Ein weiteres Bedürfnis ist die Information. Ich weiß, daß Sie wissen wollen, was vor sich geht – genauso wie ich. Ich werde Sie jeden Abend zur selben Zeit auf jedem Kanal über den Stand der Dinge informieren. Ich werde Ihnen sagen, was wir bis dahin in Erfahrung gebracht haben. Die vermutlich wichtigste Frage ist, ob man mit uns kommunizieren will und ob wir die Botschaft auf der Kuppel übersetzen können. Später werden weitere Telefonnummern eingeblendet, über die Sie Fragen stellen können, die ich Ihnen beantworten soll. An jedem Abend werde ich auf die am häufigsten gestellte Frage eingehen, die wir beantworten können.

Städtische Angestellte haben rund um die Uhr gearbeitet, um Ihnen lebenswichtige Dienste verfügbar zu machen. Ich denke, daß sie hervorragende Arbeit geleistet haben. Jetzt muß ich Sie um Ihre Hilfe bitten. Wir benötigen Fachkräfte aus verschiedenen Gebieten, auch hierzu werden am Schluß Telefonnummern eingeblendet werden, unter denen Sie sich melden können.

Zunächst müssen wir die Botschaft der Außerirdischen entziffern. Dazu benötigen wir dringend linguistische oder ethnologische Experten, aber auch Menschen mit Erfahrungen in Dekodierung und Mathematik sind von Nutzen.

Zusätzlich brauchen wir jeden Experten, der sich mit Kommunikationssystemen, Videoanalysen und Physik auskennt, damit wir soviel wie möglich über unsere neue Umgebung in Erfahrung bringen können.

Wenn Sie glauben, daß Sie uns helfen können, rufen Sie uns bitte an und teilen Sie uns mit, worin Ihre Qualifikationen bestehen. Und sagen Sie uns auch, wie wir Sie erreichen können, wenn wir Sie brauchen. Außerdem benötigen wir mehr Freiwillige, die uns bei der städtischen Versorgung helfen, sowie Feuerwehrleute.

Schließlich möchte ich noch sagen, wie stolz ich auf Sie alle bin. Wir sind von einem furchtbaren Unglück heimgesucht worden, und obwohl ich Berichte über Plünderungen und Kapitalverbrechen gelesen habe, hat sich die Mehrheit doch vorbildlich verhalten. Sie haben Menschen in Not geholfen, Ihren Besitz mit anderen geteilt und Fremde großzügig unterstützt. Das macht mich sehr stolz. Und ich möchte Ihnen mitteilen, daß Recht und Ordnung wiederhergestellt wurden. Die Feuerwehr ist einsatzbereit, und alle Notrufleitungen stehen.

Sie haben bewundernswert auf die Situation reagiert. Ich werde Sie über alle Neuigkeiten auf dem laufenden halten.

Gute Nacht, Manhattan!«

Dr. Bobby Joe Brewster stellte den Ton des kleinen Fernsehers in seinem Büro leiser.

Er lehnte sich in seinem Sessel zurück und streckte die Beine auf dem Tisch aus. Er konnte es noch immer nicht fassen, wie still es auf dem Campus der Columbia University geworden war. Er dachte über das nach, was die Bürgermeisterin gesagt hatte. Es wäre eine interessante Herausforderung, die außerirdischen Botschaften zu dekodieren.

Er blickte auf seinen Computer. Seit er von der Erde abgeschnitten war, hatte er keinen Zugang zu neuen Programmen und Updates mehr. Das war der schlimmste Aspekt der ganzen

Sache. Je früher die Kommunikation funktionierte, desto eher konnten sie vielleicht auch zur Erde zurückkehren.

Bobby Joes Lebenslauf zeichnete sich dadurch aus, daß er alles in einem jüngeren Alter getan hatte, als allgemein erwartet wurde. Dadurch hatte er sich nach außen eine gewisse Bescheidenheit angewöhnt, um den Neid der Leute, die er überholte, nicht zu provozieren. Jetzt war jedoch nicht die rechte Zeit für Bescheidenheit. Vermutlich war er einer der besten Leute unter der Kuppel für die Aufgabe, von der die Bürgermeisterin gesprochen hatte.

Er nahm die Füße vom Tisch und beugte sich vor, um an den Endlosrecorder zu gelangen. Das Gerät zeichnete ständig alles auf, so daß er jederzeit alles aus den letzten dreißig Minuten wiederholen konnte. Er drückte auf die Rückspultaste und ließ das Bild zurücklaufen, bis die Telefonnummern auf dem kleinen Bildschirm erschienen. Als er die richtige Nummer gefunden hatte, hielt er das Bild an.

Er fühlte sich erregt, als er den Telefonhörer abnahm. Wenn sie wieder zur Erde zurückkehrten, konnte er wieder richtige Nahrung zu sich nehmen.

Matt verließ in der hundertfünften Etage den Lift, fünf Stockwerke unter der Aussichtsplattform auf dem südlichen Turm des World Trade Centers, und war unbeschreiblich dankbar, daß die Stromversorgung wieder funktionierte.

Im Korridor war es still, als er sich südwärts wandte, doch die betriebsamen Geräusche aus einem der vorausliegenden großen Büros wurden immer lauter, während er sich näherte. Er trat in den Raum. Am Fenster stand eine Gruppe Journalisten, von denen einige ihre Linsen auf die Szenerie draußen gerichtet hatten, andere auf die Aktivitäten im Zentrum des Raums. Doch alle hielten sich sorgsam an die Anweisung, daß jede Störung der Arbeiten ihre sofortige Ausweisung zur Folge hätte.

Der Raum erinnerte Matt an eine militärische Kommandozentrale, deren Wände von großen Bildschirmen eingenommen wurden. Doch in keiner Kommandozentrale hatte er jemals einen Anblick gesehen, wie er sich ihm vom Südfenster aus bot. Für einen Augenblick ignorierte er die Menschen im Raum und ging zum Fenster. Von hier aus war die höchste Stelle der Kuppel nur ein paar hundert Meter entfernt, und Matt wußte, daß die Kuppel die Aussichtsplattform über ihm fast berührte.

Ein Dutzend Kuppeln erhoben sich aus der grauen Ebene unter ihm, und zwei waren sogar noch höher als das World Trade Center. In jeder Kuppel war der Boden in etwa auf gleicher Höhe mit der Ebene. Matt hielt unwillkürlich den Atem an, obwohl er diesen Anblick nicht zum ersten Mal sah. Eine Kuppel enthielt etwas, das wie ein großer Hügel aussah, der mit bläulichem Gras und verstreuten schwarzen Punkten bedeckt war, die Matt für Höhlen- oder Tunnelöffnungen hielt. An der Oberfläche war kein Anzeichen für höherentwickeltes Leben zu erkennen.

Am seltsamsten war für Matt jedoch eine unglaublich schmale und hohe Kuppel, die drei sehr hohe Bäume mit riesigen, runden, gelblich-grünen Blättern umschloß. Inmitten des Dreiecks der Bäume befand sich eine fremdartige Stadt. Lange Seile waren um die Äste der Riesenbäume geschlungen, an denen geflochtene Strukturen hingen, die sich offenbar bis in die anderthalbfache Höhe des World Trade Centers erhoben. Stricke senkten sich von den dunklen Gebilden herab und bildeten ein ausgeklügeltes Verbindungssystem innerhalb der Kuppel, die eher wie ein umgestülptes Reagenzglas aussah. Matt fragte sich, ob jemand ihn von dieser Kuppel aus beobachtete.

»Es läuft mir jedesmal kalt den Rücken runter, wenn ich nach draußen sehe«, sagte eine Frauenstimme neben ihm.

Matt drehte sich um und sah Abby, die in seiner Nähe stand. »Mir auch. Manchmal möchte ich mich einfach weigern, das alles zu glauben.«

Abby blickte schweigend aus dem Fenster, bis Matt sagte: »Ich bin Ihnen wirklich sehr für Ihre Hilfe dankbar, die Sie hier oben bei der Organisation leisten. Sie arbeiten sehr hart.«

»Sie etwa nicht?«

Matt lächelte und verzichtete auf eine Antwort. »Auf der Aussichtsplattform sagte man mir, daß die neue Kamera einsatzbereit ist. Was kann man von hier unten aus erkennen?«

»Sehen Sie selbst!« Abby winkte ihn zu einem der Wandschirme hinüber.

Er zeigte eine vergrößerte Abbildung der Botschaft auf der Kuppel. Abby sagte: »Bobby Joe hat das Bild eingefroren, so daß wir damit arbeiten können, während die Kameras schon auf andere Dinge gerichtet werden.« Vor dem Bildschirm saßen im Halbkreis vier weitere Linguisten an ihren Computern und versuchten eifrig, der Botschaft einen Sinn zu entlocken. Die Schrift selbst wirkte in der Vergrößerung noch fremdartiger. Fünf größere Strukturen bestanden jeweils aus mehreren kleineren Zeichen, die wiederum aus noch kleineren zusammengesetzt waren, die wie Piktogramme oder grobe Zeichnungen aussahen. Matt hatte keine Ahnung, ob die Einzelelemente lediglich Bestandteile eines Zeichens waren, so wie die drei geraden Striche im Buchstaben A, oder ob auch die Elemente selbst eine eigene Bedeutung enthielten.

»Haben Sie schon irgend etwas herausgefunden?« fragte Matt.

Abby schüttelte den Kopf, wobei ihr blondes Haar in Wallung geriet. »Offenbar kommen wir nicht weiter, wenn wir nur versuchen, Ähnlichkeiten zu bekannten Schriften festzustellen. Wir brauchen erst einmal einen grundsätzlichen Hinweis, einen Durchbruch, der uns eine Ahnung gibt, was man uns generell mit dieser Botschaft sagen will oder auf welcher Basis ihre Kommunikation funktioniert.«

»Es mag vielleicht dumm klingen, wenn ich das frage, aber was ist, wenn man die Botschaft umkehrt? Ich meine, wenn die Botschaft von oben gesehen richtig herum ist oder wenn sie von unten nach oben schreiben oder etwas Ähnliches.«

»Gegenwärtig versuchen wir, für alle Möglichkeiten offen zu bleiben. Der Computer kann problemlos Spiegelbilder der Schrift oder andere Perspektiven herstellen, damit wir sie von allen Seiten betrachten können.«

»Ich beneide Sie nicht um Ihren Job. Ich wüßte überhaupt nicht, wo ich anfangen sollte.«

»Ich bin mir nicht sicher, ob wir das wissen. Ich wünsche mir, wir könnten die Leute sehen, die diese Botschaft geschrieben haben. Wir könnten aus ihrem Aussehen vielleicht einige Rückschlüsse ziehen.«

Matt wurde auf eine Bewegung auf einem der Bildschirme in der Nähe aufmerksam, und er ging mit Abby weiter. An einer Wand befand sich ein großer Mosaikbildschirm, der hochauflösende Ansichten von mehr als einem Dutzend anderer Kuppeln zeigte. Die meisten Bilder waren in normalen Farben dargestellt, doch ein paar offensichtlich in Falschfarben. An einem Kontrollcomputer, von dem aus alle Einzelbilder überwacht werden konnten, saß Dr. Bobby Joe Brewster, der Elektronik- und Video-Freak, der sich nach dem Aufruf der Bürgermeisterin gemeldet hatte. Er hatte nicht einmal bis zum Morgen gewartet, sondern war sofort nach der Sendung herübergekommen, um sich dem Team anzuschließen.

»Was treiben Sie gerade, Bobby Joe?« fragte Matt, als sie sich ihm näherten. Matt mußte seine Frage wiederholen, um den Mann aus seiner Konzentration zu reißen.

»Oh, hallo! Mensch, ist das nicht der absolute Wahnsinn? Ich kenne Leute, die sich ein Jahr lang in einem Sarg einnageln lassen würden, um einmal ein solches Bild zu bekommen. Ich meine, sehen Sie sich doch einmal all diese Städte an!«

Bobby Joe war Mitte Zwanzig, hatte blaue Augen und einen kahlgeschorenen Schädel. Er verströmte Begeisterung und Enthusiasmus. Zum Glück verströmte er Matts Eindruck nach auch Kompetenz. Matt war der Meinung, man sollte den Mann unbedingt mit ›Dr. Brewster‹ anreden, nachdem er seinen Artikel im *Time Multimedia Magazine* gelesen hatte. Bobby Joe hatte mit Hilfe von Computern eine Lösung für ein seit langem ungeklärtes Problem der Systemkontrolle gefunden, an dem sich schon mehrere Genies die Zähne ausgebissen hatten. Er war ein Wunderkind gewesen, das sich so schnell durch die Kurse der Fernuniversitäten gearbeitet hatte, daß man ihn zu einer Prüfung geholt hatte, die einen ganzen Tag lang dauerte. Anschließend hatte niemand mehr daran gezweifelt, daß Bobby Joe tatsächlich all das wußte, was er zu wissen behauptete. Jetzt arbeitete er an der Columbia mit Experten zusammen, die mindestens ein Jahrzehnt älter waren als er.

Bobby Joe war eine große Hilfe gewesen, die verschiedenen Kameras und Computersysteme zu konfigurieren, und Matt war überzeugt, daß er auch weiterhin noch sehr nützlich sein konnte.

Bobby Joe zeigte auf einen Ausschnitt in der linken unteren Ecke des Bildschirms. Dabei veränderte sich das Bild leicht. »Ich benutze eine der Kameras dazu, abwechselnd sechzehn Städte anzufahren. Bei jedem Durchgang hole ich mir das vorige Bild auf den Schirm. Dann stellt der Computer schnell einen Vergleich zwischen den aufeinanderfolgenden Bildern her, damit ich Alarm geben kann, wenn sich etwas Wesentliches verändert.«

Als Matt den Mosaikschirm an der Wand betrachtete, wurde nacheinander jedes Bild einer Stadt durch ein neues ersetzt. Einer der Ausschnitte zeigte einen vollkommenen Würfel, dessen sichtbare Flächen mit einem Schachbrettmuster aus vierundsechzig Feldern überzogen waren. Die Hälfte der Felder war bräunlich gefärbt, die andere Hälfte orange. Jedes dieser Felder schien wiederum in vierundsechzig kleinere Felder unterteilt zu sein, von denen jedes zweite schwarz war. Oben auf dem riesigen Gebilde waren die Felder weiß.

Zwei weitere Städte waren ebenfalls würfelförmig, eine davon offen. Ein riesiges Gerüst aus Trägern bildete den eigentlichen Würfel. Dreißig oder vierzig waagerechte Träger in gleichmäßigen Abständen verliefen an jeder Seite, die wiederum von senkrechten Trägern gestützt wurden, die durch den Würfel nach oben ragten. An diesem Netzwerk hingen einzelne Kästen, wie kleine Gebäude, in verschiedenen Größen. Der Bildschirm hatte eine recht hohe Auflösung, um Matt Lebewesen erkennen zu lassen, die an riesige Raupen erinnerten. Eine war gerade dabei, ein Gebäude zu verlassen und sich zu einem anderen zu bewegen, wobei sie zuerst den leeren Raum mit der vorderen Körperhälfte überwand, dann den restlichen Körper und schließlich das Schwanzende hinüberzog.

Die andere Würfelstadt bestand aus einem riesigen Gebäude mit großen, unregelmäßig angeordneten runden Fenstern. Doch Matt konnte durch die Fenster nichts erkennen.

Eine der Städte verbarg sich vollständig den Blicken von außen. Alles, was unter einer sehr flachen Kuppel zu erkennen war, war ein Hügel aus roter Erde, der an einen Ameisenhügel erinnerte. Matt vermutete, daß die eigentliche Stadt sich unter der Oberfläche befand.

Matt sagte: »Haben Sie irgendeine Spezies gesichtet, die so aussieht, als . . .«

Er wurde durch ein Klingeln des Computers unterbrochen.

»Warten Sie!« sagte Bobby Joe. »Wir haben hier etwas Interessantes.« Er gab über die Tastatur verschiedene Befehle ein, worauf sich ein blinkender Rahmen um eine der Stadtansichten bildete, die daraufhin die Hälfte des großen Bildschirms einnahm. Das Bild sah aus wie eine Stadt, die man durch ein großes Fenster betrachtete. Sie war Manhattan ähnlicher als die meisten anderen Städte. Die Wege oder Straßen verliefen auf dem Boden und führten zwischen vorwiegend kegelförmigen Gebäuden hindurch, die wie große Zelte wirkten. Einige von ihnen waren viel höher als die übrigen. Und an der Spitze eines der höchsten Kegel konnte Matt ein Licht erkennen, das in scheinbar zufälliger Folge die Farben wechselte, als würde man einen quadratzentimetergroßen Ausschnitt eines Bildschirms betrachten.

Bobby Joe tippte etwas in die Tastatur, und ein kleiner Kreis legte sich über die Lichtquelle. »Ich werde jetzt einen Echtzeit-Oszillographen einsetzen.«

An der Seite des Bildes erschien ein Quadrat, das durch eine gepunktete Linie mit der Lichtquelle verbunden war. Im Quadrat waren die Farben des Spektrums dargestellt, von Rot ganz unten bis Blau ganz oben, und eine Anzeige setzte die Farbe in Relation zum Zeitverlauf. Der wandernde Punkt beschrieb eine Sinuskurve, die auf der Skala über Blau hinausführte und dann offenbar in ein Zufallsmuster überging. Dann zeichnete sich ein paar Sekunden lang wieder eine Sinuskurve ab, bis das Zufallsmuster erneut einsetzte.

Bobby Joe lehnte sich in seinem Sessel zurück. »Ich glaube wirklich, da versucht jemand, mit uns zu reden.«

4

Videospiele

Rudy stieg mit Nicholas in die Kabine der Hubarbeitsbühne. Der Fahrer brachte sie nach Süden, ohne daß er dazu aufgefordert werden mußte.

»Wo ist die nächste dieser neuen Röhren?« fragte Rudy.

Nicholas holte ein Taschentuch hervor und tupfte sich etwas Schweiß von der Stirn. »Etwa dort, wo früher der Helikopter-Landeplatz an der Wall Street war.«

Als sie auf der Überführung der South Street waren, kamen sie schnell voran. Der Fahrer hielt das Fahrzeug in der Nordspur an, die dem Rand der Kuppel am nächsten war. Rudy und Nicholas bewegten den Korb über den Rand der Überführung hinaus und kamen dem Punkt immer näher, wo sich die Kuppel mit einer blauen Röhre verbunden hatte, die außerhalb der Kuppel im Himmel verschwand. Die runde Verbindung sah ganz anders aus als diejenigen, die Rudy bisher gesehen hatte. Hierbei schien es sich um eine durchsichtige Membran zu handeln, eine dünne Schicht aus flexiblem Plastik, die die Öffnung abdeckte.

Rudy sah sich die Sache ein paar Sekunden lang an, bis er sagte: »Okay, ich sehe es. Was wollen Sie mir nun darüber erzählen?«

Nicholas grinste zufrieden, während er ein paar Büroklammern aus seiner Hosentasche holte. »Hier, nehmen Sie eine!«

Rudy nahm sich eine.

»Jetzt werfen Sie sie auf die Membran!«

Rudy hob die Augenbrauen und folgte dann Nicholas Vorschlag. Die Büroklammer flog direkt auf die Membran zu und traf sie. Danach geschah nichts mehr. Die Büroklammer war einfach verschwunden.

Nicholas warf eine zweite Büroklammer auf die Membran. Auch sie erreichte die dünne Schicht und hörte offensichtlich auf zu existieren.

Nachdem er einen Moment lang die Probleme der Müllbeseitigung durchdacht hatte, begann auch Rudy zu lächeln. »Also wollen Sie mir sagen, daß wir bald wieder in der Lage sein werden, unsere Toilettenspülungen zu benutzen?«

Während Abby auf die Graphik starrte, bekam sie eine Gänsehaut. Ein heller Punkt am linken Ende der Spur bewegte sich auf und ab, während er eine dünne Linie hinterließ. Die Spur bewegte sich nach rechts und verschwand, sobald sie den Rand des Quadrats erreicht hatte, worauf links eine neue Linie erschien, die an ein Elektrokardiogramm erinnerte.

»Ich stimme mit Ihrer Deutung überein, daß dies hier eine intelligente Botschaft enthält, aber ich kann nichts damit anfangen«, sagte Abby. Sie blickte noch einmal auf den Bildschirm, der die ferne Lichtquelle zeigte. Das kegelförmige Gebäude, an dessen Spitze sich das Licht befand, war von einer spiraligen dunklen Linie umgeben, die vom Boden bis zur Spitze reichte. Sie fragte sich, ob es vielleicht eine Wendeltreppe war.

»Zeichnen Sie das auf?« wollte Matt von Bobby Joe wissen. Mehrere Male hatte Abby schon beobachtet, wie Matt in die Ferne starrte, offenbar in Trauer um den Verlust seiner Frau, die auf der Erde zurückgeblieben war. Doch jetzt zeigte sein Gesicht einen interessierten Ausdruck und keine Spur des Schmerzes, den sie zuvor darin gesehen hatte. Sie war froh, daß er etwas hatte, das ihn von Gedanken an die Frau, die er sehr lieben mußte, ablenkte.

Bobby Joe rührte sich nicht in seinem Sessel vor der kleinen Konsole, aber er sagte: »Darauf können Sie Gift nehmen!«

Matt drehte sich zu Abby um. »Auch mir sagt es überhaupt nichts, aber ich möchte wetten, daß Bobby Joe etwas damit anfangen kann.« Er beugte sich über Bobby Joes Schulter. »Woher kommt es? Ich meine, um welche Kuppel handelt es sich? Ich sehe, wie sie aussieht, aber wo befindet sie sich im Verhältnis zu uns auf der Ebene?«

Bobby Joe bediente die Regler, um die Ansicht auf einem großen Bildschirm neben dem, der die graphische Kurve zeigte, zu verändern. Zuerst war auf dem Schirm nur das kegelförmige Gebäude zu sehen, von dem das Licht kam, dann aber ließ er die Kamera zurückzoomen, bis der Kegel auf einen Punkt zusammengeschrumpft war und die Kuppel, unter der er sich befand, ins Blickfeld kam. An den Seiten des Bildschirms wurden weitere Kuppeln sichtbar. Als das Bild schließlich anhielt, war zu erkennen, daß es sich bei der Kuppel um eine der am weitesten entfernten handelte.

»Einen Moment!« Bobby nahm einige weitere Schaltungen vor, und plötzlich erschien über jeder Kuppel ein kleines grünes X. Dann verschwanden die Kuppeln, und nur noch die Markierungen waren sichtbar. Das X, das die Kuppel mit dem Lichtsender markierte, wechselte die Farbe von Grün zu Rot. Schließlich kippte er die Darstellung, so daß sich die grünen Markierungen über den Bildschirm verteilten, bis eine Art Luftansicht oder grobe Landkarte entstanden war. Dann erschien ein Maßstab auf dem Bildschirm, der die Entfernung eines Kilometers zeigte. Die nächste Kuppel war etwa zehn Kilometer entfernt. Die Kuppel mit dem Licht mußte etwa fünfmal so weit entfernt sein. Ein achteckiger Umriß erschien auf dem Bildschirm und zeigte die Begrenzung des riesigen Gebietes an, in dem sie sich befanden. Manhattan lag in ziemlicher Nähe des Zentrums und der Lichtsender fast am Rand.

»Das soll also heißen, daß diese Kuppel sich etwa fünfzig Kilometer von uns entfernt befindet?« fragte Matt.

»Sie haben's erfaßt«, sagte Bobby Joe. Er schien stolz darauf zu sein, ihnen die gewünschte Information vermittelt zu haben. Abby hatte während der jüngsten Ereignisse nicht ein einziges Mal bemerkt, daß Bobby Joe verunsichert gewesen wäre – im Gegenteil, er schien begeistert und voll bei der Sache zu sein.

»Und was will man uns damit sagen?«

»Das weiß ich leider auch nicht. Aber wir können noch ein paar Dinge ausprobieren. Wir wollen es einmal in akustische Signale umwandeln und sehen, was dabei herauskommt.« Bobby Joes Finger huschten über die Tastatur, und eine Minute später fuhren alle Köpfe im Raum hoch, als ein seltsames Quaken über die Lautsprecher neben dem Bildschirm kam. Dann folgte eine Sekunde lang Rauschen wie aus einem Radio, das auf keinen Sender eingestellt war, woran sich wiederum eine Sekunde lang ein klarer Ton ein paar Oktaven über dem mittleren C anschloß. Bobby Joe hörte kurz zu und schüttelte den Kopf. »Ich werde es mal etwas beschleunigen.«

Er strich mit dem Finger über eine Leiste auf seiner Konsole, womit er die Tonhöhe steigerte. Der Ton wurde zu einem sich wiederholenden Klicken, das Rauschen zu einem kurzen Zischen.

»Okay, dann verlangsamen wir es eben.« Bobby Joe bewegte den Finger nach links, und das Geräusch fiel auf die ursprüngliche Tonhöhe zurück. Dann wurde es immer tiefer, bis die Tische im Raum vibrierten. Das Rumpeln dazwischen war überhaupt nicht mehr hörbar.

Bobby Joe hämmerte wieder in die Tasten. »Na gut, dann versuchen wir's eben mit Video. Wenn wir einmal annehmen, daß die Information zwischen den Sinuswellen ein Bild darstellen soll, das etwa wie ein Fernsehbild aus einzelnen Zeilen zusammengesetzt ist, dann . . . dann werde ich dazu einige Zeit brauchen. Geben Sie mir noch ein paar Stunden Zeit, okay?«

Julie Kravine erreichte den einhundertfünften Stock im Südturm des World Trade Centers, und die Türen des Lifts öffneten sich.

Genau vor den Türen saß ein Wachmann. Er nahm seine Füße vom Tisch und stand auf. »Ich muß Sie um irgendeinen Ausweis bitten, Miss, wenn Sie hier vorbei wollen.«

Überrascht holte Julie ihre Ausweiskarte hervor. »Ist das nicht etwas ungewöhnlich?«

»Das ist es ganz bestimmt. Aber die Leute auf dieser Etage hatten schon mehrfach Besuch von Verrückten, die sie damit vollgelabert haben, wie man mit Aliens Kontakt aufnehmen sollte.« Der Mann überprüfte ihren Ausweis anhand einer Liste, die auf einem Blatt Papier Platz hatte. »Alles in Ordnung, Miss Kravine. Dort den Korridor entlang, bis ganz zum Ende, dann um die Ecke und zur dritten Tür auf der rechten Seite.«

Julie zögerte. »Und was meinen Sie, wie man mit den Aliens in den Kuppeln dort draußen Kontakt aufnehmen sollte?«

»Tja, Madam.« Der Wachmann kratzte seine Bartstoppeln am Kinn. »Ich denke, wenn wir mit ihnen reden können, sind sie vielleicht gar nicht so fremdartig. Und wenn wir es nicht können, so kann ein Versuch keinen Schaden anrichten.«

Ich weiß nicht recht, dachte Julie, als sie zum Raum an der Südwand ging. *Würde man uns bestrafen, wenn wir eine unbekannte Regel verletzen?*

Im Raum ging es viel betriebsamer zu, als sie erwartet hatte. Ringsum hatten sich sieben Journalisten verteilt, von denen sie einige wiedererkannte. Sie entdeckte ein paar der Bildschirme, die man sich von ihrem Sender ausgeliehen hatte, doch die übrige Ausrüstung mußte aus einer Elektronikfirma oder einer Universität stammen. Sie setzte ihre Monitorbrille auf und schaltete die Minikamera ein, die an ihrer Hüfte hing. Das rechteckige Feld des Suchers erschien auf der Brille, und sie drehte den Kopf, damit das Objektiv an ihrem Stirnband auf das Zentrum der Aktivität gerichtet war.

Zwei Männer und zwei Frauen arbeiteten an ihren Computern vor einem großen Bildschirm, der die Zeichen auf der Kuppel abbildete. Matt Sheehan und einige Leute, die sie nicht kannte, standen hinter einem kahlköpfigen Mann an einer Steuerkonsole. Der große Bildschirm stellte eine rechteckige Fläche aus schwarzweißem Konfetti dar. Als der Mann an der Konsole seine Hände über die Regler bewegte, veränderte sich das Seitenverhältnis des Rechtecks und wurde zu einem waagerechten Balken. In mehreren Stufen wurde es schmaler und vergrößerte seine senkrechte Ausdehnung, bis es quadratisch war. Dann veränderte es sich weiter, bis es einen senkrechten Balken darstellte. Das Konfetti innerhalb der Fläche war das einzige, was seine Eigenschaft nicht veränderte.

Julie richtete ihre Minikamera auf die vergrößerten Darstellungen anderer Kuppeln. Eine von ihnen bedeckte etwas, das wie Glashäuser aussah. Innerhalb dieser Strukturen befanden sich Wesen, die entfernt an aufrechtgehende Kakerlaken erinnerten. In einem der größeren Gebäude saß eine Gruppe von etwa einem Dutzend der Wesen hinter zwei oder drei durchsichtigen Wänden im Kreis. In einem kleinen Glashaus wirbelten und rotierten drei dieser Geschöpfe im Gleichklang. Julie kam auf die Idee, daß die dort lebenden Wesen vielleicht gar nicht durch die für Menschen durchsichtigen Wände hindurchsehen konnten.

Sie wandte sich wieder zu Matt und der Gruppe am größten Bildschirm zurück. Er erwiderte ihren Blick und kam mit einer kleineren blonden Frau auf sie zu.

»Vielen Dank für die Ausrüstung«, sagte er. »Sie hat einen unschätzbaren Wert für uns.«

»Keine Ursache. Ich freue mich, daß sie für einen sinnvollen Zweck verwendet wird.«

Matt stellte die Blondine als Abby Tersa vor, die die Gruppe leitete, die an der Übersetzung der Botschaft arbeitete. Julie schüttelte den Kopf. Abby schien sehr ruhig, aber gleichzeitig sehr aufmerksam zu sein, als würde sie voll und ganz in ihrer Arbeit aufgehen.

»Ich bin wegen des Gefallens hier, den Sie mir schulden«, sagte Julie zu Matt. »Gibt es irgend etwas, was Sie *nicht* in den Nachrichten erwähnt haben möchten?«

Matt blickte sich um. »Mir fällt im Augenblick nichts ein, das geheim bleiben sollte. Auf diesem Bildschirm hier wird ein Signal dargestellt, das wir aus der Kuppel empfangen, die dort drüben zu sehen ist – die mit den vielen Kegeln. Bis jetzt haben wir noch keinen Sinn darin erkannt, aber . . .« Matt verstummte urplötzlich und blickte auf den Bildschirm mit den kegelförmigen Gebäuden. »Einen Moment, bitte!«

Matt ging zum kahlköpfigen Mann an der Konsole zurück und tippte ihm auf die Schulter. »Sagen Sie mal, wie wäre es, wenn Sie versuchen würden, aus den Signalen ein dreieckiges Bild zu machen?«

»Dreieckig?« gab der Mann zurück.

Matt zeigte auf den Bildschirm. »Ja, so wie diese Gebäude.«

Der kahlköpfige Mann schwieg für einen Moment. »Warum nicht? Ich werd's mal probieren.«

Matt kehrte zu Julie zurück und zeigte auf den Mann an der Konsole. »Das ist Dr. Bobby Joe Brewster. Er ist von der Columbia University, ein echtes Genie auf seinem Gebiet.«

Matt zeigte auf die Kuppel links oben auf dem Wandschirm und faßte für Julie die wenigen Informationen zusammen, die sie bisher in Erfahrung bringen konnten. Als er beim letzten Bildschirm angekommen war, schrie Bobby Joe plötzlich auf. »Ja!«

Auf dem mittleren Bildschirm war ein Dreieck voller Konfetti dargestellt. Neben der veränderten Form fiel auf, daß sich das Konfetti nun viel langsamer bewegte. Julie sah darin keine besondere Verbesserung, aber sie folgte Matt, der sich Bobby Joe näherte.

Der Mann schaltete an seinen Reglern, während er zu Abby sprach. »Ich glaube, wir kommen der Sache näher.« Eine Sekunde später begann das Dreieck zu schrumpfen und sich dann auszudehnen. Unvermittelt fixierte sich ein Bild, und anstelle des Konfettis war die verzerrte Ansicht von etwas zu erkennen, das sich langsam über den Bildschirm nach unten bewegte.

Bobby Joe setzte seine Bemühungen fort, und allmählich näherte sich die Darstellung einem sinnvollen Bild an. Es bestand nun nicht mehr aus schwarzen und weißen Punkten, sondern aus Graustufen, die wie ein altes Fotonegativ aussahen, das in horizontale Streifen zerschnitten war. Die Streifen verschwanden, als Bobby Joe etwas mit seiner linken Hand tat, dann wurden die schwarzen mit den weißen Bildpunkten ausgetauscht, bis eine Schwarzweißaufnahme eines Raums zu sehen war, in dem sich zwei Wesen befanden, die große Ähnlichkeit mit Menschen hatten. Einer von den beiden sah wie ein Latino aus.

Der Mann sprach. »Lucy? Lucy, bist du das?«

Die Frau wirkte nervös. »Oh, nein, *señor*!«

Als die Frau ihr Gesicht abwandte, sagte der Mann: »Du bist es doch!«

Dann drang etwas aus den Lautsprechern, das wie altertümliches Konservenlachen klang.

Matt wandte sich fassungslos an Bobby Joe. »Das ist die Botschaft, die wir von der Kuppel da draußen empfangen?«

Bobby Joe blickte zu Matt auf und reagierte mit dem breitesten Grinsen, das Julie seit Tagen gesehen hatte. »Hoppla, das war wohl der falsche Kanal, tut mir leid!«

Eine der Frauen hinter Julie begann plötzlich hysterisch zu lachen, ebenso plötzlich verstummte sie jedoch wieder.

Matt tippte Bobby Joe auf die Schulter. Dieser blickte auf.

»Kommen Sie bitte mal für eine Minute mit!« sagte Matt.

Bobby Joe wirkte verwirrt, aber er stand von seinem Sessel auf und folgte ihm.

Matt verließ den Kontrollraum und betrat ein ungenutztes Zimmer am Korridor. Bobby Joe sah nervös aus. »Es tut mir leid, wegen der Szene aus *Hoppla Lucy*. Ich hatte sie irgendwo in meinen Aufzeichnungen aufgestöbert.«

»Schon gut«, sagte Matt. »Ich werde Ihnen keinen Strick aus dem Zwischenfall drehen, und ich werde ihn wieder vergessen haben, wenn wir in den anderen Raum zurückkehren. Aber wenn Sie uns eine Hilfe sein wollen, dürfen Sie unsere Zeit auf keinen Fall mit derlei Scherzen verschwenden. Wir haben einen sehr wichtigen Auftrag. Wenn der Druck von uns genommen ist, kann ich genauso wie jeder andere auch lachen. Aber gegenwärtig können wir uns nicht den Luxus unproduktiver Tätigkeiten leisten.«

»Es tut mir leid. Es ist nur so, daß ich manchmal . . .« Bobby Joe wandte sich ab, dann schien er es sich anders zu überlegen und drehte sich wieder zu Matt um. »Manchmal sitzt mir einfach der Schalk im Nacken. Ich bin kein großer, starker Macho. Und besonders in dieser Gesellschaft fühle ich mich etwas eingeschüchtert. Ich glaube, dann muß ich das einfach mit Humor überspielen.«

Matt nickte. »Ich denke, ich verstehe. Aber vielleicht unterschätzen Sie uns. Niemand muß hier groß, stark oder muskulös sein, um zu unserer Rettung beizutragen. Was wir von Ihnen brauchen, ist Ihre Intelligenz und Ihre Fähigkeiten. Niemand wird auf Sie herabblicken, weil Sie kein Football-Spieler sind. Wir brauchen hier keine Football-Spieler! Wir brauchen Sie! Wir brauchen Ihr Fachwissen!«

Bobby Joe schien sich ein Stück aufzurichten. »Ich verstehe. Ich werde mir Mühe geben. Aber damit ich es auch richtig verstehe: Ist jede Form von Humor untersagt?«

»Nein. Aber wenn wir dadurch Zeit verlieren oder die Leute irritiert werden, schadet uns Humor in unserer gegenwärtigen Situation.«

»Ich habe verstanden.«

Julie sah zu, wie Bobby Joe wieder an die Kontrollen zurückkehrte. Ein neues Bild entstand auf dem Wandschirm, diesmal die Ansicht der Oberfläche eines Planeten.

Die Geräusche im Raum verstummten, bis nur noch das Klappern von Bobby Joes Fingern auf der Tastatur zu hören war. Farben ersetzten die Grautöne, und das Bild sah jetzt wie eine Falschfarbendarstellung eines Satellitenfotos aus.

Die Farben veränderten sich mehrere Minuten lang, bis sich ein Echtfarbenbild auf dem dreieckigen Schirm bildete. Im Vordergrund waren deutlich zwei kegelförmige Gebilde mit Leuten zu sehen, die die Treppen hinauf- und hinuntergingen. Nur daß diese Leute nicht menschlich waren. Für Julie sahen sie aus wie Menschen, die schwere Verbrennungen erlitten hatten. Ihre Haut war braun und ledrig, und überall, wo sie zutage trat, war ein Netzmuster aus weißen Äderchen zu erkennen. Das ungewöhnlichste Merkmal ihrer Gesichter war das einzelne Auge in der Mitte knapp unter der Stirn.

Das Bild schwenkte seitwärts, und in der Luft erschien ein schwarzes Gebilde. Der Himmel veränderte seine Farbe plötzlich zu einem tieferen Blau, vielleicht, weil Bobby Joe immer noch Einstellungen vornahm. Das schwarze Gebilde sah genauso wie die Schiffe aus, die Julie aus den Amateuraufnahmen kannte, die während der Entführung Manhattans gemacht worden waren. Das Bild schwenkte wieder nach unten, bis der Horizont ins Blickfeld kam. Weitere Ansammlungen von Kegeln erstreckten sich bis in weite Ferne, die durch ein Netzwerk aus brückenähnlichen Konstruktionen miteinander verbunden waren. Unter dem schwarzen Schiff zog sich eine Spur der Zerstörung entlang. Rauchwolken stiegen von der Oberfläche auf, und ein Riß öffnete sich im Boden, als würde ein Erdbeben die Oberfläche aufreißen.

Dann folgte das Bild dem Riß, bis ein gewaltiges Gebilde in Sicht kam. Es war eine hohe, quadratische Plattform, die von vier riesigen Pfeilern gestützt wurde. An jedem dieser Pfeiler wand sich außen eine Treppe hoch. Die Plattform wurde näher gezoomt, und nun wurde sichtbar, daß das, was vorher wie eine gesprenkelte Oberfläche aussah, in Wirklichkeit eine große Menschenansammlung war. Julie versuchte zu schätzen, wie viele Leute sich dort aufhielten – bestimmt mehrere tausend – als die Zerstörung die Plattform erreichte. Wie in extremer Zeitlupe zog sich eine Schneise der Vernichtung durch die Menge, und die Plattform teilte sich in zwei städtegroße Hälften, die sich neigten und zu Boden stürzten, während die Leute in Scharen von den Rändern fielen.

Mehrere Sekunden vergingen, bis die ersten Menschen den Boden erreichten. Eine Staubwolke erhob sich, als das Gebilde zusammenbrach. Julie fühlte sich wie betäubt. Viele tausend Menschen mußten innerhalb eines Zeitraums von einer Minute gestorben sein. Julie war immer noch schockiert, als das Bild schwarze Schiffe zeigte, die eine trübe Blase zu errichten begannen. Bei einem plötzlichen Lichtblitz kniff sie die Augen zusammen. Hinter ihr hörte sie jemanden weinen.

Dann zeigte die Aufzeichnung, wie das Land hinter dem Rand der Kuppel sich bewegte und nach unten sank. Plötzlich begann das Bild heftig zu wackeln. Der Kameraführer, der sich bereits in der Nähe des Randes befunden hatte, lief auf die Kuppel zu und erreichte sie rechtzeitig, um sein Aufzeichnungsgerät auf die Planetenoberfläche zu richten.

Der Planet schien bereits weit ab zu liegen, man hatte in etwa einen Blick wie von einem Passagierflugzeug. Die Oberfläche war im wesentlichen grau, wobei weniger Wasserflächen zu erkennen waren als auf der Erde. Dann schwenkte die Kamera wieder nach oben und fing ein riesiges schwarzes Schiff ein, das die meisten Sterne verdeckte. Unvertraute Konstellationen verschwanden, während sich der schwarze Umriß vergrößerte.

Das Bild kippte wieder auf den Planeten hinunter, der jetzt so tief unten lag, daß die dünne Schicht der Atmosphäre über dem gekrümmten Horizont aufleuchtete. Julie wurde an ein gewaltiges Gewitter erinnert, aus großer Entfernung betrachtet, ein Gewitter, das auf dem ganzen Planeten stattfindet. Die Luft im noch sichtbaren, dünnen Streifen blitzte immer wieder hell auf, als ob ein finales Feuerwerk eingesetzt hatte, das nur indirekt zu beobachten war.

Der schwarze Schatten erreichte den Boden des Bildschirms, und der Horizont verengte sich zu einem schmalen Schlitz, bevor er völlig verschluckt und alles schwarz wurde. Im Kontrollraum war es so still, so daß Julie ihr eigenes Herzklopfen hörte.

Dann begann die Aufzeichnung von vorne.

Matt schluckte und wandte sich an Bobby Joe. »Wenn wir Ihnen entsprechende Aufnahmen von Manhattan beschaffen, können Sie diese dann in dasselbe Format konvertieren und sie an die Leute unter dieser Kuppel übermitteln?«

»Schon möglich. Es wird eine Weile dauern. Das größte Problem wird der Sender sein. Wir benutzen in der Regel ein ziemlich schmales Spektrum zur Übermittlung, aber vielleicht kann ich etwas zusammenbasteln.«

»Gut. Sagen Sie es mir, wenn Sie Ausrüstung benötigen, die wir hier nicht haben!« Matt drehte sich zu Julie um. »Sie müßten doch sicher eine Auswahl von Amateurvideos in Ihrem Sender haben. Könnten Sie vielleicht jemanden dazu bringen, ein Band wie dieses hier zusammenzuschneiden und es an Bobby Joe weiterzuleiten?«

Julie nickte. Sie hatte das Gefühl, daß sie immer noch nicht wieder sprechen konnte.

Dorine Underwood blickte in die Kamera und kam allmählich zum Schluß ihrer allabendlichen Stellungnahme. Sie hatte immer noch Kopfschmerzen von ihrer langen, erregten Besprechung mit Oscar Anklehunt, dem Generalsekretär der UNO. Oscar war der Meinung gewesen, die Situation bestünde darin, daß die Erde mit einer außerirdischen Bedrohung zu tun habe, während Dorine dahingehend argumentierte, daß es die Stadt war, die sich in der unangenehmen Lage befand, sich mit Aliens auseinandersetzen zu müssen. Da Dorine fast ihren gesamten Mitarbeiterstab zur Verfügung hatte und Oscar lediglich einer großen Gruppe von Delegierten vorstand, die von ihren Heimatländern abgeschnitten waren, hatte die Bürgermeisterin keinen Augenblick daran gezweifelt, wer von ihnen sich in der stärkeren Position befand. Es war nur eine Frage der Zeit, bis sie Oscar überzeugt hatte.

Er beharrte auf seiner Ansicht, daß alle verfügbaren Informationen für jeden zugänglich sein sollten, und er forderte jede

Unterstützung, damit er als der einzige Repräsentant aller Regierungen der Welt die Situation kontrollieren konnte. Als Dorine schließlich genug hatte, fragte sie ihn, wie viele Leute ihm unterstanden. Als er geantwortet hatte, erklärte Dorine ihm, daß tausendmal so viele Menschen für die Stadtverwaltung arbeiteten, allesamt unter ihrer Leitung, von denen jeder mit seinen Aufgaben vertraut war und ständig neue Anweisungen erhielt, sobald neue Informationen zugänglich waren.

Am Ende der Besprechung warf sie ihm einen Köder zu und sagte, daß sie noch mehr Dolmetscher gebrauchen könnte und es sehr schätzen würde, wenn er sie ihr zur Verfügung stellen würde. Oscar war politisch versiert genug, um zu wissen, wann er eine Schlacht verloren hatte. Also trat er von seinen anfänglichen Forderungen zurück und versprach ihr seine Hilfe. Er war offensichtlich nicht glücklich damit, unter ihrer Leitung arbeiten zu müssen, aber er wußte, wann er Kompromisse eingehen mußte.

Dorine blickte wieder in die Kamera und versuchte in ruhigem Tonfall weiterzusprechen. Im Publikum befanden sich mit Sicherheit Menschen, die kurz vor dem Selbstmord standen. »... freue ich mich, Ihnen mitteilen zu können, daß die Einschränkungen bei der Benutzung von Toiletten und sanitären Einrichtungen aufgehoben wurden. Die Müllabfuhr wird morgen ihre Arbeit wiederaufnehmen, aber ich möchte Sie dennoch bitten, nichts fortzuwerfen, was in der Zukunft für uns vielleicht noch von Nutzen sein könnte.

Im Anschluß an diese Sendung werden wir einige Telefonnummern einblenden, bei denen medizinische Hilfe im Fall von Entzugserscheinungen angefordert werden kann. Die Krankenhäuser konnten bereits vielen Menschen helfen, die unter Drogenentzug leiden, und dort gibt es auch viele Spezialisten, die beim Tabak- und Alkoholentzug helfen können, der demnächst eintreten wird. Sie sollten sich auf diese Situation vorbereiten, meine Damen und Herren, denn wir sind von jedem Nachschub abgeschnitten. Chemische Labors und ansässige Brennereien werden den normalen Bedarf nicht decken können. Es ist nur eine Frage der Zeit, bis sämtliche Betäubungsmittel in Manhattan aufgebraucht sind. Die Schockbehandlungszentren hatten viel Arbeit, und zusätzliche Helfer stehen an den Hotlines für Selbstmordgefährdete bereit. Wir werden jede mögliche Hilfe leisten. Und wir werden es auf jeden Fall irgendwie schaffen.«

Dorine hatte zusätzliche Hoffnung geschöpft, als ihr am heutigen Morgen ein älteres Mitglied der italienischen Familien versichert hatte, sie würden sich bemühen, Bandengewalt zu verhindern und sich für das Allgemeinwohl einsetzen, wie sie es auch schon während des Zweiten Weltkrieges getan hatten. Noch vor einer Woche hätte Dorine den Mann am liebsten sofort hinter Gittern gesehen, aber im Augenblick konnte Manhattan jede verfügbare Hilfe gebrauchen. Das Drogenproblem würde noch wesentlich schlimmer werden, als es bereits war, aber sie wollte die Menschen nicht in Panik versetzen.

»Was die Nahrung betrifft, so weiß ich, daß es eine erhebliche Anzahl von Menschen gibt, die entweder zu stolz sind, um etwas zu essen, das von einem Zementmischer angeliefert wird, oder allem mißtrauisch gegenüberstehen, was von unseren Entführern kommt. Ich kann beide Reaktionen verstehen, aber wir haben einfach keine andere Wahl. Wir sind zu viele und haben zu wenig Vorräte an gewohnter Nahrung. Wir müssen essen, was wir bekommen, oder wir werden verhungern.

Um zum Schluß die Frage zu beantworten, die gestern am häufigsten an den Telefonleitungen gestellt wurde – der Grund, warum wir in Kontakt mit anderen Rassen in diesem Riesenzoo, oder was das hier auch immer sein mag, zu treten versuchen, ist der, daß wir soviel wie möglich in Erfahrung bringen wollen. Aus demselben Grund versuchen wir, die Botschaft auf der Kuppel zu entziffern. Ich möchte keine falschen Hoffnungen wecken, aber wir müssen unbedingt weitere Informationen sammeln. Je mehr wir darüber herausfinden, aus welchem Grund wir entführt wurden, desto eher können wir vielleicht Maßnahmen zur Rückkehr in die Wege leiten. Unwissenheit könnte unsere Situation nur weiter verschlimmern.

Es gibt viele Theorien, warum wir uns hier befinden, die von der Annahme irgendeines grotesken biologischen oder soziologischen Experimentes bis zu aberwitzigen Ideen, wir sollten jemandem als Nahrungsreserve dienen, reichen. Wir müssen herausfinden, wie die richtige Antwort lautet. Vielleicht wird uns nicht gefallen, was wir herausfinden, aber wir könnten ein paar Antworten erhalten. Ich gehe davon aus, daß nicht viele Leute, die diese Sendung hören, gerne freiwillig für immer hierbleiben möchten. Wir haben vielleicht keine andere Wahl, aber die Köpfe in den Sand zu stecken, ist ebenfalls keine Lösung – außerdem ist New York nicht für seine Feiglinge bekannt.

Gute Nacht, Manhattan!«

Stuart Lund schaltete den Fernseher in seinem Krankenhauszimmer ab. Das war nicht richtig.

Was hatte sich die Bürgermeisterin dabei gedacht? Die Botschaft auf der Kuppel war doch ganz offensichtlich eine Botschaft von Gott. Bei dieser ganzen Angelegenheit konnte es sich doch nur um die zweite Arche Noah handeln!

Die einzige andere Möglichkeit war, daß das Jüngste Gericht der Jahrtausendwende ein wenig verspätet anbrach. Aber erstens konnte Gott mit Sicherheit zählen, und zweitens, wenn das hier wirklich das Tausendjährige Reich Christi wäre, hätte Gott nur die gerettet, die der Errettung würdig waren. Obwohl Stuart große Stücke auf viele Menschen hielt, die er in Manhattan kannte, konnte er auf keinen Fall den unmöglichen Zufall akzeptieren, daß sich alle Personen, die der Errettung würdig waren, genau zur selben Zeit in Manhattan aufhielten.

Er kämpfte sich aus dem Bett und suchte seine Kleidung. Die Aufgabe wäre mit beiden Händen einfacher gewesen, aber Stuart hatte den Vorschlag einer Handprothese rundweg abgelehnt. Gott hatte ihm seine Hand genommen. Wer war er, daß er Gottes Willen zu hintertreiben versuchte?

Er mußte nach draußen. Wenn jemand die Botschaft Gottes auf der Kuppel über ihnen entziffern sollte, so mußte es jemand sein, der von Gott berufen war, nicht eine Horde ungläubiger Wissenschaftler.

Matt erwachte hoch oben im World Trade Center auf einem Feldbett. Sein Traum von Nadine war ihm immer noch in lebhafter Erinnerung. Ihre Entscheidung tat auch jetzt noch weh, und er erinnerte sich an Gefahrenzeichen, die er seinerzeit ignoriert hatte, weil er sie so sehr liebte.

Nadine war schon immer eine Frau gewesen, die sich ihrer Macht über Männer genau bewußt war. Vor ihrer Heirat hatten sie einmal einen Streit gehabt, während sie auf dem Weg zu einem Picknick mit Militärkollegen aus Fort Lewis in der Nähe von Tacoma gewesen waren. Dann erreichten sie den Picknickplatz, ein fußballfeldgroßes, unregelmäßiges Gebiet, das selbst frei von Bäumen, aber von Wald umgeben war.

Matt versuchte sich für seine harten Worte zu entschuldigen, die er während der Fahrt geäußert hatte, aber als sie eintrafen, war Nadine kalt und unversöhnlich. Sie unterhielten sich mit Freunden und flüchtigen Bekannten, und die ganze Zeit über war Matt frustriert, weil sie den Streit nicht geklärt und überwunden hatten. Während sich die Leute auf das große Buffet vorbereiteten, zerrte sich ein Offizier, an dessen Namen Matt sich nicht einmal erinnern konnte, einen Muskel im Rücken, als er einen großen Eisbehälter schleppte. Ohne das geringste Zögern erklärte Nadine sich bereit, dem Kerl den Rücken zu massieren.

Matt hatte eine Weile beobachtet, wie Nadine den Mann massierte und dabei mit ihm flirtete. Dabei wurde der Schmerz in seinem Innern immer heftiger. Es erinnerte ihn völlig ohne Zusammenhang an ein Gefühl aus seiner Kindheit, als er glaubte, daß er seine Eltern niemals zufriedenstellen würde, ganz gleich, wie sehr er sich bemühte. Nach ein paar Minuten konnte er es nicht mehr ertragen. Er mußte gehen.

Er wandte sich von der kleinen Gruppe ab und ging auf den Wald zu. Er wußte, daß er dabei den Hoffnungsschimmer hegte, Nadine würde seinen Schmerz bemerken und ihm folgen, so daß sie vielleicht über alles reden und sich wieder versöhnen konnten. Er beschloß, nicht viel weiter zu gehen, als er die Bäume erreichte.

Er ging vielleicht zehn Meter in den Wald hinein und stieß auf eine kleine Lichtung. Er hörte kaum das Zwitschern der Vögel in den Bäumen, sondern war nur überrascht, wie heftig er reagiert hatte. Er wartete dort zwanzig oder dreißig Minuten lang, eine Zeit, in der Nadine zu ihm gekommen wäre, wenn ihr noch etwas an ihm liegen würde. Schließlich hielt er es nicht mehr aus und weinte. Doch das Bewußtsein, die Kontrolle über sich verloren zu haben, machte den Schmerz noch größer.

Als er sich endlich wieder gefaßt hatte, ging er zum Picknickplatz zurück. Die Massage war vorbei, und Nadine plauderte mit ein paar Leuten aus ihrer Einheit.

Als sie in dieser Nacht miteinander schliefen, war es so leidenschaftlich wie schon seit mehreren Wochen nicht mehr. Matt lag anschließend noch lange wach und fragte sich, ob Nadine alles genau so beabsichtigt hatte. Er war wütend auf sich selbst, daß er sich so leicht beeinflussen ließ.

Matt atmete tief durch, verdrängte die Erinnerung und schwang seine Beine über den Rand der Pritsche. Er streckte sich und ging ans Fenster. Die überkuppelten Städte in der Ferne holten seine Gedanken in die Gegenwart zurück.

Minuten später befand er sich im Kontrollraum. Bobby Joe war wieder einmal vor ihm da und bereits eifrig an seiner Konsole beschäftigt.

»Schon eine Antwort?« fragte Matt.

»Bis jetzt noch nicht. Aber ich bin überzeugt, daß unsere Übertragung dort ankommt.«

Matt setzte sich neben Bobby Joe. »Wir senden jetzt seit . . .« Er sah auf seine Uhr. ». . . seit fast achtundvierzig Stunden. Man sollte meinen, das wäre genug Zeit, um zu begreifen, daß wir auf ihr Signal antworten. Warum senden sie nicht etwas anderes, um uns zu zeigen, daß sie uns verstehen?«

»Das wüßte ich auch gerne.«

»Besteht die Möglichkeit, daß die Atmosphäre außerhalb der Kuppel mehr absorbiert, als wir denken? Vielleicht ist unser Signal wesentlich schwächer als ihres?«

»Glaube ich nicht. Ich kann den Anteil des Signals genau anmessen, der von der Kuppel reflektiert wird, und sowohl mein Computer wie auch mein Gefühl sagen mir, daß das Signal bei ihnen genauso stark ankommt wie ihres bei uns.«

Matt lehnte sich zurück und massierte seine Stirn. So saß er immer noch da, als Abby hereinkam und sich setzte.

»Guten Morgen!« sagte sie.

»Hallo!«

»Sie sehen müde aus.«

»Das kann eigentlich nicht sein«, sagte Matt. »Ich habe sehr lange geschlafen. Wie geht es mit der Botschaft voran?«

Abby schüttelte den Kopf. »Immer noch keine Fortschritte. Wir kommen uns ziemlich dumm vor.«

»Niemand hat gesagt, daß es einfach sein würde. Wer auch immer diese Botschaft geschrieben hat – ich wette, daß er keine große Ähnlichkeit mit uns hat.«

»Trotzdem muß es einen Weg geben.«

»Sie wollen ein Loch in die Kuppel schneiden?« fragte Dorine Underwood. »Ist das nicht eine sehr drastische Maßnahme?«

Die Ratsversammlung war etwas stärker als gewöhnlich besetzt, da Matt Sheehan einige Leute aus seinem Team mitgebracht hatte.

»Mir ist bewußt, daß es so klingen könnte, Frau Bürgermeisterin«, sagte Matt. »Aber wir haben die Angelegenheit lange durchdacht, und sie erscheint uns sehr sinnvoll. Darf ich Ihnen unsere Überlegungen erläutern?«

Dorine zögerte. »Na gut. Es kann ja nicht schaden, wenn wir es uns anhören.«

»Zunächst einmal deutet alles darauf hin, daß wir für eine lange Zeit hierbleiben werden, wenn nicht sogar für immer, wenn wir den Status quo akzeptieren. Wir haben nichts von unseren Entführern gehört, außer der Schrift über unseren Köpfen, und wir haben Nachrichten über alle Radiofrequenzen und im Lichtspektrum in jede mögliche Richtung ausgeschickt, ohne daß wir ein Sterbenswörtchen als Antwort empfangen haben. Mir ist klar, daß sie vielleicht Schwierigkeiten haben, unsere Botschaften zu dekodieren, und wir würden mit ihren Antworten ebensolche Probleme haben, aber wir haben bisher *nichts* empfangen. Entweder bemerken sie unsere Botschaften nicht, oder sie ignorieren uns.

Ich glaube, daß wir unsere Chancen, wieder nach Hause zu kommen, nur dadurch verbessern können, wenn wir aus unserem Gefängnis ausbrechen. Wenn wir sie genügend ärgern, wollen sie uns vielleicht wieder loswerden.«

»Möglich. Aber vielleicht werfen sie uns auch einfach ins All.«

»Das ist ein gewisses Risiko. Ich halte das für nicht sehr wahrscheinlich, aber es bleibt ein Risiko.«

Dorine sah Matt in die Augen. Sie war es gewohnt, Menschen in die Augen zu sehen. Wer hatte etwas davon gesagt, daß die Augen die Fenster der Seele seien? Matt wirkte aufrichtig. Er hatte bereitwillig zugegeben, daß ihre Befürchtung nicht ganz unbegründet war, statt den Einwand einfach beiseite zu wischen. »Fahren Sie bitte fort, Colonel Sheehan!«

»Gut. Zunächst ein paar weitere Informationen.« Matt zeigte auf den kahlköpfigen Mann, der neben ihm saß. »Vielleicht erinnern Sie sich an Dr. Brewster aufgrund seines *Time*-Artikels im letzten Jahr. Dr. Brewster hat mit ein paar seiner Kollegen von der Columbia University sorgfältige spektrographische Analysen der Atmosphäre außerhalb der Kuppel durchgeführt. Außerdem konnten sie einige Daten über die atmosphärischen Verhältnisse in den meisten der anderen Kuppeln gewinnen. Ihre Ergebnisse deuteten darauf hin, daß die Luft außerhalb der Kuppel atembar ist, obwohl sie unter einem geringeren Druck steht, als wir gewöhnt sind. Etwa achtzig Prozent der Kuppeln enthalten Gemische aus Sauerstoff und Stickstoff in unterschiedlichen Anteilen, mit Spuren von Kohlendioxid, Wasserdampf und geringen Anteilen von weiteren Gasen, die für uns gefährlich sind. Es könnten Umstände eintreten, unter denen wir Sauerstoffmasken benötigen, aber im allgemeinen würde es für uns durchaus sicher sein.«

Barnaby war während Matts Rede immer unruhiger geworden. Sobald Matt eine Pause machte, sagte Barnaby: »Gut, vielleicht können wir die Luft atmen, aber was ist mit Bakterien? Wer weiß, was für Krankheitserreger hier eindringen könnten?«

Matt nickte. »Sie haben recht, das ist ein Aspekt, den wir nicht vernachlässigen dürfen. Aber es geht nicht nur um die Mikroorganismen, die hier eindringen könnten, sondern auch darum, daß unsere eigenen Keime nach draußen dringen könnten.« Er wandte sich einer älteren Frau in seiner Nähe zu. »Das ist Dr. Rosenthal. Sie ist Molekularbiologin, ebenfalls an der Columbia.«

Die Frau räusperte sich. »Wie Mr. Sheehan schon sagte, stehen hinter dieser Frage mehrere kalkulierte Risiken. Nach unserer Erfahrung wirken viele Mikroorganismen nur sehr spezifisch. Viele Krankheiten, von denen Menschen befallen werden, haben zum Beispiel überhaupt keine Auswirkungen auf die meisten anderen Säugetiere, ganz zu schweigen von Reptilien, Amphibien, Vögeln oder Lebewesen, die sich noch mehr von uns unterscheiden. Es spricht eine hohe Wahrscheinlichkeit für die Annahme, daß Mikroorganismen von anderen Welten für uns völlig ungefährlich sind und umgekehrt. Mr. Sheehans Planung sieht verschiedene Vorsichtsmaßnahmen vor, für den Fall, daß wir uns in dieser Annahme täuschen, aber im ganzen ist das Risiko meiner Ansicht nach geringer als der Nutzen, den wir daraus ziehen könnten.«

»Vielen Dank, Dr. Rosenthal«, sagte Matt. »Damit kommen wir wieder auf die grundsätzliche Frage zurück: Sind wir dazu bereit, den Rest unseres Lebens in diesem Gefängnis zu verbringen?«

Dorine sagte: »Es könnte durchaus eine beträchtliche Anzahl von Menschen geben, die tatsächlich so lange leben möchten, wie sie es unter normalen Umständen auch könnten.«

»Ich verstehe, Frau Bürgermeisterin. Unser Plan sieht vor, die Menschen, die nach draußen gehen, von den Menschen, die hierbleiben, zu isolieren. Falls es tatsächlich ein gesundheitliches Problem geben würde, wäre nur die Gruppe dieser Freiwilligen betroffen.«

»Schon gut. Bitte weiter!« Dorine war froh, daß sie in den letzten Wahlen nicht gegen diesen Mann hatte antreten müssen. Er war auf jede Frage gefaßt und hatte für jede seiner Behauptungen überzeugende Argumente. Ihr letzter Wahlgegner war ein sehr reicher Mann gewesen, der so sehr daran gewöhnt war, sich durchzusetzen, daß darunter sein Geschick in der Diskussion gelitten hatte.

»Ich denke, der wichtigste Grund für einen Vorstoß nach draußen ist die Hoffnung, von den Bewohnern der anderen Kuppeln mehr zu erfahren. Wir haben zwar versucht, aus der Ferne Kontakt aufzunehmen, doch bislang vergeblich. Die Linguisten sind der Ansicht, was auch mir sinnvoll erscheint, daß der direkte Kontakt die beste Voraussetzung für eine fruchtbare Kommunikation ist. Wenn ich mich mit Ihnen im selben Raum befinde und auf einen Stuhl zeige und ›Stuhl‹ sage, können Sie ihren Computer heranziehen um festzustellen, was ich gesagt habe und auf welches Objekt ich gezeigt habe. Dann können wir die Rollen tauschen, bis beide Seiten ein ausreichendes Vokabular aufgebaut haben. Natürlich wäre es auch möglich, daß ich ›Setzen Sie sich!‹ oder ›Holz‹ oder ›Kissen‹ gesagt habe, aber in einer direkten Kommunikation können wir genügend Daten sammeln, um herauszufinden, was wirklich gemeint wurde. So lange wir nur eine eingleisige Kommunikation hergestellt haben, werden wir kaum mehr herausfinden können als die Bestätigung, daß eine der Kuppeln eine ähnliche Erfahrung wie wir gemacht hat. Dann könnte sich auch herausstellen, daß die Rassen, mit denen wir am einfachsten reden können, vielleicht gar nicht über elektronische Kommunikationsmittel verfügen. Ein Team würde dennoch weiter an Radio- oder Lichtübertragungen arbeiten, damit wir diese Möglichkeit nicht aufgeben müssen.«

»Sie haben uns sehr stichhaltige Argumente präsentiert. Doch was ist, wenn wir die Kuppel nicht durchdringen können?«

»Dann haben wir zumindest nichts verloren.«

»Sie glauben doch nicht wirklich, damit durchzukommen, oder?« fragte Matt. Er stand mit Rudy Sanchez auf dem Rasen im Battery Park vor einer kleinen Plastikhülle, die an der Innenseite der Kuppel befestigt war. Unter der Plastikversiegelung stand ein Arbeiter mit einem Schweißbrenner bereit.

»Nicht wirklich, aber wir sollten es zumindest einmal versuchen, oder?«

Matt nickte. Beim ersten Test hatten sie ausprobiert, ob sich die Oberfläche mit einem Industriediamanten anritzen ließ. Doch sie hatten damit keine Spur auf dem Material hinterlassen. Ein Preßlufthammer mit einer Spitze aus Wolfram-Karbid bewirkte nichts außer einer Menge Lärm. Mit verschiedenen starken Säuren und Basen hatte man lediglich eine große

Schweinerei angerichtet. Das einzige Resultat eines Versuchs mit einem starken Laser war eine dunkle Stelle auf der Oberfläche der grauen Ebene außerhalb der Kuppel. Der Laser hatte das Kuppelmaterial selbst ohne meßbare Veränderung durchdrungen.

Rudy reagierte auf ein Zeichen des Arbeiters und hob seinen Daumen.

Matt hörte, wie der Strahl aus zwei Gasen mit einem Zischen entflammte. Weißes Licht wurde von den spiegelnden Flächen in der Umgebung zurückgeworfen. Nach etwa fünf Minuten erlosch das Licht, der Gasstrahl ging mit einem leichten Knall aus, und der Mann unter der Plastikhülle hob seinen Helm, um sich kopfschüttelnd zu Rudy umzudrehen.

»Verdammt!« sagte Rudy.

Matt stand ein paar Minuten lang schweigend neben ihm, während sie auf Bobby Joe warteten. Bobby Joe schüttelte den Kopf, als er sich ihnen näherte.

»Es hat nichts genützt«, sagte Bobby Joe. »Ich habe Temperaturmessungen aus einem, zehn und hundert Metern Entfernung von der Flamme hereinbekommen.«

»Und sie sagen alle dasselbe, stimmt's?« fragte Rudy.

»Stimmt. Die Messungen stiegen um ein paar hundertstel Grad an. Was immer das für ein Zeug ist, es ist ein ausgezeichneter Wärmeleiter. Wir schaffen es nicht, eine Stelle so heiß werden zu lassen, um irgendeinen Schaden anzurichten, weil sich die Hitze sehr schnell darin verteilt.«

Rudy sah Matt an und hob eine Augenbraue. »Ich glaube nicht, daß wir noch über irgend etwas verfügen, mit dem wir mehr Erfolg haben würden.«

Matt seufzte. »Das glaube ich auch. Ich denke, es wäre an der Zeit, eine kleine Spazierfahrt zu machen.«

Der Konvoi städtischer Lastwagen schob sich nach Süden in die Nordröhre des Battery Tunnels, immer tiefer hinein, auf das blockierte Ende zu. Die zwei Fahrspuren im Tunnel nach Brooklyn waren immer noch von vielen verlassenen Fahrzeugen verstopft. Zwei große Laster am Ende des Konvois hielten früher als die anderen Fahrzeuge an. Männer stiegen aus und machten sich daran, den Tunnelquerschnitt mit einer luftdichten Versiegelung zu verschließen.

Im Tunnel gab es wieder Strom, obwohl in jüngster Zeit eigentlich kein Bedarf bestanden hatte. Die Beleuchtung des Battery Tunnels machte es nahezu überflüssig, zusätzliche Lichtquellen mitzuführen, und die Ventilatoren würden dafür sorgen, daß die Luft atembar blieb, zumindest bis die Crew kurz vor dem Durchbruch stand – falls es dazu überhaupt kam. Matt lauschte auf das metallische Heulen der Reifen, das von den Tunnelwänden zurückhallte.

Der vorderste Laster hielt auf der rechten Fahrspur an, fünfzehn Meter von der schwarzen Barriere am Ende des Tunnels entfernt. Medizinische Notfahrzeuge hatten die zurückgelassenen Opfer beseitigt, aber auf den letzten fünf bis zehn Metern der Fahrbahn waren immer noch deutlich die dunklen Blut- und Ölspuren zu erkennen.

Für Matt sah das schwarze Material, das den Tunnel blockierte, genauso aus wie im U-Bahn-Tunnel. Er ging die letzten Meter bis zur Wand und berührte sie mit den Fingern. Es fühlte sich wie Schmiedeeisen an. Die Oberfläche war vielleicht um fünfundvierzig Grad geneigt. Er kratzte mit einem Fingernagel über die Wand und spürte, wie rauh sie war. Als er seitwärts kratzte, nahm er eine leichte Riffelung wahr.

»Könnte ich bitte einen Hammer haben?« fragte er Rudy.

Rudy stellte eine kleine Werkzeugkiste auf den fleckigen Beton und holte einen Vorschlaghammer heraus.

Matt schlug mit dem Hammer auf die schwarze Oberfläche. Schmiedeeisen hätte mehr von der Aufschlagenergie absorbiert. Von dieser Oberfläche sprang der Hammer zurück, als hätte Matt gegen einen Kubikmeter rostfreien Stahl geschlagen. »Hört sich nicht sehr ermutigend an, nicht wahr?«

»Nein«, sagte Rudy. Sechs Leute aus Rudys Trupp näherten sich der Wand und begannen ihrerseits mit Untersuchungen.

»Wie ist diese Wand hierher gekommen?« fragte Matt, während weitere Leute kleine Gruppen bildeten, um die Oberfläche mit verschiedenen Methoden anzugreifen.

Rudy zuckte die Schultern. »Das wissen wir nicht. Niemand

scheint beobachtet zu haben, wie irgendwelches Material unter die Erde gebracht wurde. Ich glaube, daß es sich einfach nur um eine Schicht aus geschmolzenem Gestein handelt. Viele Menschen haben von einer Reihe von Explosionen berichtet, wie du sie ebenfalls gehört hast. Eine Theorie, die von Metallurgen aufgestellt wurde, besagt, daß die Außerirdischen irgendwelche Patronen in den Spalt geschossen haben, der vom Laser in den Boden geschnitten wurde. Dann sollen die Patronen explodiert sein und Material freigesetzt haben, das sich zu dieser Struktur verschmolz, so daß sich ein riesiger Kegel unter der Stadt bildete.«

»Hört sich recht ungewöhnlich an«, sagte Matt.

»Diese ganze Angelegenheit ist recht ungewöhnlich. Auf jeden Fall haben die Metallurgen festgestellt, daß das Material magnetisiert ist und daß die Richtung dem Magnetfeld der Erde entspricht. Das ist einer der Gründe, weswegen sie glauben, daß das Material zumindest für kurze Zeit flüssig war, so daß sich die magnetischen Dipole frei bewegen und nach dem stärksten vorhandenen Magnetfeld ausrichten konnten.«

»Wenn diese Theorie stimmt und wir an dieser Stelle nicht durchdringen können, besteht immer noch die Möglichkeit, daß es am untersten Ende des Kegels eine Lücke gibt. Wir müßten uns nur durch den Granit graben, bis wir irgendwann ankommen.«

»Einfach so, was?« Rudy grinste. »Aber es ließe sich sicher feststellen, wie tief wir gehen müßten. Wir können diesen Winkel hier messen« – er zeigte auf die schwarze Wand – »und genauso die Winkel an anderen Stellen. Ich schätze, daß das Loch, daß sie geschnitten haben, in der Mitte mindestens einen Kilometer tief ist.«

Julie Kravine steckte ihre Ausweiskarte wieder in die Tasche und ging tiefer in den Tunnel hinein. Vor ihr blinkten die gelben Warnblinklichter der städtischen Versorgungsfahrzeuge, die in der rechten Spur geparkt waren. Sie schaltete ihre Minikamera ein und begann gewohnheitsmäßig mit ihren Aufnahmen.

Ein heller Lichtpunkt erstrahlte ein Stück entfernt, und Funken flogen zur Seite. Sie sanken so langsam zu Boden, daß das Bild eher wie ein entferntes Feuerwerk aussah.

Rudy Sanchez hockte auf der hinteren Stoßstange eines elektrischen Lasters. Er sah müde aus. Julie näherte sich ihm bis auf ein paar Meter, bis er aufblickte und lächelte, als würde er sich freuen, sie zu sehen. Zu viele Menschen blickten weg, wenn Reporter eintrafen.

»Hallo!« sagte er.

»Selber hallo! Wie läuft's?«

»Langsam. Sehr langsam. Oder überhaupt nicht, je nachdem, wie man es sieht.«

In der Nähe der Wand flogen immer noch Funken. »Glauben Sie, daß man es schafft, sich hindurchzuschneiden?«

»Ich habe keine Ahnung«, sagte er. »Ist das nicht die Art von Antwort, die Reporter hassen?«

»Nicht, wenn sie aufrichtig ist.«

»Sie ist aufrichtig. Wir haben es mit Säure probiert, Diamantschneidern, Schweißbrennern« – er zeigte mit dem Daumen auf die Funken – »aber nichts ist passiert.«

»Warum versuchen Sie es immer wieder, wenn Sie sicher sind, daß es sowieso nicht geht?«

»Weil ich mir nicht sicher bin. Jedes Material hat seinen schwachen Punkt. Vielleicht finden wir ihn.«

»Das klingt wie ein frommer Wunsch.«

Rudy schwieg einen Moment. »Vielleicht ist er das. Aber können Sie sich an Papierzeitungen aus Ihrer Kindheit erinnern?«

»Klar.«

»Haben Sie jemals versucht, einen einzelnen Artikel aus einer Seite zu reißen? Vielleicht haben Sie dann bemerkt, daß es leicht war, das Papier senkrecht zu reißen. Aber ein Riß quer über die Seite war fast unmöglich, zumindest in einer einigermaßen geraden Linie.«

»Stimmt. Und?«

»Das Papier war also in der einen Richtung stärker als in der anderen, und zwar aufgrund der Anordnung der Fasern. Bei anderen Materialien ist das ähnlich. Manche kann man an den Enden mit mehreren tausend Pfund belasten, aber wenn man sie zu biegen versucht, zerbrechen sie wie ein Stück Holz. Wir müssen herausfinden, wie man dieses Zeug zerbrechen kann.«

»Wissen Sie, daß Sie das hervorragend gemacht haben?« sagte Julie. Rudy sah verblüfft auf, so daß sie weiterredete. »Wenn ich normalerweise mit Technikern zu tun habe, versuchen die meisten gar nicht, es verständlich zu erklären, weil sie sich gerne überlegen fühlen, oder wenn sie es trotzdem zu erklären versuchen, klingen sie, als würden sie ihre Doktorarbeit zitieren – sie wissen einfach nicht, wie man so etwas Leuten erklärt, die nicht ihren Technikjargon verstehen.«

»Vielen Dank. Auch Sie machen Ihre Arbeit gut. Ich habe schon Reporter erlebt, die einfach viele Fragen stellen und die Antworten wie ein Roboter registrieren. Oder sie stellen ihre Fragen, um das Publikum zu beeindrucken. Sie dagegen scheinen sich tatsächlich für das zu interessieren, was Sie hören. Und Sie denken darüber nach. Sie haben in den letzten Tagen einige sehr interessante Fragen gestellt – Fragen, auf die die Leute, die Sie interviewt haben, eigentlich von selbst hätten kommen müssen, aber Sie waren schneller.«

Der Funkenregen an der Wand erlosch. Julie war es unangenehm, so gelobt zu werden, und sagte: »Ja, vielen Dank.«

Ein Mann, den Julie noch nie zuvor gesehen hatte, kam zu Rudy und sprach ihn an. »Nichts. Wir haben es sechsmal abwechselnd mit Hitze und Kälte probiert, aber es sieht immer noch genauso aus.«

»Na gut, danke«, sagte Rudy. Er machte eine Notiz auf seinem Klemmbrett. »Könnten Sie Verhogan Bescheid geben, daß er jetzt an der Reihe ist?«

»Klar.« Der Mann ging zum Ende des Tunnels zurück.

»Was kommt als nächstes?« fragte Julie.

»Die Oberfläche scheint aus einer großen Anzahl von miteinander verschweißten Fäden zu bestehen, die von der Erdoberfläche bis zu dem Punkt hinunterführen, wo sie sich treffen. Man kann die Riffelung spüren, es ist wie ein Vorhang aus Perlenschnüren, die zusammengeklebt wurden, nur viel feiner. Verhogan hat eine starke Zange gebaut. Daran befinden sich kleine Greifer, die an diesen Riffeln ansetzen sollen, so daß wir die Schnüre vielleicht auseinanderdrücken können.«

»Werden Sie es sich ansehen?«

»Ja. Dieses Experiment interessiert mich sehr.«

Während Julie mit Rudy zur schwarzen Wand ging, fuhr ein Lastwagen rückwärts an die Oberfläche. Auf der Ladefläche des Lasters befand sich ein Gerät mit zwei gespreizten Klammern aus einem glänzenden Metall. Julie richtete ihre Minikamera auf den Apparat und filmte, wie sich das Licht auf der feinen Zähnung spiegelte.

Als der Lastwagen vor der Wand stand, kam der Fahrer aus der Kabine und ging an die Seite des Fahrzeugs, wo eine große elektrische Winde befestigt war.

Rudy senkte seine Stimme. »Die Winde wird die beiden Greifer auseinanderdrücken, wenn wir Glück haben.«

Julie konnte nicht viel erkennen, weil der Laster den Arbeitsplatz verdeckte, aber sie ließ die Kamera laufen. Der Fahrer des Lasters blickte auf einen kleinen Monitor und justierte dabei zwei Räder auf den Armaturen. Als er damit fertig war, drückte er einen Knopf neben der Winde und entfernte sich hastig vom Fahrzeug.

Die Winde gab ein paar Sekunden lang knirschende Geräusche von sich, bevor die Tonhöhe anstieg und das Gerät schwerer arbeitete. Weitere Sekunden vergingen, bis ein lautes Scheppern folgte, als ein Teil des Mechanismus nachgab und die Winde durchzudrehen begann.

»Ich finde, das klingt nicht sehr gut«, sagte Julie.

»Ich auch«, pflichtete Rudy ihr bei.

Als der Lastwagen ein paar Minuten später von der Wand weggefahren worden war, bestätigten zwei Arbeiter, daß ein Teil des Geräts zerbrochen und keine Spur an der Wand hinterlassen worden war. »Wie viele Ideen haben Sie noch?« fragte Julie.

»Nicht mehr viele«, gab Rudy zu. »Aber es ist immer die letzte, bei der es dann klappt.«

»Immer?«

»Normalerweise. Denn meistens ist es so, daß eine Sache erst dann funktioniert, wenn man schon aufgegeben hat.«

Die letzte Idee hatte Erfolg.

Rudy fühlte sich, als hätte er fünf Tage lang ohne Schlaf gearbeitet, als er benachrichtigt wurde, daß der Dipol-Oszillator bereit war. Er konnte kaum noch Interesse aufbringen, aber er ging trotzdem hinüber, um es sich anzusehen.

Julie Kravine war wieder in den Tunnel gekommen und offenbar sehr gespannt auf die Resultate. Sie war kaum jünger als Rudy, aber er fühlte sich angesichts ihrer sprühenden Energie wie ein alter Mann. »Worum geht es bei diesem Test, Rudy?«

»Nun, es ist in etwa so wie bei einem Mikrowellenherd, nur daß sich das, was wir braten wollen, außerhalb des Ofens befindet. Ein Mikrowellenherd heizt Dinge durch ein Feld auf, das ständig seine Richtung ändert. Wenn die Wassermoleküle sich nach dieser wechselnden Polarität ausrichten wollen, geraten sie in Schwingung, und durch die Reibung mit anderen Molekülen entsteht Hitze. Es ist die moderne Version des Verfahrens, zwei Stöcke aneinanderzureiben, um Feuer zu machen. Dieses Gerät hier funktioniert etwas anders. Damit sollen magnetische Substanzen in Schwingung versetzt werden, etwa wie der Löschkopf eines alten Tonbandgerätes, nur daß es viel stärker und konzentrierter arbeitet. Die Idee ist, daß wir die Moleküle in so starke Bewegung versetzen und auf diese Weise genügend Hitze erzeugen, daß wir das Zeug damit vielleicht weichkriegen.«

Julie wirkte mit dieser Erklärung sehr zufrieden.

Vor der Wand stand eine große Maschine mit einem kegelförmigen Ausleger, der genau auf die Oberfläche zielte und sie fast berührte. Während Rudy und Julie zusahen, gab Dr. Brantower, eine Frau in den Fünfzigern, das Zeichen zum Anfangen. Ein Klicken war zu hören, dann erfüllte ein lautes Summen den Tunnel. Auf der schwarzen Wand genau vor dem Kegel begann ein kleiner Fleck hell zu glühen. Er leuchtete fünf Sekunden lang, bis ein zweites Klicken zu hören war und das Summen verstummte. Der Fleck auf der Wand wurde wieder schwarz.

Dr. Brantower und ein Mann, den Rudy nicht kannte, kamen, um die Stelle zu untersuchen. Nach etwa einer Minute rief Dr. Brantower: »Hey, Rudy! Die Oberflächenstruktur hat sich verändert!«

Rudy spürte, wie neue Kraft durch ihn rann, und fühlte sich plötzlich jünger als Julie. Sie gingen zur Wand hinüber, wo Julie mit ihrer Kamera über die Oberfläche schwenkte und Rudy sich die Sache genauer ansah. Es war deutlich zu sehen, daß eine fingernagelgroße Stelle auf dem schwarzen Material nicht mehr geriffelt war, sondern glatt und grau. Rudy sah zu, wie Dr. Brantower einen Schraubenzieher nahm und damit die Oberfläche bearbeitete. Kleine Stücke lösten sich wie Staubpartikel ab, und Rudys Herzschlag beschleunigte sich.

»Ja!« rief Rudy. »Sie sind ein Genie, Dr. Brantower!«

Dr. Brantower lachte erleichtert. Zehn Minuten später beobachteten Rudy, Julie und eine Menge, die viel größer als zuvor war, aus sicherer Entfernung, wie der Kegel langsam einen leuchtenden Kreis auf der schwarzen Wand hinterließ.

Als das Material abgekühlt war, wurde schnell ausgelost, wer einen Vorschlaghammer gegen die Wand schwingen sollte. Glücklicherweise war der Gewinner ein sehr muskulöser Mann. Er legte so viel Kraft in den Schlag, daß Rudy befürchtete, das Werkzeug könnte auseinanderbrechen, doch der Hammer traf genau in die Mitte des Kreises. Die Scheibe blieb an Ort und Stelle, aber sie vibrierte sichtlich noch ein oder zwei Sekunden nach dem Schlag.

Ein Jubelschrei ging durch die Menge.

Nachdem sie sich an den Meßgeräten überzeugt hatten, daß die Luftzusammensetzung in der Nähe des Lochs normal war, kamen Rudy und mehrere andere näher. Entlang des Kreises hatte sich das schwarze Material gelöst. Innerhalb sah es wie eine Scheibe aus rostigen Drähten aus, die von oben nach unten verliefen. Einer der Männer löste eine einzelne Faser, die elastischer als eine Klaviersaite war. Ein anderer setzte ein Brecheisen an und versuchte, die Faser zu brechen. Sie dehnte sich, ohne zu zerbrechen.

»Wir brauchen einen Wagenheber!« sagte Rudy.

Kurz darauf stand ein Wagenheber bereit, und einer der Arbeiter drehte ihn langsam Kerbe für Kerbe weiter und bewegte damit ein Ende der Brechstange. Als der Strang sich etwa dreißig Zentimeter weit gedehnt hatte, mußte der Mann am Wagenheber mehr Kraft aufbringen. Als es gerade so aussah, daß er nichts mehr bewegen könnte, zerriß der Strang, und das Brecheisen schepperte zu Boden.

»Wir haben's!« rief Rudy. »Wir haben's geschafft! Es kann noch eine Weile dauern, aber jetzt geht es nur noch darum, genügend Kraft einzusetzen.« Er atmete tief durch und blickte Julie an, die genauso glücklich aussah, wie er sich fühlte.

Ein paar Minuten später allerdings, als Rudy das Team dabei beobachtete, wie es ein türgroßes Loch in die schwarze Wand zu schneiden versuchte, wurde ihm klar, daß er gleichzeitig ein wenig Angst hatte.

Er hoffte, daß sie auch wirklich das Richtige taten.

5

Grauer Kitt

Verlassene Autos standen zu beiden Seiten der Straße, als wäre einem reichen Sammler in der Nähe der Platz ausgegangen, sie unterzubringen.

Matt Sheehans Wagen kippte leicht nach vorne, als er nach Süden fuhr und auf der linken Spur der nach Norden führenden Hälfte des Battery Tunnels hinabfuhr. Der digitale Radiosender von Manhattan war seit der Entführung außer Betrieb, und der einzige UKW-Sender, der zur Zeit noch betrieben wurde, ging in Rauschen über, als Matt tiefer in den Tunnel eindrang. Es störte ihn nicht, denn das Lied erinnerte ihn an eine lange Fahrt, die er und Nadine einmal außerhalb von Rio unternommen hatten. Als er die Schlange der in der rechten Spur geparkten Autos und Lastwagen erreichte, hielt ihn ein Polizist mit seiner Kelle an, sah ihm ins Gesicht und sagte ihm, daß er seinen Wagen vor einem Laster dreißig Meter weiter abstellen könnte.

Zu Fuß passierte Matt die Luftschleuse, wo seine Haut und seine Kleidung mit einer ätzenden Mischung aus Ingredienzen eingepudert wurde, die von Mitgliedern des Gesundheitsamts empfohlen worden war, von denen aber, soweit Matt wußte, noch keiner persönlich diese Prozedur über sich hatte ergehen lassen. Er wünschte sich fast zu Abby und den anderen Linguisten im World Trade Center zurück, aber dort konnte er sich offenbar nicht nützlich machen. Außerdem war er neugierig auf die schwarze Barriere.

Hinter der Schleuse standen weitere Laster auf der rechten Spur. In der Nähe der schwarzen Wand hielten sich mehrere Menschen auf.

Matt trat hinter Rudy und Julie, die nebeneinander auf einer großen Kiste saßen. Er tippte Rudy auf die Schulter und begrüßte die beiden, die gut gelaunt schienen. Julies Minikamera war im Augenblick ausgeschaltet.

»Es dürfte nicht mehr lange dauern«, sagte Rudy. Er zeigte auf den großen rechteckigen Ausschnitt in der schwarzen Wand. »Die Leute haben das Material rund um den Rahmen gelöst.

Jetzt schneiden sie gerade die einzelnen Stränge durch, an denen sie oben noch festhängt.«

»Ich freue mich, daß ich eingetroffen bin, bevor sie damit fertig werden.«

»Irgend etwas Neues auf dem Kommunikationssektor?«

»Nein. Bobby Joe weiß nicht, was er davon halten soll. Ich verstehe es auch nicht. Wenn sie mit uns reden wollen, sollte unsere Botschaft für sie doch ein sehr deutliches ›Hallo!‹ sein.« Matt massierte sein Genick. »Bobby Joe ist schon ein komischer Vogel.«

»Was jetzt?«

»Wenn es nach ihm ginge, sollten wir statt der Aufnahmen von der Entführung Zeichentrickfilme mit Silly Sheila senden. ›Könnt ihr euch ihre Gesichter vorstellen, wenn sie das dekodieren?‹ sagt er.«

Julie lächelte. »Aber er ist ein schlaues Kerlchen.«

»Daran besteht kein Zweifel. Er ist unersetzbar. Doch er ist jemand, der etwas mehr Beaufsichtigung benötigt als andere. Ich wette, wenn er verheiratet wäre und Kinder hätte, würde er sie völlig durcheinander bringen.« Matt blickte zurück zu den Leuten vor der schwarzen Wand.

Rudy zögerte. »Du siehst müde aus.«

Matt riß sich von dem Anblick los und sah Rudy an. »Ein wenig. Ich glaube, das sind wir alle.«

Fast im selben Augenblick rief jemand aus der Menge vor der Wand: »Wir haben's geschafft!«

Rudy und Julie standen auf, und zu dritt gingen sie los. Julie schaltete ihre Minikamera ein. Arbeiter machten sich am oberen Rand des rechteckigen Umrisses zu schaffen, und langsam senkte sich eine sehr dünne Schicht des schwarzen Materials, die noch am Boden befestigt war, wie die Zugbrücke einer Burg nach vorne. Dahinter kam dieselbe graue Substanz zum Vorschein, die die Ebene bedeckte.

Das schwarze Rechteck neigte sich immer tiefer, bis das ehemals obere Ende den fleckigen Betonboden berührte. Am unteren Rand lagen Hunderte von winzigen Fasern frei. Die Scheibe aus dem schwarzen Material sah papierdünn aus, aber sie gab kaum nach, als ein schwerer Bauarbeiter sich mit vollem

Gewicht mitten hinaufstellte und ein paarmal in seinen mit Stahlkappen versehenen Schuhen auf und ab sprang. »Ziemlich zähes Zeug«, sagte der Mann.

Jetzt, wo sie die Barriere durchbrochen hatten, interessierte Matt sich viel mehr für die graue Substanz. Wenn sie ähnlich fest wie die schwarze Wand war, lag noch jede Menge Arbeit vor ihnen.

Ein Arbeiter mit Handschuhen schlug mit einem leichten Hammer gegen die graue Wand. Dann sah er sich sorgfältig die Stelle an, wo der Hammer sie ohne ein Geräusch getroffen hatte. Er holte noch einmal aus, diesmal härter, und Matt hörte einen leisen, dumpfen Schlag. Anschließend konnte Matt den Schatten einer leichten Delle erkennen, und er war erleichtert, weil das graue Zeug sie vor nicht so große Probleme stellen würde.

Rudy stieg auf das herausgebrochene Wandstück. Er holte ein Taschenmesser hervor und zog sich Handschuhe an. Das Messer schien relativ mühelos durch die graue Oberfläche zu schneiden. Kurz darauf schüttelte Rudy einen kleinen Klumpen der Substanz von seinem Messer in ein Becherglas, den eine Frau in einem langen weißen Laborkittel hielt. Rudy sah in die Gesichter seiner Mitarbeiter. »Das war gute Arbeit! Die Chemiker werden uns recht bald sagen, wie ungefährlich dieses Zeug ist, aber im Augenblick sieht es so aus, daß wir von hier aus ohne große Probleme nach draußen kommen werden. Sie können jetzt gerne eine Pause machen!«

Die meisten Leute entfernten sich, aber ein Mann hielt Rudy einen sehr langen Schraubenzieher hin und sagte: »Möchten Sie mal probieren, wie tief man eindringen kann?«

Rudy nahm den Schraubenzieher, drückte die Spitze in die graue Wand und lehnte sich dagegen. Der Schraubenzieher versank bis zum Handgriff. Als er ihn wieder herauszog, war das Metall völlig sauber. Er sah Matt an und sagte: »Das Zeug scheint die Konsistenz von Modellierton zu haben.«

Matt sah es sich genauer an. Eine Stunde später stand er immer noch vor der Wand aus der grauen Substanz und sprach mit Rudy und Julie, als die Frau im weißen Laborkittel zurückkam und Rudy erzählte, daß das Zeug ungefährlich war, solange niemand versuchte, es zu essen. Der pH-Wert war neutral, es war weder brennbar noch explosiv, es gab keine gefährlichen Partikel von sich wie beispielsweise Asbest, und es sonderte keine gefährlichen Gase ab. Sie faßte zusammen, daß es so sicher sei wie Modellierton. Sie nahm eine größere Probe der grauen Substanz mit zu ihrem Labor, um genauere Untersuchungen durchzuführen.

Rudy rief die Leute wieder an die Arbeit und gab die Information weiter. Er nahm erneut sein Messer und schnitt für jeden kleine Klümpchen aus der Wand, als wäre er der Gastgeber einer Käseparty. »Wir werden uns durch mehrere Meter von diesem Zeug graben müssen«, sagte er. »Ich bin sehr dankbar für jeden Vorschlag, wie wir das am besten anstellen sollten.«

Matt hielt eine Probe der grauen Substanz in der Hand. Sie fühlte sich nicht klebrig an. Er drückte, und sie verflachte sich genauso wie weicher Ton. Er zog daran, und sie dehnte sich bis zum Durchmesser eines Bleistifts, bevor sie auseinanderriß. Die zwei Hälften ließen sich problemlos wieder zu einem Klumpen zusammendrücken, ohne daß noch eine Spur der Trennung zu erkennen wäre. Er schnupperte daran und konnte keinerlei Geruch wahrnehmen.

Andere Leute in der Nähe unterzogen die Substanz etwas ausführlicheren Tests. Sie legten zum Beispiel ein Stück auf den Boden und schlugen mit dem Hammer darauf, oder entzündeten ein Feuerzeug darunter. Das gehämmerte Stück sah wie geplätteter Modellierton aus, und das erhitzte Stück wurde immer dunkler, bis es wie ausgetrockneter Ton aussah und zäher als gewöhnlich wurde.

Schließlich trat ein Mann mit einer Schaufel vor die Wand. Er hielt sie an die graue Substanz und stemmte seinen Fuß dagegen. Ohne große Mühe löste er einen Klumpen aus der grauen Masse und ließ ihn auf den Boden fallen. »Vielleicht sollten wir einfach graben«, meinte der Mann.

Abby trat hinter Matt, der gerade aus dem Fenster des Kommandopostens im World Trade Center starrte, und sagte: »Möchten Sie heute abend mit mir essen gehen?«

Er drehte sich um und lächelte. »Haben Sie vielleicht einen Vorrat an echten Lebensmitteln aufgestöbert?«

Abby war sich nicht sicher, was es mit seinem Lächeln auf sich hatte, aber wenn sie es sah, hatte sie immer das Bedürfnis, es zu erwidern. »Ich fürchte, nein. Aber wir könnten auf dem Dach picknicken. Das wäre mal eine kleine Abwechslung.«

»Gut. Warum nicht?«

Ihnen blieb immer noch eine Stunde ›Tageslicht‹, als sie auf der Aussichtsplattform eintrafen. Matt trug einen Plastikkanister mit Wasser und Abby einen Topf mit Nahrungspillen und ein paar Pappbecher. Sie stiegen bis zur höchsten Stelle der Plattform hinauf.

»Wäre Ihnen dieser Tisch genehm, Monsieur?« Abby machte eine Handbewegung zur freien Fläche, die vor ihnen lag.

Matt blickte sich auf der leeren Aussichtsplattform um und sah dann zu den nächsten Kuppeln hinüber. Für einige Sekunden nahmen seine Augen wieder jenen entrückten Ausdruck an, den sie gar nicht an ihm mochte. »Sie hätten nicht zufällig ein Plätzchen mit Aussicht auf den Hudson?«

»Im Augenblick leider nicht.«

Sie setzten sich. Abby sah Matt an und dachte noch einmal ernsthaft über seine Frage nach. »Glauben Sie überhaupt noch daran, daß wir den Hudson jemals wiedersehen werden?«

»Ich wünschte mir, ich hätte eine Antwort auf diese Frage. Ich weiß nicht, ob ich es aushalten würde, den Rest meines Lebens mit diesem eintönigen Speiseplan zu verbringen.« Matt zeigte auf den Topf mit den Nahrungspillen.

»Wie geht es da unten voran?« fragte Abby, als sie zwei Becher nahm und sie mit Wasser füllte.

»Als ich heute fortging, hatte man einen zwei Meter tiefen Tunnel in das kittgraue Zeug gegraben. Wenn alles gutgeht, rechne ich damit, daß sie morgen die Oberfläche erreichen.«

Abby warf sich eine Nahrungspille in den Mund. Sie war so wohlschmeckend wie ein Radiergummi und so spröde wie eine Kalziumtablette. »Und was dann? Wird jeder, der nach draußen geht, aufgelesen und in den Käfig zurückgesetzt? Oder wird er von einer riesigen Fliegenklatsche erschlagen?«

Matt nahm sich ein paar Nahrungspillen. »So etwas in der

Art wäre schon möglich. Wir haben keine Ahnung, wie genau sie uns beobachten. Rudy hat vorgeschlagen, einen Jeep mit einer Plane zu bedecken, die dieselbe graue Farbe wie die Ebene hat. Ich weiß noch nicht, was ich davon halten soll. Auf jeden Fall müssen wir zuerst einmal die Oberfläche erreichen.«

»Ich würde gerne mitkommen.« Abby sah ihn über den Rand ihres Pappbechers hinweg an. Sie war überrascht, wie entspannt sie sich fühlte. Sie genoß die Gelegenheit, mit Matt allein zu sein.

»Auf den Ausflug zur nächsten Kuppel?«

»Natürlich.«

»Das könnte sehr gefährlich werden.« So wie er sie ansah, wollte sie lieber bei ihm in Gefahr sein als ohne ihn in Sicherheit.

»Das ist mir völlig klar. Ich dachte, gerade aus diesem Grund würden Sie sich besonders über Freiwillige freuen.«

Matt grinste.

Abby wußte in diesem Moment genau, daß er sie auf den Arm nahm und daß er nichts dagegen hatte, sie mitzunehmen. Diese Botschaft entzifferte sie leichter als geschriebene Worte. Mein Gott, warum war sie noch nie zuvor einem solchen Menschen begegnet? »Okay?«

»Okay. Wir brauchen einen Linguisten.«

Abby spürte, wie ein leichtes Beben durch ihren Körper ging, aber sie war sich nicht sicher, ob es wegen der Tatsache war, daß sie mitkommen durfte oder daß sie mit Matt gehen würde. Sie überspielte ihre Reaktion, indem sie einen Schluck Wasser nahm.

»Danke, daß du mich nicht zu lange hast zappeln lassen.«

»Gott verhüte! Ich glaube, jetzt willst du mich auf den Arm nehmen.«

»Würde dir das gefallen?« Ohne daß sie wußte, was sie eigentlich tat, rückte sie ein Stück näher an ihn heran.

Matt sah sie vergnügt an, als sich ihre Augen jetzt näher waren. Sein Ausdruck wurde langsam ernsthafter, während Abby schwieg und sich sicher war, daß sie Sehnsucht in seinen Augen sah. Sie wußte jedoch nicht, ob seine Gedanken wirklich von ihr beherrscht wurden oder von seiner Frau. Sie hatte plötzlich Atemnot.

Schließlich sagte Matt: »Unter etwas anderen Umständen würde mir das sehr gut gefallen.«

Plötzlich sank Abbys Mut, und sie brachte es nicht fertig, ihn zu fragen, auf welche Umstände er anspielte. Sie wußte, wie schlecht sie sich fühlen würde, wenn Matt sie jetzt daran erinnerte, daß er verheiratet war.

Manhattan beherbergt weit über hundert Nationalitäten, die für einen Außenseiter kaum voneinander zu unterscheiden sind. Eine dieser Gruppen besteht aus den eingeborenen Amerikanern. Viele von ihnen versammelten sich an der American Indian Community Home Gallery am Broadway nördlich von SoHo.

Von Arapahos über Irokesen und Sioux bis zu Zunis trafen sie sich auf ihrer Insel auf einer Insel, um sich gegenseitig Mut zu machen und Theorien zu diskutieren. Zu jeder Tageszeit gab es mindestens ein paar Gruppen, in denen die Menschen sprachen, sangen oder einfach zusammensaßen. Immer wieder machte der Witz die Runde, daß der Weiße Mann einst Manhattan von den Indianern stahl und daß es jetzt wiederum von jemand anderem gestohlen worden war.

Ein Polizist ließ Rudy passieren. Wenn Rudy zu Fuß zwischen den verschiedenen Arbeitsstellen unterwegs war, konnte er seinen Gedanken freien Lauf lassen. Dann stellte er sich für kurze Zeit vor, alles wäre noch so, wie es immer gewesen war. Er hatte hart gearbeitet, um aus dem winzigen Haus mit den zwei Schlafzimmern im Osten von Los Angeles herauszukommen, und hier erinnerte ihn nur noch wenig an die kleinen Häuser im Barrio. Er hatte Matt und Abby erzählt, daß er sich den Lebensmittelvorrat in seinem Büro angelegt hatte, weil er dort soviel Zeit verbrachte, und das war auch zum Teil richtig, aber den Hauptgrund dafür gestand er sich selbst nur ungern ein. Nach einer Kindheit, in der er sich mit zu vielen Menschen um zu wenig Essen hatte streiten müssen, wollte er nie wieder für längere Zeit hungern müssen. Die Ironie in der Tatsache, daß er nun auf die außerirdische Lebensmittelversorgung angewiesen war, war ihm durchaus bewußt.

Obwohl er das Leben in der Großstadt sehr genoß, hatte Rudy niemals damit gerechnet, für immer in New York bleiben zu müssen. Er hatte soviel darüber gehört, daß er Matt früher einmal anvertraut hatte, er könnte niemals in New York leben, es sei denn, er hätte so viel Geld, daß er sich eine eigene Postleitzahl leisten könnte.

Nachdem er durch die Luftschleuse getreten war, verflüchtigten sich diese Gedanken. Er blickte nach vorne und bemerkte sofort, daß etwas nicht stimmte.

Er war wie immer früh dran. Von dem Team, das den Tunnel gegraben hatte, war noch niemand eingetroffen. Er erreichte den diensthabenden Wachmann und stellte fest, daß der Mann schlief. Rudy ging zu der Stelle hinüber, wo Notlampen grelles Licht über den Tunnelgang verbreiteten.

Eigentlich konnte man es gar nicht mehr als Tunneleingang bezeichnen. Wo gestern noch ein kurzer Tunnel in die graue Substanz gegraben worden war, wurde die rechteckige Öffnung in der schwarzen Wand nun vollständig mit der grauen Substanz ausgefüllt, die sogar noch ein Stück in den Battery Tunnel vorgedrungen war. Es sah aus wie graue Zahnpasta, die man durch eine rechteckige Öffnung gequetscht hatte. Die Substanz bildete eine breite Zunge, die einen Meter tief aus dem ehemaligen Durchgang heraushing.

Rudy ging neben der grauen Substanz in die Knie und drückte einen Hammer hinein. Sie besaß immer noch die Festigkeit von Modellierton, aber sein Verstand sagte ihm, daß es in Wirklichkeit eine extrem zähe Flüssigkeit war. Er hob einen kleinen Stein vom Beton der Fahrbahn auf und legte ihn etwa einen Zentimeter vom Rand der grauen Substanz entfernt auf den Boden. Dann beobachtete er die Lücke. Er konnte keine Bewegung erkennen, aber mehrere Stunden später stellte er eindeutig fest, daß die Lücke kleiner geworden war.

Er ging zu einem Laster hinüber und kletterte am Heck hoch, bis er auf die Ladefläche sehen konnte. Hier hatte man Klumpen der grauen Substanz abgeladen, die jetzt eher aussahen wie grauer Kuchenteig, den man in eine Pfanne gekippt hatte. Die höchste Erhebung befand sich zwar noch in der Mitte, aber das Zeug floß offensichtlich sehr langsam auseinander. Nach einem weiteren Tag würde es vermutlich eine glatte Fläche bilden. Glas verhielt sich ähnlich, auch wenn es Jahre dauerte, bis eine Fensterscheibe sich unten etwas verdickte. Von der Zähflüssigkeit her hatte diese Substanz eher die Eigenschaft von kalter Melasse als von Glas.

Rudy erinnerte sich an das Stück, das gestern jemand über eine Flamme gehalten hatte und das danach offenbar fester geworden war. Er holte einen Acetylen-Schweißbrenner, drehte die Gaszufuhr auf und entzündete die Flamme.

Er hielt sie über den Rand der Substanz, die inzwischen den Stein verschluckt hatte und sah zu, wie sie dunkler wurde und schrumpfte. Er suchte einen weiteren Stein und legte ihn wieder einen Zentimeter vom Rand entfernt hin.

Während er sich um den zungenförmigen Ausläufer der grauen Substanz bewegte und sie mit dem Schweißbrenner erhitzte, hörte er Laute der Überraschung, als die ersten Arbeiter eintrafen.

Nicholas kreuzte innerhalb einer Stunde auf. In dieser Zeit hatte sich die Substanz nicht mehr weiterbewegt. Jetzt sah sie wie ein aufgehender Hefeteig aus, der langsam über eine dunkle Begrenzung quoll. Die Arbeiter waren gerade dabei, eine Platte vor der Öffnung anzubringen, um den Fluß einzudämmen.

»Ich habe Ihre Nachricht erhalten«, sagte Nicholas. »Die Verantwortung habe ich an Emily übergeben. Zum Glück läuft alles wie geschmiert.«

»Danke, daß Sie so schnell gekommen sind«, sagte Rudy. Er faßte die Situation für Nicholas kurz zusammen. »Haben Sie irgendwelche Ideen, wie man einen sicheren Tunnel durch den grauen Glibber graben könnte?«

Nicholas schüttelte den Kopf und trat näher an die Substanz heran. Er führte dieselben Tests wie zuvor auch schon Rudy durch, allerdings mit Hilfe von Handschuhen. Schließlich kam er zu Rudy zurück.

»Es kann sein, daß ich an dieselben Möglichkeiten wie Sie denke«, sagte Nicholas.

»Das ist gut. Ich wollte Sie nur nicht beeinflussen.«

»Zuerst die offensichtlichste Möglichkeit. Wir müssen die Tunnelwände abstützen, so als würden wir uns durch Erde graben.«

»Richtig.« Rudy war sich nicht sicher, ob er es sich einbildete oder ob Nicholas sich tatsächlich leicht schüttelte, als er von ›Erde‹ sprach.

»Gut. Dieses Zeug scheint etwa halb so schwer wie Wasser zu sein, so daß der Druck an dieser Stelle auch nur halb so groß sein müßte wie er in entsprechender Wassertiefe wäre. Wir sind hier etwa . . . dreißig Meter unter der Oberfläche. Bei anderthalb Atmosphären auf alle zehn Meter . . .« Nicholas schob seinen Ärmel zurück und enthüllte einen Armband-Taschenrechner. Nachdem er ein paar Zahlen eingegeben hatte, sagte er: »Insgesamt dürften es um die fünfzig Tonnen sein, die auf diese Platte drücken.«

Rudy nickte.

»Aber das eigentliche Problem ist wirklich nur die Tiefe. Wenn wir weiter oben ansetzen und kurz unter dem Rand der Kuppel graben, ist der Druck viel geringer. Dort müßten wir ohne Mühe durchkommen.«

»Stimmt, aber hier unten ist es wesentlich einfacher, uns von der Umgebung abzuschotten. Außerdem wäre es hier sicherer, falls wir beobachtet werden.« Rudy dachte eine Minute lang nach, dann schnippte er mit den Fingern. »Ich wette, wir könnten uns ohne große Mühe unter der Oberfläche direkt bis zur nächsten Kuppel durchgraben.«

»Bliebe nur das Problem, wo wir das Zeug lassen, das wir abgraben. Und die Frischluftversorgung.«

»Das ließe sich irgendwie machen. Knapp unter der Oberfläche würde der Druck außerdem so niedrig sein, daß wir uns vielleicht einfach hindurchschieben könnten. So läßt sich außerdem vermeiden, daß man uns an der Oberfläche sieht.«

»Und das Abstützen der Wände wäre in der Nähe der Oberfläche viel einfacher.«

»Vielleicht müssen wir das gar nicht.«

»Ich denke, das sollten Sie etwas genauer erklären, Chef!«

Rudy bückte sich und hob ein Stück der grauen Substanz auf, das sich durch die Hitze dunkel verfärbt hatte. Er klopfte es gegen die Wand, dann reichte er es Nicholas, der es mit einem Taschentuch entgegennahm. »Vielleicht haben wir längst das Stützmaterial, das wir brauchen.«

Bobby Joe Brewster lehnte sich zurück und betrachtete die Nahaufnahmen der verschiedenen Kuppeln auf dem großen Monitor.

Ein Bildausschnitt zeigte die Kuppel, die für Bobby Joe so etwas wie die erste Station auf der Besichtigungstour darstellte. Sie war etwa zehn Kilometer entfernt und lag direkt südlich des Battery Parks. Wie auch immer die Bewohner aussehen mochten, ihnen mußte die Außenwelt noch weniger gefallen als Bobby Joe. Er hatte dort noch keinerlei Anzeichen von Aktivität festgestellt, seit er mit der Beobachtung begonnen hatte. Die Kuppel schien nur ein Zehntel der Größe der Manhattan-Kuppel auszumachen, aber das Gebäude im Innern ließ jedes menschliche Bauwerk zwergenhaft wirken. Darin befand sich ein riesiger Würfel, der wahrscheinlich halb so hoch wie die Türme des World Trade Centers war. Trotz der unregelmäßigen Anordnung großer runder Fenster hatte er nichts über das erfahren, was sich im Innern abspielte, weil er nicht hindurchblicken konnte. Er starrte auf das Muster der Fenster und überlegte, ob es etwas zu bedeuten hatte.

Bobby Joe stellte seine Regler neu ein und gab mehr Energie auf die Antennen, die auf diese Kuppel gerichtet waren. Doch aus den Empfängern drang immer noch keine Antwort.

Geistesabwesend langte Bobby Joe nach dem Plastikteller neben der Konsole und griff sich die letzten seiner Nahrungspillen. Er warf sie sich in den Mund und nahm einen Schluck Wasser aus dem Wasserkanister. Es wäre einfacher gewesen, ein Glas zu benutzen, aber die bunte Dekoration des dreieckigen Behälters erleichterte ihm den Verzicht auf seine gewohnte Ernährungsweise.

Er wischte sich über den Mund und blickte zu Abby hinüber, die vor einem Computer saß, dessen Bildschirm die außerirdische Botschaft zeigte. Vor seinem Gespräch mit Matt hatte er überlegt, ob er Abby seine Theorie verraten sollte, daß die

Aliens Manhattan entführt hatten und nun eine Lösegeldforderung stellten, die man auf der Erde nicht bereit war zu zahlen.

Als Matt das blockierte Ende des Battery Tunnels erreichte, suchte er nach Rudy, konnte ihn aber nirgendwo finden. Diesmal wieselten noch mehr Arbeiter als beim ersten Mal in kontrolliertem Chaos hin und her. Ein leises Rumpeln erschütterte den Boden, ein Anzeichen, daß einige der U-Bahnen wieder fuhren, wenn auch nach drastisch reduziertem Fahrplan. In erster Linie brachten sie ambulante Patienten von den Krankenhäusern nach Hause.

Der kleinere Tunnel durch die schwarze Wand und die graue Substanz sahen anders aus, mehr wie ein großer Minenschacht, nur daß er schräg nach oben führte. Plastikbalken waren an den Wänden, am Boden und an der Decke angebracht. Drei Leute mit Grubenlampen an den Helmen kamen aus dem Schacht. Rudy war der dritte. Er sprach zu einer Frau, die ihm aufmerksam zuhörte und sich Notizen machte. Dann blickte er auf und entdeckte Matt.

»Ich glaube, wir haben den Bogen allmählich raus«, sagte Rudy, als er näherkam. Er nahm seinen Schutzhelm ab und kratzte sich am Kopf. »Es ist, als würde man sich durch Wasser bewegen, das in Zeitlupe fließt. Man kommt sehr leicht hindurch, und solange wir schnell genug sind, fließt das Zeug nicht zurück. Während wir uns vorangraben, erhitzen wir die Wände. Wenn wir das Zeug brutzeln, wird es etwa so wie sehr harter Gummi. Das reicht vermutlich sogar aus, um den Tunnel zu stabilisieren, sobald wir weiter oben sind, wo der Druck geringer ist.«

»Großartig! Ich bin sehr froh, daß jemand wie du die Sache leitet.«

Rudy schüttelte den Kopf. »Mein Gefühl war ganz anders, als ich heute morgen hier ankam und sah, wie das graue Zeug herausgeflossen war. Ich hätte vorher an diese Möglichkeit denken sollen. Wenn wir schneller gegraben hätten, wären die Arbeiter vielleicht vorne im Schacht eingeschlossen worden.«

Matt legte Rudy eine Hand auf die Schulter. »Ich habe vollstes Vertrauen, daß du die Sache richtig anpackst. Ich hatte schon immer mehr Vertrauen in dich gesetzt als du selbst.«

»Umgekehrt gilt dasselbe, wo ich gerade darüber nachdenke. Möchtest du einen Blick hineinwerfen?«

»Gerne.«

Matt folgte Rudy zur Schachtöffnung. Ein halbes Dutzend Schläuche und Kabel führten aus verschiedenen Richtungen heran und verschwanden im Tunnel. Trotz seiner Größe und des Schutzhelms mußte Matt sich im Tunnel nicht bücken.

Sie drückten sich gegen eine Wand, als ein Arbeiter auf dem Weg nach draußen vorbeikam.

Rudy zeigte auf die Wand, die aus nebeneinander aufgestellten Plastikbalken gebildet wurde. »Hinter den Balken befindet sich eine verschmolzene Schicht aus Permaseal, und dahinter beginnt der graue Kitt, den wir erhitzt haben, um eine weitere feste Schicht zu erhalten. Mehrere Experten in Materialprüfung führen gerade weitere Tests durch, um zu sehen, ob und wie die Festigkeit von der Temperatur und der Dauer der Hitzeeinwirkung abhängt. Sie sollen auch herausfinden, ob die Möglichkeit besteht, daß es sich wieder in den gewohnten Zustand zurückverwandelt. Ich glaube, dieser Abschnitt ist ziemlich sicher, aber näher an der Oberfläche kommen wir vielleicht mit weniger Aufwand aus. Wir haben rund um die Uhr Schichten eingeteilt, damit das Zeug keine Zeit hat, uns Ärger zu machen.«

Sie liefen die leichte Steigung hinauf, und Rudy sagte: »Wir hätten den Schacht steiler machen können, um früher das leichte Stück zu erreichen, aber auf diese Weise ist es einfacher, Dinge durch den Tunnel zu transportieren.«

Sie zwängten sich an einem Arbeiter mit einer Schubkarre voller Klumpen der grauen Substanz vorbei. In Abständen hingen kleine Lampen an einem Kabel, das an den Deckenbalken befestigt war. Als sie an zehn solcher Lampen vorbeigekommen waren und nach Matts Schätzung etwa zehn Meter Höhenunterschied überwunden hatten, waren sie am Ende des Tunnels angelangt.

Auf den letzten zehn Metern hatte der Schacht einen noch größeren Umfang als der Abschnitt, den sie bisher passiert hatten. Die Wände bestanden aus grob behauenem grauen Material. Am Ende des Tunnels schwenkte ein Arbeiter mit gleichförmigen Bewegungen einen Schweißbrenner über die Wände. Kurz dahinter verlegte eine kleine Gruppe die Wände mit glänzenden Platten. Zwischen diesen Männern und dem fertigen Tunnel war eine weitere Gruppe dabei, Plastikbalken aufzustellen. Der letzte Abschnitt der Balken sah weniger gleichmäßig als das erste Stück des Tunnels aus. Matt vermutete, daß sie durch den Druck der grauen Substanz in ihre endgültige Anordnung gepreßt wurden.

Während Matt und Rudy die Arbeiten beobachteten, mußten sie Platz für eine leere Schubkarre und dann eine Gruppe mit einer großen Bohrmaschine machen.

Einer der Arbeiter sagte zu Rudy: »Wir sind bereit für die Probebohrung.«

»Gut. Fangen Sie an!« sagte Rudy. Dann drehte er sich zu Matt um, während die Männer vorbeigingen und begannen, ihre Ausrüstung aufzubauen.

»Sie werden ein Loch bis zur Oberfläche bohren, damit wir eine Luftprobe von draußen holen können. Du kannst gerne hierbleiben, vielleicht gibt es noch eine Überraschung.«

Matt sagte: »Ich bleibe hier. Das ist einer der Gründe, weswegen ich gekommen bin.«

Ein paar Minuten später gab einer der Arbeiter an der Bohrmaschine Rudy ein Zeichen. Rudy nahm ein kleines Kästchen aus seiner Hemdtasche und drückte einen Knopf. Die Lichter im Tunnel gingen aus und blinkten ein paarmal auf, bevor sie wieder durchgängig leuchteten. Rudy hob seine Stimme. »Wir werden jetzt ein Loch bis zur Oberfläche bohren. Jeder, der nichts damit zu tun hat, sollte sich jetzt eine kleine Ruhepause gönnen.«

Nachdem einige Arbeiter diesen Bereich des Tunnels verlassen hatten, legte die Bohrmannschaft Atemmasken an, richtete den langen Bohrer direkt nach oben auf die Decke und startete die Maschine. Der Bohrer arbeitete sich mühelos durch die Decke, während grauer Staub auf den Boden herabrieselte. Als die Bohrmaschine fast die Decke erreicht hatte, schalteten die Arbeiter sie aus, lösten den Bohrer und befestigten eine Verlängerung, die sie wieder an der Bohrmaschine anschlossen. Dann machten sie weiter.

Als sie bereits mehrere Verlängerungen angebracht hatten, drehte sich die Bohrmaschine plötzlich schneller. »Ich glaube, wir sind durch!« rief einer der Arbeiter.

Sie ließen die Bohrmaschine in umgekehrter Richtung laufen und verbrachten mehrere Minuten damit, ein Verlängerungsstück nach dem anderen abzumontieren. Als das letzte Stück aus dem Loch kam, schalteten sie die Bohrmaschine aus. Jetzt konnte Matt hören, wie die Luft pfeifend durch das Loch entwich, bis ein Arbeiter ein kleines Stück Permaseal auf das Loch drückte. Das Pfeifen verstummte, und im Permaseal bildete sich eine Einbuchtung. Die anderen Arbeiter holten schnell das abgerundete Ende eines Schlauchs. Die Versiegelung wurde vom Loch entfernt, und zwei Männer schoben den Schlauch durch das Loch, bis ein weißer Ring um den Schlauch die Decke erreichte. Es waren noch zwei Meter Schlauch übrig, an dessen Ende ein Gewindestück befestigt war.

Matt konnte wieder ein leises Pfeifen entweichender Luft hören, aber ein Arbeiter stopfte etwas, das wie echter Modellierton aussah, in die schmale Lücke um den Schlauch, bis das Geräusch verstummte.

»Okay«, sagte Rudy, als ein weiterer Arbeiter eine Pumpe brachte, an der ein langes Kabel hing. »Jetzt kommt der interessante Teil.« Nachdem der Schlauch an die Pumpe angeschlossen war, trat er näher und winkte Matt heran.

Rudy schaltete die Pumpe ein, und neben einem Gasbehälter leuchtete ein Lämpchen auf. Über dem Rattern der Pumpe sagte er: »Jetzt ist der Schlauch noch hauptsächlich mit unserer eigenen Luft gefüllt. Ich pumpe jetzt Gas aus dem Schlauch in diesen Kanister, und zwar zur Sicherheit mehr, als eigentlich nötig wäre.«

Die Pumpe ratterte ein paar Minuten lang, bis Rudy einen Schalter betätigte. Das Lämpchen neben dem ersten Behälter erlosch, und neben einem zweiten, wesentlich kleineren leuchtete ein zweites auf. Nach ein paar Sekunden schaltete er die Pumpe aus. »Gut. Wir haben jetzt eine Probe der Außenatmosphäre. Jetzt brauchen wir nur noch den Druck.« Er legte einige andere Schalter um, und ein Lämpchen beleuchtete ein angeschlossenes Druckventil. Die schwarzen Ziffern stiegen schnell bis zu 0,60 Atmosphären auf und erhöhten sich dann langsamer, bis sie bei 0,642 Atmosphären stehenblieben.

»Sehr gut«, sagte Matt. Die ersten Schätzungen waren von einem Druck ausgegangen, der bei sechzig bis siebzig Prozent des normalen Luftdrucks auf der Erde lag. Es war beruhigend, diesen Wert bestätigt zu sehen. »Und wie lange braucht das Labor, um das hier zu analysieren?«

Rudy löste den Behälter, der die Luftprobe enthielt. »Ein paar Stunden. Aber ein Teil davon ist reine Transportzeit.«

Rudy gab dem Arbeiter, der die Pumpe gebracht hatte, Anweisungen. Dieser schraubte den Schlauch ab, versiegelte ihn und schob die Pumpe durch den Tunnel zurück.

»Ich denke, im Augenblick gibt es hier nicht mehr viel zu sehen«, sagte Rudy.

Matt nickte, und sie gingen durch den leicht geneigten Tunnel zurück. Sie kamen an mehreren Arbeitern vorbei, die an ihre Plätze zurückkehrten.

Als Sie wieder unter der Stadt waren, sagte Matt: »Du machst das hervorragend. Jeder scheint genau zu wissen, was er tun muß, und jeder arbeitet effizient. Aber das überrascht mich gar nicht.«

»Danke. Übrigens müßte ich in ein oder zwei Tagen eine echte Überraschung für dich haben!«

Matt fuhr mit dem Auto in den künstlichen Sonnenschein hinaus und ließ den Battery Tunnel hinter sich. Er hätte eigentlich direkt zum World Trade Center zurückkehren sollen, doch die Leute dort kannten ihre Aufgaben und taten ihr Bestes. Er brauchte ein paar Minuten für sich.

Er trat auf das Gaspedal, und das Summen des Elektromotors wurde ein wenig lauter. Eine Weile später fuhr der Wagen die Auffahrt zum fast völlig verlassenen West Side Expressway hinauf. Matt zog nach rechts und hielt an. Er fragte sich, wie laut wohl das Gehupe gewesen wäre, wenn er das vor ein paar Tagen getan hätte. Auf allen Straßen war mindestens eine Spur für Notfahrzeuge freigemacht worden. An vielen Stellen bedeutete das, daß verlassene Autos einfach auf die Gehwege geschoben worden waren.

Er blickte zurück auf die Ansammlung von Gebäuden. Noch immer war er angenehm davon überrascht, wie gut sich die Stadtbewohner auf die Situation eingestellt hatten. Die Anzahl der selbsternannten Prediger hatte sich erhöht, aber auch Straßenmusiker, Pantomimen, Zauberkünstler und Rezitatoren waren in großer Anzahl unterwegs, um ihren Teil dazu beizutragen, daß die Bevölkerung Ablenkung von der Situation fand. Vermutlich hatten sie jetzt viel mehr Publikum als zu normalen Zeiten, was sicherlich sehr einträglich war. Die politischen und religiösen Spinner hatten ebenfalls Hochkonjunktur, und sie schienen die gegenwärtige Situation noch weniger zu mögen als Matt.

In der Ferne konnte er erkennen, wie einige Kinder Basketball spielten. Sie hatten sich aus einem Rohr eine Verlängerung gebaut, daher hing der Korb zwei oder dreimal so hoch wie gewöhnlich. Die Kinder hüpften wie auf einem riesigen Trampolin in Zeitlupe auf dem Platz umher. Die Szene erinnerte ihn flüchtig an einen alten Kinderfilm, in dem es um Basketballspieler ging, die drei bis fünf Meter hoch springen konnten.

Viele Menschen hatten jetzt keinen Grund mehr, ihrem alltäglichen Trott nachzugehen. Die Verbrechensrate hatte sich infolge der Langeweile leicht erhöht, aber die Listen der Freiwilligen für praktisch jede Aufgabe wurden länger als eigentlich Bedarf bestand. Der Schwarzmarkt florierte, aber da Geld keinen Wert mehr hatte, beschränkte sich der Handel auf den Austausch von Dienstleistungen und den immer knapper werdenden Vorrat an Luxus- und Konsumgütern, die sich durch Benutzung verbrauchten.

Matt blickte hinaus auf die anderen Kuppeln und dachte an Nadine.

Sicher, sie hatten viel Streit gehabt, aber wer hatte das nicht? Er erkannte jetzt, daß ihre plötzliche Entscheidung für eine Trennung in dem Augenblick, als er gedacht hatte, alles wäre in Ordnung, ihm in vielerlei Hinsicht zu schaffen machte. Er mußte sich fragen, wie es um sein Urteilsvermögen bestellt war.

Wenn er ihr so nahe war und doch nicht das Offensichtliche bemerkte, was sollte er dann von sich selbst halten? Und warum konnte er sie nicht aus seinen Gedanken vertreiben, wo er mit einem viel größeren Problem konfrontiert war?

Wütend auf sich selbst blickte Matt wieder auf Manhattan und versuchte, nicht mehr an Nadine zu denken. Einige Blocks entfernt hatte sich eine Menschenmenge auf einer Kreuzung versammelt. Er fragte sich, was es dort Interessantes zu sehen gab.

Stuart Lund hob beide Arme der Menge entgegen. Auch wenn die Menschen in normalen Situationen wegsahen, wenn er in ihre Nähe kam, hatte er festgestellt, daß sein rechter Armstumpf die Aufmerksamkeit der Menge wie ein Magnet auf sich zog. Mit tiefer, volltönender Stimme sagte er: »Gott spricht zu uns. Hört ihr ihm zu?

Er hat zu mir gesprochen in dem Augenblick, als er uns fortbrachte. Er nahm meine Hand und gab mir auf, zu bereuen.« Stuart mochte diesen Satz. Gott hatte seine Hand genommen, und zwar in zweifacher Hinsicht. Aber er wollte nicht allzu stolz darauf sein, denn damit wäre Gott bestimmt nicht einverstanden.

»Sicherlich hat schon jeder von euch von der Arche Noah gehört. Wir befinden uns jetzt im Bauch der Arche Noah Nummer zwei. Gott wird uns wieder zur Erde bringen, nachdem er sie von allem Schmutz gesäubert hat.« Stuart sah bereits einige Gesichter, die sich verstehend aufhellten, und er wußte, daß er die Menge in den Griff bekam. Gott hatte offenbar in seiner Allwissenheit erkannt, daß Stuart Seine Botschaft gut übermitteln konnte. Auf den Straßen gab es kaum Verkehr, also konnte sich die Menge ungehindert auf der Kreuzung versammeln.

Einige Leute starrten Stuart sehr konzentriert an oder schwankten unbewußt vor und zurück. Zweifellos war die Menge genauso über die jüngsten Ereignisse erregt wie Stuart. Ihre Energie mußte nur in eine Richtung gelenkt werden.

Stuart hielt sich nicht damit auf, die Gesichter zu zählen, doch da er immer wieder Augenkontakt mit jedem suchte, der ihm zuhörte, schätzte er, daß es mehr als fünfzig Zuhörer waren. Die Leute sahen heruntergekommener als bisher aus, was teilweise darauf zurückzuführen war, daß nicht erneuerbare Waren wie Seife rationiert worden waren, aber auch, weil einige Leute dies offenbar für eine Art Urlaub hielten, durch den sie von ihren alltäglichen Verpflichtungen entbunden wurden. Die meisten hörten aufmerksam zu und waren sich womöglich darüber im klaren, daß sie nach diesem umwälzenden Ereignis neue Verantwortung hatten. Stuart atmete tief durch und redete weiter.

»Aber nicht jeder von uns hört auf Gottes Wort.« Stuart deutete auf eine der nächsten Kuppeln. »Wir sind hier, zusammen mit anderen von Gott erwählten Völkern. Wir alle werden auf unsere blitzsauberen Welten zurückkehren. Aber nicht, wenn wir herumpfuschen. Nicht, wenn wir ungehorsam sind.

Gott will ganz offensichtlich, daß wir hierbleiben, bis Er dazu bereit ist, uns zurückzubringen. Gott hat ganz offensichtlich Sein Wort über unsere Köpfe geschrieben. Aber es gibt Menschen, die versuchen, dieser Einfriedung zu entkommen. Sie maßen sich an, mit Gott auf einer Stufe zu stehen. Und sie versuchen, Gottes Wort zu entziffern, ohne sich dabei von der Gemeinschaft helfen zu lassen, die zu jeder Hilfe bereit ist.

In diesem Augenblick bringen diese Menschen uns mit Einverständnis der Bürgermeisterin in große Gefahr. Ihr Egoismus, ihre blanke Arroganz wird Gott zu dem Entschluß führen, daß Er einen Fehler gemacht hat – daß es niemandem von uns erlaubt werden sollte, auf eine makellose Erde zurückzukehren. Wenn sie weitermachen, werden sie uns alle töten!«

Abby ging neben Matt, der auf der Suche nach Rudy war. Als sie ihn fanden, beendete er gerade ein Gespräch mit ein paar Arbeitern.

Rudy blickte auf, erkannte sie und lächelte. »Wir sind jetzt knapp unter der Oberfläche«, sagte er. »Kommt und seht es euch an!«

Matt warf Abby einen Blick zu, und als sie nickte, sagte Matt: »Dann bring uns hin!«

Rudy führte sie an der motorgetriebenen Winde vorbei zur Tunnelöffnung. »Seit deinem letzten Besuch haben wir die Winde installiert. Damit holen wir den Abraum heraus und bringen das Material hinein, mit dem wir die Wände verkleiden.«

»Wow!« sagte Abby, als sie den Tunnel betraten.

»Beeindruckender Anblick, was?« sagte Rudy. »Wir werden ein paar Minuten brauchen, denn ihr habt einen Aufstieg über etwa zehn Stockwerke vor euch.« Der Tunnel verlief gerade durch den grauen Kitt und hatte eine Steigung von dreißig Prozent.

Abby fühlte sich an einen langen Aufzugschacht erinnert, aber dieser hier war länger als die, die sie bisher gesehen hatte. Von hier aus gesehen war die Spitze des Tunnels nur ein kleiner Lichtpunkt.

Die drei kamen an einem leeren Wagen vorbei, der leicht polternd den Tunnelboden hinunterrollte. Seile an beiden Seiten verbanden ihn mit einem Drahtseil, das an der Decke entlangführte.

Rudy sagte: »Ein Spaziergang bei dieser Steigung ohne Treppenstufen dürfte einige Muskeln beanspruchen, die ihr gewöhnlich kaum benutzt. Seid nicht überrascht, wenn ihr morgen etwas Muskelkater habt.«

Abby lachte. »Ich kann mir kaum vorstellen, daß man bei dieser geringen Schwerkraft seine Muskeln überbeansprucht.«

»Derselben Meinung war ich zu Anfang auch.«

Schließlich erreichten sie das Ende des Tunnels, der sich an dieser Stelle zu einem etwa drei mal drei Meter großen Raum weitete. Eine waagerechte Strebe verlief in Hüfthöhe quer durch den Raum. Ein Ende der Strebe stieß gegen die Plastikbalken, die die Wand bildeten. Das andere Ende stützte eine große quadratische Platte vor der gegenüberliegenden Wand. Aus der Decke ragte ein Periskop. Der Boden und die Decke bestanden aus Plastikbalken. Vor zwei Wänden lagen Stahlträger auf dem Boden.

Rudy ging zum Periskop und drehte das Okular zu Matt und Abby herum. »Wollt ihr euch einmal umblicken?« Matt winkte Abby zu, sie sollte anfangen.

Durch das Periskop bekam Abby zum ersten Mal Manhattan unter der Kuppel von außen zu sehen. Als sie das Periskop herumdrehte, sah sie die Ebene und ein paar weitere Kuppeln in der Ferne aus der Froschperspektive. Dann ließ sie Matt an das Gerät.

Abby blickte den Tunnel zurück, während Matt beschäftigt war. Von dieser Stelle aus wirkte der Gang sogar noch länger.

»Welchem Zweck dienen die Stahlträger?« fragte Matt, nachdem er sich vom Periskop gelöst hatte.

Rudy blickte zu den Trägern hinüber. »Sie sollen uns davon abhalten, an die Oberfläche zu tauchen. Zu Anfang habe ich überhaupt nicht daran gedacht, aber als wir diesen Abschnitt fertiggestellt hatten, befand sich die Decke einen Meter unter der Oberfläche. Als wir es erneut überprüften, hatte sich der Abstand auf neunzig Zentimeter verringert. Dann fiel bei mir endlich der Groschen. Vor allem weil dieser Abschnitt ein größeres Volumen hat, verhält er sich wie eine große Luftblase in Melasse. Solange alles, was sich in der Blase befindet, weniger wiegt als das entsprechende Volumen der grauen Substanz, steigt sie langsam nach oben. Wenn wir diesen Raum überladen, werden wir sinken. Also suchten wir die Goldene Mitte, so daß wir in konstanter Tiefe schweben.«

Ein lockeres Seil straffte sich plötzlich, bewegte sich, und ein Flaschenzug, der an den Deckenbalken befestigt war, begann sich zu drehen, als an der Trosse etwas hinaufgezogen wurde.

»Es wird Zeit für meine Überraschung«, sagte Rudy. »Hilf mir bitte mal mit diesem Balken!«

Rudy drehte ein paarmal an der Schraubzwinge, worauf sich der lange Querbalken von der Wand löste. Matt sah Rudy verständnislos an, während er ihm dabei half, den Balken an die Seite des Raums zu tragen. Rudy entfernte die Platte, die den größten Teil einer Wand bedeckte und legte einen großen Kreis aus grauer Substanz frei.

Abby blickte den Tunnel hinunter. Etwas Großes verdunkelte das Licht von unten, so daß nur noch die Deckenlampen im Tunnelabschnitt davor zu sehen waren.

Als das Gebilde im Tunnel immer größer wurde, sagte Rudy: »Okay, jetzt haben wir zwei Möglichkeiten. Wir können uns hier nach Plan durch die Decke arbeiten und auf der Oberfläche weitergehen. Dabei besteht die Gefahr, langsam in dem Zeug zu versinken, wenn wir für eine Weile stehenbleiben müssen. Und wir gehen das Risiko ein, möglicherweise entdeckt zu werden. – Oder wir graben uns unter der Oberfläche weiter.«

Matt sah aus, als wollte er gerade anfangen, Fragen zu stellen, als Rudy ihm mit einer Handbewegung zu verstehen gab, er solle still sein. Sekunden später schob sich langsam eine große Maschine mit einer runden Platte am vorderen Ende aus dem Tunnel in den Raum. Rudy drückte einen Knopf auf einem kleinen Kästchen in seiner Tasche, und der Apparat blieb stehen.

Abby und Matt gingen langsam um die Maschine herum, wobei sie sich stellenweise an der Wand entlangzwängen mußten. Das Ding war ein umgebauter kleiner Panzer in der Größe eines Pkws, wenn auch klobiger und fensterlos. Am Vorderende befanden sich zwei riesige Scheiben, die größer als die gesamte Maschine, ja sogar höher als Abby und etwa einen halben Meter dick waren. Sie waren wie zwei große Lkw-Reifen nebeneinander auf einer Achse montiert. Am hinteren Ende konnte Abby Ketten wie bei einem Panzer erkennen. Glänzende Schläuche verliefen von einem großen Tank nach vorne in ein Labyrinth aus Pumpen und Kabeln. Hinten am unteren Ende befand sich ein großer Behälter mit der Aufschrift ›Treibstoffzelle‹.

Rudy bedeutete ihnen, sich für einen Moment in den Tunnel zurückzuziehen. Er griff nach oben und löste eine Klammer, worauf das Gerät sich auf den Boden senkte. Dann drückte er ein paar weitere Knöpfe auf seiner Fernbedienung, und der kleine Panzer setzte sich in Bewegung, direkt auf die runde Wand aus grauer Substanz zu. Das runde Vorderteil der Maschine berührte die Fläche, und eine lange Teleskopstütze schob sich am Heck auseinander, bis sie gegen die Seitenwände des Raums stieß und anhielt. Das Summen der Maschine wurde lauter, und Abby erkannte, daß die vorderste der runden Scheiben in die graue Substanz gedrückt wurde.

Kaum eine Minute später steckte auch die hintere Scheibe darin. Rudy drückte wieder ein paar Knöpfe, worauf die Teleskopstütze eingezogen wurde. Abby und Matt kehrten in den Raum zurück.

Während ein paar Leute aus Rudys Arbeitsteam leise den Raum betraten, bewegte sich das Gerät plötzlich einen halben Meter tiefer in die Wand, blieb stehen und begann von neuem, sich durch die Substanz zu drücken. Abby lächelte, als sie Matts bewundernden Ausdruck bemerkte.

»Rudy, du bist ein Genie!« sagte er leise.

Die Maschine verschwand im runden Tunnel, den sie selbst geschaffen hatte. Jemand hatte einen Aufkleber am Heck angebracht: ›Ich bremse für Aliens‹.

Rudy sah zufrieden wie ein kleiner Junge aus, der gerade Fahrradfahren gelernt hatte. »Danke. Wir sind uns noch nicht ganz sicher, aber das Ding müßte eigentlich einen Kilometer pro Stunde schaffen. Die vordere Scheibe enthält einen Kolben. Die hintere Scheibe dehnt sich aus, wenn sie anhält, um das Ganze zu verankern. Gleichzeitig erhitzt sie den Kitt und härtet ihn nach unserer Einschätzung genügend ab, um den Tunnelquerschnitt stabil zu halten. Während der Verankerung schiebt sich der Kolben nach vorne, um den Tunnel ein Stück zu verlängern. Wenn dieser Durchlauf abgeschlossen ist, zieht sich der Kolben zurück, die hintere Scheibe schrumpft, und die Raupenketten transportieren die Maschine weiter, um von neuem beginnen zu können. Wenn wir den Kitt erhitzen, oxydiert er, wird dunkler und dichter. Er fließt und dehnt sich noch ein wenig aus. Aber ich denke, daß wir die beste Methode gefunden haben, um uns durchzugraben.«

»Du bist wirklich ein Genie!« wiederholte Matt.

»Das ist nicht allein auf meinem Mist gewachsen. Ich habe nur ein wenig bei der Konstruktion geholfen. Da wir die gesamten Ressourcen von Manhattan zur Verfügung haben, gibt es nicht viel, was wir nicht tun können. Wir glauben, daß der Tunnel bei diesem Durchmesser und mit den Wänden aus dichterem Material einfach unter der Oberfläche schweben wird. Wenn wir wollen, können wir uns also bis zur nächsten Kuppel vorschieben. Wir müssen nur darauf achten, daß wir die Maschine nicht zu lange an einer Stelle stehen lassen, weil sie so schwer ist.«

Rudy nahm sich eine Bohrmaschine mit einem langen Bohrer, betrat den runden Tunnel, der bereits ein paar Meter lang war, und winkte den beiden nachzukommen. Drinnen war es dunkler, da noch keine Beleuchtung installiert war, aber Abby konnte in Abständen von ungefähr einem halben Meter Ringe erkennen, die um den Tunnelquerschnitt herumliefen. Rudy bohrte senkrecht nach oben durch die Decke des Tunnels. Kurz darauf war das Zischen entweichender Luft zu hören.

Rudy eilte zurück in den Raum und holte ein graues Rohr mit einem verdickten Ende. Er schob das glatte Ende in das Loch und richtete dann seine Helmlampe auf das Stück, das noch herausragte. »Da die Außenatmosphäre für uns verträglich ist, werden wir eine Druckschleuse im großen Raum anbringen. Dann müssen wir nur in größeren Abständen diese Lüftungsrohre einsetzen, um auf der gesamten Tunnellänge atembare Luft zu haben. Wir haben zwei Modelle. Das hier soll Luft in den Tunnel saugen. Außerdem besitzt es eine eingebaute Lampe. Das Rohr selbst besteht aus einer zusammengewickelten Flachbatterie.

Das zweite Modell, mit dem Luft abgelassen werden soll, sieht ähnlich aus. Aber daran hängt noch ein Schlauch, der bis zum Boden reicht, um auch das Kohlendioxid abzuleiten. Obwohl Kohlendioxid schwerer als Sauerstoff ist, vermischt sich beides in der Luft, daß sich eigentlich gar keine Kohlendioxydschicht am Boden bildet. Wenn wir die Ventile in etwas geringeren Abständen anbringen, als für die Sauerstoffversorgung nötig wäre, müßte es eigentlich funktionieren.«

Die Maschine hatte sich ein Stück weitergeschoben, während Rudy seine Erklärungen abgab. Abby schätzte, daß sie sich im Tempo eines gemächlichen Spaziergängers bewegte.

Matts Grinsen war ansteckend. »Rudy, du bist ein verdammtes Genie!« Er blickte in die Dunkelheit des Tunnels, den die Maschine hinter sich zurückließ. »Ich glaube, uns steht die wohl seltsamste Reise bevor, die wir jemals unternommen haben.«

Abby blickte der Maschine nach und verspürte einen kalten Schauer. »Vielleicht auch die zweitseltsamste.«

Zehn Tage nach der Entführung richtete Dorine Underwood ein paar knappe Abschiedsworte an das Team. »Ich möchte Sie daran erinnern, daß eine große, schwer bewaffnete Einheit bereitstehen wird, die Ihnen folgt, wenn Sie in Schwierigkeiten geraten.«

»Das wissen wir zu schätzen«, sagte Matt. »Ich weiß, daß Sie gerne von vornherein ein größeres Team losgeschickt hätten. Zum Teil stimme ich Ihnen zu, aber um ehrlich zu sein, bin ich froh, daß uns das Problem der Sauerstoffversorgung zwingt, mit einer kleineren Gruppe zu gehen. Dadurch werden weniger Menschen der Gefahr ausgesetzt, und die Chance der Entdeckung dürfte damit verringert werden.« Obwohl einige von Dorines Ratgebern große Einwände gehabt hatten, hatte er sich letztendlich mit seiner Auswahl der Teammitglieder durchsetzen können. Rudy gehörte dazu, weil er eine Schlüsselrolle bei der Errichtung des Tunnels gespielt hatte und über wertvolle technische und militärische Kenntnisse verfügte. Eine Kontaktaufnahme mit den Bewohnern anderer Kuppeln wäre ohne jemanden wie Abby nicht sehr erfolgversprechend. Bobby Joe sollte ihnen in elektronischen und wissenschaftlichen Belangen helfen, da man bei den Kommunikationsversuchen vielleicht auf Basiswissen über die Funktionsweise des Universums zurückgreifen mußte.

Julie und andere Journalisten standen im Hintergrund des Konferenzraums und hielten die Ereignisse für den Rest der Bevölkerung auf Video fest.

Dorine blickte auf die Karte an der Wand. Sie zeigte die geplante Route zwischen den Kuppeln hindurch. Mit ihrem Einverständnis führte der Weg letztlich zu der Kuppel, von der sie die Sendung empfangen hatten. Vorher streifte er die Kuppeln zwischen Manhattan und ihrem Ziel, die nach der Fernbeobachtung Zivilisationen beherbergten, die dem menschlichen Leben am ähnlichsten waren.

Matt benutzte sein Funkgerät, um den Leuten, die in Manhattan zurückgeblieben waren, mitzuteilen, daß alles in Ordnung war. In der Dunkelheit vor ihnen setzte die Maschine ihren Weg durch die graue Substanz fort. Hinter ihm befand sich Abby. Sie wurde von den Scheinwerfern eines kleinen elektrischen Wagens angeleuchtet, den Bobby Joe Brewster fuhr. Und hinter Bobby Joe verlief der längste Schlauch, den Matt jemals gesehen hatte. In großer Entfernung war eine auf und ab wippende Helmlampe zu sehen. Es war Rudy, der mühelos zu ihnen aufschloß. Die niedrige Decke ermöglichte es ihm nicht, durch die niedrige Schwerkraft zu springen, aber in seinem vorgebeugten Gang kam er recht schnell voran. Jeder von ihnen trug ein Messer bei sich, mit dem sie sich herausschneiden konnten, falls die Tunnelwände zusammenbrachen. An ihrer Kleidung befanden sich zahlreiche kleine Taschen, die mit Klettverschluß gesichert waren.

Abbys sanfte Stimme erhob sich über den Lärm der Maschine und des Elektrowagens. »Schade, daß Rudy keine Maschine konstruiert hat, die quadratische Tunnel schneidet. Ich knicke immer wieder mit dem Fuß um.« Die Geräusche wurden von den Tunnelwänden verschluckt, anders als in einer richtigen Röhre, wo es metallische Echos gegeben hätte.

»Du könntest ja fahren«, sagte Matt.

»Und Bobby Joe seinen Ehrenplatz streitig machen?« Im schwachen Licht ahnte Matt nur, daß sie lächelte. Eine stundenlange Fahrt bei Paradegeschwindigkeit würde auch ihm auf die Nerven gehen. Doch Bobby Joe lebte schon so lange als Stadtmensch, daß Fahren für ihn eine völlig selbstverständliche Fortbewegungsart geworden war.

Rudy holte die Gruppe ein und setzte sich auf den kleinen Anhänger, der vom Elektrowagen gezogen wurde. Er legte die Bohrmaschine in eine Kiste zurück. »Gut. Das letzte Ventil scheint zu funktionieren. Und nach den Anzeigen haben wir noch ausreichend Sauerstoff.«

Der Geruch der Luft im Tunnel erinnerte Matt an einen klaren, warmen Tag so hoch in den Bergen, daß die Luftverschmutzung kaum noch wahrzunehmen war. Sie alle hatten sich problemlos an den geringeren Druck gewöhnt, da der Sauerstoffgehalt der Außenluft etwas höher als auf der Erde war. Zum Glück war er nicht so hoch, daß es zu einer Gefahr wurde, Feuer zu machen. Die Lufttemperatur lag ein paar Grad höher als das neue Manhattaner Mittel. Aber mit kurzen Ärmeln und solange Anstrengung vermieden wurde, war auch das kein Problem.

»Großartig«, sagte Matt. »Bobby Joe, wie weit noch?« Etwas, das Matt schon nach kurzer Zeit gelernt hatte, war, daß Bobby Joe es überhaupt nicht mochte, mit ›BJ‹ angesprochen zu werden.

Bobby Joe blickte auf eine kleine Anzeige auf einer Leiste neben dem Lenkrad und sagte: »Nur noch etwa einen Kilometer.«

Das bedeutete, daß sie fast neun Kilometer zurückgelegt hatten. Matts Beine fühlten sich trotz der geringen Schwerkraft müde an. Er wäre vermutlich nicht so erschöpft gewesen, wenn sie den ganzen Weg zügig hätten marschieren können, denn dieses Einkaufbummeltempo war offenbar wesentlich anstrengender.

Eine andere Möglichkeit wäre gewesen, die Maschine allein vorstoßen zu lassen und dann in größeren Abständen nachzukommen, aber Matt hatte noch nicht genügend Vertrauen in die Konstruktion. Wenn der Heizmechanismus aus irgendeinem Grund versagte, konnte sie einfach in den Tiefen der Substanz versinken, wie ein U-Boot ohne Ballasttanks.

Von Zeit zu Zeit schlug Matt kräftig gegen die Tunnelwände, um sich zu überzeugen, daß sie wirklich noch fester als der Kitt waren und sie nicht irgendwann von ihnen eingeschlossen würden. Die Wärme, die durch die Maschine erzeugt wurde, war beruhigend. Der menschliche Körper war schwerer als die Substanz, so daß sie ohne die Barriere irgendwann bis zu einer gewissen Tiefe versinken würden, wo der Auftrieb gleich Null wurde.

Einen halben Kilometer später hielten sie eine Weile an, um die tragbare Toilette zu benutzen und ein weiteres Loch für ein Luftventil zu bohren. Als sie die Maschine wieder eingeholt hatten, befanden sie sich fast an der Kuppel.

»Was dagegen, wenn ich jetzt die Führung übernehme?« fragte Rudy. Matt hatte nichts dagegen. Abby und er folgten ihm, während Bobby Joe immer wieder den Abstand bekanntgab und Rudy die Maschine so steuerte, daß sie die Kuppel in einer weiten Kurve berührte.

»Meine Anzeigen haben vermutlich eine Unsicherheit von maximal dreißig Metern«, sagte Bobby Joe.

»Das macht nichts«, erwiderte Rudy. »Wenn wir Schwierigkeiten haben, können wir ein weiteres Luftloch bohren und noch einmal nachsehen.«

»Fünfzig Meter . . . vierzig Meter.«

Während der nächsten Minuten beschrieb der Tunnel eine deutliche Kurve nach rechts, so daß die die Kuppel seitlich streifen würden.

Matt blickte zurück und schätzte, daß der Tunnel jetzt im Winkel von dreißig Grad verlief und leicht nach oben führte. Kurz darauf war das letzte Licht hinter ihnen nicht mehr zu sehen. Die Scheinwerfer des Elektrowagens strahlten Rudy und die Maschine an.

»Dreißig Meter . . . zwanzig Meter.«

Rudy ließ die Maschine weiterhin eine Kurve beschreiben.

»Zehn Meter. Wir haben uns um achtzig Grad gedreht.«

Von da ab ließ Rudy den Tunnel wieder gerade verlaufen. Sekunden später veränderte sich das Geräusch der Maschine. Sie schien für einen Augenblick langsamer zu werden, bis sie wieder ihren gewohnten Geräuschpegel erreichte.

»Ich glaube, wir sind da«, rief Rudy nach hinten.

Matt und Abby kamen nach vorn. Der Tunnel bog leicht nach links ab und führte am Rand der Kuppel entlang. Rudy ließ die Maschine anhalten und ein paar Meter zurücksetzen. Bobby Joe brachte den Elektrowagen zum Stehen, und Matt und Abby schoben sich daran vorbei, um zu Rudy zu gelangen.

Auf der Wand waren in Schulterhöhe ein paar schwarze Stellen zu erkennen. Matt sah genauer hin, und seine Helmlampe zeigte ihm die vertraute Struktur der schwarzen Wand.

»Bereit zum Auftauchen, Captain?« fragte Bobby Joe.

»Richtig müßte es ›Colonel‹ heißen«, wurde er von Rudy korrigiert.

»Stimmt das? Sie sind wirklich Colonel?«

»Ja«, sagte Matt. »Allerdings befinde ich mich hier etwas außerhalb meines Zuständigkeitsbereichs. Mit einem einfachen ›Matt‹ bin ich völlig zufrieden. Und ich würde sagen: Ja, es ist Zeit zum Auftauchen.«

»Sehr gut! Ich hole die Sachen.«

Matt und Abby grinsten sich an.

Kurz darauf war Bobby Joe mit einer Werkzeugkiste zurück. Rudy setzte eine Schutzbrille auf und nahm sich die Bohrmaschine. Damit bohrte er ein Loch in die Decke des Tunnels. Einen Augenblick später drang Licht durch die kleine Öffnung. Rudy führte ein Periskop ein und sah sich kurz um. »Wollt ihr auch mal schauen?«

Abby und Bobby Joe sahen als nächste hindurch. Schließlich war Matt an der Reihe. Genau vor ihm, weniger als einen Meter entfernt, befand sich der Rand der Kuppel. »Gute Arbeit, Rudy!«

Rudy holte eine Kreissäge hervor und schloß die über ein Verlängerungskabel an die Stromversorgung des Elektrowagens an. Die übrigen drei wichen zurück, als Rudy die Säge gegen die Tunneldecke hielt. In weniger als einer Minute hatte er ein rechteckiges Stück der Substanz gelöst, und diffuses Licht erhellte den Tunnel. Von hier aus konnten sie sehen, wie sich die Kuppel über ihnen erhob und in der Höhe verschwand. Rudy hielt einen Schweißbrenner auf den Rand der Substanz, damit sie nicht in den Tunnel fließen konnte. Matt ließ Bobby Joe den Elektrowagen holen, damit sie darauf stehen konnten.

Matt holte sich eine graue Plane aus ihrer Ausrüstung. Als der Wagen an Ort und Stelle stand, stieg er hinauf und deckte sich die Plane über den Kopf, während er sich aufrichtete. Kurz darauf befanden sich sein Kopf und seine Brust oberhalb der Ebene. Dann klebte er zwei Ecken der Plane an die Außenseite der Kuppel und löste die andere Seite der Plane von seinem Körper. Die Manhattan-Kuppel sah aus der Ferne still und ruhig aus. Er konnte nur seinen eigenen Atem hören. Die weite Fläche aus glattem Nichts war irgendwie unheimlich.

Rudy reichte ihm ein paar Stangen. Matt nahm eine, steckte sie in eine Lasche an einer Ecke der Plane und rammte die Stange in die graue Substanz. Dasselbe machte er mit der zweiten Stange und der vierten Ecke der Plane. Nun hatten sie ein kleines quadratisches Dach, das mindestens eine Stunde halten dürfte, bevor die Stangen in der Substanz versanken.

Matt blickte wieder ins Innere der Kuppel und erlebte erneut die Ehrfurcht vor dem Anblick eines Gebildes, das nicht von Menschenhand erbaut worden war. Das große würfelförmige Gebäude sah jetzt gigantisch aus, während es vorher auf dem Monitor einfach nur groß gewirkt hatte. Es stand in einem tiefblauen Licht, das fast wie Mondschein wirkte. Die Videokamera hatte die Lichtverhältnisse korrigiert, aber für Matts bloße Augen sah die Szenerie düster aus.

Die großen runden Fenster ließen keinen Rückschluß auf das zu, was sich dahinter befand. Auf dem Boden standen in unregelmäßiger Verteilung Töpfe, in denen sich Pflanzen befanden, die trotz ihrer Fremdartigkeit verkümmert aussahen. Vielleicht waren sie bei bester Gesundheit, aber die eingerollten schwarzen Blätter und die knorrigen Äste sahen jämmerlich aus. Abgesehen von der kargen Vegetation konnte Matt immer noch keine Spur von Leben erkennen.

Matt stieg vom Wagen herunter, damit auch die anderen sich umsehen konnten. Als Rudy damit fertig war, sagte Matt: »Okay, Bobby Joe, wie wär's, wenn du mal da raufgehst und deine Kommunikationsgeräte ausprobierst?«

»Klare Sache!« Bobby Joe nahm sich ein paar Kästen von der Ladefläche des Wagens und stieg in den Ausguck. Er verbrachte fast fünfzehn Minuten damit, enttäuschte Laute von sich zu geben, bis er wieder herunterkam.

Er verstaute die Geräte im Wagen. »Nichts. Ich habe sowohl im Licht- als auch im Radio-Spektrum gesendet, auf verschiedenen Frequenzen. Ich habe alles abgehorcht. Entweder hören sie uns nicht, oder sie wollen nichts von uns wissen.«

Matt nahm einen großen Schraubenschlüssel vom Wagen und stieg nach oben. Er sah sich noch einmal sorgfältig nach Anzeigen von Aktivität um, bevor er schließlich mit dem Schraubenschlüssel gegen die Kuppel schlug. Es dröhnte wie der Rumpf eines Schlachtschiffs. Er schlug noch zehnmal dagegen, wobei er jedesmal etwas mehr Kraft in den Schlag legte. Zuletzt kam es ihm vor, als müßte man den Lärm bis Manhattan hören können.

Mehrere Minuten lang starrte er auf das stumme Gebäude und sah immer noch kein Anzeichen von Leben. Dann stieg er in den Tunnel hinunter.

»Sehr merkwürdig. Viele dieser Kuppeln sind so offensichtlich bevölkert, daß ich mir nicht vorstellen kann, unsere Entführer hätten ein leeres Gebäude hierher geholt. Ich weiß nicht, was ich davon halten soll. Entweder haben uns die Leute hier gehört und ignorieren uns, oder sie sind so verschieden von uns, daß sie nicht einmal Ohren haben. Oder sie hören nicht im selben Frequenzbereich wie wir. Oder sie haben irgendwelche kulturellen Probleme damit, nach draußen zu gehen.«

»Oder mit Fremden zu reden«, sagte Abby.

»Ergibt sich daraus das, was sich meiner Meinung daraus ergibt?« fragte Rudy.

»Wahrscheinlich«, sagte Matt. »Ich denke, wir sollten in Erfahrung bringen, was hier los ist. Und dazu sehe ich keine andere Möglichkeit, als hineinzugehen und sich umzusehen.«

6

Jemand zu Hause

Abby schluckte, als sie eine Ecke des Stücks aus scheinbar festem, dunklem grauen Material packte, das Rudy aus dem Tunneldach geschnitten hatte. Matt, Rudy und Bobby Joe hielten jeweils die anderen Ecken. Gemeinsam schoben sie das Stück wieder an Ort und Stelle, als würden sie eine sehr dicke und widerspenstige Deckenfliese in den Deckel des größten Sarges der Welt einsetzen.

Als sich der Tunnel wieder verdunkelte, spürte Abby, wie die Klaustrophobie erneut ihre Lungen zusammenzudrücken schien. Während ihrer Kindheit hatte eine Freundin von ihr – sie konnte sich nur noch an den Vornamen Christie erinnern – den Deckel eines Koffers geschlossen, in dem Abby gelegen hatte. Daß sie ihre Arme und Beine nicht hatte ausstrecken können, war sogar noch erschreckender als die erstickende Dunkelheit gewesen. Sofort hatte sie Angst gehabt, der Koffer könnte schalldicht sein, so daß Christie ihre Hilferufe nicht hören würde. Abby schrie, aber nichts geschah. Sie schrie erneut und trommelte gegen die Innenseite des Kofferdeckels. Nichts rührte sich. Sie geriet in Panik, als sie sich vorstellte, daß sie so lange in dieser Stellung feststecken würde, bis sie verhungert wäre oder bis sie verrückt wurde, was vermutlich früher eintreten würde.

In dem Augenblick, als sie die Hoffnung bereits aufgegeben hatte, als ihre Stimmbänder schon rauh vom Schreien gewesen waren, war eine weiße Linie erschienen, und der Deckel hatte sich geöffnet. Abby glaubte, ersticken zu müssen. Sie streckte ihre Beine über den Kofferrand hinaus, damit sich der Deckel nicht mehr verschließen ließ. Es war ihr egal, ob sie sich weh tun würde, wenn ihre Freundin versuchte, den Deckel noch einmal zu schließen. Doch dann hatte Christie ihr beim Aufstehen geholfen und war genauso sehr über Abbys Reaktion verblüfft wie Abby selbst.

»Gut, gut! Das dürfte reichen«, sagte Rudy schließlich, als der harte Boden des Stücks auf einer Höhe mit der Tunneldecke war. Er holte einen Schweißbrenner aus einer seiner Werkzeugkisten vom Wagen und richtete die Flamme auf den Schlitz an der Decke. Die graue Substanz floß zäh in die Naht, wie Eiskrem, die auf den Fliesen eines Tresens zerschmolz. Stellenweise konnte Abby schon gar nicht mehr erkennen, wo die Naht verlaufen war. Rudy schob ein Lüftungsrohr durch ein Loch in der Mitte des wiederhergestellten Abschnitts und versiegelte den Kitt ringsherum.

»Ziemlich unordentlich«, bemerkte Bobby Joe zur ungleichmäßigen Naht.

Nach dem, was Abby von der ständigen Unordnung mitbekommen hatte, die Bobby Joe überallhin zu folgen schien, hatte er gut reden. Das einzige, was immer sauber an ihm zu sein schien, war sein kahler Schädel. Abby sagte sich, daß Bobby Joe wahrscheinlich der einzige in ihrer Gruppe war, der nicht völlig von den mit Reißverschlüssen gesicherten Plastikbeuteln angewidert war, die sie für dringende Bedürfnisse an sich trugen.

Rudy legte den Schweißbrenner zurück und wandte sich Matt zu. »Wenn wir uns durch die Wand schneiden und ins Innere der Kuppel zur Oberfläche durchgraben, müssen wir die Erde irgendwo lassen. Wenn wir die Maschine vielleicht irgendwann einmal durch den Tunnel zurückbringen wollen, müssen wir einen kleinen Seitengang graben, in dem wir die Erde unterbringen können. Ich denke, darum sollten wir uns gleich kümmern.«

»Wie lange werden wir dazu brauchen?« fragte Matt. »Wir haben einen langen Tag hinter uns.«

Abby warf einen Blick auf ihre Armbanduhr und stellte fest, daß Matt recht hatte. Es war bereits nach elf Uhr abends, und sie waren früh aufgebrochen. Plötzlich fühlte sie sich müde.

»Höchstens fünfzehn Minuten«, sagte Rudy.

»Okay«, sagte Matt. »Wie gehen wir vor?«

»Wir lassen die Maschine etwa zehn Meter zurückfahren. Dann drehen wir sie so weit, wie es geht, und lassen sie wieder vordringen.«

»Dann los!«

Bobby Joe fuhr den Elektrowagen mit Anhänger zurück,

während Rudy an seiner Fernbedienung schaltete. Die Ketten gaben ein etwas helleres Geräusch von sich, als sie sich im Rückwärtsgang drehten, und Abby beobachtete, wie die Maschine langsam aus der Dunkelheit am Ende des Tunnels zum Vorschein kam. Nach ein paar Metern ließ Rudy sie anhalten.

Er drückte einen anderen Knopf, worauf der Kolben, eine kopfgroße, runde Platte am Ende eines Rohrs, sich in ihre Richtung ausstreckte. »Dieser Kolben drückt die Maschine normalerweise von einer Wand weg zur gegenüberliegenden Wand, aber wir können ihn auch für einen etwas anderen Zweck einsetzen.«

Nach Rudys Anweisungen nahmen Matt, Abby und Bobby Joe am Kolben Aufstellung. Als Rudy das Zeichen gab und die Maschine wieder in Gang setzte, drückten alle vier kräftig gegen den Kolben, um dem Kurs der Maschine einen größeren Winkel zu geben, als sie aus eigener Kraft geschafft hätte. Bobby Joe lehnte sich mit dem Rücken gegen die Tunnelwand und stemmte die Füße gegen den Kolben. Abby drückte mit ihrer Schulter gegen Matt und verspürte noch ein Kribbeln, als sie längst den Körperkontakt gelöst hatten.

Der Kolben schob sich ein paar Zentimeter tiefer in den Tunnel, während die Maschine ihre gewohnten Arbeitsgeräusche von sich gab. Abby befürchtete schon, daß sie zusammen nicht genügend Druck aufgebracht hatten, aber kurz darauf mußte sie ihre Stellung verändern, weil der Kolben sich langsam auf die gegenüberliegende Wand zubewegte, während die Maschine sich vorwärts arbeitete.

»Sieht gut aus!« sagte Rudy.

Bobby Joe stürzte zu Boden, als der Kolben sich zu weit entfernt hatte, und Matt, Rudy und Abby strengten sich an, um den Winkel zu vergrößern. Bald zielte der Kolben auf die Tunnelwand, und in den nächsten Minuten schafften die vier es, ihn auf diesem Kurs zu halten.

Nach einer weiteren Minute sagte Rudy, daß sie loslassen konnten. Langsam folgten sie der Maschine in einen Tunnel, in dem es immer dunkler wurde, nachdem das Licht ihrer Helmlampen nicht mehr von den Scheinwerfern des Elektrowagens verstärkt wurde.

Es war deutlich zu erkennen, daß sich der Tunnel wie ein Y verzweigte. Für einen Moment hatte Abby das Gefühl, sie wären verkleinert und in den Treffpunkt zweier Arterien an einem menschlichen Herzen versetzt worden. Rudy blieb stehen und strich in mittlerer Höhe mit der Hand über den schmalsten Abschnitt der Verzweigung. »Ich hole lieber den Schweißbrenner. Diese Sektion bleibt vielleicht nicht stabil genug. Auch das Tunnelende in der Sackgasse wurde nicht hitzeversiegelt, also werde ich das nachholen. Wir können die Maschine vielleicht acht Stunden lang stehenlassen, ohne daß die Gefahr besteht, daß sie versinkt.«

»Klingt gut«, sagte Matt. »Wenn du damit fertig bist, sollten wir uns ein wenig ausruhen.«

Während Rudy mit dem Schweißbrenner arbeitete, holten Matt, Bobby Joe und Abby die Schlafsäcke vom Wagen. Die Schlafsäcke und die Lichtkegel der Taschenlampen erinnerten Abby plötzlich an einen Zeltausflug, den sie im Alter von sieben Jahren an einem katastrophalen Wochenende mitgemacht hatte. Ihre Eltern hatten eine lange Serie von Urlaubsexperimenten veranstaltet, auf der Suche nach einem Arrangement, das beiden gefallen würde, meistens jedoch mit dem Ergebnis, daß nur einer von ihnen Gefallen am jüngsten Versuch hatte.

Als sie zum Segeln gefahren waren, hatte es Abbys Vater sehr gefallen, ihre Mutter jedoch war seekrank geworden und brachte es nicht fertig, schnell genug zu reagieren, wenn das Boot seinen Kurs änderte. Sie war zweimal in das eiskalte Wasser vor der Küste von Maine gefallen, bevor sie das Segeln aufgaben. Als sie es mit Reiten versucht hatten, war ihr Vater so lange zufrieden, bis sein Pferd unter einem dicken Ast entlanggetrabt war. Ihr Vater hatte sich noch Monate nach dem Sturz über Rückenschmerzen beklagt.

Zu Anfang schien der Zelturlaub ein voller Erfolg zu werden. Außer, daß sie nach einem dreistündigen Fußmarsch erschöpft waren, hatten alle drei sich über die saubere Luft gefreut, über Eichhörnchen und Vögel, die sie zu Gesicht bekamen, und die Abwesenheit des Großstadtlärms. Erst als sie ihr Lager aufschlugen, lief alles schief. Beim Einpacken der Konservendosen hatte ihr Vater mehrere Dosen zum Aufreißen gesehen, so daß er nicht daran dachte, einen Dosenöffner für die übrigen mitzunehmen.

Während sie versucht hatten, die Dosen mit Hilfe von Steinen, Schlüsseln und anderen verfügbaren Werkzeugen zu öffnen, war die allgemeine Stimmung so mies geworden, daß niemand auf die aufziehenden Wolken geachtet hatte. Abby hatte gestaunt, wie schnell sich das Wetter von einem klaren Himmel zu einem Wolkenbruch geändert hatte. Der Versuch, sich in einem durchnäßten Schlafsack zu wärmen und zu schlafen, war eine Erfahrung, die sie niemals vergessen hatte. Gegen vier Uhr am nächsten Morgen waren sie alle mehr als bereit, sofort aufzustehen und zum Wagen zurückzukehren. Als sie sich auf dem Rückweg verirrten, war Abbys Wortschatz erheblich bereichert worden, weil ihr Vater so wütend geworden war, daß Abby sich sorgte, er würde einen Herzanfall erleiden.

Abby legte ihren Schlafsack und die Luftmatratze auf den gerundeten Tunnelboden und drückte den Kopf der Luftpumpe. Sie saß daneben auf dem Boden und sah zu, wie die Luftmatratze Gestalt annahm.

Abby hoffte sehr, daß dieser Campingausflug besser als ihr letzter werden würde.

Kurz darauf legte sie sich auf die Matratze und versuchte einzuschlafen. Normalerweise fiel ihr das leicht, wenn sie müde war, nicht jedoch, wenn sie wie jetzt zu müde war. Oder zu besorgt. Sie sah die Gesichter ihrer Eltern in der Finsternis und wünschte sich, sie könnte wieder bei ihnen sein, auch wenn sie in derselben Stimmung waren wie damals beim Zeltausflug.

Sie fragte sich, ob sie ihre Eltern jemals wiedersehen würde und hätte viel darum gegeben, ihnen mitteilen zu können, daß sie in Sicherheit war. Zumindest vorläufig.

Der bogenförmige Eingang zum Tempel Emanu-El an der Ecke Fifth Avenue und Fünfundsechzigste Straße hatte einen neuen Rekord zu verzeichnen. Mehr Menschen als je zuvor waren innerhalb von vierundzwanzig Stunden hindurchgegangen.

Wie an den meisten religiösen Stätten bestand die Menge auch hier zu einem großen Anteil aus Nichtgläubigen, die zum allerersten Mal hier waren oder zum ersten Mal wieder seit vielen Jahren. In der Menge befanden sich außerdem viele Juden, die daran glaubten, daß Elias die Ankunft des Messias an einem Passah verkündigen würde. Da die jüngste Umwälzung kurz vor dem Passahfest stattgefunden hatte, fragten sich viele dieser Menschen, ob jetzt vielleicht die Zeit gekommen war, auf die sie gewartet hatten.

Matt wachte auf, bevor seine Armbanduhr ihn wecken konnte. Am Wagen, der zehn Meter tiefer im Tunnel stand, hatten sie eine kleine Notlampe brennen lassen, deren schwacher Schein gerade ausreichte, die Gestalten der anderen Schläfer auf dem Tunnelboden sichtbar werden zu lassen. Matt drückte auf den Lichtknopf seiner Uhr und stellte fest, daß es noch zehn Minuten bis zur ausgemachten Weckzeit waren. Er setzte sich auf, verschränkte seine Beine im Schneidersitz und versuchte leise zu sein, obwohl er ungeduldig darauf war, daß es weiterging.

Der nächste Schlafsack raschelte. Abbys leise Stimme sagte: »Wie geht's dir?«

»Gut«, flüsterte er. »Und dir?«

»Ich kann es kaum erwarten, bis wir hineinkommen.«

»Ich ebenfalls. Wir drei könnten zuerst vordringen, und du kommst auf dem zweiten Vorstoß mit.«

»Nein.« Abbys Flüstern klang entschieden. »Ich sollte sofort mitkommen, aus all den Gründen, die wir vorher besprochen haben.«

Sie hatte recht. Wenn sie Außerirdischen begegneten, konnten sie jederzeit in Gefahr geraten, etwas zu sagen wie: »Eure Nahrung sieht wie ranziges Schmierfett aus«, während sie eigentlich sagen wollten: »Es ist nicht ungefährlich für uns, eure Nahrung zu essen.« Sie mußten sich vorsichtig bewegen, denn immerhin konnte eine flüchtige Berührung an der Wange die Aufforderung zu einer sexuellen Beziehung bedeuten. »Glaubst du, daß du es wirklich schaffst?«

»Sicher. Aber danke für dein Mitgefühl. Ich wußte nicht genau, ob dafür im Kampfgeschehen noch Platz bleibt.«

»Wir befinden uns nicht im Kampf.«

»Noch nicht.«

Plötzlich erklang Bobby Joes Stimme im Tunnel. »Zeit, wieder an die Arbeit zu gehen!«

Matt schüttelte den Kopf. Nachdem er noch einmal auf seine Uhr geblickt hatte, sagte er: »Okay, Bobby Joe.«

Nach dem Frühstück stand als erstes an, eine luftdichte Versiegelung im Tunnel anzubringen, und zwar in der Richtung, aus der sie gekommen waren. Damit sollte eine Verunreinigung der Luft vermieden werden, falls jemand versuchte, mit medizinischer Hilfe zu ihnen vorzudringen. Wenn die früheren Fernmessungen richtig waren, bestand in der Kuppel, in die sie eindringen wollten, ein etwas höherer Druck als über der grauen Ebene. Ohne Absicherung würde die Atmosphäre aus dieser Kuppel in den Tunnel und dann in den Außenbereich dringen. Obwohl der Sauerstoffgehalt fast identisch war, konnte die anders zusammengesetzte Gasmischung vielleicht von den Meßgeräten ihrer Entführer registriert werden.

Die Luftschleuse bestand aus einem Gestell aus vier Stangen, die im Viertelkreis gebogen waren und zusammengesetzt einen Kreis ergaben, der etwas größer als der Tunnelquerschnitt war, so daß er fest gegen die graue Substanz drückte. Zwei Schichten aus dünner Folie mußten genügen, um den Luftaustausch auf ein Minimum zu reduzieren. Während Matt und Abby die Versiegelung anbrachten, bohrte Rudy ein Luftloch nach draußen und schob eins der Ventile hindurch, das sie mit ausreichend Sauerstoff versorgen würde, ganz gleich, was sich in der Kuppel befand. Nach ein paar Minuten hatte die kleine Pumpe soviel Druck aufgebaut, daß es in Matts Ohren knackte, und die Pumpe begann ihre Leistung zu verringern.

Matt half Rudy bei der Aufstellung des Dipol-Oszillators, während Bobby Joe die Ladefläche des Wagens frei räumte, ihn zum vorgesehenen Durchgang zur Kuppel brachte und den Kitt auf einer quadratischen Fläche von einem Meter Seitenlänge von der schwarzen Wand abkratzte. Das so entstandene schwarze Fenster in der Tunnelwand war im Winkel von etwa vierzig Grad geneigt. Während Bobby Joe die graue Substanz mit dem Wagen in den Seitentunnel transportierte, brachte Rudy den Dipol-Oszillator in Position.

Mit diesem Gerät zeichnete Rudy ein Quadrat von einem Meter Durchmesser in die schwarze Oberfläche. Die Luft innerhalb des Tunnels wurde merklich wärmer, als das Gerät über die Wand strich und dabei eine graue Linie zurückließ.

Nachdem der quadratische Rahmen vollendet war, holte Rudy das Werkzeug, das er als ›Schneider‹ bezeichnete, und brachte es in einer der oberen Ecken des Rahmens in Stellung. Er schaltete es ein, und es begann sich zu drehen. Kleine Haken griffen nach einzelnen Fasern, wickelten sie langsam um eine Rolle und streckten sie, bis sie eine nach der anderen zerrissen. Es war in etwa so, als wollte man eine sehr starke Gittertür zerschneiden, deren Stäbe nur senkrecht verliefen, und es klang, als würde man mit dem Fingernagel über die Zähne eines Kamms fahren.

Sie brauchten etwa eine halbe Stunde, um die Fasern entlang der ein Meter langen grauen Linie durchzuschneiden. Sie wechselten sich dabei mit dem Schneider ab. Als er fast das Ende erreicht hatte, trat Rudy so weit wie möglich zurück, während er die letzten Fasern durchtrennte.

Mit einem Brecheisen löste Matt den oberen Rand des schwarzen Quadrats von der übrigen Wand.

Die Platte kippte nach vorn in den Tunnel und legte einen Quadratmeter dichtgepreßte Erde frei. Rudy drückte die Platte so weit es ging nach unten. Bobby Joe entfernte noch etwas graue Substanz vom Boden vor der Öffnung, damit das schwarze Quadrat flach im Tunnel liegen konnte. Matt hielt die Flamme eines Schweißbrenners an die freigelegte Masse.

Rudy holte die Bohrmaschine hervor. »Ich denke, jetzt sollten wir zunächst einmal die Luft da drinnen checken.«

Matt zog das Luftventil aus der Tunneldecke und schob statt dessen das Periskop hindurch. »Oben ist immer noch kein Anzeichen von Leben zu entdecken«, sagte er kurz darauf.

Rudy schaltete die Bohrmaschine ein und richtete den langen Bohrer schräg nach oben. Ohne nennenswerten Widerstand drang er durch die Erde, während Sandkörnchen auf die Ladefläche des Wagens rieselten. Nach einer knappen Minute zog Rudy den Bohrer wieder heraus. Dabei schoß Sand durch das Loch, und Matt konnte hören, wie Luft von außen hereindrang.

Die Plastikversiegelung blähte sich um sie herum auf, blieb aber dicht, und schon eine Sekunde später hörte der Luftstrom auf. Rudy schob einen Schlauch durch das Loch. In Matts Ohren knackte es wieder.

Am Ende des Schlauchs befand sich eine Sonde zur Gasanalyse. Nach kaum einer Minute zeigte Rudy den anderen seinen hochgereckten Daumen. »Wir sind im Geschäft. Der Stickstoffanteil ist etwas höher, als wir dachten, und auch ein wenig mehr Argon ist vorhanden, aber das macht überhaupt nichts. Das Beste ist die Temperatur von dreiundzwanzig Grad Celsius.«

Matt und Rudy wechselten sich an der Bohrmaschine ab und trieben mehrere schräge Löcher in quadratischer Anordnung durch die Erde. Staub rieselte herein und trübte die Luft.

Dann begannen Matt und Rudy die Erde mit Schaufeln wegzuschaffen, und innerhalb von zwanzig Minuten hatten sie fast einen Kubikmeter geschafft. Bobby Joe brachte den Abraum mit dem Wagen in den Seitentunnel.

Für Matt unterschied sich die Erde überhaupt nicht von irdischem Boden. Anders war lediglich das Netzwerk schwarzer Wurzeln. Eine längere Wurzel sah aus wie ein Kabel, das alle paar Zentimeter Verdickungen aufwies, aber mit der Schaufel war sie überraschend einfach zu durchtrennen.

Als sie einen kopfdicken Strahl aus schwachem blauen Licht sahen, der durch das Loch drang, litten alle in der staubigen Luft unter ständigem Husten.

Es dauerte weitere zwanzig Minuten, um eine meterbreite Verbindung zwischen dem Tunnel und der Oberfläche innerhalb der Kuppel zu schaffen. Inzwischen hatten sie nicht mehr so große Probleme mit dem Staub. Mit den Schaufeln errichteten sie eine kleine Kante in Hüfthöhe.

Der Tunnelabschnitt, in dem sich die Maschine befand, war in der grauen Substanz ein kleines Stück versunken. Also bewegte Rudy sie mehrere Meter weiter. Nachdem er Klammern an der Tür und dem Rahmen in der schwarzen Wand befestigt hatte, kam Bobby Joe zurück, der die letzte Ladung Erde in den Seitentunnel gebracht hatte. Dann sah Matt in die Gesichter der drei anderen. Rudy wirkte ein wenig besorgt, schien aber bereit zu sein. Abby sah nervös, aber entschlossen aus. Bobby Joe machte den Eindruck, als wollte er gerade einen Lotterieschein zur Annahmestelle bringen, um seinen Gewinn einzustreichen.

Da sie kurz davor standen, in eine fremde Kuppel einzudringen, trug jetzt jeder von ihnen zusätzlich zum Messer am Gürtel eine Pistole im Holster. An Abbys Gürtel hing außerdem ihr Computer, den sie mit Programmen zur Kommunikationshilfe, die von ihr in der letzten Woche entwickelt worden waren, und mit mehrsprachigen Übersetzungsprogrammen bespielt hatte. Er hatte nur einen Arbeitsspeicher von zwei Gigabyte und eine externe Festplattenkapazität von vierhundert Gigabyte. Sie hatte sich bereits mehrfach beschwert, daß die Kapazität nicht ausreichen könnte. An ihrer anderen Hüfte hing ihre Minikamera, und um ihre Stirn lag das Kopfband mit der Optik.

»Sind alle bereit?« fragte Matt.

Alle nickten.

»Gut. Wir haben das schon einmal besprochen, aber ich möchte es noch ein letztes Mal wiederholen: Wenn wir durch diese Wand gehen, sind wir eine militärische Einheit. Was ich sage, wird getan, und zwar sofort und ohne Diskussion. Ist das klar?« Matt sah nur Abby und Bobby Joe an. Er wußte, daß Rudy diese Belehrung nicht nötig hatte.

Abby nickte. Bobby Joe sagte: »Ja, Sir. Völlig klar, Sir!«

Matt warf Bobby Joe einen mißtrauischen Blick zu und ging davon aus, daß er einfache und ehrliche Bereitschaft hörte und nichts mehr.

»Und wenn mir irgend etwas zustößt, ist Rudy euer Anführer.«

Wieder erhielt er Zustimmung. Er hoffte sehr, daß die kurze militärische Einweisung, die er ihnen vermittelt hatte, ausreichen würde, die Gruppe reibungslos arbeiten zu lassen. Wenn trainierte Soldaten mit denselben Fähigkeiten zur Verfügung gestanden hätten, wäre er auf jeden Fall mit diesen gegangen. Doch wenn er das Team mit Militär verstärkt hätte, wäre die Sauerstoffversorgung durch die Luftventile vielleicht nicht ausreichend gewesen. Und je größer die Gruppe war, mit der sie die Kuppel betraten, desto größer war auch die Möglichkeit, daß man sie als Bedrohung betrachtete.

Matt benutzte sein Funkgerät, um den Wachen an der Manhattaner Luftschleuse zu sagen, daß sie jetzt bereit waren, in die Kuppel zu gehen. Dann überprüfte er schnell noch einmal seine Ausrüstung und nahm den Schutzhelm ab.

»Okay, wir sind bereit«, sagte er. In der geringen Schwerkraft sprang er einfach auf die Kante und richtete sich dann langsam im schwachen blauen Licht auf. Seine Schultern befanden sich jetzt in Bodenhöhe, und er blickte zum Gebäude hinauf. Er konnte nichts hören, außer einem leisen Luftzug, der vermutlich von den Lüftungsröhren an der Kuppel verursacht wurde. Die Luft war angenehm kühl, roch aber nicht sehr gut. Sie hatte einen leicht schwefligen Geruch.

Das Gebäude war um ein vielfaches breiter als das größte Einkaufszentrum, das Matt jemals gesehen hatte. Aus dieser Perspektive mochte es so hoch wie das World Trade Center sein, aber die Höhe war nicht einfach einzuschätzen. Auf den riesigen runden Fensterscheiben waren nur Spiegelungen zu erkennen. »Hallo!« rief Matt.

Kein plötzliches Rascheln, kein überraschtes Huschen. Das Gebäude wirkte genauso leblos und stumm wie zuvor. Hoch oben außerhalb der Kuppel verbreitete ein schwachblaues Licht die Helligkeit einer Vollmondnacht. Matt sah sich um. In der Richtung der Manhattan-Kuppel befand sich eine nähere Kuppel, die die Sicht versperrte.

Matt wartete noch zehn Sekunden, dann sagte er leise: »Alles ruhig.« Er sprang nach oben. Als seine Füße der Oberfläche entgegensanken, spreizte er die Beine. Er landete sanft auf dem Boden neben dem Loch und beugte sich vor.

Rudys Kopf kam zum Vorschein, und Matt gab ihm das Zeichen zum Vorrücken.

Abby folgte als nächste. Sie landete auf dem Boden und blickte sich um.

Bobby Joe war der letzte. Er spreizte seine Beine nicht weit genug. Fast wäre er wieder ins Loch gefallen, wenn Matt und Rudy ihn nicht an den Armen gepackt und hinaufgezogen hätten.

Rudy nahm das Ende eines Seils und zog daran. Die schwarze Falltür, die sie in die Wand geschnitten hatten, schloß sich wieder. Als die Lücke schmaler wurde, rutschte Rudy auf dem unebenen Boden aus, doch er schaffte es, die Tür ganz zu schließen.

Rudy befestigte einen Karabinerhaken mit einem Klebestreifen an der Innenwand der Kuppel und sicherte damit das Seil. Matt schaltete den Berührungsalarm an, dann waren sie bereit. Jeder, der jetzt versuchte, die Kuppel ohne den richtigen Code zu verlassen, mußte einen Alarm auslösen, der bis zur Luftschleuse in Manhattan gehört werden konnte.

»Also gut, Leute«, sagte Matt. »Brechen wir auf!«

Matt übernahm die Führung. Abby folgte hinter ihm, dann kam Bobby Joe und zum Schluß Rudy.

Die vier gingen auf das Gebäude zu. Im schwachen Licht warfen sie tiefblaue Schatten, die Matt an alte Billigfilme erinnerten, deren ›Nachtszenen‹ bei Tageslicht mit einem Filter gedreht worden waren. Nicht weit von ihnen entfernt führte eine Rampe zu einer wassergefüllten Ausstülpung in der Kuppelwand hinauf.

Sie hatten kaum fünf Meter zurückgelegt, als der Boden von einer glatten Oberfläche abgelöst wurde, ein gemusterter Platz rings um das Gebäude. Matt blickte nach links zu einem Topf mit einer knorrigen schwarzen Pflanze, die er auch schon aus der Ferne beobachtet hatte. Plötzlich ging ein helles Licht an.

»Wahnsinn!« sagte Bobby Joe.

Matt fuhr nervös herum, und sein Herzschlag beschleunigte sich. Er suchte nach der Lichtquelle, während er sich fragte, ob sie sie irgendwie ausgelöst hatten oder ob dies eine Reaktion darauf war, daß man sie registriert hatte. Er entspannte sich, als er erkannte, daß keine von beiden Erklärungen den Tatsachen entsprach.

Das Licht kam von der blauen ›Sonne‹, die gerade von ›Nacht‹ auf ›Tag‹ umgeschaltet hatte.

Als alle verstanden hatten, was geschehen war, ließ die Nervosität etwas nach. Matt ging weiter.

Nachdem seine Augen sich an das hellere Licht gewöhnt hatten, sah das Muster auf dem Platz nicht mehr wie wahllos verstreute Farbkleckse aus. Verschieden große Kreise bedeckten den Boden, aber innerhalb jedes Kreises befanden sich Markierungen, die eher wie Zeichen einer unbekannten Schrift aussahen. Die Oberfläche wirkte jetzt auch nicht mehr so glatt. Zwei lange, unregelmäßige Risse verliefen quer über den Platz vom Rand bis zum Gebäude.

Abby aktivierte ihre Minikamera und machte ein paar Aufnahmen. Sie verblüffte Matt, indem sie senkrecht in die Luft sprang, mehr als fünf Meter hoch, aber dann erkannte Matt, daß sie eine Großaufnahme vom Muster auf dem Platz machte, um später in Ruhe versuchen zu können, es zu entziffern. Langsam schwebte sie zu Boden zurück und schaltete die Kamera ab.

Die schwarze Vegetation in den Pflanzkübeln roch ein wenig nach Minze und faulen Eiern. Matt hielt einen gewissen Abstand dazu, während er an Venusfliegenfallen und andere seltsame irdische Pflanzen dachte. Aus der Nähe sah das Gebäude aus, als wäre es mit einem fugenlosen, gemusterten Material verputzt worden, das entfernt an blauen Kunstrasen erinnerte, nur daß die einzelnen Halme regelmäßige geometrische Muster in Form von ineinander verschachtelten Quadraten bildeten. Es dauerte einen Moment, bis Matt erkannte, daß sämtliche Halme mit den flachen Seiten senkrecht auf die Strahlen der ›Sonne‹ ausgerichtet waren.

Sie näherten sich einem der Eingänge, einem halbkreisförmigen Bogen, der breiter als ein Häuserblock in Manhattan war. Auf Bodenhöhe befand sich eine Reihe von abwechselnd blauen und grauen senkrechten Streifen, jeder einen Meter breit und drei Meter hoch.

Als sie näherkamen, glitt direkt vor ihnen einer der grauen Streifen nach oben. Eine Tür hatte sich geöffnet. Matt konnte im Innern nichts erkennen.

Er ging durch den Eingang, gefolgt von Abby, Bobby Joe und Rudy. Als Rudy durch die Tür getreten war, senkte sie sich langsam wieder in ihre ursprüngliche Position zurück. Matt hatte plötzlich Angst, in der Falle zu sitzen. Er ging zur Tür zurück, die sich daraufhin wieder öffnete.

Innen war es genauso still wie draußen. Hoch oben an den Wänden waren in mehreren Reihen so viele blaugetönte Lampen angebracht, daß die vier Menschen keinen Schatten mehr warfen. Innerhalb des großen Gebäudes befand sich ein weiteres Gebäude. Die ›Lobby‹ war ein sehr hoher, dreißig Meter breiter Zwischenraum zwischen der Außenwand und dem Innengebäude, das genauso hoch wie die äußere Struktur zu sein schien. Vor ihnen führte ein freier Korridor, der von blauen Lichtern gesäumt wurde, direkt in das innere Gebäude und schrumpfte in der Ferne zu einem Punkt zusammen. An der Wand des Innengebäudes führte eine Treppe mit einen halben Meter breiten Stufen ohne Geländer im Zickzack bis zur Decke hinauf.

Auf halber Höhe ließ eins der großen runden Fenster blaues Licht herein.

»Vielleicht ist niemand zu Hause«, sagte Rudy.

Bobby Joe meinte: »Oder diese Leute haben etwas gegen unangemeldete Besucher.«

Die Gruppe folgte Matt in den Korridor, dessen Decke sich in zehn Metern Höhe befand.

Sie legten zweimal die Länge eines Fußballfelds zurück, bevor sie auf die erste Unterbrechung in den glatten Wänden stießen.

Ein zweiter Korridor zweigte im rechten Winkel nach beiden Seiten ab. Am äußersten Ende beider Korridore befanden sich Lichtflächen, die nicht größer als ein Fingernagel am ausgestreckten Arm waren.

»Seht ihr das Flackern?« fragte Rudy.

»Ja«, sagte Matt leise.

Sie alle blickten zum Licht, das von einer Tür in den Quergang drang. Sie gingen zu dieser Tür. Drinnen rotierte langsam eine Säule. Von dieser Säule zweigten waagerechte, einen Meter lange Stäbe ab, die während der Drehbewegung langsam nach unten sanken. Am Boden verschwanden sie in einem Schlitz, alle drei oder vier Sekunden einer. Durch eine halbmondförmige Öffnung in der Decke konnte man die nächsthöhere Ebene erkennen, während die rotierenden Stäbe dort genauso schnell hervorkamen, wie sie im unteren Schlitz wieder verschwanden.

»Ich glaube nicht, daß wir eine Vokabel dafür haben«, sagte Matt schließlich. »Meine Vermutung ist, daß ›Lift‹ oder ›Wendelrolltreppe‹ der Sache noch am nächsten kommen. Vielleicht sollten wir es ›Wendellift‹ nennen.«

Rudy sagte: »So in etwa sehe ich das auch. Wenn das stimmt, müßte das hier die ›Abwärts‹-Seite sein. Vielleicht gibt es dann irgendwo in der Nähe auch ein ›Aufwärts‹.«

Sie entdeckten das aufwärts führende Pendant auf der gegenüberliegenden Seite des Hauptkorridors. Es sah genauso aus, nur daß die Stäbe sich hier nach oben bewegten, während sie um die zentrale Säule rotierten.

Abby sagte: »Vielleicht halten sich alle Leute aus irgendeinem Grund in den oberen Stockwerken auf.«

»Möglich«, sagte Matt. »Ich denke, wir probieren es einmal aus. Also los! Seid darauf gefaßt, jederzeit abzuspringen, denn ich habe nicht unbedingt die Absicht, erst dann auszusteigen, wenn wir Lebenszeichen entdecken.«

Abby sagte: »Ich werde meine Kamera laufen lassen.« Sie legte schnell das Stirnband um und befestigte die winzige Optik der Minikamera daran, so daß sie geradeaus zeigte. Die kleine Linse sah aus wie ein Juwel, das in ein quadratisches Stück Onyx eingefaßt war.

»Also gut!« sagte Matt. Er stellte sich neben die Stäbe, die in gleichmäßigen Abständen auf dem Weg nach oben vorbeikamen. Er ließ den ersten Stab vorbei, dann packte er den nächsten.

Sein Körper schnellte nach oben, während er sich mit aller Kraft festhielt. Doch schon kurz darauf verschwand der Druck, und er spürte nur noch die leichte Zentrifugalkraft, während die Säule ihn und den Stab immer weiter nach oben beförderte. Kühle Luft strich über sein Gesicht. Er rückte näher an die zentrale Säule heran, worauf die Fliehkraft geringer wurde.

Der Stab trug ihn durch den offenen Halbkreis im Dach hinauf. Nach der nächsten halben Drehung befand er sich in einer Position, wo seine Füße ohne Mühe den Boden berühren würden, wenn er loslassen wollte. Die Hundertachtzig-Grad-Drehung zeigte ihm lediglich einen weiteren leeren Korridor, also hielt er sich fest.

Er blickte nach oben und stellte fest, daß der Halbkreis, der sich in der nächsten Decke befand, gegenüber dem vorigen um hundertachtzig Grad versetzt war. Das bedeutete, wenn jemand den Halt verlor, würde er höchstens ein Stockwerk tief fallen, was in der geringen Schwerkraft völlig ungefährlich war.

Die Fahrt ging weiter. Er rotierte in einen weiteren verlassenen Korridor hinauf. Während die Säule ihn nach oben durch die nächste Decke beförderte, sah er unter sich, daß Abby soeben das Stockwerk erreicht hatte, das er gerade verließ.

Matt wurde korkenzieherartig in einen wiederum leeren Korridor befördert und dann in einen weiteren. Die Korridore sahen alle identisch aus. Er kam durch ein Stockwerk nach dem anderen und wunderte sich immer mehr über die Abwesenheit jeglicher Aktivität.

Als seine Füße schließlich auf Dachhöhe waren, rief er: »Alle hier oben aussteigen!« und ließ die Stange los. Die Rotation der Säule schleuderte ihn in einem sanften Bogen davon. Er stolperte, als er auf dem Boden landete.

Matt ging aus dem Weg, als Abby losließ und mit den Armen ruderte, bis sie ihr Gleichgewicht wiedergefunden hatte. Bobby Joe stürzte, als er abstieg, aber Rudy konnte es gerade noch verhindern, ihm auf den Kopf zu treten.

Sie standen unter einem kleinen pavillonförmigen Dach. Auf allen vier Seiten waren Ausgänge. Matt half Bobby Joe auf die Beine, dann betrachteten sie alle eine Weile das obere Ende des Wendellifts. Kurz bevor die Stäbe das Dach erreichten, klappten sie nach unten, bis sie mit der rotierenden Säule zu verschmelzen schienen. Matt wandte sich ab, und die vier Menschen gingen über das flache Dach weiter.

In der Nähe sahen sie einen weiteren Pavillon, in dem sich vermutlich die abwärts führende Säule befand. In der Ferne konnten sie weitere paarweise angeordnete Pavillons erkennen, und als Matt ein paar Meter weitergegangen war, ein achtes Paar. Von oben gesehen waren sie offenbar in einem quadratischen Muster angelegt.

In weiter Ferne entdeckte er den oberen Teil der Manhattan-Kuppel, in dem nur die Spitze des World Trade Centers und einiger anderer Wolkenkratzer zu erkennen war. Die Kuppel selbst schien die höchsten Punkte der Stadt nur um wenig zu überragen.

»Wo sind die Leute, verdammt noch mal?« fragte Bobby Joe schließlich.

»Es wirkt gespenstisch«, bemerkte Abby.

Matt schüttelte den Kopf. »Solange wir noch Sichtverbindung mit Manhattan haben, möchte ich einen kurzen Zwischenbericht abgeben.« Er nahm sein Funkgerät vom Gürtel und drückte die Sprechtaste. »Manhattan-Zentrale, bitte melden! Hier ist Rover!«

Er ließ die Taste los und horchte. Nichts.

Er versuchte es noch einmal. Wieder nichts.

Matt sah sich das Gerät genau an. Die Batterie-Ladeanzeige deutete darauf hin, daß alles in Ordnung war, und er konnte kein Anzeichen einer Beschädigung feststellen. Er wandte sich an Bobby Joe. »Hast du eine Idee? Ich kann mir nicht vorstellen, daß gerade niemand am Funkgerät sitzt.«

Bobby Joe überprüfte schnell das Funkgerät und bestätigte, daß Rudys und Matts Walkie-talkies problemlos miteinander Kontakt aufnehmen konnten und daß die Batterien noch fast voll waren.

»Also«, sagte Matt. »Sind wir außer Reichweite? Wir haben uns doch gar nicht viel weiter entfernt, seit wir den Tunnel verlassen haben.«

»Ich denke, es liegt nicht an der Reichweite«, sagte Bobby Joe. »Ich schätze, es ist die Kuppel. Ich wette, sie läßt keine Radiofrequenzen in diesem Spektrum durch. Wir wissen, daß sie lichtdurchlässig ist, also für wesentlich höhere Frequenzen, aber wir haben eigentlich keinen Beweis, daß Radiowellen durchkommen. Vielleicht ist das der Grund, warum wir bisher nichts von den anderen Kuppeln empfangen haben und auch keine Antworten auf unsere Sendungen erhielten.«

»Na gut. Aber es gibt noch eine ganze Menge weiterer ungeklärter Fragen. Zum Beispiel: Wo sind die Bewohner dieser Kuppel?«

Abby schaltete ihre Minikamera ein und richtete sie auf die Kuppel über ihnen. Matt blickte nach oben und sah eine augenscheinlich identische Kopie der Botschaft auf dem Dach der Manhattan-Kuppel.

Matt ließ Abby ihre Aufnahme machen, bevor er sagte: »Ich denke, es ist Zeit, daß wir wieder zurück nach unten gehen. Aber jetzt wollen wir die Mittelsäule nehmen.« Er zeigte in die Richtung. »Bobby Joe, was sagt der Kompaß? Besteht die Chance, daß wir uns verirren?«

Bobby Joe nahm ein Gerät von seinem Gürtel, das die Größe einer Brotschnitte hatte, und las die Anzeige ab. Einige Fachleute von der Columbia hatten den Trägheitskompaß zur Verfügung gestellt und ihn auf die geringere Schwerkraft geeicht. »Ich denke, wir bekommen keine Probleme. Falls es jemand wissen möchte, wir befinden uns in einer Höhe von etwas mehr als dreihundert Metern.«

»Gut. Also weiter!«

Stuart Lund fühlte sich wesentlich besser, als er erwartet hätte. Gott hatte ihm einen schmerzvollen Schlag versetzt, als er ihm seine Hand genommen hatte, aber Stuart machte große Fortschritte mit seiner Straßenecken-Mission, und das hatte ihm ein ganz neues Selbstbewußtsein gegeben. Ein paar Anhänger folgten ihm, während er zu seiner gewohnten Ecke unterwegs war und sich überlegte, wie er seine heutige Ansprache beginnen sollte.

Als er an diesem Morgen aufgewacht war, hatte er sich sofort an einen lebhaften Traum erinnert. Darin hatte ein alter Mann mit langem weißen Haar zu ihm gesagt: »Ich bin. Folge mir. Bald wird alles gut sein.«

Der alte Mann hatte mit einem Arm ein Klemmbrett gegen die Brust gedrückt gehalten, so wie Schulkinder in den alten Gemälden von Norman Rockwell ihre Schulbücher trugen. Aber jetzt, wo Stuart noch einmal darüber nachdachte, erinnerte es ihn eher daran, wie Moses auf Abbildungen immer die Tafeln mit den zehn Geboten hielt.

Gegen Ende des Traums hatte der alte Mann Stuart das Klemmbrett zugewandt, so daß er die Vorderseite sehen konnte. Darauf befand sich eine Kopie der seltsamen Botschaft auf der Kuppel.

In den Nachrichten hieß es, daß im Auftrag der Bürgermeisterin Dutzende von Leuten daran arbeiteten, die Botschaft zu übersetzen. Es war klar, daß sie nicht weiterkamen, ganz gleich, was sie in ihrer Unwissenheit auch versuchen mochten. Wenn auch nur einer in der Gruppe empfänglich wäre, so wie Stuart es war, hätten sie längst gewußt, was Stuart jetzt wußte. *Ich bin. Folgt mir. Bald wird alles gut sein.*

Stuart erreichte die Ecke Broadway und 12. Straße und stieß dort auf eine Menge, die sich bereits versammelt hatte und geduldig wartete. Es waren sogar noch mehr Menschen als am vorigen Tag – wieder ein Zeichen von Gott, daß Stuart genau das tat, was von ihm erwartet wurde. Es wurde allmählich sogar schon zu eng für die Menschenmenge.

Stuart war bereit, diesen Leuten Aufträge zu erteilen. Es genügte nicht mehr, daß sie einfach nur zuhörten und ihm zustimmten, wenn es angemessen war. Sie mußten etwas unternehmen, so wie Stuart es bereits tat. Er entschied sich, einen einfachen Test durchzuführen.

Er hob die Arme. Ein Gemurmel ging durch die Menge, als einige seiner regelmäßigen Zuhörer ihn entdeckten. Sekunden später hatten sich die Gesichter Stuart zugewandt. »Hier ist zu wenig Platz für uns«, sagte er. »Folgt mir die Straße hinauf zum Washington Square Park!«

Stuart ging nach Süden. Er blickte sich nicht um, aber er behielt die Spiegelungen in den Schaufenstern im Auge. Kurz darauf hatte er sich vergewissert, daß die Menge ihm tatsächlich folgte.

Gut. Als nächstes mußte er sie zu einer größeren Sache auffordern.

Vielleicht sollte er zunächst einige von ihnen auffordern, die Arbeiten im World Trade Center zu unterbinden. Wenn die Leute der Bürgermeisterin bei der Interpretation von Gottes Wort sich selbst überlassen wurden und dazu alle Zeit der Welt hatten, kamen sie vielleicht irgendwann darauf, irgend etwas zu sagen. Sie würden natürlich nicht in der Lage sein, die Botschaft wirklich zu übersetzen, weil sie völlig falsch herangingen. Aber um ihr Gesicht zu wahren, würden sie sich irgend etwas ausdenken, das ihnen plausibel genug erschien, um ihre Arbeit zu rechtfertigen.

Das durfte auf keinen Fall zugelassen werden. Stuart würde seine Anhänger auffordern, die Aktivitäten zu unterbinden, um diese Leute daran zu erinnern, daß sie versuchten, das Wort Gottes zu übersetzen. Das war ein guter Plan, beschloß er. Und wenn seine Anhänger bereit waren, seiner Aufforderung Folge zu leisten, wäre das für ihn ein noch deutlicheres Zeichen, daß er wirklich im Auftrag Gottes handelte und daß Gott ihn dabei unterstützte.

Wenn er damit Erfolg hatte, mußte er entscheiden, was als nächstes zu tun war.

Als die Gruppe sich dem Wendellift-Paar in der Mitte des Daches des großen Gebäudes näherte, bemerkte Abby, daß sie sich nervöser fühlte als zu dem Zeitpunkt, wo sie die Kuppel zum ersten Mal betreten hatten. Sie fragte sich, warum das so war.

Es war möglich, daß es daran lag, weil hier irgend etwas nicht in Ordnung zu sein schien. Wenn den Bewohnern einer Stadt, die schon länger als Manhattan an diesem Ort war, etwas Schlimmes zugestoßen war, konnte das bedeuten, daß Manhattan bald in noch größere Schwierigkeiten als bereits jetzt geraten würde. Vielleicht war es auch nur ihr natürliches Mitgefühl, mit dem sie sich die Empfindungen vorstellte, die die Leute gehabt hatten, die hier lebten. Falls sie sich nicht aus irgendeinem Grund versteckten, schien die gesamte Bevölkerung einer Stadt verschwunden zu sein. Hatten sie gewußt, was mit ihnen geschah? Waren sie einer nach dem anderen verschwunden, so daß die Überlebenden allein mit ihrer Angst zurückblieben, ohne daß sie ihren Freunden hatten helfen können?

Abby erzitterte in der kühlen Luft und versuchte sich wieder auf ihre Mission zu konzentrieren.

Dann blieb sie plötzlich stehen, während sie sich erneut fragte, warum keine Spur der Bewohner zu entdecken war. Sie hatte sich überlegt, ob sie sich im Innern versteckten. Das war immerhin noch eine Möglichkeit. Sie bemerkte erst jetzt, daß sie stehengeblieben war, und setzte sich wieder in Bewegung.

Schließlich erreichte die Gruppe den Pavillon, in dem sich der Wendellift befand.

»Sind alle bereit?« fragte Matt. Seit sie die Kuppel betreten hatten, war ihr an Matt nicht mehr dieser entrückte Blick aufgefallen. Sie war sich nicht sicher, ob die Fremdheit dieses Ortes ihn davon abhielt, über seine Frau nachzugrübeln, oder ob seine militärische Rolle bereits genügte, um ihn alles andere vergessen zu lassen, bis er seine Gruppe sicher zurückgebracht hatte.

Matt stand am Rand des Lochs im Boden, packte einen der Stäbe, die sich an ihm vorbeidrehten, und war auf dem Weg nach unten. Abby atmete tief durch und griff sich den nächsten.

Sie schwebte für eine Sekunde, als der Stab sie schneller durch das Schwerkraftfeld zog, als sie auf den ersten ein oder zwei Metern gefallen wäre. Dann bewegte sich ihr Körper mit derselben Geschwindigkeit wie der Stab nach unten, und sie spürte wieder den schwachen Zug der Schwerkraft sowie die Zentrifugalkraft, während sie sich um die Säule drehte.

Sie passierten mehrere Stockwerke, die genauso wie die anderen aussahen, durch die sie zuvor gekommen waren. Abby hatte angenommen, daß sie sich bis zum Boden befördern lassen würden, doch dann ließ Matt los und rief: »Bitte hier aussteigen!«

Kurz darauf standen alle vier im leeren Korridor neben dem Wendellift.

Matt blickte den Gang hinunter. »Dieses Gebäude kann nicht nur aus Korridoren und ein paar runden Räumen bestehen. Hier ist noch mehr Raum, der bestimmt nicht ungenutzt ist. Ich denke, wir sollten uns noch etwas genauer umsehen.«

Sie gingen etwa zwanzig Meter, bis Rudy sagte: »Einen Augenblick mal!« Er strich mit dem Finger über die Wand. »Was ist das?«

Als Abby genauer hinsah und ihren Kopf im richtigen Winkel hielt, konnte sie eine haarfeine Linie erkennen, die vom Boden bis zur Decke verlief. Die Fuge war dünner als zwischen den Wandplatten im Haus ihrer Eltern.

Matt lief etwa zwanzig Meter weit den Korridor hinunter und kam dann zurück. »Sie scheinen paarweise in einem Abstand von etwa einem Meter angeordnet zu sein und treten alle paar Meter auf. Glaubt ihr, es könnte sich um Türen handeln? Oder vielleicht nur um ein architektonisches Merkmal?«

Rudy blickte auf den Boden und dann zur Decke hinauf. »Also, an dieser Stelle wären Türen äußerst sinnvoll.«

Abby drückte gegen die Wand. Sie ging den Korridor entlang

und drückte immer wieder dagegen, um zu sehen, ob die Wand sich irgendwie veränderte. Abgesehen von den feinen Fugen besaß die Wand überall dieselbe sandpapierartige Oberfläche wie im Erdgeschoß.

Matt sagte: »Wenn sich zwischen diesen Fugen jeweils eine Tür befindet, könnte es sein, daß sie genauso funktioniert wie die, durch die wir in das Gebäude gekommen sind.« Er legte seine Hände auf die Oberfläche und drückte nach oben.

Ein meterbreiter Ausschnitt der Wand, der vom Boden bis zur Decke reichte, glitt nach oben. Abby hielt den Atem an.

Durch die Öffnung konnte sie bläuliche Leuchtkörper erkennen, die kleiner als die im Korridor waren.

Von drinnen war kein Geräusch zu hören. Matt trat vorsichtig durch den Eingang. Abby folgte, während ihr Herz wesentlich heftiger als zuvor klopfte.

Hinter der Tür befand sich erneut ein schmaler Korridor. Etwa zehn Meter weiter wurde er breiter, aber Abby konnte nicht erkennen, was sich hinter der Ecke befand. Matt blieb stehen und drehte sich um. »Bobby Joe, ich möchte, daß du hier unter der Tür stehenbleibst. Wir wollen nicht das Risiko eingehen, hier eingesperrt zu werden.«

Bobby Joe wirkte dankbar, daß er nicht mit hineingehen mußte. »Ja, Sir!«

Als Matt, Abby und Rudy weitergingen, bemerkte Abby einen strengen, unangenehmen Geruch, der sie an einen abgeschalteten und verschlossenen Kühlschrank erinnerte. Der Korridor verbreiterte sich, und sie gelangten offenbar in ein Wohnquartier.

Dieser Bereich war geräumiger als der Raum zwischen den Türen auf dem Korridor. Falls jede Tür in ein Quartier führte, mußten sie wie ein Puzzle angelegt sein, so daß die Quartiere unterschiedlich weit vom Korridor entfernt waren. Auf einem niedrigen Sockel lag ein ein mal zwei Meter großes Kissen. Etwa einen Meter darüber befand sich ein Podium, auf dem etwas stand, das wie ein Stuhl und ein Tisch aussah. Der Stuhl bestand aus einem Kissen, das so dick wie Abbys Handgelenk war. Daneben stand ein U-förmiger Tisch, der sich etwa einen Meter über den Boden des Podiums erhob. Vor der Wand stand eine Säule mit kleinen Schubladen, und an der Wand hing ein Bild mit einem großen Quadrat neben einem großen Kreis. Innerhalb des großen Quadrats befand sich ein kleinerer Kreis und innerhalb des großen Kreises ein kleineres Quadrat.

»Ich werde ein paar Aufnahmen vom Inhalt der Schubladen machen«, sagte Abby. Sie sprang auf das Podium und streckte ihre Hand aus, um die unterste Schublade zu öffnen.

Darin lag eine Scheibe, die wie eine CD aussah, nur daß sie mit Knöpfen versehen war. Sie holte sie heraus und legte sie auf den Tisch. »Könnte es eine Fernbedienung sein? Oder ein Kommunikator?«

Abby vergewisserte sich, daß sich das Ding eine Sekunde lang im Aufnahmebereich ihrer Minikamera befand, dann untersuchte sie die nächste Schublade. Sie enthielt einen roten Ball, der sich wie Gummi anfühlte. Sie zeigte ihn Matt und Rudy, dann legte sie ihn zurück. Die letzte Schublade war leer. Dann sagte Rudy: »Das solltet ihr euch einmal ansehen, Leute!«

Abby folgte Matt in einen angrenzenden Raum. Mitten darin befand sich ein runder Sockel, der mit einer unregelmäßigen Schicht aus festem braunen Fell bedeckt war. Der unangenehme Geruch war hier viel stärker.

»Was glaubt ihr . . .«, sagte Rudy, während er in weitem Bogen zur gegenüberliegenden Seite des Raums ging. »Puh!«

»Was ist?« fragte Matt.

Rudy zeigte auf den Boden. Abby kam etwas näher und sah, daß Rudy auf ein merkwürdig geformtes Messer zeigte, dessen Klinge fast völlig mit einer Art grünem Schaum bedeckt war.

»O Gott!« sagte Matt. »Das ist keineswegs ein Fellbezug, stimmt's?«

Abby fühlte sich benommen. »Du meinst . . .«

Matt stieß mit dem Fuß gegen das Fell auf dem runden Sockel. Abby glaubte, sich übergeben zu müssen, als Matt eine Fellschicht so weit beiseite schob, daß glasige grüne Augen, eine gefleckte Schnauze und der Rachen eines Wesens sichtbar wurden, dessen Kopf in etwa wie der eines Dachses geformt war. Die Haut und das Fell zerfielen bei Matts Berührung.

»Mein Gott!« sagte Rudy schwach.

»Ich muß hier raus!« konnte Abby nur noch sagen.

»Wir alle werden hier verschwinden«, sagte Matt.

Matt berichtete Bobby Joe leise, was sie gefunden hatten. Etwa fünf Sekunden, nachdem Bobby Joe sich von der Tür entfernt hatte, senkte sie sich langsam und lautlos herab, bis die Wand wieder verschlossen war.

Bei sechs erneuten Versuchen stießen Matt und Rudy auf zwei weitere tote Aliens, die beide genauso dalagen wie der erste.

»Verschwinden wir hier lieber«, sagte Matt.

Während sie zum Wendellift zurückgingen, sagte Bobby Joe: »Glaubt ihr, sie wurden ermordet, oder haben sie Selbstmord begangen?«

Matt sah Abby an und fragte: »Irgendwelche Theorien?«

Abby sagte: »Ich glaube nicht, daß ich eher als ihr Vermutungen anstellen kann. Wenn sie alle an der gleichen Stelle und auf dieselbe Weise ermordet wurden, könnte das auf einen unglaublich aktiven Mörder hinweisen oder auf einen organisierten Überfall, der von einem Killerteam durchgeführt wurde. Man sollte jedoch meinen, daß ein paar der Opfer sich besser gewehrt haben oder an anderen Stellen erwischt wurden. Und das würde bedeuten, daß der oder die Mörder höchstwahrscheinlich noch am Leben sind und sich hier irgendwo aufhalten.

Selbstmord ist für mich eine wesentlich sinnvollere Erklärung, aber dennoch reine Spekulation. Die Tatsache, daß sie alle ihre eigene Waffe in der Nähe hatten, daß sie alle an der gleichen Stelle und auf dieselbe Weise starben, deutet auf Selbstmord hin.«

Bobby Joe sagte: »Das sehe ich auch so. Aber warum? Ich meine, wir sind auch nicht sehr glücklich darüber, hier zu sein, aber wir geben uns alle Mühe, damit klarzukommen.«

»Es könnte verschiedene Gründe haben. Vielleicht hat ihre Religion eine Situation prophezeit, die dieser sehr ähnlich kommt, so daß sie das taten, was von ihnen in einer solchen Situation erwartet wurde. Vielleicht konnten sie es auch einfach nicht ertragen, gefangen und eingeschlossen zu sein. Diese Theorie ist eher unwahrscheinlich, denn ein Gebäude wie dieses würde einem das ständige Gefühl vermitteln, eingeschlossen zu sein. Ich weiß nicht warum, aber ich denke doch, daß es Selbstmord war.«

Nachdem sie darüber geredet hatte, entspannte Abby sich ein wenig. Als sie den Wendellift erreichten, fühlte sie sich bereit für die Fahrt nach unten. Sie folgte Matt, und Sekunden später rotierte ihr Körper langsam um die Zentralsäule, während die Vorrichtung sie tiefer ins Zentrum des Komplexes hinuntertrug.

Sie passierten weitere Korridore auf dem Weg nach unten, aber als sie die Hälfte bis zum Erdgeschoß zurückgelegt hatten, roch sie wieder diesen furchtbaren Gestank. Dann kamen sie durch die Decke eines riesigen kreisrunden Raums, der vielleicht so groß wie ein Fußballfeld war. Während Abby sich drehte, sah sie, daß ein Teil der Wand mit einem riesigen Foto bedeckt war, das offenbar zwei Gebäude zeigte. Als sie sich dem Boden näherte, sah sie unter sich ein Meer aus braunem Fell.

Ihre Arme wurden schwach. Sie klammerte sich am Stab fest, weil sie plötzlich Angst vor einem Absturz hatte. Überall waren Leichen – Hunderte, Tausende.

Matt rief nach oben. »Abby und Bobby Joe, fahrt weiter und steigt erst im nächsten Stockwerk aus! Rudy, du kommst mit mir!«

»Nein«, hörte Abby sich rufen. »Ich komme damit schon zurecht.«

Inzwischen hatte Matt losgelassen und war auf dem Boden gelandet. Die Säule vollführte eine weitere Drehung, dann ließ Abby los. Sie stolperte beiseite, dann stieg Bobby Joe ab und schließlich Rudy.

Sie wandte sich Matt zu. »Schon gut. Ich denke, ich komme damit klar . . .«

Matt sah sie wütend an.

»Ach, komm schon!« sagte Abby. »Du mußt hier nicht den Beschützer . . .«

»Darum geht es gar nicht!« Matts Stimme war schroff und schneidend, wie sie ihn noch nie zuvor erlebt hatte. »Wir operieren hier unter militärischen Bedingungen. Ich habe euch beiden einen Befehl gegeben.« Sein Blick schloß jetzt auch Bobby Joe ein.

»Aber ich wollte doch nur . . .« Abby unterbrach sich, als sie plötzlich verstand, wovon er redete. Sie fühlte sich auf einmal so klein.

Matt holte tief Luft. Abby erkannte, daß er sich zur Ruhe zwang. Er sagte: »Hört mir jetzt genau zu! Hier geht es nicht um Macht. Hier geht es nicht darum, wer wen beschützen will. Hier geht es auch nicht um Männer gegen Frauen. Hier geht es nur um Sicherheit und Überleben. Solange wir hier draußen sind und ich euch einen Befehl gebe, muß ich davon ausgehen können, daß ihr ihm gehorcht. Wenn wir wieder zurück sind, könnt ihr meine Befehle gerne kritisieren oder mich zum Teufel schicken, aber hier draußen muß ich mich darauf verlassen können, daß ihr genau das tut, was ich sage. Was wäre, wenn ich gerade einen bewaffneten Feind entdeckt hätte oder eine andere Gefahr? Wenn ich es nicht als Befehl formuliere, könnt ihr gerne Fragen stellen. Aber wenn es ein Befehl ist, werdet ihr euch dementsprechend verhalten! Und zwar sofort! Noch Fragen?«

Abby schluckte und schüttelte den Kopf. »Nein. Du hast natürlich recht.«

Bobby Joe sagte: »Verstanden.«

Matt entspannte sich sichtlich.

Abby sagte: »Ich habe es natürlich auch verstanden. Ich verstehe, warum es notwendig ist und bin auch bereit zu kooperieren. Ich denke nur, daß ich etwas Zeit brauche, um mich an diesen militärischen Stil zu gewöhnen, aber ich bin dazu bereit. Wirklich.«

Matt nickte. »Okay.« Er holte tief Luft. »Gut, wenn wir schon einmal alle hier sind, kann ich auch gleich fragen, ob jemand eine Erklärung für das hier hat.«

Abby schluckte und zwang sich dazu, sich im Raum umzusehen. Die pelzigen Leichen waren mindestens zehn Meter entfernt, doch hinter diesem Umkreis mußten Tausende von ihnen liegen. Die vier Menschen gingen in einem kleinen Kreis um den Wendellift herum, während Abby versuchte, nicht auf den übelkeiterregenden Gestank zu achten.

Jede Leiche lang auf einem dieser couchartigen Sockel. Bei diesem Raum handelte es sich womöglich um eine große Versammlungshalle. Neben vielen Leichen konnte sie kleine Becher auf dem Boden erkennen, die offenbar heruntergefallen waren. Blaue Tropfen einer Flüssigkeit zeichneten sich neben mehreren der Becher ab.

»Was glaubt ihr?« fragte Matt nach einem langen Schweigen.

»Ich habe zu wenig Informationen, um das hier erklären zu können. Aber es sieht wie eine gesteigerte Version von Jonestown oder Tekafganton aus«, sagte sie leise.

Matt sagte: »Du meinst, es war Massenselbstmord?«

Abby ging zu der Seite, wo das riesige Bild einen Teil der Wand bedeckte. Es zeigte zwei große Gebäude, nach den zwei Gruppen kleiner Wesen zu urteilen, die im Vordergrund standen. Das eine der Gebäude war ein gewaltiger Würfel, das andere ein riesiger Zylinder. Als Abby eine Weile auf das Bild starrte, auf die Wesen im Vordergrund, erinnerte sie sich an das Bild im Raum mehrere Stockwerke höher. Plötzlich wurde ihr sehr kalt. »O nein! O mein Gott!«

»Was?« fragte Matt. »Was ist los?«

Abby zögerte. »Ich hatte gerade eine Eingebung. Ich weiß nicht, ob ich recht habe, aber es wäre eine Erklärung für das, was geschehen ist. Vielleicht sehe ich es zu sehr aus einer menschlichen Perspektive, aber . . .«

»Nun sag schon!«

»Seht euch das Bild an! Das quadratische Gebäude auf der rechten Seite. Das ist dieses Gebäude . . . in dem wir uns befinden. Die Wesen vor dem Gebäude . . . sie haben alle dichtes braunes Fell und diese Haarbüschel auf der Stirn, genauso wie die Wesen hier. Jetzt seht euch einmal die Geschöpfe vor dem zylindrischen Gebäude an!«

»Sie sehen genauso aus.«

»Nein, seht genauer hin! Seht euch ihre Münder an, ihre Schnauzen oder was auch immer. Seht ganz genau hin!«

Matt schwieg eine Weile. »Du meinst, es sieht so aus, als wäre ihr Fell dort grau? Die vor dem zylindrischen Gebäude haben mehr Grau im Fell als die anderen? Und keiner von ihnen hat die Büschel an der Stirn?«

»Ja.« Abby zitterte, während sie ihm antwortete.

»Ich verstehe es immer noch nicht«, sagte Matt schließlich.

»Erinnerst du dich an das Bild oben im Wohnquartier? Das mit dem großen Quadrat und dem großen Kreis?«

»Ja.«

»Das ist nur eine Vermutung, damit das klar ist. Es könnte auch andere Erklärungen geben. Es ist nur eine Möglichkeit.«

»Ja?«

»Es ist möglich, daß das graue Fell um die Schnauze und die Büschel auf der Stirn Merkmale verschiedener Geschlechter sind. Ich glaube, daß das Quadrat und der Kreis etwas repräsentieren, das ihren geschlechtlichen Unterschied ausmacht. Wenn – ich sage: *wenn* das stimmt, wäre es möglich, daß in diesem ganzen Gebäude nur ein einziges Geschlecht lebte und das andere Geschlecht im runden Gebäude, das auf der Heimatwelt, zurückblieb. Wenn das stimmt, haben diese gottverdammten Außerirdischen, die uns entführt haben, die auch *sie* entführt haben, alle Mitglieder eines Geschlechts mitgenommen und das andere Geschlecht zurückgelassen.«

7

Ein Baum wächst

Von Tod und Stille umgeben, starrte Matt auf das Bild mit den zwei Gebäuden. Der Aufruhr in seinen Eingeweiden sagte ihm, daß Abbys Theorie vermutlich stimmte. Die Vorstellung, daß die Mitglieder des einen Geschlechts sich umbringen würden, wenn das andere Geschlecht für sie nicht mehr erreichbar war, wirkte phantastisch, aber sie paßte irgendwie zu der Vorstellung, daß die Geschlechter in verschiedenen Gebäuden lebten. Ganz gleich, ob Abbys Theorie zutraf oder nicht, Tatsache war, daß die Bewohner dieses Gebäudes tot waren und daß das wahrscheinlich nicht der Fall wäre, wenn man sie in Ruhe gelassen hätte.

»Ich wette, du hast recht«, brach Rudy das entsetzte Schweigen. »Wer auch immer uns entführt hat, er konnte eins dieser Gebäude mitnehmen. Aber beide mitzunehmen, wäre zuviel gewesen, da sie recht weit voneinander entfernt sind. Ich frage mich, ob sie wußten, was sie getan haben.«

»Oder ob es sie kümmert«, sagte Abby. »Die Sendung, die wir vor kurzem sahen, deutet darauf hin, daß sie sehr schnell operieren und alle Städte genauso schnell wegbringen, wie sie es mit Manhattan getan haben.«

»Wenn sie langsam vorgegangen wären, hätten alle Bewohner die Stadt vorher verlassen«, sagte Rudy. »Außer ein paar Verrückten vielleicht.«

»Laßt uns von hier verschwinden!« sagte Matt schließlich.

Sie nahmen wieder ihre gewohnte Reihenfolge ein, und Matt griff nach einem Stab des Wendellifts, um sich davon tiefer in das Gebäude hinuntertragen zu lassen. Er drehte sich durch ein Stockwerk nach dem anderen, während er fast erschlagen von der Vorstellung war, daß ihre Entführer nur die Bürger eines Geschlechts mitgenommen hatten. Entweder war alles so schnell gegangen, daß sie gar keine Zeit hatten, um das Ausmaß ihres Irrtums zu erfassen, oder sie hatten gewußt, was sie taten, sich aber nicht daran gestört.

Während Matt weiter nach unten rotierte, wurde ein

erschreckendes Gefühl in ihm immer stärker. Schließlich erreichte er das Erdgeschoß und ließ den Stab los. Sekunden später standen alle vier Mitglieder der Gruppe schweigend beieinander. Matt machte sich zwar keine Sorgen mehr, daß sie im lautlosen Gebäude einen Hinterhalt zu befürchten hatten, aber ihm wäre dieses Gefühl, das er zu Anfang gehabt hatte, lieber als die Verbitterung gewesen, die er nun fühlte.

Als sie in den Korridor traten, der nach draußen führte, und Matt sah, welchen Weg sie noch vor sich hatten, seufzte er und starrte in die Ferne. Er fragte sich, ob die Trennung von Nadine schmerzhafter wäre, wenn sie ihre Beziehung nicht aufgegeben hätte. Sie waren schon einige Minuten unterwegs, als Matt das seltsame Gefühl hatte, beobachtet zu werden. Er blickte nach links und bemerkte, daß Abby ihn ansah.

»Ist mit dir alles in Ordnung?« fragte sie leise.

»Klar. Ich bin ein zäher Bursche.« Matt sprach leichtfertig und mit einem Hauch Ironie. Er fühlte sich im Augenblick gar nicht sehr zäh, und er wußte, daß Abby es wußte.

Stuart Lund kam erst zwei Minuten vor dem angesetzten Beginn des Gottesdienstes herunter, und er stellte erneut fest, daß die Stühle für die Menschen nicht ausreichten. Viele standen im Hintergrund des großen Saals oder lehnten sich gegen die Wände. Jeder Stuhl war besetzt.

Der Lärm der Gespräche erstarb, als Stuart am Ende des Raumes die Treppe herabstieg und durch den schmalen Mittelgang zur Verpackungskiste eines Mikrowellenherdes vorging, die mit Farbe besprüht war und jetzt sein Pult darstellte. Er empfand Stolz dabei, wenn er es als Pult bezeichnete, während die meisten es fälschlicherweise Podest nannten.

Stuart hatte es einem Mitglied seiner Gemeinde zu verdanken, daß ihnen dieser Raum als Kirche zur Verfügung stand. Lagerhäuser hatten allmählich ihren Nutzen verloren, während Stuarts Anhängerschaft gleichzeitig immer größer wurde. Zwischen den Gottesdiensten ging Stuart immer noch auf die Straße, doch jetzt nahm er jedesmal eine andere Handvoll Menschen mit, um wieder andere anzuziehen.

Denn Stuart hatte schon sehr früh festgestellt, daß die meisten Menschen nur ungern als erste stehenblieben, um zuzuhören, aber wenn sie sich im Hintergrund einer kleinen Ansammlung aufhalten konnten, fühlten sie sich sicher genug, um vielleicht zehn oder fünfzehn Minuten zu bleiben, und bis dahin waren viele von ihnen gefesselt. Indem einige seiner Anhänger den Anfang einer ›Menge‹ bildeten, versammelten sich die Neuankömmlinge um so schneller.

Stuart erreichte die Vorderseite des großen Raums und drehte sich um. Als er den Menschen in den ersten Reihen in die Augen sah, bemerkte er zufrieden, daß sie aufgeregt waren, genauso aufgeregt wie er selbst, in dieser Zeit der Not, wenn sie eine Chance hatten, aktiv an Gottes Plan teilzuhaben.

Heute wollte er mit ihnen über die Expedition reden, die die Stadt verlassen hatte, und er wußte, daß sie darüber genauso empört sein würden, wie er es war, sobald sie verstanden, daß der Versuch, Gott näher zu kommen, heute genauso verrufen wie zu Zeiten des Turmbaus zu Babel war.

Nachdem sie das große Gebäude verlassen hatten, waren Abbys Gedanken wieder etwas klarer geworden.

Der Schrecken, den sie zuvor verspürt hatte, war zwar immer noch da, aber jetzt besaß sie einen gewissen emotionalen Abstand zu dem, was sie mehr und mehr für das furchtbare Schicksal der hiesigen Bewohner hielt.

Während sie weitergingen, bemerkte sie mehrere Male Matts entrückten Blick, und sie fragte sich, ob die Trennung der Geschlechter ihn schmerzhaft daran erinnerte, daß seine Frau auf der Erde zurückgeblieben war. Abby ärgerte sich über sich selbst, weil sie nicht abstreiten konnte, daß sie sich zu diesem Mann hingezogen fühlte. Vielleicht war es so, weil sie in ihm eine ähnliche Mischung aus Stärke und Verletzlichkeit fand wie in sich selbst. Vielleicht war es etwas so Dummes wie die Wärme, die sie spürte, wenn er ihr sein strahlendes Lächeln schenkte.

Selbst sein Wutausbruch, nachdem sie seinen Befehl ignoriert hatte, änderte nichts an ihren Gefühlen. Sie hatte sofort gewußt, daß er recht hatte, und irgendwie wußte sie auch, daß er den Tadel genauso bereitwillig wie sie eingesteckt hätte, wenn ihre Positionen umgekehrt verteilt gewesen wären.

Die helle ›Sonne‹ schien immer noch, als sie zur Öffnung zurückgingen, die sie durch den Boden gegraben hatten. Rudys Seil war noch an der Metallscheibe eingeklinkt, die an der Innenseite der Kuppel klebte. Rudy sprühte aus einer Dose etwas auf den Rand der Scheibe, und kurz darauf rutschte sie nach unten und löste sich von der durchsichtigen Oberfläche.

Die schwarze Tür in den Tunnel öffnete sich. Abby sah noch einmal durch die Kuppel, als Rudy in das Loch sprang und verschwand. Die graue Ebene wirkte fast wie ein riesiger stiller See, dessen Oberfläche weder durch eine Strömung noch durch Wind gestört wurde, ein erstarrtes Sargasso-Meer. Vom Dach aus hatte Manhattan beinahe wie von der Staten-Island-Fähre ausgesehen, nur daß die Stadt ein wenig weiter entfernt und deutlicher war, da die Luft zwischen den Kuppeln sauber war. Jetzt war Manhattan wieder hinter der anderen Kuppel verschwunden.

Als sie an der Reihe war hinabzusteigen, wollte sie eigentlich gar nicht in den Tunnel zurück, aber sie ging doch und setzte ihren Schutzhelm auf.

Matt war an der Oberfläche geblieben, und sie hörte, wie er mit dem Funkgerät Manhattan anrief. Einige Sekunden später gesellte er sich zu den anderen im Tunnel, wo er das Funkgerät erneut ausprobierte. Diesmal war im Lautsprecher eine knisternde Antwort zu hören.

»Hier Manhattan-Zentrale. Was kann ich für Sie tun?«

»Ich möchte einen Empfangstest durchführen. Könnten Sie bitte einmal bis fünfzig zählen?«

»Wird gemacht. Eins, zwei, drei . . .«

Während Matt durch den Durchbruch wieder in die Kuppel hinaufstieg, hörte Abby: »Vier, fünf, sechs, sieben . . .« Die ›Acht‹ war kaum noch zu verstehen, und dann war gar nichts mehr zu hören, als Matt die schwarze Tür hinter sich verschloß. Einige Sekunden vergingen, bevor Matt die Tür wieder öffnete und in den Tunnel zurückkam. »Vierundzwanzig, fünfundzwanzig . . .«

Matt drückte ein paarmal die Ruftaste, aber der Mann am anderen Ende zählte bis fünfzig durch, bevor er wieder auf Empfang ging.

Dann sprach Matt in sein Funkgerät. »Das durchsichtige Material der Kuppel verschluckt Ihr Signal. Ich konnte nichts hören, als ich mich innerhalb der Kuppel befand. Die schwarze Wand verringert das Signal, aber es läßt noch ein wenig durch.«

»Verstanden, Rover.«

Matt gab den Leuten in Manhattan eine Zusammenfassung ihrer bisherigen Erkenntnisse und Vermutungen. Darauf folgte eine lange Pause. Nachdem sie schließlich die Bestätigung seines Berichts durchgegeben hatten, beendete Matt das Gespräch. Dann half er den anderen, die Tür in der schwarzen Wand wieder zu versiegeln. Rudy riß die Schutzschicht eines Super-Klebestreifens ab und drückte das Material vorsichtig auf die Naht. Dann ließ er dem Klebstoff ein paar Sekunden Zeit, sich zu verfestigen.

Der Tunnel wirkte plötzlich unheimlich, als er nur noch von ihren Helmlampen und den Scheinwerfern des Elektrowagens beleuchtet wurde.

»Was jetzt?« fragte Bobby Joe.

Matt sah Bobby Joe an, dann Rudy und schließlich Abby. Ohne seinen Blick von ihr zu nehmen, sagte er: »Wir sollten uns auf den Weg zur nächsten Kuppel machen.«

»Diese Leute sind immer noch da draußen!« sagte Stuart Lund. »Jeder Tag, den sie auf dieser wahnwitzigen Reise verbringen, vergrößert die Gefahr, daß Gott uns alle bestrafen wird!« Stuarts Stimme war bereits etwas heiser vom Reden.

Auf den Gesichtern der Versammlung sah Stuart Wut und Angst. Und das war gut so. Diese Menschen sollten genauso wütend und ängstlich wie Stuart sein, denn nur wenn sie es fühlten, würden sie auch handeln.

»Der Battery Tunnel hat seinen Zweck für die Menschheit verloren«, sagte Stuart in seinem Stil der absichtlichen Untertreibung, den er angenommen hatte. So viele Kanzelredner hatten sich bereits an die amerikanische Öffentlichkeit gewandt, daß Stuart überzeugt war, mit einem eigenen Stil ernster genommen zu werden. »Einst führte er nach Brooklyn, aber Brooklyn ist jetzt für uns unerreichbar geworden.« Stuart redete sorgfältig weiter, stachelte die Menge an und bereitete sich darauf vor, ihren Zorn in eine Richtung zu lenken, wo er Gutes bewirken würde. Ein vielleicht zehn Jahre alter Junge saß zwischen zwei Erwachsenen, und der Junge sah genauso wütend wie seine Eltern aus, was ein gutes Zeichen war, daß Stuart sie wirklich bewegte. Er dankte Gott, daß er ihm solche Überzeugungsgaben verliehen hatte.

In der Reihe direkt hinter dem Jungen saß ein kleiner Mann mit ausdruckslosem Gesicht und militärischem Haarschnitt. Stuart sah dem Mann in die Augen, die sich für einen Sekundenbruchteil weiteten. Stuart spürte eine diffuse Wärme in seiner Brust. Diese Menschen würden alles tun, wozu er sie aufforderte.

»Jetzt führt der Battery Tunnel in die Verdammnis. Jetzt führt er auf den Weg der Schlange. Wir müssen diesem Frevel an Gott Einhalt gebieten!«

Stuart stachelte weiter die Angst und die Wut der Menge auf. Nach dem Gottesdienst wurde er mit einer großen Ehre belohnt, als eine Gruppe von etwa zehn Gemeindemitgliedern, die sich im Hintergrund des Saals besprochen hatten, auf ihn zukam und ihm Vorschläge machte, wie sich die Vorgänge im Battery Tunnel aufhielten ließen. Eine dieser Ideen war geradezu biblisch, so daß sie Stuart auf Anhieb gefiel.

Während sich die Maschine weiter wie in Zeitlupe vorschob, wurde Matt ungeduldig. Schnelle Autos und Düsenjäger waren mehr nach seinem Geschmack als dieser Vorstoß im Kriechgang durch die graue Substanz. Als Passagier an Bord einer F-22 hatte er einmal eine so hohe Beschleunigung erlebt, daß ihm das Blut aus dem Gehirn gedrückt worden war, bis die automatischen Systeme entdeckten, daß dasselbe mit dem Pilot geschah, und das Triebwerk gedrosselt hatten. Hier bestand die einzige Gefahr darin, unbemerkt einzuschlafen. Sogar die

Essensversorgung war langweilig. Auf dem Anhänger hinter der Maschine befand sich ein großer Vorrat an Nahrungspillen und Wasser – sonst nichts.

»Was hat dich nach New York geführt?« fragte er Abby, die ihm im schwachen Licht vorausging.

»Meine Beine.«

»Schon gut, du mußt nicht darüber reden.«

»Nein, so war das nicht gemeint«, sagte sie. »Ich war während meiner Schulzeit Läuferin. Ich war zu dieser Zeit bereits an Sprachen und Linguistik interessiert, aber meine Eltern wollten, daß ich auch etwas Sport trieb, damit ich nicht ständig vor meinen Büchern saß. Irgendwann kam mir die Idee, daß ich durch den Sport mehr Menschen aus anderen Ländern treffen konnte, wenn ich das Glück hatte, es bis zum olympischen Team zu schaffen.«

»Und? Hast du's geschafft?«

»Nein. Ich war nahe dran, aber ich habe einfach nicht genug trainiert. Man kommt nur ins Team, wenn man nichts anderes im Kopf hat und viele Stunden lang schwer arbeitet. Aber ich kam immerhin so weit, daß ich gerne und viel gelaufen bin. Manhattan erschien mir als ein Ort, wo man viel laufen und gleichzeitig viele verschiedene Menschen treffen konnte. Der Schmelztiegel Manhattan brodelt immer noch.«

Matt lächelte.

»Nachdem ich eine Weile hier war, wurde es mir zu langweilig, immer dieselbe Strecke zu laufen. Ich wollte dorthin laufen, wohin ich wollte.«

»Könnte gefährlich werden, je nachdem, wohin man läuft. vor allem für eine hübsche Frau ganz allein an einem einsamen Ort.«

»Ich bin nicht hübsch, bitte! Und oft spielt es überhaupt keine Rolle, ob man ein Mann oder eine Frau ist, solange man nur ein Fremder ist. Das war der Grund, weshalb ich Unterricht in Selbstverteidigung nahm.«

Matt erwiderte nichts auf ihre unzutreffende Bemerkung bezüglich ihres Aussehens. »Damit wäre erklärt, wieso du dich so tapfer geschlagen hast, als wir auf dem Rückweg vom UN-Gebäude waren.«

»Ja. Niemand wird mir jemals Vorschriften machen, wo ich laufen darf und wo nicht.«

Matt hörte aus ihrer Stimme heraus, daß sie lächelte, obwohl ihr Gesicht in der Dunkelheit nicht zu erkennen war. Er lächelte ebenfalls. Abby erinnerte ihn an ein Mädchen, das während seiner Kindheit in Omaha in seiner Nachbarschaft gewohnt hatte. Sie hatte Matt kaum zur Kenntnis genommen, und während Matt schlaksig und unsicher war, war Tami ruhig, hübsch und beliebt gewesen. Doch worauf es ankam, war, daß Tami gewußt hatte, was sie tun wollte, so daß sie ihre Ziele verfolgte und erreichte. Sie war intelligent, witzig und liebevoll. Sie und Abby schienen eine Menge miteinander gemeinsam zu haben. Während Matts Gedanken aus der Vergangenheit zurückkehrten, fragte er sich, wie viele Verletzungen daraus resultierten, daß Mädchen schneller groß werden als Jungen.

»Und was hast du während deiner Jugendzeit getrieben?« fragte Abby.

Matt zögerte. »Ich hatte eine Menge Ärger. Ich denke, du würdest wohl sagen, daß ich ein schwieriges Kind war.«

Abby schwieg.

Matt erzählte weiter. »Mein Vater kam bei einem Unfall ums Leben. Er befand sich auf einer Militärübung, als sein Hubschrauber abstürzte. Ich war damals acht. Mutter hat ihn vergöttert. Sie hat jeden Gedanken an einen ›Ersatz‹ weit von sich gewiesen.«

»Also bist du ohne Vater aufgewachsen?«

»Die meiste Zeit. Aber auch schon vorher war er kaum da. Allerdings möchte ich damit nicht mein Verhalten rechtfertigen. Ich weiß selbst nicht, warum ich solche Sachen getan habe. Vielleicht brauchte ich ein Ventil für meine Wut. Vielleicht war ich der Meinung, daß alles völlig egal war. Schließlich war ein guter Mann durch einen sinnlosen Zufall gestorben. Ich weiß es nicht.«

»Was für Sachen hast du angestellt?«

»›Eigentumsdelikte‹, wie es die Polizei formulierte. Ich habe niemals jemanden verletzt, aber in meiner Umgebung gab es jede Menge zertrümmerter Briefkästen und eingeschlagener Fensterscheiben.«

»Aber du bist trotzdem erwachsen geworden.« Es war eine Feststellung, keine Frage.

»Ja, ich denke schon. Vielleicht gibt es dann auch noch Hoffnung für Bobby Joe, oder?«

»Was ist geschehen?«

»Es ist komisch. Eines Tages fühlte ich mich besonders wütend. Ich habe ein langes Stück Zaun ein paar Blocks von zu Hause entfernt umgerissen. Als ich gerade verschwinden wollte, sah ich nach oben. Da entdeckte ich den Mann, der in diesem Haus wohnte. Er hat mich von einem Fenster aus beobachtet. Er sah irgendwie traurig aus. Ich ging nach Hause und wartete auf die Polizei. Ich rechnete jeden Moment damit, daß sie eintraf. Ich hatte schon genug Ärger gemacht, so daß ich sicher war, man würde mich für mehrere Jahre wegschicken. Ich überlegte, ob ich abhauen sollte. Ich lag die ganze Nacht lang wach und überlegte, was ich tun sollte, wenn sie kommen würden.«

»Und dann?«

»Sie kamen nicht. Der Mann hat sie nicht gerufen. Am nächsten Tag ging ich an seinem Haus vorbei. Er war gerade damit beschäftigt, seinen Zaun zu reparieren. Ich kam näher – was hatte ich schon zu verlieren? Er sah mich an – er hatte mehrere Nägel im Mund. Ich wußte, daß er mich wiedererkannte, aber er sagte kein Wort. Ich stand nur da und sah ihn an. Schließlich sagte er: ›Kann ich dir irgendwie helfen?‹«

Matt atmete tief durch. »Ich weiß bis heute nicht genau, was in diesem Augenblick eigentlich genau mit mir passierte – ob ich erkannte, daß die Menschen unter mir litten, obwohl ich niemals jemanden direkt verletzt hatte – oder ob mir klar wurde, daß keinesfalls alles gleichgültig war – es nicht bedeutete, daß die ganze Welt sinnlos war, nur weil mein Vater bei einem Unfall gestorben war.«

»Also?«

»Also sagte ich: ›Vielleicht könnte ich Ihnen helfen!‹ Er sah mich an und dachte eine Weile nach. Schließlich sagte er: ›Du könntest den Pfahl dort in das Loch setzen und ihn in Zement eingießen.‹ Das tat ich dann. Ich arbeitete ein paar Stunden lang mit ihm zusammen, und er sprach während der ganzen

Zeit kein Wort. Am nächsten Tag kam ich wieder, und dann nagelten wir die Bretter an die Pfähle und lackierten sie. Als die Arbeit erledigt war, hatte ich endlich den Mut gefaßt, ihn zu fragen, warum er nicht die Polizei gerufen hatte.

Er betrachtete den neuen Zaun, dann sah er mich an. Und dann sagte er: ›Sieht doch ganz so aus, als hätte ich die richtige Entscheidung getroffen, meinst du nicht auch?‹«

Abby schwieg, während sie langsam weitergingen.

Matt räusperte sich. »In diesem Sommer war ich sehr beschäftigt. Ich streifte durch die Gegend, und immer wenn ich jemanden sah, der auf seinem Grundstück arbeitete, blieb ich stehen und fragte, ob ich ihm helfen könnte. Die ersten wiesen mich ab, aber schon bald hatten die Leute verstanden, daß ich ihnen wirklich helfen wollte.«

»Ich denke, das hat eine Menge Mut erfordert«, sagte Abby schließlich.

Matt überlegte noch, was er darauf sagen sollte, als Rudy ihn von vorne rief. »Zeit für ein weiteres Luftventil!«

»Das könnte ich diesmal übernehmen«, rief Matt zurück.

»Bitte sehr!«

Rudy erschien im Lichtkegel von Abbys Helmlampe und reichte ihr den Beutel mit den Werkzeugen. Sie gab ihn an Matt weiter.

»Ich komme dann in ein paar Minuten nach«, sagte Matt, als Rudy zum Elektrowagen zurückging.

»Würde es dir Probleme bereiten, wenn ich helfe?« fragte Abby.

»Überhaupt nicht. Ich brauche zwar keine Hilfe, aber gegen Gesellschaft hätte ich nichts einzuwenden.«

Matt stellte den Beutel auf den Boden des Tunnels und prüfte kurz nach, ob alles vorhanden war, was er benötigte, bevor er mit der Arbeit begann. Alles war in Ordnung. Er holte die Bohrmaschine hervor und setzte den Bohrer ein.

Er richtete seine Helmlampe auf das Tunneldach, wo er den Bohrer ansetzte. Auch Abby richtete ihre Lampe nach oben, und als Matt ihr einen Seitenblick zuwarf und ihr Gesicht im Streulicht lag, erkannte er, daß sie gar nicht das Ventil ansah, sondern ihn beobachtete. Er geriet in Versuchung, sich Abby zu nähern, sich von ihr darüber hinwegtrösten zu lassen, wie Nadine sich aus seinem Leben verabschiedet hatte, aber es wäre nicht fair, weder ihm selbst noch Abby gegenüber. Wenn er Abby dazu benutzte, die entstandene Lücke auszufüllen, wußte er nicht, ob ihm etwas an ihr lag oder es nur die Situation war. Dann würde er Abby nur unnötig verletzen, wenn er feststellen sollte, daß er nur auf seine Vergangenheit und nicht auf die Gegenwart reagiert hatte.

Abbys Gesichtsausdruck veränderte sich, als wollte sie etwas sagen, und Matt bemerkte, daß er sie schon ein paar Sekunden lang anstarrte. Sie sah so reizvoll aus, auch wenn der Helm ihren Kopf verunzierte. Er blickte wieder zum Bohrer hinauf, der sich schon fast hindurchgearbeitet hatte.

»Abby«, sagte er, ohne zu wissen, was er ihr eigentlich sagen wollte. »Ich freue mich, daß du ... bei diesem Einsatz dabei bist.«

Ihre Lippen öffneten sich und schlossen sich dann wieder. Schließlich sagte sie: »Ich mich auch.«

Plötzlich stieß der Bohrer auf keinen Widerstand mehr, als er die Oberfläche durchstieß. Matt schaltete die Bohrmaschine aus und zog den Bohrer heraus, während kleine Flocken der grauen Substanz herabrieselten.

Abby ging in die Knie und holte ein neues Luftventil aus dem Beutel, und während Matt den Bohrer aus der Bohrmaschine nahm, schob sie die Röhre in das Loch. Das letzte Ventil war für die Luftversorgung gewesen, also befestigten sie an diesem einen biegsamen Schlauch und verlegten es mit Klebestreifen, so daß es an der Wand entlang bis zum Boden reichte. Matt setzte einen Ventilator ein und stellte ihn so ein, daß er die Luft aus dem Tunnel pumpte. Während das Ventil leise zu summen begann, hielt Matt die Flamme des Schweißbrenners auf die Lücke zwischen der Röhre und der Substanz, um sie zu versiegeln.

Abby hielt den Beutel, als Matt den Schweißbrenner wieder hineintat.

»Danke, daß du mir geholfen hast«, sagte Matt.

»Das würde ich jederzeit wieder tun«, sagte Abby.

Zwanzig Blocks nördlich des Drogenviertels von Manhattan befand sich die Abessinische Baptisten-Kirche an der 138. Straße, die genauso überfüllt war wie jede andere Kirche.

Mehr als fünfzig Menschen warteten in einem Raum, in dem Erinnerungsstücke aus den Tagen von Adam Clayton Powell jr. aufbewahrt wurden.

Shirlee Bathcomb zappelte unruhig, während sie mit ihren Eltern darauf wartete, daß die Menschen vor ihnen das Heiligtum verließen, damit sie am Gottesdienst teilhaben und die Menschen hinter ihnen nachrücken konnten. Sie hörte den Klang von Stimmen, während sie auf ein Bild starrte, daß Powell zeigte, wie er gerade dem ehemaligen Bürgermeister von New York die Hand schüttelte. Shirlee gefiel die jetzige Bürgermeisterin besser, weil sie farbig war, aber sie wußte nicht, ob das noch einen großen Unterschied machte, wenn diejenigen, die sie hierher gebracht hatten, mit überhaupt niemandem sprachen.

Shirlee war die Idee gekommen, daß sie vielleicht hierher gebracht worden waren, um als Sklaven zu dienen, aber sie verwarf die Idee wieder, weil sie ihr zu schrecklich erschien, um länger darüber nachdenken zu können.

Abby begann sich bereits zwischen den engen Tunnelwänden unwohl zu fühlen, als sie die nächste Kuppel erreichten. Abgesehen von der Tatsache, daß der glatte Stollen völlig sauber war, kam sie sich vor, als würde sie sich kilometerweit durch Abwasserkanäle bewegen.

Sie waren nach einem langen Tag eingetroffen und hatten beschlossen, bis zum nächsten Morgen zu warten, bevor sie durch die graue Decke vorstoßen würden. Nachdem Abby von Ratten geträumt hatte, die so groß waren, daß sie kaum in den Tunnel paßten, und von einem Flug über eine riesige Grasfläche, fühlte sie sich einigermaßen ausgeruht, war jedoch voller Erwartung, als Rudy eine quadratische Öffnung zur Oberfläche neben der Kuppel schnitt, die sie besuchen wollten.

Alle vier halfen mit, den Brocken der grauen Substanz beiseite zu räumen. Als Abby an der Reihe war, nach draußen zu sehen, blickte sie nach oben und hielt den Atem an.

Direkt neben ihrem getarnten Durchbruch befand sich eine Kuppel, die vielleicht nur den Umfang eines großen Häuserblocks hatte, aber Abby war sicher, daß sie wesentlich höher in den Himmel hinaufragte als die Türme des World Trade Centers. Auf der anderen Seite der Kuppelwandung standen drei gewaltige Bäume, die in einem gleichseitigen Dreieck angepflanzt waren. Riesige kreisrunde Blätter waren der ›Sonne‹ zugewandt, die ein helles gelbliches Licht wie in Manhattan verströmte.

An Lianen oder Seilen, die um Aststümpfe geschlungen waren, hing eine Stadt mit einem völlig anderen Aufbau als die vorige. An verschiedenen Stellen des Netzwerks aus Seilen befanden sich geflochtene Gebilde, die entfernt an Strohhütten erinnerten, doch viele dieser Gebilde waren wesentlich größer. Gestalten bewegten sich hoch oben in der Luft, überquerten die Seile, stiegen an dickeren Tauen mit Knoten hinauf oder hinab, die wie Lametta an diesem größten Weihnachtsbaum des Universums hingen.

Keines dieser Wesen war nahe genug, um es mit bloßem Auge deutlich erkennen zu können, doch sie erhielt den Eindruck von dünngliedrigen Geschöpfen, die keine große Ähnlichkeit mit Affen oder anderen Primaten hatten. Sie aktivierte ihre Minikamera und setzte das Teleobjektiv ein.

Im zitternden Bildausschnitt erschien ein spindeldürrer Baumbewohner. Als die Arme des Aliens nach einem Seil griffen, drang Licht durch eine dünne Haut, die sich zwischen dem Arm und dem Torso des Wesens erstreckte. Abby zeichnete alles auf, was sie erfassen konnte, während sie die Kamera herumschwenkte, bis sie verblüfft auf ein riesiges Bild in ihrem Sucher starrte.

Sie blinzelte und verringerte dann den Vergrößerungsfaktor. Einer der Aliens hatte sie offenbar bemerkt. Es war ein Kind, wenn man zugrunde legte, daß es kleiner als die anderen Wesen war, die sie gesehen hatte.

Der Alien kam näher und blickte sie interessiert an, während er sich ein Seil herabhangelte. Er blieb stehen und neigte in einer vertrauten Geste den Kopf zur Seite, wie ein Mensch, der eine andere Perspektive zu etwas sucht, daß er nicht deutlich sehen oder erkennen kann.

Abby rief nach unten durch das Tunneldach: »Es kommt jemand, der sich für uns interessiert.«

»Sieht dieser Jemand feindselig aus?« fragte Matt von unten.

Abby blickte auf, um ihren ersten Eindruck zu überprüfen. Die Gestalt eilte schnell auf sie zu, jedoch nicht so schnell wie ein angreifendes Raubtier, aber auch nicht so langsam wie jemand, der sich anschleicht. Sie konnte nichts erkennen, das nach einer Waffe aussah. In der einen Hand trug der Alien etwas, das entfernt an eine Peitsche erinnerte, aber er schien es nicht als Waffe zu benutzen. Das Ende des Seils schien sich offenbar von selbst zusammenzurollen, so daß sich mehrere Schlaufen bildeten. Gelegentlich warf der Alien das Seil in Richtung eines Astes, der sich außerhalb seiner Reichweite befand. Dadurch entrollte sich das Ende des Seils, bis es sich um den angepeilten Ast wickelte. Der Alien nutzte diese schwache Verbindung als Kletterhilfe, wenn er sie nicht mehr brauchte, zog er das Seil nach, das sich daraufhin vom Ast löste und wieder einsatzbereit war.

»Nein«, sagte Abby. »Jetzt kommen noch mehr.«

Von weiter oben blickten weitere der kleineren Aliens aus der Baumstadt auf Abby hinunter. Ihre Körper waren spindeldürr, die Haut spannte sich straff über die hervorstehenden Knochen. Ein Alien von noch weiter oben sprang von einem Ast ab, breitete die Arme aus und glitt etwa zehn Meter bis zu einem Netz hinunter, das zwischen den drei Bäumen aufgespannt war.

Als die ersten der neugierigen Baumbewohner den Boden erreichten und näher kamen, waren schon mindestens ein Dutzend weitere unterwegs, um sich die Sache ebenfalls anzusehen. Abby hatte nicht bemerkt, daß sie sich in irgendeiner Form verständigt hatten, aber die Gruppe wurde immer größer.

Abby wich gegen die Oberfläche der grauen Substanz zurück, als Matt sich zu ihr gesellte. Innerhalb weniger Minuten standen mindestens ein Dutzend kleinerer Aliens und ein paar der großen an der Innenseite der Kuppel. Sie starrten Abby und Matt mit offensichtlicher Neugier in den Gesichtern an. Ihre Flecken auf der Haut wären bei einem Menschen ein Anzeichen für eine schlimme Krankheit gewesen, und sie sahen so abgemagert aus, als würden sie kurz vor dem Hungertod stehen.

»Ich denke, es ist Zeit für deinen Computer, oder?« sagte Matt.

Abby nickte und löste das Gerät von ihrem Gürtel. Sie klappte es auf und entfaltete den Bildschirm. Nachdem sie ihn eingeschaltet hatte, erschien ein 2-D-Startbild auf der Fläche. Sie drehte den Bildschirm zur immer größer werdenden Gruppe der Aliens hinüber und rief das erste Bild auf.

Der Bildschirm war so dünn, daß sie das Bild durch die Rückwand erkennen und bestätigen konnte, daß es auch das richtige war. Es zeigte eine seitliche Ansicht von Manhattan, so wie es aus dieser Richtung in etwa aussah. Neben der Kuppel standen ein Mann und eine Frau. Abby zeigte zuerst auf sich und Matt und dann auf das Paar auf dem Bildschirm. Dann zeigte sie auf die Darstellung Manhattans und schließlich auf die reale Entsprechung in der Ferne. Sie beobachtete die Aliens dabei und bemerkte, daß ihre Augen der Richtung ihres Fingers folgten. Also wußten diese Wesen, was Zeigen war. Eine Katze würde nur auf die Fingerspitze starren, aber diese Aliens sahen dorthin, wohin sie zeigte.

Sie rief das nächste Bild auf, die künstliche Darstellung von Manhattan unter der Kuppel aus der Vogelperspektive. Das Bild begann zu schrumpfen, und weitere Kuppeln kamen in Sicht. Abby fand die Kuppel mit der schmalen runden Gestalt, zeigte darauf und dann ins Innere der Kuppel.

Neben der Manhattan-Kuppel erschien wieder das Bild des Paars, das sich daraufhin langsam über den Bildschirm bewegte und eine gepunktete Linie hinterließ. Dann hielten sie neben der kleinen runden Kuppel an. Abby zeigte auf Matt und sich selbst.

Das nächste Bild zeigte eine Seitenansicht des Kuppelrandes. In mehreren Stufen bildete sich unter der Oberfläche der grauen Substanz ein runder Tunnel, ein Loch entstand im Tunneldach, und ein Mensch streckte seinen Oberkörper hindurch. Dann verschwand der Mensch wieder im Tunnel. Ein Loch bildete sich in der Tunnelwand, das durch die Kuppel hindurchführte und bis zur Oberfläche innerhalb der Kuppel reichte. Das letzte Bild zeigte zwei Menschen, die sich gegenüber saßen – der Versuch, die Idee einer Kommunikation zu vermitteln.

Nachdem die Sequenz abgeschlossen war, sah Abby in die Gesichter hinter der durchsichtigen Wand, ohne deren fremdartige Mimik deuten zu können. Kurz darauf begann einer der größten Aliens zurückzuweichen. Sofort tat die gesamte Gruppe es ihm nach. Sie wichen alle zurück, bis sie etwa zehn Meter von der Wand entfernt waren, und dann machten sie Gesten, die ziemlich eindeutig eine Einladung darstellen sollten. Die Aliens legten die Hände auf den Boden und taten, als würden sie im Boden graben oder etwas in ihre Richtung schaufeln.

Matt sagte leise: »Wirkt das auf dich genauso freundlich wie auf mich?«

»Ich denke schon. Ich würde sagen, sie haben verstanden und sind bereit für unseren Besuch.«

»Siehst du irgendeinen Grund, warum wir den Kontakt abbrechen sollten?«

»Nein. Wir haben keine Garantie, daß sie wirklich so friedfertig sind, wie sie scheinen, aber ich habe eigentlich nirgendwo ein herzlicheres Willkommen erwartet.«

»Bleibst du hier und leistest ihnen Gesellschaft? Wir beginnen einen Meter weiter damit, uns durchzuschneiden.«

»Klar.«

Licht drang durch den kurzen Tunnel, der zur Oberfläche führte. Diesmal war der Luftdruck im Innern der hohen Kuppel fast genauso wie der im Tunnel. Bei der Arbeit hatte es ähnlich wie an der ersten Kuppel keine Probleme gegeben. Sie hatten das Loch in der Tunneldecke wieder verschlossen, sobald der Durchgang fertig war.

Matt blickte nach oben und wurde allmählich nervös. Er hatte vollstes Vertrauen in Abby, daß sie bald mit einer reibungslosen Kommunikation beginnen würde, aber es gab noch zu viele unbekannte Faktoren.

Bobby Joe kam mit dem Wagen zurück, nachdem er die Erde in einem neuen Seitentunnel abgeladen hatte, und Matt und Rudy schaufelten noch den letzten Rest Erde beiseite.

Dann waren sie bereit. Matt war immer noch nervös, aber ihm fiel kein Grund für eine weitere Verzögerung ein, also ging er ein Stück den Tunnel zurück, um in Ruhe die Manhattan-Zentrale anfunken und ihr einen kurzen Zwischenbericht übermitteln zu können.

Wieder waren Matt und Abby die ersten, die den Tunnel verließen. Sie standen auf dem drahtigen Gras neben der Tunnelöffnung, atmeten den süßen Duft lebender Pflanzen ein und blickten in die hellen, weißen Augen einer Gruppe von mindestens vierzig Aliens. Inzwischen waren mehr Erwachsene zu der Gruppe gestoßen, während einige der Kleinsten zurück in die Baumstadt geklettert waren.

Matt mußte an das Märchen von Jack und der Bohnenstange denken. Die drei Bäume ragten im umgestülpten Reagenzglas auf und waren viel höher, als Matt für möglich gehalten hatte. Er konnte sich nicht mehr erinnern, wie groß die Mammutbäume auf der Erde werden konnten, aber wenn diese Stadt von einem Planeten mit geringerer Schwerkraft stammte, war es einleuchtend, daß dort andere Wachstumsbeschränkungen galten.

»Der nächste, bitte!« rief Matt in das Loch hinunter.

Bobby Joe Brewster kam vorsichtig heraus, wie ein Kind, das sich in einer Versammlung von Erwachsenen zu benehmen versucht. Schließlich erreichte auch Rudy die Oberfläche. Er verschloß die ›Tür‹ und sprang leichtfüßig auf den Boden. Während die vier beisammen standen, verhielten sie sich so vorsichtig, wie unschuldige Verdächtige, die in die Mündung der geladenen Waffe eines Polizisten blickten.

Matt war nur wenig kleiner als die größten der Aliens. Die noch anwesenden Kinder reichten ihm mindestens bis zur Schulter. Während ihre Brust unbekleidet war, hatten sie sich von der Hüfte bis zu den Fersen in turbanähnliche, etwa handbreite Streifen gewickelt. Ihre weißen Augen erinnerten unangenehm an billige Horror-Videos, aber sonst wirkte nichts an ihnen bedrohlich. Ihre Nasen waren dunkler als das übrige Gesicht, und an ihren Armen und Köpfen ließ sich keinerlei Körperbehaarung feststellen. Vielleicht hätte Bobby Joe ihnen statt Abby als Botschafter gegenübertreten sollen.

Sobald sich die Menschen nicht mehr rührten, sagte Abby: »Hallo!« Die Köpfe der Wesen drehten sich, um sich gegenseitig anzublicken, aber das blieb die einzige Reaktion, bis sich in ihren Reihen eine Lücke bildete.

Zwischen den zwei Gruppen der Aliens stand jetzt ein einzelnes Wesen. Dessen Nase war noch dunkler als die der anderen, zudem sah er wesentlich magerer aus. Der Alien machte eine Handbewegung, die Matt als Aufforderung interpretierte, daß sie näher kommen sollten. Gemäß der Absprache, die sie vorher getroffen hatten, reagierte Matt nicht. Er wartete auf Abbys Anweisungen. Nur falls er es für nötig hielt, Maßnahmen zur Verteidigung zu ergreifen, würde er innerhalb der Kuppel wieder die Kontrolle übernehmen.

Leise sagte Abby zu ihren menschlichen Kollegen: »Ich glaube, wir sind eingeladen worden. Laßt uns gehen!«

Sie ging voraus, dann folgten Matt, Bobby Joe und schließlich Rudy. Falls sie in eine Falle tappten, würde es unangenehm werden, aber sie waren übereingekommen, mit ihrem Verhalten zu zeigen, daß sie den Fremden vertrauten, bis sich eventuell das Gegenteil erwies. Es wäre sehr leicht, in dieser Situation Feindseligkeit zu erzeugen, auch wenn niemand in der Kuppel daran gelegen war. Matts Erkundungsteam wurde als entbehrlich betrachtet. Wenn der schlimmste Fall eintrat und sie getötet wurden, wußte man in Manhattan zumindest, in welcher Kuppel es gefährlich war, so daß man verhindern würde, daß ihre Bewohner nach Manhattan vordringen konnten.

Während die vier weitergingen, spürte Matt, daß die Aliens ihn genauso aufmerksam musterten wie er sie. Die Baumbewohner hatten sich rings um sie herum gruppiert. Einige gingen neben ihnen, andere voraus oder hinterher. Leise Geräusche von oben deuteten auf Bewegungen im Netzwerk zwischen den Bäumen.

Der Anführer erreichte den Stamm eines der drei riesigen Bäume. Mindestens ein Dutzend verknotete Seile oder Lianen hingen so tief herab, daß ihre Enden auf dem Boden lagen. Ein paar Baumbewohner packten die Seile und kletterten hinauf. Der Anführer machte erneut eine auffordernde Geste und kletterte ebenfalls los.

Matt und Abby blickten sich an und folgten dann den Aliens hinauf in die Baumstadt. In der geringen Schwerkraft fiel ihnen das Klettern leicht. Es war eher, als würden sie ein Zwanzig-Kilo-Gewicht mit einem Flaschenzug hochhieven, da sie nicht ihr normales Körpergewicht zu heben hatten.

Matt erreichte den Boden des ersten Stockwerks. Stricke waren zwischen den drei Bäumen zu einem Netzwerk verknüpft, das so dicht war, daß es den Sturz abbremsen würde, wenn jemand von weiter oben herabfiel. Die Fläche zwischen den Bäumen war etwa so groß wie ein Fußballfeld, das man in die Form eines Dreiecks gepreßt hatte.

Die Baumbewohner kletterten immer weiter nach oben, und die Menschen folgten ihnen. Matt konnte kein Geräusch hören, das wie eine Sprache klang, nur das Rascheln der anderen Kletterer.

Dann erreichten sie die nächste Ebene, wo das Netzwerk bereits dichter wurde. Außerdem standen mehrere geflochtene Hütten auf dem Netz, die durch mehrere Trageseile mit der nächsthöheren Ebene verbunden waren. Sie kletterten weiter.

Auf jeder der nächsten Ebenen wurden die Hütten jeweils größer und zahlreicher. Als die Aliens nicht mehr weiter hinaufkletterten, befanden sie sich auf einer Ebene mit einer sehr großen Hütte, die auf einem dichten Netzwerk aus Seilen ruhte. Der magere Baumbewohner trat auf das Netz und lief über die dicken Seile, während er immer wieder nach über ihm verlaufenden Stricken griff, um das Gleichgewicht zu wahren. Abby folgte ihm, und Matt tat es ihr nach. Er war erleichtert, daß die niedrige Schwerkraft und mehrere Lagen aus Netzen das Schlimmste verhindern würden, falls jemand von ihnen durch eins der Löcher im Netz stürzen sollte.

Matt drehte sich um und sah, daß Bobby Joe und Rudy nachkamen. Bobby Joe wirkte so nervös, als sollte er einen Seiltanz ohne Netz aufführen.

Sie erreichten die Hütte, ohne daß Bobby Joe aufgrund seiner bekannten Höhenangst einen Herzstillstand erlitt, und traten durch einen türlosen Eingang. Im Innern befand sich eine kleinere Hütte, deren Eingänge versetzt zu denen der äußeren angebracht waren, vermutlich um den Wind zu brechen oder Blicke fernzuhalten. Der Boden war jetzt so gut wie fest. Matt bemerkte, daß Licht durch die Ritzen drang, aber er sah keine

Gefahr mehr, abzustürzen oder auch nur das Gleichgewicht zu verlieren. Der Boden schwankte fast unmerklich, während die anderen sich in seiner Nähe bewegten. Quadratische Öffnungen in der Decke dienten als Dachfenster. Daneben waren dunkle Quadrate angebracht, offenbar Läden, die man bei Bedarf schließen konnte.

In der Mitte der geräumigen inneren Hütte stand ein etwa kniehoher kreisrunder Tisch. Drei ausgezehrt wirkende Aliens hatten dort bereits Platz genommen. Das Wesen, das sie hergeführt hatte, setzte sich zu ihnen. An einer Seite des Tisches befanden sich vier freie Sitzkissen, die aus Stricken und Blättern geflochten waren. Matt war beeindruckt, daß genau die richtige Anzahl bereitgestellt worden war, und fragte sich, was wohl geschehen wäre, wenn ihre Gruppe aus fünf oder irgendeiner anderen Anzahl von Menschen bestanden hätte. Vielleicht hatte ihre Gruppe zufällig genau die richtige, gesellschaftlich vertretbare Anzahl von Botschaftern.

Ihr Gastgeber gestikulierte in Richtung der Kissen.

Abby sagte: »Dann werden wir mal Platz nehmen, oder?«

Während die vier Menschen sich an den Tisch setzten, zogen sich die übrigen Baumbewohner, die sie stumm begleitet hatten, an die Wände zurück und setzten sich dort auf den Boden. Matt fragte sich, ob sie aus Neugier oder zum Schutz anwesend waren.

Matt und Abby nahmen die zwei mittleren Kissen, während Bobby Joe und Rudy sich nach außen setzten. Die vier Wesen auf der anderen Seite des Tisches sahen sie nicht freundlich, aber auch nicht feindlich an.

Einer der vier, der ein achteckiges Zeichen auf der Wange hatte, beugte sich vor und legte eine quadratische Platte in der Mitte des Tisches um. Die zum Vorschein kommende Seite war offenbar zum Schreiben gedacht. Der Alien strich mit der Fingerspitze über die Oberfläche, worauf sich eine Linie bildete, wie auf einer alten Zaubertafel.

Die Linie folgte der Spur der Fingerspitze und bog sich zu einem schlanken, auf dem Kopf stehenden *U*. Daneben zeichnete der Alien einen Halbkreis. Unter dem offenen Ende der zwei Bögen zeichnete er einen geraden Strich. Dann lehnte er sich zurück und deutete auf die Zeichnung.

Abby beugte sich vor und berührte mit ihrer Fingerkuppe den Halbkreis. Dann zog sie den Finger vom Innern des Halbkreises unter der geraden Linie entlang bis zum kopfüber stehenden *U*. Der Strich, den sie hinterlassen hatte, war dicker als der, den der Alien gezeichnet hatte. Einer der Baumleute sah verwirrt aus, und Abby sagte leise: »Vielleicht dachten sie ursprünglich, wir wären die Aliens, die für diese Sache hier verantwortlich sind.«

Der Baumbewohner zog mehrere horizontale Linien innerhalb des *U*, wobei er von unten anfing. Auf der sechsten Linie fügte er einen kleinen Kreis hinzu. Dann setzte er den Strich, den Abby gezogen hatte, vom Boden bis zu der Stelle fort, wo sie sich jetzt befanden.

Abby zeichnete einen großen Kreis, der die beiden Kuppeln einschloß. Dann verlängerte sie ihre Linie, indem sie ihren Finger vom Innern des *U* weiterbewegte und erst absetzte, als sie den Kreis überschritten hatte.

Alle vier Aliens schaukelten gleichzeitig ihre Köpfe von links nach rechts. Matt sah Abby an. Sie wirkte verwirrt.

Mit einer langsamen, vorsichtigen Bewegung nahm Abby ihren Computer vom Gürtel. Sie stellte ihn auf den Tisch und ließ ihn ein paar Sekunden dort stehen, als wollte sie deutlich machen, daß das Gerät keine Waffe war.

Die Aliens hörten auf, die Köpfe zu schaukeln, und sahen sich den Computer genau an. Abby entfaltete den Bildschirm und richtete ihn so aus, daß die Wesen ihn sehen konnten. Dann schaltete sie ihn ein.

Plötzlich war die Luft von Geschrei erfüllt. Die Aliens am Tisch legten sich die Hände auf die Ohren und kreischten wie geprügelte Katzen. Einer von ihnen kippte nach hinten über. Die Aliens an den Wänden des Raumes zeigten ähnliche Reaktionen. Einige von ihnen rappelten sich auf, während sie gleichzeitig die Hände an die Köpfe hielten.

»Schalt es aus!« schrie Bobby Joe.

Abby sah ihn für einen Augenblick verständnislos an. Als Bobby Joe seine Hand ausstreckte, um den Computer auszuschalten, reagierte Abby endlich und kam ihm zuvor. Ihre Finger schlugen auf die Taste, und der Bildschirm wurde dunkel.

Im Raum wurden die Schreie allmählich leiser. Die Aliens am Tisch sahen verwirrt aus. Die anderen an den Wänden erholten sich und kamen näher. In ihrer Haltung lag jetzt eine deutliche Drohung.

»Berührt auf keinen Fall den Computer!« sagte Bobby Joe eindringlich.

»Lehnt euch langsam zurück!« sagte Matt. »Abby, was sollen wir tun, um so unbedrohlich wie möglich auszusehen?«

»Bleibt sitzen!« sagte sie. »Haltet eure Hände so, daß sie sie sehen können! Macht keine schnellen Bewegungen!«

»Was ist passiert?« fragte Rudy.

Bobby antwortete sehr leise. »Ich glaube, sie sind Telepathen. Das dürfte der Grund sein, warum sie nicht versucht haben, mit uns zu sprechen. Deshalb scheinen sie alle gleichzeitig dieselbe Entscheidung zu treffen. Ich wette, als der Computer eingeschaltet wurde, haben die Radiofrequenzen, die er von sich gibt, ihre Rezeptoren bombardiert, die sie für die Telepathie benutzen. Wir haben sie quasi brüllendem Lärm oder grellem Licht knapp oberhalb der Schmerzgrenze ausgesetzt.«

»Abby«, sagte Matt, »du mußt einen Weg finden, sie davon zu überzeugen, daß das keine Absicht war!«

Die Baumbewohner rückten immer noch wütend gegen sie vor. Die Aliens am Tisch schienen nach wie vor benommen zu sein. Nur der eine, der umgekippt war, rührte sich überhaupt nicht mehr.

»Das wäre wohl das beste.« Abby zeigte langsam auf den Computer, dann machte sie eine Geste, als wollte sie ihn wegstoßen, als wollte sie ihn nicht mehr in ihrer Nähe haben. Dann legte sie ihre Hände an den Kopf und imitierte die Schreie der Aliens. Sie wich vor dem Computer zurück und zeigte erneut darauf. »Das ist alles, was mir im Augenblick einfällt.«

Offenbar genügte es bereits. Die Baumbewohner sahen nicht mehr so bedrohlich aus und stoppten ihren Vormarsch. Jetzt galt ihre Aufmerksamkeit dem Computer. Ein paar von ihnen gingen zu ihrem Artgenossen hinüber, der gestürzt war, hoben ihn vorsichtig auf und trugen ihn aus der Hütte. Allmählich schienen sich die drei Aliens am Tisch wieder zu erholen. Einer von ihnen tippte sich mehrmals an die Schläfe und schüttelte dann den Kopf.

Matt drehte sich zu einem der Ausgänge um und bemerkte, daß der Zwischenfall eine Menge weiterer Aliens angelockt hatte. Er blickte zu einem anderen Ausgang. Sie waren jetzt von einer großen Gruppe umringt, die sich jedoch ruhig verhielt.

In der augenblicklichen Stille sagte Rudy: »Warum hat der Computer sie nicht gestört, als . . . oh! . . . als wir *außerhalb* der Kuppel waren?«

»Eins zu null für unsere Entführer«, sagte Matt. »Wenn die Kuppel für Radiofrequenzen durchlässig wäre, hätten wir eine Sendung auf ein Volk wie dieses hier richten können und sie damit vielleicht allesamt umgebracht. Und falls das irgend jemanden noch nicht klar sein sollte: Versucht auf keinen Fall, innerhalb dieser Kuppel die Walkie-talkies zu benutzen!«

Nach und nach schienen sich die Aliens im Raum zu entspannen. Matt war dankbar, daß sie es mit einer intelligenten Art zu tun hatten. Wenn dieser Zwischenfall bei Wesen eingetreten wäre, denen der Begriff eines unbeabsichtigten Unfalls unbekannt war, wären die vier Menschen jetzt vielleicht schon tot gewesen. Und die nächste Gruppe, die hier eintraf, konnte jederzeit wieder denselben Fehler machen.

Einer der Baumbewohner benutzte eine kurze Seilschlaufe, um den Computer zur anderen Seite des Tisches herüberzuziehen. Matt und die anderen erhoben keine Einwände. Als sich die Situation weiter entspannt hatte, beugte sich Abby langsam zur Zeichentafel vor. Auf einer freien Stelle außerhalb der Kuppel zeichnete sie den Umriß des Computers. Dann zog sie von dort aus einige gezackte Linien, die in alle Richtungen führten, aber an der Außenseite der Kuppel aufhörten.

Dann zeichnete sie eine gezackte Linie, die ein Strichmännchen in der Halbkugel berührte. Im langgestreckten *U* stellte sie eine ähnliche Linie dar, die gegen ein Strichmännchen stieß, das am Boden lag.

Matt glaubte, Verständnis auf den Gesichtern am Tisch zu erkennen, aber er war sich natürlich nicht sicher.

Ein dürrer Baumbewohner schob sich durch die Menge vor den Eingängen und betrat den Raum. Der Alien setzte sich auf den Platz, den der umgekippte Diplomat eingenommen hatte. Matt erkannte, daß Abby bei telepathisch veranlagten Wesen ihre bisherigen Kommunikationsversuche vermutlich nicht wiederholen mußte.

Einer der Aliens nahm die Tafel und drehte sie um. Als er wieder die Schreibfläche zum Vorschein brachte, waren die Zeichnungen verschwunden. Der Alien zeichnete einen großen Kreis und deutete dann an, daß sie von der Oberfläche eines Planeten gelöst und nach hier versetzt worden waren. Abby machte durch Zeichnungen verständlich, daß dasselbe mit Manhattan geschehen war.

Nachdem Abby fertig war, benutzte der Alien wieder einen langen knochigen Finger zum Zeichnen. Entlang der Oberfläche des Planeten, von dem sie gekommen waren, zeichnete er mehrere Kreuze ein.

»Ich weiß nicht, was das bedeutet«, sagte Abby. »Ich glaube, wir kommen jetzt an den Punkt, wo ich eine Art bildliches Vokabular erstellen muß.«

Matt sah zu, wie Abby einen Punkt und daneben die Ziffer Eins malte. Dann kamen zwei Punkte und die Ziffer Zwei. Matt verstand im großen und ganzen, was sie mitteilen wollte, aber seine Aufmerksamkeit ließ nach, als er bemerkte, daß dabei keine spezifischen Informationen über ihre Situation herauskamen.

In den nächsten Stunden brachte Abby in Erfahrung, daß die Baumbewohner schon ein Jahrzehnt irdischer Zeitrechnung in Gefangenschaft waren. Kurz darauf wurde die Sitzung unterbrochen.

»Sie möchten, daß wir ihnen folgen«, sagte Abby.

Die vier Menschen folgten sechs Baumbewohnern aus dem Konferenzraum hinauf zur nächsthöheren Ebene aus gespannten Netzen. Dort näherten sich ihre Gastgeber einer erhöhten, kreuzförmigen Plattform, auf dem die Leiche eines Baumbewohners lag, in dem Matt den zu erkennen glaubte, der mit ihnen am Tisch gesessen hatte. Mit Hilfe einer kleineren Ausführung der Schreibtafel bestätigte Abby seine Vermutung. Sie hatten die erste Stadt betreten, die von lebenden Wesen bewohnt wurde, und bereits einen Todesfall verursacht. Matt war unwohl zumute.

Ein anderer Baumbewohner kam mit einem kleinen Ast in der Hand näher, der am Ende brannte, und Matt erkannte plötzlich, wieviel Schaden ein Feuer in dieser Stadt anrichten konnte. Er blickte nach oben und sah auf der nächsthöheren Ebene eine große Gruppe der Baumbewohner, die neben runden Gebilden standen, die wie große Wasserschläuche aus Häuten oder einem durchscheinenden pflanzlichen Material aussahen.

Der Baumbewohner mit der Fackel erreichte die Leiche auf der Plattform. Er hielt die Flamme in die Nähe der Füße, und kurz darauf stand die freie Fläche der Plattform in Flammen. Innerhalb der gleißenden Helligkeit wurde die Leiche schwarz und verbrannte.

Die Aliens, die die Plattform umstanden, ließen die Köpfe hängen, und Matt tat es ihnen nach. Das Feuer brannte fünf oder zehn Minuten, und als es erlosch, war nichts außer einem unregelmäßigen Aschehaufen übrig, in dem nicht einmal Knochen zu erkennen waren.

Zwei Baumbewohner traten vor, schaufelten die Asche in eine kleine Schale und gossen Wasser aus einem der Behälter darüber. Sie verrührten es mit der Asche und schütteten den Rest Wasser auf die Plattform, wo es eine Weile zischte. Die breiartige Mischung aus Wasser und Asche wurde auf die Rinde des nächsten Baumes geschmiert.

Als sie in den Konferenzraum zurückkehrten, zeichnete einer der drei Baumbewohner etwas auf die Tafel, worauf Abby sagte: »Sie meinen, es wäre an der Zeit für eine Mahlzeit. Ich denke, sie verstehen, daß wir nicht das Risiko eingehen sollten, ihre Nahrung zu probieren, bevor wir einige Tests durchgeführt haben.«

Matt fragte Abby: »Ob sie etwas dagegen haben, wenn einer von uns zurückgeht, um unsere eigenen Vorräte zu holen?«

Bald darauf antwortete Abby: »Nein, das geht in Ordnung.«

Matt sah Rudy an. »Würdest du das tun?«

Rudy nickte. Er machte sich zusammen mit ein paar Baumbewohnern auf den Weg.

As Rudy zurückkehrte, nahmen die vier Menschen und die vier Baumbewohner eine Mahlzeit zu sich, wobei jede Rasse ihre eigene Nahrung benutzte. Matt war froh, daß sie ihre eigenen Vorräte hatten, nicht nur weil er wußte, daß sie sicher waren, sondern auch weil die Nahrungspillen der Baumbewohner wie etwas rochen, das zu lange im Kühlschrank gelegen hatte.

Kurz nach der Essenspause konnte Abby in Erfahrung bringen, daß es auch den Baumbewohnern noch nicht gelungen war, die Botschaft ihrer Entführer zu entziffern. Sie gab zu bedenken, daß die Aliens, die nur eine einzige Gedankensprache besaßen und keine Schrift kannten, dabei kaum Erfolg haben dürften.

Während des Nachmittags wandte sich Matts Aufmerksamkeit anderen Dingen zu. Der getötete Baumbewohner wäre noch am Leben, wenn sie diese Expedition niemals unternommen hätten. Alles was sie bislang erfahren hatten, war genau das, was sie erwartet hatten – daß die anderen Städte dasselbe Schicksal wie Manhattan erlitten hatten. Abby beugte sich gerade über ein paar Symbole auf der Tafel, als sie plötzlich mit einem Ruck auffuhr. »Oh, mein Gott!«

»Was ist los?« fragte Matt.

»Äh, eigentlich möchte ich noch nichts darüber sagen. Vielleicht hat es gar nichts zu bedeuten. Mir ist nur gerade wieder eingefallen, daß die Einäscherungsstelle die Form eines Kreuzes hatte. Vielleicht ist das ihr Symbol für den Tod.«

»Und?«

»Ich will erst noch einige Dinge in Erfahrung bringen. Ich werde es dir sagen, sobald ich Genaueres weiß.«

Abby strich schnell alles durch, was sie bisher gezeichnet hatte und begann mit einem neuen Bild. Ihre Finger zitterten, während sie über die Tafel strichen.

Die Antwort der Baumbewohner bestand aus weiteren Symbolen.

Nach einer etwa zehnminütigen Kommunikation wurde Abbys Gesicht plötzlich aschfahl. Auf der Tafel befand sich eine Zeichnung, die wieder den großen Kreis mit den Kreuzen auf der Oberfläche darstellte.

Abby wandte sich Matt zu. »Oh, mein Gott! Alle übrigen Aliens wurden getötet. Ich habe gebetet, daß meine Vermutung sich als Irrtum herausstellt, aber es sieht nicht so aus.« Sie holte tief Luft. »Sie wissen davon, weil sie Telepathen sind. Ihre Zeitbegriffe sind mir noch nicht ganz klar, aber ich würde sagen, etwa zwanzig Tage, nachdem sie entführt wurden, während dieses Raumschiff immer noch in der Nähe ihres Planeten war, regnete Feuer vom Himmel, und jegliches Leben auf ihrem Planeten wurde ausgelöscht.«

8

Bewaffnet und gefährlich

Zwei Männer kämpften sich durch Dampfrohre und Kanalisationstunnel unter dem südlichsten Abschnitt des Broadway hindurch. Taschenlampen, die von wiederaufladbaren Batterien gespeist wurden, schickten ihre Lichtkegel durch den Dunst, so daß sie wie Lichtschwerter aussahen, deren Spitzen über die dunklen Wände strichen.

Der zweite der beiden Männer war Benny Kellermund, ein kleiner Mann mit Militärhaarschnitt und der Figur eines Boxers. Er wäre gerne der Mafia beigetreten, aber er war kein Italiener. Er hatte sich den Ruf verschafft, unberechenbar zu sein.

Vor ihm ging Lucky Stiles, ein Mann mit durchtrainiertem Körper und dem Charme eines Vertreters der Steuerbehörde während eines Verhörs wegen Steuerhinterziehung.

Benny nahm noch einen letzten Zug und machte dann seine letzte Zigarette aus, die fast seine allerletzte Zigarette gewesen war. Er warf den Stummel jedoch nicht in das Dreckwasser, das durch den Kanal in der Mitte des Tunnels floß, sondern steckte sich den letzten halben Zentimeter Tabak in die Tasche. Später würde er sich aus den gesammelten Resten die vermutlich letzte Zigarette drehen, die er jemals rauchen würde.

Benny räusperte sich. Er hatte versucht zu atmen, ohne auf den Gestank zu achten, aber es war ihm nicht gelungen. Er war nicht versessen darauf, den Mund aufzumachen, aber er war neugierig. »Wie kommt es, daß du dich hier unten nicht verirrst? Es sieht doch überall gleich aus?« Seine Stimme hallte gespenstisch von den Wänden wieder.

»Übung, Übung, Übung«, sagte Lucky.

Benny schwieg. Sein Rücken schmerzte von der Last, die er in gebeugter Haltung tragen mußte, aber Lucky trug die gleiche Last und beklagte sich nicht. Sie gingen an dunklen Nebengängen vorbei und bogen von Zeit zu Zeit ab, aber nur einmal schien Lucky überlegen zu müssen, wie es weiterging. Gelegentlich drang etwas Licht von oben durch ein Gitter herein, doch meistens war es finster. Benny verzichtete darauf, seine Taschenlampe in die Seitentunnel oder dunklen Nischen zu richten. Er zog es vor, nicht zu erfahren, was sich in den finstersten Winkeln verbarg.

Sein Adrenalinspiegel war sehr hoch, während sein Puls fast normal ging. Da die Mafia ihn nicht haben wollte, hatte er sich anderweitig beholfen. Er hatte eine Straßengang gegründet und Aufträge wie diesen hier schon so oft erledigt, so daß es fast schon Routine war, der einzige Unterschied war, daß er noch nie unterirdisch operiert hatte. Er fühlte sich gut, weil er wußte, daß die Bürgermeisterin es sich anschließend zweimal überlegen würde, ob sie etwas tat, wofür sich ihre Entführer rächen könnten. Niemand sollte den Status quo gefährden. Sie alle konnten in Manhattan ein angenehmes Leben führen. Die Insel war alles, was Benny von der Erde kannte und woran ihm etwas lag. Der Prediger hatte recht: Wer etwas an der Situation verändern wollte, konnte sie dadurch nur verschlechtern.

Etwas bewegte sich im Wasser, als Benny und Lucky einen neuen Tunnelabschnitt betraten. Benny zwang sich, nicht hinzusehen, aber er mußte an Geschichten denken, daß manche Leute kleine Alligatoren die Toilette hinuntergespült haben sollten. Alligatoren waren von Natur aus schon gefährlich genug. Was war, wenn sie sich daran erinnerten, daß man sie die Toilette hinuntergespült hatte?

»Sind wir bald da?« fragte Benny. Seine Stimme erzeugte wieder metallische Echos.

»Wenn du mal pinkeln mußt, kannst du dich einfach nach links drehen.«

»Schon gut. Ich bin nur neugierig.« Auf keinen Fall würde Benny hier unten seinen Reißverschluß öffnen. Er war sich nicht einmal sicher, ob er seine Schuhe jemals wieder anziehen würde, wenn sie das hier erledigt hatten.

»Wir sind in der Nähe. Reicht das?«

»Gut.« Oben auf der Straße fühlte Benny sich Lucky ebenbürtig, manchmal sogar überlegen, aber hier unten war er ohne ihn hilflos. Hier war eindeutig Lucky der Fachmann.

Benny versuchte, das Gewicht auf seinem Rücken zur anderen Schulter zu schieben, doch dann bemerkte er, daß es auf diese Weise schwierig würde, unter der Tunnelwölbung voranzukommen. Hinter Benny scharrte etwas am Beton. Er blickte sich nicht um, aber seine Nackenhaare sträubten sich. Benny war noch nie einem Kampf ausgewichen, doch an diesem Ort gefiel es ihm überhaupt nicht.

Sie kamen an einer Reihe eiserner Sprossen vorbei, die in den Beton eingelassen waren und nach oben in die Dunkelheit führten. Für einen kurzen Moment bereute Benny es, daß er sich die *Alien*-Filme so oft angesehen hatte. Er wünschte sich, er hätte einen Flammenwerfer dabei.

Der Sprengstoff in seinem Rucksack schien jetzt von Minute zu Minute schwerer zu werden. In der geringen Schwerkraft war das Gewicht gar nicht so groß, aber durch die Masse fiel es ihm dennoch schwer, sich schnell zu drehen oder anzuhalten. Er folgte Lucky in einen weiteren Tunnel, an dessen Decke verschieden große Röhren entlangliefen. Mit dem Schuh stieß er ein Stück Bonbonpapier zur Seite, und sein nächster Schritt zerquetschte knirschend einen Käfer oder eine Kakerlake auf dem Zement. Benny verzichtete darauf, stehenzubleiben und sich zu vergewissern, was es war.

Nach ein paar Minuten mußte Lucky zum erstenmal anhalten und eine kleine Karte studieren, bevor er in einen Tunnel zeigte, der eine deutliche Steigung nach oben aufwies.

Am Ende dieses Tunnels kamen sie an eine Kreuzung, wo sechs Tunnel aufeinanderstießen. Benny spürte durch seine Schuhsohlen, daß der Boden vibrierte.

»Hier«, sagte Lucky, während er seinen Rucksack abnahm und ihn auf den Boden stellen wollte. Doch im letzten Augenblick hob er ihn wieder hoch und hängte ihn am Schulterriemen über einen Bolzen in Brusthöhe, der eine Röhre stützte.

Benny übernahm die Rolle der Krankenschwester, während Lucky wie ein Chirurg ansagte, welche Dinge er aus dem Rucksack benötigte. ›Paket‹ hieß, daß Lucky ein weiteres Bündel des öligen, in Plastik eingewickelten Sprengstoffs benötigte. ›Kleber‹ hieß, daß Lucky die Klebepistole haben wollte, mit der er etwas zu befestigen hatte, zuerst eine Zündschnur, dann einen Zeitzünder.

Dieser Teil ihrer Exkursion machte Benny besonders nervös.

Nur wenige von Bennys Freunden hätten ihn als phantasievoll bezeichnet, doch er besaß tatsächlich eine blühende Phantasie. Er stellte sich bereits vor, wie er und Lucky durch ein simples Mißgeschick in Stücke gerissen wurden, wenn etwas herunterfiel oder der Zeitzünder defekt war. Schon wenn man den Sprengstoff unbeabsichtigt neben einer heißen Röhre ablegte, würde er gezündet.

Falls Lucky ähnliche Befürchtungen hegte, ließ er sich nichts davon anmerken. Kurz nachdem Lucky hier fertig war, gingen sie einen anderen Tunnel entlang. Ein paar Minuten später setzte Lucky seine Arbeit fort.

»Okay, das dürfte genügen«, sagte Lucky schließlich.

Benny stellte fest, daß er schwitzte. »Bist du sicher?«

»Sicher bin ich sicher. Siehst du das dicke Rohr dort? Damit wird der Tunnel entlüftet. Wenn dieses Baby abgeht – Puff! – saugt es Luft in diesen Tunnel. Und das erste Baby im anderen Tunnel wird das wichtigste Wasserrohr im Umkreis von einigen Blocks zerreißen. Dieser Tunnel wird völlig überflutet. Und dann überleg mal, wohin das Wasser wohl fließt!«

»Wieviel Zeit haben wir noch?«

Lucky sah auf seine Armbanduhr. »Etwa zwei oder zweieinhalb Minuten.«

»*Was?* Dann laß uns schnellstmöglich von hier abhauen!«

»Ist mir recht.«

Lucky schulterte seinen Rucksack und ging den Weg zurück, den sie gekommen waren. Benny folgte ihm dichtauf.

»Kannst du dich nicht beeilen?« sagte Benny.

»Mach dir nicht in die Hose! Oh, habe ich zwei Minuten gesagt? Ich meinte natürlich zwanzig Minuten.« Lucky lachte sein krächzendes Lachen, das irgendwo zwischen einem Schluckauf und einem Rülpser lag.

»Idiot!«

»Hab' ich dir Angst gemacht?«

»Mach, daß du weiterkommst!«

Benny überlegte kurz, ob er Lucky in den dreckigen Abwasserkanal stoßen sollte, der am Boden des Tunnels träge dahinfloß, aber er wußte, daß er allein niemals hier herausfinden würde.

Er folgte Lucky durch die Gänge und Abzweigungen, während er überlegte, wie er es ihm heimzahlen konnte. Zwei rot erleuchtete Augen im Kegel seiner Taschenlampen ließen ihn dieses Problem für eine Weile vergessen.

»Bleib stehen!« sagte Lucky plötzlich. Er hielt so abrupt an, daß Benny fast gegen ihn gerannt wäre. Lucky drehte sich um, so daß Benny sah, daß er auf seine Uhr blickte. »Müßte jeden Moment losgehen.«

Benny lauschte angestrengt, während er jetzt in aller Deutlichkeit das Scharren und Rascheln hörte. Das leichte Summen in der Nähe klang nach Fliegen, die sich in einem Spinnennetz verfangen hatten. »Warum soll ich dir glauben, daß . . .«

»Psst!«

Und dann ging es los. Zweimal war ein dumpfes Krachen zu hören, dann ein leises Grollen, während die Tunnelwände erzitterten. Staub rieselte von der Decke, und irgendwo schepperte ein Rohr.

»Volltreffer!« sagte Lucky.

»Na gut!« Benny drehte sich in die Richtung, aus der sie gekommen waren, worauf das Grollen etwas lauter wirkte. Er stellte sich vor, wie das Wasser den Battery Tunnel überflutete. Das sollte die Bürgermeisterin davon überzeugen, daß es nicht gut war, dort Leute zu stationieren. »Du bist ein Zauberer«, sagte er leise.

»Erzähl mir doch mal was Neues!« sagte Lucky.

Die zwei Männer eilten durch den Tunnel. Benny blickte sich gelegentlich um. Er machte sich insgeheim Sorgen, daß sie irgendwann von einer Flutwelle eingeholt wurden. Wenn das geschah, spielte es vermutlich nicht einmal eine Rolle, daß er nicht schwimmen konnte.

Matt rauschte das Blut in den Ohren. »Ihre gesamte Bevölkerung wurde getötet?« fragte er ungläubig.

Abby blickte von den Botschaftern der Aliens zu Matt. »Ja. Sie haben die Todesschreie eines ganzen, von ihrer Rasse bevölkerten Planeten gehört. Nicht alles, was sie hörten, war schlüssig, aber sie erhielten den Eindruck, daß die ganze Atmosphäre brannte. Eine lebende Person gibt für sie jederzeit gewisse Hintergrundgeräusche ab. Nur wenn jemand aus ihrer Rasse stirbt, verstummt diese Person vollständig. Und hinterher hörten sie nur noch Stille. Es wundert mich, daß hier nicht alle verrückt geworden sind.«

»Gott im Himmel!« sagte Matt leise. »Wie sicher bist du, daß du sie auch richtig verstehst? Besteht nicht die Möglichkeit, daß die Kuppel schuld daran ist, daß ihr telepathischer Kontakt unterbrochen wurde?«

Abby sagte: »Ich bin mir so gut wie sicher, daß ich sie richtig verstehe, aber ich werde es noch einmal auf eine andere Weise versuchen, um völlig sicherzugehen.«

Während Abby erneut auf der Tafel der Baumbewohner zu zeichnen begann, beugte sich Rudy vor und blickte Matt an. Dann sagte er: »So schrecklich das klingt, aber wir haben bereits einen Beweis, der andeutet, daß das den Tatsachen entspricht.«

Matt überlegte einen Moment. »Du meinst die Lichtblitze am Horizont in der Sendung, die wir empfangen haben? Was wir für ein Gewitter hielten?«

»Ja. Wenn unsere Entführer wirklich den Planeten zerstören, nachdem sie eine Stadt von der Oberfläche geholt haben, könnte dieses Gewitter von ihnen verursacht worden sein. Dieses Gewitter könnte dann etwas viel Schlimmeres sein.«

Nachdem sich Abby mit den Aliens noch einmal per Bildsprache verständigt hatte, sagte sie: »Was ich euch bereits erzählt habe, ist die richtige Interpretation. Diese Leute könnten uns natürlich anlügen, aber ich bin mir völlig sicher, daß sie uns das mitteilen wollen.«

Matt nickte. »Können diese ... Leute irgend etwas von unseren Entführern ›hören‹?«

Kurz darauf sagte Abby: »Nein. Sie können nur mit Angehörigen ihrer eigenen Rasse kommunizieren. Offensichtlich können sie elektrische Emissionen ›hören‹, aber für sie ist es nicht mehr als Lärm.« Abby zögerte. »Mein Gott, ich will eigentlich gar nicht darüber nachdenken, aber es ist die zwangsläufige Schlußfolgerung. Wenn ihre auf dem Planeten zurückgebliebenen Artgenossen getötet wurden, nachdem die

Stadt entführt wurde, und das auch mit den Leuten geschah, von denen wir die Sendung empfangen haben, hat das höchstwahrscheinlich zu bedeuten, daß dasselbe auch mit allen Menschen auf der Erde geschehen ist. Oder bald geschehen wird.«

Matt kam sich vor, als hätte er einen Schlag in die Magengrube erhalten. Er kam sich plötzlich sehr alt und schwach vor. Die drei anderen Menschen aus seiner Gruppe schwiegen eine Zeitlang, während sie offensichtlich mit dem Schock fertig zu werden versuchten. Flüsternd sagte Matt: »Herr im Himmel, nicht die Erde!«

Schließlich riß Matt sich wieder zusammen. »Aber warum sollten sie uns das antun?« sagte er. »Warum entführen sie eine Stadt und vernichten dann die restliche Bevölkerung?«

Rudy sagte: »Vielleicht um sicherzustellen, daß niemand je versuchen wird, die Städte zurückzubringen.«

Bobby Joe war nervös. »Wenn all diese Städte so etwas wie einen gigantischen Zoo bilden, dient die Vernichtung vielleicht der Wertsteigerung. Wenn man etwas in seiner Sammlung hat, würde es doch viel mehr wert sein, wenn es das einzige seiner Art ist, das noch existiert!«

Matt blickte Abby an. »Diese Leute sagen, es dauerte etwa zwanzig Tage von der Entführung bis zur Vernichtung der Bevölkerung. Aber die Sendung, die wir von der anderen Kuppel empfangen haben, deutet darauf hin, daß sie sofort einsetzte. Ich möchte wissen, warum es da einen Unterschied gibt.«

Abby schüttelte den Kopf.

Die Aliens sahen stumm zu, während die Menschen redeten.

Matt beugte sich zu Bobby Joe hinüber. »Wenn die Kuppel die Radiowellen des Computers aufgehalten hat, wie kann sie dann die Frequenzen durchlassen, die sie für ihre Gedankenübertragung benutzen?«

Bobby Joe hob die Schultern. »Das kann ich auch nicht genau sagen. Wenn ihre Telepathie nicht an eine direkte Sichtverbindung gebunden ist, arbeitet sie vielleicht im langwelligen Bereich, während die Kuppel nur Kurzwellen absorbiert. Vielleicht funktioniert die Telepathie auf einem breit gefächerten Spektrum, von dem die Kuppel einen bestimmten Teil durchläßt. Oder sie haben durch die schwarze Wand unter der Erde gesendet.«

»Wir müssen zurück!« sagte Matt plötzlich. »Abby, kannst du ihnen sagen, daß wir sehr schnell von hier verschwinden müssen? Solange es eine geringe Chance gibt, daß die Erde noch existiert, können wir hier nicht einfach herumsitzen und plaudern.«

Abby zeichnete hastig neue Symbole auf die Schreibtafel, und schon nach wenigen Sekunden wurden die Menschen aus dem Konferenzraum geführt.

Während sie an den verknoteten Seilen hinabkletterten, versuchte Matt sich Gründe vorzustellen, warum ihre Entführer die übrige Population der Heimatplaneten vernichten sollten, aber ihm fiel nichts Sinnvolles ein, zumindest nichts, was aus menschlicher Perspektive Sinn machte. Aber es gab keinen Grund für die Annahme, daß ihre Entführer wie Menschen dachten.

Von jeder Ebene aus sah eine große Menge der Baumbewohner zu, wie die Menschen nach unten stiegen. Zweifellos waren sie genauso neugierig auf die Menschen wie diese auf sie, und zweifellos wußten alle, daß die Menschen sehr plötzlich aufgebrochen waren.

Das Team erreichte den Boden, und Rudy ging hinüber, um die Tür zum Tunnel zu öffnen. Einer nach dem anderen ließen sie sich in das Loch fallen und traten im Tunnel zur Seite. Während Rudy und Bobby Joe die schwarze Tür wieder schlossen, ging Matt im Tunnel eine volle Minute lang bis zur stehenden Maschine weiter, bevor er sein Funkgerät einschaltete, falls die Frequenz für die Baumbewohner schädlich sein sollte.

»Manhattan-Zentrale, hier ist Rover!« sprach Matt in das Mikrofon.

»Sprechen Sie, Rover!«

»Wir haben schlechte Neuigkeiten, und wir kommen zurück. Bitte benachrichtigen Sie die Bürgermeisterin, sie soll eine dringliche Konferenz einberufen, in ...« – Matt schätzte schnell die Zeit ab – »... in etwa vier Stunden.«

»Wird gemacht. Worin besteht das Prob ... Heh, was zum Teufel ...!« Die Übertragung von der Manhattan-Zentrale wurde abrupt unterbrochen.

»Hallo, Manhattan-Zentrale, bitte melden!« Matt nahm seinen Finger von der Sendetaste und lauschte. Nichts.

»Hallo, Manhattan-Zentrale! Hier ist Rover. Können Sie mich hören?« Immer noch nichts. Was war los? Er ließ das Funkgerät auf Empfang und ging zu den anderen zurück.

»Es sind neue Probleme hinzugekommen«, sagte er. Abby, Rudy und Bobby Joe unterbrachen ihre Arbeit und sahen ihn an. »Ich habe seit eben keine Verbindung mit der Manhattan-Zentrale mehr.«

»Was ist passiert?« fragte Bobby Joe.

»Das ist ja unfaßbar!« sagte Abby.

»Stimmt. Aber so ist es.«

»Was tun wir in diesem Fall? Zurückkehren?« fragte Rudy.

Matt dachte einen Moment lang nach. »Abby und ich werden zurückgehen. Wir müssen unbedingt nach Manhattan zurückkehren und uns absprechen, was wir als nächstes tun werden. Rudy, ich möchte, daß du und Bobby Joe so schnell wie möglich mit der Maschine weiter vordringt. Haltet auf die Kuppel zu, von der wir die Sendung empfangen haben. Wir werden schnellstmöglich wieder nachkommen.«

Rudy sagte leise: »Du weißt schon, was auf der Besprechung entschieden wird, nicht wahr?«

»Ja, ich glaube schon. Wenn dieses Schiff tatsächlich Städte entführt und dann die Planeten zerstört, sehe ich keine andere Möglichkeit, um die Zerstörung der Erde zu verhindern, wenn es nicht schon geschehen ist, als dieses Schiff außer Gefecht zu setzen.«

In der St. Patrick's Cathedral gab es ein Durcheinander aus Inseln der Ruhe und Bereichen der Hektik. Während die rund um die Uhr abgehaltene Gebetsandacht weiterging, war die Menge größer als je zuvor, fünf- bis zehntausend Menschen stritten sich um den Platz, der für zweieinhalbtausend gedacht war. Rings um die Kirche waren Gebetszentren eingerichtet worden, um den Menschen zu helfen, die nicht mehr in die Kirche unter ihr riesiges gewölbtes Dach paßten.

Eine Gruppe von mindestens tausend Menschen saß in einem

großen Kreis um die Atlas-Statue, die zwischen der Kathedrale und dem Rockefeller Center stand. Die Diakonin auf dem Sockel der Statue, die mit den Anwesenden betete, war davon überzeugt, daß mehr als die Hälfte der Menschen gar nicht katholisch war, aber sie störte sich nicht daran. Manchmal bedurfte es außergewöhnlicher Ereignisse, um die Aufmerksamkeit der Menschen zu gewinnen.

Abbys Beine wurden müde. Sie vermutete, daß Matt genauso müde war, aber er hatte sich nicht beklagt, und sie wollte es auch nicht tun.

Seit mehr als einer Stunde rannten sie durch den Tunnel nach Manhattan zurück. Die niedrige Decke verhinderte lange und hohe Sprünge und zwang sie zu einer weit vorgebeugten Haltung, die Abby Schmerzen im Genick verursachte. Zumindest die Füße wurden bei diesem Lauf nicht sehr belastet, da der Boden wie eine endlose Bahn aus Kork war. Matt lief voraus, und Abby hielt mit ihm Schritt. Sie hatten immer noch keine neue Verbindung mit Manhattan bekommen.

»Oh!« rief Matt.

Abby bremste ab, so schnell sie konnte. Als sie zum Stehen kam, erkannte sie, daß etwas mit dem Tunnelboden nicht stimmte. Der Abschnitt, durch den sie bisher gelaufen waren, hatte die gewohnte runde Form gehabt, wie eine geräumige Röhre. An dieser Stelle wurde der Boden eben.

Als sie gerade erkannte, worin das Problem offenbar bestand, wurde sie von Matt bestätigt. »Der Tunnel muß weiter vorne ein Leck haben.«

Abbys Helmlampe durchdrang den dunklen Tunnel. Vor ihnen war der Boden des Tunnels flach, wie eine Münze, die man mit einem Hammer plattgeschlagen hatte. Es sah aus, als ob die graue Substanz weiter voraus immer tiefer würde. »Der Tunnel scheint abgesackt zu sein.«

Matt blickte zurück und dann wieder nach vorn. »Ich glaube, du hast recht. Die zusätzliche Masse der eingedrungenen Substanz macht den Tunnel schwerer, so daß er versinkt.«

»Dadurch könnten die Lüftungsventile unter die Oberfläche gezogen werden.«

»Wenn er tief genug sinkt, ja. Ich hoffe nur, daß der Tunnel nicht vollständig blockiert ist.«

Matt ging weiter, jetzt allerdings langsamer. Abby folgte ihm.

Die Schicht auf dem Boden wurde allmählich höher. Gleichzeitig neigte sich der Tunnel weiter nach unten. Nach einer Minute hatten sie den Punkt erreicht, wo die Substanz bereits die untere Hälfte des Tunnels einnahm, so daß sie auf Händen und Knien weiterkriechen mußten. Abby verspürte eine zunehmende Beklemmung, während sie sich weiterbewegten und der Durchgang sich auf einen halben Meter verringerte. Sie konnte jetzt nicht mehr an Matt vorbeisehen, um zu erkennen, was vor ihm lag.

»Halt!« sagte Matt. »Es wird immer enger.«

Abby hielt an und war erleichtert, daß sie nicht weitergingen. Als sie sich nicht mehr bewegte, spürte sie, daß ihr Körper zitterte.

Matt griff nach seinem Walkie-talkie und sprach hinein. »Rudy, hier ist Matt.«

Nach einer kurzen Stille war zu hören: »Ich höre dich. Was gibt's?«

»Der Tunnel hat ein Leck. Wir sind vielleicht einen Kilometer vor Manhattan. Ich schätze, das Leck ist an einem der Lüftungsventile aufgetreten, zumindest erscheint mir das am wahrscheinlichsten. Ich hoffe, daß für mich und Abby noch genug Platz ist, um durchzukommen. Wenn wir feststecken, können wir uns mit den Messern zur Oberfläche durchschneiden, aber es wäre besser, wenn ihr uns Rückendeckung geben könntet. Wenn du in fünfzehn Minuten nichts von uns hörst, kommst du schnellstmöglich nach und holst uns raus, verstanden?«

Während Matt sprach, nahm Abbys Beklemmung wieder zu. An dieser Stelle war es bereits enger, als ihr lieb war. Wohin sie auch blickte, immer wieder sah sie, wie sich der Deckel des Koffers schloß. Sie stellte sich vor, wie sie an dieser Stelle eingeschlossen wurde, während die Substanz sich in Zeitlupe bewegte, bis sie den Tunnel vollständig ausfüllte.

»Alles klar«, sagte Rudy. »Ich kann mich sofort auf den Weg machen, wenn du willst.«

»Nein, ich glaube, ich kann erkennen, daß der Durchgang auf der anderen Seite des Lecks wieder breiter wird.«

»In Ordnung. Ich halte mich bereit.«

»Danke.« Matt rief Abby zu: »Ich schlage vor, du hängst dir dein Funkgerät um den Hals, damit du es im Notfall parat hast. Es wird noch etwas enger, bevor wir durch sind.« Matt zögerte. »Wirst du es schaffen?«

Abby schloß die Augen und zwang sich zu sagen: »Klar!« Jetzt sah sie sich selbst im Tunnel, zwar nicht vollständig eingezwängt, aber unfähig, sich vor oder zurück zu bewegen.

»Das ist gut. Falls es doch zu eng wird, könnte ich dich brauchen, um mich wieder herauszuziehen.«

Abby biß sich auf die Lippen.

»Also gut«, sagte Matt. »Dann los!«

Abby kroch hinter Matt durch den fast vollständig versperrten Tunnel her. Sie stieß immer wieder mit dem Kopf gegen die Decke und hatte den Eindruck, daß Matt bereits von Boden und Decke behindert wurde. Sie schloß die Augen und versuchte verzweifelt, sich vorzustellen, sie würde über eine Wüste kriechen, unter ihr der Sand und über ihr die Unendlichkeit des Himmels. Es funktionierte nicht. Sie atmete stoßartig.

Vor ihr brummte Matt: »Ich glaube, wir haben gleich die engste Stelle erreicht. Es sieht wirklich wie ein Leck an einem der Luftventile aus.« Er keuchte angestrengt, als er sich tiefer in den immer schmaler werdenden Spalt zwängte. Abbys Herzschlag hatte sich um das Doppelte beschleunigt. Wenn er dabei ganz ruhig blieb, würde sie es auch schaffen. Sie mußte es einfach.

Schließlich sagte Matt: »Ja, hier ist es. Ich werde es mit Hilfe meiner Streichhölzer versiegeln, wenn wir schon einmal hier sind.«

Abby hörte, wie er mit seinem Messer arbeitete und die Substanz um das Leck entfernte. Sie versuchte, an ein heißes Bad zu denken oder an einen Lauf durch den Central Park, aber ihre Gedanken kehrten immer wieder zu einem schrecklichen Bild zurück. Selbst wenn das Leck verschlossen war, könnte die bereits eingedrungene Substanz den Tunnel so schwer machen, daß er an dieser Stelle versank. Je tiefer der Tunnelboden sackte, desto mehr Substanz sammelte sich im Zentrum der Senke, wodurch der Tunnel noch schneller versank und den Prozeß zusätzlich beschleunigte.

Ein Streichholz flammte vor Matt auf. Licht drang durch die Lücken um seinen Körper herum und spiegelte sich ein paar Sekunden lang an den engen Wänden. Das Streichholz erlosch, und Matt entzündete ein neues. Nach ein paar endlos erscheinenden Minuten sagte er endlich: »Alles klar. Ich denke, das reicht.«

Matt kroch weiter, wobei er noch angestrengter als zuvor klang. Nachdem er einen halben Meter geschafft hatte, rief er nach hinten: »Ich glaube, ich bin fast durch, aber ich schaffe es nicht ganz. Könntest du dich abstützen und mit den Händen gegen meine Füße drücken, damit ich noch ein kleines Stück weiterkomme?« Zuerst brachte Abby kein Wort heraus. »Was ist, wenn du steckenbleibst?«

»Ich hoffe, daß das nicht geschieht. Und ich hoffe, daß jetzt, nachdem das Leck versiegelt ist, es nur eine Frage der Zeit ist, bis sich die Substanz so weit verteilt, daß ich mich wieder befreien kann, falls ich steckenbleibe. Paß nur auf, daß du nicht auch steckenbleibst. Einer von uns muß aktionsfähig bleiben.«

»Bist du sicher, daß du dieses Risiko wirklich eingehen willst?«

»Nein«, gab Matt zu. »Aber ich muß es tun. Und ich glaube wirklich daran, daß wir es schaffen.«

Abby wollte schreien, aber sie konnte es nicht. Sie war wie versteinert, ihre Muskeln plötzlich wie in einer Leichenstarre blockiert. Die Vorstellung, daß Matt vor ihr im Tunnel feststeckte und der Tunnel sich hinter ihr schloß, während sie freizukommen versuchte, war furchtbar.

»Abby! Abby!« Nach einer Weile konnte sie Matts Stimme aus dem Rauschen in ihren Ohren heraushören. Plötzlich konnte sie wieder atmen, und sie holte tief Luft, so daß sie spürte, wie die Wände noch stärker gegen ihren Körper drückten.

Sie biß sich absichtlich auf die Zunge, und der Schmerz riß sie aus ihrer Benommenheit. Sie versuchte, ihre Gedanken ganz auf Matt zu konzentrieren und ihre Furcht zu vergessen. Sie schob sich vor und spürte Matts Schuhe. »Okay«, sagte sie kurz darauf mit zitternder Stimme.

Matts Schuhe drückten sich gegen ihre Hände, fester und fester. Sie versuchte, nicht an den Tod zu denken. Schließlich ließ der Druck nach.

»Ich glaube, das war's!« rief Matt.

Abby reckte den Hals und sah, wie sich Matts Füße einen halben Meter weiterbewegten.

»Ich habe das Schlimmste überstanden. Komm jetzt nach!«

Das mußte Abby sich nicht zweimal sagen lassen. Sie kroch vorwärts und mußte ihre Ellbogen einziehen, um die engste Stelle zu passieren. Sie fragte sich, ob Matt genau dieselbe Beklemmung verspürt hatte.

Mit ausgestreckten Armen schob sie sich vor, rammte ihr Messer in die Substanz und zog sich daran weiter, manchmal mit Unterstützung der Schuhspitzen im Boden oder der Fersen an der Decke. Sie war schlanker als Matt, also mußte sie an dieser Stelle durchkommen, da auch Matt es geschafft hatte.

Die Decke war so niedrig, daß sie überzeugt war, Schleifspuren zu hinterlassen, während sie sich vorwärtskämpfte. Die Decke und der Boden kamen ihr wie die Backen eines Schraubstocks vor, und für einen Moment konnte sie weder sprechen noch atmen. O Gott, bitte laß das nicht zu! Sie flehte darum, wieder atmen zu können.

Mit vor Angst zusammengekniffenen Augen zerrte sie sich vorwärts, versuchte zu atmen, befürchtete jedoch, wenn sie ihre Lungen mit Luft füllte, würde sie für immer in einem erstickenden, dunklen Sarg gefangen sein. Sie begann zu weinen, riß sich jedoch schon nach dem ersten Schluchzer zusammen. Ihr Körper glühte. Um sie herum gab es keine Luftbewegung mehr. Sie biß die Zähne zusammen und kämpfte sich weiter.

Sie schaffte einen Meter und dann noch einen. Gott sei Dank! Er hatte recht. Der Tunnel wurde wirklich wieder etwas weiter. Plötzlich kam sie sogar noch schneller voran, sie hatte Angst, es könnte zwei Lecks geben und der Tunnel würde sich weiter vorne erneut verengen, so daß sie niemals den Rückweg durch die Enge schaffen würden.

Der Tunnel wurde aber immer breiter und höher, bis sie erkannte, daß der Gang die Form eines Halbkreises hatte und die eingesickerte Substanz nur noch die untere Hälfte des Tunnels blockierte, während die obere völlig frei war. Sie folgte Matt und zwang ihr Herz, langsamer zu schlagen. Als der Tunnel schließlich zu zwei Dritteln frei war und sie fast genug Platz hatten, um aufrecht zu stehen und zu laufen, enthüllte ihre Helmlampe in der Ferne einen makellos runden Tunnel.

Matt blieb stehen. Abby hielt unmittelbar hinter ihm an und neigte den Kopf, damit er ihr Gesicht nicht sehen konnte. Ihr Körper zitterte eine Weile, bis sie schließlich das Gefühl hatte, sich wieder unter Kontrolle zu haben.

Als sie aufblickte, saß Matt im Schneidersitz mit dem Rücken an der Tunnelwand. Er atmete schwer und verbarg sein Gesicht unter den Händen. Dann nahm er die Hände herunter und sah sie an. »Alles in Ordnung?« fragte er leise.

»Ja«, sagte Abby.

Seine Stimme zitterte. »Schon seit langer Zeit hatte ich nicht mehr so große Angst. Verdammt!«

Abby kam näher und setzte sich neben ihn. »Ich dachte, nur mir würde es so gehen.«

»Nein.« Matts Atem beruhigte sich allmählich. Er nahm sein Funkgerät und drückte auf die Sendetaste. »Wir sind durch, Rudy.«

Rudy bestätigte, und Matt lehnte seinen Kopf gegen die Tunnelwand.

Abby sagte: »Ich dachte, du würdest niemals Angst bekommen.«

»Ich hatte vermutlich an jedem Tag meines Lebens einmal Angst. Das war nur ein wenig schlimmer als sonst.«

»Wovor hast du Angst?«

»Vor vielen Dingen. Allein alt zu werden. Die falschen Entscheidungen zu treffen.«

»Bis heute wußte ich nicht, daß du Angst haben kannst.«

Matt blickte sie an. Er schien sich bereits etwas besser zu fühlen. Eine Andeutung seines Lächelns war zurückgekehrt. »Ich bin zum Anführer bestimmt. Das bringt einiges an Verantwortung mit sich.«

Abby nickte. »Tja, ich hatte auch Angst ... ich hatte Todesangst. Ich war überzeugt, ich würde da drinnen sterben.«

Matt nickte, dann legte er Abby seinen Arm um die Schulter. Sie lehnte sich gegen ihn und bemerkte, daß sie immer noch zitterte. Allmählich entspannte sie sich.

Sie saßen fünfzehn oder zwanzig Sekunden lang so da, bis Matt ihre Schulter drückte. »Wir müssen weiter. Geht es wieder?«

»Ich glaube schon«, sagte sie.

»Dann los!«

Sie gingen ein paar Meter gebückt weiter, bis der Boden wieder niedrig genug war, um laufen zu können. Matt lief voraus, Abby hinterher. Abbys Lungen füllten und leerten sich in einem beruhigenden Rhythmus, und nach etwa einer Minute stellte sie fest, daß sie sich sehr gut fühlte. Sie freute sich, am Leben zu sein, zu laufen und mit Matt zusammenzusein.

As er die Luftschleuse in der Ferne sah, fühlte Matt sich erleichtert. »Wir haben's fast geschafft«, rief er Abby zu, die hinter ihm lief.

»Gott sei Dank!«

Matt war erschöpft durch die vorgebeugte Haltung, aber immer noch nicht so erschöpft, wie wenn er gerade mehrere Kilometer in Erdschwerkraft zurückgelegt hätte. Er bremste ab und näherte sich der Kammer mit der Luftschleuse in normalem Gang.

Der Rahmen der ersten luftdichten Versiegelung war genau in den Querschnitt der Kammer eingepaßt. Darin befand sich eine Schiebetür, die von beiden Seiten unabhängig vom herrschenden Druck geöffnet werden konnte.

Da die Kommunikation so abrupt abgebrochen worden war, blieb Matt vorsichtig. Er entriegelte die Tür und schob sie nur einen Millimeter weit auf. Luft zischte ein paar Sekunden lang durch die Öffnung, dann ließ der Luftstrom nach. Matt schob die Tür ganz auf.

Matt und Abby traten in die Luftschleuse, und Matt verriegelte die erste Tür wieder. Dann ging er zur Innentür und schob auch sie nur einen winzigen Spaltbreit auf. Luft strömte herein.

»Das ist seltsam«, sagte Matt besorgt.

»Was ist?«

»Als ich die äußere Tür öffnete, drang Luft aus der Schleuse. Ich nahm an, daß dafür der höhere Luftdruck von Manhattan verantwortlich war. Als ich die innere Tür öffnete, hätte es demzufolge eigentlich keine Druckveränderung geben dürfen. Aber der Luftdruck auf der anderen Seite der Tür ist aus irgendeinem Grund höher.«

Matt hielt seine Hand vor den Spalt und spürte, wie Luft hereindrang. Kurz darauf knackte es in seinen Ohren. Schließlich ließ der Luftstrom nach und versiegte ganz. Matt blickte Abby an, dann öffnete er die Tür.

Sie traten durch die Öffnung. Die Lampen auf der anderen Seite brannten noch. Sie gingen ein paar Schritte bis zum Ende der Kammer und hielten an, wo der Tunnel weiter nach unten zum Battery Tunnel führte.

Irgend etwas stimmte mit dem Tunnel nicht. Die Perlenkette der Beleuchtungskörper erstreckte sich genauso wie beim letzten Mal nach unten. Matt erkannte keinen Unterschied. Doch jetzt befand sich dort, wo Matt den Durchgang zum Battery Tunnel erwartet hätte, eine dunkle Barriere.

»Was ist los?« fragte Abby.

»Ich weiß es nicht. Wir werden es uns ansehen.«

Matt und Abby gingen auf den Plastikbalken den Tunnel hinunter. Erst als sie kurz vor der dunklen Barriere standen, erkannte Matt, worum es sich handelte.

»Es ist Wasser«, sagte er. »Der Tunnel ist überflutet.«

»Du hast recht. Mein Gott, was ist bloß geschehen?«

Sie kamen ein Stück näher, bis eine Unregelmäßigkeit auf der Wasseroberfläche deutlicher wurde.

»Ein Toter«, sagte Matt.

Er ging weiter. In der dunklen Flüssigkeit schwamm eine uniformierte Leiche mit dem Gesicht nach unten, vermutlich der Wachmann, der sich in diesem Tunnel aufgehalten hatte, als er überflutet wurde, der Mann, mit dem Matt beim Aufbruch noch gesprochen hatte. Matt trat auf den letzten trockenen Balken und stützte sich an der Wand ab. Mit der freien Hand bekam er den Gürtel des Toten zu fassen.

Er zog die Leiche aus dem Wasser, und Abby half ihm, den Mann den Tunnel hinaufzuzerren, bis die Beine einen Meter vom Wasser entfernt waren. Vorsichtig legten sie den Toten auf den Rücken. Die Stirn des Mannes wies eine tiefe Schramme auf, doch das Wasser hatte das Blut abgewaschen.

Ein Blick auf das runzlige Gesicht verriet Matt, daß die Zeit für Wiederbelebungsversuche schon lange vorüber war. Der Mann war vermutlich in dem Augenblick ertrunken, als die Funkverbindung abgebrochen war. »Ich fürchte, wir können für ihn nichts mehr tun«, sagte Matt.

Abby atmete ein paarmal tief durch und sagte schließlich: »Nun, jetzt wissen wir zumindest, warum der Funkkontakt unterbrochen wurde. aber was ist passiert?«

»Das wüßte ich auch gerne. Vielleicht haben unsere Entführer den Tunnel entdeckt. Oder ein schlimmer Unfall.«

»Ich würde sagen, ein Unfall wäre mir lieber.«

»Mir auch.« Matt legte sich auf den geneigten Tunnelboden und hielt seinen Kopf in der Nähe der Wasseroberfläche. Unter dem Wasser schienen immer noch die Leuchtkörper. Eine Weile später sagte er: »Der Wasserstand sinkt.«

Abby kniete sich neben Matt. »Und wie schnell?«

Matt beobachtete das Wasser etwas länger. »Ich schätze, etwa einen Zentimeter alle fünf Sekunden.« Er stand auf und überlegte. »Das dürfte dann noch einige Stunden dauern.«

»Vielleicht sind wir schon tief und nahe genug, um Funkverbindung aufnehmen zu können.«

»Gute Idee.« Matt nahm das Gerät von seinem Gürtel. »Rover an Manhattan. Können Sie mich hören?«

Nach ein paar Sekunden kam die Antwort. »Hier ist Manhattan. Bei Ihnen alles in Ordnung? Wie ist es mit den Aliens gelaufen?«

»Uns geht es gut, aber der Wachmann am Tunnel zur Schleuse ist tot.« Matt beschloß, nichts über ihre Erkenntnisse zu sagen, bis sie die Bürgermeisterin gesprochen hatten.

»Mein Gott, dann sind es schon vier Todesopfer! Irgendwelche Verrückte haben den Battery Tunnel überflutet. Ein Teil des Wassers läuft durch die Abwasserkanäle ab, die noch funktionieren. Außerdem pumpen wir es so schnell wir können ab.«

»Wie lange dauert es nach Ihrer Schätzung noch, bis wir durchkommen können?« fragte Matt.

»Noch ein paar Stunden.«

»Sobald wir hier raus sind, müssen wir uns sofort mit der Bürgermeisterin zu einer dringenden Besprechung treffen.«

»Keine Chance. Sie hat angekündigt, daß sie um zwanzig Uhr auf Sendung geht, um über diese Sache zu sprechen.«

»Stellen Sie mich zu ihr durch! Es ist wichtig!«

»Wichtiger als das hier? Sind Sie sicher?«

»Absolut sicher.«

Mehrere Minuten vergingen, aber schließlich hörte Matt die Stimme von Dorine Underwood im Lautsprecher seines Funkgeräts. »Hier spricht die Bürgermeisterin.«

»Hier ist Matt Sheehan. Wir müssen unbedingt miteinander reden.«

Im Konferenzraum der Bürgermeisterin in der City Hall hatten sich fast alle überlebenden hochrangigen Mitglieder der Stadtverwaltung versammelt. Im Hintergrund des Raumes hielten sich zahlreiche Journalisten auf, unter anderem auch Julie Kravine.

Julie konnte von ihrem Standort aus Matt Sheehan, Abby Tersa und Dorine Underwood erkennen, die ein privates Gespräch miteinander führten. Als sie fertig waren, kam Dorine durch die Menge auf Julie zu.

»Miss Kravine?« sprach Dorine sie an.

»Ja, Frau Bürgermeisterin?«

»Wir mußten die Spielregeln ändern. Eine Live-Übertragung dieser Sitzung kommt nicht mehr in Frage. Ich werde zum Schluß eine Erklärung abgeben, aber ich möchte nicht, daß die Sitzung selbst übertragen wird. Ich rechne mit starken Meinungsverschiedenheiten und denke, daß es besser ist zu warten, bis wir einen mehrheitsfähigen Beschluß gefaßt haben. Sie sind sich vermutlich genauso wie ich bewußt, daß wir am vergangenen Tag ebenso viele Selbstmorde und Einlieferungen in die

Psychiatrie hatten wie am ersten Tag. Die Menschen machen sich bereits genug Sorgen. Die Stunde, die diese Sitzung vielleicht dauern wird, könnte die Situation natürlich weiter verschlimmern, aber nicht so sehr, als wenn die zu erwartenden Diskussionen übertragen würden. Habe ich Ihr Verständnis, und könnten Sie und die anderen unter diesen Umständen auf eine Übertragung verzichten?«

Julie zögerte. Sie wußte, daß ein ›Nein‹ einen Hinauswurf bedeuten würde. »Nun, ich bin nicht gerade glücklich darüber, aber wenn es nicht anders geht, werde ich es weitersagen.«

»Vielen Dank. Ich denke, Sie werden die Gründe für diese Maßnahmen sehr bald verstehen.« Dorine sah müde aus, als sie sich umdrehte und zu ihrem Platz zurückkehrte. Julie fragte sich, was hier vor sich ging.

Eine Minute später schlug Dorine mit ihrem Hammer auf den Tisch. Sofort war es still im Saal. Dorine, Matt, Abby und acht weitere Personen saßen an einem rechteckigen Tisch, und mehrere Sitzreihen waren bis auf den letzten Platz mit Mitgliedern der Stadtverwaltung besetzt.

Dorine blickte in das Publikum und sagte: »Die Krisensitzung ist hiermit eröffnet. Wir haben heute abend einige wichtige Entscheidungen zu treffen, und einige der Dinge, die Sie erfahren werden, werden sie bestimmt sehr beunruhigen. Ich bitte Sie darum, sich so ruhig wie möglich zu verhalten, bis Sie Gelegenheit zu Äußerungen bekommen.

Das Erkundungsteam hat neue Informationen über unsere Lage in Erfahrung gebracht. Wenn diese Informationen stimmen, haben wir offensichtlich keine andere Wahl, als dementsprechend zu reagieren. Wir sind hier, um diese Informationen zu bewerten und dann Entscheidungen zu treffen. Diese Informationen wird Ihnen Matt Sheehan, Colonel der US-Army, vortragen. Ich hatte Einsicht in seine Personalakte, und es genügt wohl, wenn ich sage, daß er für Aufrichtigkeit und effiziente Ausführung bekannt ist. Bitte, Colonel Sheehan!«

Matt musterte kurz die Gesichter der Menge. Julie wußte, daß ihre Kollegen alles aufzeichneten, auch wenn sie noch keine Genehmigung zur Sendung hatten.

Matt sagte: »Was ich Ihnen jetzt berichten werde, wird für Sie zunächst vermutlich unglaubwürdig klingen. Ich werde Ihnen in wenigen Augenblicken die Schlußfolgerung mitteilen, dann werde ich die Situation von hinten aufrollen und Ihnen die Beweise nachliefern. Sie werden anschließend Gelegenheit zu Fragen haben, wenn ich fertig bin. In der Zwischenzeit bitte ich Sie darum, ernsthaft zu versuchen, ruhig zu bleiben, damit ich meine Ausführungen zu Ende bringen kann. Wir haben nicht viel Zeit.

Wir haben einen dringenden Verdacht bezüglich der Außerirdischen, die Manhattan hierher gebracht haben. Wir glauben, daß ihre Handlung einem Muster entspricht. Die entscheidende Information ist die, daß sie kurz nach der Entführung einer Stadt die Bevölkerung, die auf dem Planeten zurückbleibt, vernichtet. Demzufolge ist die gesamte Bevölkerung der Erde entweder bereits verloren oder befindet sich in größter Gefahr. Ich habe der Bürgermeisterin den Vorschlag gemacht, daß wir unverzüglich eine Mission beauftragen, nach einer Möglichkeit zu suchen, dieses Raumschiff außer Gefecht zu setzen, so daß es nicht mehr in der Lage ist, zur Vernichtung der menschlichen Rasse eingesetzt zu werden.«

Julie sackte an der Wand zusammen und zitterte. In der erschütterten Stille rauschten ihre Ohren.

Die Stille hielt nur ein paar Sekunden an, bis das Geschrei losging. Dorine schlug ein paarmal mit dem Hammer auf den Tisch, bis der Lärm nachließ.

Matt sprach weiter. »Die Beweise für diese Schlußfolgerungen stammen aus zwei Quellen. Eine ist subjektiv und erfordert, daß wir den Mitteilungen einer anderen Rasse gefangener Aliens Glauben schenken. Die andere ist schon objektiver, obwohl hier die Interpretationen auseinandergehen könnten. Bei der zweiten handelt es sich um die Sendung, die wir von einer anderen entführten Stadt empfangen haben.«

Matt berichtete zunächst von Abbys Kommunikation mit den telepathischen Baumbewohnern, die behaupteten, die Todesschreie ihrer Rasse gehört zu haben. Dann schaltete er ein Videogerät ein, das an einen großen Wandbildschirm hinter dem Tisch angeschlossen war. Er zeigte die Aufzeichnung, die Julie schon einmal gesehen hatte, aber als die Stelle kam, wo die Stadt gerade im Schiff verschwand und die Blitze am Horizont zu sehen waren, wußte Julie, daß diese Blitze nicht von einem großen Gewitter stammen konnten.

Nun war es fast völlig still im Raum. Nur das Schluchzen von zwei oder drei Menschen war zu hören.

»Dort ist der Beweis für das, was ich Ihnen berichtet habe. Außerdem zeigt dieselbe Aufnahme deutlich, daß Tausende ums Leben kamen, während diese Stadt aus der Oberfläche gelöst wurde. Wir wissen auch, daß bei der Entführung Manhattans viele Menschen starben. Ich denke, diese unbestreitbare Mißachtung des Lebens paßt zu der Vermutung, daß jeder, der auf dem Planeten zurückgeblieben ist, nicht mehr lange zu leben hat.«

Julie war es kalt den Rücken heruntergelaufen, während Matt gesprochen hatte. Jetzt verspürte sie Wut, Wut, daß ihre Entführer von so weit her gekommen waren, um so gefühllos so viele Menschen zu töten, mit denen sie nicht einmal Kontakt aufgenommen hatten.

»Was können wir also dagegen tun?« fragte Matt. »So lautet die nächste Frage. Und meine Antwort lautet: So schnell wie möglich muß ich oder irgend jemand anderer, den Sie benennen, mit einem Team aufbrechen und Manhattan verlassen. Wir werden mit den wirkungsvollsten Sprengkörpern und Waffen ausgerüstet sein, die wir auftreiben können. Unsere Aufgabe wird darin bestehen, so schnell wie möglich aus dem Bereich, in dem die Städte gefangen sind, auszubrechen, das Antriebssystem zu lokalisieren und es in einem solchen Ausmaß beschädigen, daß das Schiff nicht mehr dazu benutzt werden kann, um die Erde zu zerstören.«

Dorine mußte erneut ihren Hammer einsetzen, um den plötzlichen Aufruhr zu unterdrücken.

»Warum das Antriebssystem? Warum nicht die Energieversorgung oder etwas anderes?« fragte Dorine.

»Hauptsächlich aus dem Grund, weil wir das Antriebssystem vermutlich leichter identifizieren können als andere Subsysteme. Wenn wir diesem Schiff die Bewegungsfreiheit nehmen, gewinnen wir genügend Zeit, um unsere nächsten Anschläge gezielter ausführen zu können. Wenn wir dagegen versuchen würden, das Kraftwerk oder was sonst zur Energieversorgung benutzt wird zu zerstören, könnten wir uns selbst damit schaden.«

Im folgenden Durcheinander aus Fragen war nichts mehr zu hören.

Als die Ruhe wiederhergestellt war, sagte Matt: »Das ist alles, was ich zu sagen habe. Jetzt können wir uns gerne den Fragen zuwenden. Mir wäre es allerdings am liebsten, wenn sie eine nach der anderen gestellt würden.«

Dorine fungierte bei den Fragen als Gesprächsleiter. Ein Mann im Hintergrund sagte: »Was ist, wenn wir zu spät kommen? Was ist, wenn . . . die Erde bereits zerstört wurde?«

Matt antwortete: »Dann können wir dieses Schiff zumindest davon abhalten, anderen Planeten und anderen Zivilisationen Schaden zuzufügen.«

Eine Frau fragte: »Was passiert, wenn Sie unbeabsichtigt das Schiff zerstören oder die Lebenserhaltungssysteme, von denen Manhattan gegenwärtig abhängig ist?«

Matt zögerte. »Eine sehr gute Frage. Was Manhattan betrifft, wäre das der schlimmstmögliche Fall, also dürfen wir diese Möglichkeit nicht unberücksichtigt lassen. Wenn es dazu kommt, steht jeder einzelne Bewohner Manhattans gegen, sagen wir, zwei- bis dreitausend Menschen auf der Erde. Wenn Sie die Wahl zwischen ein paar Millionen Menschen hier in Manhattan und fünf oder sechs Milliarden Menschen auf der ganzen Erde haben, wofür würden Sie sich entscheiden?«

Dorine benötigte fast eine Minute, um die Versammlung wieder zu beruhigen.

»Vielleicht gehen wir von falschen Voraussetzungen aus«, sagte ein Mann. »Vielleicht ist dieses Schicksal nur für bestimmte Planeten vorgesehen.«

»Vielleicht«, sagte Matt. »Aber wir haben Beweise für zwei Fälle, und das ergibt nach dem jetzigen Stand hundert Prozent.«

»Besteht nicht die Möglichkeit, daß unsere Entführer das Team entdecken, bevor es etwas erreichen kann, so daß sie sich entschließen, Manhattan zu zerstören, weil sie uns als gefährlich einstufen?«

»Ja«, sagte Matt.

»Wie hoch schätzen Sie die Erfolgschance ein?« wollte eine Frau wissen.

»Um ehrlich zu sein: Ich weiß es nicht«, sagte Matt. »Ich

glaube allerdings zu wissen, wie schlecht die Chance für das Überleben der Erdbevölkerung steht, wenn wir nichts unternehmen.«

»Was macht Sie so sicher, daß es nicht ein anderes Schiff gibt, das für die Vernichtung der Planeten zuständig ist? Vielleicht ist dieses Schiff nur eins in einer größeren Flotte.«

»Wenn es noch weitere Schiffe gibt, dann gibt es vielleicht keinerlei Hoffnung. Wenn es dagegen das einzige Schiff ist – und es ist sicherlich groß genug, um das einzige zu sein – dann können wir nur hoffen, daß eine ernsthafte Beschädigung die Pläne unserer Entführer verzögert und uns die Gelegenheit gibt, den Völkermord zu verhindern.«

»Wie groß sollte das Team sein?« fragte eine Frau, die ganz hinten saß.

Um diese Frage wurde am heftigsten gestritten. Matt schlug ein kleines Team vor, zum Teil, um das Risiko einer Entdeckung zu verringern, zum Teil, weil sie nur eine Maschine zum Tunnelvorschub besaßen und die Sauerstoffversorgung im Tunnel nicht für viele Menschen ausreichte. Von der Gegenseite wurden entweder mehrere größere Gruppen gefordert oder gar keine. Dorine schlug sich auf Matts Seite, weil sie seinem Urteil vertraute und aufgrund der offenkundigen Einschränkungen. Als Kompromiß wurde beschlossen, zwei weitere Maschinen zu bauen und eine größere bewaffnete Truppe bereitzustellen. Einige Mitglieder der Presse sollten das Team begleiten, damit die Menschen unvoreingenommen von den Geschehnissen erfuhren.

Als die Streitigkeiten ein wenig nachgelassen hatten, fragte ein Mann in der ersten Reihe: »Frau Bürgermeisterin, sind Sie wirklich davon überzeugt, daß wir diese Maßnahmen ergreifen sollten?«

Dorine ließ sich mit der Antwort Zeit, während die leichte Unruhe in der Menge langsam verebbte. »Falls nicht jemand innerhalb der nächsten zehn Minuten eine brillante Idee hat, würde ich sagen, ja, wir sollten es tun. Wir sollten dieses Team mit allem ausrüsten, was benötigt wird. Und dann sollten wir alle, je nachdem wie es in unseren verschiedenen Religionen üblich ist, für sie beten.«

9

Technisches Versagen

Auf dem Rückweg zu Rudy und Bobby Joe fuhr Abby hinten auf einem neuen Wagen mit. Dieses Gefährt machte sie nervös, weil es bis obenhin mit Plastiksprengstoff, Zeitzündern, Sprengkapseln und anderem Zubehör gefüllt war, das das neue Mitglied ihres Teams über Nacht zusammengestellt hatte.

Richard Welkon, ein ehemaliger Sprengstoffexperte der Armee, saß neben ihr. Der Mann machte Abby fast genauso nervös wie der Sprengstoff – hauptsächlich weil er so ruhig war. Abby hatte ihn bisher nicht ein einziges Mal lächeln sehen oder gehört, wie er einen Scherz machte. Nicht, daß jetzt eine gute Zeit zum Lächeln oder Scherzen war, aber eine gelegentliche Lockerung der nervösen Spannung, die sie verspürte, würde nicht schaden. Richard wirkte selbst wie eine Bombe, die unhörbar tickte.

Auf einem kleinen Anhänger hinter dem Wagen lagen verschiedene Waffen, Munition und Sprengkörper. Abby hatte noch nie ein so großes Waffenlager gesehen, abgesehen von einer Nachrichtensendung über die Aufdeckung einer Jugendbande in der Upper West Side. Sie wäre überhaupt nicht überrascht gewesen, wenn auf den Munitionskisten orange aufgesprühte Logos mit der Aufschrift EIGENTUM DER HECKENSCHÜTZEN zu sehen gewesen wären.

Matt fuhr den Wagen durch den Tunnel, wobei er fast genauso schnell vorankam wie er und Abby, als sie in die entgegengesetzte Richtung gerannt waren. Neben Matt saß Julie Kravine, deren Minikamera offenbar eingeschaltet war, obwohl ein Kilometer des Tunnels genauso wie der nächste aussah. Julie hatte überzeugend argumentiert, daß sie, wenn sie möglicherweise der Menschheit unbekannte Technologie zerstörten, zumindest Bilder davon retten sollten. Außerdem konnten bei einer Vergrößerung des Teams von vier auf sechs Mitglieder einige von ihnen schlafen, während die anderen weiterarbeiteten, ohne daß das Team so groß war, daß sie Probleme mit der Sauerstoffversorgung befürchten mußten. Die Sender hatten schnell eine Liste von Journalisten zusammengestellt, und Matt hatte sich für Julie entschieden, weil er sie kannte und sie nicht erst eingewiesen werden mußte.

Sie waren bereits an der Stelle vorbei, mit der Abby und Matt beim letzten Mal so große Schwierigkeiten gehabt hatten. Matt hatte wirklich das Leck verschließen können, und die Substanz war inzwischen auseinandergeflossen, so daß sie fast problemlos darüber hinwegfahren konnten und nur ein paar Meter in der Nähe des Luftventils wegschaufeln mußten.

Abby wurde leicht zur Seite gedrückt, als der Wagen sich in eine langgezogene Kurve legte, und Sekunden später passierten sie einen versiegelten Durchgang in der Wand. Sie zeigte im Vorbeifahren darauf, während er wieder in der Dunkelheit verschwand. »Das ist die Öffnung zur toten Stadt, die wir als erste besuchten.«

Richard nickte und sagte: »Hmmm.«

Abby überlegte, ob sie etwas Falsches gesagt hatte.

Als sie am versiegelten Durchgang zur Stadt der Baumbewohner vorbeikamen, sagte Abby nichts.

Als sie Rudy und Bobby Joe erreichten, dirigierte Rudy die Maschine gerade in einem weiten Bogen an der nächsten Kuppel vorbei. Solange sie durch den Tunnelvorschub ohnehin nicht sehr schnell vorankamen, wollte Matt zumindest einen kurzen Blick auf die Stadt werfen. Rudy und Richard fuhren weiter voraus, und Abby fühlte sich bereits wesentlich besser, als Richard außer Sicht war.

Matt bohrte ein Loch bis zur Oberfläche, doch bevor er die Entlüftungsröhre einführte, schob er ein Periskop durch das Loch.

Während Matt hindurchblickte, zeigte Bobby Joe mit dem Daumen in die Richtung, wo sich Richard und der Wagen befanden. »Es war eine tolle Idee, einen Roboter mitzunehmen«, sagte er zu Abby. »Dadurch reichen unsere Lebensmittelvorräte viel länger.«

Abby lächelte und fühlte sich besser, weil sie nicht die einzige war, die sich an Richards abweisendem Charakter störte.

Matt trat vom Periskop zurück und sagte: »Wer will als nächster?«

Julie blickte hindurch. »Diese Leute mögen es offenbar dekorativ.«

Als Abby an der Reihe war, verstand sie, was Julie gemeint hatte. Die Kuppel war bis in eine Höhe von zwei oder drei Metern fast völlig von Malereien bedeckt. Durch die wenigen freien Stellen glaubte sie Bewegungen zu erkennen, ohne daß sie einen Eindruck erhielt, wie es im Innern aussah.

Bobby Joe trat ans Periskop und schüttelte dann den Kopf.

Matt sah Abby an. »Hast du eine Ahnung, was das soll?«

Abby warf noch einen Blick auf die Kuppel. Diesmal fiel ihr auf, daß viele der Muster sich wiederholten. Es sah sogar so aus, als wäre die Hälfte der Bilder doppelt vorhanden. Wenn diese Gemälde eine Art bildlicher Geschichtsschreibung darstellen sollten, hätte sie mehr Abwechslung erwartet. Sie zog sich vom Okular zurück und schüttelte den Kopf. »Ich habe nicht genügend Informationen, um eine fundierte Behauptung aufstellen zu können, aber wenn ich spekulieren soll, würde ich sagen, daß diese Leute versuchen, mit unseren Entführern zu kommunizieren. Oder sie verehren die, die uns hierher gebracht haben.«

Sobald das Team auf dem Weg war, gab Dorine Underwood eine Pressekonferenz. Sie hatte die Absicht gehabt, ihre Sendung so sachlich wie möglich zu halten, um etwas Ruhe in den neuen Ansturm schlechter Neuigkeiten zu bringen, aber während ihrer Beschreibung der Dinge, die den Bewohnern des großen würfelförmigen Gebäudes zugestoßen waren, mußte sie sich unterbrechen. Sie schluckte und setzte ihren Bericht fort.

Trotz des Risikos, das die Einsatzgruppe einging, zog sie es vor, ihren neuen Auftrag genau zu erklären. Sie machte deutlich, daß es lebenswichtig war, dieses Schiff davon abzuhalten, weitere Planeten zu zerstören.

»Es war eine schwierige Entscheidung, und ich hoffe, daß Sie die Notwendigkeit einsehen. Wir brauchen in dieser Zeit großen Mut, und wir alle müssen uns wie Helden verhalten. Jetzt ist nicht die Zeit, den Kopf in den Sand zu stecken und zu hoffen, daß die Probleme vorübergehen werden. Wenn wir handeln, gehen wir Risiken ein. Doch die Risiken werden viel größer, wenn wir gar nichts tun.«

Dorine machte eine Pause, um einen Schluck Wasser zu trinken.

»Mein letztes Thema ist heute der Zwischenfall im Battery Tunnel. Ich kann sehr gut verstehen, daß unsere Aktionen außerhalb der Kuppel manchen von Ihnen Angst machen. Aber wir werden keine weitere Einmischung und Behinderung dulden. Unter Umständen sind wir die einzigen Überlebenden der menschlichen Rasse. Wenn wir uns gegenseitig umbringen, statt uns gemeinsam auf unser Überleben zu konzentrieren, haben wir das Leben nicht verdient. Deshalb muß das aufhören!«

»Wir dürfen nicht untätig zusehen, wie die Mächte der Dunkelheit uns überrennen!« rief Stuart Lund. Seine Stimme war heute wie geschliffen, und die wachsende Menge gab ihm Hoffnung.

Stuart machte eine Pause, um Luft zu holen, und überblickte seine ›Gemeinde‹, die die freie Fläche des Lagerhauses fast völlig ausfüllte. Er sah wieder Angst und Wut in den Gesichtern der Menge, dieselbe Angst und Wut, die auch er verspürte. Die Herrschenden trafen immer schlechte Entscheidungen, also war es jetzt in gewisser Weise kein bißchen anders als sonst. Dennoch gab es einen Unterschied: die Entscheidung der Bürgermeisterin, eine Gruppe mit Sprengstoff und Waffen nach draußen zu schicken, war einfach zuviel. Zu viele Leben, zu viele Seelen waren in Gefahr.

Er setzte seine Rede mit dem Thema ›Führt eine Änderung herbei!‹ fort, mit der er seine Zuhörer ermahnte, alles in ihrer Macht Stehende zu unternehmen, um diese Entscheidung rückgängig zu machen, um die Bürgermeisterin einsehen zu lassen, daß ihr Plan falsch war. Er sprach noch zehn Minuten lang weiter. Er hätte noch genug für mehrere Stunden zu sagen gehabt, aber er spürte die Unruhe in der Gemeinde. Die Menschen wollten etwas unternehmen. Sie glaubten ihm, doch wenn er jetzt noch lange weiterredete, würde er unglaubwürdiger werden. Also hörte er auf. Er zweifelte nicht daran, daß die Überflutung des Tunnels die Arbeit seiner Gemeinde war. Sie würde sicherlich Wege finden, um auch die neue Aktion zu behindern.

»Gott wird wissen, wer unter uns untätig bleibt und damit die sogenannte Expedition gutheißt. Sprecht mit euren Freunden! Bezieht Stellung! Macht deutlich, daß ihr wißt, daß diese Aktion falsch ist! Führt eine Änderung herbei!«

Die Menschen jubelten und klatschten in begeisterter Zustimmung. Es mußte etwas getan werden. Stuart fühlte sich durch diese Zügellosigkeit etwas unbehaglich, aber die Begeisterung ermutigte ihn.

Während die Menge sich zerstreute, blieben ein paar Leute zurück, um Fragen zu stellen. Der vorletzte in der Schlange war ein kleiner, aber stämmiger Mann, der sich als Benny Kellermund vorstellte. Der Mann hinter Kellermund gehörte offensichtlich zu ihm, aber er stellte sich nicht vor. Der schweigende Mann sah aus, als hätte er schon viele Kämpfe überstanden. Stuart wurde plötzlich nervös, weil er befürchtete, daß seine Predigten die Arbeit anderer stören konnten und er nun gewarnt würde.

Mr. Kellermund wartete ab, bis die übrigen Gemeindemitglieder außer Hörweite waren und sagte: »Reverend, Sie haben völlig recht!«

Stuart war überrascht und erleichtert.

»Die Bürgermeisterin hat 'ne Schraube locker, sie ist ein Idiot. Wir müssen sie aufhalten, bevor diese Expedition alles ruiniert, was wir hier haben. Ich und mein Freund, wir sind auf Ihrer Seite.«

Der Freund nickte, als er erwähnt wurde, sagte aber immer noch kein Wort.

Mr. Kellermund blickte sich um. »Hören Sie mal, können wir uns hier irgendwo etwas privater unterhalten?«

Stuart blickte sich ebenfalls um. Ein paar Gemeindemitglieder hielten sich in der Nähe der Tür auf. Unter anderen Umständen hätten diese beiden Männer ihn nervös gemacht, aber jetzt waren sie auf seiner Seite, und von allen Leuten, die Stuart heute gesehen hatte, machten diese beiden den Eindruck, als könnten sie wirklich etwas bewerkstelligen.

»Oben«, sagte Stuart. »Ich habe ein kleines Büro im ersten Stock.«

Die Männer folgten Stuart die Treppe hinauf, durch ein Labyrinth aus Baustoffen und in ein kleines Büro, in dem sich ein Feldbett, ein Tisch und ein Stuhl befanden.

»Ist es hier besser, Mr. Kellermund?«

»Viel besser. Aber Sie können mich Benny nennen.« Benny verzichtete immer noch darauf, sich seinen Kollegen vorzustellen. »Jedenfalls sind wir auf Ihrer Seite. Wir waren es auch, die den Tunnel überflutet haben.«

»Nein!« sagte Stuart überrascht. Er mußte sich eingestehen, daß er gehofft hatte, die Flut wäre eine Tat Gottes, ein Rohr, daß plötzlich ohne erkennbaren Anlaß geplatzt war, oder ein sonstiges Zeichen, daß Gott eindeutig auf ihrer Seite stand.

»Doch. Mein Freund hier kann sehr gut mit Werkzeugen umgehen.«

»Nun, dafür bin ich Ihnen sehr dankbar.« Stuart schwieg, wußte nicht, was er jetzt sagen sollte.

»Also, ich denke, ich kann etwas tun, um die Gruppe aufzuhalten«, sagte Benny. »Ich glaube, mein Freund kann etwas tun, was die Bürgermeisterin dazu bewegt, ihre Meinung zu ändern.«

Normalerweise hätte es Stuart überhaupt nicht behagt, wie der Mann ihn mit seinen dunklen Augen anstarrte, aber die Expedition mußte aufgehalten werden, so daß er sich kein Mißtrauen gegenüber diesem Mann leisten konnte. »Vielen Dank«, sagte er schließlich. »Jede Hilfe wird Ihnen von Gott reich belohnt werden.«

»Ich will keine Belohnung von Gott«, sagte Benny Kellermund. »Ich will nur verhindern, daß ich sterbe.« Er saß auf einem Stuhl in seiner bescheiden eingerichteten Wohnung in der Upper West Side.

Lucky Stiles lehnte sich in einem Polstersessel zurück, in dem er fast völlig verschwand. »Ich weiß nicht. Man hätte meinen sollen, die Sache im Tunnel würde ausreichen.«

Benny dachte über Luckys Zögern nach. »Du kennst doch Stella, die kleine Blonde, die immer bei Spacey rumhängt? Sie schuldet mir noch einen Gefallen. Ich habe mit ihr schon über dich gesprochen, und sie wartet heute abend auf dich.« Die gültige Währung bestand in diesen Tagen aus Gefälligkeiten, aus dem Austausch von Dienstleistungen. Dies war das einzige Kapital, das Benny zur Zeit anzubieten hatte.

»Stella? Ja, ich kann mich erinnern.«

»Habe ich dir schon mal erzählt, daß Stella mit ihrer Zunge einen Knoten in einen Kirschenstengel machen kann? Sie kennt noch viele andere interessante Tricks.«

»Und sie wartet auf mich?«

»Wenn du mitmachst. Außerdem liegt diese Sache auch in deinem Interesse. Du willst doch auch nicht, daß Manhattan vernichtet wird, weil einige von uns Dinge tun, die man nicht tun sollte.«

Lucky sagte: »Nun, ich kann die Bürgermeisterin wahrscheinlich davon überzeugen, daß sie falsch liegt.« Er lachte, bis sein Lachen in einen Raucherhusten überging.

Rudy setzte das Periskop in der Nähe einer weiteren Kuppel ein, in der sich etwas befand, das weniger wie eine künstliche Stadt, sondern eher wie ein grasbewachsener Hügel aussah.

Der große Hügel erinnerte Matt an ein Wespennest, das aus vielen kleinen Waben bestand. Überall am Hügelhang waren Höhlenöffnungen zu sehen. In der Nähe mehrerer dieser Höhlen tollten kleine Wesen im Gras herum. Sie waren im wesentlichen grün und besaßen dicke Panzer, die ähnlich wie bei Gürteltieren ihren Körper einhüllten. Matt konnte nicht erkennen, ob sie die Gliedmaßen oder den Kopf einziehen konnten. Er mußte grinsen, als er die kleinen Wesen dabei beobachtete, wie sie miteinander balgten wie spielende Katzen.

»Das sind ja süße kleine Kerlchen!« sagte er schließlich und machte Platz für Julie, die ihm beipflichtete.

Als Abby an der Reihe war, beobachtete sie mehrere Minuten, bis sie sagte: »Bilde ich es mir nur ein, oder halten sich diese Wesen fast die ganze Zeit nur an einer Stelle auf?«

Matt blickte noch einmal durch das Periskop. Nach ein paar Minuten konnte er ihre Beobachtung bestätigen. »Du hast recht. Ich frage mich, was das zu bedeuten hat. Vielleicht haben sie einen ausgeprägten Revierinstinkt.«

Bobby Joe warf einen zweiten Blick auf den Hügel und dann auch Julie. Sie hielt das Objektiv ihrer Minikamera vor das Periskop. Dann sagte sie knapp: »Ich sehe den Grund dafür. Sie sind angeleint.«

Als Matt durch Julies Sucher blickte, erkannte er es deutlich in der Vergrößerung. An den Hinterbeinen der Wesen waren helle Riemen befestigt, die so kurz waren, daß sie sich nicht verheddern konnten, aber noch lang genug, daß sie sich gegenseitig erreichen konnten.

Bobby Joe sagte: »Es sieht aus, als würden sie ihre Hunde nach draußen lassen und dafür sorgen, daß sie nicht zu weit weglaufen. Vielleicht sind es Haustiere, oder es handelt sich um ihre Version eines Laufstalls.«

Matt richtete die Linse auf die Höhlenöffnung in der Nähe der herumtollenden Wesen. Es lief ihm kalt den Rücken herunter, als er darin die Umrisse von zwei oder drei großen Wesen erkannte. Das einzige, was Matt deutlich sehen konnte, waren kräftige Zähne. Etwas bewegte sich am Rand seines Gesichtsfelds. Zwei gelbgrüne Wesen näherten sich sehr schnell den kleinen, angeleinten Geschöpfen. Die nächsten Sekunden waren voller Aktivität.

Die gelb-grünen Wesen bewegten sich so schnell, daß Matt nie ein gutes Bild von ihnen erhielt. Er sah nur scharfe Krallen, die eines der jungen Wesen von der Leine rissen. Fast gleichzeitig quollen größere Ausführungen der Kleinen aus der Höhle in der Nähe. Als der Kampf vorbei war, war einer der Angreifer mit seiner Beute geflohen und der andere tot.

Matt atmete tief durch. »Es sieht eher aus, als wären diese kleinen Kerlchen da draußen Köder.«

Abby blickte als nächste durch das Periskop, und Matt zeigte ihr, welche Höhle er beobachtet hatte. Sekunden später sagte sie: »Ich wette, du hast recht. Aber es handelt sich nicht um die übliche Weise, einen Köder auszulegen, so wie Menschen beispielsweise Würmer benutzen, um Fische zu fangen. Ich würde sagen, das da sind Erwachsene, die ihre Jungen als Köder benutzen.«

Nachdem Julie noch einige Aufnahmen gemacht hatte, löste Matt sie am Okular ab. Der düstere Tunnel kam ihm plötzlich bedrohlicher vor, als er durch die Kuppel auf die Zähne blickte, die in einer Höhle am Hügel sichtbar waren. »Ich möchte wissen, wozu unsere Entführer sich diesen Hügel geholt haben. Unter allen Kuppeln, die wir bisher gesehen haben, befindet sich doch sonst irgendeine Art Stadt.«

Abby meldete sich zu Wort. »Schwer zu sagen. Eine Möglichkeit wäre, daß unsere Entführer ähnlich wie diese Wesen hier von anderen Gefangenen leben. Oder ihre Städte sehen aus der Luft genauso aus.«

Matt kratzte sich am Ohr. »Dabei kommt mir ein erschreckender Gedanke. Ich könnte mir eine Stadt vorstellen, die sich zum größten Teil unter der Erde befindet, wie ein Eisberg im Meer. Je nachdem, wie tief diese Leute schneiden, wenn sie eine Stadt aus der Oberfläche lösen wollen, könnten sie die Stadt genau im Zentrum zerteilen, so daß sie nur einen kleinen Teil davon ausgraben.«

»Klingt schrecklich, aber möglich«, sagte Abby. »Wenn sie von der Stadt, die wir gesehen haben, die Hälfte zurückgelassen haben, wäre das, als würden sie einem Lebewesen das Herz herausreißen.«

Bobby Joe trat aus dem Halbdunkel des Tunnels hervor. »Aber das alles klingt, als wären sie Dummköpfe. Oder vielleicht Kinder, die einen günstigen Moment genutzt haben, um mit dem Raumschiff ihrer Eltern herumzuspielen.«

»Es ist wirklich alles sehr rätselhaft«, sagte Matt. »Vielleicht sind sie aus irgendeinem Grund in großer Eile.«

Bobby Joe sagte: »Vielleicht gibt es eine Art Fangquote. Oder sie befinden sich auf einer galaktischen Schnitzeljagd. Könnt ihr euch die Liste der Aufgaben vorstellen? Eine Inselstadt, eine Hügelstadt, ein großes Würfelgebäude und so weiter.«

Matt schüttelte den Kopf. »Abgesehen von der Unwahrscheinlichkeit weiß ich nicht, wie das logisch mit der Zerstörung des restlichen Planeten zusammenhängen soll.«

»Es ist völlig logisch. Auf diese Weise muß die Konkurrenz viel länger suchen, bis sie eine Stadt für ihre Liste gefunden hat. Könnt ihr euch vorstellen, wie lange sie unter Umständen brauchen, um eine weitere Stadt mit verpesteter Luft zu finden, wo noch Verbrennungsmotoren eingesetzt werden?«

»Das ist Unsinn«, sagte Julie schließlich. »Diese Wesen rasen nicht durchs Universum, um irgendwelche Spielchen zu spielen.«

Abby sagte: »Du hast vermutlich recht. Aber eine intelligente Spezies, die umherzieht und Leben und Welten vernichtet, um einen bizarren Zoo mit intelligenten Insassen zu bestücken, ist ebenfalls nur schwer vorstellbar. Wir müssen auf jeden Fall weiter die Möglichkeit berücksichtigen, daß sie ganz anders denken als wir. Es könnte sein, daß das, was sie tun, von ihrem Standpunkt aus völlig vernünftig und moralisch einwandfrei ist.«

Matt sprang unvermittelt vom Periskop zurück. »Mein Gott!«

»Was ist?« fragte Abby.

»Gerade ist etwas in Richtung des Periskops gesprungen. Ich habe es überhaupt nicht kommen sehen.« Matt blickte wieder durch das Okular. »Es sieht feucht und formlos aus. Es läuft gerade an der Innenseite der Kuppel herunter.«

Die anderen sahen es sich nacheinander an.

»Ein weiterer Grund, diese Kuppel nicht zu betreten«, sagte Abby.

Julie zeichnete ein paar Sekunden für die Nachwelt auf. »Es sieht aus, als würde es wieder Gestalt annehmen.«

Matt sah es sich noch ein letztes Mal an. Zuerst hatte die schleimige Masse an der Kuppelwand den Anschein erweckt, daß das Wesen zerquetscht worden war, als es mit hoher Geschwindigkeit gegen die harte Oberfläche geprallt war. Doch jetzt schien das Wesen sich tatsächlich wieder zu erholen. Matt sah Gewebestrukturen, die an Saugnäpfe und an Fell erinnerten, doch er bekam nie das ganze Wesen ins Blickfeld. Er hatte ein unangenehmes Gefühl im Magen. Wenn sie eine Öffnung in diese Kuppel geschnitten hätten ...

»Es reicht!« sagte Matt. »Wir wollen den Ventilator einsetzen und dann zu Rudy und Richard zurückkehren.«

In East Harlem – das von einigen Spanish Harlem und von sehr vielen El Barrio genannt wurde – saß der neunjährige Manny Garzón auf den Stufen vor dem Mietshaus, in dem er wohnte.

Das laute Dröhnen mehrerer Autostereoanlagen und Baßlautsprecher ließ diesen Morgen fast wie einen ganz normalen Tag erscheinen, aber Manny wußte, daß dem nicht so war.

Er wünschte sich, seine Familie wäre in Puerto Rico geblieben. Dort wären sie jetzt sicher. Seine Mutter hatte sich so oft beklagt, daß nur weiße Menschen Amerikaner waren, daß Manny erstaunt war, als er erfuhr, daß Puerto Rico zu Amerika gehörte. Er hatte immer noch nicht verstanden, warum sie dann von einem Teil Amerikas in einen anderen umgezogen waren, wo ihre Lebensverhältnisse kaum besser waren.

Er blickte zur Kuppel über der Insel hinauf und sagte zu sich selbst: »Es ist völlig klar. Wir hätten wirklich zu Hause bleiben sollen.«

Als Abby und die anderen Rudy und Richard eingeholt hatten, reichte der Tunnel fast bis zur Stadt, die die Aufzeichnung ausstrahlte, die sie alle gesehen hatten. Rudy lenkte die Maschine so, daß sie sich sehr nahe an der Kuppel vorbeibewegen würde.

»Werden wir diese Kuppel betreten?« wollte Abby von Matt wissen.

»Ich möchte mich zuerst vergewissern, ob es sicher ist, aber es hängt auch von der Zeit ab, die wir noch haben.« Matt sprach lauter. »Alle mal herhören! Wir müssen kurz besprechen, wie es jetzt weitergehen soll. Rudy, laß die Maschine mal für eine Weile allein weitermachen!«

Alle sechs setzten sich in einer Reihe auf den Tunnelboden, Matt und Rudy in die Mitte, Abby und die anderen an die Seiten.

»Wie lange wird die Maschine brauchen, bis wir die Wand erreicht haben, die wir ansteuern?« fragte Matt.

Rudy tippte ein paar Zahlen in seine Armbanduhr ein. »Ich schätze, wir haben noch zwölf bis fünfzehn Stunden bei unserem jetzigen Tempo. Aber ich sehe keine Möglichkeit, wie wir es beschleunigen könnten.«

»Okay. Das gibt uns genügend Zeit, um diese Kuppel zu erkunden und zu versuchen, einen Hinweis zu finden, warum niemand auf unser Signal geantwortet hat. Je mehr wir erfahren können, desto besser, solange es uns nicht aufhält. Rudy und Richard, ihr bleibt bei der Maschine und versucht soviel zu schlafen, wie ihr könnt! Falls ich mich beim ersten Blick auf die Kuppel nicht anders entscheide, möchte ich gerne Abby und Bobby Joe bei mir haben. Julie, du hast die freie Auswahl.«

»Ich hätte gerne ein paar Aufnahmen von der Stadt«, sagte sie.

»Das geht in Ordnung, aber wenn wir uns außerhalb dieses Tunnels bewegen, müssen wir uns wie ein militärischer Stoßtrupp verhalten. Abby und Bobby Joe könnten dir diesbezüglich vielleicht weitere Informationen geben, falls die gestrige Lektion noch nicht genügt hat.«

Abby lächelte reumütig und nickte.

»Du sagst es«, sagte Bobby Joe.

Matt, Abby, Bobby Joe und Julie drangen so schnell sie konnten in die fremde Stadt ein. Auf der gegenüberliegenden Seite stand eine schwache rötliche ›Sonne‹ am Himmel. Die Luft roch nach verbrannten Blättern.

Die Silhouette der Stadt war eine gezackte Linie mit steilen Spitzen und tiefen Schluchten. Sie bestand aus kegelförmigen Gebäuden in verschiedenen Größen. Einer der höchsten und nächsten Kegel wurde von einer Lichtquelle gekrönt, die unregelmäßig ihre Farbe und Helligkeit veränderte. Rudy hatte sie in der Nähe des Gebäudes abgesetzt, das immer noch eine Botschaft in die Welt jenseits dieser Kuppel hinausschickte – ein Signal, daß sie beantwortet hatten, ohne eine Reaktion zu erhalten.

Sie kamen an ein paar Kegeln vorbei, die etwa genauso groß wie Matt waren.

Als sie einige Kegel erreichten, die etwa fünfmal so hoch wie Matt waren, berührte die Spitze eines Kegels im Stadtzentrum die ›Sonne‹. Kurz darauf traten sie in den Schatten.

Einer der nächsten Kegel erreichte eine Höhe von vielleicht

hundert Metern und war von einer außen verlaufenden Wendeltreppe umgeben. Matt konnte den Kegel mit dem Leuchtfeuer ein Stück weiter in Richtung Stadtzentrum immer noch sehen, aber ein paar Minuten später hatten sie das Gefühl, sich durch ein tiefes Gebirgstal zu bewegen, das von steilen Bergspitzen umringt war.

»Ich kann nichts erkennen, was wie eine Tür aussieht«, sagte Abby. »Glaubst du, wir müssen eine dieser Treppen benutzen, um ins Innere der Kegel zu gelangen?«

»Ich hatte gehofft, du könntest uns das sagen«, erwiderte Matt.

Die Gruppe wechselte erneut die Richtung, und dann sah Matt wieder den Kegel, der ihr Ziel war. Sie erreichten den Anfang der Wendeltreppe und begannen mit dem Aufstieg. Die Treppe stieg nur leicht an und führte sechsmal um den Kegel herum. Bald konnten sie die Stadt überblicken und sahen mehrere Kuppeln in der Richtung, in der Manhattan lag. In der entgegengesetzten Richtung war die nächste Wand der Halle zu sehen, die die Sammlung der Städte einschloß. Fast genau gegenüber von Manhattan war eine schwache senkrechte Linie zu erkennen, wo sich zwei Flächen trafen. Matt erinnerte sich an eine von Bobby Joe erzeugte Grafik, die aus der Sicht von oben gezeigt hatte, daß der Umriß der Halle die Form eines riesigen Achtecks hatte.

Als sie den Aufstieg zu zwei Dritteln geschafft hatten, schlug Matt vor, eine kleine Pause zu machen. Er blickte zur Hügelstadt zurück und dann auf Manhattan, wobei er sich die Route vorstellte, die der Tunnel beschrieb.

»Du und Rudy, ihr wart zusammen in der Armee, nicht wahr?« sagte Julie unvermittelt.

Matt riß sich vom Anblick ihrer Reiseroute los und sah Julie an. »Ja. Hauptsächlich in Brasilien und Argentinien.«

»Was ist er für ein Mensch?«

»Sieh ihn dir selbst an! Er ist einer der wenigen Menschen, die ich in meiner Nähe haben möchte, wenn ich in kleiner Gesellschaft bin. Ganz gleich, wie gut er bezahlt wird, es ist zuwenig.«

»Warum hat er die Armee verlassen?«

Matt zögerte. »Er geriet in eine Situation, wo er die Wahl hatte, einen hochangesehenen Colonel zu verpfeifen, der eine fragwürdige Vorliebe für kleine Jungen hatte, oder mit seinem Gewissen zu leben und nichts zu sagen.«

»Also ist er gegangen?«

»Er hat ihn verpfiffen und ist dann gegangen. Rudy wurde in East L. A. geboren und hatte viele spanischstämmige Freunde. Also hat er die Übergriffe des Colonels vielleicht etwas persönlicher genommen, als es ein anderer Außenstehender getan hätte.« Matt blickte zum Horizont. »Südamerika ist zur Zeit ein Chaos. Die Innenpolitik ist ein Saustall, und die Karrierechancen für Denunzianten stehen nicht sehr gut. Einer von ihnen hatte im Dschungel einen schweren Unfall.«

»Aber du bist dabeigeblieben.«

»Ja. Auch ich war empört, aber manchmal kann man von innen heraus mehr erreichen. Ein paar Monate später, nachdem die Anklage mangels Beweisen fallengelassen worden war, wurde der Colonel ganz zufällig von Überwachungskameras fotografiert, die gerade getestet wurden, bevor sie für die Überwachung abgelegener Flugplätze eingesetzt werden sollten, von denen man vermutete, daß sie von Drogenschmugglern benutzt werden. Und wieder ganz zufällig wurden mehrere Abzüge von den Aufnahmen gemacht und mit den üblichen Testaufnahmen an verschiedene Stellen geschickt.«

»Willst du damit sagen, daß du für diese Zufälle verantwortlich warst?«

»O nein! Rudy hat die Hauptarbeit erledigt. Ich habe nur ein paar Materialbestellungen unterschrieben und ähnliches. Rudy hat mir später erzählt, daß er und der Colonel mit demselben Flugzeug zurückkehrten. Rudy war erstaunt, wie viele Martinis eine Person zwischen Rio und New York hinunterkippen kann.« Matt überlegte einen Augenblick. »Ich habe dir das alles in deiner Eigenschaft als Freund von Rudy erzählt, nicht als Reporterin. Ich gehe davon aus, daß du das verstehst.«

»Ja. Nur deswegen war ich neugierig.«

»Er ist ein guter Kerl. Er ist etwas besitzergreifend, aber im positiven Sinne. New York ist jetzt seine Stadt. Für dieses Team besitzt er zumindest einen Teil der Verantwortung. Er tut alles, um dafür zu sorgen, daß etwas, was sich in seinem Besitz befindet, keinen Schaden erleidet.«

»Was würde Rudy über dich sagen?« fragte Abby.

»Über mich? Ich weiß es nicht. Daß ich ein schlechter Spieler bin, weil ich nicht weiß, wann ich aufgeben muß, um meine Verluste gering zu halten. Daß ich immer wieder dieselben Fehler mache. Daß ich die Neigung habe, unterwegs stehenzubleiben und die Aussicht zu genießen. Daß ich schon viel zu lange in diesem Job bin.« Matt lächelte.

Die Zeit, die sie benötigten, um den Kegel einmal zu umrunden, wurde spürbar kürzer, je höher sie kamen.

Bobby Joe sagte: »Hast du gemerkt, wie langsam sich die Sonne bewegt?«

Matt blickte hinunter auf die Stelle, wo der Schatten der Kegelspitze, die sie bestiegen, den Boden berührte, und stellte fest, daß Bobby Joe recht hatte. Er hatte sich kaum bewegt, seit sie ihren Aufstieg begonnen hatten. »Diese Leute hier müssen an sehr lange Tage gewöhnt sein, oder?«

»Sieht so aus.«

Eine letzte schnelle Umrundung brachte sie zur Spitze des Kegels. Hinter einer niedrigen Wand befand sich ein meterbreiter Steg, der einen fast vollständigen Kreis beschrieb. Innerhalb des Kreises stand ein kleiner Kegel, der nur drei Meter hoch und an der Spitze abgeflacht war. Auf dieser flachen Stelle war der Sender befestigt, der hier so hell war, daß man ihn nicht mit ungeschützten Augen ansehen konnte, während er rot, grün und dann lila strahlte.

Matt überprüfte schnell die Verbindung mit Manhattan. Dazu benutzte er das neue Funkgerät, das im Lichtspektrum arbeitete. Die Manhattan-Zentrale bestätigte den Empfang.

Bobby Joe entdeckte ein Kabel, das vom Lichtsender ein paar Zentimeter weit den Kegel hinunterführte, bevor es darin verschwand. Als sie auf eine Stelle genau daneben drückten, bewegte sich ein Teil des Kegels und öffnete einen Eingang.

Dorine Underwood geriet in einen Aufruhr, als sie den Konferenzraum fünf Minuten vor der morgendlichen Lagesitzung erreichte. Sie hatte seit der Entführung der Stadt keine so erregte Menge mehr gesehen.

Ihre Kehle war trocken, nicht aus Sorge, sondern, wie sie plötzlich erkannte, weil sie immer noch ihre Allergie-Medikamente nahm. Jetzt, wo die Luft viel weniger Staub und Pollen enthielt, konnte sie sie eigentlich absetzen.

Sie trat in den Raum. Der Lärm verringerte sich für einen Augenblick, bevor er noch stärker als vorher wurde. Sie konnte sich bereits denken, worum es ging.

Dorine war während der vergangenen Nacht mehrmals aufgewacht und hatte sich immer wieder dieselben Gedanken gemacht. In den letzten Tagen lief das Leben in Manhattan in so geordneten Bahnen ab, daß sie wieder in ihrer Wohnung in Gracie Mansion in der Upper East Side übernachtet hatte. In ihrem eigenen Schlafzimmer konnte sie sich besser entspannen als auf einem Feldbett in der City Hall, aber in Gracie Mansion erinnerte sie vieles an Rafael. Sie sprach ein weiteres schnelles Gebet in der Hoffnung, daß er noch am Leben war.

Trotz ihrer Furcht, daß das Außenteam die Vernichtung Manhattans bewirken könnte, war sie überzeugt, daß die Beweise echt waren. Etwas Schreckliches würde mit der Erde geschehen – oder war bereits geschehen.

Dorine nahm Platz und rief die Anwesenden zur Ordnung. Der Saal beruhigte sich. Sie versuchte gar nicht erst, dem Problem auszuweichen. Es würde nicht von allein verschwinden, und niemand würde sich auf andere Dinge konzentrieren können, solange dieses nicht geklärt war. »Also gut. Wer möchte anfangen?«

Die erste Meldung kam von Tony Robinson, dem Ratsvorsitzenden, einem kleinen Mann mit so langen Augenbrauen, daß Dorine sich schon oft gefragt hatte, ob sie echt waren. »Frau Bürgermeisterin, Sie müssen Sheehan und sein Team aufhalten! Sie werden nur erreichen, daß wir getötet werden.«

»Ich verstehe, daß wir alle in Gefahr sind, aber wollen Sie mir sagen, daß Sie lieber die Erde sterben lassen, um sich selbst zu retten?«

Tony schnaufte. »Darum geht es gar nicht. Das Video von den Aliens in diesen hohen Kegeln zeigt, daß ihr Planet sofort zerstört wurde, nachdem ihre Stadt entführt wurde. Die Erde ist vermutlich bereits zerstört.«

Ein Murmeln ging durch den Saal, das nach einigen Sekunden erstarb.

»Das ist nur ein Hinweis«, sagte Dorine. »Der zweite, den wir aus der Baumstadt erhielten, besagt, daß die Artgenossen auf ihrem Heimatplaneten drei oder vier Wochen lang überlebten. Wenn für die Erde dasselbe gilt, haben wir noch ein paar Tage oder sogar mehr als eine Woche Zeit, um das zu verhindern.«

»Aber es gibt für uns keine Möglichkeit, um festzustellen, ob es in diesem Augenblick noch Leben auf der Erde gibt. Vielleicht gehen wir dieses Risiko völlig umsonst ein.«

»Das will ich nicht abstreiten. Aber wir können ebensowenig feststellen, ob die Menschen auf der Erde im Augenblick nicht doch noch leben.«

»Aber, Frau Bürgermeisterin, Sie müssen . . .«

»Einen Moment, bitte, Mr. Robinson.« Dorine blickte die Gesichter der Anwesenden an. »Ich möchte gerne per Handzeichen ein Meinungsbild bekommen. Ich will damit nicht sagen, daß ich meine Meinung ändern werde, aber ich wüßte gerne, wie die Stimmung verteilt ist. Jeder, der meint, wir sollten unsere Bemühungen fortsetzen, um dieses Schiff daran zu hindern, der Erde Schaden zuzufügen, möge bitte die Hand heben.« Mehrere Hände erhoben sich, und Dorine zählte sie. »Okay, jeder, der meint, wir sollten aufhören und kein Risiko eingehen, möge bitte jetzt die Hand erheben.« Sie zählte weniger Meldungen. »Unentschieden?«

»Gut«, sagte sie. »Nach meiner Zählung haben wir etwa sechzig Prozent, die für die Fortsetzung der Aktion sind, zwanzig Prozent, die meinen, wir sollten aufhören, und zwanzig Prozent ohne Meinung. Draußen in der Stadt, wo die Menschen nicht denselben Zugang zu den Fakten haben wie wir, gehen Fernsehumfragen davon aus, daß dreißig Prozent fürs Aufhören sind, aber ich denke, wir sollten uns dadurch nicht davon abhalten lassen, das Richtige zu tun.«

Dorine atmete tief durch und sah sich die Gesichter der Leute genau an, auf deren bedingungslose Unterstützung sie normalerweise bauen konnte. Auf zweien der fünf Gesichter sah sie

Spuren von Zweifel. »Von den Anwesenden in diesem Raum haben nur ein paar den Mut und die Selbstlosigkeit, freiwillig als Polizeibeamte zu dienen. Ich kann mir nur wenige Dinge vorstellen, die angsteinflößender sind, als in ein dunkles Lagerhaus zu gehen, wo Anlaß zu der Vermutung besteht, daß in den Schatten Gefahren lauern, die einem innerhalb der nächsten fünf Minuten das Leben kosten könnten. Für eine kurze Zeit sind wir alle dazu aufgerufen, diesen Mut aufzubringen, und ich zögere keinen Augenblick zuzugeben, daß es mir Angst einflößt. Ich habe furchtbare Angst. Aber uns bleibt keine Wahl. Wir können uns nicht einfach abwenden und darauf warten, daß es ein anderer tut. Es gibt keinen anderen. Wenn wir alle für kurze Zeit diesen Mut aufbringen, werden wir vielleicht die Chance haben, etwas an der Situation zu ändern, vielleicht aber auch nicht. Vielleicht stellen wir fest, daß die Erde bereits zerstört wurde, aber dann wissen wir zumindest, daß wir versucht haben, sie zu retten. Und wenn es zu spät war, können wir immer noch auf eine bessere Gelegenheit warten, um etwas an unserer Situation zu ändern. Ich verspreche Ihnen, daß uns niemand in Gefahr bringen wird, wenn es dafür nicht einen verdammt guten Grund gibt.«

Lucky Stiles war heiß, obwohl es in der Wohnung kühl war. Sein Körper klebte vor Schweiß. Dies war der Augenblick, den er am meisten haßte.

Der beste Teil bestand jedoch darin, anschließend die Nachrichtensendung anzusehen und die erschrockenen Gesichter der Menschen zu beobachten, die in der Nähe, aber nicht nahe genug gewesen waren. Mit Fingerspitzen, die in Gummihandschuhen steckten, faltete er ein Stück Papier zusammen. Er verzichtete auf Sicherheitsvorkehrungen wie Schutzbrillen und ähnliches. Wenn er einen Fehler machte, würde auch die kosmetische Chirurgie ihm nicht mehr helfen können. Vielleicht konnten die Jungs in den weißen Kitteln ein paar seiner Zellen vom Kühlschrank abkratzen und ihn klonen, aber Lucky selbst würde nicht mehr in der Lage sein, sich selbsttätig auf einen Operationstisch zu legen.

Er war froh, daß die über ihm wohnenden Nachbarn nicht in der Stadt gewesen waren, als Manhattan entführt wurde. Seitdem waren ihm die dröhnenden Bässe erspart geblieben, die sonst durch die Decke drangen. Besonders jetzt war er froh, daß er nicht gestört wurde. Luckys Finger zitterten kaum merklich, als er das letzte Stück Papier zusammenfaltete und das Briefchen vorsichtig in den bereits mit einer Adresse versehenen Umschlag schob.

Er atmete tief durch. An der Spüle spritzte er etwas Wasser auf den Klebestreifen und verschloß den Umschlag. Ein Schweißtropfen fiel ihm von der Stirn.

Jetzt konnte er ein Bier vertragen. Wenn das hier keine besondere Gelegenheit war, was denn? Im Kühlschrank standen seine letzten zwei Dosen Coors, die ein Kumpel neulich während eines Urlaubs gekauft hatte. Lucky war der Überzeugung, daß das Bier, das in Colorado abgefüllt wurde, besser schmeckte als das Zeug, das in hiesigen Geschäften verkauft wurde. Als Lucky die Dose ausgetrunken hatte, ging er zur Straße hinunter und warf den Umschlag in den nächsten Briefkasten. Der Umschlag sah ohne Briefmarke seltsam aus, aber die Bürgermeisterin hatte persönlich bekanntgegeben, daß auch Post ohne Briefmarken befördert würde.

Das hatte sie nun davon. Was jetzt geschehen würde, hatte sie sich selbst zuzuschreiben.

Matt war erleichtert, als hinter der Tür kein Anzeichen von Gefahr zu erkennen war

Drinnen konnte er oberhalb seiner Augenhöhe durch die Wand auf der gegenüberliegenden Seite des Kegels blicken. Sie folgten dem Kabel ins Innere die Treppenstufen hinunter, die korkenzieherartig nach unten verliefen. Über ihnen war praktisch die gesamte Spitze des Kegels durchsichtig, einschließlich des Bodens, auf dem sie zu Anfang gestanden hatten.

Als sie tiefer kamen, konnte er immer weiter in den Kegel hinunterblicken. Die anderen Wendeltreppen und die, auf der sie sich befanden, führten in eleganten Windungen nach unten, bis sie etwa hundert Meter tiefer eine waagerechte Fläche erreichten. An zwei oder drei Stellen jeder Treppe hingen Kästen in der Größe eines kleinen Zimmers frei in der Luft, als wären sie an der Treppe angeklebt.

Die Gruppe stieg dem Kabel nach die Stufen hinunter, bis sie einen Raum erreichten, in dem sich ein kleiner Sockel befand, auf dem ein Würfel und ein Kegel standen, die beide schwarz und etwa so groß wie eine Kaffeetasse waren. Auf der einen Seite des Kegels waren dieselben Bilder zu sehen, die sie in Manhattan empfangen hatten.

Bobby Joe hob die Kegel auf. Als er ihn umdrehte, sah Matt, daß auch die Rückseite des Kegels ein Bild zeigte. Bobby Joe drehte ihn ganz herum, bis es deutlich sichtbar war. »Sieh mal einer an!«

Der Kegel zeigte die Aufnahmen von der Entführung Manhattans, die Julie zusammengeschnitten hatte.

»Also empfangen sie unsere Antwort doch«, sagte Matt. »Das heißt nicht nur, daß unser Signal angekommen ist, sondern auch, daß sie eine Antwort erwartet haben. Wo sind sie also? Und warum haben sie nicht reagiert?«

Niemand wußte eine Antwort.

Sie stiegen weiter hinunter, durchsuchten die kleinen Zimmer, und zehn Minuten später fanden sie einen Raum, in dem sich jemand befand. In einer durchsichtigen, sargähnlichen Kiste lag der Körper eines Aliens, der genauso wie die Wesen in der Sendung aussah. Der Körper war humanoid – ein Zyklop. Das einzige Auge war geschlossen. Die Haut des Aliens war braun und ledrig und sah aus wie bei jemandem, der schwer unter Krampfadern zu leiden hatte. Dünne schwarze Lippen umgaben einen kleinen Mund, und in der schweineähnlichen Schnauze befand sich nur ein Nasenloch. Auf seiner Brust lag etwas, das wie eine schlampig durchgeführte Hauttransplantation aussah. Das Gebilde besaß Tentakel, die in der Brust des Aliens verschwanden. Niemand hatte eine Ahnung, ob es ein Haustier, ein Symbiont, ein medizinisches Implantat oder etwas ganz anderes war.

Stuart Lund überblickte schweigend seine Gemeinde. Er wußte nicht, was er von den jüngsten Nachrichten halten sollte. Einerseits erschreckte ihn die Idee, daß die Leute, die außerhalb der Kuppel unterwegs waren, Gottes Zorn auf sie alle herabbeschwören konnten. Andererseits trafen seit der Veröffentlichung der letzten Exkursionsergebnisse immer mehr Leute ein, so daß Stuarts Helfer kaum noch mit dem Zählen nachkamen. Offenbar lebte unter dieser Kuppel eine große Anzahl von Menschen, denen es nicht gefiel, daß die Umgebung, in der sich Manhattan und die anderen Städte befanden, zerstört werden sollte.

Stuart wußte, daß das Team überhaupt keine Chancen auf Erfolg hatte, aber je schneller er etwas organisieren konnte, das diese Aktion vereitelte, desto geringer war die Gefahr einer Vergeltung. Die Überflutung des Battery Tunnels war eine gute Idee gewesen, aber die Polizei hatte ihn viel zu schnell wieder freipumpen können. Es mußte noch andere Möglichkeiten geben. Etwas, das dem Wahnsinn dort draußen Einhalt gebot und das Team wieder zurückbrachte.

Die Stille dauerte jetzt lange genug an, so daß Stuart die Augen öffnete und sagte: »Bitte, nehmt Platz!«

Die Versammlung füllte das Lagerhaus bis in den letzten Winkel aus. Die Menschen in den hintersten Reihen waren so weit entfernt, daß Stuart keine Gesichter mehr erkennen konnte, aber er wußte, daß seine Stimme sie auch dort noch erreichen würde. Mitglieder seiner Gemeinde hatten Lautsprecher und Mikrofone herbeigeschafft, so daß die Kabel von seiner Kanzel aus in sechs verschiedene Richtungen führten. Da die Geräte aus verschiedenen Systemen zusammengewürfelt waren, hatten die Leute kein Kabel gefunden, durch das sich ein Mikrofon an mehrere Verstärker anschließen ließ. Also sprach Stuart in eine ganze Sammlung von Mikrofonen, die ihm das Gefühl gaben, er würde eine Pressekonferenz für die ganze Welt geben.

Eine Welle lief von vorn nach hinten durch die Versammlung, als sich fast zweitausend Menschen auf ihre Stühle setzten, die in der ersten Reihe zuerst, gefolgt von einer Reihe nach der anderen. Für einen kurzen Moment glaubte Stuart zu sehen, wie sich vor ihm das Wasser teilte.

»Ich möchte all jene begrüßen, die heute morgen zum erstenmal bei uns sind«, sagte Stuart, als alle Geräusche verstummt waren. »Ich glaube, ich erzähle niemandem hier etwas Neues, wenn ich sage, daß wir uns inmitten der größten Prüfung befinden, die uns je auferlegt wurde. Gott sieht uns zweifellos genauestens zu, wägt ab, urteilt und prüft. Und ich meine, daß wir alles tun sollen, um ein möglichst gutes Prüfungsergebnis zu erhalten.«

Nach fünfzehn Minuten waren Stuarts Anhänger heiser vom Schreien.

10
Ausbruch

Matt wich vor dem reglosen Alien zurück und klopfte gegen die Wand.

Der Alien reagierte nicht. Das einzelne graue Augenlid blieb geschlossen. Die anderen drei kamen näher, bis sie den Körper umringten.

Matt näherte sich vorsichtig, stieß einen Arm an und berührte dann eine Hand. »Es könnte sein, daß er tief und fest schläft, wenn man bedenkt, daß die ›Sonne‹ sich kaum bewegt. Vielleicht sind ihre Tage und Nächte extrem lang, wie Wochen oder Monate für uns. Vielleicht ist jetzt Mitternacht, und sie alle liegen in einer Art Winterschlaf.«

Abby blickte Matt an. »Das erscheint mir durchaus sinnvoll. Sie könnten ihren Sender schon vor langer Zeit eingeschaltet haben. Wenn wir während des ›Tages‹ geantwortet hätten, hätten sie bestimmt reagiert. Aber jetzt schlafen sie bis zum ›Morgen‹.«

Matt berührte den Alien am Handgelenk. »Ich kann keinen Puls spüren, aber ich denke, das hat wohl nichts zu bedeuten.« Dann legte er seine Hand auf den Hals des Aliens. Nach einer Weile sagte er: »Hier ist etwas zu spüren. Es ist weniger wie ein Herzschlag, sondern eher wie eine langsame Vibration. Aber ich würde sagen, daß diese ... Person am Leben ist.«

Abby legte ihre Hand ebenfalls auf den Hals des Aliens. »Ich glaube, du hast recht. Ich kann es auch spüren.« Abby berührte den sargähnlichen Behälter. »Hier spüre ich nichts, also kann die Vibration nicht von außen kommen.«

»Laßt uns hier verschwinden!« sagte Matt. »Ich denke, wir haben genug erfahren. Außerdem haben wir eine dringlichere Aufgabe. Rudy müßte sich mit der Maschine allmählich der Außenwand nähern.«

Sie liefen durch das Tal zwischen den Kegeln zurück, und Matt beneidete plötzlich die Wesen, die so lange schlafen konnten. Er blickte sich noch einmal zur ›Sonne‹ um. »Wir sind jetzt seit vier Stunden hier. Wie weit hat sich die ›Sonne‹ eurer Meinung nach bewegt?«

Bobby Joe trat ein paar Schritte zur Seite und tippte dann einige Zahlen in seine Armbanduhr ein. »Es ist nur eine grobe Schätzung, weil ich vorher keine genauen Messungen durchgeführt habe, aber es sieht aus, als hätte sie sich höchstens um zwei oder drei Grad bewegt. Wenn das stimmt, dauert ihre Nacht« – er drückte wieder ein paar Tasten – »so etwa zwischen zwanzig und dreißig Erdtagen.«

»Kein Wunder, daß wir noch keine Antwort erhalten haben«, sagte Abby.

Als sie wieder im Tunnel waren, rief Matt mit seinem normalen Funkgerät Manhattan an und berichtete, warum man hier auf ihre Antwortsendung nicht reagiert hatte.

Dann wechselte Matt den Kanal. »Rudy, hier ist Matt.«

»Ich höre«, kam kurz darauf Rudys Stimme aus dem Lautsprecher.

»Wir sind wieder draußen, und alles ist in Ordnung. Wir dürften euch in etwa einer Stunde eingeholt haben.«

»Kein Grund zur Eile. Die Maschine ist gerade kaputtgegangen.«

Abby hielt mühelos mit Matt Schritt, als sie vorgebeugt und mit langsamen Bewegungen durch den Tunnel liefen, dicht gefolgt von Julie und Bobby Joe. Abby profitierte nicht nur von ihrem Lauftalent, sondern auch von der Tatsache, daß sie ein paar Zentimeter kleiner als Matt war, wodurch sie längere Schritte machen konnte, ohne der Tunneldecke zu nahe zu kommen. Ihre Helmlampe wippte im Rhythmus ihrer Bewegungen auf und ab.

Sie war noch lange nicht außer Atem, als sie zehn Minuten später Rudy und Richard einholten. Sie bremsten ab, und für einen Moment waren als einzige Geräusche ein gleichmäßiges Klopfen von vorne und Bobby Joes keuchender Atem von hinten zu hören. Dafür, daß Bobby Joe im Grunde kerngesund war, hatte er eine ziemlich schlechte Kondition.

Rudy lag auf dem Rücken und bearbeitete die Maschine mit einem Schraubenschlüssel. Richard saß auf dem Wagen. Abby begrüßte ihn mit einem Kopfnicken, das er wortlos erwiderte.

»Was ist los?« fragte Matt.

»›Los‹ ist der richtige Ausdruck«, sagte Rudy. »Die Panzerkette auf der rechten Seite vibriert so stark, daß sie eine Aufhängung durchgescheuert hat, an der einige Versorgungsleitungen befestigt sind. Ich glaube, ich habe es rechtzeitig bemerkt, bevor größerer Schaden entstehen konnte. Wenn sonst nichts weiter ist, dürfte die Kiste in zehn oder fünfzehn Minuten wieder betriebsbereit sein.«

»Sehr gut. Brauchst du irgend etwas?«

»Ich komme schon klar. Vielleicht könntest du inzwischen ein neues Lüftungsrohr einsetzen und dich bei der Gelegenheit einmal umsehen. Nach dem Trägheitskompaß müßten wir schon recht nahe dran sein.«

»Wird gemacht.«

Während Matt nach hinten ging, kamen Julie und Bobby Joe nach. Bobby Joes Atem ging immer noch sehr schwer.

»Wie läuft's?« fragte Julie.

»Gut«, antwortete Rudy. »Ich denke, wir sind bald wieder im Rennen. Wie war der Ausflug?«

»Seltsamer als ein Kaufhausbummel im Spätdezember. Aber interessant. Faszinierend. Offenbar haben alle geschlafen.« Julie berichtete ihm, was sie gesehen hatten.

Abby ging zu Matt zurück und kam an Bobby Joe vorbei, der immer noch keuchte. Sie sagte: »Diese Exkursion wird dir guttun. Es wurde Zeit, daß du einmal nach draußen kommst und dir etwas Bewegung verschaffst.«

Sie erreichte Matt, als er gerade ein Loch in das Tunneldach bohrte. Wenige Minuten später blickte sie durch das Periskop. Sie befanden sich wirklich kurz vor dem Rand der riesigen Halle, in der sich die Kuppeln befanden. Die Wand schien nur wenige hundert Meter entfernt zu sein. Die senkrechte Linie, die den Zusammenstoß zweier Wandflächen markierte, löste sich nun in zwei parallele Linien auf.

»Was glaubst du, was diese Linien in der Ecke zu bedeuten haben?« fragte sie.

Matt blickte noch einmal durch das Periskop. »Vielleicht ist es ein Aufzugsschacht.«

»Ob er auch auf diesem Stockwerk hält?«

»Keine Ahnung. Vermutlich wäre es keine gute Idee, ihn zu benutzen, selbst wenn er hier hält. Ich kann mir vorstellen, daß wir dann irgendeine Warnanlage in der Kommandozentrale auslösen.«

»Du meinst also, wir sollten uns durch die Wand schneiden?«

»Das werden wir als erstes versuchen. Ich rechne damit, daß die Wand sehr stark ist, aber ich wüßte nicht, warum sie stärker als die Wände sein sollte, die wir bisher geschafft haben.«

»Und wenn wir nicht durchkommen?« fragte Abby.

»Dann werden wir etwas anderes ausprobieren, dann wieder etwas anderes und so weiter.«

»Du klingst, als könnte uns nichts aufhalten. Was macht dich so optimistisch?«

Matt wandte sich vom Periskop ab und blickte Abby an. Seine Helmlampe war leicht nach oben gerichtet, so daß sie seine Augen sehen konnte. »Ich bin nicht so häufig gelaufen wie du und auch nicht in deiner Klasse, aber ich wette, daß du in deiner aktiven Zeit manchmal mitten in einem Lauf das Gefühl hattest, du müßtest sterben. Daß du kurz davor stehst, ohnmächtig zu werden, oder daß du anhalten mußt, um dich zu übergeben. Hattest du so etwas schon einmal?«

»Ja, ein paarmal.«

»Aber du bist trotzdem weitergelaufen, nicht wahr?«

»Ja.«

»Und in welchem dieser Fälle stand am wenigsten auf dem Spiel?«

Abby versuchte sich zu erinnern. »Ich glaube, mein belangslosestes Rennen war gegen die drei schnellsten Jungen der High-School. Es war gar kein richtiger Wettlauf, weil in den Wettkämpfen niemals Jungen und Mädchen zusammen laufen. Aber einer der Jungen hatte mich damit aufgezogen, ich sei eine langsame Schnecke.«

»Also hattest du das Gefühl, du müßtest sterben, bist aber trotzdem weitergelaufen, ganz gleich, ob du gewinnen oder verlieren würdest, und das einzige, was auf dem Spiel stand, war dein Stolz. Ist das eine zutreffende Beschreibung?«

»Ich habe sogar gewonnen«, sagte Abby mit sichtlicher Befriedigung.

Matt lächelte. »Ich denke, damit hast du deine Frage beantwortet. Wenn du soviel nur für deinen Stolz getan hast, wie hart würdest du kämpfen, wenn es ums Überleben geht – um das Überleben einer ganzen Welt?«

Abby schwieg eine Weile und lächelte schließlich. »Du willst damit sagen, daß unsere Entführer einen großen Fehler machten, als sie uns holten?«

»Ja, das würde ich sagen. Was meinst du?«

»Ich denke, du hast recht. Wenn ich nicht so wütend wäre, könnten sie mir beinahe leid tun.«

»Du sagst es.« Matt holte das Periskop ein und brachte ein Luftventil mit einer Pumpe an.

Abby zögerte. »Aber wir sind nicht unbesiegbar.«

»Das ist richtig. Aber deswegen werden wir nicht ohne weiteres aufgeben.«

»Weißt du«, sagte Abby, »deine Frau hat großes Glück.«

»Darüber bin ich mir nicht sicher«, sagte Matt, aber Abby hörte seine Worte kaum, weil sie sich plötzlich umdrehte und zu den anderen zurücklief.

Wie konnte sie nur so dumm sein und so etwas sagen? Matts Frau war vielleicht schon tot, so wie jeder andere auf der Erde, und sie wagte es zu sagen, daß sie Glück hatte. Abby war völlig durcheinander. Und dann wurde ihr klar, daß sie Matt gerade mitten im Gespräch allein gelassen hatte. Wie konnte sie sich dafür entschuldigen? Ihr fiel nichts ein, was sie nicht wie ein Idiot klingen ließ. Und sie konnte unmöglich jetzt gleich zurückgehen, weil sie keine Ahnung hatte, was sie ihm sagen sollte. Sie hatte sich seit langem nicht mehr so verwirrt gefühlt. Sie kam sich wieder wie ein dummer Teenager vor, als sie spürte, wie sie errötete.

Abby ging am Anhänger vorbei und trat zu Julie, Bobby Joe und Richard, die immer noch Rudy bei der Arbeit zusahen. Für einen Moment erwartete sie, alle vier würden sich zu ihr umdrehen und sie anstarren, weil sie sich Matt gegenüber so dumm verhalten hatte. Natürlich geschah das nicht. Sie waren zu weit entfernt gewesen.

»Ich denke, das reicht«, sagte Rudy. Er suchte seine Werkzeuge zusammen und verstaute sie im Anhänger.

Matt kam fast im gleichen Augenblick zurück.

»Ich glaube, wir sind wieder im Rennen«, verkündete Rudy, bevor irgend jemand ein Wort sagen konnte. »Ich werde in ein paar Minuten einen Probelauf machen.«

»Gut«, sagte Matt. »Das Luftventil scheint zu funktionieren.« Als er sich an Abby vorbeischob, um zu Rudy zu gelangen, beschien seine Helmlampe die Rückseite der Maschine, so daß Abby im Dunkeln stand. Ohne daß es jemand von den anderen sehen konnte, legte Matt ihr sanft eine Hand auf die Schulter.

Abby wußte nicht, was diese Berührung bedeuten sollte, ob es ein ›Schon gut, wir alle sagen manchmal etwas Dummes‹ oder ein ›Ich verstehe, auch ich bin nervös‹ oder etwas ganz anderes war. Sie wußte nur, daß sie sich sofort besser fühlte. Viel besser. Ihre Schulter prickelte.

Fast gleichzeitig redete Matt weiter. »Es sieht aus, als wären wir nur noch ein paar hundert Meter von der Wand entfernt. Also brauchen wir die Maschine nicht mehr allzu lange.«

»Gut«, sagte Rudy. »Das deckt sich mit meinen Messungen.« Er nahm die Fernbedienung der Maschine an sich und drückte auf ein paar Tasten. »Auf geht's!« sagte er.

Die Maschine bewegte sich ein winziges Stück vorwärts und hielt wieder an. Sekunden später bewegte sie sich ein weiteres Stück vor. Nachdem er sie eine Minute lang beobachtet hatte, sagte Rudy: »Ich denke, sie funktioniert wieder.«

Alle außer Richard sagten ein oder zwei Worte als Glückwunsch oder Dank.

Als der Trägheitskompaß anzeigte, daß sie noch höchstens zwanzig Meter von der Wand entfernt waren, gab Matt Rudy Bescheid, den Tunnelvortrieb zu verlangsamen.

»In Ordnung«, sagte Rudy. »Bleibt es dabei, daß ich jetzt in die Kurve gehe, damit der Tunnel auf den letzten Metern parallel zur Wand verläuft?«

»Es bleibt dabei.«

Matt hörte, wie Bobby Joe irgendwo hinter ihm etwas über Einparken im Vorwärtsgang sagte. »He, Bobby Joe! Warum machst du dich nicht ein wenig nützlich? Wenn wir durch die

Wand stoßen, kommen wir vielleicht in eine andere Atmosphäre mit anderem Druck. Geh doch bitte fünfzehn Meter zurück und setze eine neue Luftschleuse ein!«

»Wird gemacht.« Bobby Joe holte sich die nötige Ausrüstung und ging im Tunnel zurück.

Matt hielt den Trägheitskompaß so, daß Rudy die Anzeige sehen konnte, während er die Maschine dirigierte. Sie näherten sich einer Ecke zwischen zwei Wänden, die sich im Winkel von hundertfünfunddreißig Grad trafen. Auf dem Display waren zwei Linien zu sehen, die diesen Winkel bildeten. In der Nähe des Schnittpunkts zeigte ein orangefarbener Punkt mit einem Kometenschweif ihre gegenwärtige Position und ihren jüngsten Kurs an. Über der Anzeige breitete sich ein Koordinatengitter aus, das die Fläche in Quadratmeter aufteilte.

In der oberen Ecke waren ihre Koordinaten relativ zur Eingangshalle des World Trade Centers dargestellt. Demnach waren sie von dem Punkt, wo das Meßgerät auf Null gestellt worden war, horizontal 48,912 Meter entfernt und befanden sich 17,4 Meter tiefer.

Sie bewegten sich langsam vier Meter weiter, während ihre Positionsveränderung auf der Anzeige in immer kleineren Schritten vor sich ging. Der Kometenschweif bestätigte, daß sie sich in einer Linkskurve auf die Wand zubewegten. Matt drehte sich um und sah, daß Abby, Julie und Richard langsam hinter ihnen durch den gebogenen Tunnel gingen. Kurz bevor Matt wieder nach vorn blickte, stolperte Richard, konnte sich aber wieder fangen.

Allmählich verlief der Tunnel wieder gerader, als die Maschine sich parallel zur Wand bewegte und dem Treffpunkt der Wände näher kam. Gelegentlich steigerte sich die Tonhöhe der Maschine, wenn sie die Wand berührte. Ein Streifen in hellerem Grau wurde in Hüfthöhe an der echten Wand sichtbar.

Als die Maschine sich kurz vor der Ecke befand, dirigierte Rudy sie von der Wand weg und ließ sie eine engere Linkskurve einschlagen, so daß sie nach ein paar Minuten parallel zur anstoßenden Wand verlief, wenn die Anzeige des Kompasses stimmte.

»Das sollte genügen«, sagte Rudy. Er stellte die Maschine ab, und für einen Augenblick war es völlig still im Tunnel.

»Gut«, sagte Matt. »Bevor wir etwas anderes tun, wollen wir sicherstellen, daß es keine Lecks gibt.«

Unter Matts und Rudys Anweisung holte die Gruppe Klebeband vom Anhänger und dichtete die Stellen ab, wo die Maschine die Wand berührt hatte, um sicherzugehen, daß keine graue Substanz in den Raum auslaufen konnte. Bobby Joe kam rechtzeitig zurück, um ihnen zu helfen, bevor sie damit fertig waren.

»Was jetzt, Chef?« fragte Bobby Joe.

Matt massierte sein Genick. »Die nächste Aufgabe besteht darin, die Substanz vor dem Schnittpunkt der zwei Wände wegzuschaffen. Rudy meint, der günstigste Punkt für einen Durchbruchsversuch dürfte eine Nahtstelle sein. Auf diese Weise werden wir auch herausfinden, ob dieser Aufzugsschacht, oder was immer das sein mag, uns irgendwie nützen kann.«

»Wir werden uns nicht einfach durchsprengen?«

»Nein. Diese Wand könnte den ›Frachtraum‹ von der Kommandozentrale trennen. Vielleicht ist es aber auch die Außenhülle. Wenn wir nicht vorsichtig sind, enden wir womöglich, indem wir im Vakuum nach Luft zu schnappen versuchen.«

»Es kann sein, daß sich der ›Frachtraum‹ gar nicht mehr im Schiff befindet. Vielleicht hat man uns auf der Rückseite des Mondes oder sonstwo abgestellt.«

»Das ist möglich, aber ihre Vorgehensweise scheint darin zu bestehen, eine Stadt zu entführen, sie der Sammlung hinzuzufügen und dann weiterzuziehen. Wie dem auch sei, auch wenn wir auf dem Mond sind, könnten wir nur einen Meter vom Vakuum entfernt sein.«

»Okay. Ich dachte nur, wenn wir jetzt etwas Sprengstoff einsetzen, hätte Richard einmal die Gelegenheit, sich zu Wort zu melden.«

»Ich bin durchaus in der Lage, ein Gespräch zu führen, wenn der Anlaß angemessen ist, vielen Dank«, sagte Richard. Plötzlich wurde er von allen angestarrt.

»Hey, Dick! Es ist wirklich toll, dich einmal sprechen zu hören«, sagte Bobby Joe.

»Man pflegt mich Richard zu nennen.« Sein Tonfall war geradezu eisig.

»Woher weißt du das so genau?« fragte Bobby Joe mit Unschuldsmiene.

Als Richard die Augen zusammenkniff, trat Matt zwischen sie, um die Aufmerksamkeit auf etwas Sinnvolleres zu lenken. »Okay, Leute. Wir müssen jetzt die Wand frei schaufeln, vor allem in der Ecke. Bobby Joe, wir beide übernehmen die erste Schicht.«

Matt und Bobby Joe bearbeiteten die graue Substanz und achteten darauf, mit den Schaufeln nicht gegen die Wand zu schlagen. Während dessen gruben die anderen vier mit Hilfe der Maschine einen Seitentunnel für den Abraum. Das leise, regelmäßige Klappern der Laufketten war beruhigend.

Innerhalb einer Stunde hatten sie den Schnittpunkt der Wände freigelegt. Die Wände trafen sich tatsächlich in einem Winkel von einhundertfünfunddreißig Grad, aber kurz davor zweigten zwei kurze Wände ab und vereinigten sich in einer senkrechten Naht, als würde ein karoförmiger Schacht in der Ecke nach oben führen.

Matt setzte ein weiteres Lüftungsventil ein, während Rudy die unregelmäßigen Ränder der Substanz mit dem Schweißbrenner behandelte. Hinter Rudy dichteten Richard, Julie und Abby die Stellen mit festem Klebeband ab, wo die Substanz auf die Wandflächen stieß, damit nichts hereinfließen konnte. Die Gruppe hatte einen Bereich von einem Meter Höhe und acht Metern Breite freigelegt. Die Wände des Aufzugsschachtes – falls es sich um etwas Derartiges handelte – unterschieden sich nicht von den anderen Wänden.

Rudy kehrte vom Anhänger zurück, wo er sich ein Stethoskop geholt hatte, das über einen Verstärker an Kopfhörer angeschlossen war. »Wenn alle mal für eine Minute still sein könnten, werde ich testen, ob ich etwas auf der anderen Seite hören kann.«

Rudy kniete sich auf den Tunnelboden und drückte einen Saugnapf auf die freie Wandoberfläche. Er setzte die Kopfhörer auf und drehte an einem kleinen Knopf des Verstärkers.

Er schaltete die Empfindlichkeit um eine Stufe höher und lauschte erneut fünfzehn Sekunden lang. Schließlich nahm er die Kopfhörer ab und sagte: »Nichts.« Er ging zum Anhänger zurück und holte eine Bohrmaschine.

Rudy bestückte sie mit einem Bohrer und sagte: »Wir wollen ganz klein anfangen. Wenn sich auf der anderen Seite wirklich Vakuum befindet oder es Leute gibt, die uns bemerken könnten, ist es so am besten. Außerdem können wir dann ein Glasfaser-Endoskop hindurchschieben und uns etwas umsehen, bevor wir weitere Entscheidungen treffen.«

»Einverstanden«, sagte Matt.

Die Wand sah im Schein der Helmlampen wie poliertes Aluminium oder Stahl aus. Dünne Linien markierten gleichseitige Dreiecke mit einer Seitenlänge von einem Meter, als wäre die Wand aus dreieckigen Platten zusammengesetzt worden, die anschließend verschweißt oder molekular verbunden worden waren. Rudy setzte die Bohrmaschine in der Mitte eines solchen Dreiecks an und drückte auf den Einschaltknopf. Zuerst drehte sich der Bohrer nur auf der Oberfläche, wie ein rotierender Zahnstocher, den man gegen eine Glasscheibe hielt, doch dann bildete sich eine leichte Vertiefung im Metall.

Rudy schwieg einen Moment. »Hauptsächlich besteht es aus Sauerstoff. Daneben etwas Stickstoff und ein kleiner Anteil, den ich nicht identifizieren kann. Das muß das Zeug sein, was dem Gas die Farbe verleiht. Aber ich kann nur hoffen, daß es in den Mengen, denen wir ausgesetzt waren, unschädlich ist. Trotzdem wäre es vermutlich nicht gut für unsere Lungen, wenn wir mehr davon einatmen würden. Die gute Nachricht ist, daß dieses Zeug keine Strahlung von sich gibt.«

»Gut«, sagte Matt. »Ich hole jetzt die anderen zurück. Wir müssen uns besprechen.«

Einige Minuten später befanden sich alle sechs wieder in der Nähe der freigelegten Wand.

»Also, was war das für ein Zeug?« fragte Julie.

Matt blickte Rudy an, der es erklärte. »Ist es das, was unsere Entführer atmen?« fragte Bobby Joe. »Vielleicht sollten wir zurückgehen und uns Taucherausrüstungen holen.«

»Das ist nicht das einzige Problem«, sagte Abby. »Ich bin mir nicht sicher, ob wir in dieser Atmosphäre etwas sehen können.«

Die Gruppe schwieg eine Weile.

Schließlich sagte Matt: »Ich glaube nicht, daß unsere Entführer das Zeug atmen.«

»Vielleicht denken wir beide dasselbe«, sagte Rudy.

»Ein Zaun?«

»Schon möglich.«

»Wovon redet ihr überhaupt?« fragte Richard.

Matt drehte sich zu Richard um. »Als Rudy mit dem Bohrer die Wand durchdrang, stieß der Bohrer schon nach wenigen Zentimetern auf einen neuen Widerstand. Kurz hinter der ersten befindet sich eine zweite Wand, so daß das rote Gas vielleicht nur dazwischen vorkommt.«

»Zu welchem Zweck?« fragte Julie.

»Damit man sehr leicht feststellen kann, wenn jemand ausbricht und um den Ort, wo das geschieht, zu lokalisieren. Wenn wir vorhin Sprengstoff benutzt hätten, säßen wir jetzt vor einem so großen Loch, daß wir es nicht mehr versiegeln könnten. Wenn wir einen Hochleistungslaser eingesetzt hätten, wäre gleichzeitig ein Loch in die zweite Wand gebrannt worden, so daß das Gas auf der anderen Seite austreten würde, auch wenn wir diese Seite versiegelt hätten.«

»Das klingt nicht sehr High-Tech-mäßig«, sagte Bobby Joe.

»Vielleicht«, sagte Rudy. »Aber es hat den Vorteil, daß es eine sehr einfache Lösung ist. Sie müssen Hunderte von Quadratkilometern überwachen, und wenn sie die gesamte Oberfläche mit Sensoren bestücken oder mit Lasern und Spiegeln abdecken wollten, wäre das ein gewaltiger Aufwand. So haben sie einfach nur eine zweite Hülle um das Ganze gezogen und messen gelegentlich den Gasdruck zwischen den Wänden. Sehr einfach.«

»Für mich klingt das sehr sinnvoll«, sagte Matt. »Aber vielleicht sollten wir noch weitere Theorien in Betracht ziehen. Eine wurde bereits erwähnt – daß es die gewohnte Atmosphäre unserer Entführer ist. Welche sind noch denkbar?«

»Vielleicht haben wir eine Gasleitung angezapft«, sagte Bobby Joe. »Oder einen Tank mit dem Zeug.« »Ein Tank stünde wahrscheinlich unter einem höheren Druck«, entgegnete Rudy. »Und eine Gasleitung, die das Zeug von einem Ort zum anderen bringt, setzt voraus, daß dieses rote Gas irgendeinem Zweck dient.«

»Weitere Möglichkeiten?« fragte Matt. Als es eine Weile still war, sagte er schließlich: »Die erste Theorie erscheint mir immer noch am sinnvollsten. Was tun wir also als nächstes?«

Julie sagte: »Wenn wir an dieser Stelle nicht durchkommen, dann vielleicht an einer anderen.«

»Ich wette, der ganze Frachtraum ist auf diese Weise abgesichert«, sagte Rudy. »Aber ich denke, daß wir vielleicht doch durchkommen.«

Abby sah nervös zu, wie Rudy mit der Säge langsam durch die Wandplatte schnitt. Die Arbeit wurde durch schlechte Sicht und die Plastikfolie erschwert.

Auf Rudys Vorschlag hin hatten sie ein großes Stück des durchsichtigen Materials, mit dem sie die Luftschleusen im Tunnel hergestellt hatten, über die dreieckige Platte geklebt, die Rudy heraustrennen wollte. Die aufgeblähte Plastikfolie war erheblich größer als die vorgesehene Öffnung, und sie hatten mehrere von Rudys Werkzeugen ins Innere getan, bevor sie die Hülle versiegelt hatten. So konnte Rudy die Säge mit der Folie dazwischen halten, ohne mit dem Innern der Hülle in Kontakt zu kommen. Die rötliche Luft machte es schwierig, etwas im Innern zu erkennen. Sie hatten eine Luftpumpe in der Tunneldecke installiert, um den Luftdruck auf dieser Seite der Folie so hoch wie möglich zu halten.

»Ich brauche mal für eine Sekunde deinen Helm«, sagte Abby zu Rudy. Sie nahm ihn ab, wechselte die Lampenbatterie gegen eine frisch aufgeladene aus und setzte den Helm wieder auf Rudys Kopf. »Alles klar.«

»Danke«, sagte Rudy.

Abby hatte gerade die Batterien ihrer Minikamera ausgewechselt, als Rudy sagte: »Ich hab's fast geschafft. Jemand muß mir helfen, die Platte festzuhalten, damit sie nicht zwischen die zwei Wände fällt.«

Matt und Richard kamen näher. Matt griff in die Folie und manövrierte einen Schraubenzieher nach oben, wo er ihn dazu benutzte, eine Ecke der Platte herauszuhebeln. Wenige Minuten später hatte Rudy die Platte ganz herausgesägt; Matt und Richard – behindert durch die Plastikfolie – stellten sie vor der Wand ab.

In der großen dreieckigen Öffnung war durch das rote Gas

kaum etwas zu erkennen, aber ein paar Zentimeter tiefer schien sich tatsächlich eine weitere Oberfläche zu befinden.

Rudy und Matt griffen durch die Folie nach unten, wo sie etwas graue Substanz deponiert hatten, bevor sie die Plastikversiegelung angeklebt hatten. Vorsichtig drückten sie die Stücke in den Spalt rings um die dreieckige Öffnung.

»Ich glaube, wir haben's gleich«, sagte Rudy schließlich.

»Okay«, sagte Matt und drehte sich zu Abby um. »Es muß jetzt sehr schnell gehen. Abby und Bobby Joe, ihr haltet die Schweißbrenner bereit. Rudy und ich werden gleich ein Loch in die Folie schneiden. Richard und Julie, habt ihr das Klebeband bereit?«

»Ja«, sagte Julie im Namen der beiden.

Abby und Bobby Joe entzündeten ihre Schweißbrenner.

»Okay. Holt noch ein letztes Mal tief Luft«, sagte Matt. »Drei ... zwei ... eins.« Mit ihren Messern schnitten Matt und Rudy schnell ein großes Loch in die Mitte der angeklebten Folie und drückten die Ränder in den Spalt mit der grauen Substanz. Rote Luft wirbelte in den Raum, und Abby sah ein paar kleine Gasstrahlen, die aus undichten Stellen rund um die Öffnung hereindrangen.

Abby trat vor und hielt schnell die Flamme über die graue Substanz. Erleichtert beobachtete sie, wie die Masse dunkler wurde, sich ausdehnte und dabei die Lücken schloß. An einigen Stellen versiegte der Strom aus rotem Gas. Als sie schließlich wieder atmen mußte, verspürte sie einen Hustenreiz, doch die rote Wolke verflüchtigte sich bereits.

Sobald Abby einen Abschnitt mit dem Schweißbrenner bearbeitet hatte, versiegelte Richard ihn zusätzlich mit einem Klebestreifen.

Jeder im Raum hustete mehrere Minuten lang, während sie sich beeilten, die Öffnung luftdicht zu verschließen. Selbst nachdem sie fertig waren, dauerte es eine Weile, bis Abbys Atmung wieder normal ging. Sie war sich nicht sicher, ob das Problem die rote Luft oder ihr Adrenalinspiegel war, aber schließlich hatte sie keine Beschwerden mehr.

Matt begutachtete die Versiegelung rings um das Dreieck. »Sieht gut aus. Ihr alle habt hervorragende Arbeit geleistet.«

Die Sicht war jetzt frei und der rötliche Farbton in der Luft verschwunden. Hinter der dreieckigen Öffnung befand sich tatsächlich eine weitere ähnliche Oberfläche, als hätten sie sich gerade durch die erste Metallschicht einer Autotür geschnitten.

Rudy hob die Bohrmaschine an. »Soll ich?«

Matt schnappte sich eine Rolle Klebeband und sagte: »Bitte! Ich bin sehr neugierig. Diesmal wollen wir jedoch gewisse Sicherheitsvorkehrungen treffen. Alle bis auf Rudy ziehen sich ein Stück in den Tunnel zurück. Richard, du bringst die Gruppe nach hinten. Seid vorsichtig!«

Abby gefiel es nicht sehr, schon wieder im Hintergrund warten zu müssen. Während sie mit den anderen den Tunnel hinunterging, stellte sie fest, daß sie nichts dagegen hatte, sich gemeinsam mit Matt in Gefahr zu bringen. Daß Matt sich in Gefahr brachte, ohne daß sie dabei war, gefiel ihr jedoch gar nicht.

Abby, Bobby Joe, Julie und Richard erreichten die Luftschleuse, öffneten sie, stiegen hindurch und verschlossen sie wieder. Abby setzte sich auf den Boden und lehnte sich gegen die gekrümmte Tunnelwand. Sie schaltete ihre Helmlampe aus, um Batterien zu sparen. Die Maschine zum Tunnelvorschub stand nur ein paar Meter weit entfernt, mit der Arbeitsseite in ihrer Richtung, was Abby nervös machte.

Bobby Joe ging unruhig auf und ab. Nach ein paar Minuten sagte er: »Nun, Richard, was macht ein Bombenleger denn so?«

»Ich bin kein ›Bombenleger‹.«

»Oh, Entschuldigung. Ich meine natürlich: ein Sprengstoffexperte.«

»Zwanzig Jahre in der wirklichen Welt. In der Welt, wo man nach einem Fehler von der Wand gekratzt wird und in einer Zigarrenschachtel wie ein Hamster im Hinterhof beerdigt wird.«

»Das klingt sehr verbittert. Warum machst du diese Arbeit, wenn du sie so sehr haßt?«

»Ich hasse sie nicht. Ich liebe sie. Ich mag nur keine Leute, die meinen Job trivialisieren.«

»Du liebst diese Arbeit?« hakte Bobby Joe nach.

»Ja.« Zuerst dachte Abby, das wäre alles, was Richard dazu

sagen würde, dann setzte er hinzu: »Vielleicht ist es wie Drogenabhängigkeit, aber wenn ich arbeite, habe ich das Gefühl, wirklich am Leben zu sein. Die übrige Zeit warte ich nur darauf, wieder an die Arbeit gehen zu können. Wie zum Beispiel jetzt.«

»Sie kommen zurück«, sagte Julie.

Der Scheinwerfer einer Helmlampe auf der anderen Seite der Luftschleuse näherte sich, und Rudy rief ihnen zu: »Alles in Ordnung. Ihr könnt wieder zurückkommen.«

Im Raum sah es noch fast genauso wie vorher aus, nur daß sich jetzt ein kleines Loch in der zweiten Wand befand.

»Auf der anderen Seite ist Luft, fast genauso wie hier«, sagte Matt. »Und der Druck ist auch fast der gleiche. Aber wir können nicht viel erkennen; es ist nämlich dunkel.«

Rudy setzte wieder die Säge ein, um ein Dreieck in die zweite Wand zu schneiden, das ein wenig kleiner als das erste war. Als er damit fertig war, hievten Matt und Richard das Stück Metall in den Tunnel und legten es auf den Boden. Hinter der Öffnung war nur Schwärze zu erkennen.

»Laß deine Lampe zuerst ausgeschaltet«, sagte Matt, als Rudy seinen Kopf durch die Öffnung schieben wollte.

Rudy schaltete die Lampe aus, dann nahm er seinen Helm ganz ab, bevor er seinen Kopf in die Dunkelheit schob. Er blickte nach unten und nach oben und zog sich wieder zurück. »Ich kann überhaupt nichts sehen«, sagte er leise.

Jeder in der Gruppe kam an die Reihe. Abby konnte ebenfalls nichts erkennen, außer vielleicht einem sehr schwachen Schimmer genau gegenüber der Öffnung, was vielleicht auch nur Einbildung war.

»Na gut«, sagte Matt schließlich. »Ich denke, es kann nicht schaden, wenn wir jetzt unsere Lampen einsetzen.«

Rudy schaltete seine Helmlampe ein, und jetzt konnte Abby etwa einen Meter entfernt eine senkrechte Wand erkennen. Die Oberfläche der Wand war pechschwarz. Sie schluckte fast alles Licht, obwohl sie beleuchtet wurde. Abby mußte ihren Kopf ein paarmal vor und zurück bewegen, bis sie sich überzeugt hatte, daß die Wand wirklich ganz in der Nähe war.

»Hui!« sagte Bobby Joe, als er hindurchblicken durfte.

Abby verstand seine Reaktion, als sie nach unten sah. Es war wie der schwindelerregende Blick vom Baugerüst eines Hochhauses nach unten. Die zwei Wände liefen in der Tiefe scheinbar zusammen. Der Zwischenraum wurde nur von dicken Streben unterteilt, die in regelmäßigen Abständen von zwei oder drei Metern zwischen den Wänden verliefen. Sie konnte mindestens fünfzig Staffeln erkennen, bis der Lichtschein zu schwach wurde. Der unsichtbare Boden mochte hundert Meter tiefer liegen oder auch hundert Kilometer.

Ein ähnlicher Anblick bot sich nach rechts und nach oben. Auf der linken Seite versperrte die Stelle, wo die zwei Wände aufeinander trafen, die Sicht, aber Abby ging davon aus, daß der Anblick hinter der Ecke der gleiche war. Die Luft zwischen den Wänden war merklich kühler, und Abby fühlte sich plötzlich sehr klein.

»Was jetzt?« sagte Bobby Joe leise.

»Ich bin nicht sicher«, sagte Matt. »Ich denke, wir sollten nachsehen, was hinter der nächsten Wand ist.«

Abby drehte sich um und sah, daß Rudy sich bereits ein Seil vom Anhänger geholt hatte und es sich um den Bauch verknotete. »Ich bin bereit«, sagte er, als er die Bohrmaschine und eine Rolle Klebeband aufhob.

Matt machte den Eindruck, als wollte er etwas einwenden, doch dann sagte er: »Einen Moment noch. Wir wollen erst die Schnittflächen überkleben, damit sich niemand verletzt oder das Seil beschädigt wird.«

Ein paar Minuten später stieg Rudy in die dunkle Öffnung, während Matt und Bobby Joe das Seil festhielten. Rudy stellte sich auf eine der Streben, die zwischen den Wänden verliefen, schob sich langsam zur schwarzen Wand hinüber und setzte sich rittlings auf die Strebe. Er strich mit den Fingern über die Oberfläche. »Diese Wand ist sehr kalt!«

Rudy verschränkte seine Beine unter der Strebe und richtete die Bohrmaschine auf die Wand. Er schaltete sie ein, und Abby wurde immer nervöser, daß sie diesmal von jemandem hinter der Wand gehört werden könnten. Sie zwang sich dazu, ruhiger zu atmen.

Das Geräusch der Bohrmaschine dauerte etwa fünf Minuten

lang an, bevor Rudy sie ausschaltete. Er hielt seinen Kopf dicht vor die Wand und richtete die Helmlampe auf die Stelle, wo er gebohrt hatte. Dann drehte er sich zur Gruppe um, die ihm durch die dreieckige Öffnung zusah und rief: »Ich glaube nicht, daß wir hier so einfach durchkommen. Ich sehe nicht mal einen Kratzer.«

Bobby Joe blickte Matt an. »Wenn diese Wand wirklich sehr kalt ist, könnte es die Außenwand sein.«

»Stimmt. Einen Augenblick.«

Kurz darauf kam Matt mit einem starken Scheinwerfer zurück. Er richtete die Lampe nach unten in den Raum zwischen den Wänden, dann nach oben.

Nachdem Rudy wieder in den Tunnel zurückgekrochen war, bekam Abby die Gelegenheit zu sehen, was der Scheinwerfer enthüllte. Unten konnte sie einen schwachen Schimmer erkennen, der wie der Boden des Abgrundes aussah. Rechts von ihnen und oben gab es keinerlei Hinweis, daß der Raum irgendwo zu Ende war – nur ein unendlicher Wald aus schwarzen Stämmen, die in der Ferne zusammenschrumpften und das Licht verschluckten.

Matt blickte noch einmal in den Abgrund. »Die nächste Oberfläche scheint dort unten zu liegen. Ich denke, unsere nächste Aufgabe sollte sein, sie zu erreichen.«

Abby holte tief Luft und sagte sich, daß das hier nicht schlimmer als der Tunnel werden würde. Vermutlich.

11

Erstkontakt

»Sind alle bereit?« fragte Matt. Der Vorstoß in das Loch zwischen den Wänden machte ihn nervös. Gleichzeitig war er aufgeregt, weil sie nun vielleicht in einen Bereich kamen, wo sie endlich etwa bewirken konnten, und er machte sich Sorgen, daß sie womöglich zu spät kamen.

»Da wäre nur noch eine Sache«, sagte Rudy. »Ich sollte die Maschine vielleicht noch parken.«

»Ich dachte, das hättest du schon getan.«

»Stimmt. Ich hätte sagen sollen, daß ich sie etwas sicherer parken sollte.« Rudy ging den Tunnel hinunter zur Maschine. »Sie wird hier wesentlich länger als bisher stehen. Ich möchte nicht, daß sie in der Zwischenzeit im Boden versinkt. Erstens möchte ich sie nicht verlieren, und zweitens will ich vermeiden, daß sie diesen Tunnelabschnitt mit nach unten zieht. Dann könnte der Tunnel beschädigt und überflutet werden und graue Substanz in das Loch fließen, das wir gerade gemacht haben.«

Als Matt ihm zur Maschine folgte, bemerkte er, daß sich der Tunnelboden tatsächlich etwas gesenkt hatte, wo die Maschine stand, obwohl sie sich noch gar nicht so lange hier aufhielten.

»Was willst du dagegen tun?« fragte Matt.

»Ich mache einen Ballon«, sagte Rudy. »Damit schaffe ich genügend Auftrieb, bis die Kräfte ausgeglichen sind.«

Matt sah zu, wie Rudy mehrere kleine Röhren, Gasflaschen und aufblasbare Ballons holte. Rudy hämmerte die Röhren in die Wände und versiegelte jede mit dem Schweißbrenner. Schließlich verband er die kleinen Gasflaschen mit je einem Ballon, dessen schlaffe Hülle er in die Röhren stopfte. An jeder Flasche befand sich ein kleiner Henkel, den Rudy über die Röhre hängte. Dann öffnete er die Ventile der Gasflaschen.

»Okay«, sagte Rudy. »Das wär's schon fast. Die Substanz fließt so langsam, daß es eine Weile dauert, bis sich die Ballons gefüllt haben, aber ich denke, daß die Zeit ausreicht, um ein Gegengewicht zur Maschine zu schaffen, bevor sie viel tiefer versunken ist.«

Schließlich nahm Rudy einen großen Ballon und schloß ihn an einer größeren Gasflasche an. Der Ballon dehnte sich aus, bis er den ganzen Tunnel ausfüllte. Rudy ließ das Gas einströmen, bis der Ballon straff gefüllt war. »Eine Zusatzversicherung«, sagte Rudy, »für den Fall, daß der Tunnel ein Leck bekommt.«

Matt und Rudy kehrten zum Loch in der Wand zurück. »Okay. Sind jetzt alle bewaffnet und einsatzbereit?« fragte Matt.

Abby und Bobby Joe klopften auf die Glock-Siebzehn-Pistolen an ihren Hüften und sagten: »Ja.« Alle anderen waren ebenfalls bereit. Auf der anderen Seite ihrer Gürtel hingen Feldflaschen.

»Okay. Dann los!« Matt nahm das Ende eines langen aufgerollten Seils und hakte es in seinem Gürtel fest. Er stieg in den dunklen Raum zwischen den Wänden. Die schwarze Oberfläche verschluckte einen großen Teil des Lichts seiner Helmlampe. Matt trat auf eine der Streben. Richard hakte sich als nächster am Seil fest, stieg dann ins Loch und ließ das durchhängende Seilstück in die Dunkelheit fallen.

»Gib mir die Lampe!« sagte Matt.

Richard reichte sie ihm. Matt drückte sie mit dem Saugnapf an die Wand, ein Stück von der Öffnung entfernt. Er stellte sie so ein, daß sie nur alle fünf Sekunden aufblitzte, damit die Batterie längere Zeit durchhielt.

»Alles klar«, sagte Matt. »Ich springe jetzt zur nächsten Strebe.«

Richard sagte: »Okay. Ich bin eingeklinkt und Abby ebenfalls.«

Matt nickte. Er holte tief Luft und sprang auf die Strebe zu, die sich in unmittelbarer Nähe der Ecke befand. Sein Körper fühlte sich schwerelos an, während er durch die Dunkelheit auf die drei Meter entfernte Strebe zusegelte. Sein Helm wäre fast gegen eine Strebe in der oberen Reihe gestoßen. Seine Füße berührten die angepeilte Strebe, und er stützte sich an den Wänden ab.

Er beugte sich in der Dunkelheit vor, bis er gerade um die Ecke blickten konnte. Der Raum zwischen den parallelen Wänden sah dort genauso aus – eine endlose Folge von Streben zwischen den Wänden.

Matt sprang zur ersten Strebe zurück und machte sich bereit, diagonal zur nächsttieferen Reihe hinunterzuspringen. Er faßte die Strebe ins Auge, die er erreichen wollte. Sie befand sich drei Meter unter ihm und war horizontal um die Hälfte dieser Strecke versetzt. Er überprüfte die Länge des losen Seils, um sicherzugehen, daß er nicht kurz vorher wie ein Hund an der Leine zurückgerissen wurde. Zum Glück war ein solcher Sprung in der geringen Schwerkraft viel einfacher als unter irdischen Bedingungen.

Er versuchte abzuschätzen, wie schnell er fallen würde und stieß sich von der Strebe ab. Er stürzte tiefer in die Dunkelheit hinein.

Die Strebe kam immer näher, aber er bewegte sich nicht schnell genug nach vorn. Statt die Strebe mit den Füßen zu treffen, fiel er daran vorbei, so daß er sie nur noch mit den Armen fassen konnte.

Es war leichter als erwartet, sich daran festzuhalten und hinaufzuziehen. Sekunden später sprang er diagonal zur nächsten Strebe. Diesmal stieß er sich etwas kräftiger ab, so daß er mit den Füßen landete. Er schwankte und stützte sich an den Wänden ab. Sein Rucksack war groß, aber nicht sehr schwer, obwohl er einen Teil von Richards Ausrüstung enthielt.

Matt blickte zu Richard hinauf und rief leise: »Der Nächste!«

Richard trat auf die Strebe in der Nähe des Lochs und folgte Matt bis zur Strebe, zu der er als erste gesprungen war. Richard verkalkulierte sich ebenfalls, schaffte es aber, sich kurz darauf auf die Strebe zu ziehen.

Nach wenigen Minuten befand sich auch der Rest der Gruppe im Zwischenraum. Hinter Richard kamen Abby, Bobby Joe, Julie und zum Schluß Rudy. Sie waren paarweise durch Sicherungsseile verbunden. Matt befand sich schon so tief unten in der Dunkelheit, daß er das Gefühl hatte, in einem langen Aufzugsschacht zu sein. Das Loch hoch oben sah aus wie der ferne Eingang zu einem schlecht beleuchteten Stockwerk. Die Lichtblitze der Lampe neben der Öffnung waren jetzt viel besser zu sehen als zu Anfang.

Die Gruppe vollführte eine Reihe weiterer Sprünge und drang tiefer in den Abgrund vor. Während Matt zusah, wie die anderen nachkamen, wirkten sie wie riesige Leuchtkäfer mit einem Ziel. Abby mußte falsch gelandet sein, denn Matt hörte ein plötzliches ›Hoppla!‹, aber als er sich umblickte, hatte sie sich schon wieder gefangen.

Sie entwickelten einen Rhythmus, bei dem jeder kurz nach dem Vordermann sprang, und bald schätzte Matt, daß sie sich alle zehn Sekunden eine Ebene tiefer bewegten. Der Rhythmus wurde gelegentlich unterbrochen, als Bobby Joe zum Beispiel einmal völlig die Strebe verfehlte. Doch sein Gewicht betrug in der geringen Schwerkraft nur zwanzig oder dreißig Pfund, so daß Abby und Julie ihn am Seil festhalten konnten, während Bobby Joe auf die Strebe kletterte, die er verfehlt hatte.

Richards einzige Reaktion während des Zwischenfalls war ein gemurmeltes ›Tolpatsch‹. Kurz darauf glitt Richard selbst ab und mußte sich an einer Strebe hochziehen.

Sie waren bereits seit einer Stunde unterwegs, als Matt zu einer kleinen Pause aufrief. »Wie lange haltet ihr noch durch?« fragte er. Er konnte die Helmlampen der anderen fünf sehen, aber keine Gesichter erkennen.

Niemand beklagte sich.

»Wie tief sind wir, Bobby Joe?«

»Das Gerät zeigt elfhundertzweiundsechzig Meter an.«

Matt holte den großen Scheinwerfer aus seinem Rucksack und richtete ihn wieder nach unten in den Abgrund. Der Boden sah diesmal heller aus. »Mir scheint, daß wir schon merklich vorangekommen sind. Ich würde schätzen, wir haben ein Viertel oder Drittel geschafft.«

»Ich könnte ja mal einen Dollar fallen lassen und die Zeit stoppen«, sagte Bobby Joe.

»Gute Idee«, sagte Matt.

Einen Augenblick später funkelte die Silbermünze im Schein von Matts Helmlampe auf. »Bitte alle mal für eine oder zwei Minuten still sein!« sagte Bobby Joe.

Die Stille erstreckte sich fast fünf Minuten lang, und Matt hatte immer noch nichts gehört.

»Irgendwas stimmt da nicht«, sagte Bobby Joe schließlich. »Er hätte schon längst auftreffen müssen.«

»Laßt uns weitergehen!« sagte Matt. »Wir werden das später klären.«

Abbys sanfte Stimme drang in der Dunkelheit deutlich zu ihm. »Sei vorsichtig, Matt! Vielleicht hat die Münze irgendeine Barriere berührt.«

»Mach' ich.«

Die Gruppe hüpfte wieder diagonal durch die Dunkelheit nach unten. Sie waren eine weitere halbe Stunde unterwegs, als Matt bemerkte, daß er sich bei den letzten paar Sprüngen verschätzt hatte und jedesmal übers Ziel hinausgeschossen war. Er rief den anderen zu: »Hat jemand seit kurzem mehrere Fehlsprünge gemacht?«

Alle bis auf Richard gaben zu, daß sie dieselben Probleme hatten, und schließlich gab es auch Richard zu.

»Ich bin kaum erschöpft«, sagte Matt. »Ich habe das Gefühl, ich kann noch lange durchhalten. Irgendwelche Theorien? Und wie tief sind wir jetzt, Bobby Joe?«

Niemand hatte eine Theorie anzubieten.

»Wir sind jetzt zweitausenddreihundertneununddreißig Meter tief«, sagte Bobby Joe. »Moment mal!« rief er kurz darauf.

»Moment mal was?« fragte Matt.

»Ich weiß nicht, was das zu bedeuten hat. Aber die Tiefe vergrößert sich immer noch, obwohl ich ganz still dasitze.«

»Bewegen wir uns?« fragte Julie.

»Du meinst, das Schiff bewegt sich?« sagte Rudy. »Ich glaube nicht, daß wir das feststellen würden. Da wir außer der Gravitation keine andere Beschleunigung verspürt haben, seit wir hier drinnen sind, schätze ich, daß sie mit ihrer Technologie irgendwie das Innere vor der Bewegung des Schiffs abschirmen können.«

»Das ist unser Glück«, sagte Matt. »Wenn dieses Schiff genauso schnell beschleunigen kann wie die kleineren schwarzen Schiffe, wären wir vermutlich schon längst tot. Bobby Joe, wie funktioniert dieses Gerät?«

»Der Trägheitskompaß? Er besteht aus drei an verschiedenen

Achsen aufgehängten Kreiseln, die ständig gleich ausgerichtet bleiben. Beschleunigungsmesser an allen drei Achsen speisen einen Mikrocomputer, der daraus berechnet, wie weit der Kompaß in den drei Richtungen bewegt wurde. Die vertikale Achse mußte neu auf die geringere Schwerkraft eingestellt werden. Zur Zeit geht das Gerät davon aus, daß eine konstante Gravitation von einem Sechstel der Erdschwerkraft bedeutet, daß keine vertikale Bewegung stattfindet. Wenn wir uns nach oben bewegen, merkt das Gerät das an der erhöhten Beschleunigung. Wenn wir nach unten gehen, gilt dasselbe für die verringerte Beschleunigung.« Bobby Joe schwieg einen Moment, dann rief er: »Ah!«

»Ah?«

»Wenn wir uns in einem Feld mit noch geringerer Schwerkraft befinden, müßte das Gerät denken, daß wir uns nach unten bewegen. Und das würde auch erklären, warum wir seit kurzem über die Streben hinausschießen.«

»Richtig«, sagte Rudy. »Und wenn das der Fall ist, dann taugt das Gerät hier nicht mehr als Tiefenmesser.«

»Hat jemand eine bessere Erklärung?« fragte Matt.

Niemand sagte etwas.

»Okay. Wir gehen weiter!«

Sie setzten ihre Sprünge fort und bewegten sich im Zickzack weiter nach unten. Nach wenigen Minuten war Matt überzeugt, daß die Schwerkraft geringer war. Seine Sprünge dauerten länger, und er mußte sich nicht mehr so stark seitlich abstoßen.

»Das Gravitationsfeld ist eindeutig schwächer geworden«, sagte Bobby Joe. »Und das Gerät behauptet, wir würden sogar noch schneller fallen.«

Bald wurde die Schwerkraft sogar noch schwächer. Matt spürte, wie sich sein Magen hob. Er mußte sich an den Streben festhalten, um nicht nach oben davonzuschweben. Er blickte hinunter in den dunklen Abgrund und stellte fest, daß ein ›Unten‹ nicht mehr so einfach zu definieren war. Er blickte hinter sich. Ein Stück entfernt sah er etwas Kleines, Glänzendes nach oben schweben, aber kurz darauf war es verschwunden.

»Jetzt wird es etwas ungewohnt für uns alle«, sagte Matt, nachdem er sich an ein paar weiteren Streben vorbeibewegt hatte. »Falls jemand etwas in einer Tasche hat, die nicht verschlossen ist, solltet ihr sie jetzt verschließen. Hier herrscht praktisch Schwerelosigkeit.«

Matt mußte sich jetzt nur noch leicht in die richtige Richtung abstoßen, um in gerader Linie von einer Strebe zur nächsten zu gleiten. Es war, als würde er über Baumstämme schreiten, die auf der Wasseroberfläche über einem bodenlosen Abgrund schwammen.

Die Luft wurde staubig, und Matt mußte mehrere Male niesen.

Als er das erste Mal eine Strebe verfehlte, erkannte er, daß sich die gültigen Regeln allmählich änderten. Zuerst war er gerade darauf zugeschwebt, doch dann etwas nach ›oben‹ abgedriftet, so daß er die Strebe um wenige Zentimeter verfehlte.

Matt schwebte weiter, bis er auf eine andere Strebe stieß, die sich in derselben Reihe befand, von der aus er abgesprungen war. »Wir sind an der Null-Gravitation vorbei! Was bisher ›unten‹ war, ist jetzt ›oben‹!«

Er stellte sich auf die Seite der Strebe, die fünf Minuten vorher noch die Unterseite gewesen war, und sprang noch einmal auf die Strebe zu, die er schon einmal angepeilt hatte. Diesmal schaffte er es. Er blickte zurück und sah das Blinklicht in der Ferne und die Reihe der Kletterer hinter ihm. Sie hatten sich in gerader Linie von ihrem Startpunkt fortbewegt, aber jetzt sah es aus, als würden sie den Abgrund hinaufklettern und nicht mehr tiefer nach unten vordringen.

»Könntest du mal den Scheinwerfer in meine Richtung halten?« fragte Bobby Joe.

Matt nahm die Lampe und ließ sie nach hinten leuchten. Weit entfernt sah er ein kleines silbriges Objekt, das langsam nach ›oben‹ trieb.

»Das ist mein Dollar!« sagte Bobby Joe. »Er pendelt um den Nullpunkt herum. Irgendwann würde der Luftwiderstand ihn abbremsen, bis er reglos in dieser Zone schwebt. Deshalb ist es hier auch so staubig. Das ist eine Art Gravitationsbrunnen, wo sich alles ansammelt.«

Matt richtete den Scheinwerfer in Richtung des Bodens, den er früher bemerkt hatte. Diesmal konnte er nichts mehr erkennen. »Ach!« sagte er. »Der Boden, den wir von der Öffnung aus gesehen haben, war offenbar nur der Staub in der Nullzone, die wir gerade passiert haben.«

»Heißt das, wir gehen nicht weiter?« fragte Bobby Joe.

»Nein. Nur daß diese Umgebung merkwürdiger ist, als wir erwartet haben.«

Sie setzten ihre Klettertour fort. Nach einigen Minuten hatte Matt sich an die Vorstellung gewöhnt, daß es nun ›aufwärts‹ ging. Bei jedem Sprung von einer Strebe zur nächsten mußte er etwas höher springen.

Sie kletterten weiter. Die Schwerkraft war immer noch geringer als die, an die sie sich seit jüngster Zeit gewöhnt hatten. Richard sagte: »Wir können uns glücklich schätzen, daß sich das Schwerkraftfeld nur langsam ändert. Ansonsten würden wir vielleicht bald in ein Feld mit zehnfacher Erdschwerkraft geraten.«

Matt stellte sich vor, wie er die anderen fünf hinter sich mit in den Tod riß.

Er kletterte die Streben hinauf, wobei er sich wie ein Kind an der Sprossenwand einer riesigen Turnhalle vorkam. Als er die nächste Strebe erreicht hatte, blickte er zurück. Er konnte das blinkende Licht, das sie am Loch installiert hatten, immer noch erkennen, aber es war nur schwach zu sehen.

Nach einer weiteren Pause erreichten sie eine Zone, wo die Schwerkraft genauso groß war wie an ihrem Ausgangspunkt. Schließlich machte sich vor ihnen eine Veränderung bemerkbar. Offenbar näherten sie sich einer weiteren Ecke in der Wand des riesigen achteckigen Schiffs.

Fünf Minuten später wurde dieser Verdacht bestätigt. Die Wand knickte wieder im Winkel von einhundertfünfunddreißig Grad ab. Matt gab das Signal zum Anhalten und befestigte ein weiteres Blinklicht an der Wand.

»Was nun, Chef?« fragte Bobby Joe. »Gehen wir wieder durch die Wand?«

»Ich denke, wir sollten zunächst den Umfang des Frachtraums erkunden«, sagte Matt. Er zeigte nach vorn. »Seht mal! Dort scheint sich eine Unterbrechung in den Reihen der Streben zu befinden.«

»Ich glaube, ich sehe, was du meinst«, sagte Abby.

Julie nutzte die Pause, um einen Schwenk mit ihrer Minikamera aufzuzeichnen.

»Ruhe!« sagte Matt plötzlich.

In der Stille des halbdunklen Abgrunds konnte Matt den flachen Atem der anderen hören. Außerdem wurde irgendwo in der Nähe ein Summen immer lauter. Plötzlich erreichte das Summen einen Höhepunkt, worauf es wieder leiser wurde, aber Matt konnte nicht bestimmen, aus welcher Richtung das Geräusch kam.

»Ein Lift?« flüsterte Rudy.

»Möglich.«

Einige Sekunden nachdem das Summen gänzlich verklungen war, sagte Matt: »Weiter!«

Matt führte die Gruppe an, die wieder von Strebe zu Strebe sprang. Ein paar Minuten später hielten sie an, als das Summen erneut anschwoll und wieder leiser wurde.

Nach weiteren fünf Minuten war Matt überzeugt, daß sich über ihnen irgendeine Unregelmäßigkeit in der Anordnung der Streben befand. Als sie sich dem Bereich näherten, faßte er neue Hoffnung. In der Innenwand befand sich etwas, das wie eine Tür aussah. Sie warteten eine Minute lang, ohne zu sprechen, während das Summen des Aufzugs erneut kam und ging.

»Vielleicht ist das unsere Chance«, sagte Matt.

Die anderen verteilten sich auf den Streben in der Nähe und sahen zu. Jeder saß auf einer anderen Strebe und hatte die Beine darunter verschränkt. Abby machte mit ihrer Kamera eine Aufzeichnung der unentzifferbaren Zeichen auf der Tür.

Die Tür war achteckig und hatte einen Durchmesser von etwa zwei Metern. In vier Ecken waren achteckige Griffe angebracht.

»Die Tür deutet darauf hin, daß unsere Entführer etwa die gleiche Körpergröße wie wir haben«, sagte Abby. »Das ist gut.«

»Warum ist das gut?« wollte Bobby Joe wissen.

»Weil es sehr schwierig werden dürfte, mit einer Fliege oder einem Wal zu kommunizieren«, erwiderte sie.

»Gehen wir hindurch?« sagte Richard nach einer Weile.

»Ja, aber äußerst vorsichtig. Auf der anderen Seite der Tür

könnte sich eine Atmosphäre befinden, die wir nicht atmen können. Alle fünf Minuten könnten Aliens in einem durchsichtigen Aufzugskorb vorbeikommen. Vielleicht ist sie durch eine Alarmanlage gesichert.«

Matt zögerte. »Gut. Wir haben in den letzten zehn oder fünfzehn Minuten ein paarmal gehört, wie der Aufzug vorbeigekommen ist. Das ist gut und schlecht. Schlecht, weil es bedeutet, daß wir vielleicht bald unsere erste Konfrontation erleben werden. Gut, weil es bedeutet, daß der Aufzug so häufig in Betrieb ist, daß wir, wenn wir ihn benutzen, die Chance haben, unentdeckt zu bleiben.«

»Glaubst du, daß ein Alarm losgeht, wenn wir die Tür öffnen?« fragte Julie.

»Mein Gefühl sagt nein, hauptsächlich weil die bisherigen Sicherheitsvorkehrungen bereits sehr gründlich waren. Wenn wir getrennt werden, wißt ihr, was zu tun ist. Rudy ist der zweite in der Befehlsrangfolge, gefolgt von Richard.«

»Was ist mit der Möglichkeit, daß es auf der anderen Seite eine andere Atmosphäre geben könnte?« fragte Rudy.

»Das Risiko dürfte sehr gering sein. Wenn schon dieser Abschnitt atembare Luft enthält, schätze ich, daß dasselbe für den Aufenthaltsbereich der Besatzung gilt. Aber wir sollten lieber auf Nummer Sicher gehen. Bobby Joe, könntest du mal den Gasanalysator holen?«

Bobby Joe nahm den Analysator und entrollte den Schlauch, der daran befestigt war.

»Okay«, sagte Matt. »Wir werden jetzt versuchen, die Tür zu öffnen.« Er war ihr am nächsten, also schob er sich heran und packte einen der vier Griffe. Als er daran drehte, gab er mühelos nach. Matt drehte ihn weiter, ohne daß er irgendwo an einen Anschlag stieß. Er drehte ihn in die umgekehrte Richtung, bis er sicher war, daß er weit über die Ausgangsposition hinausgekommen war. Immer noch war kein Widerstand zu spüren.

»Das ist nicht sehr ermutigend«, sagte er. Er probierte es mit einem anderen Griff – mit demselben Ergebnis.

»Es könnte sein, daß diese Tür gar nicht mehr in Betrieb ist«, sagte Rudy. »Vielleicht wurde sie gebraucht, während das Schiff gebaut wurde, und erfüllt jetzt keinen Zweck mehr.«

»Schon möglich«, sagte Matt. »Aber so etwas würde ich an Bord eines menschlichen Schiffes niemals zulassen. Notausgänge werden gewöhnlich nicht häufig benutzt, aber wenn es einmal einen Notfall gibt, müssen sie auch funktionieren. Es wäre Unsinn, wenn die Leute dann wertvolle Zeit bei dem Versuch verschwenden würden, eine Tür zu öffnen, die sich gar nicht öffnen läßt.«

»Vielleicht denken sie anders als wir«, sagte Bobby Joe.

»Ich glaube, Bobby Joe hat recht«, sagte Abby. »Aber das muß nicht bedeuten, daß diese Tür nicht funktioniert. Vielleicht funktionieren ihre Türen nur anders als unsere.«

»Gut«, sagte Matt. »Ich bin für Vorschläge offen.«

Abby sagte: »Zunächst einmal gibt es vier Griffe statt einem. Vielleicht heißt das, sie müssen in einer bestimmten Reihenfolge gedreht werden, oder auch gleichzeitig.«

»Was für eine Reihenfolge?«

»Ich habe keine Ahnung. Bei vier Griffen gibt es nur eine begrenzte Anzahl von Möglichkeiten. Da sich Oben und Unten im Weltall nicht eindeutig definieren lassen, vermute ich, daß das Muster unabhängig von derlei Orientierungen ist.«

»Das heißt also, entweder im Uhrzeigersinn oder gegen den Uhrzeigersinn?«

»Oder eine andere Kombination, die an jedem beliebigen Griff beginnen kann?«

»Klingt vernünftig«, sagte Abby.

Sie probierten mehrere Minuten lang verschiedene Kombinationen aus. Keine funktionierte.

»Nun, Abby?« sagte Matt.

Abby schwieg eine Weile. »Vielleicht«, sagte sie langsam, »vielleicht müssen alle vier Griff gleichzeitig gedreht werden.«

Matt blickte die Griffe an. »Das ist recht kompliziert für einen Notausgang. Gehst du davon aus, daß diese Aliens immer paarweise auftreten?«

»Nicht unbedingt. Die Leute, die dieses Schiff gebaut haben, besitzen womöglich mehr Gliedmaßen als wir. Außerdem muß das hier kein Notausgang sein. Vielleicht ist es nur eine Tür, die sich absichtlich schwer öffnen läßt.«

Matt dachte einen Augenblick darüber nach. »Rudy, könntest du mir bitte mal helfen?«

Rudy sprang von Strebe zu Strebe, bis er bei Matt angelangt war. »Okay, ich bin bereit.« Matt griff die zwei Handräder, die am weitesten von Rudy entfernt waren. »Kannst du die anderen zwei erreichen?«

Rudy verschränkte seine Füße unter der Strebe und lehnte sich hinaus. Er kam gerade an die zwei Griffe heran.

»Gut«, sagte Matt. »Zuerst drehen wir im Uhrzeigersinn.« Nichts rührte sich. Dann versuchten sie es andersherum. Wieder nichts.

Plötzlich sah Matt sich an einem Waschbecken stehen und gleichzeitig beide Hähne für warmes und kaltes Wasser aufdrehen. »Dreh bitte den Griff in deiner rechten Hand im Uhrzeigersinn und den in der linken gegen den Uhrzeigersinn.« Matt und Rudy vollführten simultan die gleichen Bewegungen.

Im Innern der Tür erklang ein gedämpftes Klicken.

Dorine Underwood blieb an der Bürotür stehen und steckte ihren Kopf hindurch. »Ist etwas Dringendes dabei, Tim?«

Tim Adjmati blickte von dem Stapel Briefe auf, den er gerade sortierte. In seinen schwarzen Augen spiegelten sich die Deckenlampen als winzige Lichtpunkte. »Bis jetzt nicht, aber einer mit dem Vermerk *persönlich*.« Er hatte drei Stapel aus geöffneten Briefen aufgeschichtet, die durchzusehen Dorine im Augenblick keine Lust hatte.

Die letzten drei Briefe mit dem Vermerk *persönlich*, die Dorine erhalten hatte, stammten alle von Rafael. Zu Hause hatte er ihr niemals schriftliche Botschaften geschickt. Statt dessen hatte er sich lieber vorgestellt, wie Dorine in ihrer Routine durch ein Lächeln unterbrochen würde.

Von der Tür aus sah sie das kleine Päckchen, auf das Tim zeigte. Es war ein wenig größer als ein Buch, in braunes Papier gehüllt und mit dicken Klebestreifen verschlossen.

»Da ist bestimmt nichts Persönliches drin«, sagte Dorine. Sie strengte sich an, ihre Stimme nicht traurig klingen zu lassen. Neben dem Zwang, allen ein Vorbild sein zu müssen, wollte sie nicht, daß sie irgend jemandem leid tat.

Tim nickte.

»Ich schaue in ein paar Minuten noch mal vorbei, wenn ich von Lamars Büro zurückkomme, und nehme dann alles Wichtige mit.«

»Jawohl, Madam!«

Lamar war nicht in seinem Büro, als Dorine dort eintraf, also suchte sie sich einen Zettel und hinterließ ihm eine Nachricht. Sie hätte dazu auch die E-Mailbox benutzen können, aber ihr einziger Sport bestand in letzter Zeit darin, verschiedene Büros aufzusuchen. Sie drehte sich um und ging den Korridor zurück, auf Tims Büro zu. Sie hatte etwa die Hälfte der Strecke zwischen den beiden Büros zurückgelegt, als das Gebäude plötzlich erzitterte und ein lauter Knall ihre Ohren betäubte. Eine Wolke aus Papierschnipseln und Holzsplittern quoll aus Tims Büro.

Dorine stolperte, konnte aber ihr Gleichgewicht wahren. Sie kam näher. Der Türrahmen war verbogen und zersplittert. An der Korridorwand gegenüber dem Büro befand sich eine geschwärzte Stelle, die etwa den gleichen Umriß wie der Türrahmen hatte. Die Luft war voller Rauch und wirbelnder Papierschnipsel.

Dorine warf einen Blick durch die Tür und sank in die Knie, ohne die Geräusche näher kommender Menschen zu bemerken.

»Alles in Ordnung!« flüsterte Matt. Die entriegelte Tür hatte sich nicht bewegt. Er stieß sie leicht an, und sie gab nach. Gut. Zumindest gab es keinen Druckunterschied. »Bobby Joe, gib mir den Schlauch!«

Bobby Joe warf das lose Ende des Schlauchs herüber, der mit dem Gasanalysator verbunden war. Matt fing es auf und nahm es in die linke Hand. Dann löste er seine Pistole, zog sie aus dem Halfter und entsicherte sie. Neben ihm machte Rudy ebenfalls seine Waffe bereit.

Matt schob den Schlauch auf den schmalen Spalt zu, der sich am linken Rand der Tür geöffnet hatte. Bobby Joe schaltete die Pumpe ein, die das Gas in den Analysator saugte. Matt kam das Geräusch sehr laut vor.

Bald darauf sagte Bobby Joe leise: »Es ist ungefährlich.«

Matt richtete sich auf der Strebe auf. Mit der freien Hand

löste er das Seil von seinem Gürtel. Er stieß mit dem Fuß gegen die Tür, worauf sie nach innen schwang. Licht drang in den Raum zwischen den Wänden, und Matts Augen brauchten einen Moment, um sich daran zu gewöhnen.

Er bückte sich, schob sich durch die Tür in den leeren Raum, der sich dahinter befand und blieb in geduckter Haltung. Vor ihm befand sich eine niedrige Wand, vielleicht einen Meter hoch, darüber war eine durchsichtige Scheibe, durch die er in der Ferne Röhren erkennen konnte, die von der Decke des riesigen Raums zu den Kuppeln hinunterführten.

Unmittelbar rechts von ihm war eine feste Wand, die etwa drei Meter hoch war und drei Meter weit bis zu einer Ecke lief. Er ging zum Ende der Wand, die im Winkel von einhundertfünfunddreißig Grad abknickte, und schaute nach, was sich dahinter befand. Die zweite Hälfte des Beobachtungsraums sah genauso wie die erste aus, nur daß sich in einer Wand eine Tür befand, die offenbar zu einem Aufzug führte. In der Außenwand neben dem Aufzug befand sich eine weitere Tür, die ein Gegenstück zu der war, durch die er gerade hereingekommen war. Daran waren ebenfalls vier Griffe angebracht, zwei oben, zwei unten, und sie trug die gleiche Aufschrift, die für Matt nicht zu entziffern war.

Matt zog sich zum Durchgang zurück. Leise sagte er: »Kommt herein, aber duckt euch!«

Kurz darauf kauerten alle sechs Mitglieder der Gruppe im Beobachtungsraum. Matt schob die Tür zu, die sich mit einem leisen Schnappen schloß; mit Rudys Hilfe überzeugte er sich davon, daß sie sich jederzeit wieder öffnen ließ. Dann verschloß Matt sie wieder, für den Fall, daß vielleicht irgendwo ein entsprechendes Lämpchen Aufmerksamkeit erregen könnte.

»Mein Gott, ist das gewaltig!« sagte Bobby Joe leise.

Matt blickte über die niedrige Wand durch die durchsichtige Fläche. Sie befanden sich so hoch oben, daß sie den achteckigen Umriß der riesigen grauen Ebene tief unter sich deutlich erkennen konnten. Mehr als ein Dutzend fremdartiger Städte wurden von durchsichtigen Kuppeln überdacht. Die Turmspitzen einer Stadt an der gegenüberliegenden Wand reichten fast bis in ihre Höhe hinauf. Aus dieser Entfernung sahen einige der

Städte wie fein gearbeitete altertümliche Briefbeschwerer aus. Die Röhren zur Lebenserhaltung verliefen von zahllosen Löchern in der Decke zu den Kuppeln. In einer der nächsten Kuppeln befand sich ein riesiges unregelmäßiges Gebäude mit vielen Brüstungen, das langsam rotierte.

»Ich kann Manhattan nicht erkennen«, sagte Julie.

»Manhattan ist auch gar nicht hier«, sagte Rudy. »Wir stehen wegen der Gravitationsumkehr sozusagen auf dem Kopf. Wir blicken auf das, was sich *unterhalb* der Ebene befindet, durch die wir uns gegraben haben. Wenn wir es gewußt hätten, hätten wir einen senkrechten Tunnel hindurchgraben können und wären auf der anderen Seite dieser Welt herausgekommen.«

»Aufzug«, sagte Richard.

»Schnell«, rief Matt. Er zeigte in die Ecke des Beobachtungsraums, die von der Aufzugstür aus nicht einzusehen war.

Alle bewegten sich schnell und leise. Sie warteten dreißig Sekunden ab, hörten aber kein Summen, wie sie es bereits kannten.

»Vielleicht war es nur Einbildung«, sagte Richard schließlich. »Meine Nerven sind ziemlich angespannt.«

»Schon gut«, sagte Matt. »Wir sind alle etwas gereizt. Es ist ja nichts passiert.«

Als sie wieder am Beobachtungsfenster standen, aktivierte Julie ihre Minikamera und sagte: »Willst du damit sagen, daß diese Leute eine Art ›dicken Pfannkuchen‹ gebacken haben? Wir blicken auf die eine Seite, und die andere Seite sieht genauso aus?«

»Richtig«, sagte Rudy. »Nur daß diese Seite nicht so dicht besiedelt wirkt.«

Richard hatte ein Fernglas aus seinem Rucksack hervorgekramt. »Ich kann neben den anderen Aufzugsschächten keine weiteren Fenster erkennen.«

Matt sagte: »Dann ist dieses Material vielleicht nur einseitig durchsichtig.«

»Das macht Sinn«, sagte Abby. »Diese Leute haben sich, soweit wir wissen, noch niemandem gezeigt. Dann ist es logisch, daß sie ihre Angewohnheit konsequent durchhalten.« Sie drehte sich um und machte mit ihrer Kamera eine Aufnahme von der Schrift auf den Türen.

Rudy blickte auf. »Diese kleinen Kreise an der Decke könnten ebenfalls Beobachtungskanzeln sein. Vielleicht werden die Aufzüge in erster Linie von den Leuten benutzt, die von der einen Seite auf die andere wollen, so daß kaum jemand einmal zwischendurch Halt macht.«

»Interessante Theorie«, sagte Matt. »Aber ich würde mich nicht blindlings darauf verlassen.«

Die folgende Stille wurde von Julie unterbrochen, die die Städte mit dem Teleobjektiv ihrer Kamera betrachtete. »Die Stadt ganz rechts vor der Wand erinnert entfernt an eine altertümliche Burg. Ich dachte, die Aliens entführen nur Städte von technisch hochentwickelten Welten.«

»Stimmt«, sagte Bobby Joe. »Immerhin haben sie auch uns entführt, nicht wahr?«

»Okay«, sagte Matt. »Wir müssen hier raus. Die wichtigste Frage lautet, ob wir den Aufzug nehmen oder wieder zwischen den Wänden herumkraxeln. Ich plädiere für den Aufzug. Weiß jemand einen guten Grund, der dagegen spricht?«

Niemand sagte etwas.

»Also gut.« Matt zog wieder seine Pistole. »Packen wir's an!«

Die Tür zum Aufzug war achteckig und durchmaß etwa drei Meter. Auf der linken Seite befand sich ein einzelner Handgriff. Daneben waren vier Knöpfe senkrecht übereinander angebracht. Die zwei in der Mitte waren kreisrund, die äußeren elliptisch, so daß die längere Achse senkrecht ausgerichtet war.

»Irgendwelche Vermutungen, was diese Kontrollen bewirken?« fragte Matt. Er zog vorsichtig am Griff, aber die Tür rührte sich nicht.

Das folgende Schweigen dauerte mehrere Sekunden an. Schließlich sagte Abby: »Abgesehen vom Offensichtlichen, daß die oberen beiden Knöpfe vermutlich bedeuten, daß es nach oben geht, und die unteren, daß es nach unten geht, fällt mir auch nichts ein.«

Rudy sagte: »Ich könnte mir denken, daß die Form etwas mit der Geschwindigkeit zu tun hat. Vielleicht benutzt man die Kreise, wenn man in normalem Tempo nach oben oder unten will, und die Ovale, wenn man es eilig hat und per Expreß befördert werden möchte.«

Matt sagte: »Oder die Kreise bringen einen zum Dach des Frachtraums und die Ellipsen zum Stockwerk oder den Stockwerken, die dahinter liegen.« Er streckte seinen Arm aus und drückte auf den untersten Knopf.

Ein heller Ring leuchtete um die Ellipse auf und begann zu blinken. »Warum nach unten statt nach oben?« fragte Rudy.

»Diese Seite ist nicht so stark ausgebaut wie die Seite, auf der sich Manhattan befindet. Ich habe mir deshalb einfach gedacht, daß sich die Kommandozentrale auf der Manhattan-Seite befindet. Die Chance dürfte ansonsten bei fünfzig zu fünfzig stehen.« Matt blickte in die fünf Gesichter der Gruppe. »Ich möchte, daß alle ihre Waffen bereithalten, wenn sich die Tür öffnet, aber seid trotzdem vorsichtig! Schießt nur, wenn es unbedingt nötigt ist, um euer Leben zu retten oder um zu verhindern, daß uns einer unserer Entführer entkommt!«

Kurz darauf hörte der Ring um die Ellipse auf zu blinken und leuchtete ohne Unterbrechung.

»Das könnte bedeuten, daß wir Gesellschaft bekommen«, sagte Abby. »Oder es heißt, daß der Aufzug zu uns unterwegs ist.«

Während sie den Knopf beobachteten, wurde der helle Ring breiter und die unbeleuchtete Ellipse im Innern schrumpfte zusammen.

»Das kann nur bedeuten, daß er näher kommt«, sagte Abby.

»Warum gibt es hier nur einen Griff und an den anderen Türen vier?« fragte Matt.

»Ich vermute, die andere Tür ist im Gegensatz zu dieser hier nicht zur ständigen Benutzung gedacht. Man wollte vermeiden, daß sie unbeabsichtigt geöffnet wird.«

Als die dunkle Ellipse fast völlig verschwunden war, hörte Matt das Summen des sich nähernden Lifts. Sekunden darauf war die ganze Fläche des ovalen Knopfes erleuchtet. Als das Summen erstarb, begann die Ellipse zu blinken, und hinter der Tür war ein Klicken zu hören.

Matt packte den Griff mit der linken Hand und richtete seine Pistole auf den Lift. Er riß an der Tür, und sie schwang mühelos auf.

Das Innere war leer.

Hinter Matt sagte Julie: »Gott sei Dank!«

Im Innern fanden alle sechs bequem Platz. Es wirkte allerdings eher wie das Innere eines U-Bahn-Wagens, weil ringsum in mehreren Reihen Haltegriffe angebracht waren, einige in Augenhöhe, einige in Brusthöhe und einige in Hüfthöhe.

Matt betrat als letzter die Kabine und zog die Tür zu. Eine Irisblende schloß sich und verbarg die unlesbaren Zeichen auf der Innenseite der Tür. Sofort nachdem ein roter Kreis neben dem Eingang aufleuchtete, ging die Kabine in den freien Fall über, und Matt packte mit einer Hand einen Griff.

»O Gott!« sagte Julie leise.

Nach ein paar Sekunden des freien Falls sagte Rudy: »Wir drehen uns. Der Lift rotiert.«

Matt bemerkte es ebenfalls. Während eines Zeitraums von etwa zehn Sekunden schien es, daß die Liftkabine sich, immer noch im freien Fall, einmal in Fahrtrichtung drehte. Kurz darauf spürte er den sanften Zug der Schwerkraft, als der Aufzug leicht beschleunigte.

Ein paar Minuten vergingen, während das Geräusch des Aufzugs eine höhere Tonlage annahm. Matt stellt sich vor, wie sie an einer Ausstiegstür nach der anderen vorbeirasten. Die Gravitation wurde allmählich stärker.

Rudy sagte: »Entweder werden wir beschleunigt, oder wir haben den Gravitations-Nullpunkt passiert, so daß wir die zusätzliche Schwerkraft und keine Beschleunigung spüren.«

Sie rasten weiter durch den Aufzugsschacht, während die Kabine spürbar rüttelte, aber die Schwerkraft wurde nicht höher, als sie es während des Aufenthalts auf diesem Schiff gewöhnt waren.

Bobby Joe sagte: »Die Aliens haben vergessen, Kotztüten zur Verfügung zu stellen.«

Matt sah über die Schulter zurück, und sein Blick traf sich mit Abbys. Er sah sie eine ganze Weile an, ohne etwas zu sagen. Sie schien besorgt, was ihn überhaupt nicht wunderte, doch sie schenkte ihm trotzdem ein nervöses Lächeln, das für einen kurzen Moment alle seine Ängste fortwischte und er sich wünschte, diese Mission wäre schon lange vorbei.

Der Zug der Schwerkraft schien sich zu verringern, und die Vibrationen wurden langsamer.

»Wir werden wohl bald anhalten«, sagte Richard.

Die Liftkabine bremste immer mehr ab und hielt schließlich ganz an. Die Irisblende dehnte sich wieder aus und enthüllte die Innenseite einer anderen Tür, die mit anderen, aber ebenso unentzifferbaren Zeichen beschriftet war. Matt hielt seine Waffe bereit. »Auf die Plätze, Leute!«

Er stieß die Tür auf.

Dann verließ er schnell die Kabine. »Wir haben Glück. Ich kann niemanden sehen. Laßt uns schnellstens aussteigen.«

Er vergewisserte sich, daß alle hinter ihm waren, als er auf drei große Zylinder zulief, die etwa fünfzig Meter entfernt waren. In der Nähe der Aufzugstür führte ein Gleisbett mit einer einzigen dicken Schiene zum Zentrum des Schiffes. Zwei weitere Schienen verliefen parallel zur Wand und verloren sich ebenfalls in der Ferne. Die Decke war hier vielleicht fünfzig Meter hoch, und die horizontalen Ausmaße dieses Raums mochten durchaus der Halle mit den Kuppeln entsprechen. In der Ferne liefen Decke und Boden perspektivisch zusammen, und Matt wußte nicht, ob jemand überhaupt die hundert Kilometer weit blicken konnte, wenn die Höhe der Decke nur ein halbes Prozent oder noch weniger dieser Entfernung betrug. In ihrer augenblicklichen Situation verzichtete er allerdings darauf, stehenzubleiben und genaue Berechnungen anzustellen.

Scheinbar wahllos verteilt ragten vor ihnen hohe und massige Gehäuse auf. In einigen lagen nicht zu identifizierende technische Gerätschaften frei, von denen ein Apparat wie ein riesiger Ölbohrkran aussah, der von jemandem entworfen worden war, der sich auf einem Horror-Drogentrip befunden hatte. Andere Gehäuse hatten einfach die Form von Würfeln oder aufrechtstehenden Zylindern. Die Luft war vom sanften Zischen ausströmenden Gases erfüllt, als würden Tausende kleiner Druckpumpen knapp unterhalb der Hörbarkeitsschwelle arbeiten. Nirgendwo waren einzelne Leuchtkörper zu erkennen. Statt dessen strahlte die Decke in einem gleichförmigen gelblich-grünen Licht.

Sie erreichten die Deckung der drei Zylinder, ohne einen Hinweis zu bemerken, daß sie entdeckt worden wären. Natürlich wußte Matt nicht, ob sie die Stimmen der Aliens hören könnten. Vielleicht waren sie Telepathen wie die Baumbewohner, oder sie verständigten sich wie Fledermäuse mit so hohen Tönen, daß sie für Menschen unhörbar waren, oder sie benutzten etwas ganz anderes als Schall.

Matt fühlte sich sogar in der Deckung der Zylinder unbehaglich. Sie hatten einen Durchmesser von mehreren Metern und waren zwei- bis etwa fünfmal so hoch wie Matt. Ganz gleich, wo sie sich versteckten, aus mindestens einer Richtung würden sie immer noch sichtbar sein. Immerhin konnten sie darauf achten, daß sie von den Schienenwegen aus nicht zu sehen waren, von denen Matt am ehesten Probleme erwartete. Abby filmte die Aufschriften auf den Seiten der Zylinder.

»Was ist das hier für ein Krempel?« fragte Julie leise. Niemand antwortete ihr.

Matt blickte lange in die Richtung, die er einsehen konnte, und entdeckte keine Anzeichen einer Bewegung. Er sprang nach oben, so hoch, daß er mit Kopf und Schultern knapp über den niedrigsten Zylinder hinausschoß. Er legte kurz seine Hände auf die Oberfläche, um festzustellen, ob sie tragfähig war, bevor er wieder zu Boden fiel.

»Rudy«, sagte Matt leise. »Ich möchte, daß wir beide auf diesen Zylinder steigen, um uns einmal umzusehen. Alle anderen bleiben hier unten und verstecken sich nach Möglichkeit.«

Matt und Rudy sprangen auf den Zylinder und duckten sich sofort. Die Oberfläche wirkte ziemlich fest. Matt zeigte auf den nächsthöheren Zylinder und sprang als erster hinüber. Rudy folgte wenige Sekunden später nach. Dann krochen sie flach auf dem Bauch zum Rand, von wo aus sie den besten Überblick über die Halle hatten.

Matt benutzte ein Fernglas, um die Umgebung zu untersuchen, und Rudy tat es ihm nach. Er konnte jetzt fast quer durch das Schiff blicken. In der Nähe des Zentrums schien es einen abgeschirmten Bereich zu geben. Ringsherum konnten sie an verschiedenen Stellen Ansammlungen von fremdartiger Technik sehen. Die Größe und Anordnung deutete darauf hin, daß jede dieser Ansammlungen sich genau über einer der entführten Städte befand – oder über einem Liegeplatz für eine, die noch nicht hergebracht worden war. Matt vermutete, daß die Geräte die Städte mit Luft, Wasser und Nahrung versorgten und Abfallstoffe wiederverwerteten. Die entsprechenden Röhren, die sie erkennen konnten, verschwanden im Boden. Von jeder dieser Ansammlungen aus führte eine Schiene zu den Wänden des Zentralbereichs.

Der Teil des achteckigen Stockwerks, den sie überblicken konnten, schien wie bei einer Torte in keilförmige Stücke unterteilt zu sein, die von den Schienenwagen markiert wurden. In der Mitte jedes ›Tortenstücks‹ befanden sich vielleicht fünf Kilometer von den Außenwänden entfernt riesige rote Zylinder, die vermutlich so groß wie ein Häuserblock waren und vom Boden bis zur Decke reichten.

Zwischen diesen größeren Anhäufungen befanden sich kleinere Einfriedungen in verschiedensten Größen, die unregelmäßig über den Boden des Schiffs verstreut waren. Matt stellte fest, daß sie vermutlich genügend Deckung bieten würden, so daß die Gruppe sich unentdeckt vorwärtsbewegen konnte.

Neben ihm sagte Rudy: »Oh, oh!«

Matt nahm kurz das Fernglas ab, um zu sehen, wohin Rudy blickte. Er drehte sich in die Richtung und hob das Fernglas wieder an. Als Rudy gerade sagte: »Wir bekommen Gesellschaft«, sah Matt ebenfalls den sich nähernden Wagen auf der Einschienenbahn.

»Sie müssen nicht unbedingt unseretwegen kommen«, sagte Matt.

»Stimmt. Aber es macht mich trotzdem nervös.«

Während der Wagen näher kam, konnte Matt immer mehr Details ausmachen. Als das Fahrzeug noch ein paar hundert Meter entfernt war, erkannte Matt zwei Mitfahrer.

Rudy hatte sie im gleichen Augenblick entdeckt, denn er sagte: »Mein Gott, sie sehen wie riesige Spinnen aus!«

Dorines tägliche Sendung hatte in einer getrübteren Stimmung als gewöhnlich begonnen. Die Polizei hatte immer noch keinen Hinweis, ob der Absender der Briefbombe ein einsamer Verrückter war oder jemand, der von einem der verschiedenen Unruhestifter angestachelt worden war, die um die Aufmerksamkeit der Menge buhlten. Inzwischen waren Leute abgestellt worden, um sämtliche Oppositionsgruppen zu überwachen, aber dieses geringfügig verbesserte Sicherheitsgefühl konnte nicht über den Verlust von Tim Adjmati hinwegtrösten.

Während sie berichtete, wie Tim uns Leben gekommen war, mußte sie ständig daran denken, daß sich auf der anderen Seite der Kameralinse jemand befand, der ihren Tod wollte.

»Und jetzt möchte ich der Person etwas sagen, die dies getan hat. Wenn Sie glauben, daß ein solcher Zwischenfall meine Entscheidungen beeinflussen wird, muß ich Sie leider enttäuschen. Wenn Sie glauben, daß die Person, die im Fall Ihres Erfolges an meine Stelle getreten wäre, die Dinge anders regeln würde, sind Sie ein Dummkopf. Meine einzige Sorge gilt nur dem Wohlergehen der Bürger Manhattans. Mehr als eine Million Menschen wollen diesen Ort verlassen oder zumindest wissen, warum wir hier sind.

Wenn Sie Einwände gegen dieses Bedürfnis nach Wissen und Selbstbestimmung haben, dann ist das schade. Der Weg, den wir beschritten haben, ist viel zu wichtig, um durch Ängste und Einschüchterungen gefährdet zu werden. Wir befinden uns nicht auf einem Schulhof, wo ein Kind mit einer Feuerwaffe eine ganze Klasse einschüchtern kann.

Es ist eine Schande, daß Tim Adjmati sterben mußte, weil jemand, den meine Stimme erreichen kann, dachte, die Dinge würden sich ändern, wenn ich tot bin. Dieser Jemand geht von völlig falschen Voraussetzungen aus. Wir sind es Tim und uns selbst schuldig, daß wir alles Menschenmögliche zu unserer Rettung unternehmen.

Und niemand mit einer Briefbombe wird uns daran hindern.«

12
Archies

Abby hörte das leise Zischen verdrängter Luft auf der anderen Seite des Zylinders fast im selben Moment, als Matt sie leise vom höchsten Zylinder aus ansprach.

»Abby, ich brauche dich hier oben, aber du mußt dich leise bewegen. Alle anderen passen auf und bleiben in Deckung, so daß niemand von der Schiene aus gesehen werden kann, die ins Zentrum des Schiffes führt. Wir haben Besuch bekommen.«

Abby sprang auf den mittleren Zylinder, wo sie eine sanfte Landung bewerkstelligte. Sie war froh, daß sie Entfernungen schon viel besser abschätzen konnte. Sie drehte sich zum Zylinder um, auf dem Matt lag.

Matt sagte: »Wenn du zu mir hochspringst, mach es anders! Spring nur so hoch, daß ich dich erreichen kann, und dann werde ich dich das restliche Stück hochziehen.«

Abby bemühte sich, den Sprung möglichst genau abzuschätzen, und stieß sich ab. Matt mußte gute Gründe für seine Aufforderung haben.

Mit dem Sprung brachte sie gerade Kopf und Schultern auf die Oberfläche des Zylinders. Matt hielt sie an den Händen fest. Er rutschte ein wenig auf den Rand zu, aber mit seiner Hilfe konnte Abby ganz hinaufklettern.

Matt hielt seinen Zeigefinger vor die Lippen und drehte sich um, bis er und Abby auf der anderen Seite des Zylinders lagen, wo sich auch Rudy neben seinem und Matts Rucksack postiert hatte. Matt brachte seine Lippen dicht an Abbys Ohr und flüsterte: »Wir haben zwei unserer Gastgeber entdeckt. Ich möchte, daß du ein paar Aufnahmen von ihnen machst, wenn dir das hilft, ihre Sprache zu verstehen. Nimm deinen Rucksack ab, sonst könnte man dich von unten entdecken. Und gib keinen Laut von dir, wenn du sie siehst und vielleicht erschrickst. Sie sehen nämlich wie Riesenspinnen aus.«

Abby drehte den Kopf, bis sie direkt in Matts Augen sah, die nur wenige Zentimeter von ihren entfernt waren. Seine Pupillen erweiterten sich eine halbe Sekunde lang und schrumpften dann wieder auf normale Größe. Trotz der Anspannung bemerkte sie, daß sie das Verlangen hatte, Matt irgendwann wieder so nahe zu sein, wenn sie nicht mehr in so großer Gefahr waren.

Sie streifte den Rucksack ab und schob sich auf den Rand des Zylinders zu, während ihre Minikamera bereits lief. Sie berührte die Steuerung an ihrer Schläfe und holte das Bild so nahe wie es ging heran. Bei dieser Vergrößerung zitterte es heftig, wenn sie sich bewegte.

Sobald sie über den Rand blickte, bemerkte sie eine Bewegung. Ein Wagen bremste auf der Einschienenbahn ab, während er sich der Außenwand näherte.

Im Wagen befanden sich zwei Aliens, die wirklich wie zwei Riesenspinnen aussahen, wenn auch nur auf den ersten Blick – so wie eine Katze für jemanden, der bisher nur Hunde gesehen hatte, wie ein Hund aussah. Der Wagen hielt an, und die Aliens stiegen aus.

Ihre länglichen, in zwei Segmente unterteilten Körper befanden sich etwa einen Meter über dem Boden. Sie waren vielleicht einen Meter lang und durchmaßen etwa dreißig Zentimeter. Das hintere Segment war ein wenig größer als das vordere, und die zwei Körperhälften trafen sich an einer Stelle, die kaum dicker als ein menschlicher Hals war. Beide Segmente wiesen helle Fellstreifen auf, wo sie nicht von Kleidung verhüllt waren. Sie wußte nicht, ob ihre Kleidung denselben Zweck erfüllte wie bei Menschen oder ob es nur kunstvolle Befestigungen für den Werkzeuggürtel waren, der um das vordere Segment geschnallt war. Die Kleidung, sofern es sich um Kleidung handelte, bestand aus schwarzen Streifen, die beide Segmente umgaben und etwa die Hälfte des Körpers bedeckten.

Am vorderen Segment befand sich ein einziger Augenstiel. Glücklicherweise schienen sie die Augen auf ihr Ziel gerichtet zu haben und nicht auf die drei Zylinder. Natürlich war es auch möglich, daß sie ein viel größeres Sichtfeld als Menschen hatten, weshalb Abby vorsichtig blieb. Während die Aliens gingen, schwenkte einer von ihnen seinen Augenstiel ein paarmal vor und zurück, vielleicht um die Entfernung besser abschätzen zu können. Oder es war eine Körpersprache, die Abby unmöglich entschlüsseln konnte. Abby sah kurz einen Mund mit dunklen Zähnen.

Jeder Alien besaß acht lange, mehrgliedrige, behaarte Beine, die dicker als die Beine einer großen Krabbe waren. Abby mußte an die vielen achteckigen Strukturen denken, die sich überall im Schiff wiederholten. Die vier Vorderbeine waren durch Gelenke mit dem vorderen Segment verbunden und die hinteren vier mit dem hinteren Segment. Die Aliens liefen auf den vier mittleren Gliedmaßen, so daß die Vorder- und Hinterpaare für andere Zwecke frei waren.

Das Ende jedes Beines bestand aus einem Anhängsel, das entfernt wie die Hand eines Affen aussah. Die Hände waren dunkel behaart und besaßen kurze, einzeln bewegliche Finger.

Während sie liefen, erkannte Abby, daß sie unbewußt mit ruckartigen Bewegungen gerechnet hatte, was vermutlich darauf zurückzuführen war, daß sie zu viele alte Filme gesehen hatte, in denen nichtmenschliche Wesen oft mit Stop Motion oder anderen Tricks dargestellt waren. Diese Wesen hatten fließende, geradezu anmutige Bewegungen. Alle Gelenke bewegten sich ausgewogen und gleichmäßig. In gewisser Weise waren sie sogar schön.

Das vordere Geschöpf erreichte die Tür zum Aufzug und drückte mit einer eleganten Bewegung einen der Knöpfe. Die Tür öffnete sich fast unmittelbar darauf. Die zwei spinnenähnlichen Aliens gingen in die Kabine und schlossen die Tür. Abby hatte kein Anzeichen bemerkt, daß die Aliens sich ihrer Anwesenheit bewußt waren.

Rechts von Abby entließ Rudy einen Seufzer. Links von ihr sagte Matt: »Puh! Laßt uns von hier verschwinden.«

Die drei wichen langsam vom Rand zurück. Als sie fast auf der anderen Seite waren, legten sie ihre Rucksäcke wieder an. Einer nach dem anderen schwangen sie sich über den Rand und schwebten sanft zu Boden.

Matt beschrieb Julie, Richard und Bobby Joe, was sie gesehen hatten. »Ich möchte aus der Nähe der Schiene verschwinden, solange es hier noch ruhig ist. Abby hat alles auf Video aufgezeichnet, so daß wir es uns ansehen können, wenn wir an einem sicheren Ort sind.«

Richard zeigte auf den nächsten der großen roten Zylinder. »Ich schlage vor, daß wir in Richtung dieses Zylinders gehen. Es ist das größte Objekt in der Nähe und das einzige, das bis zur Decke reicht. So wie ich es einschätze, stehen die Chancen gut, daß es irgendwie mit dem Antriebssystem zusammenhängt.«

Matt überlegte einen Augenblick. »Okay. Ich übernehme die Führung. Hinter mir kommen Abby, Bobby Joe, Richard, Julie und Rudy. Ihr kennt die Übung.«

Matt blickte sich schnell um, dann lief er auf zwei kistenähnliche Gebilde in der Nähe zu. Er lief schnell und mit gleichmäßigen Schritten. Von dort aus winkte er Abby zu, ihm zu folgen. Sie lief los, wobei sie in Anbetracht der Umgebung das Gefühl hatte, über eine ins Riesenhafte vergrößerte elektronische Platine zu laufen. Sie erreichte Matt am integrierten Schaltkreis, ohne auf einen Widerstand oder Kondensator zu treten. »Was ist, wenn es an der Decke Überwachungskameras gibt?«

»Dann wären wir tot«, sagte Matt. »Aber wenn sie das Schiff so detailliert überwachen würden, daß sie uns erkennen könnten, würden sie in Gefahr geraten, unter der Informationsflut zu ersticken. Dies ist eine gigantische Halle. Solange sie nicht wissen, daß wir ausgebrochen sind, haben wir eine Chance. Wenn sie allerdings Verdacht schöpfen, daß etwas nicht in Ordnung ist, dürfte es uns schwerfallen, unentdeckt zu bleiben.«

Bobby Joe stieß zu ihnen und gab Richard das Zeichen zum Loslaufen.

Matt sagte: »Bobby Joe, versuche bitte, die Koordinaten dieser Ecke festzuhalten!«

Bobby Joe nickte. »Die vertikale Anzeige ist völlig durcheinander, aber die XY-Koordinaten sind kein Problem.«

Ihre nächste Deckung bestand aus einer Art hufeisenförmigem Zaun, der aus einer Reihe aufrechtstehender Hanteln gebildet wurde. Von dort aus stieß die Gruppe über das seltsame Terrain vor, in dem sie sich von einer Struktur zur nächsten bewegte, während die Maschinengehäuse immer zahlreicher wurden.

Fast dreißig Minuten später erreichten sie ein Gebilde, das Abby an eine überdimensionale Hundehütte erinnerte. Alle sechs drängten ins Innere.

»Okay«, sagte Matt. »Ich denke, von jetzt an können wir es wagen, uns etwas schneller und in einer Gruppe zu bewegen.«

»Wir haben es wirklich mit Spinnen zu tun?« fragte Richard plötzlich.

»Ja. Abby, würdest du den anderen die Aufzeichnungen zeigen, die du gemacht hast? Es ist wahrscheinlich besser, wenn alle hier in Ruhe ihren eventuellen Schock überwinden können und nicht während unserer nächsten Begegnung.«

Ein paar Minuten später sagte Bobby Joe: »Sie weisen einige Unterschiede zu irdischen Spinnen auf. Bei echten Arachniden sind alle acht Beine mit dem vorderen Segment verbunden. Und diese Leute – ›Archies‹ spricht sich einfacher als ›Arachniden‹ aus – haben ganz andere Münder.«

»Ich schätze, daß auch die ›Hände‹ ein großer Unterschied sind«, sagte Richard.

Julie sagte: »Eigentlich bin ich froh, daß sie wie Spinnen aussehen. Ich hätte Probleme, wenn sie aussehen würden wie kuschelige Häschen oder so.«

Abby sagte nichts, aber ihr wurde bewußt, daß sie genau das Gegenteil dachte. Wenn das Aussehen tatsächlich eine Rolle spielte, würde sie sich wünschen, daß ihre Entführer niedlich und harmlos wirkten, so daß es für jeden in der Gruppe eine Überwindung bedeutete, den Abzug durchzuziehen oder den Zünder zu aktivieren. Sie mußten zuerst völlig sicher sein, daß sie auch das Richtige taten.

Stuart Lund lief aufgeregt den Broadway entlang. Es mußte eine Möglichkeit geben, wie er die Bürgermeisterin dazu zwingen konnte, die Expedition zurückzurufen.

Die breite Straße führte etwa zwanzig Blocks weiter geradeaus, bevor sie hinter der Biegung am Times Square aus dem Sichtfeld verschwand. Gelegentlich glitt Stuarts Blick die Fassaden der Hochhäuser hinauf, doch dann sah er ganz oben die Kuppel, was ihn nur um so mehr erregte. Gott hatte Stuart berufen, und hier stand er nun und hatte offensichtlich noch nichts erreicht.

Seine Gemeinde hatte ihn verstanden. So sehr er den Tod des

Mannes bedauerte, der die Post der Bürgermeisterin sortiert hatte, so stolz war er auch über die Tatsache, daß er ihr eine Botschaft geschickt hatte. Es grenzte an Wahnsinn, wenn die Bürgermeisterin glaubte, daß ihre Sicht der Dinge die einzige richtige Interpretation der Lage war. Wie konnte sie nur so blind sein und davon ausgehen, daß sie sich auf dem einzig wahren Weg befand?

Es mußte eine Methode geben, durch die sie sich überzeugen ließ, die ihr zeigte, daß der Unfall im Postraum ein Ausdruck des Willens der Menschen war – Tausender Menschen, Millionen von Menschen.

Stuart ging in seine Gedanken vertieft ein paar Blocks weiter. Mehrere Male wäre er beinahe mit jemandem zusammengestoßen. Dann paßte er ein paar Sekunden lang etwas besser auf. Es waren recht viele Leute auf der Straße, aber es herrschte keine so große Hektik wie sonst auf der Erde. Viele Menschen machten offenbar nur einen Spaziergang oder beobachteten andere. Sie bewegten sich nicht mit derselben Energie wie früher, wenn sie auf dem Weg zur Arbeit waren oder zu einer Broadway-Aufführung . . . wenn sie ein Leben führten.

Stuart erreichte die 33. Straße und überquerte sie bei Rot. Gewöhnlich war er einer der Menschen, die auch dann an einer Ampel warteten, wenn gerade kein Verkehr kam. Aber jetzt, wo es praktisch gar keinen Verkehr mehr gab, hielt er das für unnötig.

Er näherte sich der 34. Straße und sah, daß Macy, der vor kurzem wiedereröffnete Supermarkt, geschlossen war. Daran war eigentlich nichts Überraschendes, aber es beunruhigte ihn doch. Ausgerechnet Macy!

Stuart wollte gerade die 34. Straße wieder bei Rot überqueren, doch als er mitten auf der Straße stand, blickte er nach links und rechts, ob es vielleicht doch Verkehr gab. Eine Sekunde später stand er wie erstarrt auf der Straßenmitte und blickte nach rechts und nach oben. Dort auf der Südseite der 34. Straße erhob sich das Empire State Building und berührte fast die Kuppel, wie es schien. Stuart starrte wie gebannt nach oben, während seine Gedanken rasten.

Er konnte sich noch gut an seinen ersten Besuch in Manhattan erinnern. Seine Eltern hatten ihn mitgenommen, und an ihrem ersten Tag waren sie zur Spitze des Empire State Buildings hinaufgefahren. Stuart war es vorgekommen, als würde dieses Gebäude New York selbst darstellen. Irgendwie war es für ihn ein Symbol der ganzen Wolkenkratzerinsel. Er setzte niemals das Empire State mit New York gleich, aber immer wenn er an das Empire State Building dachte, erinnerte es ihn sofort an die Ansammlung hoher Gebäude, an Midtown-Manhattan, an die Brezel-Verkäufer, an die Freiheitsstatue in der Ferne und an das Kielwasser der Staten-Island-Fähre. Das Empire State Building *war* New York.

Sekunden später wurde sich Stuart bewußt, daß er mitten auf der 34. Straße stand, während Menschen links und rechts an ihm vorbeigingen.

Plötzlich wußte er, daß er zur Spitze mußte. Er drehte sich um und ging zum Bürgersteig zurück, dann die 34. Straße hinunter auf das Empire State Building zu. Von hier aus konnte er nicht erkennen, ob sich Menschen auf der Aussichtsplattform befanden. Er wußte nicht einmal, ob die Aufzüge funktionierten. Aber er mußte hinauf. Er hatte eine Idee.

Abby ließ Matt vor und folgte ihm. Hinter ihr kam Bobby Joe.

Sie fühlte sich dreckig und verschwitzt. Die Männer waren inzwischen vermutlich noch dreckiger, und sie alle sahen wie unrasierte Penner aus. Außer Matt. Er war ebenfalls unrasiert und vernachlässigt, aber trotzdem wirkte er nicht wie ein Penner. Bei Bobby Joe sah die Kombination seines kahlen Schädels und behaarten Gesichts aus, als trüge er den Kopf verkehrt herum auf den Schultern.

Sie sehnte sich nach Schlaf. Die Gruppe hatte eine kurze Pause eingelegt, die nicht länger als zehn Minuten gedauert haben konnte, bis sie schon wieder vorbei war.

Alle eilten über den Boden, von einer Deckung zur nächsten. Ein gutes Stück vor ihnen stand der große rote Zylinder, der sich bis zur Decke erstreckte. Genau zwischen der Gruppe und dem Zylinder befand sich eine ausgedehnte Ansammlung von Gehäusen und Maschinen, über deren Zweck sie nicht einmal mutmaßen konnten.

Sie wichen einem kleinen Feld aus, das wie ein Friedhof mit Grabsteinen aus Metall aussah. Als Abby ihren Körper dazu zwang, weiter mit langen Schritten zu laufen, spürte sie erneut, wie müde sie war. Und wenn sie sich müde fühlte, galt das vermutlich erst recht für Bobby Joe und Julie. Aber niemand beklagte sich, und sie wollte sich ebenfalls nicht beschweren.

Nach fast einer halben Stunde erreichten sie ein Gebilde mit einem Dach, das so niedrig war, daß sogar Abby sich ducken mußte. Pfosten an den vier Ecken stützten das dünne Dach, und auf zwei Seiten erhoben sich niedrige Wände bis zu einem Meter Höhe. Es erinnerte entfernt an eine Autogarage, aber Abby hatte keine Ahnung, welchem Zweck es wirklich dienen mochte.

Die Gruppe ging in Deckung, während Matt und Rudy den Horizont absuchten. Abby lehnte sich gegen die niedrige Wand und streckte ihre Beine aus. Julie saß neben ihr und rieb sich die Waden und Fersen.

Als Matt ein paar Minuten später verkündete, daß es wieder Zeit zum Aufbruch sei, stöhnten Julie und Bobby Joe auf, beschwerten sich aber nicht ausdrücklich. Nach einigen Minuten stießen sie auf einen weiteren Schienenweg, der jedoch quer zu den strahlenförmig angelegten Schienen verlief.

Sie überquerten die Schiene und liefen weiter, während die große Ansammlung von Gerätschaften immer näher kam. Die dunklen Gebilde am Horizont wurden immer höher und zahlreicher. Abby hatte das Gefühl, sich einer Ölraffinerie zu nähern.

Als ihr Weg sie mitten durch die reglosen Maschinen hindurchführte, wurde Matt langsamer. Sie gingen unter Bögen hindurch und benutzten Gänge, die quer durch die Gebilde führten. Links von Abby befand sich eine große durchsichtige Röhre, die durch den Boden kam und sich bog, bis sie in einem riesigen achteckigen Komplex verschwand. Etwas Schlammiges, das an Schokoladeneiskrem erinnerte, schob sich durch die Röhre.

Fünf Minuten später gab Matt der Gruppe das Zeichen, langsamer zu werden. Vor ihnen war etwas, das zuerst wie ein Teich aussah, doch als sie etwas näher kamen, konnte Abby erkennen, daß es sich um ein Fenster handelte, das in den Boden eingelassen war und durch das sie auf die Welt unter ihnen hinunterblicken konnten. Tief unten erkannte Abby die Kegelstadt unter ihrer Kuppel, aus einer Höhe, die ein Mehrfaches der Höhe ihres höchsten Kegels betrug. Es war nicht einmal eine Vogelperspektive, sondern eher wie der Blick aus einem Flugzeug.

Die durchsichtige Fläche hatte einen Durchmesser von mindestens zehn Metern und war von einer kleinen Brüstung umgeben. Darüber hingen fremdartige Instrumente, die nach unten auf das Fenster zielten. Einige waren wie Zahnarztbohrer an Auslegern mit mehreren Gelenken befestigt, andere standen wie kleine Baukräne auf kleinen Schienen. Überdacht wurde die gesamte Ausrüstung von einer umgestülpten durchsichtigen Schüssel, deren Rand ein paar Meter über den Durchmesser des Beobachtungsfensters hinausragte, aber einige Meter über dem Boden hing, so daß das Fenster von außen zugänglich war.

Matt warnte die Gruppe, dem Rand des Fensters nicht zu nahe zu kommen, während sie einen Bogen darum schlugen. Kurz darauf entdeckte Abby Manhattan in weiter Ferne etwa in der Mitte des achteckigen Raums unter ihnen.

Matt mußte es auch gesehen haben, denn er blieb stehen und nahm sein neues Funkgerät in die Hand. Er fächerte die silberne Antenne zu einem Reflektor aus und sprach ins Mikrofon. »Manhattan-Zentrale, hier ist Rover!«

Sekunden später meldete sich eine weibliche Stimme. »Hier ist die Manhattan-Zentrale. Wie geht es Ihnen?«

»Alles in Ordnung. Wir können vermutlich bald mit der Aktion beginnen.«

Matt berichtete von ihren Entdeckungen, seit sie die Wand durchbrochen hatten.

»Dann sollten Sie sich besser beeilen. Die Straßen sind voller Demonstranten, die mit dem Einsatz nicht einverstanden sind. Sie marschieren in Richtung Gracie Mansion und sprengen unterwegs sämtliche Autos in die Luft. Irgendein Prediger hat sie aufgestachelt. Er meint, wir wären auf dem Weg in den Himmel, und Ihr Team wird die ganze Sache vermasseln.«

»Wir befinden uns etwa ein oder zwei Kilometer über Ihnen,

und ich muß sagen, von hier aus sieht das Ganze nicht so aus, wie ich mir den Himmel vorgestellt habe.« Matt ließ die Sprechtaste los und winkte hektisch Bobby Joe heran.

»Könnten wir ein paar von Julies Videoaufnahmen von hier aus nach unten senden? Wenn die Demonstranten Bilder von den Archies und dieser Halle sehen, lassen die Proteste vielleicht nach.«

»Kein Problem. Sag ihnen, daß sie auf Videoempfang umstellen sollen. Wir werden mit zehn Prozent der normalen Geschwindigkeit senden.«

Matt informierte Manhattan über Funk, während Bobby Joe die zwei Frauen darum bat, für ein paar Minuten ihre Minikameras benützen zu dürfen. Abby und Julie spulten ihre Recorder zu den Stellen zurück, an denen ihrer Ansicht nach die interessantesten Sequenzen begannen.

Bobby Joe öffnete ein kleines Fach in Matts Walkie-talkie und zog ein dünnes Kabel heraus. Den Anschluß am Ende des Kabels steckte er in die Seite einer Minikamera. Er stellte die Regler der Kamera ein, dann sagte er zu Matt: »Okay, wir senden jetzt. Das Funkgerät ist auf eine geringere Bandbreite als Video ausgelegt, so daß wir nicht mit normaler Geschwindigkeit übertragen können, aber so müßten sie eigentlich ein gutes Bild bekommen.«

Abby trat ein Stück vor, um einen besseren Blick durch das Beobachtungsfenster zu haben. Sie kam sich vor, als würde sie ganz oben auf einer hohen Klippe stehen. Durch die große Entfernung sahen die Städte unter den Kuppeln wie Käse unter Käseglocken aus. Julie sprach leise einen Kommentar zur Videoaufzeichnung.

Matt behielt ständig den Horizont im Auge, während die Kameras sendeten. Schließlich sagte er zu Bobby Joe, er sollte aufhören. »Manhattan-Zentrale, wir werden uns wieder melden, wenn wir eine weitere Gelegenheit haben.«

»Verstanden. Ende.«

»Laßt uns von hier verschwinden«, sagte Matt, während er den Reflektor zusammenschob. »Wir stehen schon viel zu lange im Freien.«

Die Gruppe machte sich wieder auf den Weg zum großen

roten Zylinder. Sie hatten sich kaum zehn Minuten lang durch die unübersichtliche Technik-Landschaft geschlängelt, als Matt sich plötzlich langsam zu Boden fallen ließ und auf dem Bauch weiterkroch. Er machte ein hektisches Handzeichen, daß die anderen in Deckung gehen sollten. Er näherte sich vorsichtig einer schmalen, niedrigen Wand. Während Abby und die anderen hinter dieser Wand in Deckung krochen, sah sie kurz einen sich nähernden Wagen auf einer Einschienenbahn, die mehr oder weniger parallel zu der Wand verlief, hinter der sie sich versteckten.

Abby zog leise ihre Pistole aus dem Halfter. Die Glock Siebzehn fühlte sich etwas schmierig an, was sie auf ihren Schweiß zurückführte. Die halbautomatische Waffe war mit einem siebzehnschüssigen Magazin geladen, das Neun-Millimeter-Patronen enthielt. Die Pistole war von Haus aus schon leicht, und in der geringen Schwerkraft fühlte sie sich wie eine Spielzeugpistole an.

Abby hatte immer geglaubt, daß das Geräusch einer abgefeuerten Waffe eins der schrecklichsten Geräusche der Welt war. Jetzt nahm sie ein Geräusch wahr, das sogar noch schrecklicher klang – das leise Klicken einer Waffe, deren Hahn gespannt wurde.

Neben ihrem Herzschlag hörte Abby allmählich ein leises Zischen, als der Wagen näher kam. Sie wagte nicht eher wieder zu atmen, bis das Geräusch leiser wurde. Erst dann ließ sie den Gedanken zu, wie gut es war, sich für ein paar Minuten hinzulegen.

Matt wartete einige Minuten ab, bevor er vorsichtig seinen Kopf über die Wand schob. »Sie sind weg. Wir sollten sehen, daß wir weiterkommen.«

Die Gruppe blieb dichter zusammen, als sie sich durch etwas bewegte, das wie ein Wald aus Telefonmasten aussah. Es waren Hunderte von glänzend blauen Säulen, die halbwegs bis zur Decke reichten. Sie standen so weit auseinander, daß ein Rennfahrer mit einem Kompaktwagen diesen Hindernissen hätte ausweichen können.

Rudy sagte: »Mir kommt da gerade eine Idee. Wenn man die Schienenwege, die sich entweder strahlenförmig auffächern oder quer dazu ringsum verlaufen, aus der Luft betrachten würde, wißt ihr, wie es dann aussehen würde?«

»Wie ein riesiges Spinnennetz«, sagte Abby.

»Und«, sagte Bobby Joe, »es wird vermutlich nicht lange dauern, bis wir zum Zentrum vordringen.«

Julie sagte: »Ich muß ständig daran denken, daß ich eigentlich eine Woche, bevor das alles hier anfing, verreisen wollte. Ich wollte mit einer Freundin in Colorado Urlaub machen.«

»Aber dann würdet ihr jetzt wahrscheinlich keine Würstchen grillen, sondern selber gegrillt werden«, meinte Bobby Joe.

Benny Kellermund verließ die Kirche im Lagerhaus zusammen mit der restlichen Gemeinde nach einer der zwei täglichen Gottesdienste.

Der Prediger stand am Hauptausgang, und er schien nach Benny Ausschau zu halten, denn er seufzte tief, als er ihn bemerkte.

»Ich muß mit Ihnen reden«, sagte Stuart Lund.

»Klar doch«, sagte Benny.

»Es betrifft auch Ihren Freund. Könnten Sie beide in etwa einer Stunde vorbeikommen?«

»Ja, ich denke, das könnten wir tun.«

»Vielen, vielen Dank! Ich glaube, ich habe eine Idee, die Sie interessieren wird.«

»Das sieht vielversprechend aus«, sagte Richard. »Sie würden so etwas nicht so stabil bauen, wenn es nur dazu diente, die Atemluft eines der Gefängnisse wiederaufzubereiten.«

Abby gab ihm recht. Je näher sie dem roten Zylinder kamen, desto offensichtlicher wurde es, daß das große Gebilde das Ergebnis einer Hochleistungstechnik war. Der Boden, der all die anderen großen Maschinen, an denen sie bereits vorbeigekommen waren, mühelos getragen hatte, war hier durch Streben verstärkt worden.

»Langsam meine ich auch, daß du recht hast«, sagte Rudy. »Das sieht von allem, was wir bisher gesehen haben, noch am ehesten wie ein Antriebssystem aus.«

Die Gruppe kam näher und bewegte sich durch Dinge, die aussahen, als hätte ein Riese sie um sich herum verstreut, während er sein Riesenauto reparierte. Gigantische Ventile und Hebel, die sich nicht bewegten, aber den Eindruck erweckten, als könnten sie es jeden Moment, leuchtende Würfel, die in einem grünen Licht pulsierten. Abby hatte nicht die leiseste Ahnung, wozu diese Dinge nützlich sein könnten. Sie machte jedesmal mit ihrer Minikamera Aufzeichnungen, wenn sie Schriftzeichen auf den Gerätschaften sah oder etwas anderes bemerkte, das sie der Nachwelt auf Video erhalten wollte. Unterwegs setzte sie eine neue Batterie ein.

Der rote Zylinder erinnerte an einen riesigen Tank in einer Ölraffinerie – wenn nicht die vielen kleinen Türen über die gesamte Oberfläche verteilt gewesen wären. Zu vielen dieser Türen führten Leitern hinauf, die ganz anders aussahen, als Abby sie kannte. Sie bestanden aus zwei parallel verlaufenden Sprossenreihen, so daß die Archies sie vermutlich mit vier Beinen auf je einer Seite benutzen konnten.

An vier Stellen sah Abby Gebilde, die sich wie Abschußrampen vom Boden erhoben und knapp unter einer Tür auf den Zylinder trafen.

Dann versammelte sich die Gruppe unter einer T-förmigen Struktur, die kaum zwanzig Meter von der Basis des Zylinders entfernt war. Matt sah Richard an und sagte: »Bist du bereit, ein paar Sprengsätze anzubringen?«

Abby räusperte sich. »Ich bin wegen dieser Sache etwas beunruhigt. Was ist, wenn es sich gar nicht um das Antriebssystem handelt? Ich kann mit den Schriftzeichen, die wir gesehen haben, immer noch nicht viel anfangen.«

»Dieses Risiko ist einkalkuliert«, sagte Matt.

»Selbst wenn es sich um das Antriebssystem handelt«, sagte Julie, »ist das noch keine Garantie, daß uns in irgendeiner Weise geholfen ist, wenn wir es in die Luft jagen.«

»Auch dieses Risiko ist einkalkuliert. Wir tun vielleicht etwas Falsches, aber das hier ist eine jener Situationen, wo es das Falscheste wäre, überhaupt nichts zu tun.« Matt sah Abby an und dann wieder Julie. Schließlich wandte er sich Richard zu. »Fang an!«

»Klar«, sagte Richard. »Die volle Ladung?«

»Was immer dir angemessen scheint. Aber ich würde nur ungern jetzt schon alles einsetzen. Und ich hätte gerne einen Zeitzünder mit sehr langer Verzögerung, sagen wir: zehn Stunden. Ich möchte genug Zeit haben, um bis dahin weit von hier weg zu sein, und eine Möglichkeit zum Eingreifen, falls wir unterwegs neue Erkenntnisse gewinnen und es uns anders überlegen. Ich habe das starke Gefühl, daß es sich um das Antriebssystem handelt, aber ich weiß, daß es auch etwas sein könnte, was für die Lebenserhaltung dieses Schiffes von eminenter Wichtigkeit ist.«

»Es gibt noch einen weiteren Grund, den Antrieb des Schiffes außer Funktion zu setzen«, sagte Rudy.

»Und der wäre?«

»Auf diese Weise wird es schwieriger für sie, uns an einen ausbruchssicheren Ort zu bringen, wo wir vielleicht noch weiter von zu Hause entfernt sind.«

Matt nickte. »Klingt vernünftig.« Zu Abby und Julie sagte er. »Ich hoffe, ihr gebt euch damit zufrieden, aber im Augenblick herrscht hier keine Demokratie.« Er überblickte die Fläche, die vor ihnen lag, und sagte: »Alles klar. Wir brechen auf.«

Sie drangen schnell bis zu der achteckigen Tür in der Basis des Zylinders vor. Sie ließ sich mühelos öffnen. Matt trat hindurch, und die Gruppe folgte ihm. Als Abby hindurchging, war sie sehr froh, daß sich auch an der Innenseite der Tür Griffe befanden.

Abby blickte nach oben und mußte unwillkürlich den Atem anhalten. Vor einigen Jahren war sie einmal in Cape Canaveral gewesen und war sehr von der Größe der Antriebsdüsen beeindruckt gewesen. Auch wenn der Inhalt des Zylinders gar nicht nach einer Antriebsdüse aussah, so wirkte doch der gigantische Trichter wie eine solche. Der Trichter berührte mit dem schmalen Ende fast den Boden, während die Öffnung nicht weit von der Decke entfernt war. Riesige Spulen waren um das untere Ende des Trichters gewickelt. Die einzelnen Drähte mußten den Durchmesser von Kanaldeckeln haben.

An der Zylinderwand waren ringsum im Abstand von etwa zehn Metern mehrere Reihen von Leuchtkörpern angebracht.

An verschiedenen Stellen innerhalb des riesigen Zylinders führten Stege von den Wänden zur Spulenwicklung, wo sich Gebilde befanden, die wie graue Kletten aussahen.

Richard zeigte auf eine dieser Kletten, die nicht allzuweit vom Boden entfernt war. Eine doppelte Leiter führte bis zu einer Plattform hinauf, die sich knapp darunter befand.

Richard nahm Rudys und seinen eigenen Rucksack und stieg die Leiter hinauf. Vom Boden aus beobachtete Abby, wie Richard Stücke einer kittähnlichen Masse hervorholte und sie zwischen die Wicklungen drückte, so daß sie von unten aus nicht zu sehen waren.

Abby wandte sich an Matt. »Warum warten die Archies so lange, bis sie einen Planeten zerstören?«

»Ich habe keine Ahnung. Vielleicht hängt es davon ab, wie interessant der Planet für sie ist. Vielleicht machen sie erst noch einige Videoaufzeichnungen, wenn sie so eine Welt noch nie zuvor gesehen haben.«

Rudy sagte: »Es könnte jede Menge Gründe geben, von denen wir die meisten vermutlich nicht verstehen würden. Vielleicht müssen sie ihre Waffe von Zeit zu Zeit an einer Sonne in der Nähe aufladen, was dann eine Weile dauert.«

»Alles klar«, sagte Richard, als er heruntergeklettert kam.

»Gut. Wir wollen von hier verschwinden«, sagte Matt.

Er schob vorsichtig die Tür auf. Abby erwartete bereits, eine riesige Spinne zu sehen, die die ganze Breite des Eingangs versperrte. Obwohl ihr Verstand ihr sagte, daß diese Aliens außer einer zufälligen äußerlichen Ähnlichkeit nichts mit irdischen Spinnen gemeinsam hatten, mußte sie plötzlich an die Spinnen denken, die ihre Partner auffraßen. Draußen vor der Tür war alles frei. Matt trat hindurch, und der Rest der Gruppe folgte ihm.

Sie hielten erst wieder an, als sie etwa eine Stunde später auf einer kleinen Lichtung, die von ein Meter hohen, rechteckigen Maschinengehäusen umgeben war, in Deckung gingen.

»Mein Gott, bin ich müde!« sagte Bobby Joe im gleichen Augenblick, als er sich auf den Boden setzte.

Abby war ebenfalls müde, so müde wie schon seit einer Ewigkeit nicht mehr. Ihre Augen brannten, ihre Beine schmerzten, und ihre Schultern taten weh.

»Ruht euch gut aus«, sagte Matt. »In zehn Minuten geht es weiter.«

Abby lehnte sich mit dem Rücken an eins der Gehäuse und schloß die Augen. Sie stellte sich vor, sie würde in ihrer Wohnung in ihrem Bett liegen, im gemütlichsten Bett der ganzen Welt.

Sie drehte sich auf die rechte Seite und sah, wie das Licht der Morgensonne durch das Fenster hereinströmte. Sie drehte sich nach links und sah Matt neben sich liegen. Matt öffnete plötzlich die Augen und sagte: »Wir müssen weiter.«

»Was?«

»Wir müssen weiter«, wiederholte Matt.

Abby spürte eine Hand, die sanft an ihrer Schulter rüttelte. Sie öffnete die Augen und sah Matt neben sich knien. Er trug sein Uniformhemd mit den vielen Taschen. Über seinem Kopf befand sich die Decke des außerirdischen Schiffs. Abby blinzelte.

»Schon gut«, sagte sie. »Ich bin wach.«

Wenige Augenblicke später machte sich die Gruppe wieder auf den Weg. Weit vor ihnen lag das Zentrum des Netzes, das hinter Wänden verborgen war, die vom Boden bis zur Decke reichten. Der Horizont schien noch mehr als zuvor mit fremdartigen technischen Gebilden übersät zu sein.

Die Stunden zogen sich dahin, während es Abby allmählich gleichgültig wurde, ob sie entdeckt oder gefangengenommen wurden, solange sie dann nur die Möglichkeit hatte, zu schlafen oder zu sterben. Matt hatte offenbar gezögert, die Aufputschmittel auszugeben, doch vor kurzem hatte er ein paar Pillen verteilt. Abby spürte überhaupt keinen Unterschied.

Sie kamen dem abgeschotteten Bereich im Zentrum des Schiffes immer näher. Und als sie schon so weit gelaufen waren, daß die Wand nur noch ein paar hundert Meter entfernt war, hatte sie den toten Punkt überwunden. Sie kam sich immer noch ein wenig vor, als würde sie traumwandeln, aber jetzt spürte sie neue Energie und nahm ihre Umgebung wieder bewußter wahr.

In der Basis der Wand befanden sich mehrere Türen. Von jeder Tür aus verlief ein Schienenstrang zum Rand der riesigen

Fläche, auf der sie standen. Neben jeder dieser Türen war eine kleinere achteckige Tür angebracht, die vermutlich für Fußgänger oder Notfälle gedacht war.

Matt winkte ihnen zu, anzuhalten und in Deckung zu gehen. Sekunden später beobachtete Abby durch eine Lücke zwischen zwei Gehäusen, wie sich ein Stück weiter ein Wagen mit einem Archie darauf einer Tür näherte. Etwa zehn Sekunden, bevor der Einschienenwagen die Tür erreicht hatte, schwang sie lautlos auf. Der Wagen fuhr ohne abzubremsen hindurch, und die Tür verschloß sich hinter ihm, sobald der Wagen verschwunden war.

Von diesem Augenblick an trugen alle ihre Pistolen in der Hand und nicht mehr in den Halftern.

Die Gruppe schlich weiter, zwischen Maschinen und undefinierbaren Gebilden hindurch, bis sie alle keine dreißig Meter von einem Türpaar entfernt in Deckung gingen.

»Ich schätze, wir wollen nachsehen, was sich auf der anderen Seite der Wand befindet, oder?« sagte Rudy. Er meldete sich freiwillig. Er nahm seinen Rucksack ab und stellte ihn auf den Boden. Dann ging er ein Stück vor, mit der Pistole in der Hand.

Rudy überblickte kurz die freie Fläche, die vor ihm lag, und lief los, schneller, als Abby erwartet hätte. Wenige Sekunden später war er an der kleineren Tür. Er faßte die Griffe, und als er gerade die Tür aufziehen wollte, begannen sich die zwei Hälften der größeren Tür über der Schiene zu öffnen. Rudy warf sich zu Boden, möglichst dicht neben dem Schienenstrang, und Sekunden später schoß ein Wagen heraus, der von zwei Archies besetzt war.

Abby hielt den Atem an, weil sie befürchtete, die Archies würden Rudy entdecken, aber der Wagen fuhr unbeirrt weiter. Die Tür neben Rudy schloß sich wieder. Rudy rührte sich eine Minute lang nicht von der Stelle, bis er wieder aufstand und zur kleineren Tür zurückging. Er steckte die Pistole in den Gürtel und drehte an den Griffen. Als die Tür einen Spalt weit aufschwang, zog er wieder die Pistole.

Er schob die Tür ein Stück weiter auf und lugte durch den Spalt. Schließlich öffnete er sie ganz und beugte sich hinein. Sekunden später drehte er sich zum Rest der Gruppe um und winkte ihnen zu, daß sie nachkommen konnten.

»Gehen wir. Schnell!« sagte Matt.

Die Gruppe lief so schnell wie schon seit Stunden nicht mehr. Kaum eine halbe Minute später waren alle durch die Tür, die sich wieder hinter ihnen schloß.

Abby kam sich plötzlich schwerer vor, als sie hinter Matt tiefer in die Einfriedung hineinlief. Aus irgendeinem Grund mußte die Schwerkraft in diesem Bereich höher sein. Eine weitere Wand, die vielleicht noch einen Kilometer entfernt war, bildete eine noch etwas kleinere achteckige Einfriedung. Zwischen der Innen- und der Außenwand lag ein Wald aus fensterlosen Häuschen. Durch dieses Labyrinth konnte Abby kurze Abschnitte von Schienensträngen erkennen, die weiter auf den zentralen Komplex zuführten.

Die Häuschen waren achteckig, etwa zwei Meter breit und drei Meter hoch. Sie schienen völlig wahllos verteilt zu sein. Abby und die anderen folgten Matt, bis sie durch zwei oder drei Häuschen vom nächsten Schienenstrang verdeckt wurden.

Die Häuschen hatten allesamt eine gleichmäßig graue Farbe, nur ein paar in der unmittelbaren Nähe der Einschienenbahn waren an der Basis mit einem schwarzen Streifen versehen. Matt näherte sich einem der Häuschen. Abby sah, daß sie keine Türen, sondern eine Art Eingangskorridor besaßen. Sie hatten eine fensterlose Oberfläche und erinnerten ein wenig an öffentliche Toilettenhäuschen. Von einer Ecke ging jeweils eine niedrige Wand aus, die im Winkel eines Achtecks abknickte und nach ein paar Metern aufhörte. Offensichtlich konnte man ungehindert hineingehen, aber von außen war nicht zu erkennen, was sich im Innern befand.

Matt ging zu einem der Häuschen, die mit einem schwarzen Streifen markiert waren. Er trat vorsichtig in den kurzen Korridor und blickte um die Ecke ins Innere. Genauso vorsichtig, aber jetzt mit sichtlicher Anspannung wich er zurück und winkte der Gruppe zu, sich zurückzuziehen.

Die Gruppe bewegte sich schnell und leise an ein paar Häuschen vorbei, von denen eins einen schwarzen Streifen hatte.

Matt betrat vorsichtig den Korridor eines anderen Häuschens, das einfach grau war. Fast im selben Augenblick, als Matt um die Ecke blickte und die Gruppe heranwinkte, erschien ein schwarzer Streifen auf dem unteren Teil der Wand des Häuschens.

Abby folgte ihm. Innerhalb des leeren Häuschens befand sich ein achteckiger Raum mit einem Durchmesser von drei Metern. An einer Wand stand etwas, das vermutlich ein Bett war. An der gegenüberliegenden Wand war eine fremdartig wirkende Konsole angebracht. Die Decke leuchtete in einem sanften Blau.

»Was hast du in dem anderen Häuschen gesehen?« fragte Rudy flüsternd.

Auch Matt sprach sehr leise. »Einen schlafenden Archie. Das hier müssen ihre Unterkünfte sein.«

Abby sagte: »Es sieht ganz danach aus. Und ich glaube, daß wir gerade das *Besetzt*-Zeichen eingeschaltet haben.«

13

Fliegen im Netz

»Sie wollen das Empire State Building sprengen?« wiederholte Lucky Stiles.

Benny, Lucky und der Prediger befanden sich im Büro im ersten Stock des Lagerhauses. Benny hatte dieselben Probleme wie Lucky, das Gehörte zu verdauen.

Stuart Lund hatte ein Leuchten in den Augen, das Benny noch nie zuvor gesehen hatte. Dieser Kerl war ein Fanatiker.

»Nein, nein«, sagte der Prediger. »Ich will es nicht wirklich sprengen.«

»Aber Sie wollen, daß ich dort oben ein paar Sprengkörper deponiere und einen Zünder anbringe, oder nicht?« fragte Lucky.

»Ja. Aber es soll nur eine Drohung sein. Sie sollen nicht wirklich explodieren.«

Benny saß schweigend da und beobachtete Lucky und den Prediger.

»Das verstehe ich nicht«, sagte Lucky. »Entweder tue ich etwas, oder ich tue es nicht. Wollen Sie nun etwas tun oder nicht tun?«

»Ich will damit drohen, das Gebäude zu sprengen, wenn die Bürgermeisterin die Expedition nicht zurückruft.«

»Na gut. Und was ist, wenn sie das nicht will?«

»Aber sie wird es wollen! Sie kann nicht zulassen, daß das Empire State Building gesprengt wird. Sie *muß* einfach erkennen, daß die Aktion eingestellt werden sollte, wenn die Menschen so große Bedenken haben. Sie wird sie zurückrufen.«

»Ich meine«, sagte Lucky, »was ist, wenn sie es trotzdem nicht will?«

Der Prediger sah aus, als wäre dies ein völlig neuer Gedanke für ihn. »Aber ich sage Ihnen doch, daß sie nicht anders kann!«

»Sagen wir mal, ich bin nicht davon überzeugt. Nicht, daß mir die Idee nicht gefällt. Aber ich verstehe die Sache noch nicht. Sie sagen, wenn sie nicht nachgibt, werden Sie es tun. Also müssen Sie auch dazu bereit sein, es zu tun.«

»Richtig! Genau! Wir wären dazu bereit. Aber wir müßten gar nicht wirklich auf den Knopf drücken.«

»Aber wenn sie nein sagt, dann kann ich auf den Knopf drücken, richtig?«

»Äh . . .« Der Prediger verstummte.

»Ich meine, wenn wir nicht bereit sind, die Drohung bis zum Ende durchzuziehen, ist es eigentlich gar keine Drohung, stimmt's!«

»Ich verstehe, was Sie sagen wollen«, sagte der Prediger langsam. »Es ist nur so, daß wir es gar nicht bis zum Ende durchziehen müssen, weil die Bürgermeisterin nachgeben wird.«

»Okay, okay«, sagte Benny plötzlich. »Ich glaube, ich kann die Sache klären. Lucky, du kannst auf den Knopf drücken, wenn die Bürgermeisterin nein sagt. Der Prediger sagt, daß sie nicht nein sagen wird, also wirst du nicht auf den Knopf drücken, wenn der Prediger recht hat. Wenn der Prediger falsch liegt, was seiner Meinung nach nicht eintreten wird, dann kannst du auf den Knopf drücken. Aber der Prediger meint, daß das nicht geschehen wird.«

Lucky kratzte sich am Kopf. »Na gut.«

Der Prediger saß schweigend da, wie ein Roboter, dem man unklare Anweisungen gegeben hatte.

»Aber es gibt da noch ein anderes Problem«, sagte Lucky.

»Und das wäre?« fragte der Prediger.

»Es gibt nicht genügend Sprengstoff auf der Welt – beziehungsweise nicht hier – um die Sache durchzuführen.«

Der Prediger runzelte die Stirn. »Ich dachte, Sie hätten die Überflutung im Battery Tunnel mit Sprengstoff bewerkstelligt.«

Lucky nickte. »Ja, aber das hier ist etwas anderes. Wir reden hier von einem sehr großen Gebäude. Während des Zweiten Weltkriegs ist ein Bomber voll gegen das Gebäude geknallt. Ziemlich weit oben sogar. Den Bomber gibt's nicht mehr, aber das Gebäude steht noch. Was schließen Sie daraus?«

»Puh!« sagte der Prediger. »Daran hatte ich nicht gedacht. Aber ich erinnere mich an die Geschichte.« Er lehnte sich in seinem Stuhl zurück und sah niedergeschlagen aus. »Also war unser ganzes Gespräch sinnlos?«

»Das kommt drauf an. Ich könnte schon eine Menge Schaden

anrichten. Mit etwas Glück könnte ich vielleicht sogar die Spitze mit dem Antennenmast wegsprengen. Wenn das Ding runterkracht, geht eine Menge kaputt. Die Bürgermeisterin wird schon darauf aufmerksam werden. Wenn ich aber nie auf den Knopf drücken werde, spielt all das natürlich gar keine Rolle.«

»Natürlich spielt es eine Rolle. Wenn die Bürgermeisterin nicht an die Ernsthaftigkeit der Drohung glaubt, wird sie auch nichts unternehmen.«

»Wie ich schon sagte, ich könnte eine Menge Schaden anrichten. Ich könnte die Ladung nah genug an der Aussichtsplattform anbringen, daß die Spitze abrasiert wird oder zumindest für immer geschlossen werden muß. Und jedesmal, wenn jemand sich die New Yorker Skyline ansieht, wird er daran erinnert, daß die Bürgermeisterin Mist gemacht hat.«

Die Miene des Predigers hellte sich sichtlich auf. »So könnte es funktionieren. Also brauchen Sie dazu eine Art Fernsteuerung.«

»Das auf jeden Fall. Es gibt keine Zündschnur, die lang genug wäre, um mir die Zeit zu geben, rechtzeitig aus dem Gebäude zu verschwinden. Außerdem wollen wir ja nicht, daß es automatisch gezündet wird. Ich muß die Kontrolle behalten, damit ich, wenn die Bürgermeisterin ihr Okay gibt, nicht auf den Knopf drücken werde.«

»Und Sie können es so einrichten, daß niemand, der sich vielleicht an den Sprengkörpern zu schaffen macht, sie dabei zündet?«

»Kinderspiel.«

Der Prediger beugte sich in seinem Stuhl vor und starrte eine Minute lang ins Leere. »Ich denke, so wird es funktionieren. Werden Sie es machen?«

Lucky zögerte. Er sah Benny an. »Was meinst du?«

»Wenn diese Expedition weitermacht, werden sie irgendwann in ein Wespennest stechen. Wir müssen nur auf den Knopf drücken, wenn die Bürgermeisterin vernünftigen Argumenten nicht zugänglich ist. Der Prediger sagt, daß sie vernünftig sein wird. Und wenn nicht, hat sie selber Schuld. Wir haben nichts zu verlieren.«

»Ich weiß nicht. Wir müssen eine Menge Material zur Spitze hinaufschleppen. Wirst du mir helfen?«

»Klar. Der Prediger sagt, daß die Aufzüge noch in Betrieb sind.«

Schließlich sagte Lucky: »Was soll's? Zumindest müssen wir uns diesmal keine Sorgen um Ratten und Alligatoren machen.«

»Steh auf, Bobby Joe!«

Zuerst hatte Bobby Joe das Gefühl, seine Augen wären zugeklebt. Eine Hand rüttelte seine Schulter, aber er brauchte einige Sekunden, bevor seine blinzelnden Augen im Licht etwas erkannten. Matt Sheehan kniete neben der Stelle, wo Bobby Joe im Häuschen auf dem Fußboden eingeschlafen war.

»Deine zwei Stunden sind vorbei. Mehr können wir uns nicht leisten.«

»Oh, Gott!« Bobby Joe richtete seinen Oberkörper auf und lehnte sich mit dem Rücken an die Wand. Wenn er über bessere Anatomiekenntnisse verfügt hätte, wäre er vielleicht in der Lage gewesen, die ein oder zwei Muskeln beim Namen zu nennen, die nicht schmerzten. Matt half ihm auf.

Richard, Julie und Abby schliefen immer noch auf dem Fußboden. Rudy hielt an der Tür Wache. Benommen vom Schlafmangel und der geringen Schwerkraft ging Bobby Joe zur anderen Wand und strich mit dem Finger über die Konsole, bei der es sich um ein Computer-Terminal und einen Kommunikationsanschluß handeln mußte, wenn die Archies denselben Gott der Technik wie die Menschen verehrten.

Matts Stimme kam über Bobby Joes Schulter. »Ich denke, du solltest dich etwas nützlich machen. Glaubst du, du kannst herausfinden, wie das System arbeitet?«

»Das kann ich jetzt noch nicht sagen. Wenn sie bei der Konstruktion des Systems berücksichtigt haben, daß wir hier eindringen könnten, sollte ich diese Aufgabe an Richard weitergeben. Wenn ihre Rasse absolut aufrichtig ist und das Recht auf Eigentum und freie Information niemals verletzt, dann habe ich eine gewisse Chance.« Bobby Joes Generation war damit aufgewachsen, für ihre Eltern per Hand den heimischen Videorecorder zu programmieren, so daß er ein ungebrochenes Vertrauen in seine Fähigkeiten hatte.

»Ich erwarte keine Wunder. Tu einfach dein Bestes. Ich schätze, daß du irgendwann mit Abby zusammenarbeiten mußt, das heißt, sie beschäftigt sich mit den Übersetzungsversuchen, während du mit dem Computer spielst. Weck sie, sobald du denkst, es könnte Arbeit für sie geben.«

Bobby Joe strich sich über seine Glatze. »Wird gemacht.«

Das erste Problem bestand darin, an der Konsole Platz zu nehmen. Vielleicht standen die Archies einfach davor, wenn sie den Computer benutzten, vielleicht aber auch nicht. Bobby Joe kniete sich hin und sah sich genau die Wand unter der Konsole an. Wenn er eine Unterkunft mit möglichst platzsparender Einrichtung entwerfen sollte, würde er alles in die Wände einbauen lassen, damit es sich bei Bedarf herausklappen ließ. Vielleicht hielten es die Archies genauso. Sie unterschieden sich äußerlich sehr von Menschen und vermutlich auch im Denken, aber Menschen und Archies mußten sich an dieselben Naturgesetze halten. Wenn die Archies zehn Geräte in einem Häuschen unterbringen wollten, wo eigentlich nur fünf Platz hatten, dann waren sie mit denselben Beschränkungen wie Menschen konfrontiert.

Die zwei Quadratmeter große Wand unter der Konsole wies keinerlei sichtbare Unterbrechungen, Verformungen oder Knöpfe auf. Bobby Joe drückte trotzdem auf verschiedene Stellen, für den Fall, daß die menschliche Farbwahrnehmung nicht alles registrierte, was die Augen der Archies sehen mochten. Kein Resultat.

Bobby Joe stand auf und fragte sich, ob vielleicht irgendeine Bestätigung an der Konsole dazu führen würde, daß sich eine Sitzgelegenheit bildete. Er wollte die Konsole aber noch nicht berühren. Wenn er herausfand, wie sie sich einschalten ließ, könnte es sein, daß er damit eine Videoübertragung an eine zentrale Stelle aktivierte. In diesem Fall würden die Archies mit absoluter Sicherheit reagieren.

Außerdem würde eine Schaltung auf der Konsole bedingen, daß es eine energieaufwendige, mechanische Methode gab, um einen Stuhl zu produzieren. Wenn er ein solches System austüfteln sollte, würde er nicht auf Motoren und Steuersysteme zurückgreifen, wenn es eine einfachere, billigere und zuverlässigere Lösung gab.

Er kniete sich wieder auf den Boden und untersuchte die zwei Wände, die an die Konsole anstießen. Aber auch dort war nichts zu entdecken. Mist!

Matt sagte Rudy, daß es Zeit zur Wachablösung war. Matt übernahm seinen Posten, und Rudy legte sich auf den Boden, um zu schlafen. Hier sah es aus, wie Bobby Joe sich immer ein Sommerlager vorgestellt hatte – nur nicht so achteckig. Und einige der Ausflügler hatten neue Bärte.

Bobby Joe stand wieder auf. Er war verwirrt. Vielleicht standen die Archies einfach, wenn sie die Konsole benutzten. Er zählte sämtliche Möglichkeiten an den Fingern ab und hielt plötzlich inne, als er bei der Decke angelangt war.

Die Dächer der Häuschen liefen spitz zu und trafen sich in einem Punkt, der etwa einen Meter über der Verbindungdsnaht zwischen Wände und Dach lag. Doch die Decke war flach. Eine genauere Untersuchung enthüllte acht kleine Quadrate, die in einem Ring von etwa einem Meter Durchmesser angeordnet waren. Bobby Joe streckte sich zum Quadrat hinauf, das in den Keil eingelassen war, der sich über der Konsole befand. Er konnte es nicht erreichen.

Bobby Joe sprang und stieß dabei gegen das Quadrat. Es klickte. Langsam begann sich das keilförmige Stück in der Decke mit der Spitze herabzusenken.

Darüber entfaltete sich ein Gebilde, das an japanisches Origami erinnerte – oder wie auch immer man diese gefalteten Papierbögen nannte, die eine dreidimensionale Form ergaben. Schließlich berührten acht Segmente den Boden. Bobby Joe empfand einen nicht unerheblichen Stolz über seine Leistung, auch wenn dieser Stuhl nicht so aussah, als wäre er für einen Menschen sehr bequem. Bei dem ›Stuhl‹ handelte es sich eher um eine kurze Leiter mit lediglich vier breiten Sprossen. Offensichtlich setzte sich ein Archie hinein, indem er das hintere Körpersegment auf die unteren Sprossen plazierte, während das Vordersegment von den oberen Sprossen gestützt wurde, die sich näher an der Konsole befanden.

Bobby Joe belastete die untere Sprosse vorsichtig mit seinem Gewicht. Das Gebilde gab ein wenig nach, trug sein Gewicht aber. Bobby Joe fragte sich, wie schwer die Archies im Vergleich zu Menschen sein mochten. Schließlich setzte er sich auf die hintere Stufe und beugte sich auf der oberen vor. Seine Stellung ähnelte der eines Menschen, der verkehrt herum auf einem Stuhl saß und sich auf der Rückenlehne abstützte. Immerhin war es ein wenig bequemer als Stehen.

Er blickte sich zu Matt um, der ihm seinen hochgereckten Daumen zeigte. Bobby Joe war stolz darauf, daß Matt mit ihm zufrieden war. Als er seinen Blick abwandte, bemerkte er auf dem Boden den schwachen Umriß eines weiteren Quadrats.

Bobby Joe ging neben dem Stuhl in die Knie und betastete die Fläche. Schließlich drückte er mit dem Daumen auf das Quadrat, worauf es im Boden verschwand. Direkt daneben bildete sich ein größerer achteckiger Umriß im Boden. Behutsam schob er das Achteck zur Seite und öffnete damit ein Loch mit denselben Ausmaßen. Er blickte auf und sagte zu Matt: »Vielleicht beseitigen sie auf diese Weise ihren Abfall.«

Matt nickte und sah beeindruckt aus. Bobby Joe schob die Abdeckung wieder zu und stand auf. Jetzt kam das eigentliche Problem – die Konsole.

Auf der trapezförmigen Oberfläche, die etwa einen halben Meter tief war, befand sich ein Achteck, das in acht Tortenstücke unterteilt war. Davor lag ein wesentlich kleineres Achteck, das etwa die Größe eines Dollars hatte.

An der Wand über der Konsole befand sich ein viel größeres Achteck, das links und rechts von sehr kleinen Achtecken flankiert wurde, die etwa Daumennagelgröße besaßen. Das rechte glänzte wie Glas, und das linke war mit Hunderten winziger Löcher perforiert. Bobby Joe hatte das gute Gefühl, hier über einen Ansatzpunkt zu verfügen. Alles deutete darauf hin, daß es sich bei den zwei kleinen Achtecken um eine Kameralinse und ein Mikrophon handelte.

Bobby Joe kramte in seinem Rucksack und fand eine Rolle Klebeband. Er riß zwei kurze Stücke ab und klebte sie über die beiden kleinen Achtecke. Falls er versehentlich das Kommunikationssystem der Konsole aktivierte, wollte er verhindern, daß ein paar Archies sich auf den Weg machten, um herauszufinden, was eine Horde Affen in einem ihrer Häuser trieben.

Nichts auf der Konsole sah nach einem Ein- und Ausschalter aus. Bobby Joe berührte das kleine Achteck ganz vorne auf der Konsole. Sofort darauf erhellte sich das große Achteck an der Wand und zeigte in jedem der acht keilförmigen Sektoren ein anderes Bild.

Bobby Joe starrte die acht Bilder an. Es könnte sich um Piktogramme handeln oder auch um richtigen Text in der Schrift der Archies. Bobby Joe blickte sich zu Matt um und sagte: »Ich glaube, es ist Zeit, daß ich Abby wecke.«

»Okay.«

Ein paar Minuten später standen Abby und Bobby Joe auf der linken und rechten Seite des Stuhls und blickten auf den Bildschirm. Das Objektiv von Abbys Minikamera stand auf dem Stuhl und war so ausgerichtet, daß es alle Bilder, die sie mit Hilfe der Konsole aufrufen würden, aufzeichnete.

Bobby Joe war überrascht, daß die Bilder eine schlechtere Auflösung besaßen, als er für wahrscheinlich gehalten hätte. Sie waren so grobkörnig, daß die einzelnen Pixel deutlich zu unterscheiden waren. Außerdem flimmerten sie wie Fernsehbildschirme in alten Filmen, und das Flimmern war sogar noch unangenehmer, wenn er es nur aus dem Augenwinkel wahrnahm.

Abby rieb sich die Augen und sagte: »Das verrät uns vielleicht einiges über ihre Augen. Wahrscheinlich sehen sie nicht so gut wie wir, und ihre Sehträgheit dürfte um einiges größer als unsere sein.«

»Also könnte das hier für sie ganz normal aussehen?«

»Schon möglich. Es war bestimmt nicht billig, dieses Schiff zu bauen. Ich wette, sie hätten sich problemlos eine höhere Auflösung leisten können, wenn sie gewollt hätten. Und vermutlich sehen sie nicht räumlich, da das Bild flach ist. Da sie nur einen Augenstiel besitzen, deutet das auf die Unfähigkeit zu räumlicher Wahrnehmung hin oder zumindest auf eine eingeschränkte Tiefenwahrnehmung. Wenn sie zwei Augen auf dem Stiel besitzen sollten, können sie nur einen sehr geringen Abstand haben.«

»Nun, für die Archies mag es ja in Ordnung sein, aber ich wette, daß ich in einer Stunde davon Kopfschmerzen bekomme.«

»Hmm«, sagte Abby.

»Schon irgendeine Idee?«

Abby zeigte auf den linken Keil. »Das Bild dort erinnert mich an eine Seitenansicht ihres Mundes. Es sieht ein wenig wie ein Spinnenmaul aus, auch wenn die Mundwerkzeuge fehlen.«

»Stimmt. Also ist es vermutlich ein Symbol für sprachliche Kommunikation?«

»Könnte sein.«

»Wenn das stimmt, wollen wir diese Funktion lieber nicht aktivieren.«

»Was müßten wir tun, wenn wir es tatsächlich wollten?« fragte Abby. »Den entsprechenden Keil auf dieser Kontrollfäche berühren?«

»Das war mein erster Gedanke, aber ich möchte nichts ausprobieren, solange wir keinen Hinweis haben, was wir damit auslösen könnten. Das Bild eines Mundes bedeutet vielleicht gar nicht Kommunikation, und ich will hier nicht unabsichtlich eine Pizza bestellen.«

»Sprich bitte nicht von richtigem Essen, ja? Ich habe diese grünen Pillen so satt!«

»'tschuldigung.« Bobby Joe zögerte. »Können Spinnen gut sehen?«

»Ich weiß es nicht, aber das spielt vermutlich gar keine Rolle. Wenn wir davon ausgehen, daß die Archies lediglich große Spinnen sind, machen wir wahrscheinlich einen großen Fehler. Wir sollten uns nach Möglichkeit darauf konzentrieren, auf direktem Wege Erkenntnisse über die Archies zu sammeln und auf dieser Grundlage Rückschlüsse ziehen. Zum Beispiel sollten wir nicht davon ausgehen, daß sie Eier legen, bevor wir keinen eindeutigen Hinweis darauf gefunden haben.«

»Okay. Und was nun?«

»Ich habe mehrere Videobilder gespeichert. Schriftzeichen oder Symbole von der Aufzugstür und verschiedenen Maschinen. Ich muß zunächst ein kleines Verzeichnis erstellen. Aber dazu brauche ich mehr Platz, als es auf einem Computerbildschirm gibt.« Abby blickte sich zu Matt um. »Etwas dagegen, wenn ich die Wand zum Schreiben benutze? Dadurch hinterlassen wir sehr deutliche Spuren unserer Anwesenheit.«

»Kein Problem. Es wird nicht lange dauern, bis das keine Rolle mehr spielt.«

Abby und Bobby Joe machten sich an die Arbeit, wobei Abby die Zeichen identifizierte und Bobby Joe sie an die Wand schrieb, mit einer kurzen Notiz über die Quelle. Als sie fertig waren, befand sich auf der Wand neben der Konsole ein Dutzend verschiedener Zeichen.

Bobby Joe fühlte sich durch viele der Darstellungen an Rorschach-Kleckse erinnert. Abbys Sammlung enthielt die Schrift auf der Kuppel über Manhattan, von der Notausgangstür, vom Aufzug, vom Einschienenbahnwagen, von der Stelle, wo Richard den Sprengstoff deponiert hatte, und von mehreren Maschinengehäusen. Jetzt, wo alle nebeneinander auf der Wand dargestellt waren, kamen Bobby Joe die meisten der Zeichen recht ähnlich vor – mit Ausnahme der Aufschrift auf der Kuppel. Ganz rechts neben allen anderen Zeichen befand sich ein verzerrtes Achteck und ein Quadrat mit einer senkrechten Linie in der Mitte.

Abby hatte offenbar dasselbe Zeichen studiert, aber sie war Bobby Joe schon um einiges voraus. Sie zeigte auf das Achteck und das Quadrat, das den Notausgang markiert hatte. »Weißt du was? Ich glaube allmählich, daß diese Zeichen dort Hinweise auf den Standort sind. Dieses Achteck ist fast ganz. Aber sieh dir mal diejenigen an, die wir an Stellen gefunden haben, die sich näher am Zentrum befinden. Sie sind gestaucht.«

»Das ist ein Fachbegriff, nicht wahr?«

»Richtig. Das Zeichen von der Beobachtungskanzel ist vielleicht um zehn Prozent gestaucht. An der Stelle, die ihr für das Antriebssystem gehalten habt, ist es bereits viel stärker gestaucht, denn diese Stelle ist dem Zentrum des Schiffes schon viel näher. Das Achteck, das wir am Lift gesehen haben, ist fast ganz. Ich denke, der Grad der Stauchung zeigt an, wo man sich befindet, in welcher Richtung das Zentrum des Schiffes liegt und wie weit man davon entfernt ist. Und die dünne Linie in den Quadraten markiert die Höhe innerhalb des Schiffes. Alle entsprechenden Zeichen auf dieser Ebene sehen gleich aus, aber das eine vom Notausgang besagt, daß wir uns näher am Zentrum des Schiffes befanden.«

Bobby Joe überblickte die Zeichen und suchte nach einem Hinweis, der im Widerspruch zu dieser Hypothese stand. Doch er fand keinen. »Du gehst also davon aus, daß die Archies eine Bilderschrift entwickelt haben?«

»Nein. Wenn ihre Geschichte auch nur entfernt mit unserer zu vergleichen ist, haben verschiedene Gruppen ihre eigenen Sprachen und Schriftsysteme entwickelt. Piktogramme sind lediglich eine einfache Lösung, wenn man will, daß Leute aus verschiedenen Sprachgruppen eine Botschaft verstehen. Selbst wenn sie inzwischen alle dieselbe Sprache benutzen, sind Piktogramme immer noch eine praktische Kurzschrift.«

»Also müssen wir nur noch herausfinden, was die anderen sieben Bildzeichen bedeuten? Wie stellen wir das an?«

»Das ist nur der erste Schritt. Ich kann im Augenblick nur sagen, daß du auf jede Möglichkeit gefaßt sein solltest. Es könnte auch sein, daß wir nicht in der Lage sind, alles zu entziffern. Denk nur einmal an den *I-Love-New-York*-Aufkleber, wo das Wort *Love* durch ein Herzsymbol ersetzt ist, und dann stell dir vor, was die Archies alles über uns wissen müßten, um es verstehen zu können. Das Herz ist ein inneres Organ, also werden sie nicht wissen, wie es aussieht, bevor sie eine Autopsie oder einen Scan durchgeführt haben. Dann müßten sie darauf kommen, daß unser abstrahiertes Symbol in Zusammenhang mit dem Herzen steht, und dann müßten sie noch die historischen Grundlagen für unseren Glauben kennen, daß das Herz als Sitz des Gefühls gilt. Und sie müßten wissen, daß die Farbe Rot in diesem Kontext etwas Positives bedeutet. Das Herz-Symbol ist eigentlich kein Piktogramm, sondern ein Ideogramm.«

»Das würden sie ohne eine Menge Hilfe niemals herausfinden. Also meinst du, daß auch wir große Schwierigkeiten bekommen könnten?«

»Mit einigen der Symbole vielleicht. Aber wir könnten auch Glück haben und das Äquivalent der Seitenansicht einer Treppe finden, die ein Hinweis auf eine Treppe ist. Einige Piktogramme dürften einfach aus einem kleinen Bild dessen bestehen, was sie bezeichnen.«

»Also müssen wir wieder raten, was diese Zeichen darstellen könnten?«

»Ja.«

Bobby Joe und Abby starrten die acht Piktogramme an. Schließlich sagte Bobby Joe: »Das dort sieht wie ein räumliches Achteck aus. Könnte es das Schiff sein, in dem wir uns befinden?«

»Schon möglich«, sagte Abby langsam. »Aber sie benutzen achteckige Strukturen so häufig, daß es auch etwas ganz anderes sein könnte.« Sie blickte auf das Bild, das die Botschaft auf der Kuppel zeigte. »Das erste Symbol in der Botschaft sieht genauso aus.«

Bobby Joe sah sich wieder die Symbole auf dem Bildschirm an. »Das dort ganz rechts sieht wie eine Kuppel aus.«

»Ja, stimmt. Wollen wir es einfach mal ausprobieren?«

Bobby Joe drehte sich zu Matt um. »Was dagegen, wenn wir einige der Konsolenfunktionen ausprobieren?«

Matt schüttelte den Kopf. »Macht nur weiter!«

Benny Kellermund und Lucky Stiles betraten das Empire State Building durch den Eingang an der 34. Straße. Benny kam sich winzig vor, als er die zwei Stockwerke hohe Halle vor den Aufzügen hinaufblickte. Außerdem verspürte er Gewissensbisse. Dieses großartige alte Gebäude war fast einhundert Jahre alt.

Im Gebäude ging es viel ruhiger zu als bei seinen Besuchen in der Vergangenheit. Offenbar kam der größte Teil der normalen Besucher von außerhalb der Stadt. Doch in diesen Tagen war kaum mit Touristen zu rechnen. Ein großes Schild besagte, daß keine Eintrittsgebühr erhoben wurde und daß die Besucher die Aufzüge nach Belieben benutzen konnten.

Benny ging neben Lucky weiter und versuchte, unauffällig zu wirken. Beide Männer trugen Arbeitsoveralls. Lucky hatte Benny überzeugt, daß das ihre beste Tarnung sei. Außerdem hatten beide große Rucksäcke umgeschnallt. Sie hatten Koffer und Pappkartons und andere Dinge in Betracht gezogen, bevor sie sich auf diese Vorgehensweise geeinigt hatten.

Niemand schien ihnen besondere Aufmerksamkeit zu schenken, als sie an den Aufzügen vorbeigingen, die zu den Stockwerken in den unteren zwei Dritteln des Gebäudes hinaufführten, und zu den Expreß-Aufzügen weitergingen, mit denen man bis zum achtzigsten Stockwerk hinaufgelangen konnte. Benny konnte sich nicht erinnern, daß jemals ein Aufzug auf *ihn* gewartet hatte. Sie waren die einzigen Passagiere, als Lucky den Knopf mit der Achtzig drückte.

»Kommt mir sehr langsam vor«, sagte Lucky, als der Aufzug anfuhr.

»Das kommt von der geringen Schwerkraft«, sagte Benny.

»Das war mir klar«, sagte Lucky.

Benny lächelte, sagte aber nichts.

»Was?« fragte Lucky.

»Nichts, nichts.« Benny setzte ein ausdrucksloses Gesicht auf, aber es befriedigte ihn sehr, daß er über mehr Dinge Bescheid wußte als Lucky. Lucky konnte gut mit Sprengstoff umgehen, aber er war keinesfalls schlauer als Benny.

In Bennys Ohren knackte es nur einmal, während sie unterwegs waren. Er war sich sicher, daß sie früher zwei- oder dreimal geknackt hatten. Er war plötzlich davon überzeugt, daß das ebenfalls eine Folge der geringeren Schwerkraft war, auch wenn er den Zusammenhang nicht ganz verstand.

Die Türenflügel öffneten sich im achtzigsten Stock. Benny und Lucky gingen den Korridor hinunter, der sie zu den Aufzügen brachte, die zum sechsundachtzigsten Stock führten. Wenn er das Gebäude früher an windigen Tagen besucht hatte, hatte Benny manchmal gespürt, wie es unter den Böen leicht gezittert hatte. Heute summten nur die Klimaanlagen, und die Aufzüge und andere Maschinen verursachten leichte Vibrationen, doch der Boden unter seinen Füßen wirkte felsenfest.

Einer der Aufzüge zum sechsundachtzigsten Stock wartete auf sie, als sie die Tür erreichten. Die Fahrt durch diese sechs Stockwerke schien halb so lange zu dauern wie durch die ersten achtzig.

Auf dem sechsundachtzigsten Stock wollte Lucky sofort zum Aufzug weitergehen, der zum 102. Stock führte, aber Benny überzeugte ihn davon, daß sie zuerst zur Aussichtsplattform gehen sollten. »Immerhin könnte es für lange Zeit das letzte Mal sein, daß jemand hier heraufkommen darf, falls du weißt, was ich meine.«

Sie traten auf die Aussichtsplattform ins Freie hinaus, und der Anblick raubte Benny für einen Moment den Atem. Die Luft innerhalb der Kuppel war völlig klar. Hinter dem Sicherheitsgitter wirkte das World Trade Center so nahe, als wäre es nur zwanzig Blocks entfernt. Benny blickte zum restlichen Dutzend Stockwerke hinauf, die sich in der Mitte der Aussichtsplattform erhoben. Der Antennenmast, der über der verglasten Aussichtskuppel ganz oben begann, reichte sogar noch weiter hinauf, so hoch, daß sie beinahe die durchsichtige Kuppel über Manhattan zu berühren schien.

Bennys Stolz auf Manhattan und die Vertrautheit mit diesem Ort, die er während seiner vorigen Besuche gewonnen hatte, wurden durch eine Empfindung verdrängt, die er nur wiederstrebend als Angst identifizierte. Von hier aus konnte Benny die anderen Kuppeln besser erkennen als je zuvor, und dieser Anblick ließ ihn erschauern. Kurz hinter der Spitze des Chrysler Buildings mit den Bögen und Spitzen stand eine unglaublich hohe und schlanke Kuppel, die Benny ohne erfindlichen Grund an die Ameisenfarm erinnerte, die seine Tante Martha ihm geschenkt hatte, als er fünf oder sechs Jahre alt gewesen war. Er sah plötzlich das Bild vor sich, wie die Ameisenfarm irgendwann im Müll gelegen hatte, das Glas zersprungen und alle Ameisen tot.

Benny trat, so nahe es ging, an die Brüstung und blickte auf die nächsten Gebäude hinunter. »Erinnerst du dich an die Wiederholung der Letterman-Show, als er Wassermelonen und andere Sachen auf ein großes Gebäude herunterfallen ließ?«

»Wir sollten gehen«, sagte Lucky. »Wir haben noch etwas zu erledigen.«

Benny folgte ihm schweigend. Er zögerte, vor sich selbst zuzugeben, daß er gar nicht mehr so sicher war, ob sie diese Aktion wirklich durchführen sollten. Er redete sich immer wieder ein, daß sie den Sprengstoff gar nicht wirklich explodieren lassen würden.

Sie stiegen über eine Treppe ein Stockwerk höher und nahmen den Aufzug, der bis zur Spitze fahren würde – bis zum 102. Stockwerk. Lucky drückte den Knopf für den neunzigsten Stock. Benny war immer noch erstaunt, daß sie nicht auf einen Aufzug warten mußten.

Die zwei Männer stiegen im neunzigsten Stock aus, wo es längst nicht so geräumig wie auf den untersten sechsundachtzig Stockwerken war. Benny sagte: »Wußtest du, daß das ganze Gebäude in nur anderthalb Jahren erbaut wurde?«

»Steig schon aus!« Lucky schien ihm nicht zu glauben, aber Benny war sich sicher, daß er sich richtig erinnerte.

»Das ist wirklich wahr! So etwas würde ich mir nicht ausdenken.«

»Man kann so etwas wie das hier nicht in weniger als zehn Jahren bauen. Weißt du, wie lange das Farber Building schon im Bau ist? Man kann nicht mal eine Brücke in anderthalb Jahren fertigstellen.

Benny wollte das Thema nicht weiter vertiefen. »Warum hier?« fragte er, als er Lucky folgte. »Warum im neunzigsten Stock?«

»Ein Kompromiß. Weiter unten könnten wir keinen großen Schaden anrichten. Weiter oben würden wir nur den Antennenmast abknicken. Hier müßte die beste Stelle sein.«

Sie machten einen Rundgang durch das ganze Stockwerk, ohne daß sie auf einen anderen Menschen stießen. Schließlich probierte Lucky den Knauf einer Tür in der Nähe des Aufzugs aus. Die Tür war verschlossen. Lucky stellte seinen Rucksack auf den Boden und ging neben der Tür in die Knie. Aus einer Jackentasche holte er ein kleines Werkzeug hervor und machte sich am Schloß zu schaffen.

»Was ist da drin?« fragte Benny.

»Still!«

Eine halbe Minute später hatte Lucky die Tür geöffnet. Er fand einen Lichtschalter, worauf die Lampe den Aufenthaltsraum eines Hausmeisters enthüllte. Er winkte Benny hereinzukommen und schloß die Tür. »Wir sind hier ganz in der Nähe des Aufzugs, also ist es ein guter Platz für eine Sprengladung. Später könnten wir noch etwas Zeug an der Außenwand anbringen, weil es dort bestimmt Träger gibt, die durch die Wände nach oben verlaufen.«

»Glaubst du wirklich, du kannst von hier aus die ganze Spitze absprengen?«

»Ich weiß es nicht. Aber es wird beträchtlicher Schaden entstehen.«

Benny nickte. Während der nächsten zwanzig Minuten führte er Luckys Anweisungen aus. Als sie fertig waren, hing eine beigefarbene Schachtel in einer Ecke zwischen der Decke und zwei Wänden. Auf der Schachtel befand sich ein amtlich wirkendes Schild mit der Aufschrift GERÄT ZUR LUFTMESSUNG – NICHT BERÜHREN!

Hinter diesem Schild, das sich ohne Mühe entfernen ließ, befand sich ein weiteres Schild mit der Aufschrift HOCHEXPLOSIVER SPRENGSTOFF! GEHT BEI BERÜHRUNG LOS! LASSEN SIE BLOSS DIE FINGER DAVON!

Bobby Joe wandte sich wieder der Konsole zu und drückte den Keilausschnitt des Achtecks, der dem Bild der Kuppel entsprach. Die acht Bilder auf dem Bildschirm verschwanden und wurden durch acht neue ersetzt.

»Jetzt wird es wesentlich einfacher«, sagte Abby.

Bobby Joe pflichtete ihr bei. Die acht neuen Piktogramme zeigten die Umrisse verschiedener Körperformen. Eins war humanoid, ein anderes erinnerte an einen Dachs. Andere zeigten einen stromlinienförmigen Körper, ein achtbeiniges Wesen und eins mit sehr vielen Beinen.

Abby drückte den Knopf, der dem humanoiden Wesen entsprach. Diesmal waren nur sechs Felder belegt, die verschiedene Variationen der humanoiden Gestalt zeigten. Eine hatte einen riesigen Kopf, eine andere sah sehr menschenähnlich aus. Abby drückte auf diesen Knopf.

Das Bild war jetzt nicht mehr in acht verschiedene Keile aufgeteilt, sondern nahm einen kreisförmigen Ausschnitt in der Mitte ein, der von kleineren Piktogrammen auf den acht Trapezen am Bildschirmrand umringt wurde. In der Mitte war ein Luftbild von Manhattan zu sehen.

Die Piktogramme ließen sich jetzt nicht mehr ohne weiteres entschlüsseln. Bobby Joe drückte wahllos auf eins, worauf sich das Bild in eine Falschfarbendarstellung verwandelte. »Das könnte Infrarot sein«, sagte Bobby Joe. Das Symbol, das er gewählt hatte, war jetzt negativ dargestellt. Er drückte noch einmal auf dieselbe Fläche, worauf das Symbol und auch das Bild in der Mitte wieder normal wurden.

Abby wählte ein Symbol an, das wie ein Megaphon aussah, und das Bild in der Mitte wurde stufenlos vergrößert, solange sie ihre Hand auf der Oberfläche hielt.

Bobby Joe probierte ein Symbol aus, das aus vier Doppelpfeilen bestand und wie eine achtstrahlige Schneeflocke aussah. Das Bild begann zur Seite zu wandern. Bobby Joe bewegte seinen Finger auf dem Keil, worauf sich die Bewegungsrichtung änderte. Er brachte das Bild genau über Midtown zum Stehen und drückte auf das Vergrößerungssymbol, das Abby entdeckt hatte.

Das Bild wurde immer weiter vergrößert, bis sie erkennen konnten, daß sich auf der Fifth Avenue eine große Menschenmenge versammelt hatte. Am ungewöhnlichsten war bei diesem Anblick die völlige Abwesenheit von Dampf, der normaler weise von Lecks in den Fernheizungsrohren, die unter den Gehwegen verlegt waren, aufstieg. Bobby Joe verschob das Bild, bis es genau über der Fifth Avenue stand und vergrößerte es weiter. Schließlich konnten sie einzelne Menschen unterscheiden, die Transparente hochhielten. Auf einem stand HALTET DIE EXPEDITION AUF!, auf einem anderen GOTT WIRD UNS SCHÜTZEN. Sie konnten nur die Schilder erkennen, deren Träger ermüdet waren und sie sich über die Schulter gelegt hatten. Die senkrechten Transparente waren nur schmale Striche.

Bobby Joe fuhr die Vergrößerung weiter hoch, bis er eine freie Stelle auf dem Pflaster sehen konnte, die nicht durch die Köpfe der Demonstranten verdeckt wurde. Die Verpackung eines Baby-Ruth-Schokoriegels wurde größer, bis es den Bildschirm ganz ausfüllte. Sekunden später war das Bild so groß, daß er die Liste der Zutaten entziffern konnte. Dann schob jemand seinen Kopf ins Bild. Es war zu erkennen, daß das blonde Haar, an den Wurzeln eine dunklere Färbung hatte.

»Wie kommen wir hier heraus, um andere Informationen aufzurufen?« fragte Abby.

»Ich schätze, mit diesem kleinen Achteck.« Bobby Joe berührte das Symbol am vorderen Rand der Konsole. Das Bild des blonden Kopfes verschwand, und der Bildschirm zeigte wieder die unterschiedlichen humanoiden Gestalten. Bobby Joe drückte noch ein paarmal darauf, bis sie wieder bei den ursprünglichen acht Symbolen angelangt waren. »Die Idee einer Escape-Taste scheint im Universum recht weit verbreitet zu sein.«

»Versuchen wir's mal mit dem hier.« Bobby Joe wählte ein Symbol an, das aus einem Achteck bestand, das durch eine gebogene Linie mit einem achtzackigen Stern verbunden war. Die folgende Anzeige war nur in zwei Keilfeldern mit Symbolen belegt. Er entschied sich für das, was wie ein Punkt neben einem Kreis aussah. Die nächsten acht Symbole unterschieden sich kaum voneinander, und er wählte das unterste aus. Ein oder zwei Minuten lang drückte er verschiedene Felder, worauf eine Serie von Bildern über den Bildschirm huschte. Abby glaubte, daß er diese Serie schon ein- oder zweimal wiederholt hatte, aber sie konnte ihm kaum folgen. Sie stellte sich plötzlich vor, wie Bobby Joe als Hacker in das Computersystem einer Bank eindrang. Schließlich wurde er langsamer und faßte für sie zusammen, was er herausgefunden hatte. »Ich bin beeindruckt«, sagte sie leise, und Bobby Joe strahlte.

Die Mitte des Bildschirms füllte sich plötzlich mit der Luftaufnahme eines Waldes aus Flugzeughöhe, die langsam durchs Bild wanderte. Abby wählte ein anderes Bild aus, das eine Meeresküste zeigte, die mit kleinen Dörfern gesprenkelt war. Mit dem nächsten Bild konnte Bobby Joe schon wesentlich mehr anfangen. Teile von England und Frankreich beiderseits des Ärmelkanals bewegten sich langsam südwärts.

Abby drückte eine Keilfläche, und das Bild wurde vergrößert. Sie hielt sie so lange gedrückt, bis sie Schiffe erkannte, die auf dem Ärmelkanal schaukelten, und den Verkehr, der in den Kanaltunnel einfuhr und daraus hervorkam. »Gott sei Dank!« sagte Abby leise. »Sie haben noch nicht mit der Zerstörung begonnen.«

»Wenn das hier Live-Bilder sind.«

»Richtig. Wenn sie live sind, dann fertigen die Archies vielleicht eine Aufzeichnung der ganzen Erde an, bevor sie sie zerstören.«

»Kann sein. Aber warum? Damit sie ihren Kumpels Vorher- und Nachher-Aufnahmen zeigen können?«

»Oder für die Nachwelt.«

Matt sagte im Hintergrund: »Oder um sie potentiellen Gegnern zur Demonstration ihrer Macht zu zeigen.«

Abby verließ diesen Informationskanal und ließ das Bild von der Erde verschwinden. »Ich will das jetzt nicht sehen.« Sie wählte das räumliche Achteck aus, worauf eine neue Auswahl an Symbolen erschien.

»Hey!« sagte Bobby Joe, »wenn sie nicht räumlich sehen können, warum haben sie dann ein dreidimensionales Symbol?«

»Schau dir bei Gelegenheit mal einen Ball mit einem Auge an. Du wirst feststellen, daß er trotzdem nicht wie ein zweidimensionaler Kreis aussieht.«

»Mensch, wenn sie nur ein Ohr haben, können sie bei ihren Hi-Fi-Anlagen eine Menge Geld sparen!«

Abby wählte ein neues Symbol aus, worauf in der Mitte des Bildschirms etwas dargestellt wurde, das wie ein Plan des Schiffes aussah. Sie sprang ein paarmal hin und her, bis sie eine Übersicht des achteckigen Decks fand, auf dem Manhattan lag.

Bobby Joe hatte einen gewissen Eindruck erhalten, wie groß dieses Schiff war, aber als er den winzigen Klecks im Achteck sah, das die Wände des Schiffes bezeichnete, blieb ihm der Atem weg.

Abby rief eine Seitenansicht des Schiffes auf. Einem blinkenden Punkt nach zu urteilen befanden sie sich auf dem obersten Deck. Das Schiff bestand aus den zweiseitig angeordneten Ebenen, auf denen die Städte lagen. An jedem Ende zeigte die Darstellung ein dünnes Deck. Auf dem oberen Deck schienen mehr Gerätschaften installiert zu sein als auf der gegenüberliegenden Seite. Im Zentrum dieses Decks wurden zwei konzentrische Achtecke angezeigt.

Eine andere Ansicht markierte die acht großen Zylinder. In der seitlichen Darstellung waren sie durch gepunktete Linien verlängert, die sich draußen im Raum in einem Punkt trafen, als würden die Zylinder eine gigantische Linse bilden.

»Für mich sieht es immer noch so aus, als ob die Zylinder etwas mit dem Antrieb zu tun haben«, sagte Bobby Joe.

»Gut«, sagte Matt. »Der Zünder dürfte in etwa einer Stunde losgehen. Versucht ein zweites Ziel zu finden, das wir in kurzer Zeit erreichen können. Wenn wir die Schiffspläne haben und lange genug unentdeckt bleiben, können wir vielleicht die Zentrale finden und dort einige Sprengkörper anbringen.«

»Wir wollen die Brücke sprengen?«

»Nein. Das würde vermutlich den Tod von uns allen zur Folge haben. Aber vielleicht können wir mit einer Drohung etwas bewirken.«

»Vielleicht solltest du das zweite Team rufen, damit es mehr Sprengstoff und Waffen bringt.«

»Ich habe auch schon daran gedacht, aber ich glaube nicht, daß es sich lohnt, ein solches Risiko einzugehen. Wenn wir einen guten Einblick in die hiesigen Verhältnisse gewinnen und genau wissen, was wir beschädigen dürfen und was nicht, könnten wir es wagen. Aber im Augenblick, wo wir kaum mehr als zuvor darüber wissen, wie gut das Schiff überwacht wird, vergrößern wir nur das Risiko einer Gefangennahme, wenn noch mehr Leute unterwegs sind.« Matt zögerte. »Sobald ihr an dieser Konsole herausgefunden habt, wo sich die Brücke befindet, werden wir dorthin aufbrechen.«

Bobby Joe nickte und wandte sich Abby zu. »Darf ich mal für eine Weile die Suche übernehmen?«

»Klar. Es hat mir schon ein gutes Stück weitergeholfen, Zugang zu den Daten erhalten zu haben. Ich denke, daß es nicht mehr lange dauern wird, bis ich die Botschaft auf der Kuppel entziffert habe. Bis jetzt bin ich mir ziemlich sicher, daß zwei der Piktogramme ›Schiff‹ und ›Stadt‹ bedeuten.«

Bobby Joe beschäftigte sich wieder mit den Daten über das Schiff. Ein Symbol, das einem Gitternetz ähnelte, brachte ihn zu einer Serie von übereinanderliegenden Plänen. Jedes Untersymbol zeigte ein Netzwerk von Verbindungslinien, aber er hatte keinen Hinweis, ob es sich jeweils um Kommunikationsverbindungen, die Energieversorgung, Druckleitungen, die Luft- oder Wasserversorgung oder um andere Dinge handelte, die auf der Erde keine Entsprechung hatten.

Allerdings dauerte es nicht lange, bis er in der Lage war, einige Vermutungen anzustellen, die ihm vernünftig erschienen. Ein Netz, das im Zentralbereich des Schiffes in einem dichten Knoten zusammenlief, stellte vermutlich eher das Kommunikationssystem als die Abwasserleitungen dar. Verschiedene andere Netzwerke, die sich auf eine große runde Struktur abseits von der stark bevölkerten Region des Schiffes konzentrierten, dienten höchstwahrscheinlich der Ver- und Entsorgung von Wasser und Luft. Abby half ihm, indem sie ihn überzeugte, daß die Richtungsanzeiger der Archies aus halben Achtecken bestanden, die in die entgegengesetzte Richtung zeigten, als Bobby Joe intuitiv vorausgesetzt hatte, und damit wurden die Möglichkeiten deutlich eingeschränkt. Die Abfallentsorgung würde beispielsweise kein Material über das ganze Schiff verteilen, sofern die Archies keine widerlichen Angewohnheiten besaßen.

»Ich glaube, ich hab's«, sagte Bobby Joe ein paar Minuten später. Matt weckte Richard und bat ihn, die Wache zu übernehmen. Dann blickte er Bobby Joe über die Schulter.

»Also«, sagte Bobby Joe. »Die Linien, die jetzt gerade hell hervorgehoben sind, halte ich für Kommunikationsverbindungen, die sich in beide Richtungen und für die Überwachung verwenden lassen. Ich vermute, daß dieser Punkt, wo sie zusammenlaufen, die Brücke ist.« Die Darstellung erinnerte entfernt an eine Straßenkarte von Washington. Viele Linien strahlten von einem Punkt aus, der innerhalb des zentralen Achtecks lag. »Und dieses Netz hier stellt meiner Meinung nach die Energieversorgung dar.« Die Linien strahlten von einer anderen Stelle aus, einem großen Zylinder, der sich auf halbem Wege zwischen der Zentrale und dem Rand des Schiffes befand, in einem Keil, der an den angrenzte, durch den sie sich bewegt hatten.

Bobby Joe zeigte auf den Bildschirm. »Ich denke, das muß das Kraftwerk sein. Man kann erkennen, daß die dicken Versorgungsleitungen sich in viele dünne aufteilen, so daß das Netz auch die kleineren Systeme erreicht. An verschiedenen Stellen sind sie zusätzlich abgeschirmt. Das wäre nicht nötig, wenn es sich um Wasserleitungen handelte. Und man kann auch sehen, daß die Brücke von ein paar dicken Leitungen versorgt wird. Wir könnten versuchen, der Brücke den Saft abzudrehen.«

»Oder wir könnten damit drohen, das Kraftwerk zu beschädigen. Es sieht aus, als wäre es nicht so schwierig zu erreichen wie die Brücke.« Matts Armbanduhr piepte, und er blickte auf die Ziffernanzeige. »Richards Sprengköper müßten jeden Augenblick hochgehen.«

»Werden wir hier etwas davon spüren?«

»Darauf könnt ihr Gift nehmen!« sagte Richard.

»Bobby Joe, Abby, Matt und Richard warteten schweigend. Rudy schnarchte hörbar.

Zwei Minuten verstrichen, dann eine dritte.

Plötzlich erzitterte der Boden. Nach ein paar Sekunden hörte die Vibration auf, und eine Sekunde später setzte sie wieder ein, stärker als zuvor, und dauerte fast eine halbe Minute an. Bereits nach etwa einer Viertelminute ging ein Alarm los – zumindest hielt Bobby Joe es dafür. Es klang mehr wie eine melodische Türklingel. Eine Sequenz von acht oder zehn Tönen wiederholte sich in Sekundenabständen.

»Klingt recht komplex, wenn es einfach nur ›Probleme‹ bedeutet«, sagte Matt.

»Stimmt«, sagte Abby. »Es reicht vermutlich aus, um nicht nur mitzuteilen, um welche Art von Problem es sich handelt, sondern auch wo es aufgetreten ist.«

Matt drehte sich zu Richard um. »Gute Arbeit.« An alle gewandt sagte er: »Sie werden vermutlich eine Weile damit zu tun haben. Ich schlage vor, wir warten hier ein paar Stunden ab und machen uns dann auf den Weg zum Kraftwerk.«

Abby sagte langsam: »Ich habe das Gefühl, daß wir dem Schiff bereits einen beträchtlichen Schaden zugefügt haben.«

»Scheint so. Ich wünsche mir, wir hätten eine Möglichkeit, den Umfang des Schadens einzuschätzen. Vielleicht könntest du von hier aus etwas herausfinden.«

Bobby Joe wollte sich gerade wieder der Konsole zuwenden, als er Abbys Blick bemerkte. Sie wirkte überrascht, und ihre Augen starrten auf Richards Schuhe oder etwas in unmittelbarer Nähe. Bobby Joe blickte in dieselbe Richtung, konnte aber nichts Ungewöhnliches erkennen.

Matt hatte es ebenfalls bemerkt. »Was ist los, Abby?«

»Was ist das?« sagte sie und streckte den Zeigefinger aus.

Richard erhob seinen Fuß. »Bin ich auf irgend etwas getreten?«

Jetzt sah Bobby Joe, was sie meinte. Eine Art Käfer saß im Winkel, der von der Wand und dem Fußboden gebildet wurde. »Ein Insekt?«

»Das glaube ich nicht«, sagte Abby.

Matt kam näher, während Richard zurückwich. Mit der Schuhspitze schob Matt den Käfer von der Wand weg und stieß ihn in die Mitte des Raums.

»Das gefällt mir überhaupt nicht«, sagte Matt. »Weckt Rudy und Julie.«

Bobby Joe sah sich den Käfer genauer an, der sich immer noch nicht rührte. Er sah entfernt wie eine Spinne aus, hatte jedoch doppelt so viele Beine. Außerdem wirkte das ganze Objekt viel zu regelmäßig und symmetrisch, als daß es sich um ein lebendes Insekt handeln konnte.

Matt zertrat es unter seiner Schuhsohle; als er den Schuh zurückzog, war nur ein krümeliger Haufen übrig – kein verschmierter Fleck. »Sie wissen, daß wir hier sind.«

Julie und Rudy waren bereits aufgestanden und blinzelten im Licht. Drei Pistolen klickten fast gleichzeitig, als ihre Besitzer sie entsicherten.

Matt blickte Rudy an. »Ich möchte, daß du . . .«

Ein Tennisball – oder etwas, das sehr danach aussah – hüpfte in das Häuschen. Als Matt darauf zuschoß, vermutlich um ihn wie eine Handgranate zurückzuwerfen, kamen zwei weitere hereingehüpft. Der erste explodierte, bevor Matt ihn erreichen konnte, und die anderen beiden eine Sekunde später.

Der eine, den Bobby Joe sehen konnte, löste sich in ein Bündel aus Luftschlangen auf, die in alle Richtungen davonschossen. Einige von ihnen berührten seine Hose und sein Hemd, wo sie kleben blieben. Er versuchte sie von seinem Hemd abzuziehen, aber dann blieb auch seine Hand unlösbar daran kleben. Als er zur Wand zurückwich, stieß er gegen Julie. Julie verlor das Gleichgwicht und stürzte, und die Luftschlagen, die sie mit Bobby Joe verbanden, wurden straff und warfen Bobby Joe ebenfalls um.

Aber er stürzte nicht ganz zu Boden. Ein paar der Luftschlangen klebten an der Wand, so daß er in halber Höhe hing, ohne sich befreien zu können.

14

Kommunikationsversuche

»Uff! Meine Beine! Ich kann nicht mehr!« beklagte sich Benny.

»Schwächling!« sagte Lucky. »Jedes Jahr *rennen* Leute diese Stufen hinauf. Siehst du nie die Nachrichten? Und das war in normaler Schwerkraft.«

»Ja, aber das sind trainierte Sportler. Wir machen hier keinen Wettlauf. Und diese Leute haben auch keine schweren Rucksäcke dabei.«

Die Männer hatten den zweiundsiebzigsten Stock des Empire State Buildings erreicht. Bei ihren letzten beiden Besuchen waren sie auf einen Wachmann gestoßen, der offenbar nicht genug zu tun hatte. Diesmal hatten sie die Treppe genommen, um ihre Gewohnheit zu ändern. Einige Stockwerke tiefer war Benny eingefallen, daß zwei Leute, die mit Rucksäcken die Treppen hinaufstiegen, vermutlich mindestens ebenso verdächtig waren, als wenn sie zum dritten Mal den Aufzug benutzten. Doch Lucky ließ sich nicht von seiner Meinung abbringen.

Sie stiegen schweigend die restlichen Treppen bis zum neunzigsten Stock hinauf. Glücklicherweise begegneten sie dem Wachmann unterwegs nicht noch einmal.

Diesmal deponierte Lucky eine größere Menge Sprengstoff an den Außenwänden des neunzigsten Stockwerks. Als Benny von Lucky wissen wollte, woher er soviel Sprengstoff bekommen hatte, sagte Lucky ihm, daß er ein Lager besaß. Benny wollte wissen, wieso er ein so großes Lager hatte, doch Lucky sagte nur, daß er gerne angeln ging. Dabei ließ Benny es bewenden.

Unfähig, sich zu rühren, wurde Abby auf einen Wagen verladen, als wäre sie eine Rinderhälfte. Sie konnte nur mit einem Auge etwas sehen. Das andere war von einer der Luftschlangen verklebt. Glücklicherweise klebte der Strang auch an ihrer Wange und Stirn, so daß das freie Ende des Strangs nicht an ihrem Augenlid zerrte. Eine weitere Luftschlange verschloß ihre

Lippen, und sie dankte Gott, daß ihre Nasenlöcher nicht verklebt waren und ihr Auge nicht getroffen worden war, bevor sie geblinzelt hatte.

Ein anderer wurde auf sie gestapelt, aber sie konnte nicht erkennen, wer es war. Sie ging davon aus, daß alle sechs Mitglieder der Gruppe von den Luftschlangen zusammengeklebt worden waren, die aus den Tennisbällen geschossen waren.

»Paß auf, wo du . . . aah!« stöhnte Bobby Joe.

Ein weiterer Körper wurde vor ihr auf den Wagen geworfen. Jetzt wurde ihr Sichtfeld teilweise durch einen Ärmel eingeschränkt. Sie erschauderte und spürte wieder ihre Klaustrophobie, als sie bemerkte, wie wenig sie sich bewegen konnte. Ihr rechter Arm ließ sich ein paar Zentimeter weit vor und zurück schieben, bevor sie von einem klebrigen Strang behindert wurde. Ihr linker Arm und das linke Bein ließen sich gar nicht bewegen. Teile der Luftschlangen klebten offenbar am Boden des Wagens und auf beiden Seiten ihres Beines. Den Kopf konnte sie um ein paar Grad drehen.

Ein Archie trat in ihr Gesichtsfeld; sie blickte ihn durch ein blinzelndes Augenlid an. Aus dieser Nähe wirkte der Archie riesig, aber sie sagte sich, daß es vermutlich nur deshalb so wirkte, weil die Archies etwas ähnelten, das für Menschen gewöhnlich sehr klein war. Sein Hinterleib war mit kurzen schwarzen Haaren bedeckt, die so dick wie das Haar auf einem menschlichen Kopf waren. Als er weiterging, stellte sie fest, daß er einen kurzen Schwanz besaß. Sie konnte sich nicht vorstellen, wozu Geschöpfen wie den Archies ein Schwanz nützlich sein könnte, aber schließlich besaß sie selbst einen Blinddarm, der auch keine sinnvolle Funktion mehr ausübte. Plötzlich bemerkte sie einen Geruch, der an ein Waschmittel mit Zitronenduft erinnerte.

Geschnatter erklang von irgendeiner Stelle, die sie nicht sehen konnte, dann folgte eine schnatternde Antwort in einer etwas höheren Tonlage hinter ihr. Es erinnerte sie an die Stimmen von Delphinen, nur daß sie artikulierter klangen, nach einem richtigen Gespräch, wenn auch in einer fremden Sprache. Frage, Antwort, Befehl, Bestätigung.

Ihr kam allmählich zu Bewußtsein, daß die Behandlung

durch die Archies darauf hindeutete, daß sie nicht unbedingt getötet werden sollten. Dennoch hoffte sie, daß man sie nicht für allzu lange Zeit in dieser Situation belassen würde, weil ihr ansonsten bald alles andere lieber sein würde.

Der Wagen fuhr an. Alle sechs mußten sich auf der Ladefläche befinden, zusammengeklebt wie Fliegen auf einem mit Klebstoff versehenen Fliegenfänger. Abby mußte plötzlich an die barbarische Methode denken, mit der Hummer behandelt wurden, die für den Verzehr vorgesehen waren, und zwang ihre Gedanken in eine andere Richtung.

Das Dach eines Häuschens bewegte sich durch ihr Gesichtsfeld. Abby wurde plötzlich nervös, als sie feststellte, daß sie Bobby Joe ein paarmal hatte sprechen hören, sonst aber keinen. Schwiegen die anderen, weil sie nichts zu sagen hatten, weil die klebrigen Stränge sie daran hinderten, oder weil sie daran erstickten? Abby hatte keine Ahnung, ob die Archies sich die Menschen genauer ansahen und dafür sorgen würden, daß sie atmen konnten, selbst wenn sie verstanden, welche Probleme sie hatten.

Das Dach eines weiteren Häuschens trieb vorbei. Es machte Abby verrückt, daß sie ihren Körper nicht bewegen konnte. Sie strengte sich an, ihr Bein auszustrecken, und plötzlich kam es frei – es glitt durch ihr Hosenbein. Nachdem ihr Fuß sich ein paar Zentimeter weit bewegt hatte, stieß er gegen etwas. Dann hörte sie aus dieser Richtung ein ›Uff‹. Das bedeutete, daß zumindest noch jemand aus der Gruppe mit Sicherheit am Leben war, obwohl sie nicht sagen konnte, ob es Rudys oder Richards Stimme gewesen war. Sie biß sich auf die Innenseite ihrer Lippe und versuchte nicht mehr daran zu denken, daß sie sich nicht rühren konnte. Denk an etwas anderes, an irgend etwas anderes!

Sie schloß die Augen und stellte sich vor, wie sie auf der Aschenbahn lief. Sie war wieder siebzehn. Es war ein Frühlingsmorgen, die Luft frisch und sauber. Sie ging in ihrer Bahn in Startposition, für ein oder zwei Sekunden gruben sich ihre Finger in die Asche.

Die Startpistole ging los, sehr laut, obwohl nur eine Platzpatrone abgefeuert wurde. Man sollte meinen, daß etwas weniger Schießpulver ausreichen müßte, wenn damit keine Kugel angetrieben werden mußte. Sie schoß vor und ließ ihre Beine arbeiten.

Ihre Ohren erholten sich vom Schuß, dann hörte sie nur noch die Sohlen ihrer Schuhe, die den Belag der Aschenbahn aufspritzen ließen, und die gleichmäßigen Lungengeräusche anderer Läuferinnen – noch nicht das Keuchen vor der Ziellinie.

Abby lief auf der inneren Bahn, wie sie es am liebsten tat, so daß sie hinter den anderen startete. Wenn sie dann vor der letzten Kurve mit einer anderen Läuferin gleichzog, hieß das, daß sie ihr voraus war, und die andere Läuferin wußte es ebenfalls.

Sie und die anderen Läuferinnen gingen in die letzte Kurve. Abby lief an zweiter Stelle, aber sie wußte, daß die Innenbahn ihr jetzt einen Vorteil verschaffte, sowohl physisch wie auch psychologisch. Ihr Atem brannte sich durch die Lungen, als sie ins letzte Stadium überging, wo sie ihre ganze Energie freiließ, bis sie das Ziel erreicht hatte. Die Strafe, die ihr Körper für diese Anstrengung zu zahlen hatte, mußte bis nach dem Rennen warten.

Von vorne und hinten hörte sie das keuchende Atmen, das sich mit ihrem eigenen vermischte, das Knirschen der Asche unter den Füßen und das Pfeifen der sich vor und zurück bewegenden Arme und Beine.

Die Läuferin, die langsam von Abby überholt wurde, drehte nicht einmal den Kopf zur Seite, doch Abby wußte, daß die andere sie am Rand ihres Gesichtsfelds wahrgenommen hatte. Die Läuferin legte an Tempo zu, und Abby tat dasselbe.

Jetzt waren sie auf gleicher Höhe.

So blieb es ein oder zwei Sekunden lang, bis sich Abby langsam vorschob. Die ersten Zentimeter waren die schwierigsten, doch als sie einen halben Meter Vorsprung hatte, wußte sie plötzlich, daß niemand sie mehr aufhalten konnte. Sie vergrößerte ihren Vorsprung immer weiter, sogar noch, als sie schon die Ziellinie erreicht hatte.

Sie lief weiter, wurde allmählich langsamer, aus Angst, sie könnte stolpern und hinstürzen, jetzt, wo ihr Körper wußte, daß der Energiestoß vorbei war. Während die Anspannung nachließ, spürte sie, wie sehr ihr Bauch und ihre Lungen schmerzten. Sekunden später konnte sie endlich anhalten und beugte sich vor, um so viel Luft wie möglich in ihre Lungen zu bekommen. Dabei entdeckte sie im Augenwinkel ihre Eltern auf der Tribüne. Ihr Vater war aufgesprungen und jubelte. Er war so begeistert, wie sie ihn noch nie gesehen hatte, so laut, daß sie sogar seine Stimme aus der Menge heraushörte.

In diesem Augenblick wurde ihr klar, wieviel ihr daran lag, seine Anerkennung zu gewinnen, nachdem er allzuoft hatte durchblicken lassen, daß er sich eigentlich einen Jungen gewünscht hatte.

Ihre Brust schmerzte. Sie wußte, daß sie für eine solche Anstrengung viel zu jung war, doch dann spürte sie, daß der Schmerz von ihrem Herzen ausgegangen war.

Der Wagen, auf dem sie lag, schaukelte. Abby öffnete das Auge, das dazu in der Lage war und sah das Dach eines weiteren Häuschens. Das Schütteln wurde stärker, und ein Teil der Decke wurde von einer Kante in unmittelbarer Nähe verdeckt. Für einen schrecklichen Moment stellte sie sich vor, wie sie alle in eine große Schrottpresse gekippt wurden, zur Beseitigung überflüssigen Abfalls.

Doch sie waren nicht in einer Schrottpresse. Sekunden später erkannte sie das Dach eines der Einschienenbahnwagen. Es dauerte nicht lange, bis sie langsam in eine unbekannte Richtung beschleunigten.

Die Fahrt mußte ins Innere gehen, denn sonst hätten sie kurz nach der Abfahrt einen Durchgang passieren müssen, und davon hatte sie nichts bemerkt. Sie fuhren fünf oder fünfzehn Minuten weiter, während Abby nicht daran zu denken versuchte, daß sie sich nicht rühren konnte.

Dann passierte der Wagen doch einen Durchgang in einen neuen Bereich, wo die Decke wesentlich tiefer lag – vielleicht zehn Meter hoch. Der Wagen wurde abgekoppelt, und zwei weitere Archies bewegten sich schnatternd durch ihr Gesichtsfeld.

Es ging durch einen weiteren Durchgang, worauf sich das Echo der Geräusche veränderte. Der Raum, in dem sie sich befanden, mußte relativ klein sein. Dann hielt der Wagen an.

Hinter Abbys Rücken wurde wieder geschnattert. Es klang,

als wären drei oder vier Archies anwesend. Sie wünschte sich, sie hätte sich ihre Minikamera vor ihrer Gefangennahme angelegt, damit sie zumindest eine Aufzeichnung der Stimmen gehabt hätte. Von irgendwo hörte sie ein sprühendes Geräusch, und Bobby Joe sagte: »Das wurde aber auch Zeit!«

Ein paar Sekunden später stellte Abby fest, daß sie einen Fuß wieder bewegen konnte. Sie streckte ihr Bein aus und verspürte große Erleichterung. Hinter ihr bewegte sich etwas. Etwas Hartes fiel auf eine metallische Oberfläche. In der Luft lag ein Geruch wie nach frischer Farbe.

Ein Gewicht, das die ganze Zeitlang auf ihre Schulter gedrückt hatte, wurde von ihr genommen. Ein Archie trat in ihr Sichtfeld. Er hielt ein kleines ballonförmiges Objekt. Er drückte den Ballon zusammen, worauf sich ein feiner Sprühnebel über den Wagen verteilte. Die klebrigen Stränge über Abbys Mund und Auge wurden schlaff und fielen ab. Sie konnte sich wieder bewegen. Sie atmete tief durch und erhob sich langsam.

Zwei Archies standen stumm beiderseits der einzigen Tür zu diesem Raum. Beide hielten Dinge in ihren vorderen Armen, bei denen es sich um Waffen handeln mußte. Die grauen Objekte waren mit Knöpfen und Anhängseln versehen, deren Zweck sie nicht erraten konnte, doch die Waffenmündungen waren unmißverständliche Zeichen, die sich mühelos über jede Sprachbarriere hinwegsetzten. Zwei weitere Archies waren damit beschäftigt, die verklebten Menschen voneinander zu lösen. Auf dem Boden lag ein Haufen aus Minikameras, Pistolen und Sachen aus ihren Rucksäcken.

Abby kam als letzte frei. Matt war nichts passiert, und sein Blick sagte ihr, daß er erleichtert war, sie unversehrt wiederzusehen. Er saß ihr gegenüber an die Wand gelehnt da. Rudy, Julie und Richard saßen in der Nähe. Sie wirkten ebenfalls nervös, aber auch mit ihnen schien alles in Ordnung zu sein. Als Bobby Joe von einem Archie in Richtung der anderen gestoßen wurde, setzte er sich zu ihnen. Abby tat dasselbe.

Während die sechs Menschen an der Wand saßen, durchwühlten zwei Archies ihre Ausrüstung, die in einem Haufen mitten im Raum lag. Abby berührte ihre Hüfte und stellte fest, daß man ihr sowohl die Pistole als auch den Gürtel abgenommen hatte.

Die Archies teilten ihre Sachen in zwei Haufen auf. Auf dem einen lagen die Halfter, die leeren Rucksäcke, die Minikameras, der Computer, die Feldflaschen und Dinge wie die verschließbaren Plastikbeutel und die Stricke. Auf den anderen Haufen kamen die Pistolen, eine Bohrmaschine, die Lampen und Richards Plastiksprengstoff. Der Haufen mit den Waffen wanderte auf den Wagen und wurde von einem Archie, der gelbe Streifen auf seiner Kleidung hatte, aus dem Raum gezogen. Der zweite Archie in der Mitte des Raumes wich zurück, so daß er außerhalb der Sichtlinie zwischen den bewaffneten Archies und den Menschen stand.

Alle Archies trugen zwei Gürtel, die an jedem Körpersegment befestigt waren. Abby wurde unwillkürlich an alte Satteltaschen erinnert. Ihre Köpfe saßen direkt auf den Vordersegmenten, so daß sie nur begrenzt drehbar waren. Wenn ein Archie in eine andere Richtung blicken wollte, bewegte er entweder seinen ganzen Körper oder nur den Augenstiel, der einer Stelle entsprang, die man bei einem Menschen als Stirn bezeichnet hätte. Die gelenkigen Beine waren in der Nähe des Körpers dicker, wie die Beine eines Stativs. Am Ende jedes Gliedmaßes befand sich eine vierfingrige Hand. Die zwei hinteren Hände waren im Augenblick untätig, und sie überlegte kurz, was für einen dummen Witz Bobby Joe wohl dazu gemacht hätte.

Schließlich musterte Abby den Raum, in dem sie sich befanden. Er war ausnahmsweise nicht achteckig, sondern quadratisch. In einer Ecke stand etwas, daß nach einem Waschbecken aussah. Genau gegenüber befand sich eine Konsole, die der im Häuschen völlig glich.

Der Archie, der mit dem Wagen hinausgegangen war, kehrte mit zwei groben Zeichnungen zurück, die ganz offensichtlich das Schiff darstellen sollten. Er legte die Zeichnungen auf den Boden und holte dann einen kleinen Stift aus dem Gürtel um sein Vordersegment. Auf den Grundriß der unter ihnen liegenden Ebene zeichnete er einen kurzen Strich, der von der Manhattan-Kuppel ausging. Auf dem Plan des Decks, auf dem sie sich jetzt befanden, zog er eine dünne Linie von einem Häuschen bis zu einem großen Zylinder – zweifellos den, an dem sie die Sprengladung angebracht hatten. Schließlich warf er den

Stift zwischen sich und den sechs Menschen auf den Boden.

Niemand rührte sich einen Moment lang oder sagte ein Wort.

»Ich würde sagen, er möchte, daß wir den Weg aufzeichnen, den wir gekommen sind«, sagte Abby.

Matt stand auf und trat vor. Er erreichte den Stift, hob ihn auf und näherte sich dem Archie, dessen Augenstiel ihn unablässig verfolgte. Matt gab ihm den Stift zurück, ging wieder zur Wand und setzte sich.

Bobby Joe lachte unterdrückt und flüsterte: »Jetzt guckst du blöd aus der Wäsche, was, Archie?«

Der Archie stand einen Moment reglos mit dem Stift in der Hand da, dann sprang er senkrecht in die Luft. Abby sah gerade noch, daß alle vier mittleren Beine sich gleichzeitig vom Boden abstießen. Abby verbuchte diese Reaktion vorläufig als Ausdruck der Verärgerung.

Dann stand der Archie wieder ein paar Sekunden lang da, während sich nur sein Augenstiel über die Reihe der Menschen bewegte. Schließlich drehte er sich um und schnatterte mit den anderen Archies. Daraufhin zogen sich alle zurück, die bewaffneten Archies zuletzt. Das letzte, was Abby sah, bevor sich die zwei Türenflügel schlossen, waren zwei Augenstiele, als würden die Archies fürchten, die Menschen könnten auf die Tür zustürmen.

Abby erkannte, daß diese Befürchtung begründet war. Den Archies mußte klar sein, daß Menschen eine viel kürzere Reaktionszeit hatten als sie selbst. Sie erkannte, daß die Archies vermutlich für alle Fälle weitere Wachen in der Nähe postiert haben mußten.

»Okay«, sagte Matt. Abby hörte die Mutlosigkeit in seiner Stimme. »Hier gibt es eine Konsole. Wenn sie nicht außer Betrieb ist, können wir zumindest weitermachen und mehr über das Schiff und die Archies herausfinden. Abby und Bobby Joe, könntet ihr sofort anfangen?«

Abby zögerte. »Dürfte ich zunächst eine zehnminütige Pause machen?«

Matt sah sie an. »Sicher.«

Obwohl Matt nichts dergleichen sagte, las Abby in seinem Gesichtsausdruck, daß er keinen Grund zur Eile sah. Die Erde war vermutlich bereits verloren. Es war undenkbar, daß sie genügend Schaden angerichtet hatten, um das zu verhindern. Die Arbeit an der Konsole war letztlich nur eine Beschäftigungstherapie. Sobald die Archies beschlossen hatten, was mit ihnen geschehen sollte, wurden sie vermutlich ohnehin alle getötet.

Abby ließ ihre Augen eine Weile geschlossen und atmete ein paarmal tief durch.

Matt und Rudy gingen den Haufen mit ihrer Ausrüstung durch, den die Archies zurückgelassen hatten, und sperrten mit Klebestreifen einen abgeschirmten Bereich vor dem ab, was wie ein Waschbecken aussah. Julie nahm ihre Minikamera wieder an sich und machte ein paar Aufnahmen. Abby war überrascht, wie gezielt die Archies ihre Ausrüstung nach gefährlichen und ungefährlichen Dingen sortiert hatten.

Abby hatte sich schon lange nicht mehr so müde gefühlt.

Sie stand mit Bobby Joe vor der Konsole, während Matt, Rudy und Julie über ihre Schultern zusahen. Julie ließ ihre Minikamera die meiste Zeit eingeschaltet. Bobby Joe war tatsächlich einmal eine ganze Stunde lang völlig ernsthaft gewesen und hatte sich erfolgreich darum bemüht, die Pläne des Schiffes zu interpretieren. Richard schlief. Sein Schnarchen war nicht zu überhören.

Abby hatte weniger Hoffnung als zuvor, daß sie dem Schiff einen spürbaren Schaden zugefügt hatten. Die Konsole zeigte, daß sich auf dem gegenüberliegenden Deck ebenfalls acht große Zylinder befanden, je einer in jedem Sektor des achteckigen Grundrisses, die sogar noch größer als die auf diesem Deck waren. Vielleicht besaßen sie zwei voneinander völlig unabhängige Antriebssysteme.

Ihre Arbeit an der Konsole hatte sich auf zwei Bereiche konzentriert – auf mögliche Fluchtwege und auf Dinge, die sie, wenn sie die Gelegenheit dazu erhielten, noch beschädigen könnten. Abby war ein wenig überrascht, daß die Archies die Konsole nicht unbrauchbar gemacht hatten, aber die Gruppe vermutete, daß die Archies wußten, daß die Menschen bereits Zugang zu einer Konsole gehabt hatten, so daß sie kaum etwas zu verlieren hatten. Außerdem hätten die Archies sicher ohne Mühe bestimmte Datenbereiche abkoppeln können, zu denen sie ihnen nur ungern Zugang erlauben würden. Abby fragte sich, ob ihre Verhaltensweise ein Zeichen sein sollte, daß sie ihnen nicht feindlich gesinnt waren.

Die Untersuchung des nächsten Bildes wurde durch das Geräusch der sich öffnenden Tür unterbrochen. Zwei bewaffnete Archies traten ein, gefolgt von zwei weiteren und schließlich noch einem Paar. Julie richtete ihre Minikamera auf die Neuankömmlinge. Nachdem die sechs bewaffneten Archies sich vor der Tür postiert hatten, zwängte sich ein siebter Archie zwischen ihnen hindurch. Vielleicht handelte es sich um den, mit dem sie schon früher zu tun gehabt hatten, denn seine Kleidung wies wieder die gelben Streifen auf.

Der Archie hatte zwei Dinge mitgebracht. Das erste war eine durchsichtige Schale mit den vertrauten Nahrungspillen, die er auf den Boden stellte, als wollte er einen Hund füttern. In einer anderen Hand trug er einen kleinen Würfel mit acht Knöpfen auf der Oberseite, den er neben der Schale auf den Boden stellte. Dann ging er zur Konsole, blieb dort stehen und wartete offenbar darauf, daß die Menschen beiseite gingen.

Abby und die anderen traten zurück, und der Archie benutzte einen feingliedrigen Arm, um die Konsole zu berühren. Der Informationsbereich, den sie erforscht hatten, wurde verlassen und machte einem anderen Platz. Acht neue Symbole erschienen auf dem Bildschirm. Der Archie drückte langsam auf eine der Kontrollflächen, so daß die Menschen genau verfolgen konnten, um welche es sich handelte, und der Bildschirm veränderte sich erneut. Eines der Symbole ähnelte dem Würfel auf dem Boden.

Dann machte der Archie kehrt und verließ den Raum. Die bewaffneten Archies traten jeweils zu zweit nach draußen, bis die Menschen wieder allein waren.

»Weiß jemand, was diese Vorstellung zu bedeuten hatte?« fragte Matt.

»Ich habe keine Ahnung«, sagte Abby.

Rudy hob den Würfel auf und untersuchte ihn. Jeder der acht Knöpfe war drehbar und ließ sich auf acht Positionen einstellen.

Ein kurzes Geschnatter von der Konsole ließ sie alle ihre Köpfe wieder dem Bildschirm zuwenden. Darauf war das Bild eines Archies zu sehen. Gleichzeitig kam ein nur geringfügig verändertes Schnattern aus dem Lautsprecher an der Wand. Das Bild veränderte sich und zeigte den Oberkörper eines Archies, dessen zwei vordere Gliedmaßen leuchtend markiert waren. Ein anderes Geräusch drang aus dem Lautsprecher.

»Der Sprachunterricht hat begonnen!« sagte Abby. »Ich brauche den Computer. Und könnte jemand meine Minikamera aufstellen, damit sie alles aufzeichnet?«

So schnell sie konnte, machte sie den Computer bereit und verfiel in einen regelmäßigen Arbeitsrhythmus, während die Geräusche und Bilder sich fortsetzten. Jedesmal, wenn die Konsole einen Begriff der Archie-Sprache produzierte und ein Bild dazu zeigte, ließ sie den Computer die Laute aufzeichnen und sprach dann die ihrer Meinung nach adäquateste Übersetzung in das Mikrophon.

Nachdem sie mehrere Begriffe katalogisiert hatte, wurde sie von Bobby Joe unterbrochen, der ihr zeigte, wie sich der Datenfluß verlangsamen, beschleunigen oder zurückspulen ließ. Durch Berührung der Kontrollflächen ganz links und rechts ließ sich die Sequenz vorwärts und rückwärts abspielen, während die anderen Flächen – je nach Entfernung von der Mitte – die Geschwindigkeit bestimmten. Abby ging noch einmal zum Anfang zurück und zeichnete die Lautfolge auf, die mit dem Bild eines Archies assoziiert war.

Zunächst unternahm sie keinerlei Versuch, die Vokabelsammlung in Kategorien aufzusteilen oder irgendwelche Schlüsse zu Sprachmuster, Phonetik, Morphologie, Syntax oder Semantik zu ziehen. Fast jedes Wort, das sie hörte, klang genauso wie die vorigen drei Lautfolgen. Sie konnte zu Anfang nur hoffen, die Worte, so gut es ging, mit menschlichen Begriffen in Übereinstimmung zu bringen.

Die Bilderfolge wurde fortgesetzt. Einige der Bilder sahen wie Fotografien aus, andere wie künstlerische Darstellungen, wieder andere einfach nur wie Symbole.

Wenn sie versucht hätte, die einzelnen Laute zu studieren, sie zu verstehen oder wiederzugeben, würde sie sich immer noch mit den ersten zwei oder drei Wörtern abmühen. So erreichte sie nach ein paar Stunden das Ende der Lektion, als ihr Computer achthundertvierundachtzig Spracheinheiten gezählt hatte. Sie lehnte sich zurück und fühlte sich erschöpft.

Bobby Joe drückte auf eine andere Kontrollfläche, worauf mehrere Sekunden lang zusammenhängende Sprache aus dem Lautsprecher kam. Es handelte sich um schätzungsweise fünf oder sechs Wörter.

»Mach das in einer Minute noch mal!« sagte Abby, die plötzlich neuen Mut gefaßt hatte. Sie programmierte den Computer, Wörter der fremden Sprache zu registrieren, sie mit dem gespeicherten Vokabular zu vergleichen und anschließend die englische Übersetzung abzuspielen.

Sekunden später ließ Bobby Joe die Sequenz noch einmal ablaufen. Aus Abbys Computer kam ihre aufgezeichnete Stimme, die eine Wortfolge sprach: »Schiff Archie Kuppel Mensch Stadt.« Da die Betonung aller Worte gleichmäßig war, klang das Ganze wie eine monotone Ansage.

Bobby Joe sah sie an und sagte: »Ich schlau jetzt.«

Aus dem Augenwinkel sah Abby, wie Matt Bobby Joe ein Zeichen machte. Abby konnte gerade noch Matts leise Worte hören: »Abby ist unsere einzige Hoffnung, die Kommunikation mit diesen Typen zu etablieren. Wenn du sie weiter behinderst, werde ich mal ernsthaft mit dir reden müssen.«

Abby bediente die Konsole und löste eine weitere Sequenz aus. Diesmal sagte ihr Computer: »Schiff Archie zwei Mensch.«

Sie schüttelte den Kopf und spielte weitere Sequenzen ab, während sie bei der Analyse der Sätze allmählich feststellte, daß sie bei der Vokabelsammlung wohl einige Fehler gemacht hatte. So hatte sie ›zwei‹ gesagt, während das Symbol vermutlich ›mit‹ bedeutet hatte. Jedesmal, wenn sie neue Erkenntnisse über ein bestimmtes Wort gewonnen hatte, änderte sie den Eintrag in der Vokabelsammlung und überdachte einige ihrer Vermutungen, so als würde sie ein dreidimensionales Kreuzworträtsel lösen.

Dann folgte eine einfache Sequenz, eine Reihe von Punkten, die offenbar Zahlen bedeuteten – zuerst ein Punkt, dann zwei, drei und so weiter – bis die Bilder wieder komplizierter wurden.

Eine ganze Weile später, die ihr ewig vorkam, bemerkte sie, daß Matt neben ihr stand. Sie drehte sich zu ihm um. »Ich glaube, ich habe bald ein arbeitsfähiges Grundvokabular zusammengestellt. Es dürften noch ein paar Fehler drinstecken, aber die Übersetzung wird immer sinnvoller.«

Sie spielte einen weiteren Archie-Satz ab, und ihr Computer sagte: »Mund Archie Würfel zwei eins drei vier fünf sechs sieben acht.« Abby sah auf den Würfel, den der Archie zurückgelassen hatte, und Matt holte ihn.

»Glaubst du, das ist eine Kombination? fragte Abby.

»Du bist die Expertin.«

»Ich glaube, das ist eine Kombination.«

»Und was passiert, wenn ich die Schalter auf diese Kombination einstelle?«

»Das ist vielleicht das Signal, daß wir zum Sprechen bereit sind. Vermutlich heißt das, was ich mit ›Mund‹ übersetzt habe, in Wirklichkeit ›sprechen‹ oder ›reden‹.«

»Sind wir bereit?« fragte Matt.

»Größere Fortschritte sind in absehbarer Zeit nicht mehr zu erwarten. Ich habe den Computer auf die Übersetzung Archie-Englisch eingestellt, aber ich kann das Programm auch in Richtung Englisch-Archie ablaufen lassen.«

Die anderen traten näher, als Matt die Schalter auf dem Würfel einstellte. Er brachte sie nacheinander in die Position, die der Anzahl der Punkte neben jeder Schalterstellung entsprach. Als er fertig war, sagte er: »Zwei, eins, drei, vier, fünf, sechs, sieben, acht. Ich weiß nicht, ob sie von links nach rechts oder von rechts nach links zählen, aber ich denke, wir werden es bald erfahren.«

Ein paar Minuten später öffneten sich wieder die zwei Türflügel, und zwei bewaffnete Archies traten vorsichtig in den Raum. Der Archie mit den gelben Streifen auf der Bekleidung kam herein und blieb stehen. Matt trat vor und reichte ihm den Würfel. Der Archie nahm ihn entgegen. Seine Hand war wie der größte Teil seines Körpers mit dunkler Haut überzogen. Sie war kleiner als eine menschliche Hand und besaß nichts, was nach Fingernägeln aussah. Die Hand drehte sich, als der Archie den Würfel in eine kleine Tasche am Gürtel steckte, der um sein hinteres Segment befestigt war. Abby blickte sich um und sah, daß Julie ihre Minikamera wieder laufen ließ.

Der Kopf des Archies war so groß, daß Abby ihn gar nicht mit einem Insektenkopf assoziierte. Er sah eher wie der Kopf eines augenlosen Büffels mit großer schwarzer Nase und grauen Zähnen aus. Der Augenstiel, der aus der Stirn wuchs, wirkte auf Abby sehr verletzlich, aber vielleicht war er stärker, als er wirkte, oder die Regenerationsfähigkeit der Archies war wesentlich besser entwickelt als die von Menschen. Dann mußte sie ein Grinsen unterdrücken, als sie plötzlich erkannte, woran der große wurmähnliche Augenstiel sie erinnerte.

Der Archie gab eine kurze Lautfolge von sich, und Abbys Computerstimme sagte: »Archie.« Abby drückte eine Taste auf dem Keyboard und sagte: »Mensch«. Der Computer schnatterte die Übersetzung, und unvermittelt setzte sich der Archie auf den Boden. Seine mittleren vier Gliedmaßen waren unter seinem Körper verschränkt und die vorderen und hinteren Paare ausgestreckt. Sein Augenstiel war auf Abby gerichtet. Die bewaffneten Archies rührten sich nicht von der Stelle. Matt und die anderen setzten sich im Halbkreis hinter Abby. Abby nahm wieder den Geruch wahr, der sie an Waschmittel erinnerte.

Der Archie holte ein kleines eiförmiges Gerät aus seinem vorderen Gürtel. Er sprach, und der Computer übersetzte: »Archie Schiff Explosion eins.« Während er sprach, tat er etwas mit dem Ei, und ein paar Meter weiter veränderte sich der Bildschirm über der Konsole. Das neue Bild zeigte den Schaden am großen roten Zylinder. Dann sprach der Archie erneut. »Archie Schiff Explosion zwei.« Darauf änderte sich das Bild wieder und zeigte das Schiff in einer Ansicht von oben.

Abby wandte sich an Matt. »Ich glaube, er will wissen, ob wir noch mehr Sprengkörper versteckt haben, und wenn ja, wo.«

»Ich möchte zuerst weitere Informationen, bevor wir diese Frage beantworten. Frag sie, warum sie Manhattan entführt haben.«

Abby drehte sich wieder zum Archie um und überlegte, wie sie diese Frage formulieren sollte. In ihrem begrenzten Wortschatz kamen fast keine Verben vor. Schließlich entschied sie, es mit einer Sequenz ähnlich der des Archies zu versuchen, und sagte: »Planet Stadt zwei. Kuppel Stadt Schiff drei. Eins.« Der Computer übersetzte.

Der Archie schwieg fast eine Minute lang, bis er sagte: »Eins Planet Stadt fallen. Zwei Kuppel Stadt nicht fallen.«

Abby sagte zu Matt: »Ich glaube, einige Wörter stimmen noch nicht ganz. Ich vermute, er will sagen, daß die Stadt jetzt sicher ist. Daß sie jetzt vor Gefahren geschützt ist.«

»Was ist mit der Erde? Gibt es sie noch?«

Abby drehte sich um und überlegte. Sie würde später das Wort ›fallen‹ durch ›unsicher‹ ersetzen. Sie stellte dem Archie eine Entscheidungsfrage. »Mensch Planet fallen. Mensch Planet nicht fallen.«

»Mensch Planet nicht fallen.«

»Gott sei Dank!« Sie zögerte. »Mensch Planet nicht fallen. Archie Mensch Planet fallen.«

»Mensch Planet nicht fallen. Archie Mensch Planet nicht fallen.«

»Ich glaube, er sagt, daß die Archies der Erde keinen Schaden zufügen werden.«

»Warum sollten wir ihnen glauben?« fragte Matt. »Wir wissen, daß sie die Welt zerstört haben, auf der die Baumleute lebten. Und wir haben den Beweis, daß mindestens ein weiterer Planet zerstört wurde.«

»Baum Wesen Planet nicht fallen. Archie Baum Wesen Planet fallen.«

»Baum Wesen Planet nicht fallen. Archie Baum Wesen Stadt Kuppel nicht fallen. Baum Wesen Planet fallen.«

Abby formulierte die Frage mehrmals auf unterschiedliche Weise und erhielt verschiedene Variationen als Antwort. Schließlich wandte sie sich Matt zu und sagte: »Mir scheint, daß er sagen will, die Archies hätten den Planeten der Baumbewohner nicht zerstört. Jemand anderes hat es getan.«

»Jemand anderes? Das heißt . . . sie retten die Städte, bevor jemand anderes kommt und den Planeten vernichtet?«

»Ich vermute es. Wenn meine Interpretation richtig ist, versuchen die Archies einen kleinen Teil jeder Zivilisation zu erhalten, bevor jemand anderes sie alle zerstört.«

»Kannst du irgendwie herauskriegen, wie lange es noch dauert, bis dieser Unbekannte die Erde zerstört?«

Abby wandte sich wieder dem Archie zu und überlegte. Schließlich formulierte sie ihre Frage. Sie glaubte, die Antwort zu verstehen, aber sie versuchte, die Frage noch einmal auf eine andere Weise zu stellen.

»Ich habe zweimal auf verschiedene Weise gefragt und, wie ich glaube, zweimal die gleiche Antwort erhalten.«

»Also wie lange noch? Auf wann setzen sie den Zeitpunkt der Vernichtung der Erde an?«

»Ich bin mir über ihre Zeitrechnung noch nicht ganz im klaren, aber ich habe verstanden, daß es jeden Augenblick soweit sein kann.«

Dorine Underwood übernahm endlich das Gespräch. »Hier ist die Bürgermeisterin«, sagte sie.

»Das wurde auch Zeit!« sagte eine männliche Stimme, bei der Dorine an ein großes Nagetier denken mußte.

»Wollen Sie nun mit mir reden oder nicht?«

Der Sprecher zögerte. »Ja«, sagte die Stimme plötzlich. »Rufen Sie die Expedition zurück! Sie werden uns alle damit töten!«

»Das kann ich nicht tun. Die Expedition ist unsere einzige Hoffnung auf Überlebende. Hören Sie, es ist nett, mit Ihnen zu reden, aber . . .«

»Warten Sie! Viele Menschen werden sterben, wenn Sie nicht aufhören. Im Empire State Building wurde eine Bombe deponiert.«

»Hören Sie, ich habe im Augenblick sehr viel zu tun.«

»Ich mache keine Scherze! Dort befinden sich zweihundert Kilo Plastiksprengstoff, die sofort explodieren, wenn jemand sie berührt oder wenn ich das Signal auslöse.«

»Hat Ihnen schon mal jemand gesagt, daß Sie ein Schwachkopf sind?«

»Ich glaube, Sie nehmen mich nicht ernst. Das gefällt mir nicht. Ich war es, der in die Kanalisation gestiegen ist und die Sache im Battery Tunnel inszeniert hat, und *das* haben Sie sehr wohl ernst genommen. Regen Sie sich immer erst dann auf, wenn es zu spät ist?«

Dorine hatte in der Vergangenheit schon mehrmals mit Verrückten telefoniert, aber dieser Anrufer schien nicht in diese Kategorie zu passen. Der Mann sagte vielleicht die Wahrheit. »Was sind Ihre Bedingungen?«

»Das klingt schon besser. Rufen Sie die Expedition bis Mitternacht zurück! Andernfalls wird . . .«

Plötzlich krachte es in der Telefonleitung.

»Hallo?« sagte Dorine. »Hallo!«

Mehrere Sekunde vergingen, bevor eine andere Stimme sich meldete. »Hallo? Frau Bürgermeisterin?«

»Ja.«

»Sergeant Wilkins hier. Er hat von einer öffentlichen Telefonzelle vom Broadway aus angerufen. Wir durchsuchen jetzt die Umgebung und werden Sie über alles weitere auf dem laufenden halten.«

»Okay. Danke.«

Dorine rief sofort den Polizeipräsidenten an. »Barnaby, ich habe gerade einen Anruf erhalten, nach dem sich zweihundert Kilogramm Plastiksprengstoff im Empire State Building befinden sollen. Ich will, daß das Gebäude sofort evakuiert wird, und ich möchte wissen, wie groß der Schaden werden könnte, wenn die Sprengladung auf die wirksamste Weise angebracht wurde. Dann versuchen Sie, qualifizierte Freiwillige für ein Entschärfungskommando aufzutreiben. Schätzen Sie selbst ein, wieviel sonst noch evakuiert werden muß. Ich glaube, der Kerl meint es ernst, aber ich bin mir nicht völlig sicher.«

»Alles klar.«

Dorine legte den Hörer auf und überlegte, was sie tun sollte. Die Expedition zurückzurufen kam nicht in Frage, aber daß jemand das Empire State Building zerstören wollte, machte sie krank.

15

Schadensbericht

Matt rieb sich die Stirn und betrachtete den Archie, der etwa einen Meter vor Abby saß. Sein bauner Kopf wirkte hart, wie Chitin auf einem vergrößerten Ameisenkopf. Der Augenstiel des Archie schwenkte in Matts Richtung. Er sah fast aus wie ein Penis mit einem Auge auf der Spitze. Das Auge selbst sah überhaupt nicht wie ein menschliches Auge aus, sondern besaß Facetten wie das Auge einer Fliege.

»Ich habe immer noch Probleme, mich auf die neue Situation einzustellen«, sagte Matt. »Der Archie sagt also sinngemäß, daß wir eine vom Aussterben bedrohte Art sind und daß sie sich Manhattan geschnappt haben, um wenigstens ein paar von uns zu retten?«

»So habe ich es verstanden«, sagte Abby.

Der Archie sprach erneut, und Abbys Computer sagte: »Mensch Archie Schiff. Mensch Mensch Stadt.«

Matt hob die Augenbrauen, und Abby sagte: »Ich glaube, er will, daß wir wieder nach Manhattan gehen.«

»Nein.« Matt dachte einen Augenblick nach. »Sag ihm, wir werden nicht herumsitzen und nichts tun, um die Erde zu retten. Sag ihm, wir haben einen Sprengkörper, der tausendmal stärker ist als der, den wir schon gezündet haben, und daß er auf dem Schiff versteckt ist. Er wird explodieren, sofern wir keinen Gegenbefehl geben. Solange sie mit uns zusammenarbeiten und alle unsere Fragen beantworten, werden wir das Schiff nicht beschädigen. Wenn sie sich weigern, müssen wir annehmen, daß sie uns anlügen, und dann werden wir das Schiff zerstören. Wir beharren darauf, daß wir hier leben und erfahren, was los ist.«

Abby sah Matt einen Augenblick ausdruckslos an. »Das ist recht kompliziert, aber ich werde es versuchen.« Sie und der Archie sprachen mehrere Minuten lang per Computer miteinander, während der Archie immer unruhiger wurde, sein Augenstiel zuckte und sein Körper zitterte. Schließlich sagte Abby zu Matt: »Dem Archie gefällt das offenbar überhaupt nicht – er ist wütend, empört, beleidigt oder wie auch immer man dieses Gefühl charakterisieren soll, das vielleicht gar keine menschliche Entsprechung hat, aber der Archie ist einverstanden, daß wir hierbleiben und mehr erfahren.«

»Gut. Frag ihn, wer all diese Planeten zerstört und warum.«

Eine Weile später seufzte Abby und sagte: »Es geht nicht. Ich muß zunächst mehr über ihre Sprache herausfinden.«

»Okay. Kannst du ihm das begreiflich machen und ihm sagen, daß wir nicht wie Gefangene behandelt werden möchten? Wir wollen uns frei im Schiff bewegen können, und wir versprechen, daß wir keinen weiteren Schaden anrichten, wenn sie uns die Wahrheit sagen.«

»Wahrheit ist eine Sache, die sich beim augenblicklichen Stand der Dinge nur schwer vermitteln läßt.«

»Dann sag einfach, daß wir dem Schiff nichts antun werden.«

Abby sprach, und ihr Computer übersetzte. Während ihres Gesprächs wurde der Archie zunächst immer unruhiger, entspannte sich zum Schluß jedoch ein wenig. Der Augenstiel richtete sich zuerst auf Matt und dann auf Abby. Der rechteckige Mund des Archies wurde von winzigen Härchen gesäumt.

Diesmal mußte sich der Archie offensichtlich zuerst mit seinen Kollegen beraten. Er erhob sich elegant auf seinen mittleren vier Beinen und verließ den Raum.

Abby sagte: »Ich weiß, daß sich unsere Begriffe nur schwer auf die Archies übertragen lassen, aber allmählich habe ich das Gefühl, daß sie sich überhaupt nicht so verhalten, wie ich das von der Besatzung eines Raumschiffs erwarten würde. Sie benehmen sich eher wie Beamte oder Bürokraten. Wenn ich es richtig verstanden habe, gründeten sich seine Einwände gegen unsere Forderungen eher darauf, daß sie gegen die Regeln sind. Es ging anscheinend gar nicht darum, daß unsere Sprengkörper ihr Schiff beschädigen oder ihre Leute verletzen könnten.«

Rudy schüttelte den Kopf. »Das klingt weniger nach einer Raumschiffcrew, sondern eher nach einer Gewerkschaft.«

Julie nickte. »Was ist, wenn sie einen Beweis für die Existenz dieses Sprengkörpers verlangen?« fragte sie.

Matt sagte: »Ich weiß es nicht. Vielleicht können wir ihnen Archivaufnahmen von Atombombentests zeigen.«

»Ja?« rief Bobby Joe. »Und wenn sie unseren Bildern glauben, könnten wir ihnen zeigen, wie der Todesstern den Heimatplaneten von Prinzessin Leia vernichtet!«

»Ich hatte für einen Moment vergessen, wie leicht es ist, Bilder zu fälschen. Ich schätze, wir müssen einfach hart bleiben und alles auf eine Karte setzen. Sicherlich hat die Tatsache, daß wir hier eingedrungen sind und eine Explosion verursachen konnten, sie davon überzeugt, daß wir große Probleme machen können, wenn man uns ungebührend behandelt.«

Während sie warteten, fragte Rudy: »Haben die Archies eigentlich Namen?«

Vier Archies standen immer noch vor der Wand mit der Tür und hatten ihre Waffen und ihre Augenstiele nach wie vor auf die Menschen gerichtet.

Abby schüttelte den Kopf. »Ich habe keine Ahnung.«

Bobby Joe blickte sich um. »Wie wär's mit ›Johannes‹?«

Als die anderen ihn verständnislos ansahen, zuckte Bobby Joe die Schultern und rief: »Wie die Nase eines Mannes, so sein Johannes!«

Abby wandte sich ab, so daß Matt ihr Gesicht nicht sehen konnte, aber da sie sich leicht schüttelte, hatte er den Eindruck, daß sie versuchte, ein Lachen zu unterdrücken.

Einige Minuten später kehrte der Archie zurück. Er sprach zu den vier anderen, die daraufhin ihre Waffen herunternahmen und den Raum verließen. Er sagte etwas zu Abby, und Abby sagte zu Matt: »Wenn ich das richtig verstanden habe, können wir uns frei bewegen, solange ein Archie in der Nähe ist. Ich glaube, du hattest recht. Durch die Explosion haben wir erreicht, daß sie uns etwas ernster nehmen. Und Rudy hatte auch recht, denn ich habe den Eindruck, daß die Archies große Probleme haben, mit dieser neuen Situation fertig zu werden. Sie scheinen in ihren gewohnten Jobs gut ausgebildet worden zu sein, aber sie können sich nur schwer auf Veränderungen einstellen. Solange wir ihnen deutlich sagen, was wir wollen und Verhandlungen ablehnen, können wir vermutlich eine ganze Menge erreichen.«

»Interessant. Sag ihnen, daß wir auf die Brücke wollen, damit du dort deine Sprachlektionen fortsetzen kannst. Ich vermute, jetzt machst du im persönlichen Gespräch größere Fortschritte als an der Konsole.«

»Das stimmt.«

»Gut. Dann sag es ihnen – und daß wir dem Schiff keinen weiteren Schaden zufügen, solange sie tun, was wir wollen.«

Abby formulierte ihre Forderungen, und der Computer übersetzte.

Der Archie antwortete, wobei er seine zwei vorderen Hände immer wieder zu Fäusten ballte. Abby sagte: »Ich glaube, es gefällt ihm nicht sehr, aber er scheint sich zu fügen.«

Als der Archie diesmal aufstand, erhoben sich auch die Menschen. »Rudy, hilf mir, die Sachen zusammenzupacken, die man uns gelassen hat«, sagte Matt.

Die sechs Menschen folgten dem Archie durch die Tür, wo sich fünf weitere Archies zu ihnen gesellten, die allesamt bewaffnet waren. Die Prozession bog in einen Korridor ein und ging etwa fünfzig Meter weit geradeaus, bis sie eine weitere Tür durchschritten.

Das hier war die Brücke. Matt hatte keinen Zweifel daran. Der Raum war achteckig, durchmaß etwa fünfzig Meter und besaß keine Decke.

Matt wußte, daß die Oberseite des Raumes von irgendeiner Fläche bedeckt sein mußte – von einem völlig durchsichtigen Material, einem Kraftfeld oder einem perfekten holographischen Bildschirm. Wie dieser Effekt auch immer erzielt werden mochte, auf der Brücke herrschte jedenfalls eine atembare Atmosphäre, während sie zum Nachthimmel hin offen zu sein schien.

Der Anblick war überwältigend.

Etwa in der Mitte des Bildschirms oder genau über dem Schiff befanden sich die Erde und der Mond. Sie waren so weit entfernt, daß der Mond als hellster Stern am Himmel zu sehen war, gerade noch als runde Scheibe zu erkennen. Die Erde war eine blaue Murmel mit weißen Streifen. Quer über den Himmel zog sich die Milchstraße. Sie bestand aus winzigen roten, blauen und gelben Punkten, die vor einem Schleier aus weißen Wolken zu stehen schienen, der sich über die Begrenzungen des Fensters hinaus fortsetzte.

Julie verschlug es den Atem: »Das ist ja wie eine kosmische Konfettiparade!«

Matt sah ebenfalls die Ähnlichkeit – die Sterne standen so dicht, daß Myriaden weiterer Sterne hinter den am nächsten stehenden verborgen sein mußten. Die Sternenschwaden zogen über den Himmel wie Konfetti zwischen dunklen Gebäuden am Rand der Paraderoute. Matt riß sich irgendwann vom Ausblick des Sternenhimmels los. Der Raum selbst war nur schwach beleuchtet. Genau im Zentrum des Raumes saß ein Archie in einer Art Liegestuhl, so daß er genau nach oben in den Abgrund aus fernen Sonnen blicken konnte.

»Abby!« sagte Matt. »Bitte jetzt um deine Nachhilfestunde. Und sieh zu, daß es schnell geht. Ich weiß nicht, ob wir irgend etwas tun können, aber wenn es so ist, dann muß es schnell geschehen. Vielleicht können wir von hier aus eine Nachricht zur Erde senden, wenn wir genug über die Situation wissen.«

Abby nickte und sprach mit dem Archie. Die beiden verschwanden in einer Ecke, während die fünf übrigen Archies bei Matt und den anderen blieben.

Rudy sagte leise: »Ich glaube nicht, daß es Sinn macht, mit der Erde Kontakt aufzunehmen. Sie haben nicht die Mittel, um sich gegen eine solche Bedrohung zu verteidigen. Wenn die Menschen noch am Leben sind und wir nichts gegen das tun können, was geschehen wird, verschaffen wir ihnen damit nur ein paar Stunden oder Tage des Schreckens statt fünf Minuten.«

»Das ist vermutlich richtig, aber vielleicht könnten ein paar Menschen im Orbit überleben, wenn sie früh genug gewarnt werden. Ein schwieriges Problem.«

Rudy nickte.

Matt überblickte den Raum. Acht weitere Archies in ihren eigenen Liegestühlen umgaben den mittleren Archie in einem achteckigen Muster. Alle blickten zum Himmel hinauf. Weiter entfernt befanden sich noch mehr Archies, aber diese saßen so auf ihren Stühlen, daß sie auf die Wände blicken konnten, wo unzählige Bildschirme Aufnahmen aus dem Innern des Schiffes in verschiedensten Blickwinkeln und Detailaufnahmen der Sterne zeigten. Eine Reihe von Bildschirmen zeigte verschiedene Ansichten der Erde. Auf einem war der gesamte Globus zu erkennen, auf anderen eine Nahaufnahme von braunen und zinnoberroten Landmassen.

»Hier ist die Bürgermeisterin«, meldete sich Dorine am Telefon.

Barnabys Stimme war ganz ruhig, als er sich identifizierte, und Dorine war erleichtert, bevor sie noch seine Nachricht gehört hatte. »Das Entschärfungskommando hat die Sprengkörper im Empire State Building lokalisiert. Der Kerl hat die Wahrheit gesagt.«

»Und?«

»Und ich glaube, daß wir gute Chancen haben, sie zu entschärfen. Der Zünder ist ein altes, einfaches Modell, und ich habe einige Leute mit Erfahrung dabei.«

Dorine wußte, daß jeder, der lange genug lebte, um Erfahrungen in diesem Metier zu sammeln, so gut wie keine Fehler machte, und das war eine beruhigende Überlegung. »Dann sollen sie sich schnellstens an die Arbeit machen«, sagte sie. »Ich habe nicht vor, auf die Forderungen einzugehen.«

»Verstanden.« Barnaby machte nicht viel Worte, aber der Stolz in seiner Stimme sagte ihr: »Das ist genau das, was ich auch tun würde!«

Für einen Augenblick wurde Matt durch den Sternenhimmel an eine Nacht vor langer Zeit erinnert, als er nach Mitternacht auf dem Rücken gelegen und zum sternenübersäten Himmel hinaufgeblickt hatte. Die Luft war mit dem Zirpen der Grillen und dem Knacken und Rascheln nicht zu identifizierender Tiere erfüllt gewesen, während der Wind über seinen Körper strich. In weiter Ferne hörte man das Signal eines Zuges, und das leise Rattern der Waggons klang fast wie ein fernes Gewitter.

»Matt!« Abby war wieder zu ihm gekommen. Der Archie stand neben ihr.

»Ja?«

»Es klingt nicht gut.«

»Erzähl!« Rudy und die anderen kamen näher, damit sie alles mithören konnten.

»Ich habe mich mit ihr unterhalten und . . .«

»Mit *ihr?*«

»Sofern ich die Geschlechter richtig identifiziert habe. Auf jeden Fall habe ich jetzt etwas mehr Vertrauen in meine Übersetzungen erhalten. Ich denke, das Wörterbuch, das ich bisher zusammengestellt habe, ist jetzt korrekt. Die Botschaft auf der Kuppel besagt: ›Dieses Schiff bringt die Stadt in Sicherheit.‹ Die Archie sagt, sie hätten erwartet, daß die Schrift einfacher zu entziffern wäre. Und sie sagt, daß die Archies wirklich Städte aufsammeln, um sie zu schützen. Es gibt da ein anderes Schiff, das von anderen Aliens gebaut wurde und sich offenbar auf einem vorprogrammierten Kurs befindet. Es sucht nach Planten, die bestimmte Kriterien erfüllen und wandelt sie für seine eigenen Zwecke um. Es arbeitet völlig automatisch – an Bord befindet sich kein einziges intelligentes Wesen.«

»Umwandeln . . . So wie Terraforming? Das Klima und die Atmosphäre eines Planeten verändern, bis die Lebensbedingungen für uns angemessen sind?«

Abby sprach mit der Archie und wandte sich dann wieder Matt zu. »Ja, so in etwa, nur daß dieser *Planetenformer* vorher das einheimische Leben zerstört.«

»Mein Gott! Ein Roboterschiff, das einen Planeten nach dem anderen für seine eigenen Zwecke umwandelt und sich nicht darum schert, was aus den dortigen Lebewesen wird?«

Julie sagte: »Erinnert sehr an uns und die Regenwälder.«

»Und wer sind diese Leute, die den *Planetenformer* gebaut haben?« fragte Matt.

Nachdem sie noch einmal nachgefragt hatte, sagte Abby: »Sie wissen es nicht. Irgendeine andere außerirdische Rasse. Für die Archies sind wir eine vom Aussterben bedrohte Art. Sie versuchen, soviel Leben zu erhalten, wie sie können. Wennn sie eine andere erdähnliche Welt finden, haben sie vor, uns dort abzusetzen.«

»Aber damit wird der Erde nicht geholfen!« Matt drehte sich abrupt um und blickte auf die Bildschirme, die die Erde vom Weltall aus zeigten. »Dort unten leben Milliarden von Menschen. Das ist unsere Heimat. Wir dürfen nicht zulassen, daß irgendein Schiff vorbeikommt und das alles einfach so zerstört.«

Rudy sagte: »Nicht nur das, denn soweit wir wissen, könnte dasselbe jederzeit wieder passieren.«

Abby stand schweigend da.

»Wo ist dieser *Planetenformer?«* fragte Matt. »Wie weit ist er entfernt?«

Abby sprach wieder mit der Archie.

»Sie wissen es nicht genau. Er ist noch mindestens sieben Stunden entfernt, weil er noch nicht in unserem Sonnensystem aufgetaucht ist. Offensichtlich springt das Schiff durch das Weltall, wenn es längere Entfernungen zu überwinden hat, aber wenn es hier eingetroffen ist, bewegt es sich so, wie wir das von einem Raumschiff erwarten würden.«

Die Archie sagte etwas zu Abby, die sich anhörte, wie der Computer es übersetzte. »Offensichtlich besitzt das Archie-Schiff dieselben Fähigkeiten – es kann sich normal innerhalb eines Sonnensystems bewegen, oder, wenn es weit genug von der Sonne entfernt ist, große Entfernungen im Sprung überwinden. Was wir schwer beschädigt haben, war die Technik für die Durchführung dieser Langstreckensprünge.«

Matt sagte: »Es tut mir leid, daß wir ihr Schiff beschädigt haben, aber darin sehe ich im Augenblick nicht das vordringliche Problem.«

Als Abby sich wieder mit der Archie unterhielt, kratzte sich das Spinnenwesen mit einem Hinterbein am hinteren Körpersegment.

»Die Archies sehen darin sehr wohl ein Problem. Ein großes Problem sogar. Wenn ich das richtig verstanden habe, können sie, wenn der *Planetenformer* sich auf den Sprung vorbereitet, abschätzen, wohin er springen wird und ihm dann zuvorkommen. Ohne ihre Sprungfähigkeit können sie dort, wo der *Planetenformer* als nächstes hinspringen wird, niemanden retten. Dann werden alle getötet. Es könnte sein, daß sie zur Reparatur des Antriebs so lange brauchen, daß der *Planetenformer* inzwischen mehrere Planeten zerstört, bevor sie ihre Rettungsoperation wieder aufnehmen können.«

»Oh, Gott!« sagte Matt leise. Schließlich sagte er: »Bitte, sag ihnen, daß das keineswegs unsere Absicht war. Wir dachten, wir könnten damit die Zerstörung der Erde verhindern.«

Abby dolmetschte und wandte sich dann wieder an Matt. »Das verstehen sie jetzt.«

»Warum kämpfen sie nicht gegen den *Planetenformer?* Wenn sie ihn aufhalten, wäre das alles unnötig.«

Kurz darauf sagte Abby: »Das können sie nicht. Dieses Schiff besitzt keine Waffen. Es wurde ausschließlich für die Rettung der Städte konstruiert. Das paßt zu dem Umstand, daß die Archies mit der veränderten Situation Schwierigkeiten zu haben scheinen. Sie wurden für einen speziellen Job ausgebildet, und jetzt bitten wir sie, etwas ganz anderes zu tun.«

»Keine Waffen? Sie haben gar nichts, womit sie den *Planetenformer* aufhalten könnten?«

Abby sprach wieder mit dem Archie. Zu Matt sagte sie: »Auf oder in der Nähe ihres Heimatplaneten bauen sie zur Zeit ein Schiff, einen Zerstörer, um den *Planetenformer* zu eliminieren. Aber der Zerstörer wird nicht rechtzeitig fertig sein.«

»Wann wird er fertig sein?«

»Ich weiß nicht, ob ich die Zeiteinheiten richtig umrechnen kann, aber ich glaube, sie spricht von einigen Jahren. Ich weiß mit Bestimmtheit, daß es mehr als ein paar Monate sind. Auf jeden Fall zu lange, um der Erde helfen zu können.«

»Es sei denn, der *Plantenformer* kommt erst gar nicht hierher. Vielleicht haben sie einen Fehler gemacht. Möglicherweise ist das der Grund, warum er noch nicht aufgetaucht ist.«

Abby sprach wieder mit der Archie.

»Sie sagt, sie haben bei der Berechnung noch nie einen Fehler gemacht.«

Die Archie sagte noch etwas zu Abby.

»Sie sagt, selbst wenn dieses Schiff über Waffen verfügen würde, wäre die Besatzung nur für die Rettung der Städte ausgebildet und nicht für die Kriegsführung. Das dürfte der Grund sein, warum sie wie Bürokraten wirken und nicht wie Soldaten. Könnt ihr euch vorstellen, was dabei herauskommt, wenn sich eine kleine Gruppe von Greenpeace-Aktivisten gegen die gesamten US-Streitkräfte stellt?«

Matt schwieg fast eine halbe Minute lang und dachte hektisch nach. »Ich sehe zwei Möglichkeiten. Erstens: Wir legen uns auf den Rücken und strecken die Beine in die Luft, so wie die Archies. Oder zweitens: Wir tun etwas. Wir müssen einfach irgend etwas tun.«

»Was?« sagte Richard. »Wir haben keine Waffen. Hast du nicht zugehört?«

Matt drehte den Kopf und starrte Richard an. Er trat einen Schritt auf Richard zu und sagte sehr ruhig: »Wenn ich Beschwerden oder Entmutigungen von dir hören will, werde ich deutlich dazu auffordern. Jetzt im Augenblick will ich keine hören. Ist das klar?«

Richard schluckte, dann nickte er. »Ja.«

Matt wandte sich Abby zu. »Sag deiner Freundin, daß wir eine Eskorte für Bobby Joe und Julie brauchen. Sie werden zur nächsten Beobachtungskanzel gehen.«

Während Abby mit dem Computer sprach, blickte Matt Bobby Joe an. »Ich möchte, daß du Kontakt mit Manhattan aufnimmst, um ihnen genau zu erklären, wie unsere Lage aussieht. Dann sollen sie eine Bestandsaufnahme machen, von allem, was sich vielleicht als nützlich erweisen könnte. Es ist ziemlich unwahrscheinlich, daß irgend jemand gerade Atomwaffen durch Manhattan transportiert hat, als es entführt wurde, aber wer weiß? Die Bürgermeisterin muß auf Sendung gehen und um jede mögliche Hilfe bitten. Nimm Julie mit, damit sie möglichst viel von ihren Aufzeichnungen übermitteln kann, so daß wir nicht allzuviel Zeit damit verlieren, die Leute von den Tatsachen zu überzeugen. Sobald ihr die Nachricht gesendet habt, kommt ihr hierher zurück. Wenn ich beschäftigt bin, versucht eine Verbindung zwischen diesem Raum und Manhattan herzustellen.«

Abby berührte Matts Arm. »Sie ist einverstanden.«

Matt blickte Bobby Joe und Julie an. »Dann geht!«

Bobby Joe nickte. Er kniete sich neben den Haufen mit den Sachen, die man ihnen gelassen hatte. Er nahm sich das neue Funkgerät und zwei alte. Dann verließen Julie und er den Raum, gefolgt von einem anderen Archie.

Zu Abby sagte Matt: »Sag dieser Archie, daß wir alles über die Möglichkeiten dieses Schiffes wissen wollen, wie viele der kleineren Schiffe an Bord sind und wozu sie eingesetzt werden können.«

Abby sprach und hörte der Antwort zu.

»Sie sagt, das alles sei nutzlos.«

»Sag ihr, das spielt keine Rolle. Der Schaden, den wir dem Schiff bislang zugefügt haben, ist nichts im Vergleich zu dem, was passiert, wenn sie nicht kooperieren.«

Während Abby sprach, sagte Matt zu Richard und Rudy: »Ich möchte, daß ihr zwei euch genau anhört, was wir über die technischen Mittel der Archies in Erfahrung bringen können. Dann will ich Vorschläge hören, ganz gleich, wie merkwürdig sie klingen mögen, solange sie ernst gemeint sind.«

Abby sagte: »Sie glaubt offenbar nicht, daß sie uns helfen kann, aber sie wird uns alles über das Schiff verraten.«

»Das ist gut. Es ist mir egal, was sie glaubt, solange sie kooperiert. Ach, und sag ihr, daß ich bald mit dem Kommandanten sprechen möchte.«

Nach einer Weile sagte Abby: »Sie ist die Kommandantin.«

Matt warf einen Blick auf den Archie, der genau im Zentrum der Brücke saß. »Ach so! Ich hatte angenommen, der Kommandant würde dort drüben sitzen.«

»Offensichtlich ist sie der Meinung, daß das hier wichtiger ist.«

»Na gut. Womit müssen wir arbeiten? Diese Laser auf den Schiffen, die Manhattan aus der Oberfläche geschnitten haben, könnten doch sicher als Waffen eingesetzt werden.«

Abby sprach mit der Kommandantin und wandte sich kurz darauf wieder an Matt. »An Bord dieses Schiffes befinden sich zwanzig kleinere Schiffe. Wenn ich es richtig verstanden habe, sind sechzehn davon mit Schneidern ausgerüstet – ich vermute, damit sind die Laser gemeint – und zwei sind Ersatzschiffe. Dann gibt es noch zwei Heber, die wesentlich größer sind.«

»Welche Waffen gibt es an Bord dieser Heber?«

Der Augenstiel der Archie senkte sich ein paarmal, während sie Abbys Frage beantwortete.

»Keine Waffen.«

Wir müssen irgendeinen Weg finden, um den *Plantenformer* aufzuhalten!«

Nach einer Weile sagte Abby: »Sie wollen eigentlich gar nicht kämpfen. Die Kommandantin ist überzeugt, daß sie den *Planetenformer* nicht beschädigen können, und sie will nicht das Risiko einsetzen, die kleineren Schiffe vielleicht zu verlieren. Sie sind eindeutig nicht dazu ausgerüstet, mit einer militärischen Situation zurechtzukommen.«

Als Matt eine Bewegung im Augenwinkel bemerkte, drehte er sich um und sah Bobby Joe und Julie, die mit ihrer Archie-Eskorte zurückkehrten. Matt hob die Augenbrauen.

»Es ist einfacher, als wir gedacht haben, von hier aus eine Kommunikationsverbindung mit Manhattan einzurichten«, sagte Bobby Joe. »Die nächste Beobachtungskanzel ist etwa eine Minute von hier entfernt. Ich habe dein optisches Funkgerät zusammengeschaltet. Du kannst also direkt von hier aus sprechen oder alles andere übertragen lassen. Sie holen gerade die Bürgermeisterin, sie müßte jeden Augenblick mit uns verbunden sein. Wir können auch jederzeit Videobilder übertragen. Und wenn du möchtest, können wir später eine der Minikameras installieren, die dann zum Ton alle zehn Sekunden ein Bild überträgt.«

»Hervorragend. Rudy, du informierst dich weiter über die technischen Möglichkeiten. Ich werde mit der Bürgermeisterin sprechen.«

Matt nahm sich eins der Walkie-talkies und schaltete es ein. Matt Sheehan hier. Mit wem spreche ich?«

»Barnaby Jolliet. Die Bürgermeisterin müßte jeden Augenblick eintreffen. Sie braucht vielleicht ein oder zwei Minuten, um ganz wach zu werden.«

Matt blickte auf seine Uhr und stellte überrascht fest, daß es in Manhattan kurz nach ein Uhr morgens war.

»Dorine Underwood hier«, hörte er dann deutlich ihre Stimme.

»Matt Sheehan. Ich habe gute und schlechte Neuigkeiten und eine Bitte um Hilfe.«

»Schießen Sie los!«

Achtundzwanzig Minuten später blinzelte Dorine Underwood in die Kameralinse, während eine hyperaktive Crew alles für die Krisensendung bereitmachte. Ein Streifenwagen der Polizei, der speziell für Gracie Mansion abgestellt worden war, hatte sie so schnell nach Downtown gebracht, wie der Fahrer es in Anbetracht der geringen Schwerkraft verantworten konnte. Mit heulender Sirene waren sie losgerast, während die Ampeln vor ihnen automatisch auf Grün geschaltet wurden. Andere Mitarbeiter ihres Büros hatten das Fernsehteam holen lassen, das keine Ahnung hatte, was Dorine bekanntgeben würde.

Weitere Mitarbeiter hatten die Alarmsirenen auf der ganzen Insel aktiviert. Das war das Signal für alle Einwohner, ihre Fernsehgeräte einzuschalten. Während Dorine im Streifenwagen durch die dunklen Straßen gerast war, hatte sie über der Polizeisirene gelegentlich das Signal für Luftangriff gehört, und sie war sich vorgekommen wie in einem anderen Alptraum, wie an dem Morgen, als Manhattan in die Luft gehoben worden war oder als sie erfahren hatte, daß Terry bei einem Verkehrsunfall ums Leben gekommen war, als ihn ein Betrunkener angefahren hatte.

Hier im Studio kam sich Dorine vor, als würde sie immer noch träumen. Einige der Dinge, die Matt Sheehan ihr erzählt hatte, gingen ihr nicht aus dem Kopf, und aus diesem Wissen entstand Angst. Sie hatte vollstes Vertrauen in Matts Glaubwürdigkeit, sie brauchte nur eine Weile, bis sie seine Informationen als Realität akzeptieren konnte.

Ein Monitor vor ihr zeigte ein Standbild mit dem Sternenhimmel und der Erde fast im Zentrum. Das Bild wechselte, und jetzt sah sie die Brücke des Schiffs mit der Menschengruppe und mehreren der großen Spinnenwesen. Auf einem zweiten Monitor war ihr Bild zu sehen, das ungewöhnlich bleich wirkte. Sie schob eine Haarlocke hinter ihr Ohr.

Ein Techniker beendete den Countdown. »Hallo, Bürger von New York«, sagte Dorine zur Kameralinse. Sie begann immer mit ein paar belanglosen Worten, damit die Zuschauer noch ›Psst, sie fängt an zu sprechen!‹ sagen konnten, bevor sie die volle Aufmerksamkeit des Publikums hatte. »Ihnen dürfte klar sein, daß ich diese Sendung nicht für zwei Uhr früh angesetzt hätte, wenn es nicht um etwas sehr Dringendes ginge.

Ich werde Ihnen zunächst eine Übersicht über die jüngsten

Ereignisse geben und Ihnen dann sagen, was wir als nächstes tun müssen. Zum Schluß werde ich Ihnen Videobilder zeigen, die jeden Zweifel an meinen Worten beseitigen werden.

Um es kurz zu fassen: Hier in Manhattan sind wir alle in Sicherheit. Niemand wird uns Schaden zufügen. Die Erde selbst befindet sich jedoch in großer Gefahr. Irgendwann in den nächsten Stunden oder Tagen wird die Erde aus dem Weltall angegriffen werden, und zwar mit Waffen, gegen die sich die Menschheit nicht verteidigen kann. Das ist der Grund, weshalb ich jetzt zu Ihnen spreche. Es ist möglich, daß wir auf eine bislang unvorhergesehene Weise Hilfe leisten können.«

Das Bild auf dem zweiten Monitor zeigte eine Luftaufnahme von Manhattan unter der glockenförmigen Kuppel, und Dorine vergaß, was sie als nächstes sagen wollte, bis sie einen Blick in ihre Notizen warf.

»Das Folgende wird ziemlich unglaublich klingen, aber im Grunde ist es nicht schwerer zu verstehen als die Tatsache unseres Hierseins. Die außerirdische Rasse, die uns entführt hat, hat das *nicht* getan, um uns als Zootiere zu halten oder irgendwelche Experimente mit uns durchzuführen. Sie haben uns hierhergebracht, weil die Erde selbst in großer Gefahr schwebt. Ein riesiges, ferngesteuertes Schiff, das von ganz anderen außerirdischen Wesen erbaut wurde, befindet sich auf einem vorprogrammierten Kurs der Vernichtung. Es wandelt bewohnbare Planeten um, so daß sie eines Tages ihrer eigenen Rasse als Lebensbereich dienen können. Zu diesem Zweck vernichtet das Schiff alle Lebensformen auf diesen Planeten.

Das Schiff, auf dem wir uns befinden, hat die Aufgabe, eine Stadt von jedem Planeten zu holen, der zerstört werden soll, damit diese Städte irgendwann auf anderen geeigneten Planeten abgesetzt werden können. Aus diesem Grund ist das Schiff unbewaffnet, mit Ausnahme der Laser, mit denen die Städte aus der Planetenoberfläche geschnitten werden. Die Wesen, die uns ›gerettet‹ haben, glauben nicht, daß diese Laser eine wirksame Waffe gegen das andere Schiff sind – den *Planetenformer.* Ein bewaffneter Zerstörer, der gegen diesen ... *Planetenformer* eingesetzt werden soll, wird nicht rechtzeitig einsatzbereit sein, um der Erde helfen zu können.«

Dorine vermied es, ausdrücklich zu sagen, daß alle Menschen, die sich noch auf der Erde befanden, vermutlich zum Tode verurteilt waren.

»Wir befinden uns an einem Wendepunkt. Wir können entweder untätig bleiben, was bedeutet, daß wir die Erde nie wiedersehen werden und irgendwann auf einem anderen Planeten abgesetzt werden, wo wir weiterleben können. Oder wir können kämpfen. Wir können versuchen, den *Planetenformer* zu zerstören. Wenn wir Erfolg haben, wird die Erde und die Menschheit überleben. Vielleicht haben wir auch keinen Erfolg. Die Chancen stehen auf jeden Fall schlecht. Aber wir können nicht untätig bleiben und es nicht wenigstens versuchen.

Was wir jetzt brauchen, ist eine Waffe. Wir brauchen etwas, durch das wir unsere Chancen verbessern können, den *Plantenformer* zu zerstören. Wenn Sie Informationen über irgendwelche Dinge besitzen, die sich innerhalb der Kuppel befinden und uns helfen könnten, möchte ich, daß Sie uns davon in Kenntnis setzen.

Was wir nicht gebrauchen können, sind konventionelle Waffen. Gewehre, selbst Maschinengewehre und Dinge wie Panzerfäuste können uns im Kampf gegen ein riesiges, bewaffnetes Schiff nicht helfen. Aber wenn zum Beispiel Nuklearwaffen durch Manhattan transportiert wurden, als wir entführt wurden oder wenn, was Gott verhüte, eine terroristische Gruppe im Besitz einer solchen Waffe ist, müssen wir davon erfahren. Wenn Sie von irgendwelchen Waffen dieser Durchschlagskraft wissen, wählen Sie bitte sofort Neun-eins-eins. Dieser Notrufkanal steht im Augenblick nur für Anrufe dieser Art zu Verfügung. Rufen sie innerhalb der nächsten Stunde nur dann unter Neun-eins-eins an, wenn sie Informationen für meinen Anruf haben, es sei denn, es handelt sich um einen Notruf, bei dem das Leben vieler Menschen auf dem Spiel steht. Jeder Mißbrauch des Notrufsystems während der nächsten vierundzwanzig Stunden steht unter schwerer Strafe und wird unnachgiebig verfolgt werden. Das Leben vieler Milliarden Menschen steht auf dem Spiel.

Jetzt wende ich mich an all jene, die diese Informationen

nicht glauben können oder einfach wissen wollen, auf was für einem Schiff wir uns befinden – und das gilt vermutlich für jeden. Ihnen werde ich jetzt eine Reihe von Standbildern zeigen, die von Matt Sheehan und seiner Gruppe übermittelt wurden, die sich in diesem Augenblick auf der Brücke des Schiffs hoch über uns aufhalten, im Zentrum des Decks, welches das Dach der riesigen Halle bildet, in der wir uns befinden.«

Dorine drückte den Schalter, den die Techniker ihr angewiesen hatten, woraufhin ihr Bild auf dem Monitor durch das erste Standbild ersetzt wurde. Matt Sheehan und Abby Tersa standen neben einem spinnenähnlichen Wesen, das fast genauso groß wie die beiden Menschen war. Über ihren Köpfen war ein Ausschnitt des Sternenhimmels zu sehen, als wäre gerade das Dach der Brücke entfernt worden.

Als Dorine mit der Bildsequenz fertig war, erschien wieder ihr Bild auf dem Monitor.

Sie atmete tief durch, um auch dem Publikum die Gelegenheit zum Luftholen zu geben. Schließlich sagte sie: »Ich weiß nicht, wieviel Zeit wir noch haben, aber im Augenblick verfüge ich über keine weiteren Informationen. Der Sender wird über diesen Kanal weiterhin Standbilder senden, bis wir mehr über das Schicksal der Erde wissen. Der Ton wird ausgeblendet bleiben, bis wir zusätzliche Informationen haben oder weitere Anfragen stellen müssen. Ich schlage vor, daß Sie Ihre Fernsehgeräte eingeschaltet lassen und die Lautstärke nicht herunterdrehen. Das Fernsehteam wird Ihnen weitere Bilder zeigen, die uns vom Expeditionsteam übermittelt werden, und ich werde mich zurückmelden, sobald wir etwas Neues in Erfahrung gebracht haben.

Vielleicht wird ein Wunder geschehen. Vielleicht wird der *Planetenformer* nicht eintreffen. Vielleicht haben sich unsere ›Retter‹ bei der Berechnung eines Kurses verschätzt. Was auch immer geschieht, ich glaube, jetzt ist für die Bewohner Manhattans wieder die Zeit, auf die Weise zu beten, die ihnen genehm ist.

Ich weiß wirklich nicht, was wir tun können, aber ich weiß, daß wir auf keinen Fall untätig bleiben werden.«

Stuart Lund blieb auf der Straße stehen und betrachtete eine große Wand aus Bildschirmen, die alle gleichzeitig das zeigten, was nach den Worten der Bürgermeisterin von der Expedition übermittelt wurde. Er fühlte sich plötzlich erschöpft.

Stuart drehte sich um und rief seinen Anhängern, die ihn umringten, zu: »Diese Bilder müssen gefälscht sein! Ihr alle wißt, wie einfach es ist, solche Bilder künstlich zu erzeugen. Ihr könnt es jeden Tag im Kino erleben.«

In dem Teil der Menge, die nah genug stand, um die Bilder mit eigenen Augen zu sehen, wandten sich die Menschen einander zu und flüsterten. Ein paar Leute machten kehrt und gingen fort. Ein Mann im Hintergrund rief etwas, aber sein Nachbar brachte ihn zum Schweigen.

Stuart begann wieder zu reden, doch dann brach er plötzlich mitten im Satz ab. Er spürte eine Anspannung in seinen Eingeweiden, als er erkannte, was nicht stimmte. Er hatte Schwierigkeiten, dieselbe Begeisterung wie zuvor aufzubringen. Die Bilder waren äußerst beunruhigend. Wenn er und alle anderen sich wirklich in Gottes Haus befanden, um auf Gottes Entscheidung zu warten, dann entsprachen diese Bilder der Riesenspinnen überhaupt nicht seinen Erwartungen. Ganz und gar nicht.

Die früheren Bilder hatte man problemloser als Fälschungen abtun könne, weil nur ein einziges eine Spinne gezeigt hatte, das wirklich wie eine Fälschung ausgesehen hatte. Doch jetzt waren mehr als ein Dutzend Spinnen zu sehen, die in Stühlen saßen, die offensichtlich für ihre fremdartigen Körper entworfen worden waren.

Als Stuart am Straßenrand stand, erkannte er, daß es vorbei war. Er überblickte die Gesichter seiner Anhänger. Viele von ihnen schienen seine Verurteilung der Videobilder zu akzeptieren, aber seine Anhänger waren nicht das Problem. Stuart war das Problem. Er erkannte in diesem Augenblick, daß er nicht mehr die Überzeugung besaß, mit der er angefangen hatte. Die Videos mochten vielleicht Fälschungen sein, aber er hatte das schreckliche Gefühl, daß sie echt waren.

Also spielte es überhaupt keine Rolle mehr, woran die Menge glaubte. Stuarts Überzeugung und Begeisterung hatte sie bis zu diesem Punkt geführt. Ohne diese Sicherheit in seiner Stimme würden sie bemerken, daß er sich verändert hatte. Das Feuer, das er gespürt hatte, ließ sich nicht fälschen. Die Menge würde innerhalb weniger Minuten wissen, daß sein Feuer erloschen war.

Stuart stand wie betäubt da, während seine Anhänger ihn anstarrten. Sie besprachen sich flüsternd, während ihre Blicke von seinem Gesicht zu den Bildschirmen und wieder zurück wanderten.

Die Menge begann sich allmählich aufzulösen, zuerst nur langsam, aber nach zehn Minuten waren die Nachzügler eindeutig verärgert und zerstreuten sich. Stuart hatte nicht mehr länger die Kraft, sie zurückzuhalten. Er sackte zusammen, hockte sich auf den Bordstein und beobachtete, wie sich die meisten seiner Anhänger in den dunklen Straßen verteilten. Vielleicht ein Zehntel der Menge war zurückgeblieben, von denen die meisten Stuart erwartungsvoll ansahen und offenbar immer noch bereit waren, ihm zu glauben. Aber Stuart wußte nicht, ob er noch etwas Passendes zu sagen hatte.

Ein kräftiger Mann, in kariertem Hemd trat durch die ausgedünnte Menge vor. Er blieb vor Stuart stehen und sagte: »Sollen wir jetzt vielleicht für alle Insekten büßen, die wir jemals unter den Schuhen zertrampelt haben?«

Eine junge Mutter mit zwei Kindern kam auf Stuart zu und sagte sanft: »Wir glauben Ihnen immer noch, Reverend.«

Stuart scheuchte sie weg.

Während er zusah, wie sich die meisten Leute entfernten, kamen zwei Jugendliche um die Zwanzig und stellten sich vor Stuart. Ihre Beine waren in feindseliger Haltung gespreizt.

Der größere der beiden trug einen herkömmlichen Mohawk und sein Kollege einen doppelten Mohawk. Beide hatten halbe Schnurrbärte auf der linken Gesichtshälfte, wie sie im letzten Jahr durch *Twisted Sabbath* in Mode gekommen waren, und hatten sich die Oberarme tätowieren lassen.

Der Größere sagte: »Jetzt sehen wir ganz schön dumm aus. Wir mögen es überhaupt nicht, wenn wir dumm aussehen.«

Stuart geriet in Versuchung, ihnen zu sagen, daß sie ohnehin schon ziemlich dumm aussahen, aber er drehte sich einfach um und ging davon. Wenn sie ihm folgen und ihn angreifen wollten, sollten sie es tun. Stuart war es völlig egal.

»Dieser Scheißkerl!« sagte Benny Kellermund, während er auf dem Fernseher die Bilder von der Brücke des Schiffes verfolgte. »Mensch, ich komme mir vielleicht blöd vor!«

»Das kommt, weil du eben blöd bist«, sagte Lucky Stiles.

»Du hast auch geglaubt, daß er recht hat!«

»Ja, kann sein.«

»Auf jeden Fall wissen wir jetzt, daß wir noch lange nicht im Himmel sind. Und diese Spinnenviecher werden nicht zu uns runterkommen und uns abmurksen. Das hätten sie schon längst gemacht, wenn sie das wirklich gewollt hätten.«

»Und zwar sofort, du Hirnamputierter.«

»Und was machen wir jetzt?«

»Du meinst, ob wir auf den Knopf drücken? Das Empire State Building sprengen?«

»Genau.«

»Tja, es würde mich schon reizen.«

Benny wußte, daß er schockiert dreinblickte. Er war sprachlos.

»War nur 'n Scherz«, sagte Lucky schnell. »Gehen wir hin und holen das Zeug zurück?«

»Machst du Witze? Da oben wimmelt es doch nur so von Bullen. Und ich habe keine Lust, alles wieder runterzuschleppen. Sollen sie das Zeug doch behalten.«

»Wirklich?«

»Wirklich. Ich gehe zur nächsten Telefonzelle und sage der Bürgermeisterin, wie man es entschärft.«

»Mann wir waren aber nahe dran!«

»Zu nahe.« Lucky stand plötzlich auf. »Ich werde für eine Weile weg sein. Aber ich komme zurück.«

»Es sieht nicht gut aus«, sagte Rudy. »Zumindest, wenn sich die Laser nicht gegen den *Planetenformer* einsetzen lassen.«

Matt rieb sich die Augen. »Stimmt. Aber irgendwas müssen wir unternehmen.«

»Auch wenn die Archies nicht zum Kämpfen bereit sind?« fragte Richard.

Matt betrachtete die Archies, die auf der Brücke postiert waren. »Dann müssen wir sie überzeugen.«

Abby unterbrach ihr Gespräch mit der Archie-Kommandantin. Sie kam herüber und setzte sich zur Menschengruppe. »Bis jetzt konnte ich keine Widersprüche in ihrer Geschichte entdecken. Soll ich jetzt gleich erzählen, was ich erfahren habe, oder lieber später?«

»Fang ruhig an«, sagte Matt. »Wir müßten recht bald erfahren, ob es in Manhattan etwas gibt, das uns nützlich sein könnte. Und je mehr wir über das Schiff der Archies wissen, desto besser.«

»Gut. Einiges von dem, was ich zu berichten habe, kennt ihr bereits. Wenn der *Planetenformer* die Oberfläche des ausgesuchten Planeten eines Sonnensystems zerstört hat, aktiviert er eine Art interstellaren Antrieb, den ich einfach mal Warp-Antrieb nennen werde. Ich glaube, dabei springt er von einem Punkt im Weltall direkt zum nächsten und überbrückt dabei eine sehr große Entfernung. Dazu muß er sich aber weit weg von der Sonne befinden – ein Mehrfaches des Abstands, den wir gerade haben. Der *Plantenformer* vollführt eine Reihe dieser Sprünge und trifft irgendwann im nächsten Sonnensystem ein, wo alles wieder von vorne beginnt. Offensichtlich macht der *Planetenformer* keinen Unterschied zwischen bewohnten und unbewohnten Planeten.

Das Archie-Schiff hat auf jeden Fall einen wesentlich besseren Warp-Antrieb, wenn ich es richtig verstanden habe. Wenn die Archies beobachten, in welche Richtung der *Planetenformer* springt, stellen sie fest, welches Sonnensystem in dieser Richtung liegt, und dann überwinden sie die Entfernung mit einem großen Sprung, so daß sie vor dem *Planetenformer* dort eintreffen. Wenn die Sonnensysteme nicht sehr weit voneinander entfernt sind, haben die Archies nur wenig Vorsprung. Wenn der *Planetenformer* aber mehrere Sprünge machen muß, haben die Archies gewöhnlich etwas mehr Zeit. Als der *Planetenformer* in Richtung Erde lossprang, wußten die Archies, daß er mehrere Sprünge brauchen würde. Also sind sie nicht überrascht, daß er noch nicht hier eingetroffen ist, aber es könnte jeden Moment soweit sein. Das klingt alles nicht sehr exakt, aber ich vermute, daß sie nicht vorhersagen können, wie viele Einzelsprünge der *Planetenformer* genau durchführen wird.«

Rudy blickte auf. »Das ist also der Grund, warum die Zerstörung des Heimatplaneten der Bewohner der Kegelstadt bereits einsetzte, bevor die Stadt an Bord des Schiffes gebracht wurde. Die Archies hatten damals nur einen sehr geringen Vorsprung.«

»Genau«, sagte Abby. »Und das ist auch der Grund, warum wir uns noch in unserem Sonnensystem aufhalten. Die Archies müssen so lange warten, bis der *Planetenformer* seine Arbeit erledigt hat, bevor sie wissen, wohin er als nächstes springen wird.«

»Gott, ich hasse dieses Geräusch!« sagte Bobby Joe. »Sie hören sich wie Teenager an, wenn sie essen.«

Nicht weit entfernt aß einer der Archies, während er auf seinem Posten saß. Der Archie nahm seine Nahrung saugend durch den Mund auf. Es klang, als würde er versuchen, mit einem Strohhalm die letzten Tropfen eines Getränks aufzuschlürfen. Dann variierte er das Geräusch, bis es klang, als würde er Spaghetti in den Mund saugen.

Abby verzog das Gesicht. »Ich muß meinen letzten Satz korrigieren. Die Archies müssen hier nicht so lange warten, bis sie wissen, wohin der *Planetenformer* als nächstes springen wird, sondern bis sie den Warp-Antrieb repariert haben. Übrigens, die acht Zylinder auf der anderen Seite des Schiffs sind die Hauptkomponenten des Normalantriebs. Damit können sie sich immer noch innerhalb des Sonnensystems bewegen. Aber sie können keine Langstreckensprünge mehr durchführen, solange die Reparaturen nicht abgeschlossen sind.«

»Und wie lange wird das dauern?« fragte Matt.

»Sie schätzen, etwa zwanzig bis dreißig Tage.«

»Das verstehe ich nicht. Wenn sie die Reparaturen in diesem Zeitraum abschließen können, warum sagst du dann, daß sie den nächsten paar Planeten nicht mehr helfen können?«

»Weil sie befürchten, daß sie eine Weile brauchen könnten, um den *Planetenformer* wiederzufinden. Statistisch trägt höchstens einer von zehn Planeten, die umgewandelt werden, Leben. Sie schätzen, daß er fünfzig oder sechzig weitere Planeten heimsuchen könnte, bevor sie ihn wieder aufgespürt haben.«

»Wie kann ein ganzer Planet in so kurzer Zeit umgekrempelt werden?«

»Beim ersten ›Angriff‹ wird nur der größte Teil des einheimischen Lebens vernichtet, aber der eigentliche Umwandlungsprozeß dauert viele Jahre. Unter anderem setzt der *Planetenformer* Maschinen ab, die langsam die Arbeit zu Ende bringen. Aber ich habe keine Ahnung von der Größenordnung dieser Technik.«

Matt nahm über sich eine Bewegung wahr. Dünne Kreisbögen bildeten sich an der Decke, und Matt schloß daraus, daß es sich nicht um ein Fenster, sondern offenbar doch um eine Art Bildschirm handeln mußte. Eine graue Linie verband sich mit der Erde und führte über den Rand des Bildschirms hinaus. Sechs weitere leicht gebogene Kurven entstanden. Zwei davon berührten Lichtpunkte, die nicht größer als Sterne wirkten – einer war gelb, der andere rot. Sechs der Bögen schienen sämtlich auf einer Ebene zu liegen, aber der am weitesten entfernte Bogen durchkreuzte die Ebene in einem Winkel von vielleicht zwanzig Grad. Außerdem verlief dieser Bogen zum Teil innerhalb der nächstgelegenen Kurve.

»Das müssen die Planetenumlaufbahnen sein«, sagte Bobby Joe. »Wir befinden uns ein wenig über der Ebene der Ekliptik. Ich wette, diese Kurven stellen die Umlaufbahnen der Erde und der anderen Planeten dar.« Er zeigte nach oben. »Die hellen ›Sterne‹ fast in der Mitte müssen Mars und Saturn sein. Die anderen Planeten befinden sich offenbar gerade hinter oder neben uns.«

»Klingt vernünftig«, sagte Rudy.

»Natürlich ist das . . . hey!« Bobby Joes Kiefer klappte herunter, als sich die Bildschirmdarstellung veränderte. Die zwei ›Sterne‹, die Mars und Saturn repäsentierten, wurden plötzlich größer, bis sie ein Viertel der Größe der Erde erreicht hatten.

Der Mars war eine rötliche Scheibe mit ein paar Unregelmäßigkeiten. Saturn war groß genug, um seine Ringe erkennen zu können.

»Was ist passiert?« fragte Richard. »Wir haben uns offenbar nicht bewegt. Die Erde sieht immer noch genauso groß aus.«

»Ausschnittsvergrößerung«, sagte Bobby Joe. »Das gefällt mir. Sie haben Teile des Bildes vergrößert, so daß Details erkennbar werden. Wenn sie das ganze Bild herangezoomt hätten, um den Saturn in dieser Größe hereinzukriegen, hätten sie das Sichtfeld auf etwa ein Prozent dessen reduzieren müssen, was wir jetzt sehen können. Auf diese Weise behalten wir immer noch den Überblick, können aber gleichzeitig Einzelheiten erkennen. Sehr elegante Lösung.«

Plötzlich verschob sich das Bild, als würde sich das Schiff drehen. Zwei Linien bildeten sich auf der Darstellung, die sich in zwei durchscheinende Ebenen auffächerten und den Raum in vier Quadranten aufteilten. Ein Netzmuster entstand auf den Ebenen, und dann verliefen von der Erde aus zwei gepunktete Linien, die sich mit je einer Ebene kreuzten. Matt war sich sicher, daß die zwei Kreuzungspunkte die Position der Erde relativ zum Schiff anzeigten.

Jupiter mit den Wolkenstreifen und Venus, eine gelbliche Scheibe, erschienen ebenfalls als Ausschnittsvergrößerungen auf dem Bildschirm. Abby drehte sich zur Kommandantin um, als ein Stern neben Jupiter zu blinken begann. Weitere gepunktete Linien verbanden sich von dort aus mit den Koordinatenebenen. Auch die relative Position des Jupiter wurde angezeigt, und Matt erkannte, daß das neue Objekt sich auf halbem Weg zwischen den Umlaufbahnen des Jupiter und des nächsten Planeten befinden mußte. Bobby Joe erinnerte ihn, daß es sich dabei um den Saturn handelte.

Matt spürte einen Adrenalinstoß und einen kurzen, schmerzhaften Stich in seiner Brust, noch bevor Abby sich von der Kommandantin abwandte und bestätigte, was sie alle bereits vermuteten.

Mit gedämpfter Stimme sagte sie: »Der *Planetenformer* ist eingetroffen.«

16

Steinwürfe

Abby konnte im Raum fast spüren, als sich die Augen der Menschen und die Augenstiele der Archies auf den neuen Lichtpunkt richteten, der vor dem Hintergrund der Sterne blinkte. Nach der anfänglichen Aufregung, nach dem Flüstern und Schnattern war die Brücke plötzlich so still wie bei einem Morgenlauf. Sogar Bobby Joe schwieg. Dann bemerkte Abby, daß Julie leise in ein Funkgerät sprach und sachlich die Einzelheiten an Manhattan weitergab. Für einen Augenblick beneidete Abby die Reporterin darum, wie ruhig sie die jüngsten Ereignisse aufgenommen hatte. Diese Fähigkeit beruhte wahrscheinlich darauf, daß sie als Reporterin schon über viele Tragödien berichtet hatte. Vielleicht ging es ihr aber auch nur genauso wie Abby, die versuchte, nach außen hin ruhig zu bleiben, während in ihrem Innern ein Sturm aus Fragen und Befürchtungen tobte.

In solchen Situationen hatte Abby manchmal das Bedürfnis, sich in eine Ecke zurückzuziehen und ›in aller Ruhe‹ verrückt zu werden. Ihre Mutter hätte jetzt vermutlich genauso reagiert. Sie hatte schon Angst bei der Vorstellung gehabt, daß Abby ganz allein in New York lebte.

Mehrere Male hatte Abby trotz ihrer äußeren Ruhe kurz vor der Panik gestanden. Jedesmal hatte sie gespürt, wie die Angst ihr die Kehle zuschnürte. Es war, als würde sie mitten auf einem Langstreckenlauf keine Luft mehr bekommen. Doch jedesmal hatte sie auf wunderbare Weise den toten Punkt überwinden können, genauso wie beim Laufen.

Jetzt aber konnte sie nicht erstarren – sie durfte der Panik nicht nachgeben. Nun, wo der *Planetenformer* tatsächlich eingetroffen war, sah sie ihre Eltern vor sich, wie sie auf der Veranda saßen, in stiller Qual warteten und sich fragten, was mit Abby geschehen war. Wenn das Team keine Möglichkeit fand, den *Planetenformer* aufzuhalten oder zu zerstören, würden ihre Eltern sterben und nicht einmal erfahren, warum. Ein Bild aus einem alten Film über den nuklearen Holocaust brannte sich in ihr Gehirn und ließ sie nicht mehr los, bis sie sich selbst zwickte und der Schmerz sie wieder auf die Brücke holte.

Der Bereich um den blinkenden Punkt erhellte sich, und dann entstand an dieser Stelle ein neues Bild, als hätte sich der *Planetenformer* innerhalb von Sekunden ein großes Stück genähert. Doch die Archies hatten lediglich sein Bild vergrößert, wie sie es auch schon mit den Planeten getan hatten.

Der *Planetenformer* sah eher wie ein glänzendes Juwel aus, nicht wie ein Raumschiff. Er erinnerte an ein vierblättriges Kleeblatt oder an ein Bündel aus vier silbrigen Tränen, die sich mit den schmalen Enden berührten. An dieser Stelle befand sich eine kleine Kugel, der Tropfen Klebstoff, der die vier Teile zusammenhielt. Zwei gegenüberliegende Tränen waren etwas länger als die anderen, so daß sie zusammen ein Karo bildeten. Verzerrte Ausschnitte des Sternenhimmels spiegelten sich auf den glänzenden Oberflächen.

Plötzlich verschoben sich die Sternenspiegelungen, als der *Planetenformer* seine Richtung änderte. Abby war überrascht, wie schön das Schiff war.

»Mein Gott!« flüsterte Richard.

Abby warf Matt einen Blick zu. Sie konnte an seinem Gesicht nicht erkennen, welche Gefühle ihn bewegten. Er hätte sich genausogut mitten in einem Pokerspiel oder einem Krieg befinden können. Und ihr wurde bewußt, das hier war wirklich Krieg.

Von dem *Planetenformer* ging eine Linie aus. Die Archie-Kommandantin sagte etwas, was Abbys Computer als ›Richtung‹ übersetzte.

Die Linie verlängerte sich, bis Sekunde später das Ziel feststand: die Venus.

»Vielleicht sind sie gar nicht an der Erde interessiert«, sagte Abby plötzlich. Zur Kommandantin sagte sie: »Ein Planet? Nicht Erde?«

Die vier Laufbeine der Archie spannten sich für einen Augenblick an, worauf ihr ganzer Körper sich senkte. Sie schnatterte, und der Computer sagte: »Zwei Planeten.«

Bobby Joe sagte: »Sowohl die Erde als auch die Venus dürften ihren Auswahlkriterien recht nahe kommen. Die Venus ist fast genauso groß wie die Erde und hat fast denselben Abstand von der Sonne.«

»Was ist mit dem Mars?« fragte Rudy.

Bobby Joe schüttelte den Kopf. »Mars hat nur etwa zehn Prozent der Erdmasse. Venus ist der Erde viel ähnlicher, wenn man einmal von der Temperatur und der Atmosphäre absieht. Aber ich denke, dieses Ding wird mit solchen Problemen fertig.«

»Was jetzt?« fragte Matt.

Abby gab die Frage an die Archie-Kommandantin weiter.

»Warten. Beobachten«, kam die Antwort.

Julie trat auf Matt zu. »Die Bürgermeisterin möchte mit dir sprechen.« Sie hielt ihm ihr Funkgerät hin.

Matt hob das Gerät an und meldete sich. Kurz darauf sagte er: »Ja, Madam. Vielleicht kann Bobby Joe eine zweite Verbindung herstellen, so daß Julie ungestört mit ihren Berichten fortfahren kann, während wir weitersprechen.« Matt warf Bobby Joe einen Blick zu, der ein paar Sekunden lang nachdachte und dann nickte. »Ja, das müßte möglich sein.«

Matt hörte eine ganze Weile schweigend zu. »Nein, ich glaube nicht, daß uns das weiterhelfen wird.« Pause. »Okay. Wir werden unser Bestes tun.«

Matt hörte noch eine Weile zu. »Ich verstehe. Ich wollte die Archies gerade fragen, ob wir jetzt wirklich genauso viel über den *Planetenformer* wissen wie sie, und wir haben noch einige Fragen zu ihren technischen Möglichkeiten. Wenn es in Manhattan keine Waffen gibt, die uns helfen könnten, dann gibt es dort vielleicht Ideen. Würden Sie bitte eine entsprechende Aufforderung durchgeben? Wenn es irgendwelche Experten mit brauchbaren Vorschlägen für die Kriegsführung im Weltall gibt oder wenn jemand aufgrund unserer Erkenntnisse über den *Planetenformer* gute Ideen entwickelt, stellen Sie sie bitte sofort zu uns durch. Im Augenblick sehen wir keine durchführbaren Möglichkeiten. Wir brauchen kreative, verblüffende Ideen. Es muß einen Weg geben, dieses Schiff aufzuhalten.«

Einen Moment später gab Matt das Funkgerät an Julie zurück. Zu Bobby Joe sagte er: »Okay. Versuche bitte, die zweite Leitung schnellstmöglich herzustellen, und gib mir ein Funkgerät für den zweiten Kanal, sobald du fertig bist.«

»Wird gemacht«, sagte Bobby Joe. Er eilte zum nächsten Punkt mit direktem Sichtkontakt zu Manhattan, ohne auch nur einen dummen Spruch zu machen.

Matt blickte Abby an, dann die anderen in der kleinen Gruppe. »Die Bürgermeisterin läßt ein Team aus Technikern zusammenrufen, das uns bei der Beantwortung auftretender Fragen helfen soll. Und ich habe offiziell das Kommando über alle Entscheidungen zur Kriegsführung. Bis man jemanden von Manhattan hierher gebracht hat, ist vielleicht schon alles vorbei. Außerdem sind wir jetzt die Experten für den Umgang mit den Archies.« Er blickte zum Deckenbildschirm hinauf. »Erster Tagesordnungspunkt: Abby, du sagst der Kommandantin, daß wir dem *Planetenformer* den Weg abschneiden wollen. Und zwar etwa dort, wenn es geht.« Er zeigte auf einen Punkt, der etwa ein Drittel der Entfernung zur Venus in Richtung des *Planetenformers* lag.

Abby nickte. Diese Aufgabe würde die Grenzen ihrer sprachlichen Übersetzungsfähigkeiten überschreiten, also nahm sie sich einen Schreibstift, setzte sich und begann direkt auf den Boden der Brücke zu schreiben. Vorher vergewisserte sie sich, daß die Kommandantin ihr zusah. Sie zeichnete ein Achteck und sagte: »Archie-Schiff.« Dann zeichnete sie ein Kleeblatt und sagte: »*Planetenformer.*«

Während sie zeichnete, verschränkte die Kommandantin die Beine unter ihrem Körper und setzte sich auf den Boden. Sie neigte sich etwas vor, damit ihr Augenstiel auf die Zeichnung gerichtet war. Ihr Mund stand offen, und Abby versuchte nicht hinzusehen.

Abby zog eine Linie vom *Planetenformer* zu einem Punkt, den sie ›Planet‹ nannte. Dann zeichnete sie einen Pfeil, der vom Archie-Schiff bis zu einem Punkt auf halber Strecke der Bahn des *Planetenformers* lag. Ein zweiter Pfeil führte vom *Planetenformer* bis zu diesem Punkt. Schließlich sagte sie: »Bewegen«, dann zog sie den Pfeil vom Archie-Schiff bis zum Schnittpunkt noch einmal nach.

Die Archie ließ ihren Augenstiel hin und her wippen, dann schnatterte sie. Der Computer übersetzte: »Verschwendung.«

Abby begann noch einmal von vorn, während sie immer verärgerter wurde und sie sich anstrengen mußte, es nicht zu zeigen. Schließlich blickte sie zu Matt auf. »Sie sagt, es wäre eine Verschwendung von Zeit oder Energie. Sie sagt, das Schiff verfügt über keine Waffe, die dem *Planetenformer* etwas anhaben kann. Ich werde ihr zwei Möglichkeiten zeigen – entweder sie bewegt dieses Schiff, oder das Schiff wird explodieren.« Matt nickte.

Abby zeichnete ein zerbrochenes Achteck, dann das Symbol, das ihrer Ansicht nach ›oder‹ bedeutete, und schließlich zog sie erneut den Pfeil vom Archie-Schiff zum Schnittpunkt nach.

Schließlich wischte sich die Archie mit ihren Vordergliedmaßen über den Mund, dann sprach sie mit einem in der Nähe stehenden Artgenossen, der daraufhin mit dem Archie im Zentrum der Brücke schnatterte. Der Augenstiel dieses Archies drehte sich zur Kommandantin herum, die daraufhin mit einer Hand auf den Boden schlug.

Wenige Augenblicke später veränderte sich das Bild an der Decke, als sich mehrere konzentrische Kreise bildeten, deren Zentrum etwa auf dem von Matt angegebenen Punkt lag. Die Kreise begannen sich langsam auszudehnen. Der Anblick erinnerte Abby an Filmszenen, in denen die Cockpitanzeigen eines landenden Flugzeugs gezeigt wurden. Die Kreise verschwanden, wenn sie einen Durchmesser von etwa einem Meter erreicht hatten, während gleichzeitg neue Kreise im Zentrum entstanden und größer wurden. »Ich glaube, wir bewegen uns«, sagte Abby.

Abby wußte nicht, warum sie die Drohung noch einmal hatte wiederholen müssen. Es schien fast, als würde die Archie-Kommandantin nichts glauben, was nur ein- oder zweimal gesagt worden war. Vielleicht würden sie die Menschen jetzt allmählich ernst nehmen.

Die Geschwindigkeit, mit der sich die Kreise vergrößerten, nahm zu, als würde das Schiff immer schneller fliegen. Julie richtete ihre Minikamera auf den Bildschirm.

»Was jetzt?« fragte Abby.

Matt starrte zum Sternenhimmel hinauf, während er sprach. »Wenn sie nicht in der Lage oder nicht dazu ausgerüstet sind, um zu kämpfen, sind sie nur für eins gut: unsere Befehle auszuführen. Kannst du der Kommandantin klarmachen, daß sie das, wozu wir sie auffordern werden, *sofort* tun? Sag ihr, daß wir ihnen nichts antun, solange sie ohne zu zögern kooperieren, aber erinnere sie noch einmal daran, daß wir immer noch die Macht haben, dieses Schiff zu zerstören.«

»Ich werd's mal versuchen.«

Abby war mehr als zehn Minuten lang damit beschäftigt, um der Kommandantin klarzumachen, was sie von ihr verlangten. Währenddessen kam Bobby Joe zurück, gab Matt ein Funkgerät und teilte ihm mit, daß die zweite Funkverbindung stand. Abby zeichnete auf einem neuen Abschnitt des Fußbodens und versuchte die Vorstellung eines unbeschädigten Schiffes zu vermitteln, und schließlich, mehrere Minuten später, erklärte sich die Kommandantin verbal mit den Forderungen einverstanden. Dabei bestätigte sie Abbys Vermutung, daß es ein ›Ja‹ bedeutete, wenn die Archies mit der Hand auf den Boden schlugen.

»Okay«, sagte Abby. »Ich glaube, sie kann immer noch nicht ganz fassen, daß wir absichtlich das Schiff zerstören würden, das uns am Leben erhält, aber ich habe versucht, ihr klarzumachen, daß wir anders denken als sie. Aber es ist komisch – ich hatte ein paarmal den Eindruck, daß sie es tatsächlich mögen, wenn ihnen jemand sagt, sie müßten mehr tun als nur Städte zu retten und zuzusehen, wie die Planeten vernichtet werden. Vielleicht fühlen sie sich schuldig, daß sie nicht in der Lage sind, mehr zu tun. – Wie geht's weiter?«

Matt sagte: »Als nächstes soll sie uns alles sagen, was sie über die Waffen und Verteidigungseinrichtungen des *Planetenformers* weiß.«

Dazu brauchte Abby fast eine halbe Stunde, aber sie gab die Hoffnung nicht auf, weil sie dabei immer neue Wörter in das Übersetzungsprogramm ihres Computers einspeisen konnte. Die Kommunikation lief immer flüssiger und schneller ab. Die spiegelnden Oberflächen des *Planetenformers* waren ein Teil seines Abwehrsystems. Offenbar würde die Hülle die Schneidelaser der Archie-Shuttles einfach reflektieren. Unter dieser spiegelnden Schicht befand sich sehr hartes Material, das nach Ansicht der Archies von keinem Projektil durchstoßen werden konnte. Kleine Schußwaffen wie Gewehre oder selbst panzerbrechende Waffen wären völlig nutzlos.

»Aber die Mündungsgeschwindigkeit spielt hier überhaupt keine Rolle«, gab Bobby Joe zu bedenken. »Die Waffen, von denen wir reden, arbeiten mit Projektilgeschwindigkeiten von höchstens ein paar Tausend Metern pro Sekunde. Wenn wir demnächst unser Zielgebiet erreicht haben, werden wir uns mit Millionen von Kilometern pro Sekunde bewegen. Wenn wir dann bei voller Fahrt einfach ein Projektil aus dem Raumschiff fallen lassen, bewegt es sich tausendmal schneller, als unsere Geschütze es beschleunigen könnten.«

Matt sagte: »Guter Einwand. Aber wie steht es mit den Angriffswaffen des *Planetenformers*?«

Mit der Bewaffnung des *Planetenformers* schien sich die Archie-Kommandantin nicht so gut auszukennen. Offenbar hatte es für sie auch nie einen Grund gegeben, sich Gedanken darüber zu machen. Abby kam dann zu dem Schluß, daß die Archie ihr erzählen wollte, der *Planetenformer* verfüge tatsächlich über eine Waffe, die über größere Entfernung wirksam war, doch dann reichte das Vokabular des Computers nicht aus, um Genaueres darüber in Erfahrung zu bringen.

»Wir müssen den *Planetenformer* irgendwie beschädigen«, sagte Matt schließlich. »Wir müssen irgendwie versuchen, etwas in eine Angriffswaffe zu verwandeln.«

Während Matt mit den anderen sprach, merkte Abby, daß sie eine ausreichende Menge an Daten über die Archie-Sprache gesammelt hatte, so daß sie sie in ein Sprachprogramm übertragen konnte, das damit beginnen würde, die noch vorhandenen Lücken durch Extrapolation zu schließen.

Doch sie fragte sich, ob ihnen das weiterhelfen würde.

Dorine Underwood konnte ein Gähnen nicht unterdrücken. Sie war nicht gelangweilt, sondern einfach nur zu lange wach und dadurch erschöpft. Sie gab dem Kameramann ein Handzeichen und sagte: »Einen Augenblick noch.«

Schließlich nickte sie. Das Lämpchen an der Kamera ging an, und sie sah ein Zeichen mit der Aufschrift ›Sendung‹ aufleuchten.

»Hallo, Bürger von New York! Inzwischen haben sich viele von Ihnen vermutlich angesehen, was auf der Brücke des Schiffes geschieht, auf dem wir uns befinden. Jetzt, wo der *Planetenformer* eingetroffen ist, teilen uns unsere Entführer mit, daß es weniger als einen Tag dauernd wird, bis das Schiff die Venus erreicht hat, und dann vielleicht noch acht Stunden, bis es zur Erde gelangt. Wir haben das Glück, daß von dem Punkt aus, wo der *Planetenformer* aufgetaucht ist, die Venus zufällig näher liegt als die Erde. Dadurch haben wir einen halben Tag Zeit hinzugewonnen.

Wir müssen dafür sorgen, daß unsere Talente nicht ungenützt bleiben. Wir müssen einen Weg finden, wie wir den *Planetenformer* beschädigen oder zerstören können, bevor er die Erde erreicht. Einen Punkt möchte ich besonders deutlich klarstellen: wenn das Schiff, auf dem wir uns befinden, einen Angriff auf den *Planetenformer* durchführt, besteht die Gefahr, daß er zurückschlägt. Indem wir versuchen, die Erde zu retten, begeben wir uns selbst in Gefahr.

Ich bin der Meinung, daß es unsere Pflicht ist, dieses Risiko einzugehen. Ich sage das, weil mein Ehemann sich noch auf der Erde aufhält, aber ich würde es auch unter anderen Umständen sagen. Ich weiß ehrlich gesagt nicht, wie ich dieses Risiko einschätzen soll. Wir befinden uns in der Lage eines Menschen, der in ein brennendes Haus rennt, um ein Kind zu retten. Ich denke, die meisten von Ihnen werden mit mir übereinstimmen, daß wir dieses Risiko eingehen müssen. Wenn der schlimmste Fall für uns eintritt und dieses Schiff Schaden nimmt, während es den *Planetenformer* daran hindert, das Leben auf der Erde auszulöschen, dann werden wir zumindest wissen, daß für jedes Leben unter dieser Kuppel mehr als tausend Menschen auf der Erde und die Erde selbst gerettet wird.«

Dorine hielt ihre Nasenwurzel zwischen Daumen und Zeigefinger, dann blickte sie wieder in die Kamera. »Ich muß Ihnen gestehen, daß ich einen Teil meines Optimismus verloren habe. Vielleicht finden wir keinen Weg, um die Erde zu retten. Wir befinden uns an Bord eines Schiffes, daß für verhältnismäßig friedliche Zwecke erbaut wurde, und treten gegen ein Schiff an, dessen Erbauer offenbar damit rechneten, daß es auf massiven Widerstand treffen könnte.

Aber ich hege dennoch eine tiefe Zuversicht in die menschliche Erfindungsgabe. Wenn es einen Weg gibt, den *Planetenformer* zu bekämpfen, werden wir ihn finden. Wenn es keinen gibt, haben wir zumindest alles versucht.

Die Notrufleitungen sind wieder offen, und zwar diesmal für Vorschläge oder Strategien, wie wir gegen den *Planetenformer* vorgehen könnten. Wie schon zuvor wird auch diesmal der Mißbrauch des Notrufs strafrechtlich verfolgt werden. Wenn Sie eine vernünftige Idee haben, rufen Sie an. Wenn Sie nicht wissen, ob sie vernünftig ist, rufen Sie trotzdem an. Wir werden die Ideen hier unten aussieben und so viel wie möglich an unser Team auf der Brücke weiterleiten. Verfolgen Sie die Übertragung von der Brücke, falls irgendwelche neuen Informationen neue Möglichkeiten eröffnen sollten.

Vielen Dank, Manhattan.«

Rudy sagte: »Wir könnten die Archies dazu bringen, daß sie den *Planetenformer* mit einem ihrer Shuttles rammen.«

Abby fragte die Kommandantin danach und erhielt als Antwort, daß sie, selbst wenn sie zu einem Versuch bereit wäre, bezweifeln würde, daß der Stoß ausreichen würde, um spürbaren Schaden anzurichten.

Bobby Joe riß die Augen auf. »Zwischen Mars und Jupiter gibt es jede Menge Asteroiden. Wir könnten doch einen schnappen und ihn auf den *Planetenformer* schleudern!«

Matt nickte Abby zu. »Versuch mal, eine Stellungnahme dazu zu bekommen.« Er schaltete sein Funkgerät ein und bat die Bürgermeisterin, diese Möglichkeit vom technischen Beratungsteam diskutieren zu lassen, das inzwischen zur Verfügung stand.

Nach ein paar Minuten unterbrach Matt Abbys Gespräch mit der Kommandantin. »Das Beratungsteam sagt, es wäre im Prinzip machbar, aber die Antwort hängt von der maximalen Beschleunigung des Archie-Schiffes ab. Wir müßten drei Beschleunigungsphasen durchlaufen. Eine, um schnell genug zu einem geeigneten Asteroiden zu gelangen, eine zweite, um abzubremsen und uns der Geschwindigkeit des Asteroiden anzupassen, und eine dritte, um das Schiff und den Asteroiden auf Kollisionsgeschwindigkeit zu bringen.«

Abby schüttelte den Kopf. »Ich glaube nicht, daß wir das schaffen, bevor der *Planetenformer* eintrifft. Die Kommandantin hat mir gerade zu erklären versucht, daß das Schiff sich nicht schnell genug bewegen kann, und jetzt weiß ich, was sie damit sagen wollte.«

Matt übermittelte diese Informationen an Manhattan. Sekunden später sagte er: »Okay. Sie werden jetzt einige der ersten Vorschläge übertragen, die sie aufgezeichnet haben und die wir uns nach Meinung des Beratungsteams zumindest einmal anhören sollten. Wenn wir uns alle dicht um das Funkgerät herum versammeln, kann ich die Lautstärke so einstellen, daß wir alle es hören und ich nicht alles wiederholen muß.«

Matt setzte sich neben Abby. Bobby Joe, Rudy und Richard rückten näher, während Julie weiter berichtete. »Schießt los!« sagte Matt.

Der Ton war schlecht, aber verständlich. Die Stimme eines offenbar sehr alten Mannes sagte: »Warnt die Erde! Dann können sie ihre Atomwaffen auf diesen Mistkahn schleudern!«

Die Stimme eines jungen Mädchens sagte: »Spritzt Säure auf das Schiff! Dann löst es sich auf.«

»Fliegt ihm von der Sonne aus entgegen! So könnt ihr es überraschen«, sagte eine männliche Stimme. Eine andere Stimme, vermutlich ein Mitglied des Beratungsteams, fügte hinzu: »Dieser Vorschlag ist nicht nur wegen der offensichtlichen visuellen Schwierigkeiten interessant, die der *Planetenformer* mit dieser Taktik haben würde. Die Sonne gibt außerdem ein breit gestreutes Spektrum an Strahlung ab, die auch mit anderen Sensoren interferieren könnte.«

Ein sehr nervöser Mann sagte: »Ich glaube, wir sollten vielleicht ... vielleicht diesen *Planetenformer* einfach mit diesem Schiff rammen!«

Während der letzten zwanzig Stunden hatte der größte Bildschirm am Times Square die Live-Übertragungenen gesendet. Die Einwohner sprachen bereits vom ›Underwood Channel‹.

Im Augenblick zeigte der Schirm die Brücke des Archie-Schiffes, auf dem Matt Sheehan und Abby Tersa zu sehen waren.

Herb Abiernal betrachtete aufmerksam das Bild, während er sich nach einer Zigarette sehnte und überhaupt nicht auf das Gedrängel der großen Menschenmenge achtete. An der westlichen Ecke der Seventh Avenue und 43. Straße war ein hoher Sockel aufgebaut worden, auf dem zwölf große Lautsprecher standen, die den Ton zur Sendung übertrugen. Herb war den Lautsprechern so nahe, daß es ihm in den Ohren schmerzte, wenn die Bürgermeisterin oder sonst jemand sprach, aber er rührte sich nicht von der Stelle, weil die erregten Reaktionen der Menge manchmal die Worte fast übertönten.

Im Augenblick schwiegen die Lautsprecher, und Herb hörte die laute Stimme eines Mannes auf der Südseite der Kreuzung. »Was zum Teufel geht uns die Erde an? Die übrige Welt ist doch immer nur über New York hergezogen! Wahrscheinlich sind sie sogar froh, daß wir weg sind! Warum sollten wir unser Leben riskieren, um diesen Idioten zu helfen?«

Herb wäre darüber auch wütend geworden, wenn er nicht eine Tochter auf Hawaii und einen Sohn in Arizona gehabt hätte. Er überlegte, ob er seinen Platz verlassen sollte, aber die wütenden Reaktionen der Umstehenden sagte ihm, daß dazu kein Grund bestand. Flüche in drei verschiedenen Sprachen hagelten bereits auf ihn nieder.

Doch der Mann sprach weiter: »Wir sind alle in Sicherheit. Niemand wird uns etwas antun, wenn wir uns nicht einmischen. Ich sage . . .«

Was der Mann auch immer hatte sagen wollen, ging im Lärm einer Prügelei unter. Andere Stimmen wurden laut, der Mann aber meldete sich nicht mehr zu Wort. Wer sagte, daß die New Yorker untätig zusahen, wenn eine Katastrophe bevorstand.

»Wißt ihr«, sagte Matt. »Wir haben tatsächlich etwas sehr Wuchtiges, das wir dem *Planetenformer* entgegenschleudern könnten. Und wir müßten nirgendwohin fliegen, um es zu holen.«

Rudy neigte den Kopf. »Und was wäre das?«

»Eine Stadt. Die tote Stadt, die wir erkundet haben.«

Abby spürte zum ersten Mal seit Stunden wieder den Schimmer einer Hoffnung.

Richard nickte, und Bobby Joe sagte: »Das gefällt mir!«

Zu Abby sagte Matt: »Frag die Archies, ob das möglich ist, und wenn ja, sollen sie sofort anfangen, die Stadt herauszuholen. Wir wollen unsere Geschwindigkeit am Treffpunkt nicht angleichen – wir wollen uns relativ zum *Planetenformer* so schnell wie nur möglich bewegen.«

Abby nickte und wandte sich der Archie-Kommandantin zu. Sie versuchte die Fragestellung zu übersetzen und war sorgfältig darauf bedacht, die richtige Stadt zu beschreiben.

Die Archie-Kommandantin schien sich zu erregen. Ihre zwei vorderen Gliedmaßen begannen zu zucken, sobald Abby die erste Frage formuliert hatte. Schließlich wandte Abby sich wieder Matt zu und sagte: »Sie glaubt, daß sie es bewerkstelligen können. Und sie scheint sogar zu glauben, daß es funktionieren könnte. Sie fangen sofort an.«

Einer der Bildschirme an der Wand zeigte eine Luftaufnahme des riesigen würfelförmigen Gebäudes, das sie vor einiger Zeit durchsucht hatten, und Abby identifizierte es als die richtige Stadt.

»Sag ihnen, daß sie den Kurs so korrigieren, daß unser Schiff sich während der Annäherungsphase genau zwischen der Sonne und dem *Planetenformer* befindet«, sagte Matt. »Wir dürfen nicht davon ausgehen, daß sie etwas von Kampftaktik verstehen.«

»Darf ich dir helfen?« fragte Bobby Joe an Abby gewandt, während er nach dem Schreibtisch griff.

Bobby Joe benutzte die Zeichnung, die Abby bereits früher angefertigt hatte und die die Verbindungslinie zwischen dem *Planetenformer* und der Venus und den geraden Pfeil vom Archie-Schiff zum Treffpunkt darstellte. Bobby Joe strich den Pfeil durch und zog daneben eine Kurve, die im Schnittpunkt endete. Dann zeichnete er eine Tangente zum letzten Stück dieser Kurve, die er nach hinten direkt auf die Sonne zu verlängerte. Bobby Joe machte Vorschläge, was Abby sagen sollte und übersetzte vom technischen Jargon in die Umgangssprache, während Abby die Kommunikation übernahm.

Schließlich war sie überzeugt, daß die Archie-Kommandantin alles verstanden hatte. Die Kommandantin sprach mit einem anderen Archie. Sekunden später rief Bobby Joe: »Wahnsinn!«

Abby folgte seinem Blick auf den Deckenbildschirm, der sich verändert hatte. Die vorher konzentrischen Kreise hatten sich verschoben, so daß sie jetzt die Form des gebogenen Schalltrichters eines Grammophons bildeten. Sie hielten jetzt nicht mehr direkt auf den Treffpunkt zu, sondern richteten sich am Stand der Sonne aus.

«Hallo! rief Lucky Stiles.

Seine Stimme erzeugte ein Echo im Lagerhaus, aber es kam keine Antwort. Lucky hastete die Treppe hinauf und lief durch das Labyrinth der Gänge zum Büro des Predigers.

»Hallo?« rief er wieder. Immer noch keine Antwort.

Das Büro war leer. Der Prediger mußte irgendwo unterwegs sein, um mehr Idioten davon zu überzeugen, ihm zu folgen.

Lucky zog ein Bündel aus seiner Jackentasche und erledigte schnell die Arbeit, die er tun mußte.

Jamie Fahred drückte sorgfältig die Tasten des tragbaren Telefons. Neun-eins-eins. Sekunden später sagte eine Frauenstimme: »Bitte formulieren Sie Ihren Vorschlag möglichst präzise. Sprechen Sie jetzt!«

Jamie zögerte, dann konnte er seine Idee nicht mehr zurückhalten. »Ich meine, wir sollten die Erde bewegen, so daß sie auf der anderen Seite der Sonne steht und der *Planetenformer* sie nicht mehr sehen kann.«

»Ich glaube nicht, daß wir mit der Erde Kontakt aufnehmen können«, sagte Abby. »Zumindest nicht mehr rechtzeitig, um ihr dadurch noch helfen zu können. Mit Bobby Joes Hilfe habe ich den Archies zu erklären versucht, wie unser Radio funktioniert. Aber es scheint mir, daß sie eine ganz andere Art der Kommunikation benutzen.«

Abby wußte nicht, ob sie enttäuscht sein sollte oder nicht. Es gab nichts, was die Menschen auf der Erde tun konnten, um die Katastrophe abzuwenden. Wenn ihre Eltern dazu verurteilt waren, bald sterben zu müssen, würde es das Beste sein, wenn sie ihre letzten Stunden nicht in Panik und Verzweiflung verbrachten.

»Na gut«, sagte Matt. »Wir haben hier einige Vorschläge, daß wir parabolische Satellitenantennen nehmen und sie so modifizieren sollten, daß wir damit Signale zur Erde senden können. In Manhattan arbeitet man an diesen Modifikationen, aber es bleibt vermutlich nicht genügend Zeit, um sie fertigzustellen und die Ausrüstung an einen Ort zu transportieren, an dem sie eingesetzt werden kann.«

Abby seufzte. »Okay. Seid ihr bereit für eine Bestandsaufnahme?«

»Schieß los!«

»Jedes Shuttle verfügt über einen Hochleistungslaser. Die Archies sagen, daß sie genügend Energie haben, um sie ziemlich lange im Dauerbetrieb einsetzen zu können. Ich konnte nicht herausfinden, wie lange das genau ist, aber der Zeitraum müßte mindestens einen Monat betragen.«

Rudy blickte auf. »Selbst wenn wir nicht durch die Außenhülle schneiden können, schaffen wir es vielleicht, den *Planetenformer* so weit zu erhitzen, daß alles in seinem Innern zum Kochen gebracht wird – das hängt letztlich vom Reflexionsgrad der Oberfläche ab.«

»Okay«, sagte Matt. »Was noch?«

Abby blickte auf die kleine Liste, die sie auf den Boden geschrieben hatte. »Genügend Kuppelmaterial, um noch über hundert Städte aufzunehmen.«

Richard hatte mit geschlossenen Augen flach auf dem Boden gelegen. Plötzlich öffnete er die Augen und sagte: »Daraus könnte man vielleicht einen Schutzschild für dieses Schiff herstellen, falls es nicht ausreichend gegen die Waffen des *Planetenformers* gefeit ist.«

Matt schüttelte den Kopf. »Es geht nicht um die Verteidigung dieses Schiffes, sondern um den Schutz der Erde. Wir brauchen noch viel mehr. Was gibt es noch?«

»Sie haben noch viel von dem schwarzen Material, mit dem sie die Städte von unten abdichten. Auch das reicht wieder für etwa hundert Städte oder so. Diese Sachen würden sie aber nicht so gerne einsetzen wie die Laser.«

»Vermutlich weil sie nicht glauben, daß wir den *Planetenformer* zerstören können. Wäre es möglich, daß wir uns dem *Planetenformer* einfach nähern und ihn wegschieben? Wenn dieses Schiff mehr Schubkraft hat, könnten wir ihn solange aufhalten, bis eine andere Waffe bereitsteht.«

Abby sprach wieder mit der Kommandantin. »Keine Chance«, sagte sie schließlich. »Die Archie ist überzeugt, daß der *Planetenformer* sich wehren wird, wenn ihm ein so großes Schiff zu nahe kommt. Und selbst alle Shuttles zusammen bringen nicht genügend Schubkraft gegen den *Planetenformer* auf.«

»Wie groß ist das Ding überhaupt?« fragte Bobby Joe.

Nachdem sie sich mit der Kommandantin besprochen hatte, sagte Abby: »Offensichtlich hat er etwa ein Zehntel der Größe dieses Schiffs. Oh, und sie sagt auch, daß sie praktisch unbegrenzte Energie für die Beschleunigung des Schiffes und aller Shuttles haben.«

»Seht mal!« sagte Bobby Joe plötzlich. »Das Räumkommando ist da.«

Abby blickte auf den großen Bildschirm, auf den Bobby Joe zeigte. Die riesige achteckige Schleuse in einer Wand der großen Halle unter ihnen stand offen und zeigte den Sternenhimmel. Acht schwarze Shuttles schwebten in Formation hindurch. Einige schlingerten ein wenig im Luftstrom, der durch die Schleuse nach draußen entwich. Das Tor schloß sich langsam wieder, während die Shuttles weiter nach innen vordrangen.

Der angrenzende Bildschirm zeigte die tote Stadt, während sich die Lebenserhaltungsröhren von der Kuppel lösten und zur Decke hinaufgezogen wurden.

Fawn Terricole wählte neun-eins-eins auf einem altmodischen Micky-Maus-Telefon. Es war so alt, daß es mit einem Interface ausgerüstet war, um überhaupt mit dem Telefonnetz verbunden werden zu können. Sie spürte, wie sich ihr Herzschlag beschleunigte, als es im Hörer tutete. Sie wischte einen Schmutzfleck von Mickys weißem Auge.

Als die Leitung freigegeben wurde, sagte sie: »Wir könnten die Erde tarnen, so daß sie so aussieht, wie diese Leute sie haben wollen. Dann müßten sie sie nicht mehr umwandeln.«

»Gibt es eine Möglichkeit, die Erfolgschancen einzuschätzen?« wollte Matt von Rudy wissen.

Rudy schüttelte den Kopf. »Allem Anschein nach beträgt die Masse der Stadt nicht mehr als ein paar Prozent der Masse des *Planetenformers.* Aber eine Pistolenkugel steht in einem noch geringeren Verhältnis zur Masse eines menschlichen Körpers, und die relative Geschwindigkeit sowie die Ausbreitung interner Schockwellen sind unsere Chance und die wollen wir ausnützen.«

»Aber wir schießen mit einer Pistolenkugel auf einen Panzer.«

»Richtig. Aber wir müssen die Hülle gar nicht durchstoßen, um etwas zu erreichen. Hast du schon einmal Aufnahmen von Leuten gesehen, die ohne Airbag gegen die Windschutzscheibe geprallt sind, ohne sie zu durchstoßen? Selbst wenn wir den *Planetenformer* nur plötzlich verlangsamen, könnte das im Innern schon eine Menge Schaden anrichten. Wenn wir genügend kinetische Energie aufbringen, könnten wir ihn genauso heftig abbremsen wie das mit einem Auto geschieht, das gegen eine solide Mauer fährt.«

Francesca Abdalla sprach deutlich und langsam in den Telefonhörer. »Benutzen Sie das Kuppelmaterial, um so viele Städte auf der Erde wie möglich einzuschließen. Auf diese Weise könnten zumindest die Menschen innerhalb der Städte überleben.«

Die acht schwarzen Shuttles hatten die tote Stadt eingekreist und Halteseile daran befestigt. Abby hielt den Atem an, als die acht Schiffe aufstiegen und sich die Seile straff wie Klaviersaiten spannten.

Sie verharrten fast dreißig Sekunden lang in dieser Formation, bis die Stadt mit ihrer Kuppel sich langsam aufwärts zu bewegen begann. Abby bemerkte, daß sie die ganze Zeit den Atem angehalten hatte. Sie betete, daß dieser Versuch gelingen würde.

Vor dem Sternenhimmel über ihr stand der *Planetenformer* bereits ein ganzes Stück näher, und die expandierenden Kreise bewegten sich noch schneller als zuvor, was zweifellos darauf hindeutete, daß ihre Geschwindigkeit immer größer wurde. Der Weg durch die Kreise bildete schon fast wieder eine gerade Linie. Die Archie-Kommandantin hatte erklärt, daß die Stadt, sobald sie sich außerhalb des Schiffes befand, nicht mehr dem Gravitations- und Trägheitsfeld im Innern des Schiffes unterworfen war. Von diesem Punkt an würde die Stadt sich auf einem unabhängigen Kurs bewegen, auf einer geraden Linie bei konstanter Geschwindigkeit, die der des Schiffes am Punkt der Abtrennung entsprach.

Zu diesem Zeitpunkt mußte sich das Archie-Schiff auf einer perfekten Zielgeraden zum *Planetenformer* befinden. Das Schiff konnte später dem Zielpunkt ausweichen, aber die Stadt verhielt sich dann wie ein Geschoß im Vakuum. Wenn die Instrumente des *Planetenformers* die sich nähernde Masse registrierten und den Kurs änderten, war die Chance vertan.

Die Archie-Kommandantin klang jetzt wesentlich optimistischer als zuvor. Die tote Stadt gab keine Signale von sich, die der *Planetenformer* wahrnehmen könnte, und das schwarze Material absorbierte wiederum Signale, die vom *Planetenformer* ausgeschickt werden könnten.

Abby war es gelungen, sich mit Unterstützung des Computers immer besser mit der Archie-Kommandantin zu verständigen. Die Kommunikation ging bereits weit über die Grundbegriffe hinaus, und sie erfuhr gleichzeitig immer mehr über die Archies, die sich selbst mit einem Begriff bezeichneten, der als ›Allgemein-Sinn‹ übersetzt wurde.

Auf dem Heimatplaneten der Archies besaßen die konkurrierenden Lebensformen gewöhnlich nur einen oder zwei vorwiegende Sinne. Die Archies waren die einzige Spezies, die sowohl sehen wie auch hören und riechen konnte.

Während die Stadt immer höher aufstieg, konnte Abby einen Teil des schwarzen Kegels erkennen. Darunter bildete die graue Substanz eine tiefe, kegelförmige Einbuchtung, die vermutlich Tage brauchte, um sich zu füllen.

Schließlich war die unterste Spitze des schwarzen Kegels zu sehen, als sich die tote Stadt endgültig über die graue Ebene hob. Die überkuppelte Masse stieg langsam weiter auf, bis die ganze Stadt, die entfernt an eine monströse Eistüte erinnerte, sich seitwärts zu bewegen begann. Sie wurde zwischen dem Gewirr der Röhren hindurchmanövriert, welche die noch bewohnten Städte mit allem Lebensnotwendigen versorgten.

Auf dem Bildschirm an der Decke hatten sich die Kreise jetzt wieder konzentrisch formiert. Die Sonne war nicht mehr zu sehen. Wenn das Archie-Schiff sich auf Zielkurs befand, würde es jetzt in seinen eigenen Schatten hineinrasen, während es sich immer schneller dem *Planetenformer* näherte.

Erneut öffnete sich das riesige achteckige Tor in der Schiffswand. Die tote Stadt und die acht ›Sargträger‹ glitten ins Weltall hinaus. Die acht Shuttles bildeten einen Ring, dessen Ebene sich mit dem Kreis deckte, der von der Naht zwischen Kuppel und schwarzem Kegel gebildet wurde, und schleppten die Stadt durch das Tor. Die schwarze Spitze des Kegels war genau auf den *Planetenformer* gerichtet, und die Kuppel über der Stadt erstrahlte in hellem Sonnenlicht. Die achteckige Schleuse schloß sich wieder, während die acht Shuttles sich von der scheinbar bewegungslosen Masse lösten.

Die Archie-Kommandantin sprach mit einem ihrer Artgenossen. Auf einem anderen Wandbildschirm erschien eine Ansicht der Stadt, die abrupt zusammenschrumpfte, als das Schiff ausscherte. Das Geschoß war jetzt auf seinem unabänderlichen Kurs unterwegs.

17

Ende einer Stadt

Die Sterne verschoben sich auf dem großen Bildschirm an der Decke, als das Schiff der Archies vom Kurs der toten Stadt abdrehte. Der *Planetenformer* war eine gewaltige silbrige Masse, die das mittlere Viertel des Bildschirms ausfüllte. Spiegelungen von Sternen zitterten über seine glänzenden Formen. Am Rand des Sichtfelds tauchte die tote Stadt auf, die von vier Shuttles begleitet wurde, um notfalls noch im letzten Augenblick Kurskorrekturen vornehmen zu können.

Matt stand in der Nähe des Zentrums der Brücke, von wo aus er den Bildschirm beobachtete. Im Augenblick zählte für ihn nichts anderes im Universum. Er wünschte sich, er könnte das Manöver von einem Punkt auf dem Zielkurs aus verfolgen, damit er sah, wie die tote Stadt direkt auf den *Planetenformer* zuflog. Doch wenn das Archie-Schiff auf diesem Kurs geblieben wäre, hätte es nicht überlebt. Es war viel zu groß, so daß der *Planetenformer* es vermutlich zu früh bemerkte, wenn es ihm von der Sonne aus entgegenflog, da es recht bald die Sonne verfinstern würde. Im Augenblick stand das Archie-Schiff weit genug entfernt, um vom *Planetenformer* aus höchstens wie ein Komet zu wirken. Und selbst wenn der *Planetenformer* nicht rechtzeitig eingriff, würde ein Zusammenstoß vermutlich das Archie-Schiff zerstören, ohne daß sicher war, daß auch der *Planetenformer* in Mitleidenschaft gezogen wurde. Matt kam sich vor, als würde er mit einem Pkw gegen einen Panzer zum Kampf antreten.

Der Rest des Teams betrachtete schweigend den Bildschirm, während die Archie-Kommandantin in ihre Kontrolltafel sprach. Sie hatte den Platz im Zentrum der Brücke übernommen, worauf die übrigen neun Archies der Reihe nach ihre Plätze getauscht hatten, als würden die acht Stühle keinen bestimmten Funktionen dienen, sondern eine Rangordnung darstellen. Der Archie, der als letzter hatte weichen müssen, hatte die Brücke verlassen.

Abby stand neben Matt, so nahe, daß ihre Schulter gegen

seinen Oberarm stieß. Matt blickte sie an, und sie rückte ein Stück näher heran, bis sich ihre Arme berührten. Abby erwiderte seinen Blick und sah ihm lange in die Augen.

Matt legte seinen Arm um ihre Schulter. Daraufhin lehnte Abby sich für einen Augenblick gegen ihn.

Eine Bewegung auf einem großen Wandschirm beanspruchte Matts Aufmerksamkeit, als dort plötzlich der Blickwinkel sichtbar wurde, den er sich vorher gewünscht hatte. Ohne sich einer Handlung bewußt zu sein, löste er sich von Abby und ging auf den Bildschirm zu. Der *Planetenformer* stand genau im Zentrum des Bildes und wurde merklich größer. Die Aufnahme mußte von einem der Shuttles stammen, die die tote Stadt eskortierten. Er hoffte, daß das Beiboot sich rechtzeitig in Sicherheit bringen konnte.

Der *Planetenformer* wurde auf dem Bildschirm immer größer, während sich die Sonne auf mehreren Flächen der gekrümmten Außenhülle spiegelte. Dann wurde ein kleiner dunkler Punkt vor einer der hellsten Spiegelungen sichtbar, und Matt erkannte, daß es der Schatten der toten Stadt war. Der *Planetenformer* wurde immer größer, wie ein Präparat unter einem Mikroskop. Seine Oberfläche wies keinerlei Strukturen auf, es war ein völlig glatter Spiegel, auf dem sich die Sternenkonstellationen verzerrt verschoben. Matt mußte an einen Ritter in glänzender Rüstung denken, auf den in der Dunkelheit ein geworfener Bleistift zuflog. Und er erinnerte sich an Bilder von Grashalmen, die während eines Tornados gegen Eichenstämme geprallt waren.

Die Archie-Kommandantin sprach, und ein lauteres Schnattern kam als Antwort über die Lautsprecher, die irgendwo im Raum installiert waren. Das Bild auf dem Wandschirm begann sich plötzlich immer schneller zur Seite zu bewegen, als der Shuttle-Pilot sein Schiff auf einen sicheren Kurs brachte.

Auf dem Deckenbildschirm lösten sich die vier Shuttle-Eskorten von der toten Stadt, die nur Sekunden vom Aufprall auf den *Planetenformer* entfernt zu sein schien. Der *Planetenformer* drehte sich oder schien sich zu drehen, aber als Matt bemerkte, daß sich auch der Sternenhimmel dahinter schneller bewegte, wußte er, daß sie fast auf gleicher Höhe mit dem *Pla-*

netenformer waren und ihn jetzt im Vorbeiflug von der Seite sahen. Er hielt den Atem an.

Der schwarze Kegel verfinsterte einige Sterne, während die tote Stadt auf den *Planetenformer* zuraste. Ihre Kuppel glänzte im Sonnenlicht, das von hinten kam. Der Kegel war nicht größer als eine Pfeilspitze, die sich einem Menschen näherte. Im selben Augenblick, als Matt glaubte, daß sich das Archie-Schiff auf gleicher Höhe mit dem *Planetenformer* befand, verringerte sich der Abstand zwischen der toten Stadt und dem *Planetenformer* auf Null.

Matt hatte genug Filme gesehen, um eine gewaltige Explosion mit Feuerbällen und Stichflammen zu erwarten, die in alle Richtungen davonwirbelten. Doch nichts dergleichen geschah.

Die Szene wurde von absoluter Stille begleitet. Der Punkt des Zusammenstoßes war nicht zu sehen, da er sich zwischen zweien der ›Kleeblätter‹ befand. Doch plötzlich gab es keinen Zweifel mehr, daß die Stadt getroffen hatte, denn der *Planetenformer* begann sich nun wie ein gigantisches Windrad zu drehen.

»Ja!« rief Bobby Joe, als eine Trümmerwolke aus der Lücke schoß, wo der Aufprall stattgefunden haben mußte. Einzelne Trümmerstücke glänzten kurz im Sonnenlicht auf und erloschen wieder, als das Archie-Schiff am *Planetenformer* vorbeitrieb.

Die Archie-Kommandantin schnatterte und erhielt zwei Antworten. Die Ansicht des *Planetenformers* wurde vergrößert, bis er den Bildschirm fast völlig ausfüllte. Während sie zusahen, verlangsamte sich die Rotation des Schiffs, bis sie ganz aufhörte.

»Oh, Gott!« sagte Rudy leise, und Matt wußte genau, was er meinte. Die einzige Möglichkeit, durch die die Rotation des Schiffes aufhören konnte, war ein gezielter Triebwerksschub in die entgegengesetzte Richtung. Der *Planetenformer* war offensichtlich noch voll funktionsfähig.

Nach wenigen Minuten erhielten sie die Bestätigung, daß der *Planetenformer* immer noch mit den Werten verzögerte, die ihn in einen Orbit um die Venus bringen würden.

»Verzögern!« sagte Matt zu Abby. »Wir müssen abbremsen und zurückfliegen. Um den *Planetenformer* wieder einzuholen.«

Es dauerte einen Moment, bis Abby die Aufmerksamkeit der Kommandantin gewonnen hatte. Ihre erste Antwort, die von Abby sofort weitergegeben wurde, lautete: »Verschwendung. Kein Sinn.«

Matts erste Reaktion bestand in der Drohung, der Kommandantin den Kopf abzureißen, wenn sie es nicht tat. Doch dann riß er sich zusammen und sagte: »Sag ihr, daß ich es ihr später erklären werde. Jetzt soll sie es einfach tun.« Vielleicht fiel Matt später ein guter Grund ein. Im Augenblick fühlte er sich wie David, der gerade feststellen mußte, daß Goliath in einer undurchdringlichen Rüstung steckte.

»Okay.« Abby wechselte ein paar Sätze mit der Kommandantin, bis sie seufzte und sagte: »Sie ist einverstanden. Zumindest hat sie nichts Unersetzbares verloren, und das Schiff hat auch keinen Schaden genommen.«

Als die Bildübertragung eines zurückkehrenden Shuttles das riesige schwarze Achteck des Archie-Schiffs zeigte, war der *Planetenformer* nur noch ein dunkler Fleck vor der Sonne.

Stuart Lund legte einen Lichtschalter um, als er die Treppe hinaufging. Das Treppensteigen vermittelte ihm die Illusion, daß wieder die gewohnte Gravitation herrschte. Er kam sich so schwer vor, während er sich bewegte.

Im ersten Stock suchte er sich einen Weg durch das Baustofflager und betrat sein Büro. Er hatte Lust, sich auf das Feldbett zu legen und ein Jahr lang zu schlafen.

Auf dem Tisch lag ein in Geschenkpapier eingewickeltes Paket mit einer Grußkarte. Das rosa Papier mit kleinen Bildern von Babys war sicherlich für ihn als Empfänger unpassend, aber Dinge wie Geschenkpapier waren in Zeiten wie diesen knappgeworden, so daß Stuart sich nicht daran störte.

Er nahm die Karte, die auf dem Paket lag. Dabei riß ein haardünner Draht ab, mit der sie daran befestigt war. Er öffnete die Karte. Die hingeschmierte Handschrift besagte: »Du hast uns beinahe dazu gebracht, das Empire State Building in die Luft zu jagen. – Du hast noch zehn Sekunden!«

Stuart wußte sofort, was diese Nachricht zu bedeuten hatte,

aber er wandte sich nicht zur Flucht. Statt dessen ließ er sich mit einem erschöpften Seufzen in den Stuhl neben dem Tisch fallen und verbarg das Gesicht unter den Händen.

Als die Explosion erfolgte, wurden noch drei Blocks weiter die Fensterscheiben zerschmettert.

Kay Arknette stellte den Ton des Underwood Channels ab und ging zum schwarzen Telefon auf ihrem Schreibtisch. Sie fühlte sich befangen, als sie neun-eins-eins wählte. Eine Grundschullehrerin tat solche Dinge gewöhnlich nicht. Schließlich, nach der Ansage, sprach sie in den Hörer. »Ich meine, wenn wir die Wahl zwischen uns oder der Erde haben, sollten wir den *Planetenformer* mit diesem Schiff rammen. Wenn wir nicht sicher sind, daß dadurch erheblicher Schaden entsteht, sollten wir warten, bis er in der Nähe der Venus oder der Erde steht, und ihn dann von oben rammen. Vielleicht übersteht der *Planetenformer* den Zusammenstoß mit uns, aber bestimmt nicht den Aufprall, wenn beide Schiffe auf die Oberfläche stürzen.«

Erst als Kay aufgelegt hatte und sich ihre Atmung wieder normalisierte, hatte sie plötzlich einen zusätzlichen Gedanken. Wenn sie dieses Schiff mit hoher Geschwindigkeit auf den *Planetenformer* und den Planeten zurasen ließen und wenn der *Planetenformer* sich dann plötzlich doch zur Seite bewegte, würden sie alles verlieren.

Es dauerte mehrere Stunden, um die Geschwindigkeit zu verlieren, die sie innerhalb mehrerer Stunden aufgebaut hatten, doch schließlich bewegte sich das Archie-Schiff wieder auf den *Planetenformer* zu. Der hatte inzwischen die Venus fast erreicht.

Abby hatte größte Anstrengungen unternommen, um den Archies weitere Informationen zu entlocken. Eins der Rätsel, für das sie nun eine Erklärung gefunden hatte, war das Schweigen der Archies auf ihre früheren Kontaktversuche. Da sie nur eine einzige Muttersprache besaßen, hatten die Archies größte Schwierigkeiten, mit anderen Spezies zu kommunizieren. Ihre Überwachungssysteme achteten auf physikalisch beobachtbare

Probleme, die mit den Lebenserhaltungssystemen zusammenhingen, wenn die Wasserversorgung zum Beispiel eine Stadt zu überfluten drohte, aber sie hatten sich überhaupt nicht um mögliche Kommunikationsversuche gekümmert, da sie davon ausgingen, daß sie sie ohnehin nicht verstehen würden.

Matt schien es, daß sie sich durchaus größere Mühe hätten geben können. Ihre mangelnden Erwartungen hatten Ketten geschmiedet, die wirksamer als jedes Gefängnis waren.

Während Abby weiter mit der Archie-Kommandantin sprach, ging Matt zu Bobby Joe. »Es gibt da noch etwas, das ich nicht verstehe. Wenn ich an die Schule zurückdenke, erinnere ich mich an Kursberechnungen, die die planetaren Umlaufbahnen in Betracht zogen. Auf diesem Schiff scheint man auf solche Dinge überhaupt nicht zu achten. Was ist mir entgangen?«

»Die Energie. Dieses Schiff kann so schnell beschleunigen, daß die Schwerkrafteinflüsse der Planeten nicht mehr als Hintergrundrauschen sind. Wenn man Monate braucht, um von einem Planeten zum anderen zu gelangen, muß man berücksichtigen, wo der Planet stehen wird, wenn man dort eintrifft. Wenn die Reise nur Stunden dauert, hat der Planet kaum Zeit gehabt, sich von der Stelle zu bewegen.«

Matt nickte. Er hatte einen steifen Nacken, weil er die meiste Zeit zum Deckenbildschirm hinaufgestarrt hatte. Im Zentrum der Darstellung standen jetzt vergrößerte Bilder des *Planetenformers* und der Venus. Die Venus war ein gelblicher Gasball, dessen Bild sich plötzlich veränderte, bis es fast wie eine Aufnahme des Jupiters aussah. Jetzt zeigte das Bild große Wirbel aus dünnen Wolken, die sich von der dunkleren Planetenoberfläche absetzten.

»Ich hätte nicht erwartet, daß der *Planetenformer* sich so weit genähert hat, daß er schon etwas bewirken kann«, sagte Matt.

»Ich glaube nicht, daß er irgend etwas bewirkt hat«, sagte Bobby Joe. »Ich schätze, die Archies haben das Bild lediglich auf Ultraviolett-Empfindlichkeit umgeschaltet.«

Hinter dem *Planetenformer* und der Venus stand ein vergrößertes und gedämpftes Bild der Sonne. Ihre Oberflächenhelligkeit war so weit reduziert worden, daß sie nur wenig heller als die Venus wirkte. In der Nähe des Äquators war ein riesiger Sonnenfleck zu erkennen. Am unteren Rand der Scheibe ereignete sich ein Ausbruch in Zeitlupe und schob sich etwa den halben Radius der Sonne weit in den Raum hinaus. Der strahlende Hof um die Sonne, den Bobby Joe als Korona bezeichnet hatte, blähte sich zum Doppelten des Sonnenradius auf und verwandelte die Sonne in ein kosmisches Spiegelei, dessen gelber Dotter von durchscheinendem Eiweiß umgeben war.

»Oh, Gott! Nein!« sagte Bobby Joe. »Es ist wieder Fütterungszeit.«

Matt sah, wie der erste Archie seinen Platz verließ und zum Essenswagen hinüberging, der durch eine kleine Tür hereingefahren kam. Nachdem der erste Archie eine Schale mit etwas, das für Matt wie Haferbrei aussah, abgeholt hatte, kamen die nächsten in der Rangordnung, um sich ihre Mahlzeit zu holen, bis schließlich die Kommandantin sich ihren Teil holte.

Inzwischen produzierten alle Archies auf der Brücke die grauenhaften Sauggeräusche, während sie den Haferbrei zu sich nahmen. Diese Nahrung schien einen hohen Wassergehalt zu besitzen, denn Matt sah keinen der Archies etwas trinken. Bobby Joe verzog bei den Geräuschen das Gesicht. In regelmäßigen Zeitabständen verschwanden die Archies einer nach dem anderen, um sich um ihre Körperausscheidungen zu kümmern. Doch soweit Abby in Erfahrung bringen konnte, schliefen die Archies nicht. Sie machten gelegentlich eine Art Nickerchen oder eine Ruhepause, wobei sie sich entspannten, aber bei vollem Bewußtsein blieben. Abby hatte ihnen noch nicht verständlich machen können, was Schlaf war.

Matt wünschte sich, Menschen hätten dieselbe Eigenschaft. Er hatte sich kurz hingelegt, als er einen Punkt erreichte, wo er nicht mehr auf den Beinen stehen konnte, und selbst jetzt noch fühlte er sich erschöpft und konnte die Augen kaum aufhalten. Neben einem tranceartigen Gefühl waren sein Herzschlag beschleunigt und seine Aufmerksamkeitsspanne verkürzt – deutliche Symptome der ständigen Überspannung.

Auf der Anzeige über ihm veränderte sich die Linie, die bis vor kurzen vom *Planetenformer* auf die Venus gezeigt hatte. Sie verwandelte sich in einen Kreis, der die Venus einschloß. Schon bevor Abby seine Vermutung bestätigte, wußte Matt, daß der *Planetenformer* eine Umlaufbahn um die Venus eingeschlagen hatte. Das Archie-Schiff würde immer noch ein paar Stunden brauchen, um ihn einzuholen. Die Vorstellung, daß sie schon die Hälfte der Strecke überwunden hatten und bereits wieder verzögerten, obwohl sie immer noch versuchten, den *Planetenformer* so schnell wie möglich einzuholen, war sehr frustrierend.

Zumindest spürten sie nichts von der Verzögerung, da das Archie-Schiff nach Bobby Joes Einschätzung mit einem internen Trägheitsfeld ausgerüstet sein mußte. Bobby Joe hatte ihm erklärt, daß ein Schiff, das sich innerhalb von Stunden durch das Sonnensystem bewegte, eine Beschleunigung entwickeln mußte, bei der jeder im Innern des Schiffes an den Wänden plattgedrückt wurde, wenn es kein entsprechendes Schutzfeld gab. Er hatte zwar keine Ahnung, wie das Innere vor den Kräften der Beschleunigung abgeschirmt wurde, vermutete aber, daß dieser Prozeß fast genauso viel Energie verbrauchte wie die Beschleunigung selbst.

Ein Wandbildschirm zeigte eine Nahaufnahme der Venus und des *Planetenformers*, der auf seiner Umlaufbahn gerade hinter dem Planeten verschwand. In Abständen von zehn Sekunden feuerte der *Planetenformer* Geschosse, die Leuchtspuren hinter sich herzogen, in die Wolkendecke der Venus.

Hinter dem Schiff sah man eine Serie von hellen Blitzen unter der obersten Wolkenschicht, als würde ein Gewitter mit hoher Geschwindigkeit über die Planetenoberfläche rasen. Die Blitze ließen die Wolken gründlich aufleuchten und in Bewegung geraten. Die Bilder erinnerten an Unterwasserexplosionen im Gefolge eines Minensuchhubschraubers, nur daß jede dieser Explosionen einen Bereich von mehreren hundert Kilometern umfassen mußte.

Nach jedem achten oder zehnten Leuchtgeschoß erfolgte ein hellerer Blitz, als würde der *Planetenformer* verschiedene Arten von Geschossen zum Einsatz bringen. Schon nach einigen Minuten waren die gewohnten Wolkenwirbel in der Atmosphäre sichtlich in Unordnung geraten.

»Allmächtiger!« sagte Bobby Joe leise.

Abby kam von einem Gespräch mit der Kommandantin zurück. »Sie sagt, der *Planetenformer* hat mit der ersten Phase der Umwandlung begonnen. In dieser Phase wird alles Leben auf der Oberfläche, in der Atmosphäre und im Wasser vernichtet. Wenn ich es richtig verstanden habe, wirft der *Planetenformer* Material ab, das große Mengen von Sauerstoff und vielleicht auch Kohlendioxid absorbiert. Es speichert die Gase für längere Zeit, bis sie langsam wieder in die Atmosphäre entlassen werden.«

»Auf der Venus gibt es nicht viel ungebundenen Sauerstoff«, sagte Bobby Joe, »aber, wenn ich mich recht erinnere, sehr viel Kohlendioxid. Wenn sie einen großen Teil der Venusatmosphäre binden, könnte der Planet sich auf eine angenehme Temperatur abkühlen. Es wäre dann immer noch eine Menge Arbeit nötig, um ihn bewohnbar zu machen, je nachdem, für welche Lebensform sie gedacht ist.«

Abby schüttelte den Kopf. »Das konnte ich bis jetzt noch nicht herausfinden. Ich bin mir nicht sicher, ob es ein Vokabelproblem ist. Aber ich glaube nicht, daß der *Planetenformer* sich nur mit Planeten abgibt, bei denen ein Erfolg garantiert ist. Offenbar versucht es der *Planetenformer* mit jedem Planeten, der in etwa den Kriterien entspricht, ganz gleich, ob seine Erbauer später wirklich etwas damit anfangen können oder nicht.«

Rudy warf Matt einen Blick zu und schüttelte traurig den Kopf. »Offenbar sind die Wesen, die dieses Schiff gebaut haben, gar nicht so verschieden von uns.«

Shirley Tandler-Gomez wählte neun-eins-eins und wartete. »Wenn die Laser der Shuttles nicht genug Energie haben, um das große Schiff zu beschädigen, sollte man sie vielleicht alle gleichzeitig einschalten und auf einen Punkt richten.«

»Da ist er«, sagte Bobby Joe.

Matt blickte wieder auf den Bildschirm und sah, wie der *Planetenformer* hinter der Venus auftauchte. Unter ihm folgte die Kette aus Feuerbällen in der Atmosphäre nach, die jetzt deutlicher als vorher zu erkennen war. Außerdem gab es kleinere Explosionen im Vakuum über der Flughöhe des *Planetenformers.*

Dahinter bildete sich eine dunkle Wolke, die etwa fünfmal so hoch über dem Planeten stand wie die Atmosphäre hinaufreichte. Nach einigen Minuten hatte Abby von der Kommandantin erfahren, daß die Wolke vermutlich aus stabilem Rauch bestand, der im Orbit als Sonnenschirm die auftreffende Menge an Sonnenlicht reduzieren sollte. Wenn der Planet jemals wirklich besiedelt werden sollte, mußte die Tageslänge durch eine Anordnung aus Schirmen und Spiegeln im Orbit künstlich verkürzt werden.

Während sie zusahen, erschien auf dem Bildschirm nebenan ein vergrößertes Bild des *Planetenformers.* Das Bild wurde immer mehr vergrößert, bis es den Bildschirm fast ganz ausfüllte. Auf etwa zwei Dritteln der glänzenden Oberfläche spiegelten sich die Sterne, auf dem restlichen Drittel die zitronengelben Wolken der Venus.

Das Bild wurde weiter vergrößert, bis Matt plötzlich glaubte, einen dunklen Fleck auf einem der tränenförmigen Kleeblätter zu erkennen. Der unbekannte Archie, der den Bildausschnitt bestimmte, hatte offenbar dasselbe bemerkt, denn die Darstellung verschob sich, bis der dunkle Fleck in der Mitte lag und noch näher herangeholt wurde.

»Was ist das?« fragte Rudy.

»Ich weiß es noch nicht«, sagte Matt. »Aber es könnte etwas Gutes sein.«

Die Menschen sahen zu, bis der Fleck die Hälfte des Bildschirms ausfüllte und weiter anwuchs.

»Wahnsinn!« rief Bobby Joe. Mehrere Archies schnatterten durcheinander, entweder als Reaktion auf den Lärm oder weil sie ebenfalls Hoffnung geschöpft hatten.

Matt wurde bewußt, daß er bis über beide Ohren grinste. In der Außenhülle des Schiffs befand sich ein Loch, wo die tote Stadt eingeschlagen war. Der dunkle Fleck, den sie sehen konnten, war ein Teil des Innenlebens des *Planetenformers.* Das Schiff war noch funktionstüchtig, aber es war nicht mehr unverletzlich.

18

Kosmische Sprengmeister

Vielleicht haben wir doch noch eine Chance«, sagte Matt flüsternd. Ein Teil dessen, was einen guten Soldaten ausmachte, war die ständige Suche nach möglichen Wegen zum Erfolg. Ein anderer Teil war das Wissen, wann man sich ergeben mußte, um die Verluste gering zu halten. Im stillen hatte er sich Sorgen gemacht, daß der *Planetenformer* keinerlei Schwächen aufwies, die sie für ihren Vorteil nutzen konnten.

Der dunkle Fleck an der Seite des *Planetenformers* bewies, daß das Schiff verletzlich war. Goliath blutete.

»Denkst du dasselbe wie ich?« fragte Rudy.

»Kann sein.«

»Wenn das ein Loch in der Hülle ist, dürfte das Schiff bei einem zweiten Angriff genau an dieser Stelle besonders verwundbar sein.«

»So daß wir es jetzt mit den Lasern probieren könnten?«

»Genau.«

Matt drehte sich zu Abby um. »Wir müssen die Kommandantin überzeugen, daß sie jetzt bereit sein muß, zumindest ein paar Shuttles zu opfern. Sie sieht den Schaden genauso gut wie wir. Nachdem sich uns hier und jetzt eine Chance bietet, dieses Ding endgültig aufzuhalten, müßte sie eigentlich bereit sein, sie zu nutzen. Wir haben ihr erzählt, daß wir ihr Schiff zerstören würden, wenn sie nicht kooperiert, ob sie es nun glaubt oder nicht. Versuch an ihr Schuldgefühl zu appellieren, falls sie so etwas kennen. Sie haben indirekt die Rasse in der Stadt getötet, die wir auf den *Planetenformer* geworfen haben. Diese Sache muß ein Ende haben.«

Abby nickte. »Ich werde mir Mühe geben.«

Während Abby zur Archie-Kommandantin hinüberging, trat Richard an Matts Seite. Richards Stirn glänzte vor Schweiß.

Matt sagte: »Du siehst aus, als hättest du etwas zu sagen.«

Richard nickte. »Wenn die Archies ein paar Shuttles losschicken, können sie mit den Lasern vielleicht ausreichenden Schaden anrichten. Vielleicht aber auch nicht. Bisher scheint es, daß die Laser gegen Spiegel nicht viel ausrichten können.« Richard schluckte.

»Und?«

»Und ich meine, daß die Aussichten auf Erfolg viel besser stünden, wenn ein Shuttle dort eindringen würde, mit einer zusätzlichen Waffe an Bord: Sprengstoff. Und dafür ist offensichtlich ein Experte nötig.«

Matt blickte Richard lange genug an, um dem Mann noch eine Chance zu geben, sein Angebot zurückzunehmen, bevor Matt schließlich sagte: »Darf ich das so verstehen, daß du dich freiwillig für diese Mission meldest?«

»Ja, Sir!«

Matt nickte. »Du bist ein guter Mann, Richard. Ich sage Abby, sie soll feststellen, ob das geht.«

Richard blinzelte ein paarmal und schluckte. Matt war froh, daß der Mann so nervös aussah, wie Matt sich fühlte. Das war ein Anzeichen geistiger Gesundheit. Jeder, der bei diesen Aussichten nicht nervös wurde, war entweder verrückt oder unqualifiziert – oder beides.

Matt trat neben Abby, die gerade mit der Kommandantin redete. Bei der ersten Gelegenheit, die sich bot, bat er sie zu fragen, ob ein Mensch neben der Archie-Crew in einem Shuttle Platz hätte. Sie hob die Augenbrauen, stellte aber die Frage.

»Ja«, sagte Abby, nachdem sie die Antwort erhalten hatte. Während ihr Gesicht bleicher als gewöhnlich aussah, fragte sie Matt vorsichtig: »Reden wir von dir?«

»Nein. Von Richard.«

Abby atmete tief durch und blinzelte.

»Jetzt sag der Kommandantin, daß dieser Mensch Sprengkörper mit sich führen soll, so wie die, die dieses Schiff beschädigt haben. Die Vorräte, die wir mitgebracht haben, sind im Augenblick als einzige verfügbar.«

Als Abby mit der Kommandantin sprach und ihre eigene Stimme gelegentlich aus dem Übersetzungscomputer kam, glaubte Matt, er könne sehen, was in den Gedanken der Kommandantin vor sich ging. Ihr würde es nicht gefallen, einen Menschen an Bord eines Shuttles loszuschicken, und es würde ihr auch nicht gefallen, Angriffsmaßnahmen durchzuführen, die den *Planetenformer* womöglich darauf hinwiesen, daß das Archie-Schiff eine Gefahr darstellte, die Gegenmaßnahmen erforderte. Was der Kommandantin hingegen gefallen würde, wäre die Gelegenheit, den Sprengstoff von Bord des Mutterschiffs zu schaffen.

Nach einer Weile stimmte die Kommandantin zu. Abby sagte: »Ich bin überrascht. Als ich versuchte, Schuld als Druckmittel einzusetzen, hatte ich den Eindruck, daß sie darauf sogar besser reagierte als auf unsere bisherigen Drohungen.«

Matt hörte ihre Worte, aber seine Gedanken beschäftigten sich mit Richard. Ihm wurde kalt, wie jedesmal, wenn es darum ging, einen Mann in den sicheren Tod zu schicken. Es war fast, als würde er selbst den Abzug betätigen. Er hielt sich nicht mit Rechtfertigungen auf, daß Richard sich freiwillig gemeldet hatte oder daß die Aktion für das Überleben aller notwendig war. Statt dessen sagte er lautlos: »Gott steh dir bei, Richard.«

Zu Abby sagte Matt. »Kannst du Richard mit einem kleinen Vokabular ausstatten? Handzeichen oder etwas ähnliches. Nur damit er Dinge wie ›vorwärts‹, ›rückwärts‹ oder ›halt‹ mit ein paar Gesten mitteilen kann, die die Archies verstehen werden.«

Abby nickte. »Wie stehen die Chancen?«

»Ich weiß es nicht. Nicht sehr gut. Aber das darf deine Handlungen auf keinen Fall beeinträchtigen.«

Abby zögerte. Matt wußte, daß ihr klar war, was auf dem Spiel stand, aber es war niemals einfach, jemanden in die Schlacht hinauszuschicken. Er sagte: »Ich habe früher mal Handball gespielt. Wenn mein Gegner mir weit unterlegen war, habe ich mich oft zurückgehalten. Manchmal habe ich ihn trotzdem haushoch besiegt. Manchmal war der Sieg nur knapp. Und manchmal habe ich gegen einen unterlegenen Spieler verloren. Solche Freiheiten darf man sich im Krieg nicht erlauben.«

»Ja, Sir«, sagte sie schließlich.

»Ich glaube, ich weiß sehr genau, was in dir vorgeht.« Damit ging er von ihr fort, teils weil das Gespräch beendet war, teils weil er sich ohne Zuschauer ein Staubkörnchen aus dem Auge reiben wollte.

Eine heisere Stimme sprach zu einem der Angestellten, die die Notrufleitungen besetzten. »Wenn diese Spinnen das Zeug, aus dem sie die Kuppeln nachen, und etwas Silbriges nehmen und daraus riesige Hohlspiegel bauen, könnten sie das Sonnenlicht so bündeln, daß das andere Schiff zu Asche zerbrutzelt wird.«

Richard verstärkte seinen Griff um eine Haltestange des Einschienenbahnwagens, als das Fahrzeug an einem Teil des Schiffes vorbeiraste, den er bisher noch nicht zu Gesicht bekommen hatte. Er war nicht mehr so schnell gefahren, seit Manhattan entführt worden war. Der Fahrtwind brannte ihm in den Augen, die bereits unter dem Schlafentzug litten.

Als er mit zusammengekniffenen Augen im Wind dasaß, kam er sich irgendwie heldenhaft vor, wie ein Admiral zur großen Zeit der Seefahrt, dem die salzige Gischt ins Gesicht spritzte, während er blinzelnd nach Land Ausschau hielt.

Der Archie, der neben ihm saß, zerstörte diese Illusion und brachte das Zittern zurück, das Richard die meiste Zeit über hatte unterdrücken können. Zumindest würde der Archie nicht wissen, daß es bedeutete, daß Richard Angst hatte. Wie reagierten die Archies, wenn sie Angst hatten? Bekamen sie überhaupt jemals Angst?

Matt mußte es beim Abschied gut begriffen haben, daß Richard keineswegs der unerschütterliche Felsen war, der er gern gewesen wäre. Zumindest hatte Bobby Joe nicht bemerkt, wie seine Fassade einen Riß bekommen hatte. Richard hätte keine dummen Sprüche von Bobby Joe mehr ertragen können.

Das einzige, was er wollte, war Anerkennung, Freundschaft, Respekt. Die unterkühlte, unnahbare und professionelle Art schien Richard Respekt zu verschaffen, aber sie verhinderte gleichzeitig jede Freundschaft. Richard wußte das, aber er wußte nicht, wie er etwas daran ändern sollte.

Der Wagen raste an einer Reihe großer Spiralen vorbei, die sich vom Boden bis zur Decke hinaufwanden. Richard war sicher, daß der Wagen sich viel schneller bewegte als die anderen Wagen, die er bisher auf den Schienensträngen gesehen hatte. Er stieß mit dem Fuß gegen den Rucksack voller Werkzeuge für seine Arbeit, um festzustellen, ob er noch da war.

»Was starrst du mich so an?« sagte er plötzlich zu dem Archie, der neben ihm saß. Der Augenstiel hatte sich Richard zugedreht, statt auf den Weg zu blicken, der vor ihnen lag. Dieser Archie trug Kleidung mit schmalen blauen und roten Streifen, die vor Richards Augen flimmerten.

Der Archie schnatterte eine kurze Erwiderung, die Richard auf keinen Fall verstehen konnte. Plötzlich hatte er das Gefühl, daß seine Interaktionen mit Menschen in der letzten Zeit genauso voller Mißverständnisse wie dieser kurze Wortwechsel verlaufen waren, genauso fremdartig wie der Archie neben ihm, der mit seinem Körper auf einem Sitz hockte, der die zwei Segmente tragen konnte, und der seine Beine darum verschränkt hatte. Als Richard nichts mehr sagte, drehte sich der Augenstiel wieder nach vorn, und Richard fragte sich kurz, ob sich auch die Ohren der Archies auf diesem Augenstiel befanden – ein groteskes biologisches Äquivalent zum Multifunktionsschalter in Autos, mit dem sich Blinker und Scheinwerfer kontrollieren ließen.

Er dachte weiter über die Situation nach, während er absichtlich nicht überlegte, was geschehen würde, wenn der Wagen anhielt. Er war ein ganz durchschnittlicher Mensch. Warum schaffte er es nicht, sich in der Gesellschaft anderer Menschen wohl zu fühlen? Bestimmt war er im Prinzip genauso wie alle anderen Menschen, hatte dieselben Wünsche und reagierte auf ähnliche Situationen gleich. Warum konnte er sich, wenn nötig, nicht fragen, wie er in einer bestimmten Situation reagieren würde, um daraus zu schließen, was sich ein anderer dabei dachte?

Aber er wußte, daß die Dinge nicht so einfach lagen. Ansonsten wäre er längst verheiratet gewesen. Er hatte sich große Mühe gegeben, sich in die Situation anderer Menschen zu versetzen, doch allzuoft hatten die anderen Menschen – und sogar Shirley – genau das Gegenteil von dem getan, was er gedacht hatte, selbst wenn er geglaubt hatte, über alle relevanten Informationen zu verfügen.

So war er jetzt hier gelandet und stand kurz davor, das zu tun, wovor er am meisten Angst hatte, während er vorgab, keine Angst zu haben. Aber das war immer noch besser, als wenn die Leute ihn für einen Feigling hielten.

Der Wagen begann abzubremsen. Vor ihnen glitt eine Tür in einem riesigen Zylinder auf, der bis zur Decke hinaufreichte. Bald war es klar, daß der Einschienenwagen nicht mehr anhalten konnte, bevor er den Zylinder erreicht hatte. Und so fuhr er geradeaus durch den Eingang und hielt im Innern an, unter einer Decke, die nicht höher als fünf Meter war. Der Archie blieb sitzen, also stand auch Richard nicht auf.

Die Tür schloß sich hinter dem Wagen, der plötzlich aufzusteigen begann. Eine halbe Minute später ließ die Schwerkraft nach und setzte dann wieder ein, als der Wagen sich nicht weiter aufwärts bewegte. Eine Tür öffnete sich direkt vor dem Wagen, und der Archie berührte eine Kontrolle am Fuß des Sockels, auf dem sein Sitz befestigt war.

Der Wagen setzte sich langsam in Bewegung, durch die Tür hindurch, die sich hinter ihnen schloß. Er blieb auf einem Flugdeck stehen, wie es aussah. Acht schwarze Shuttles standen im Halbkreis um den geparkten Wagen. Jedes Schiff war etwa zur Hälfte in einer Vertiefung im Boden des Decks versunken. Oben an der Decke befand sich ein weiterer Bildschirm. Die Sterne leuchteten noch intensiver als in den Nächten, die Richard auf der Farm verbracht hatte. Vier Archies machten sich an einem der Shuttles zu schaffen, wobei sie Geräte benutzten, die mit Kabeln und Schläuchen verbunden waren, welche bis zu einer Öffnung in der gegenüberliegenden Wand führten. Ein großes Poster oder vielleicht auch ein Bildschirm an einer anderen Wand zeigte das Panorama eines außerirdischen Planeten, der von einer dicken Wolkenschicht bedeckt war. Richard brauchte einen Moment, bis er erkannte, daß die Wolken als Projektionsfläche benutzt wurden. Aber er konnte nicht sagen, ob die seltsamen Zeichen und kleinen Szenen zur Werbung, zur Unterhaltung, als Straßenkarten oder für irgend etwas ganz anderes dienten.

Richard betrachtete ein Shuttle in der Nähe. Türen waren an den Seiten des Raumschiffs angebracht, so daß die Böden der Luken auf gleicher Höhe mit dem Deck waren. Zahlreiche Türrahmen waren ringsum an den Wänden des runden Raumes zu erkennen, als würden sich dahinter Ersatzteile und Ausrüstungsgegenstände befinden. Ein unangenehmer Gestank wie nach brennendem Maschinenöl hing in der Luft.

Der Archie stieg aus dem Wagen und ging auf einen der Shuttles zu, zum Glück nicht das, an dem gerade gearbeitet wurde. Dann streckte der Archie ein Hinterbein in Richards Richtung aus und machte eine verblüffend menschenähnliche Geste, indem er ihn mit einem kleinen Finger aufforderte, ihm zu folgen. Zweifellos hatte er das während Abbys kurzer Unterrichtsstunde gelernt. Richard schnallte seinen Rucksack um und zeigte dem Archie seinen aufgereckten Daumen, was dieser nun als ein ›Okay‹ verstehen müßte.

Obwohl die meisten Archies sehr elegant wirkten, hatte dieser Archie einen merkwürdigen Watschelgang. Richard mußte ein nervöses Grinsen unterdrücken. Gott wußte, daß er selbst auch nicht gerade ein Bild der Anmut abgab. Er hatte sich immer Mühe gegeben, gelassen, beherrscht und sicher zu wirken, aber sein Körper hatte ihn immer wieder im Stich gelassen, so daß er ein Wort in einem ansonsten perfekt formulierten Satz wiederholen mußte oder daß er stolperte, wenn er stolz darauf war, wie fachmännisch er seinen letzten Auftrag erledigt hatte. Wenn er gerade eine Bombe entschärfte oder einen Zünder anbrachte oder eine sonstige der Tätigkeiten am Abgrund des Todes durchführte, die sein Beruf mit sich brachte, und wenn ihm der Schweiß von der Stirn lief, konnte sein Gehirn den Rest seines Körpers irgendwie dazu bringen, ihn nicht im Sich zu lassen. Und sein Körper gehorchte ihm in diesen Situationen bestens. Wenn sein Leben davon abhing, wie er sich verhielt, war er gut, sogar ausgezeichnet. Aber wenn es nur den *Anschein* hatte, daß sein Leben von seiner Leistung abhing, kam er sich vor wie Charlie Chaplin in einer seiner absichtlich tolpatschigen Vorstellungen.

Der Archie watschelte durch die offene Luke in einen Shuttle, und Richard wurde plötzlich klar, wie riesig es war, zumindest von außen. Es war fast einen Häuserblock lang und vermutlich halb so breit. Zu achtzig Prozent mußte es im Deck versunken sein.

Richard folgte dem Archie durch einen schmalen Gang, der

den Archie dazu zwang, sämtliche Gelenke zu strecken, wodurch er viel größer wurde. Der Gang bog nach rechts ab, setzte sich ein paar Meter weit fort und führte dann schräg nach unten direkt ins Zentrum des Shuttles.

Das Licht, das von hinten in den Gang gefallen war, wurde schwächer, und in Richards Ohren knackte es, als sich der Druck veränderte. Die Luke hatte sich ohne ein Geräusch geschlossen, und das Raumschiff steigerte vermutlich automatisch den Luftdruck auf einen etwas höheren Wert.

Die Neigung des Ganges stellte für den Archie kein Problem dar, wohl aber für Richard. Er wäre beinahe die letzten Meter hinuntergerutscht, während er versuchte, die kleinen Fingergriffe über seinem Kopf zu fassen und seine Schuhe gegen schmale Spalten im geneigten Boden zu drücken.

Der Geruch nach rohem Fisch und schimmeligem Käse wurde immer strenger, und Richard fühlte sich in dieser Enge unwohl. Zum ersten Mal fragte er sich, was die Archies eigentlich aßen. Der Archie hatte den Mittelpunkt des Schiffes erreicht und saß nun auf einer Bank ähnlich wie die im Einschienenbahnwagen. Richard hatte mit einem stabilen Sessel und Sicherheitsgurten gerechnet, aber als er darüber nachdachte, wurde ihm klar, daß der Shuttle vermutlich dasselbe System zur Abschirmung der Beschleunigungskräfte besaß, das nach Bobby Joes Worten auch im Mutterschiff installiert war.

Als der Archie in der eiförmigen Zentrale Platz genommen hatte, war eigentlich nicht mehr viel Platz für einen menschlichen Passagier übrig. Richard zwängte sich hinter dem Archie in die Kabine und versuchte eine Stellung zu finden, die seine Blutzirkulation nicht allzusehr behinderte.

Die runde Hülle der Kabine erinnerte entfernt an das Cockpit eines Flugzeugs, nur daß die Schalter nicht eine solche Vielfalt im Design aufwiesen. Tausende von kleinen Lichtern waren wie ein Koordinatennetz vor dem Augenstiel des Archies ausgebreitet. Knapp unter jedem Licht befand sich eine Vertiefung, in die ein Archie bequem seinen Finger drücken konnte. Rund um den Sockel, auf dem der Körper des Archies ruhte, waren zwei Reihen zu je acht Knöpfen angebracht.

Der Archie beschäftigte sich mit den Kontrollen, wobei er

mindestens vier Beine oder Arme gleichzeitig benutzte, um hier und dort kurz auf eine Kontrolle zu drücken. Manchmal veränderte eine Lampe über der Kontrolle ihre Farbe, oder eine blinkende Lampe leuchtete anschließend in ständigem Licht. Genau vor dem Archie schob sich eine silbrige Kugel aus dem Boden, als würde sie von einem Magnetfeld nach oben getragen.

Der Augenstiel des Archies drehte sich kurz zu Richard um und schwenkte dann wieder nach vorn. Richard konnte nicht feststellen, ob sein Pilot Angst hatte. Er drückte auf eine weitere Kontrolle, und ein achteckiger Bildschirm erhellte sich vor ihm. Genau im Mittelpunkt des Bildschirms war die Archie-Kommandantin zu sehen und neben ihr Abby.

Der Archie schnatterte etwas, und die Kommandantin antwortete. Abby sagte: »Ich kann dich sehen, Richard. Kannst du uns sehen?«

»Ja. Kannst du mich auch hören?«

Die Archie sprachen wieder miteinander, und Abby sagte: »Sie werden noch drei weitere Shuttles starten. Wenn sie sich dem *Planetenformer* genähert haben, werden die drei anderen Schiffe ihn unter Beschuß nehmen und Ablenkungsmanöver fliegen. Der Pilot deines Schiffes wird sich mit abgeschaltetem Motor herantreiben lassen, wie ein verirrter Asteroid, damit er nicht sofort als Gefahr eingestuft wird. Sie glauben, die Hülle des *Planetenformers* ist so fest, daß man nicht einmal auf den Beschuß durch die drei Schiffe reagieren wird, aber das ist nicht sicher.«

»Klingt gut.« Richard versuchte gelassen zu wirken, während er einen metallischen Geschmack im Mund hatte. War diese Vorgehensweise wirklich sinnvoll?

Kurz darauf fragte Abby. »Bist du bereit?«

Richard nickte. »Alles klar.«

»Dann viel Glück!«

Bobby Joe trat plötzlich ins Blickfeld. Auf seiner Glatze spiegelten sich diffuse Reflexe der Beleuchtung auf der Brücke. »Richard?« Er zögerte. »Ich wünsche dir alles Gute!«

Richard schluckte. »Danke.« Bisher hatte er nichts auf Bobby Joes Urteil gegeben, aber jetzt fühlte er sich plötzlich anerkannt, und bei dieser unerwarteten Empfindung errötete er.

Die Archie-Kommandantin schnatterte etwas.

Der Archie-Pilot faßte die silbrige Kugel mit zwei Händen.

Plötzlich hing Richard im All. Der größte Teil des Shuttles war auf einmal verschwunden, oder besser, war durchsichtig geworden. Der Bildschirm zeigte immer noch Abby und die Kommandantin auf der Brücke, und die Kontrollampen waren auch noch da, aber der Rest des Raumschiffs schien sich plötzlich in Glas verwandelt zu haben. Richard hielt den Atem an.

Unter ihm war die Vertiefung im Boden des Decks deutlich zu erkennen. Sie sah aus wie ein großer leerer Swimmingpool; mehrere dunkle Schrammen waren offensichtlich durch Landungen des Shuttles verursacht worden.

Der Archie-Pilot hielt die Kugel mit zwei Händen und zog sie schnell nach oben. Obwohl Richard keinerlei Beschleunigung spürte, wurde sein Magen plötzlich nach unten gedrückt. Das riesige Mutterschiff fiel unter dem Shuttle weg, als wäre es von einer riesigen Kette auf der anderen Seite fortgerissen worden. Richards Wahrnehmungen waren einen Augenblick lang verwirrt, und er brauchte mehrere Sekunden, um zu erkennen, was geschehen war. Der Shuttle hatte sich offenbar gerade sehr schnell nach oben bewegt. Die Abwesenheit jeglicher Beschleunigungskräfte erschwerte es, diese Tatsache zu akzeptieren, aber sein Verstand sagte ihm, daß es wirklich der Shuttle war, der sich bewegte.

Fast überall war er jetzt von Sternen umgeben. Sie standen über und unter dem Shuttle, so daß Richard fühlte, als würde er ohne Raumanzug im Weltall schweben und dabei noch atmen können. Innerhalb einer Sekunde war der schwarze Umriß des Archie-Schiffs zu einem dunklen Punkt vor der überraschend nahen Scheibe der Venus mit den stürmischen gelben Wolken geschrumpft. Es war, als hätte er einen Jagdbomber mit einem Schleudersitz verlassen.

Richard und der Archie-Pilot saßen im Schein einer Sonne, die sogar noch größer als sonst wirkte, trotzdem aber nicht sehr hell wirkte, was vermutlich auf irgendeine ausgetüftelte Filterung zurückzuführen war.

Der Pilot drückte auf einen Schalter und außerhalb des Shuttles bildete sich ein Koordinatennetz, als befände sich der

Shuttle im Zentrum eines riesigen Globus mit Längen- und Breitengraden. Der Archie drehte die silbrige Kugel. Die Sterne verwischten, und das Schiff drehte sich im All in eine neue Richtung. Ein Vektor, der entlang der Schiffsachse ausgerichtet war, näherte sich einer gepunkteten Linie, die sich relativ zum Sternenhimmel nicht bewegt hatte, bis beide Linien sich deckten.

Richard erkannte schließlich einen weiteren Grund, warum seine Wahrnehmungen ihn so beharrlich glauben ließen, das sich das große Archie-Schiff, das jetzt nur noch ein winziges Achteck vor den Wolken der Venus war, von ihnen wegbewegt hatte. Im Shuttle herrschte fast absolute Stille. Wenn Richard aufmerksam lauschte, konnte er nur seinen eigenen Atem und ein schwaches Zischen hören, das vermutlich von der Luftversorgung herrührte. Daneben hörte er noch ein leises Knacken, das ihn an einen Schmelzofen erinnerte, dessen Metall sich bei der Erwärmung langsam ausdehnte.

Drei orangefarbene Punkte erschienen neben dem Shuttle und ein rotes vierblättriges Kleeblatt am Ende des Vektors, der die Richtung anzeigte, in die ihr Shuttle sich bewegte. Die drei anderen Schiffe nahmen eine Dreiecksformation ein und rasten davon. Ihr Angriffskurs entfernte sich immer weiter von der Flugbahn des Shuttles, in dem Richard mitflog.

Richard schluckte mehrmals, als das Kleeblatt immer größer wurde und dabei immer mehr Sterne verdeckte. Es war nicht mehr nur ein rotes Symbol, er konnte jetzt wirklich die glänzenden Oberflächen des Schiffes erkennen. Die anderen drei Shuttles näherten sich dem *Planetenformer* auf einem Kurs, der im Winkel von mehr als neunzig Grad zu ihrem versetzt war. Richard fragte sich, wie nahe sie sein mußten, um ihre Laser einsetzen zu können, und wunderte sich, warum er noch keine Schüsse sehen konnte. Doch dann verstand er, daß er sie niemals sehen würde, solange sie nicht von der Hülle des *Planetenformers* in ihre Richtung reflektiert wurden. In der verschmutzten Luft über Manhattan hatten einige Beobachter sie als schwaches Schimmern wahrgenommen, doch hier im luftleeren Raum gab es keine Partikel, die das Licht reflektieren konnten oder im Energiestrom verdampft wurden.

Der *Planetenformer* wurde immer größer, bis er die Hälfte des Sternenhimmels verdeckte. Durch die gewölbte und spiegelnde Oberfläche wirkte er sogar noch bedrohlicher, als wenn er nur eine gleichmäßige Farbe gehabt hätte. Sie waren ihm jetzt so nahe, daß die Sterne sich deutlich erkennbar über die Oberfläche des Schiffs bewegten, während sich ihr Blickwinkel verschob.

Richard blickte auf den Bildschirm über seinem Kopf. Matt war neben Abby und die Kommandantin getreten. Alle drei schwiegen. Das war in Ordnung, denn Richard hatte jetzt kein Bedürfnis nach einem Gespräch.

Allmählich konnten sie auch das dunkle Loch erkennen, wo die Stadt die Schiffshülle zerstört hatte. Es sah aus wie ein schwarzes Kariesloch in einem glänzenden Zahn. Sie kamen näher.

Eins der Shuttles löste sich in weniger als einer Sekunde in nichts auf, wie die Zeitrafferaufnahme einer sich verflüchtigenden Mottenkugel. Also schien sich der *Planetenformer* doch zu wehren. Richard betete, der Shuttle möge im Kampf gegen den *Planetenformer* vernichtet worden sein, nicht bloß, weil es ihm zu nahe gekommen war.

Die Archie-Kommandantin sprach. »Wir haben zwei der Shuttles verloren«, übersetzte Abby leise.

Der dunkle Fleck vergrößerte sich, umringt von verzerrten Sternenbildern. Richard zwang sich dazu, sich nicht über die Stirn zu wischen.

Größer, immer größer. Der dunkle Fleck füllte ein Drittel seines Gesichtsfelds aus.

»Wir haben soeben den dritten Shuttle verloren«, sagte Abby.

Sie kamen dem riesigen Loch in der Schiffshülle immer näher. Es mußte etwa zehn Häuserblocks groß sein.

Dann erstreckte sich das Loch von unten bis nach oben, und Richard befürchtete plötzlich, daß sie nicht schnell genug abbremsen konnten, bevor sie an irgend etwas im Innern zerschmettert wurden.

»Alles in Ordnung?« fragte Abby unvermittelt.

»Ja. Warum?« Richard blickte auf die Oberfläche des Shuttles hinunter und erkannte den Grund für ihre Frage.

»Unsere Sensoren zeigen an, daß euer Shuttle getroffen wurde.«

»Es scheint so. Aber wir beide haben nichts abbekommen.«

Unter ihm hatte ein Teil des durchsichtigen Schiffs die matte Konsistenz eines Badezimmerfensters angenommen. Der *Planetenformer* hatte sie offenbar doch als Gefahr eingestuft und sie beschossen, aber jetzt war es zu spät. Richard atmete tief durch.

Sie waren jetzt innerhalb des Lochs. Alles war dunkel, nur ein wenig Sternenlicht drang durch das Loch hinter ihnen ein. Dann wurde es im Innern plötzlich hell.

Richard blinzelte in der unerwarteten Helligkeit. Zuerst befürchtete er, die Innenbeleuchtung des *Planetenformers* hätte irgendwie auf sie reagiert, aber er konnte keine Lichtquellen erkennen. Offenbar ging das Licht vom Shuttle aus.

Aber auch das schien nicht der Fall zu sein. Er konnte deutlich Schatten an den fernen Innenwänden erkennen. Wenn das Licht von seinem Standort ausging, müßte es jeden Winkel ausfüllen, der von hier aus sichtbar war. Schließlich erkannte er, daß der Archie-Pilot offenbar irgendeine Bildaufhellung aktiviert hatte. Der unbekannte Prozeß, der den Shuttle durchsichtig erscheinen ließ, war verstärkt worden, so daß das Sternenlicht und sonstige schwache Lichtquellen in helles Licht verwandelt wurden.

Gott sei Dank bewegte sich die Lichtempfindlichkeit der Archie-Augen etwa im selben Bereich wie bei einem Menschen. Andernfalls würde er jetzt vielleicht in völliger Finsternis sitzen.

Das Innere des Schiffs sah aus, als wäre es gewachsen oder von einem Bildhauer geformt worden, überhaupt nicht wie ein technisches Gebilde. Richard kam sich nicht wie in einem Raumschiff vor, sondern als wäre er in die Eingeweide eines riesigen Monstrums eingedrungen.

Er blickte auf das Loch zurück, durch das sie hereingekommen waren. Der Umriß wies nicht die gebogenen Metallränder eines Artillerietreffers auf. Statt dessen wirkte die Schiffshülle einfach nur sauber aufgeschnitten, als hätte ein Geschoß ein gestrafftes Stück Fleisch durchstoßen und das getroffene Gewebe einfach mitgerissen.

Trümmer aus Stein und Baumaterial, sowie Leichen aus der zerstörten Stadt trieben am Rand des Innenraums. Offenbar war der größte Teil der zertrümmerten Masse aus dem Loch gedriftet, als der *Planetenformer* bei der Annäherung an die Venus abgebremst hatte. Was sich noch im Innern befand, mußte von Streben oder Wänden zurückgehalten worden sein.

Vor ihnen befand sich ein großes Loch in einem Gebilde, das Richard an das Innere eines Herzens erinnerte. Mehrere große Arterien verliefen in verschiedene Richtungen und waren so stark gekrümmt, daß er nicht erkennen konnte, wohin sie führten. Im Vergleich dazu war der Shuttle nicht größer als eine Blutzelle. Offensichtlich hatte der Einschlag der Stadt auch dieses Loch gerissen.

Der Archie-Pilot richtete seinen Augenstiel auf Richard und schnatterte. Richard hatte keine Ahnung, was er ihm sagen wollte, aber kurz darauf übersetzte Abby: »Er möchte wissen, wohin du willst.«

»Könnt ihr sehen, was ich sehe?«

»Ja«, sagten Abby und Matt gleichzeitig.

»Habt ihr einen Vorschlag?«

Sekunden später sagte Matt: »Nein. Du mußt die Wahl treffen.«

Richard zeigte auf irgendeine Röhre, die über ihnen verlief.

Der Pilot bewegte den silbrigen Ball, worauf der Shuttle elegant in die Röhre glitt und sich genau im Zentrum vorwärtsbewegte. Richard blickte zum Bildschirm hinauf und war erleichtert, daß immer noch eine Verbindung zum Archie-Schiff bestand. Er hatte befürchtet, die Übertragung würde unterbrochen, wenn sie tiefer in den *Planetenformer* eindrangen.

Richard öffnete seinen Rucksack und durchsuchte das, was ihm noch geblieben war. Neunzig Prozent des Inhalts bestand aus Plastiksprengstoff. Außerdem hatte er zwei Zeitzünder mitgebracht, von denen er zunächst nur einen benutzen wollte. Vielleicht änderte er noch seine Meinung, je nachdem, was sie hier vorfanden, aber zunächst machte er alles für eine einzige große Sprengladung bereit. Er stellte den Zeitzünder auf vier Minuten ein, aktivierte ihn aber noch nicht. Erst als er damit fertig war, erkannte er, was die ganze Zeit in seinem Unterbewußtsein an ihm genagt hatte. Er hatte sich nicht auf das eigentliche Problem konzentriert: Der Shuttle besaß keine Luftschleuse, und er hatte auch keinen Druckanzug.

Richard schluckte. »Ich habe hier ein kleines Problem. Wenn es soweit ist, muß ich wahrscheinlich ohne Raumanzug aussteigen. Könnt ihr feststellen, wie schnell der Pilot den Shuttle wieder mit Luft füllen kann und wie lange ein Archie es ohne Luft aushält?«

Abby und Matt tauschten nervöse Blicke aus, und Abby sprach mit der Kommandantin. Sie mußte noch ein paarmal nachfragen, weil es offenbar einige Unklarheiten über die Zeiteinheiten gab. Schließlich sagte Abby: »Ein Archie hält es anscheinend für etwa fünf oder zehn Minuten ohne Luft aus. Das ist die gute Nachricht. Die schlechte lautet, daß der Shuttle für die Archies entworfen wurde. Deshalb dauert es mehr als eine Minute, um wieder Normaldruck zu erreichen. Für sie ist das eine ausreichende Sicherheitsspanne.«

»Ich denke, das könnte ich schaffen«, sagte Richard. Er wirkte ruhiger als er in Wirklichkeit war. »Ich habe schon ein paarmal in seichtem Wasser gearbeitet, wo wir nur mit Schnorchel und nicht mit einer Taucherausrüstung ausgestattet waren. Ich glaube, ich kann meinen Atem lange genug anhalten, und selbst wenn es in den letzten Sekunden schwierig wird, weiß ich doch, daß es wieder Luft geben wird. Es besteht ja nicht die Gefahr, daß ich Wasser schlucke, wenn sich der Luftdruck zu langsam aufbaut. Und wenn ich schnell bin, habe ich den Sprengstoff vielleicht schon deponiert, bevor alle Luft entwichen ist.«

Mehrere Sekunden lang, nachdem Richard gesprochen hatte, konnte er nur daran denken, was für ein Idiot er gewesen war, als er sich freiwillig gemeldet hatte. Warum hatten sie nicht etwas mit mehr Durchschlagskraft – einen Atomsprengkopf zum Beispiel? Er war im Vergleich zum *Planetenformer* so winzig, daß er sich vorkam, als wollte er einen ganzen Planeten mit einer Leuchtpistole sprengen. Wenn sie doch nur etwas finden würden, das wie ein Kontrollzentrum aussah!

Richard betrachtete die Wände des Tunnels, während sie tiefer in das Schiff vordrangen. Die Wände waren geriffelt wie ein alter Kühlschlauch. Der Archie-Pilot hatte seinen Laser an mehreren Stellen der Wand ausprobiert. Die Einschußlöcher hatten sich nach wenigen Sekunden wieder geschlossen. Zehn Sekunden später sah die Tunnelwand wieder völlig unversehrt aus.

»Wir sollten die Laser für später aufheben«, sagte Richard. Abby leitete die Anweisung weiter, worauf der Archie einen Finger von den Kontrollen zurückzog. Richard stellte fest, daß jedes Gelenk des Archies mit einem dünnen Ring aus silberfarbenem Fell umgeben war.

Vor ihnen erschien eine Kreuzung, und als sie diese erreichten, brachte der Archie-Pilot den Shuttle zum Stillstand, so daß sie im Kreuzungspunkt der fünf Röhren schwebten. Schließlich sagte Richard ihm, er sollte geradeaus weiterfliegen. Sie würden vielleicht nie wieder aus diesem Labyrinth herausfinden, wenn sie zu oft abbogen.

Der Tunnel wurde allmählich enger. Zuerst hatte er vielleicht den zwanzigfachen Durchmesser des Shuttles gehabt, und bald hatte er sich auf das Zehnfache reduziert. Sie folgten einer sanften Kurve, bis sie eine Stelle erreichten, wo der Tunnel durch eine graue Membrane blockiert wurde.

»Frag mal, ob wir uns dort hindurchschneiden können«, sagte Richard.

Sekunden später bildete sich ein heller roter Punkt auf der Wand vor ihnen. Die Wand wurde dunkler, und Richard hoffte bereits, daß sie sich tatsächlich hindurchschneiden konnten, als plötzlich die ganze Wand zurückwich.

»Heiliger Strohsack!« brummte Richard.

Hinter der verschwundenen Wand lag ein riesiger kugelförmiger Raum, dessen Durchmesser ein Vielfaches des Tunnels betrug. Andere Röhren führten von hier aus in jede mögliche Richtung, so daß die Mündungen, von denen einige geschlossen, andere geöffnet waren, die Hälfte des Raumes einnahmen. Der Shuttle schwebte durch den geöffneten Durchgang.

Etwa im Zentrum schwebte eine grau und rot gesprenkelte Kugel, die kleiner als der Shuttle war. Ein Dutzend Fäden verbanden sie mit Verankerungspunkten an den Wänden. Als sie sich näherten, erkannte Richard, daß es gar keine richtige Kugel war, sondern daß sie eher aus flachen Segmenten bestand, aus Achtecken, die sich mit Quadraten abwechselten. Das Objekt pulsierte langsam, wie ein deformiertes Herz.

»Das ist unser Ziel«, sagte Richard. Abby sprach mit der Kommandantin, die mit dem Piloten redete, obwohl Richards ausgestreckter Zeigefinger bereits eine recht deutliche Anweisung darstellte. Während sie weiter in den riesigen Raum vordrangen, blickte Richard hinter den Shuttle, um später den Tunnel wiederfinden zu können, durch den sie hereingekommen waren.

Sie kamen näher. Das Herz zog sich alle paar Sekunden zusammen und glänzte im verstärkten Licht, das in diesem Raum einen merklichen Rotstich aufwies.

»Er soll es zuerst mit dem Laser probieren«, sagte Richard.

Sekunden später legte der Pilot seinen Finger wieder auf die Laserkontrolle, und auf der Oberfläche der Kugel bildete sich ein geschmolzener Fleck. Nach fünfzehn Sekunden sah der Fleck immer noch genauso aus. Sie waren jetzt so nahe, daß Richard Einschnitte an verschiedenen Stellen der Oberfläche sehen konnte. »Das Ding muß auf irgendeine Weise die Hitze ableiten«, sagte Richard. »Oder es ist auf eine andere Weise sehr stabil. Hier drinnen scheint alles höchsten Belastungen standzuhalten. Er soll aufhören.«

Der Laser erlosch, und der geschmolzene Fleck nahm innerhalb einer Sekunde wieder sein gesprenkeltes Aussehen an.

»Der Pilot soll sich bereithalten, die Stricke durchzuschneiden, die das Ding im Zentrum halten, sobald ich fertig bin und die Luke wieder geschlossen ist.« Richard nahm seinen Rucksack, zwängte sich an dem Archie vorbei und begann den Korridor hinaufzukriechen. »Könnt ihr mich noch hören?«

»Ja«, rief Abby.

»Und jetzt?« Richard befand sich hinter der Ecke im mittleren Teil des Korridors. Er konnte den Piloten nicht mehr sehen. Offensichtlich war nicht die gesamte Schiffshülle durchsichtig geworden, sondern die Zentrale des Schiffes stellte lediglich einen hochentwickelten Bildschirm dar.

»Ja.«

Richard ging um die letzte Biegung und stand vor der Luke. Er suchte sich ein paar Stellen, an denen er sich festhalten konnte. »Und jetzt?« rief er.

»Ja«, hörte er leise Abbys Stimme.

»Er soll den Shuttle so heranmanövrieren, daß sich die Luke in der Nähe eines der Einschnitte auf der Kugel befindet. Wenn ich das Signal gebe, soll er die Luke öffnen. Sag ihm, daß er sie nach zwanzig Sekunden wieder schließen soll.«

»Wird gemacht.«

Richards Stirn war schweißüberströmt, während er eine halbe Minute abwartete, bis der Pilot das Schiff in Position gebracht hatte.

»Das Schiff hat die Position eingenommen«, sagte Abby.

Richard atmete ein paarmal tief durch, sowohl um sich zu beruhigen, als auch um seine Lungen mit Sauerstoff anzureichern. Lieber Gott, laß mich diese Sache heil überstehen! Schließlich brüllte er: »Jetzt!«

Die Luke glitt plötzlich zur Seite, und die Luft strömte nach draußen. Genau vor sich konnte Richard die häßliche gesprenkelte Oberfläche sehen und einen Einschnitt, der sich direkt vor der Luke entlangzog.

In seinen Ohren knackte es, und er versuchte schnell genug zu schlucken, um den Druckabfall auszugleichen. Vor seinen Augen wurde alles rot. Als der Luftstrom so weit nachgelassen hatte, daß er nicht mehr in Gefahr schwebte, einfach aus dem Schiff geblasen zu werden, griff Richard in seinen Rucksack und drückte die Kombination des Zeitzünders. Er wartete, bis er ihn einmal aufblinken sah, dann nahm er den Rucksack an einem Riemen, ließ ihn zweimal vor und zurück schwingen, um die Schwerkraft abzuschätzen, und schleuderte ihn dann in Richtung des Einschnittes.

Sein Sehvermögen reichte noch aus, um zu erkennen, wie sich der Rucksack im Spalt verkeilte. Dann schloß er die Augen. Seine Lungen drohten bereits zu platzen, und sein Kopf glühte. Er zog sich in den Korridor zurück und achtete darauf, daß er nicht die Luke blockierte, wenn sie sich wieder schloß.

Sein Zeitgefühl geriet durcheinander. Als die Luke endlich zuglitt, war er überzeugt, daß bereits fünf Minuten vergangen waren. Er hatte so langsam wie möglich Luft aus seinen Lungen gelassen, obwohl die Luft mit aller Kraft von allein durch seinen Mund und seine Nase entweichen wollte.

In seinen Ohren brannte ein furchtbarer Schmerz, und er konnte überhaupt nichts mehr hören. Bitte, Gott, mach, daß der Shuttle sich wieder mit Luft füllt!

In seinem Kopf drehte sich alles. Er hielt die Augen fest geschlossen, zum Teil wegen der Schmerzen, zum Teil weil er befürchtete, sie könnten im Unterdruck Schaden nehmen.

Schließlich konnte er nicht länger warten. Seine Lungen brannten. Er öffnete den Mund und versuchte Luft einzusaugen, aber da war nichts. Es war ganz anders als Wasser zu schlucken, aber nicht weniger erschreckend. Er hörte kein Geräusch, als sich seine Lungen ausdehnten und spürte keinen Widerstand der Luft, die durch seine Kehle drang. Es war einfach nichts da.

Das Schwarze vor seinen Augen begann zu flimmern.

Ein Pochen in Richards Ohren war das erste Zeichen, daß er tatsächlich noch am Leben war. Er bemerkte, daß er wieder atmete.

Seine Brust schmerzte, seine Augen brannten, und seine Ohren rauchten. Peinlich berührt stellte er fest, daß seine Hose feucht war.

Er hörte das Zischen von Luft. Er konnte hören!

Er öffnete die Augen. Der Shuttle-Korridor hatte immer noch einen Rotstich. Er kroch über den Boden zur Stelle, wo sich der Korridor absenkte und ihm der Augenstiel des Piloten entgegenstarrte.

»Ich hab's überstanden«, sagte er mit gebrochener Stimme. Entweder hatten seine Ohren sich noch nicht erholt, oder seine Stimme hatte einen Oktavsprung nach oben gemacht.

Undeutlich hörte er von irgendwo zwei oder drei menschliche Stimmen rufen: »Gott sei Dank!«

Richard kroch den geneigten Korridor auf Händen und Knien hinunter. Er hatte die Hälfte geschafft, als er den Halt verlor und den Rest des Weges hinunterrollte. Sein Sturz wurde abgebremst, als er gegen den Piloten prallte. »Tut mir leid«, sagte er. *Du verdammter Tolpatsch,* dachte er bei sich.

Erstaunt stellte er fest, daß die vier Minuten noch nicht abgelaufen waren. Der Pilot hatte den Shuttle in die Nähe der Kugelwandung zurückgezogen. Der Laser zielte offenbar auf einen der Stränge zwischen der Kugel und den Wänden, weil ein heller Punkt mitten auf dem Strang glühte.

Richard blickte auf seine Uhr. Als er wieder nach vorn sah, öffnete sich eine der anderen Tunnelmündungen, und acht Shuttles kamen in den Raum geschwebt. Zuerst dachte Richard, daß es Archie-Shuttles waren, aber man hätte ihn sicher informiert, wenn noch acht weitere Shuttles ins Innere gedrungen wären.

Eins der Schiffe mußte auf ihr Shuttle gefeuert haben, denn plötzlich wurde ein weiterer Bereich der Hülle matt und undurchsichtig.

»Was zum Teufel ist hier los? Diese Shuttles sehen genauso wie Archie-Shuttles aus!« sagte Richard in dem Augenblick, als der Sprengstoff an der Kugel detonierte.

19

Plan Neun

Matt war wie erstarrt, als er den Bildschirm beobachtete und Richards Worte durch die Brücke hallten. Matt spürte das Entsetzen, das in Richards Stimme gelegen hatte, geradezu körperlich. Die heranrückenden Shuttles sahen tatsächlich genauso aus wie die, die von den Archies benutzt wurden. Sie waren ebenfalls schwarz und klobig, obwohl sich am vorderen Ende zwei helle Lichtkreise befanden. Sie sahen aus wie Scheinwerfer, aber Matt war überzeugt, daß es sich um Waffen handelte. Ohne diese Lichter wären sie nicht von den Raumfahrzeugen der Archies zu unterscheiden gewesen. Wie Richard schon sagte: Was zum Teufel war hier eigentlich los?

Der angrenzende Bildschirm zeigte, was mit der rötlichen Kugel im Zentrum des riesigen Raums geschah. Die Sprengladung wirbelte kleine Trümmer und rote Klümpchen durch den Raum, die sich überall verstreuten, als hätte jemand eine Schüssel mit roter Gelatine gesprengt. Teile verschwanden in den wenigen Röhren, die offenstanden, während der Rest auf die Wände oder die verschlossenen Tunnelmündungen geschleudert wurde. Das meiste blieb dort kleben, doch einige Stücke prallten ab und trieben quer durch den Raum zurück.

Die Hälfte der Kugel war verschwunden. Auf einer Seite befand sich nur noch ein großer unregelmäßiger Krater. Die restliche Halbkugel trieb vor und zurück, während die Halteseile die Bewegung allmählich abfingen. Die Stränge mußten als Versorgungsschläuche für die Regeneration der Kugel dienen, denn sie waren jetzt sichtlich angeschwollen. An einigen Stellen konnte Matt erkennen, daß die Stränge sich wie Blutgefäße verhielten, weil sie eine Flüssigkeit von innen zur Oberfläche der Kugel transportierten. Der größte Bereich der Kugel begann sich schon wieder zu glätten.

Gleichzeitig schwärmten die acht eingetroffenen Schiffe aus, als wollten sie aus verschiedenen Richtungen angreifen. Auf dem Bildschirm brüllte Richard: »Bring uns hier raus!« Abby übersetzte sofort für die Kommandantin, aber Matt war sicher, daß der Archie-Pilot bereits reagiert hatte, bevor die Übersetzung zu ihm gelangt war. Während sich der Shuttle in Bewegung setzte, eröffneten die angreifenden Schiffe das Feuer. Ein roter Lichtstrahl von einem der Schiffe traf den Shuttle, worauf die Außenhülle in dieser Richtung matt wurde. Überall in Richtung der Angreifer bildeten sich Flecken, wo die Durchsichtigkeit plötzlich nachließ, als würden schmutzige Regentropfen auf eine saubere Glasscheibe fallen.

»Nein, nicht da! *Den* hier!« Richard zeigte auf den Tunneleingang neben dem, auf den der Pilot zuhielt.

Matt hielt den Atem an. Die einzigen Geräusche auf der Brücke waren die Übertragung von Richards Shuttle.

Weitere unscharfe Flecken bildeten sich auf der Hülle, in immer schnellerer Folge. Der Shuttle schaffte es zu keinem der Tunnel. Als es nur ein paar Sekunden von der relativen Sicherheit selbst eines falschen Tunnels entfernt war, kam ein lautes Krachen über den Lautsprecher.

Nur eine Wiederholung in Zeitlupe konnte die schrecklichen Ereignisse verdeutlichen. Die Hülle des Shuttles riß auf, und noch bevor die Luft gänzlich entweichen konnte, drangen die Laserstrahlen bis ins Innere vor. Eine Flamme strich über die Inneneinrichtung, wie der Bunsenbrenner eines Wissenschaftlers, der das offene Ende eines Reagenzglases erhitzt. Gnädigerweise dauerte die Übertragung von diesem Punkt an nur noch einen Sekundenbruchteil, so daß Richard wahrscheinlich nicht einmal mehr Zeit zum Schreien hatte.

Sie war mit dem letzten Bild angehalten worden, und auch der Bildschirm, der einen besseren Blick auf die angreifenden Schiffe zeigte, erstarrte im selben Moment.

Matt schloß vor Schmerz die Augen. Er spürte, wie Abby neben ihm zusammensackte, und er legte ihr einen Arm um die Schultern, ohne sie anzusehen. Von irgendwo kamen schluchzende Geräusche. Bobby Joe rief: »Verdammt!«

Matt zwang sich, die Augen wieder zu öffnen. Der Bildschirm, den sie betrachtet hatten, war jetzt schwarz. Auf einem der anderen Bildschirme war zu sehen, daß der *Planetenformer* sich immer noch in der Umlaufbahn um die Venus befand und Leuchtgeschosse in die Atmosphäre feuerte, als wäre überhaupt nichts Bedeutendes im Innern seiner beschädigten Hülle vorgefallen.

Matt sagte leise zum leeren Bildschirm: »Es tut mir leid, Richard. Du hast alles getan, was in deiner Macht stand.«

Abby wischte sich die Tränen ab, als Matt sich zu ihr umdrehte. Er ließ ihr einen Moment Zeit, sich zu erholen, bevor er sprach. »Sag der Kommandantin, daß wir wissen wollen, warum das Innere des *Planetenformers* von Schiffen geschützt wird, die genauso wie die Shuttles der Archies aussehen.« Während Matt sprach, bemerkte er, daß der Augenstiel der Kommandantin auf ihn gerichtet war.

Abby nickte, atmete ein paarmal durch und sprach dann in ihren Übersetzungscomputer. Nachdem sie ihre Frage gestellt hatte, schien es auf der Brücke stiller als je zuvor zu sein.

Nach einer langen Pause – Matt glaubte bereits, daß die Kommandantin eine Antwort verweigern würde – sprach sie schließlich doch. Matt hörte die Antwort, die mit Abbys Stimme aus dem Computer kam: »Die Archies erbauten den *Planetenformer.*«

Plötzlich waren mehrere aufgeregte Stimmen gleichzeitig zu hören. Julie kam mit ihrer Minikamera näher.

Matt ballte seine Hände zu Fäusten. »Also war das Ganze nur eine Farce? Sie tun nur so, als wollten sie ihn aufhalten?«

David Suth starrte auf den riesigen Sony-Bildschirm an der Südseite des Times Square, der über den Underwood Channel die Bilder von der Brücke übertrug. Die Menge um ihn herum war bei der Zerstörung des Raumschiffs mit Richard an Bord entsetzt verstummt, und jetzt spürte David Zorn über diesen Verrat. Die Menge begann zu toben, und die Rufe übertönten fast eine Minute lang den Ton, der von der Brücke übertragen wurde. In den nächsten fünfzehn Sekunden hörte David nur, wie die Leute sich gegenseitig zuzischten, sie sollten still sein.

Eine junge Stimme am Telefon sagte: »Diese Spinnentypen sollen das Zeug nehmen, mit dem sie die Kuppeln machen. Dann bauen sie daraus eine dicke Wand zwischen dem Raumschiff und der Erde. Oder sie machen eine gewaltige Kugel um die Erde, so daß die andern nicht rankönnen. Oder sie nehmen das schwarze Zeug, was unter der Erde ist, so daß man die Erde nicht mehr sehen kann. Vielleicht hauen sie dann ab.«

Fast jeder auf der Brücke war in Bewegung, lief entweder hin und her oder verlagerte einfach das Gewicht von einem Fuß auf den andern. Matt war so wütend über Richards Tod und die gleichzeitige Enthüllung, daß die Archies selbst den *Planetenformer* gebaut hatten, daß er sich zwingen mußte, einen Moment abzuwarten, um sich zu beherrschen, bevor er herauszufinden versuchte, was hier gespielt wurde.

Ohne daß man ihr weitere Fragen stellen mußte, begann die Kommandantin mit einer Erklärung. Abby ließ sich einige Sätze bestätigen, die aus dem Übersetzungscomputer kamen, und sagte: »Der *Planetenformer* stellt eine echte Bedrohung dar. Und sie sagt, daß die Archies wirklich versucht haben, ihn zu bekämpfen.« Es folgte weiteres Schnattern. Während die Kommandantin sprach, senkte sich ihr Augenstiel.

Abby sagte: »Sie wird uns weitere Informationen geben. Sie sagt, daß der *Planetenformer* von . . . von einer Unterart oder einer anderen Rasse der Archies gebaut wurde – auf jeden Fall von Archies. Das ist schon sehr lange her, und jetzt sehen sie darin einen schrecklichen Fehler. Sie sind nun wirklich dabei, einen großen Zerstörer zu bauen, der in der Lage sein soll, den *Planetenformer* zu eliminieren, aber er wird nicht rechtzeitig fertig sein, um den Welten zu helfen, die der *Planetenformer* in der nächsten Zeit aufsuchen wird. In der Zwischenzeit haben sie deshalb versucht, zumindest einen Teil der Populationen zu retten. Ich denke, der Grund, daß sie uns das nicht früher erzählt haben, ist der, daß sie sich dafür schämen.«

»Allmächtiger Gott!« rief Matt. Er holte tief Luft und sagte zu Abby: »Warum können sie den *Planetenformer* nicht einfach aufhalten? Ihn abschalten?«

Kurz darauf sagte Abby: »Er arbeitet vollautomatisch. Es gibt an Bord keine Archies, die ihn steuern. Sie haben ihn als völlig autarkes Schiff entworfen und ihn auf die Reise geschickt. Um die Möglichkeit auszuschließen, daß eine andere Rasse ihn ausschaltet oder für andere Zwecke einsetzt, haben sie ihn praktisch unzerstörbar gemacht. Offensichtlich gibt es eine Sicherheitssperre, die ihn davon abhält, Welten zu zerstören, die von Archies bewohnt werden.«

»Unglaublich! Das ist einfach unglaublich!« Matt blickte wieder auf den Bildschirm, auf dem der *Planetenformer* zu sehen war, der weiterhin die Venusatmosphäre bearbeitete. »Gibt es sonst noch etwas Wichtiges, das wir wissen sollten?«

Einen Moment später sagte Abby: »Sie sagt nein. Ich habe leider keine Möglichkeit, um festzustellen, wie ehrlich sie ist, aber mein Gefühl sagt mir, daß sie jetzt die Wahrheit sagt.«

»Ich verstehe einfach nicht, wie eine Rasse, die so etwas wie den *Planetenformer* gebaut hat, jetzt so hilflos und unfähig sein kann, mit den Konsequenzen zu leben.«

»Wir haben es hier nicht mit den Erbauern des *Planetenformers* zu tun. Wir haben es hier nur mit Weltraumbürokraten zu tun.

»Matt zog seine Augenbrauen hoch.

»Ich meine damit, die Kommandantin dieses Schiffs steht ebensowenig für ihre gesamte Rasse ein wie ich. Die Archies auf diesem Schiff sind einfach keine Soldaten. Sie wurden nach ihren Fähigkeiten ausgesucht, Städte zu retten und sie am Leben zu erhalten. Eine Besatzung, die gegen den *Planetenformer* kämpfen soll, würde nach ganz anderen Kriterien ausgesucht werden.

Das ist mir alles noch ziemlich neu, aber wenn ich es richtig verstehe, sind die Archies eine wesentlich ältere Rasse als wir. Vielleicht ist dieses Alter ein Grund, warum sie sich immer stärker spezialisiert haben. Im Vergleich zu ihnen sind wir Allround-Talente, und die Kommandantin hat das erkannt. Ich glaube sogar, daß das der Hauptgrund ist, warum sie bereit sind, unseren Anweisungen Folge zu leisten. Wir sind weit und breit die einzigen, die die Fähigkeit haben, sich außerhalb ihrer gewohnten Berufsanforderungen zu bewegen.«

Matt nickte, als er endlich verstand.

»Es gibt da etwas, das ich noch nicht verstehe«, sagte Rudy.

»Wenn Archies und Menschen unter denselben Umweltbedingungen leben können, warum sollte der *Planetenformer* dann irgend etwas auf der Erde verändern?«

Matt nickte Abby zu, damit sie die Frage weiterleitete.

Abby formulierte die Frage und hörte der Antwort zu. »Sie sagt, daß eine Aufgabe des *Planetenformers* darin besteht, sämtliches einheimisches Leben auszulöschen, sowohl auf dem Boden wie auch in den Meeren und in der Luft. Er sät neues Pflanzenleben auf dem Planeten aus, von denen ihr eigener Stoffwechsel existieren kann. Offenbar verbrennt der *Planetenformer* die Oberfläche, dann gefriert er sie und beginnt mit der Aussaat. Falls nötig führt der *Planetenformer* weitere Aufgaben durch. Die Venus ist zu heiß, also errichtet er einen großen Sonnenschutz im Orbit.«

»Das scheint er in diesem Augenblick gerade zu tun«, sagte Bobby Joe.

Matt sah auf den Bildschirm, den Bobby Joe betrachtete. Eine Reihe kleinerer Explosionen fand hinter dem *Planetenformer* statt, während das Schiff seine Umlaufbahn beschrieb. Hinter den Explosionen schien sich eine dunkle Wolke zu einem breiten Band auszudehnen, so daß sich ein sehr weiter, aber dünner Ring um den Äquator bildete, hoch über der natürlichen Wolkendecke der Venus.

»Ich möchte wissen, ob es sich bei diesem Zeug um eine Art festen Rauch handelt«, sagte Bobby Joe.

»Würde es in diesem Fall in einem stabilen Orbit bleiben?« fragte Rudy.

»Ich weiß es nicht. Vielleicht bleibt es nur so lange da oben, bis es nicht mehr gebraucht wird. Man kann bereits einen großen Teil der Oberfläche erkennen – dieser Fleck oben rechts. Wenn sie die Wolkendecke loswerden und einen Teil des Sonnenlichts abschirmen können, möchte ich wetten, daß die Venus sich ziemlich schnell abkühlen wird – zumindest relativ schnell. Ich glaube nicht, daß irgend jemand in den nächsten paar Jahren dort überleben könnte.«

»Heißt das, er ist fast mit der Venus fertig?« fragte Matt.

»Ja«, kam die Antwort von der Kommandantin.

»Wie wäre es mit einer Art Vogelscheuche?« fragte Bobby

Joe. »Wenn der *Planetenformer* so programmiert ist, daß er Welten verschont, auf denen Archies leben, können wir dann nicht schnell irgendwas mit der Erde machen, so daß der *Planetenformer* glaubt, sie wäre von Archies bewohnt?

Eine Weile später übermittelte Abby die Erwiderung der Kommandantin. Sie war fest davon überzeugt, daß ein solcher Plan keinen Erfolg hatte. Die Kriterien wurden nicht ganz klar, aber offenbar mußte eine Welt von Millionen von Archies bewohnt sein, bevor der *Planetenformer* entschied, sie in Ruhe zu lassen. Wenn die Archies eine neue Welt besiedelten, trafen sie dort, wie es schien, normalerweise mit einer großen Anzahl von Siedlern gleichzeitig ein.

»Seht mal!« sagte Rudy. Er zeigte auf den Bildschirm mit dem *Planetenformer.* Während vorher eine Ellipse um die Venus dargestellt worden war, zielte jetzt eine gerade Linie vom *Planetenformer* aus auf die Erde. Das Raumschiff bewegte sich sehr schnell von der Venus fort.

»Sie soll ihm folgen!« sagte Matt schnell zu Abby. »Diesen Abstand beibehalten.«

Abby gab die Anweisung an die Kommandantin weiter, die sie diesmal kritiklos befolgte.

»Wieviel Zeit haben wir noch, bis er die Erde erreicht?« fragte Matt.

Abbys Gesicht war bleich, als sie die Antwort weitergab. »Etwa drei Stunden.«

Matt holte tief Luft. »Können die Shuttles unser Tempo halten? Könnten sie genauso schnell beschleunigen wie dieses Schiff?«

»Die Antwort lautete: »Ja.«

»Ich möchte, daß alle Shuttles ausgeschleust werden. Sie sollen in der Nähe dieses Schiffes bleiben, sich aber für Manöver bereithalten.«

Diesmal hatte die Kommandantin Bedenken. Sie wollte nicht noch mehr Shuttles verlieren, sagte sie.

Matt sah die Archie-Kommandantin an, während er zu Abby sprach. »Wir müssen dieses Problem ein für alle Mal lösen. Wir dürfen mit solchen Diskussionen keine Zeit mehr verlieren. Erinnere sie daran, daß diese kleine Gruppe Menschen diesem

Schiff erheblichen Schaden zugefügt hat. Millionen von uns verfolgen jetzt jeden Schritt, den wir unternehmen. Und wenn in den nächsten paar Stunden irgendeine Anweisung abgelehnt wird, wird die Strafe dafür höher als das eventuelle Opfer sein, das diese Anweisung erfordert. Die Archies haben diese Sache ins Rollen gebracht, und es wäre besser, wenn sie dazu bereit wären, sie aufzuhalten.«

Matt sprach weiter. »Sag ihr, daß die Erde und die Menschen, die darauf leben, viel wichtiger sind als wir, und daß wir vor nichts zurückschrecken werden, um die Durchsetzung unserer Forderungen zu gewährleisten. Die Archies sind für das hier verantwortlich, und sie werden jedes Risiko eingehen, das wir von ihnen verlangen, um es wieder zu stoppen.«

Als Matt fertig war und Abby zur Kommandantin sprach, sagte Bobby Joe: »Vielleicht könnten wir doch versuchen, sie mit Bildern zu überzeugen. In Manhattan gibt es sicherlich irgendwo Archivaufnahmen von Atombombentests. Es dauert sicher nur einige Minuten, bis wir ihnen hier zeigen können, wozu wir imstande sind.«

»Guter Vorschlag. Aber was ist, wenn sie sagen: ›Toll – dann setzt es doch gegen den *Planetenformer* ein‹?«

»Schon gut«, sagte Bobby Joe.

Abby sprach in ihren Computer, der Schnatterlaute von sich gab, während Matt die Kommandantin anstarrte. Nachdem der Computer verstummt war, starrte die Archie ganze zehn Sekunden lang zurück, als versuchte sie, zu einem schmerzvollen Entschluß zu gelangen.

Matt sagte plötzlich zu Abby: »Sag ihr, daß dieses Schiff für die ursprüngliche Mission nutzlos geworden ist, da wir dem *Planetenformer* nicht folgen können, solange der Antrieb nicht repariert ist. Dies ist ihre erste Chance, etwas wirklich Sinnvolles zu tun, seit das Schiff gestartet ist. Das sind sie uns schuldig. Und erinnere sie daran, daß wir ihre einzige Hoffnung sind. Wir sind doch die Allround-Genies, nicht wahr? Wir sind im Augenblick die einzigen, die in der Lage sind, Entscheidungen zu treffen.«

Abby gab die zusätzlichen Anweisungen an die Kommandantin weiter.

Der Augenstiel der Kommandantin zuckte, als sie Matt ansah. Plötzlich zeigte sie ihm einen aufgereckten Finger, und Matt dachte: *Hoffentlich entspricht dieser Finger unserem Daumen und nicht dem Mittelfinger.* Die Kommandantin sagte etwas zu ihrer Crew und dann zu Abby.

»Sie hat's verstanden«, teilte Abby mit.

Nach einem weiteren Wortwechsel sagte Abby: »Ich bin mir ziemlich sicher, daß ich das hier richtig verstanden habe. Diese Besatzung besteht wirklich im wesentlichen aus Beamten. Sie wurden ausgebildet, um Städte zu retten, nicht um Krieg zu führen. Deshalb haben sie sich verweigert. Wie du schon sagtest, kann ihre Mission jetzt nicht fortgeführt werden, und da sie endlich davon überzeugt wurden, daß wir Experten in Kriegsführung sind, haben sie sich bereit erklärt, unseren Befehlen zu gehorchen.«

Matt nickte, kam sich aber überhaupt nicht wie ein Experte für die Kriegsführung im Weltall vor. Er gab sich Mühe, sich sein mangelndes Selbstvertrauen nicht anmerken zu lassen.

Nach einigen Minuten zeigten die Bildschirme etwa ein Dutzend Shuttles, die ins All hinaustrieben. Sie hielten sich parallel zum Mutterschiff auf demselben Kurs.

»Gut«, sagte Matt. »Jetzt sag ihr, wenn nichts von dem, was wir versuchen werden, funktioniert, wird unser letzter Ausweg darin bestehen, den *Planetenformer* zu rammen.«

Abby drehte sich um und gab die Botschaft weiter.

Eine Minute später sagte Abby: »Sie sagt: ›Du hast recht. Das ist unser Fehler. Wir sind zum Sterben bereit, aber was ist mit den Städten?‹«

»Sag ihr, das entscheiden wir später.« Als die Kommunikation abgeschlossen war, fragte Rudy leise: »Ist es dir völlig ernst mit dieser Möglichkeit?«

Matt schüttelte den Kopf. Er sprach laut genug, damit seine Stimme auch von Julies Minikamera und den Zuschauern in Manhattan verstanden werden konnte. »Erstens: Ich weiß nicht einmal, ob wir damit überhaupt etwas bewirken. Zweitens: Dazu brauche ich die Einwilligung der Bürgermeisterin. Drittens: In erster Linie geht es mir darum, daß die Archie-Kommandantin weiß, daß wir notfalls zu dieser Möglichkeit greifen würden. Falls die Archies noch irgendeine Waffe oder Idee haben, von der sie uns bisher nichts verraten haben, muß ich davon ausgehen, daß sie es uns jetzt sagen werden. Und ich bin mir ehrlich gesagt nicht sicher, wie wir sie dazu zwingen wollen. Wenn sie alle sterben, haben wir überhaupt keine Möglichkeit mehr.«

Matt nahm das Funkgerät und sagte: »Ich muß mit der Bürgermeisterin reden.«

Dorine meldete sich sofort. »Hier ist die Bürgermeisterin.«

»Wir müssen einiges klarstellen«, hörte sie Matt Sheehans Stimme. »Wenn ich Dinge tun sollte, mit denen Sie nicht einverstanden sind, müssen Sie sich sofort melden.«

»Ich weiß, wie man eine Stadt verwaltet, aber ich kann keinen Krieg führen. Manchmal scheint es fast dasselbe zu sein, aber das stimmt nicht. Wenn mir etwas auffällt, das mir absolut nicht in den Kram paßt, werde ich ins Horn stoßen, aber ich werde auf keinen Fall Ihre Autorität in diesen Dingen unterminieren. Sie haben meinen Segen.«

»Vielen Dank, Frau Bürgermeisterin. Nun zur Möglichkeit, das andere Schiff zu rammen. So viel uns daran liegt, die Erde zu retten, ich weiß trotzdem nicht, wie wir es rechtfertigen sollen, die einzigen Überlebenden Dutzender fremder Zivilisationen zu töten. Sie sind genauso Opfer wie wir. Ich wünschte, wir hätten die Zeit, mit weiteren Städten Kontakt aufzunehmen. Es wäre möglich, daß es dort irgendwo eine Waffe gibt, die uns weiterhelfen kann, die sie bisher jedoch nicht einsetzen konnten, weil sie damit ihre eigene Stadt zerstört hätten. Doch uns bleiben nur noch Stunden, keine Tage oder Monate.«

Dorine schluckte. »Tun Sie, was Sie tun müssen, wenn es einen Weg gibt, die Erde zu retten. Ich vertraue Ihrem Urteil.«

»Danke.«

Matt stellte das Funkgerät ab und atmete tief durch.

Rudy zog die Augenbrauen hoch. »Und was jetzt?«

»Ich weiß es nicht.« Matt wandte sich Abby zu. »Während

wir nachdenken, sag bitte der Kommandantin, sie soll vier der Shuttles nehmen und sie in sicherer Entfernung vom *Planetenformer* postieren. Dann sollen sie ihre Waffen auf das Loch in der Hülle richten. Sie sollen so lange hineinfeuern, bis wir ihnen sagen, daß sie aufhören können.«

Abby nickte.

»Gut«, sagte Matt. »Wir haben eine Menge Vorschläge aus Manhattan bekommen. »Einige mögen nicht durchführbar sein, andere wirkungslos. Wir müssen irgend etwas herauspicken, das die meisten Chancen auf Erfolg verspricht.«

Rudy blickte auf die Liste, die er angefertigt hatte. »Viele der Vorschläge fallen in allgemeine Kategorien. Einsatz von Waffen gegen die *Planetenformer.* Tricks, um ihn von der Erde abzulenken. Benutzung des Kuppelmaterials als Barriere.«

Bobby Joe starrte auf den Bildschirm. Matt folgte seinem Blick und sah, daß vier Shuttles sich in einiger Entfernung vom *Planetenformer* nahe beieinander in Position gebracht hatten.

»Abby, bring sie dazu, uns eine Nahaufnahme des Lochs zu zeigen, wenn du kannst.«

Kurz darauf zeigte ein anderer Bildschirm den gewünschten Blickwinkel. Es war unmöglich festzustellen, ob irgendein nennenswerter Schaden angerichtet wurde. Sie sahen nur ein pulsierendes rotes Leuchten, das sich an den Oberflächen in der Nähe der Einschußstelle spiegelte. Bobby Joe sagte: »Die Waffen des *Planetenformers* scheinen viel wirksamer als die Laser der Shuttles zu sein. Vermutlich weil sie wirklich als Waffen gedacht sind und nicht nur als Schneidwerkzeug. Ich frage mich, ob wir die Waffen des *Planetenformers* gegen ihn selbst einsetzen können.«

»Richtig!« sagte Rudy. »Mit Spiegeln!« Er sagte es in sarkastischem Tonfall, aber als er zu Ende gesprochen hatte, blickten er und Bobby Joe sich gegenseitig mit aufgerissenen Augen an.

»Vielleicht geht es wirklich!« sagte Rudy. »Das Material, aus dem sie die Kuppeln über den Städten herstellen. Wenn die Archies einen Winkelreflektor bauen könnten, spiegeln wir die Laser einfach zurück, wenn sie uns beschießen.«

»Erklär das bitte genauer!« sagte Matt.

»Ein Winkelreflektor ist eine Art Kasten aus drei Spiegeln,

die sich in rechten Winkeln treffen. Jeder Lichtstrahl, der auf einen der Spiegel trifft, wird in dieselbe Richtung zurückgeworfen, aus der er gekommen ist.«

»Richtig«, sagte Bobby Joe. »Selbst wenn sie den *Planetenformer* damit nicht zerstören können, hätten wir auf diese Weise einen Schutzschild. Dadurch könnten die Shuttles näher herankommen.«

»Wie stellen wir die Silberbeschichtung her?« fragte Matt.

»Vielleicht brauchen wir die gar nicht«, sagte Bobby Joe. »Es könnte sein, daß die Strahlen, die sie benutzen, schon vom Kuppelmaterial selbst reflektiert werden. Oder vielleicht haben die Archies irgendein Metall, das sie aufdampfen könnten. Mit dem Laser eines Shuttles könnte man das Zeug zum Kochen bringen, und dann drücken wir das Kuppelmaterial darauf. Wenn wir Glück haben, ist es nicht anders, als würde man flüssigen Lötzinn auf Glas tropfen lassen – es wird sich eine dünne Schicht bilden. Es wäre zwar noch kein Präzisionspiegel, aber es könnte ausreichen, um einen erheblichen Teil der Strahlung zu reflektieren.«

Matt sagte: »Mach dich an die Arbeit! Abby soll alle Anweisungen, die du für richtig hältst, weitergeben. Ich werde mir inzwischen überlegen, was wir als nächstes ausprobieren.«

»Als nächstes?« fragte Bobby Joe.

»Ja. Wir können nicht abwarten, bis wir festgestellt haben, ob das funktioniert. Dazu haben wir keine Zeit. Wir müssen noch einen Plan entwickeln, dann noch einen und noch einen. Wenn wir unglaubliches Glück haben, wird einer davon Erfolg haben. Wenn ein Wunder geschieht und zwei erfolgreich sind, dann kann man uns nur vorwerfen, einen Overkill veranstaltet zu haben. Aber das halte ich nicht für sehr wahrscheinlich.«

Bobby Joe und Rudy machten sich daran, Abby Anweisungen für die Archie-Kommandantin zu geben, und Matt sah sich Rudys Liste genauer an.

Nach wenigen Minuten stellte sich heraus, daß die Archies tatsächlich über nicht lebensnotwendige Ausrüstung verfügten, die sie als Rohmaterial opfern konnten. Die Kommandantin wies einige Mitglieder ihrer Besatzung an, die Sachen hinauszuschleusen, damit die Shuttles sie dorthin bringen konnten, wo sie gebraucht wurden. Zum Glück hatten sowohl der *Planetenformer* wie auch das Archie-Schiff die erste Beschleunigungsphase abgeschlossen, und bewegten sich nun mit konstanter Geschwindigkeit auf die Erde zu, so daß die Materialien nicht im Raum davontreiben würden.

Als Bobby Joe fertig war, sagte Matt: »Sobald wir ein Mittel zur Hand haben, scheint jede andere Strategie auf eben dieses Mittel zurückzugreifen. Dieses Kuppelmaterial . . . wir könnten eine ähnliche Technik einsetzen, um einen riesigen Spiegel zu bauen. Wie steht es mit den Lasern der Shuttles? Wieviel Hitze erzeugen sie im Vergleich zu einem entsprechenden Bündel aus gewöhnlichem Sonnenlicht?«

»Ich habe keine Ahnung. Aber vielleicht läßt sich das abschätzen. Warum?«

»Wenn wir einen gekrümmten Spiegel bauen könnten, der das Sonnenlicht über eine Fläche von einigen Quadratkilometern bündelt – oder auch Hunderten von Quadratkilometern – würden wir damit mehr Energie als mit den Lasern erzeugen können?«

»Sogar auf der Erde kann man eine Zigarette mit einem Parabolspiegel anzünden, der schätzungsweise nicht größer als eine Handfläche sein muß. Es könnte funktionieren. Wie ich schon sagte, wäre das Reflexionsvermögen nicht so gut wie bei einem richtigen Spiegel, aber das könnten wir durch eine größere Fläche ausgleichen. Wir bräuchten einen Parabolspiegel mit einem sehr weiten Brennpunkt, der, sagen wir mal, hundert Kilometer entfernt liegt. Ich werde mich mal drum kümmern. Die Archies mögen nicht als Kämpfer ausgebildet sein, aber die Shuttle-Piloten können das Kuppelmaterial ausgezeichnet manövrieren.«

»Gut. Dann los!«

Ein helles Funkeln machte Matt auf einen der Bildschirme aufmerksam. Ein Archie-Shuttle hatte bereits etwas Kuppelmaterial ausgestoßen. Matt beobachtete, wie das Schiff langsam drei ebene Flächen erzeugte, die den Teil eines Würfels bildeten. Offenbar ließ sich das Material im nicht festen Zustand leicht bearbeiten und miteinander verbinden. Schließlich gab eins der Shuttles einen hellen Lichtblitz von sich, der das Material zur Verfestigung brachte, und die Oberflächen nahmen das Aussehen von festem Glas an.

Der Shuttle feuerte mit dem Laser auf ein leuchtendes Objekt, das nicht zu identifizieren war. Der Laser schien in kurzen Abständen ein- und ausgeschaltet zu werden. Das Objekt begann matt-rötlich zu glühen, während es zu einer geschmolzenen Kugel kollabierte, die langsam rotierte.

Eine Minute später erfaßte der Archie-Shuttle die durchsichtigen Glasflächen und bewegte sie auf das geschmolzene Metall zu. Die Metallkugel traf genau auf die Ecke, wo die drei Flächen zusammenstießen, und schien zu explodieren. Als die Sicht wieder frei wurde, war zumindest die Hälfte der drei Flächen nicht mehr durchsichtig, sondern besaß einen metallischen Glanz. Sie hatten es geschafft, eine zumindest große Spiegeloberfläche zu erzeugen.

»Ja!« rief Bobby Joe.

Ein zweiter Shuttle war dabei, einen weiteren Winkelreflektor herzustellen. Weiter entfernt begannen zwei Shuttles offenbar damit, eine große Scheibe aus Kuppelmaterial zu einer riesigen dünnen Fläche auszudehnen. Als sie fertig waren, bewegte sich einer der Shuttles langsam auf die Mitte der Fläche zu, die sich daraufhin ausbeulte, als hätte man einen Stein auf ein Bettlaken geworfen. Die Krümmung sah allerdings noch nicht parabolisch aus, sondern eher kegelförmig.

Der Shuttle wich von der Fläche zurück, die nun langsam vom Kurs abzudriften begann. Das Schiff umflog das Gebilde und näherte sich von der anderen Seite dem Zentrum des Kuppelmaterials. Die spitze Ausbuchtung wurde allmählich flacher, und genau in dem Augenblick, als Matt glaubte, es hätte Parabolform erreicht, gab der andere Shuttle einen Lichtblitz von sich, der das Kuppelmaterial verfestigte. Die gewölbte Fläche hatte einen größeren Durchmesser als der *Planetenformer.*

Mehrere Shuttles hatten damit begonnen, Metall zu erhitzen, um damit die Oberfläche zu bedecken. Drei Shuttles begaben sich hinter die gewölbte Fläche und schoben sie auf die geschmolzenen Kugeln zu. Als sie aufprallten, bildeten sie riesige Flecken auf dem Kuppelmaterial, vermutlich weil sich das Metall zu einer sehr dünnen Schicht verteilt hatte. Als die

Shuttles mit dem Parabolspiegel fertig waren, gab Matt zwei anderen Shuttles neue Anweisungen.

Der Shuttle, der den ersten Winkelreflektor gebaut hatte, beschleunigte in Richtung des *Plantenformers*, nachdem er hinter dem Reflektor in Deckung gegangen war. Es erreichte einen Abstand, der den *Planetenformer* vermutlich dazu veranlaßte, ihn als möglichen Angreifer einzustufen. Im gleichen Augenblick machte sich das zweite Shuttle mit einem Winkelreflektor auf den Weg zum *Planetenformer.*

Am näheren Reflektor entstand ein Feuerwerk. Sekunden später standen zwei Tatsachen fest. Erstens: die Waffe des *Planetenformers* hatte einen Teil der Metallschicht auf dem Winkelreflektor verdampfen lassen. Und zweitens: eine beträchtliche Energiemenge war auf den *Planetenformer* zurückgeworfen worden. Ein matter Fleck war auf der Oberfläche des *Planetenformers* zu erkennen, wo die Hülle nicht mehr glänzte.

Der *Planetenformer* schoß auf den zweiten Winkelreflektor. Wieder verdampfte die Beschichtung der Spiegelfläche, und ein weiterer matter Fleck bildete sich auf der Schiffshülle.

»Der große Parabolspiegel ist fast einsatzbereit«, sagte Rudy.

Matt blickte auf den Bildschirm, den Rudy betrachtete. Ein riesiger Spiegel, der ein wenig an die Reflektoren alter Blitzlichter erinnerte, verdeckte ein Viertel des Himmels und gab ein verzerrtes Spiegelbild der Sterne wieder. »Gut. Die Kommandantin soll die Shuttles warnen, daß sie aus dem Weg gehen, und das Ding auf den *Planetenformer* richten.«

Abby gab die Anweisungen weiter. Die Shuttles an den Rändern der Spiegelfläche begannen das Objekt zu drehen.

Einer der Winkelreflektoren erhielt einen weiteren Treffer, und kurz darauf der zweite ebenfalls.

»Ich habe eine Idee«, sagte Matt. Er drehte sich zu Abby um. »Frag die Kommandantin, ob sie weiß, wo die Sensoren sitzen, mit denen das Schiff seine Umgebung wahrnimmt.«

Während Abby die Frage formulierte, wandte Matt sich an Rudy und Bobby Joe. »Wenn wir ihn blind machen können, haben wir ihn damit so gut wie zerstört. Könnten wir nicht das geschmolzene Metall nehmen und es auf die Sensoren schleudern?«

»Könnte klappen«, sagte Bobby Joe. »Gute Idee!«

»Seine Sensoren sitzen jeweils am äußersten Ende der vier Kleeblätter«, teilte Abby kurz darauf mit.

Matt erklärte ihr, was er versuchen wollte, und Abby übermittelte die Anweisungen.

»Oh, nein!« sagte Rudy.

Matt blickte auf den Bildschirm. Vor wenigen Sekunden waren darauf ein Archie-Shuttle und ein Winkelreflektor zu sehen gewesen. Das Kuppelmaterial war noch unversehrt, aber es war jetzt wieder fast völlig durchsichtig. Dem *Planetenformer* mußte es gelungen sein, den größten Teil der reflektierenden Schicht zu verdampfen, und den Shuttle, der sich dahinter verborgen hatte. Eine noch größere matte Fläche überzog einen Teil des *Planetenformers*, also hatte er einen Preis für diesen Schlag bezahlen müssen.

»Sie sollen noch zwei Winkelreflektoren bauen«, sagte Matt. »Und dann sollen sie sie einfach in Richtung des *Planetenformers* schleusen, ohne sie von einem Shuttle begleiten zu lassen. Wenn wir Glück haben, beschädigt sich der *Planetenformer* dadurch noch mehr.«

Minuten später war auf einem anderen Bildschirm zu sehen, wie ein Archie-Shuttle eine größere Metallmasse auf den Weg schickte. Als sich die Masse dem *Planetenformer* näherte, aktivierte der Shuttle seinen Laser und erhitzte das Metall, bis es glühte. Zweimal veränderte der Shuttle seine Position, offenbar um die Metallmasse auf Zielkurs zu halten.

Der zweite Winkelreflektor leuchtete auf. Der Shuttle, der ihn gesteuert hatte, zog sich gerade unbeschädigt zurück.

Abby sagte: »Die Kommandantin sagt, der große Spiegel wird gleich den *Planetenformer* treffen.«

Matt beobachtete den Bildschirm, wo der riesige Spiegel langsam zum Stillstand kam. Auf einem anderen Bildschirm war zu sehen, daß zwei weitere Shuttles neue Winkelreflektoren bauten.

»Ja!« rief Bobby Joe.

Der Bildschirm, auf dem der *Planetenformer* zu sehen war, zeigte einen grellen Lichtfleck auf dessen Außenhülle, der langsam weiterwanderte. Zuerst dachte Matt, die leuchtende Linie, die auf seinem Weg zurückblieb, wäre nur ein Nachbild auf seiner Netzhaut, doch Sekunden später stellte er fest, daß er sich geirrt hatte. Die große Hitze hatte tatsächlich die Hülle des Schiffs beschädigt. Gott sei Dank!

Doch der Dank war verfrüht, denn plötzlich begann sich der riesige Spiegel wieder zu drehen, als sich die Metallbeschichtung explosionsartig von der Rückseite der durchsichtigen Substanz löste. Offenbar feuerte der *Planetenformer* auf den Spiegel. Nach wenigen Sekunden war die reflektierende Schicht so gut wie verschwunden. Und der *Planetenformer* schoß immer noch auf das Kuppelmaterial, das dadurch immer weiter abgetrieben wurde.

Etwa zur gleichen Zeit kam der Klumpen aus geschmolzenem Metall, der von einem einsamen Shuttle gesteuert wurde, immer näher, bis er gegen das äußerste Ende eines der Kleeblätter traf. Es platschte auf die Oberfläche, breitete sich aus und blieb darauf haften. Ein großer unregelmäßiger Fleck verunstaltete die ehemals glänzende Oberfläche.

»Ja!« rief Bobby Joe. »Selbst wenn wir dieses Ding nicht völlig zerstören, haben wir ihm doch einen eindrucksvollen Kampf geliefert.

Matt blickte zum Deckenbildschirm hinauf. Die Erde war zu einem großen blau-weißen Ball angewachsen. Es reichte bei weitem nicht aus, wenn sie dem *Planetenformer* nur einen guten Kampf lieferten.

Der Shuttle am großen Spiegel begann, eine neue reflektierende Schicht aufzutragen, aber er war erst einige Sekunden lang damit beschäftigt, als er sich plötzlich aufzulösen begann.

»Oh, Gott!« sagte Abby leise.

Eine zweite Kugel aus geschmolzenem Metall raste auf ein anderes Kleeblatt zu, aber der *Planetenformer* lernte dazu. Er zerschoß die Masse zu freien Atomen, bevor sie die Oberfläche des Schiffs erreichen konnte. Matt war erstaunt und ein wenig erleichtert, daß sich ein Teil der Masse trotzdem auf der Hülle verteilte. Immerhin hatte sie sich mit sehr hoher Geschwindigkeit bewegt.

Plötzlich schienen die Winkelreflektoren und die Überreste des Parabolspiegels in Richtung Erde davonzuschießen. Der

Planetenformer und das Archie-Schiff hatten begonnen abzubremsen, als sie sich der Erde genügend genähert hatten.

Die Erde wurde auf dem Wandbildschirm schnell größer, als das Archie-Schiff dem *Planetenformer* in eine hohe Umlaufbahn um die Erde folgte. Gleichzeitig spürte Matt stärker als je zuvor seine Erschöpfung, es gelang ihm aber, auf den Beinen zu bleiben.

Aus einem sicheren Abstand richtete ein weiterer Shuttle seinen Laserstrahl auf das freiliegende Innere des *Planetenformers.*

Ohne Vorwarnung begann der *Planetenformer* eine Reihe von leuchtenden Geschossen in die Erdatmosphäre zu schießen, zuerst über der braun-weißen Landmasse von Afrika. Ohne den tödlichen Schußhagel einzustellen, feuerte er gleichzeitig mit den Lasern auf den Shuttle.

»Verdammt!« sagte Bobby Joe, als er auf dem Bildschirm sah, wie der Shuttle vernichtet wurde. »Viel schlimmer kann es jetzt nicht . . .«

»Sag das nicht!« fuhr Matt dazwischen.

Die Leuchtgeschosse hagelten immer noch auf Afrika herab, als plötzlich die Brücke erschüttert wurde. Die Archie-Kommandantin schnatterte aufgeregt mit der Besatzung.

Matt wirbelte zu Abby herum. »Was ist passiert?«

Sekunden später sagte Abby: »Wir wurden getroffen. Offenbar ist der *Planetenformer* zu dem Entschluß gelangt, daß dieses Schiff die Ursache der Angriffe ist. Die Kommandantin zieht sich aus seiner Reichweite zurück.«

Erneut wurde die Brücke erschüttert.

Matt hatte einen metallischen Geschmack im Mund, während er auf weitere Informationen wartete.

Ein helles Klingeln wurde hörbar. Die Kommandantin schnatterte wieder etwas. Ihr Augenstiel zitterte.

Sekunden später wandte Abby sich Matt zu und übersetzte den Bericht der Kommandantin. »Der zweite Treffer hat einen Teil des Antriebssystems zerstört. Sie können es reparieren, aber nicht rechtzeitig, um sich weit genug zu entfernen. Das Schiff ist nur noch begrenzt einsatzfähig.«

Bobby Joe sagte leise: Jetzt muß sich das Ding nur noch auf die Beute stürzen, um dann in aller Ruhe die Erde vernichten zu können.«

20

Einschließung

»Oh, Gott!« sagte Abby. »Jetzt können wir nicht einmal mehr versuchen, ihn zu rammen.«

Auf dem Deckenbildschirm kam der *Planetenformer* immer näher. Die Alarmglocke auf der Brücke klingelte immer noch. Die Archie-Kommandantin entfaltete hektische Aktivitäten, und mehrere Bildschirme zeigten jetzt fremdartige Piktogramme, die unterschiedlich schnell blinkten – vermutlich Statusanzeigen. Matt dachte, der Blick der Kommandantin hätte etwas Anklagendes, aber das war vermutlich eine zu menschliche Sichtweise. Das Klingeln erstarb plötzlich, aber Matt wußte, die Gefahr war noch lange nicht vorbei.

Matt wandte sich an Rudy. »Ist genügend Kuppelmaterial vorhanden, um damit dieses Schiff zu umschließen? Wir sind verloren, wenn jetzt nicht schnell etwas passiert.«

Rudy riß die Augen auf. »Ich weiß es nicht, aber ich habe eine Idee. Ich sehe nur noch diese eine Möglichkeit. Es ist ein Schuß ins Blaue, aber es könnte funktionieren. Darf ich Abby Anweisungen geben?«

»Ruhe bitte!« rief Matt. Ihm waren die Ideen ausgegangen, und er vertraute Rudys Urteil genauso wie seinem eigenen. »Fang an!« sagte er zu Rudy.

Rudy sagte: »Abby, sag der Kommandantin, sie soll alle noch übrigen Shuttles einsetzen, um daraus sehr große Flächen aus Kuppelmaterial herzustellen. Sie sollen versuchen, damit den *Planetenformer* einzuschließen.«

»Aber er kann hindurchschießen ...«, setzte Bobby Joe an.

»Ruhe!« brüllte Matt. »Tu es, Abby!« Kalter Schweiß rann ihm über den Rücken, und er wünschte sich, er hätte mehr über Rudys Plan gewußt, aber sie hatten keine Zeit mehr. Das einzig Gute an der augenblicklichen Situation war, daß der *Planetenformer* für den Angriff auf das Archie-Schiff sein Bombardement der Erdatmosphäre vorübergehend eingestellt hatte. Als er sich drehte, erkannte Matt, daß es langsamer als zu Anfang geschah. Vielleicht hatte der Schaden, der von Richard und den anderen Shuttles angerichtet worden war, die Funktionsfähigkeit des unbemannten Schiffs allmählich doch beeinträchtigt.

Abby gab der Kommandantin Anweisungen. Die Archie richtete kurz ihren Augenstiel auf Matt, bevor sie ihre Befehle gab. Sobald das geschehen war, gab Rudy weitere Anweisungen durch.

Der *Planetenformer* wurde auf dem Deckenbildschirm langsam größer, während er allem Anschein nach zum letzten Schlag ausholte. Sechs oder sieben der übrigen Shuttles gehorchten trotz der neuen Bedrohung den Befehlen und umringten ihn, während sie sich auf die Produktion des Kuppelmaterials vorbereiteten.

Matt und Rudy wandten ihre Blicke nicht vom Deckenbildschirm ab. Rudy sagte leise: »Wenn sie es schaffen, den *Planetenformer* einzuschließen, sag der Kommandantin, sie soll sofort den Kurs ändern, um uns möglichst weit wegzubringen.«

»Wird er uns nicht folgen?«

»Das glaube ich nicht.«

»Wir haben keine Zeit mehr, um noch etwas anderes auszuprobieren.« Matt riß sich von dem Anblick los und sah Rudy an.

Rudy erwiderte seinen Blick mit derselben Ruhe, die Matt aus einem aussichtslosen Kampf in Brasilien kannte. »Ich weiß. Ich glaube nicht, daß wir noch etwas anderes versuchen könnten, das mehr Aussicht auf Erfolg hätte.«

Die Shuttles hielten sich in konstantem, aber halbwegs sicherem Abstand zum *Planetenformer.* Sobald alle in Position waren, bewegten sie sich auf ihn zu und begannen Kuppelmaterial auszustoßen.

Die durchsichtigen Flächen dehnten sich aus, bis jede einen größeren Durchmesser als der *Planetenformer* zu haben schien, der in der Mitte des Bildschirms bedrohlich näherkam. Eine Minute später hatten die Shuttles und die Flächen aus Kuppelmaterial den Abstand um die Hälfte verringert.

Das Archie-Schiff wurde wieder erschüttert. »Matt sah zu Rudy hinüber, der seinen Blick besorgt erwiderte, als der Alarm erneut ertönte und wieder erstarb.

Matt dachte, daß der *Planetenformer* jetzt, wo er dem

Archie-Schiff so nahe war, sich nur darauf konzentrierte, doch fast im selben Augenblick, als die Shuttles sich vom Kuppelmaterial trennten, feuerte der *Planetenformer* auf einen der Shuttles und vernichtete ihn. Er nahm einen zweiten Shuttle unter Beschuß, der inzwischen den Abstand so weit vergrößert hatte, daß er nur beschädigt, nicht aber zerstört wurde.

Dann wurde ein weiterer Shuttle vernichtet.

Die Flächen aus Kuppelmaterial näherten sich mit quälend langsamer Geschwindigkeit, bis sie sich endlich überlappten und verbanden, als würden sechs durchsichtige Klebestreifen ein riesiges Insekt einschließen. Der *Planetenformer* bewegte sich plötzlich aus dem Zentrum der sich vereinigenden Flächen fort, aber es war zu spät. Der Prozeß schien sich zu beschleunigen, als die Flächen sich miteinander verbanden. Sekunden später gaben die vier überlebenden Shuttles die Lichtblitze von sich, die das Kuppelmaterial um den *Planetenformer* in eine kristallklare, extrem harte Hülle verwandelten, wie die über Manhattan, nur daß der *Planetenformer* gänzlich darin eingeschlossen war.

»Jetzt!« sagte Rudy.

Abby gab den Befehl sofort an die Kommandantin weiter. Der Blickwinkel auf den *Planetenformer* begann sich langsam zu verändern, als das Archie-Schiff von seinem bisherigen Kurs abwich. Matt bemerkte, daß er seine Hände zu Fäusten geballt hatte, und versuchte sie zu entspannen.

Nach wenigen Sekunden wurde deutlich, daß der *Planetenformer* seinen Kurs nicht angeglichen hatte, um sie zu verfolgen, sondern bei konstanter Geschwindigkeit seinen alten Kurs fortsetzte.

»Ja!« schrie Bobb Joe. Er betrachtete noch einen Augenblick lang den Bildschirm, als wollte er sich überzeugen, daß der *Planetenformer* ihnen wirklich nicht folgte, und wandte sich dann Rudy zu. »Wie hast du das...? Ah!« sagte er, während sich sein Gesicht zu einem breiten Grinsen verzog. »Ich verstehe!«

»Dürfen wir anderen es auch erfahren?« fragte Matt.

Rudy löste seinen Blick vom Bildschirm und sah Matt an. »Das Antriebssystem des *Planetenformers* ist vorübergehend außer Betrieb gesetzt. Solange er sich in der Kugel befindet, sind wir sicher, wenn wir ihm nicht zu nahe kommen. Wir wissen, daß einige seiner Waffen das Kuppelmaterial durchdringen können, auch wenn sie das Material selbst nicht zerstören können. Aber ich mache mir trotzdem Sorgen, daß er die Kugel früher oder später doch irgendwie sprengen kann. Wir haben etwas Zeit gewonnen, aber wir müssen trotzdem einen Weg finden, um ihn zu zerstören.«

»Ich weiß nur so viel«, sagte Bobby Joe. »Wenn das Ding weder seinen interstellaren Antrieb benutzen kann, weil es zu nahe an der Sonne steht, noch das normale Antriebssystem, weil es in der Kugel festsitzt, müssen wir nur irgendwie seine relative Bewegung zur Sonne abbremsen. Dann können wir in Ruhe zusehen, wie es hineinstürzt.« Bobby Joe zeigte auf den Bildschirm, der die Sonne zeigte. Die kosmische Müllverbrennungsanlage stand bereit, und sie mußten sie nur nutzen.

Matt sagte: »Okay. Der *Planetenformer* kann also nicht mehr aus eigener Kraft beschleunigen oder verzögern. Kann er sich innerhalb der Kugel bewegen?«

Rudy nickte. »Ich denke schon.«

»Gut. Abby, die Kommandantin soll einen der Shuttles losschicken. Es soll in weitem Bogen außer Reichweite der Waffen um den *Planetenformer* herumfliegen. Und es soll sich möglichst auf der Seite halten, wo wir die Sensoren außer Betrieb gesetzt haben.«

Abby leitete die Information weiter, und kurz darauf sah Matt, wie ein Shuttle sich vorsichtig dem *Planetenformer* näherte. Sekunden später begann das Raumschiff in der Kugel sich langsam zu drehen, um den Shuttle zu verfolgen, der sich in der Nähe seines blinden Flecks aufhielt.

»Gut«, sagte Matt. »Jetzt soll der Shuttle weiterfliegen, bis die toten Sensoren sich mitten auf der Schattenseite der Kugel befinden.«

Etwa im selben Augenblick verharrte der Shuttle auf der Stelle, und der *Planetenformer* stellte seine Rotation ein. Rudy sagte: »Ich sehe, was du vorhast. Gute Idee!«

»Und worin besteht sie?« fragte Bobby Joe.

»Einen Augenblick. Abby, jetzt sollen sich ein paar der Shuttles ein gutes Stück zurückziehen und sich dann im Schatten dem *Planetenformer* nähern.«

»Ah!« sagte Bobby. »Ein Schubser. Das gefällt mir.«

Nach ein paar Minuten hatten zwei Archie-Shuttles sich der dunklen Seite der Kugel genähert, die den *Planetenformer* einschloß.

»Ausgezeichnet«, sagte Matt. »Jetzt sollen diese zwei Shuttles sich neben der Kugel positionieren und mit aller Kraft beschleunigen. Wenn der *Planetenformer* sich dreht, sollen sie sich sofort zurückziehen. Wir können nicht warten, bis dieses Ding irgendwann von selbst in die Sonne fällt. Ich möchte kräftig nachhelfen.«

Abby wirkte erleichtert, als sie die Anweisungen übersetzte. Die Archie-Kommandantin hatte überhaupt keine Einwände.

Die Shuttles drückten gegen die Schattenseite der Kugel mit dem *Planetenformer,* bis das Kuppelmaterial gegen die Hülle des *Planetenformers* stieß. In den nächsten Sekunden waren keine weiteren Auswirkungen des Stoßes zu erkennen, zweifellos aufgrund der großen Masse des Raumschiffs, aber dann begann es sich innerhalb der Kugel langsam in Richtung Sonne zu bewegen.

Der große Deckenbildschirm stellte einen Kursvektor dar, der zeigte, daß der *Planetenformer* knapp die Sonne verfehlen würde. Die Archie-Kommandantin sprach zur Besatzung. Einer der Shuttles veränderte geringfügig seine Position an der Kugel, worauf sich der Vektor langsam verschob, bis er genau ins Zentrum der Sonne zeigte. Der *Planetenformer* wurde kleiner und war bald nur noch ein dunkler Punkt vor der Sonne.

Matt drehte sich langsam zu Rudy um und sagte: »Gut. Und jetzt die Begründung.«

»Warum er sich nicht mehr aus eigener Kraft von der Stelle rühren kann? Das ist simpelste Newtonsche Physik. Ich weiß nicht, wie das Antriebssystem des *Planetenformers* funktioniert, aber sofern ihm keine uns völlig unbekannten Naturgesetze zugrundeliegen, muß es auf dem Prinzip beruhen, das die Kraft sich in entgegengesetzte Richtung verteilt. Und die jüngsten Ereignisse scheinen das zu bestätigen.«

Julie kam mit ihrer Minikamera näher, um Rudys Erklärung aufzuzeichnen, und Matt sah, daß sie erleichtert lächelte.

»Wenn man eine Pistole abfeuert, spürt man den Rückstoß.

Wenn man eine Rakete startet, bewegt sie sich in eine bestimmte Richtung, weil die Düsen den Treibstoff in die entgegengesetzte Richtung ausstoßen. Die entstehende Kraft wird so verteilt, daß etwas Kleines eine hohe Geschwindigkeit erreicht, wie die Kugel in der Pistole, und etwas Schwereres eine geringe Geschwindigkeit, wie die Pistole und der Arm, der sie hält.«

»Damit ist meine Frage noch nicht beantwortet«, sagte Matt, aber intuitiv verstand er bereits, was Rudy erklären wollte.

»Wir kommen der Sache gleich näher. Die entgegengesetzte Kraftverteilung gilt nur für ein offenes System. Wenn jemand auf einem reibungslosen offenen Eisenbahnwagen steht und eine Kugel in Richtung der Gleise abfeuert, wird diese Person sich mit dem Wagen in die entgegengesetzte Richtung in Bewegung setzen. Aber wenn man sich in einem geschlossenen System befindet, liegen die Dinge etwas anders. Nehmen wir einmal an, jemand hält sich im Innern eines geschlossenen Eisenbahnwagens auf und schießt auf ein Ziel an der Wand. In dem Augenblick, wo die Kugel abgefeuert wird, beginnt sich der Wagen rückwärts zu bewegen, aber sobald die Kugel das Ziel trifft, erfolgt ein Stoß in die entgegengesetzte Richtung. Die Bewegungsenergie wird neutralisiert, und der Wagen hält an.«

»Es ist als würde man versuchen, auf Eis zu laufen«, sagte Bobby Joe. »Wenn man sich nicht vom Boden abstoßen kann, kommt man nicht vorwärts.«

»Genau«, sagte Rudy. »Wenn der *Planetenformer* zu beschleunigen versucht, stößt die Masse des Schiffes gegen eine Seite der Kugel, aber die Schubenergie oder Reaktionsmasse drückt mit gleicher Kraft gegen die andere Seite. Der *Planetenformer* kann sich jetzt ebensowenig wie ein Stein von selbst von der Stelle rühren.«

»Du bist ein Genie!« sagte Matt. Langsam gestattete er sich die Hoffnung, daß sie das andere Schiff tatsächlich besiegt hatten.

»Nein. Ich habe nur über einige der Ideen nachgedacht, die uns die Leute aus Manhattan haben zukommen lassen. Ich wäre niemals auf diese Lösung gekommen, wenn einige von ihnen nicht den Vorschlag gemacht hätten, die Erde mit einer Kugel einzuhüllen. Ich habe die Idee nur etwas variiert.«

Die Gruppe sah schweigend zu, wie der *Planetenformer* sich immer schneller auf die Sonne zubewegte. Als der Shuttle ihn über die Umlaufbahn der Venus hinaus befördert hatte und seine Geschwindigkeit von Sekunde zu Sekunde größer wurde, bremste der Shuttle ab. Die Kugel mit dem eingeschlossenen *Planetenformer* wurde weiter beschleunigt, während er immer tiefer in den Schwerkraftsog der Sonne geriet. Einer der großen Wandbildschirme zeigte ein stark vergrößertes Bild des *Planetenformers* in der Kugel, das zusehends vor der gesprenkelten Scheibe der Sonne schrumpfte.

Neben Matt sagte Abby leise: »Bitte, Gott! Laß nicht zu, daß er sich befreit. Bitte!«

Bobby Joe und Rudy schlossen eine Wette über die Entfernung ab, bei der die Zerstörung sichtbar werden müßte. Doch beide waren überzeugt, daß kein Material, das von Menschen oder Archies hergestellt worden war, lange genug standhalten konnte, um nicht schon vor der Berührung mit der Sonnenoberfläche verdampft zu werden.

»Soweit mir bekannt ist«, sagt Matt mit leicht zitternder Stimme, »wird Richard der erste Mensch sein, der in der Sonne bestattet wird. Vielleicht sollten wir einen Moment still sein, um seine Leistung zu würdigen – und die der Archie-Piloten, die heute ihr Leben verloren haben.«

Abby sagte der Kommandantin, was sie taten. Niemand wußte, ob die Archies eine ähnliche Sitte kannten, aber auch sie waren still, bis die Menschen wieder zu sprechen begannen.

»Sieh mal!« sagte Bobby Joe zu Rudy.

Die Kugel, die den *Planetenformer* umgab, leuchtete immer heller. Sekunden später verdampfte die Kugel, und der *Planetenformer* explodierte wie ein Knallkörper, den man in einen Hochofen geworfen hatte. Die größten Stücke vergingen in einer Reihe weiterer Explosionen, als die unvorstellbare Hitze das Metall zu Asche verbrannte.

Ein paar der Archies sprangen senkrecht in die Luft und verschränkten alle acht Handpaare miteinander, bevor sie langsam wieder zu Boden sanken. Bobby Joe und Rudy schrien und jubelten, aber Matt achtete kaum darauf. Sofort nachdem der *Planetenformer* explodiert war, blickte er Abby an, die seinen Blick im selben Moment erwiderte.

Matt ging näher zu Abby. Seine Knie fühlten sich schwach an. Er streckte seine Arme aus, und sie kam auf ihn zu.

»Gott sei Dank ist es vorbei«, sagte sie.

Während die Archies laut schnatterten und Bobby Joe kreischte, lagen sich Matt und Abby in den Armen und hielten sich fest. Abby zitterte. Einen Moment später wich Matt so weit zurück, daß er ihr in die Augen sehen konnte, und sagte: »Vielleicht fängt es gerade erst an.« Er küßte sie auf die Lippen, und sie erwiderte seinen Kuß mit derselben Leidenschaft.

Eine ganze Weile später schob sich Abby plötzlich zurück, runzelte die Stirn und blickte zu Julie, die, obwohl Rudy seinen Arm um sie gelegt hatte, immer noch ihre Minikamera auf das Zentrum der Brücke gerichtet hielt.

Abby strich eine Haarlocke vor ihren Augen zurück. Sie setzte zum Reden an, mußte sich aber räuspern und noch einmal neu anfangen. »Machst du ... ähem ... machst du dir keine Sorgen, daß deine Frau uns sehen könnte, wenn wir zurückkehren?« Sie wischte sich eine Träne aus dem Auge.

Matt runzelte einen Moment lang die Stirn, bis er verstand. Er lächelte. »Es ist mir völlig egal, was sie denkt.«

»Aber ich dachte ...

»Zwei Tage, bevor ich in New York eintraf, sagte sie, es wäre Schluß mit uns. Zu dem Zeitpunkt war ich der Meinung, es wäre eine schlechte Neuigkeit.« Matt grinste noch breiter.

Abby hustete. Matt konnte nicht erkennen, ob sie lachte oder weinte, aber so wie sie ihn küßte, entschied er, daß das keine Rolle spielte.

Matt hielt sie fest in den Armen, bis irgendwann Julie und Rudy näher kamen.

»Dürfen wir stören? Die Bürgermeisterin möchte mit dir sprechen.« Julie grinste, als sie Matt das Funkgerät reichte.

»Ja, Madam?« sagte Matt in das Mikrophon. Er strengte sich an, sein dummes Grinsen zu unterdrücken, das er in seinem Gesicht spürte, aber er schaffte es nicht.

Dorine Underwoods Stimme klang rauh, entweder vor innerer Aufwühlung oder durch eine schlechte Funkverbindung. »Danke, Matt. Ich habe Ihnen später noch viel zu sagen, aber Sie haben großartige Arbeit geleistet. Es war hervorragend!« Für einen Augenblick war es still in der Leitung. »Wir sind alle sehr dankbar. Sie sollten sehen, was hier unten in den Straßen los ist! So etwas habe ich noch nie gesehen!«

»Ich danke Ihnen, Frau Bürgermeisterin. Auch wir können es noch gar nicht richtig fassen. Wenn Sie zu den Menschen reden, sagen Sie ihnen bitte, daß es ihre Ideen waren, die das hier ermöglicht haben. Wir hatten hier oben so große Angst, wir hätten niemals auch nur ein Prozent von dem allein geschafft.«

»Unsinn! Aber es ist sehr freundlich von Ihnen, das zu sagen. Mein Gott, was für ein Tag!«

Abby berührte Matt wieder am Arm, und er verabschiedete sich von der Bürgermeisterin. Auf der Brücke wurde es allmählich ruhiger, als die Archie-Kommandantin ihren Augenstiel auf Matt richtete. Sie sprach etwas in den Computer. Zwei ihrer Beine zuckten.

Sekunden später kam die Übersetzung: »Du hast unseren Dank. Wir sind sehr-sehr-sehr glücklich, daß das Ganze ein Ende hat und wollen euch nun helfen. Wie haben zwar keine Erfahrung mit dem Wiedereinsetzen der Städte an den Ort, von dem sie kommen, aber wir sind bereit. Was sollen wir zuerst tun?«

Abby legte einen Arm um Matts Hüfte und drückte ihn an sich.

Als Matt die Kommandantin ansah, hob Bobby Joe seine Hand. Er hatte einen völlig ernsten Gesichtsausdruck aufgesetzt, als er sagte: »Es ist nur ein Vorschlag, aber ich würde gerne mal die dummen Gesichter der Leute in Brooklyn sehen, wenn wir mit Manhattan über sie hinwegfliegen.«

ENDE